Drachenfeuerjagd

Die komplette Trilogie

Johanna Schließer

Liebe [illegible].
Vielen Dank für deine
Unterstützung!
[illegible]

Deutsche Erstausgabe

Covergestaltung: Marie Graßhoff

Korrektorat Buch 1 und 2: Daniela Höhne

Kontakt Autor: jk@jos-truth.de

ISBN: 979-8598314197

Die reinste Form von Magie ist sehr simpel,
sie entspringt unserem Geist.

Für H.K.

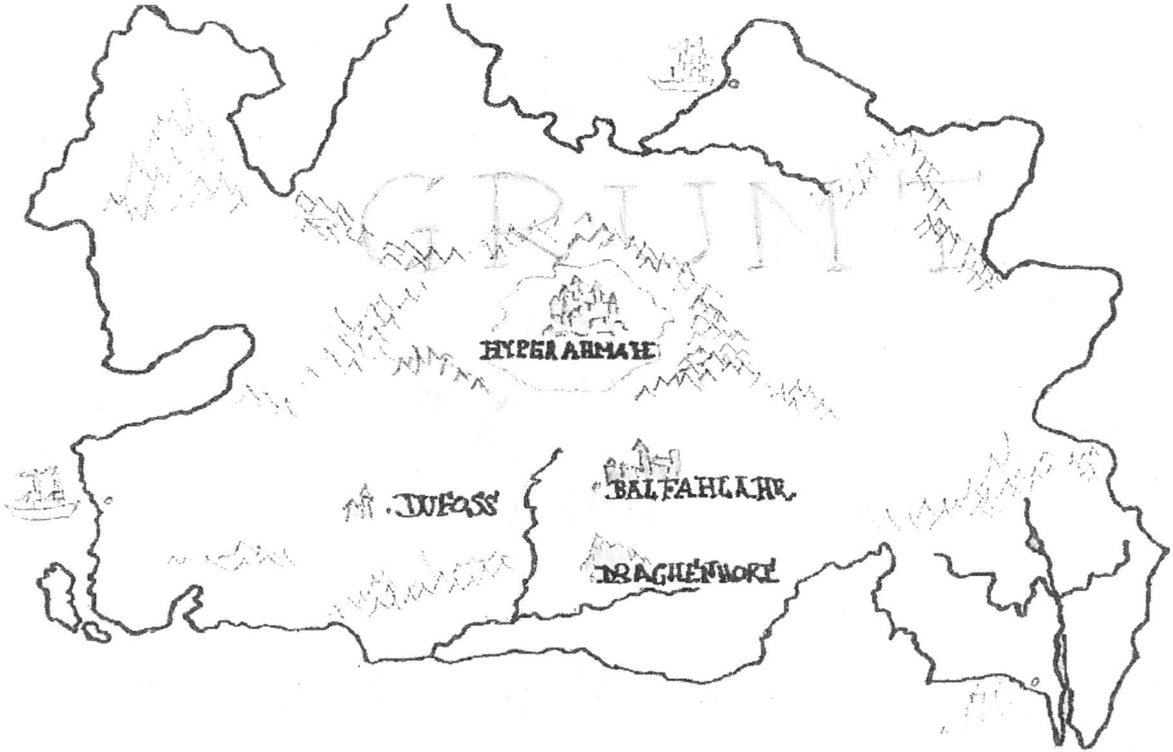
GRUNT
HYPERAHMAHE
DUFOSS
BALFAHLAHR
DRAGHENMORE

INHALT

BUCH 1

DER AUFTRAG

Der Morgen war angebrochen. Nur noch wenige Meter und Selestria würde den Wald verlassen haben. Der Weg hatte die Feuchtigkeit der Nacht in sich aufgenommen und sie spürte bei jedem Schritt die Nässe in die schwarzen Drachenlederstiefel ziehen. Die Gewänder der Obrigkeit mit den Insignien der Inquisition saßen trotz des langen Marsches perfekt. Kälte ließ sie den Umhang enger um den Leib ziehen, sodass sie die Scheide ihres Schwertes an der linken Seite spüren konnte. Wo der Wald lichter wurde, erkannte sie bereits die sich ausbreitenden Felder und Wiesen. In einigen Stunden würde sie die letzte Stadt erreicht haben. Danach sollte ihre Aufgabe für immer erfüllt sein. Einer fehlte noch, der letzte, und den würde sie in Balfahlahr finden. Sie drehte den Siegelring am Finger der rechten Hand.

»Den kriege ich auch noch«, sprach sie zu sich selbst, während sie ihren Weg fortsetzte, doch bei weitem nicht so zielstrebig wie sonst. Dieser letzte Auftrag bereitete ihr Unbehagen wie schon der davor. Und das Gefühl, nur den Willen eines anderen ausführen zu müssen, wurde immer stärker. Sie blieb kurz stehen und lauschte. Die ersten Vögel erhoben ihre Stimmen, es raschelte leise im Unterholz und ein leichter Wind spielte mit den Baumwipfeln über ihr. Dort war nichts, was ihre Aufmerksamkeit hätte wecken sollen. Vielleicht spielte ihr mittlerweile die Phantasie einen Streich. Gegen den eigenen Willen sah sie erneut zurück, um sicher zu sein, dass ihr niemand folgte. In dieser Nacht hatte sie einige Male innegehalten und sich vergewissert, dass sie allein war. Trotzdem blieb dieses Gefühl, von irgendetwas oder irgendjemandem verfolgt und beobachtet zu werden.

Sie verließ sich immer auf ihre Intuition. Sollte sie diese plötzlich täuschen?

»In den letzten Jahren habe ich mir wohl doch zu viele Feinde gemacht. Zu viele, die auf Rache sinnen.«

Sie schüttelte den Kopf, als wolle sie die Erinnerungen an ihre Entscheidungen und Taten aus den Gedanken verbannen. Der Weg vor ihr erstreckte sich friedlich, aber sie zögerte. Dies war der letzte Auftrag. Danach würden die Stimmen in ihrer Seele hoffentlich für immer schweigen. Sie ging weiter. In die letzte Stadt, zum letzten Kampf, dem entscheidenden Urteil. In den vor ihr liegenden Mauern würde sie ihre Aufgabe vollenden und hoffentlich damit endgültig den eigenen Frieden finden.

***

DEM jungen Mann war sichtlich unwohl bei diesem Geschäft. Er bereute mittlerweile, sich überhaupt auf diese Sache eingelassen zu haben. Die Belohnung oder besser gesagt die Bezahlung war einfach zu verlockend gewesen. Jetzt ärgerte ihn die eigene Gier. Was seine Augen in dieser Nacht sahen, war so reizvoll, dass er dieses Geschäft nicht hätte ausschlagen können, selbst wenn er gewollt hätte.

»Du nimmst den Auftrag also an?«

Die Stimme war tief. Viel zu tief, um menschlich sein zu können. Sie hallte an den hohen Decken der Höhle wider und verlieh dem Sprecher mehr Macht und Stärke, als er nötig hatte.

»Mhm«, gab Merranas etwas kleinlaut zurück.

»Antworte, wie es sich für einen Menschenmann gebührt!«

Merranas starrte auf den Boden. Er konnte den Blick nicht von den Goldmünzen abwenden, die vor ihm lagen. Ein Meer aus wertvollem, fein glänzendem Metall. Sie berührten seine Stiefel. Eigentlich stand er bereits knöcheltief in purem Gold. Jedes Mal, wenn er die Zehen bewegte, gaben die Metallstücke ein wohlbekanntes Geräusch von sich, das ihn breit grinsen ließ. Am liebsten hätte er sie mit beiden

Händen gepackt und in die Luft geworfen, damit es Gold auf ihn regnet. Bei dem Gedanken fühlte er sich wie ein kleiner Junge, der das erste Holzschwert geschenkt bekommt.

»Ja, ich tue es«, sagte er, versunken in die Träumereien. Das Funkeln des Goldes tauchte die Höhle in ein warmes Licht. Merranas konnte sich an den Münzen zu seinen Füßen gar nicht satt sehen.

»Du überzeugst nicht durch Sprachgewandtheit!«

Heißer Atem strömte Merranas ins Gesicht. Es blieb ihm nichts anderes übrig, als aufzuschauen. Als er seines Gegenübers gewahr wurde, traten seine Beine wie von selbst einige Schritte zurück. Die blanken Münzen unter den Füßen wurden zu Sand, er verlor den Halt und fiel rücklings zu Boden. Zwei glutrote Augen starrten in sein Gesicht und jetzt bereute er wahrlich, den Hort freiwillig betreten zu haben. Mit den Armen versuchte er sich abzustützen, um wieder auf die Beine zu kommen. Pures Gold hielt er in den Händen, die im Meer der Münzen eingesunken waren. Sagten die Worte in seinem Kopf wirklich die Wahrheit? *»Gold, Gold, Gold! Du liegst auf Gold. Drachengold!«*

Als hätte der Drache diese Worte gehört, fragte er nochmals: »Wirst du mir ihren Kopf und die rechte Hand bringen, Mensch? Das versprochene Gold soll dir gehören.«

»Wieso willst du ihre rechte Hand? Der Kopf sollte doch genügen.«

»Stellst *du* die Forderungen?«

»Selbstverständlich nicht, immer der Auftraggeber, aber…« Merranas konnte den Satz nicht beenden.

»Die rechte Hand, samt Ring!«

»Ring?«

»Ja, sie trägt einen Siegelring an der rechten Hand. Es ist der Einzige mit sechs Drachenzähnen als Symbol. Ich will diesen Ring! Der Preis, den ich für dieses Schmuckstück zahle, ist beträchtlich!«

Merranas hatte sich mit einiger Mühe aufgerappelt und unauffällig die Hände in die Taschen geschoben.

»Das bedeutet, es gibt noch mehr von diesen Siegelringen?«, fragte er wie beiläufig.

»Es gibt sechs. Doch die anderen fünf sind völlig bedeutungslos.«

»Wieso?«

Merranas betrachtete die Schuppen auf dem Rücken des Drachens, dann die vorderen Klauen. Was wollte die Echse mit den Ringen? Tragen konnte sie den Schmuck nicht. Und was sollte die Sache mit der Hand? Normalerweise musste er die Personen nicht umbringen, lediglich ein bisschen deren Lebensweise beschränken, wie er es selbst auszudrücken pflegte.

»Fünfhundert Goldmünzen für ihre rechte Hand und zweihundert Münzen zusätzlich, wenn du keine weiteren Fragen stellst!« Die Stimme des Drachens klang ruhig und leise, aber keineswegs unbedrohlich. Merranas wusste, es war besser, nicht weiter nachzufragen.

»Du sollst die Hand samt Siegelring bekommen und den Kopf, für den ich weitere fünfhundert Münzen erhalte, wie es im Auftrag steht!«

»So und nicht anders. Du hast genau zehn Tage Zeit, deine Aufgabe zu erfüllen und mir die geforderten Dinge zu bringen. Schaffst du es nicht, bist du für meinesgleichen vogelfrei.«

Merranas schaute den Drachen verwirrt an.

»Nein, Moment. Das war nicht Teil der Abmachung. Das stand nicht im Pergament!«

»Oh doch! So hieß es in der Forderung.«

»Nein, tat es nicht! Ich habe sie gelesen.«

Merranas hielt dem Drachen das Pergament entgegen. Dieser las kurz und schließlich verzog sich sein Maul fast verzückt zu einem Grinsen.

»Da fehlt der untere Teil, Jungchen.«

»WAS?«

Der Drache wies mit der Spitze einer Kralle auf den unteren Rand des Pergaments und lachte, während Merranas die Zeilen nochmals überflog und erst jetzt das exakt zugeschnittene Ende des Dokumentes bemerkte. Vor lauter Aufregung über die hohe Bezahlung hatte er dem Schriftstück keine weitere Beachtung geschenkt. In seinem Hals bildete sich ein Kloß.

»Da kann alles Mögliche gestanden haben. Vielleicht stand da auch gar nichts«, murmelte er.

»Mein Auftrag, meine Regeln. Deine Zusage akzeptiert sie alle.«

»Nein, so läuft das nicht.«

Merranas Worte verklangen in der Höhle.

»Willst du meinen Hort überhaupt noch einmal verlassen?«, raunte der Drache. Er hatte zwischen jedem Wort eine kleine Pause gemacht. Der Kopfgeldjäger erahnte die Aussage bereits nach dem dritten und mit jedem weiteren wurde seine Angst größer. Aus dieser Sache käme er nicht mehr raus.

»Sie werden mich jagen!«

»Dann sei schneller und bring mir die geforderten Dinge.«

»Aber ich weiß nicht mal, wo sie jetzt ist.«

»Sie ist auf dem Weg nach Balfahlahr. Gestern losgezogen, durch die Wälder.«

»Was? Balfahlahr ist drei Tagesreisen entfernt.«

»Tja. Worauf wartest du noch, Mensch?«

Merranas war zum Heulen zumute. Er war einem alten Trick aufgesessen, der unter seinen Berufskollegen nicht unüblich war. Wollte man eine Drecksarbeit nicht selbst erledigen, machte man sie einem anderen Idioten schmackhaft. Der bekannte Kollege, dem er das Schriftstück hatte abluchsen können, hatte ihn reingelegt. Zu einfach war er an dieses Pergament gekommen und hatte den Schwindel nicht einmal bemerkt. Der andere hatte gewusst, was der Drache forderte und ihm den Auftrag mit List untergeschoben, allerdings den brisanten Teil des Pergaments abgeschnitten. Und er selbst hatte gedacht, ein guter Dieb zu sein. Jetzt hielt er das geklaute Schriftstück in Händen und verfluchte seine Einfältigkeit. Der Drache blähte kurz die Nüstern und das Pergament in Merranas' Hand zerfiel zu Asche. Dem Kopfgeldjäger stockte der Atem, als er in jeder Hand nur die verkohlten Reste des Schriftstückes hielt. Das eine glomm vor sich hin und er ließ es sofort fallen. Voller Angst starrte er auf den Drachen, dessen Haut in dem gelben Licht der Höhle dunkelblau schimmerte.

»Nein, davon wusste ich nichts.«

»Jetzt weißt du es!«

»Wie soll das gehen?«

»Du vertrödelst kostbare Zeit, Junge!«

Merranas stand unentschlossen vor seinem Auftraggeber. Er hatte zugestimmt und damit den Auftrag angenommen. Was blieb ihm übrig?

»Zehn Tage?«

»Zehn!«

Er schaute sich ein letztes Mal im Hort um. Der Anblick des Goldes ließ die Angst ein wenig schwinden. Machte sie fast erträglich. Wenn er jetzt erfolgreich war, hatte er ausgesorgt. Könnte leben wie die Made im Speck.

»Ach, was soll's. Ich mache es«, sagte er und wandte sich dem Ausgang der Höhle zu.

»Merranas!«

»Was noch?«

»Die Goldmünzen in deinen Hosentaschen werde ich mit dem Kopfgeld verrechnen!«

Das waren die letzten Worte, die der junge Kopfgeldjäger hörte. Er verließ den Hort des Drachens und rannte. Rannte im vollen Bewusstsein, dass er jetzt um sein Leben rennen musste. Zehn Tage Zeit, um eine Fremde zu finden, sie zu überwältigen und zu töten. Unbemerkt und ungesehen. Viel hatte er über sie gehört, aber begegnet war er ihr nie. Einer der höchsten Köpfe der Inquisition und er sollte sie nun töten. Im Gedanken ohrfeigte er sich für seine große Klappe, während er Richtung Norden lief. Sie hatte einen Tag Vorsprung, den es aufzuholen galt.

***

KALLESTRUS lief langsam Kreise in seinem Gold. Hatte er den Richtigen für diese Aufgabe gefunden? Drei Männer waren schon gescheitert, wenn es denn Männer waren und man es Scheitern nennen wollte. Zwei hatten sich die Sache anders überlegt, nachdem sie seine Bedingungen vernommen hatten. Der letzte war entweder tot oder über alle Berge. Von keinem hatte er je wieder etwas gehört oder einen wiedergesehen. Würde dieser junge Kerl Erfolg haben? Würde er sie aufhalten können, bevor sie auch seinen letzten Sohn tötete?

Unruhig drehte sich der alte Drache im Kreis. Wie hatte es nur so weit kommen können? Viele Jahrhundertelang hatten sie mit den Menschen gelebt. Unter ihnen, als ihresgleichen. Plötzlich waren die Feuer in den Dörfern und Städten erloschen. Eines nach dem anderen. Eiseskälte zog in die Welt der Menschen ein.

Wieder einmal musste sich Kallestrus über den beschränkten Verstand der Menschen wundern. Als ob Drachen es nötig hätten, das Feuer zu stehlen. Doch jemand musste die Schuld tragen. Wenn nicht die Menschen selbst, dann eben andere. Diesmal hatte es seine Sippe getroffen, Drachen.

Grundlos? In diesen Tagen war er sich nicht mehr sicher. Ein schleichender jahrelanger Prozess hatte seine Familie kleiner werden lassen. Mit allen Mitteln hatten sie versucht, die wenigen Feuer, die noch brannten, zu schüren und schützen. Die Inquisition des obersten Kirchenführers hatte ihn die letzten Jahre wenig beeindruckt. Als Drache war er zu alt, um die meisten Menschen ernst zu nehmen. Es war kein fähiges Mitglied der Inquisition dagewesen, das sie überhaupt als Drachen erkannte. Die ach so gebildeten Angehörigen der Inquisition, die der jetzige Machthaber einsetzte, begingen die meiste Zeit Morde an der Menschheit selbst und an allen Wesen, die sterblich waren. Kallestrus wunderte sich, wie die Lebenden solch einen an die Spitze ihrer Gemeinschaft ließen. Zuerst hatte sich dieser Mann zum

Obersten Kirchenführer ernannt, dann die Inquisitoren berufen und sie gnadenlos auf alle Völker losgelassen. Klein der Verstand, schnell das Urteil, leicht der Tod.

Doch dann kam eine junge Frau, fast noch ein Mädchen, die so unscheinbar war, dass er sie nicht wahrgenommen hatte. Akribisch hatte sie einen Drachen nach dem anderen umgebracht. Mit einer Präzision, die er keinem menschlichen Wesen jemals zugetraut hätte. Jetzt war es nur noch eine Frage der Zeit, dass sie die beiden letzten finden würde und, was viel schlimmer war, damit auch seinen letzten Sohn, den er selbst nach Balfahlahr ausgesandt hatte, um die drei Feuer der Stadt zu hüten. Ihn wollte er nicht verlieren. Um keinen Preis!

Langsam hob er den Kopf und schaute sich im Hort um. Nachdenklich betrachtete er die vielen Reichtümer, die er im Laufe der Zeit angesammelt hatte. Zwischen den Goldmünzen fiel ihm ein rotes Siegel ins Auge. Vorsichtig angelte er das Schmuckstück mit seiner Kralle aus dem Haufen Münzen und Edelsteine. Fünf Drachenzähne auf dem Siegel. Vorsichtig setzte er den Ring auf den dafür vorgesehenen Platz. Er konnte nur eines tun: warten. Auf den sechsten. Mit dem sechsten würden die Feuer wieder brennen. Dessen war er sich sicher und wenn er selbst Hand an die Menschenfrau legen müsste. Er wusste nur nicht wie. Schwerfällig ließ er sich auf den Münzen nieder. Kleine Rauchwolken stiegen aus seinen Nüstern, als er die Augen schloss und versuchte, sich auf das Wesen der Frau zu konzentrieren. Aber auch diesmal erschien wie all die Jahre zuvor nur eine graue Wand aus Nebel in seinem Geist. Er konnte sie weder sehen noch spüren. Selbst jetzt, da es um seinen letzten Sohn ging, konnte er nicht nach Balfahlahr gehen. Es war ihm unmöglich, sich zu überwinden und loszuziehen, als hätte man seinem Willen Ketten angelegt. Diesem Druck wollte er nicht länger nachgeben. Wütend drehte er sich auf den Rücken. Münzen flogen nach allen Richtungen in hohen Bögen durch die Höhle und fielen klimpernd irgendwo zu Boden. Kallestrus schnaubte. Hoffentlich war die Frau tatsächlich in Balfahlahr. Hoffentlich war dieser Kopfgeldjäger etwas fähiger, als alle anderen zuvor. Gut, das sollte nicht schwierig sein.

Etwas an dem jungen Mann hatte ihm gefallen. Dessen Verstand war es gewiss nicht. War es sein Wesen? Kallestrus schnaubte erneut. Kleine Wölkchen kamen aus seinen Nüstern. Womöglich wollte er in diesem Sterblichen mehr sehen, als da war. Es wäre nicht das erste Mal, dass ein Mensch ihn betrogen hätte.

***

SELESTRIAS Schritte wurden schneller. Alle Sinnesorgane befahlen ihr, den Wald zu verlassen. Sie war beunruhigt und hielt das Heft ihres Schwertes fest umklammert. Gedanken über Gut und Böse machten sich in ihrem Geist breit, richtig und falsch, ihre Aufgabe. Drachen und Menschen und diese ihr immer fremder werdende Welt. Vielleicht war sie die Fremde? Selbst dieser Körper erschien ihr zuweilen nicht der richtige zu sein.

Abrupt blieb sie stehen und drehte sich um, das Schwert so schnell aus der Scheide ziehend, dass ein feiner Klang vibrierenden Metalls ertönte.

»Nun zeigt Euch endlich!«, schrie sie gegen Bäume und Tannen. Ihre Augen wanderten von einer Seite des Weges zur anderen. Da war nichts. Nichts außer den einzelnen Stimmen von Vögeln, die bei ihrem Schrei Nester und Äste verlassen hatten.

»Du spinnst!«, sprach sie mit sich selbst.

Wer sollte es schon wagen, sie anzugreifen? Sie hatte in den letzten Jahren mehrere Bestien bezwungen. Tief durchatmend ließ sie die Klinge wieder an der linken Seite unter dem Mantel verschwinden und wandte sich dem Weg Richtung Balfahlahr zu. Doch schon nach einigen Schritten umfasste ihre Hand wieder das Heft und ihre Blicke wanderten zu allen Seiten.

***

MERRANAS hielt noch immer die Luft an, was durchaus eine Herausforderung darstellte, da er mehrere Stunden gerannt war. Er hatte es tatsächlich geschafft, sie einzuholen. Erst seit wenigen Stunden war sie in Sichtweite. Der Preis dafür war sehr hoch: seine Lunge brannte bei jedem Atemzug, die Beine zitterten und der Durst quälte ihn schon eine ganze Weile. Es reichte ihm zu wissen, dass er die Richtige verfolgte, und deswegen trieb er sich selbst an. Welches törichte Weibsstück würde sonst allein durch den Wald laufen? Außer einer Verrückten, Hexe oder eben Drachentöterin in edlen Gewändern, soweit er das erkennen konnte.

Bisher hatte er zwischen den Bäumen unbemerkt bleiben können. Ihr feines Gespür machte ihn allerdings noch wachsamer. Ständig blieb sie stehen und drehte sich um, als habe sie ihn bemerkt. In diesen Momenten drückte er sich an den nächstbesten Baumstamm und wartete. Er musste wirklich auf der Hut sein. Fast hätte sie ihn einmal auf dem Weg erwischt, weil sie unerwartet stehenblieb und sich nach allen Seiten umsah. Er wusste noch nicht, wie er sich ihr völlig unbemerkt nähern sollte. Die Aufgabe erschien von Stunde zu Stunde schwieriger als gedacht. Allerdings fielen ihm Kallestrus' Worte wieder ein: *»...danach bist du für meinesgleichen vogelfrei!«*

Bei diesem Gedanken erschien sie ihm recht sympathisch, da sie die besagten „meinesgleichen" in die Ewigkeit beförderte. Das war in seiner Lage kaum ein Trost, eher ein Dilemma. Wer wollte schon seinen Körper freiwillig den Drachen als eine Art Kostüm zur Verfügung stellen? Denn das hieß es, für diese Wesen vogelfrei zu sein. Er hatte einige grauenvolle Geschichten über diese Übernahmen gehört. Drachen drangen in den Geist der Menschen und ließen sie Dinge sehen, spüren und tun, die sich ein gesunder menschlicher Verstand nicht vorzustellen wagt.

Nachdem sich der Abstand zwischen ihm und der Frau

wieder vergrößert hatte und sein Atem ruhiger ging, setzte er ihr weiter nach, immer darauf bedacht, keine unnötigen Geräusche zu machen.

***

DIE Sonne schien milchig vom Himmel, als Selestria die Stadttore von Balfahlahr erreichte. Sie hatte die Felder schnell überquert und sich nicht mehr nach dem Wald umgedreht. Im Licht des Tages fühlte sie sich sicher. Das Einzige was sie sich nach diesem Marsch wünschte, war ein Hocker und etwas zu essen, bevor sie die Stadt nach den Verdächtigen durchsuchen würde. Das Haus des Statthalters sollte ihr eine Bleibe für die Zeit des Aufenthalts bieten.

***

DER Kopfgeldjäger wartete am Waldrand. Geduld war nicht seine Stärke, aber er wusste, dass Zeit und Ruhe das Wichtigste waren. Er musste später in der Stadt ankommen, um mit der Ankunft der Inquisition nicht in Verbindung gebracht zu werden. Sein Magen knurrte, und die Glieder schmerzten von der nächtlichen Aufholjagd. Sehr tröstlich waren die schweren Goldmünzen, die er fein säuberlich in seinem Geldbeutel trug.

»Blutgeld, Kopfgeld, Handgeld und der Siegelring«, sang er leise.

Merranas raufte sich das braune Haar, um es gleich danach wieder glatt nach hinten zu streichen. Er war eitel und nicht gerade hässlich, wie ihm schon manche Frau offen zu verstehen gegeben hatte. Und er wusste um seinen Humor, der betörender wirkte, als ein hoher Titel oder angesehener Beruf.

»Danach bin ich für seinesgleichen vogelfrei«, sang er weiter, während er im Schutz der Bäume saß und beobachtete, wie Selestria am Horizont immer kleiner wurde, bis sie aus seinem Blickfeld verschwunden war.

***

ERHOBENEN Hauptes betrat Selestria die Hauptstraße, die direkt auf den Marktplatz führte. Die Wachen hatten nicht einmal gefragt, wer sie war. Ihre Erscheinung und die Insignien, die sie als Mitglied der Inquisition auszeichneten, ließen sie die Tore ohne lästige Fragen der Wachen passieren. Die Haube saß fest um das Gesicht der jungen Frau, lediglich die Kapuze des Mantels hatte sie heruntergenommen, um die helle, fast weiß schimmernde Haut und die stechend grünen Augen vollständig zu zeigen. Nun schritt sie geradewegs auf das Haus des Statthalters zu. Hier würde mit Sicherheit eines der letzten Feuer brennen. Die zierliche Hand klopfte fest an die hölzerne Tür des Gebäudes. Schon nach wenigen Augenblicken öffnete sie sich. Ein älterer Mann stand im Eingang. Verwirrt musterte er die Frau und senkte sogleich den Blick. Als er zu einem Gruß ansetzen wollte, schnitt sie ihm sofort das Wort ab.

»Ich wünsche den Hausherren zu sprechen!« Ihre Stimme hatte einen Befehlston inne, der keinen Widerspruch duldete. Sie streckte dem Knecht den Siegelring entgegen, an dem die Insignien des Obersten Kirchenführers zu erkennen waren und forderte Einlass. Der Mann verbeugte sich tief, trat zur Seite und ließ sie eintreten. Sie würde sicherlich nicht lange warten müssen, um im warmen Audienzzimmer des Statthalters, eines betagten Mannes, zu sitzen. Bartholomäus war schon seit vielen Jahren im Amt. Man hatte ihr berichtet, dass sein Körper ihm nicht mehr die Treue hielt. Dafür sein Geist, der solle noch immer so wach sein wie der eines gestandenen und zudem weisen Mannes. Doch eigentlich war er in jeder Hinsicht ein Greis.

***

DICHT an die Hauswand gepresst, hörte Merranas die massive Holztür wieder ins Schloss fallen. Nun war sie fürs Erste unerreichbar. Nur ein Vollidiot würde es wagen, bei

Tageslicht in ein Herrenhaus einzubrechen, um eine Frau zu köpfen. Die alleinige Vorstellung, dass genau dies seine Aufgabe war, bereitete ihm Unbehagen. Er schaute hoch zum ersten Stock und wieder um die Ecke auf die Hauptstraße. In der Dunkelheit könnte er hochklettern. Die Balken des Fachwerkhauses boten genug Möglichkeiten, um sich festzuhalten. Doch die Fenster würden gut verriegelt sein. Vielleicht würde er diese Frau bewusstlos schlagen und schleunigst aus der Stadt bringen. Dann zuerst den Kopf abtrennen, oder aber die Hand oder doch den Kopf? Nein, die Hand war einfacher. Merranas kämpfte seine Überlegungen nieder. Als Erstes musste er herausfinden, wie er dieses Haus sicher betreten, und was noch viel wichtiger war, wieder ungesehen verlassen konnte. Eine Weile stand er zwischen den Gebäuden und betrachtete abwechselnd die Hauswand und das Treiben am Marktplatz. Händler priesen ihre Waren an, Mägde stritten laut. Zwischendurch rumpelte ein Karren über das grobe Kopfsteinpflaster. Es würde sich schon ein leichter Weg finden, in das Haus des Statthalters zu gelangen. Er musste nur nach dem richtigen Schlüssel suchen. Mit geübten Handgriffen zog er seine Weste gerade, zupfte an den Hemdsärmeln und fuhr sich durch die Haare, bevor er zwischen den Häusern heraustrat. Der Marktplatz war voller Bewohner und Bauern aus der Umgebung. Einfaches Gemüse, lebende Hühner und Schafe, aber auch Forellen und Käse bildeten ein reiches Angebot. Balfahlahr war eine wohlhabende Stadt mit fruchtbaren Ländereien und anscheinend fleißigen Bauern. Wieder spürte Merranas seinen Magen, der sich mit einem lauten Knurren meldete. Vom Hunger getrieben, schlenderte er auf die Marktstände zu. Der Geruch von frischem Schafskäse ließ ihn auf einen Stand zusteuern, an dem sich einige Mägde drängten. Mit einem verführerischen Grinsen stellte er sich frech in ihre Mitte. Schon hatten ihn zwei jüngere Mädchen bemerkt. Die eine kicherte, während sie ihre Nachbarin in die Seite stieß und mit einem Kopfnicken auf Merranas wies. Der lächelte beide an und zwinkerte, worauf sie zu tuscheln begannen.

»Oh, das riecht aber herrlich«, sagte er lauter als notwendig.

»Ah, der Herr hat einen vorzüglichen Geschmack. Der Käse ist frisch wie der junge Morgen«, gab die Marktfrau zurück, die genauso rund war wie die kleinen Käselaibe, die sie darbot. Sofort hatte er die ungeteilte Aufmerksamkeit der gesamten Weiberschar.

»Ja, das sieht man. Was soll denn so ein Laibchen kosten?«

»Die kleinen jeweils zehn Kupfer, die großen ein Silber das Stück.«

»Hm, also ich weiß nicht.«

»Mein Herr, das ist ein fairer Preis für so frische Ware! Ich habe die Laibe selbst hergestellt, die Milch selbst gemolken.«

»Ja, durchaus, daran kein Zweifel.«

Eine Frau drängte sich neben ihn und ihr Ellbogen schob ihn sehr unsanft zur Seite.

»Ich nehme vier von den großen, Milwa.«

»Sehr wohl. Für den Ratsherrn höchstpersönlich?«

»Ja, er kann sie gut kauen. Besser als das harte Brot allemal.«

»Mit alten Männern ist es wie mit Säuglingen. Hier, meine Liebe. Vier der größten und besten und einen Gruß. Und mögen ihn die Götter schützen! Auf dass es uns weiterhin so gut ergeht.« Die Marktfrau legte die schweren Käselaibe in den Korb der Magd. Unter dem Gewicht der Ware sanken die Arme der Frau nach unten.

»Vielen Dank!«, gab sie zur Antwort und hievte den vollen Korb etwas höher.

Merranas hatte das kurze Gespräch der Frauen mit größtem Verzücken verfolgt. Das Glück ist dort, wo man es am wenigsten vermutet, und momentan stand es direkt neben ihm. Der Schlüssel zum Haus des Statthalters war eine junge Magd mit Schafskäse im Korb.

»So, der Herr. Habt Ihr Euch entschieden?«, fragte die Marktfrau etwas schroff.

»Ja, einen großen Laib. Packt ihn in das Tuch da und hier der Silberling.«

Er streckte ihr eine Münze entgegen, wobei er sich zu

der Magd hinüberlehnte, die ihn nicht mehr ignorieren konnte. Ein charmantes Lächeln strahlte ihr aus dem ansehnlichen Männergesicht mit stahlblauen Augen entgegen. Er war unrasiert, aber gutaussehend. Sie konnte nicht widerstehen, das Lächeln zu erwidern.

»Verehrteste, darf ich Euch helfen, den schweren Korb zu tragen? Frauen mit Eurer Anmut sollten solche Arbeit nicht verrichten müssen.«

Dieser Satz hatte noch nie seine Wirkung verfehl. Bevor sein Gegenüber etwas entgegnen konnte, hatte Merranas der jungen Frau den Korb abgenommen und wies ihr den Weg in Richtung des Statthalters Haus.

»Oh, wie aufmerksam, aber ich kenne Euch doch gar nicht. Ihr seid mir hier noch nie begegnet.«

»Ich bin nur wegen eines Handels hier und werde schon bald wieder weiterreisen, was natürlich ausgesprochen schade ist, wenn ich bedenke, was für liebreizende Gesellschaft man hier antrifft«, log Merranas und die Magd begann zu kichern.

Verlegen zupfte sie an der Leinenschürze, die sie über dem braunen Rock trug. »Ihr seht gar nicht wie ein Kaufmann aus.«

»Ja? Wie sieht denn ein richtiger Kaufmann aus?«, fragte er schmeichelnd, ohne sie aus den Augen zu lassen. Leichte Röte zeichnete sich auf den Wangen der Magd ab. Sie fühlte sich in der Gesellschaft des Fremden plötzlich wie eine der Hofdamen, die teure Kleider trugen und wunderschönen Schmuck. Merranas war in seinem Element und richtete sich zur vollen Größe auf, bevor er ihr den Arm anbot, den sie ohne Zögern annahm und sich bei ihm einhakte. Jetzt hatte er den gesuchten Schlüssel an seiner Seite. Dieses dumme Frauenzimmer würde ihm die Türen ohne Nachdenken öffnen. Er musste nur ein paar schmeichelnde Sätze von sich geben, und sie würde alles für ihn tun. Die Weiber waren so leicht zu beeindrucken, es war für ihn ein Kinderspiel.

Mit seiner Begleitung erreichte er den Hintereingang des Statthalters Haus. Ohne Scheu war er auch die zwei Stufen zur Tür hinaufgestiegen.

»Lasst mich den Korb im Inneren abstellen.«

»Nein, mein Herr. Ab hier schaffe ich es alleine. Ich danke Euch vielmals für Eure Hilfe, aber das schaffe ich schon.«

Mit beiden Händen griff die Magd nach ihrem Korb und wollte ihn aus Merranas' Griff befreien. Doch dieser zog ihn zu sich, sodass sie ihm einen Schritt entgegenkommen musste, um nicht den Korb loszulassen. Unverhohlen schaute er sie an und lächelte.

»Du bist hübsch.«

Die Augen der jungen Frau weiteten sich bei Merranas' Worten. Diesen Moment wusste er gekonnt zu nutzen, und so hauchte er ihr dreist einen Kuss auf die Lippen. Verblüfft starrte ihn das Mädchen an, um gleich darauf verlegen zur Seite zu blicken.

»Wieso tut Ihr das?«

Vorsichtig hob er ihr Kinn an. »Weil du schön bist. Nun lass dir doch helfen.«

Seine Schmeicheleien zeigten ihre Wirkung. Die Magd lächelte und folgte ihm auf die Stufen, um die Tür zur Küche zu öffnen. Eine wohlige Wärme strömte durch den Eingang und Merranas war Selestria schneller näher gekommen, als erhofft. Wozu die zehn Tage? Er würde höchstens noch zwei brauchen, wenn nicht einen. Und wenn er sich beeilte, war er in einem Tag zurück am Hort. Die drei Tagesreisen waren eine unnötige Notlüge gewesen. Seine Freude über diesen glücklichen Zufall wuchs und mit ihr der Ehrgeiz. Fast konnte er das Gewicht des Drachengoldes bereits in seinem Geldbeutel spüren. Irgendwann musste er nur die Magd wieder loswerden.

***

RUHELOS lag Kallestrus auf dem Rücken und stieß kleine Rauchwölkchen durch die Nüstern. Der Mensch machte ihm Sorgen und noch mehr Sorgen machte er sich um seinen Sohn. Sollte er wirklich das Schicksal seiner letzten Brut in die Hände eines jungen Menschen legen? Auch für Drachen kommt die Zeit der Reife und Prüfungen. Kiromin war mit seinen zweihundertfünfzig Jahren in dieser Phase, aber war er bereits stark genug für diese Zeiten? Kallestrus war voller Zweifel. Je mehr er versucht hatte, sich zu beruhigen, umso tiefer waren die Furchen im Gold geworden, die sein Lauf im Kreis hinterlassen hatte. Vor lauter Nachdenken war er sogar schmerzhaft in einen großen Rubin getreten, der jetzt in seiner linken Hinterpranke festsaß.

Er hatte unzählige Male versucht, das Wesen der Drachentöterin zu ergründen. Immer wenn er kurz davorstand, etwas zu sehen oder zu fühlen, senkte sich ein dicker Schleier vor seinen Geist. Was stimmte nicht mit dieser Frau? Oder stimmte etwas mit ihm nicht mehr? Die Welt um ihn herum schien sich zu verändern, als habe jemand das Gefüge der Kräfte gestört und ein Ungleichgewicht geschaffen. Er konnte es spüren, und von Augenblick zu Augenblick wuchs sein Wille, sich auf den Weg nach Balfahlahr zu machen. Gebetsmühlenartig hatte er sich selbst ermahnt, endlich den Leib vom Gold zu erheben, war aber liegen geblieben. Hier im Hort, bei seinen Schätzen. Er schaute an die Decke, wo die zart leuchtenden Kugeln langsam ihre Runden drehten und betrachtete sie eine Weile. Drei wunderschöne Kugeln. Doch etwas an ihrem Anblick missfiel ihm mit einem Mal. Er schloss die Augen und sah zum ersten Mal Selestria deutlich vor sich. Die Drachentöterin, die nur im... Es war wie ein Blitz hinein in den Geist der Frau, der ihm zeigte, was er nicht sehen wollte: Seinen letzten Sohn. Endlich wusste er, was der Grund für das Missfallen war. Dort oben an der Decke fehlte etwas, und in dieser Welt war eine Macht zu viel am Werk. Seine Nüstern blähten sich und noch im Liegen brüllte er los. Diese verdammten Sterblichen! *Traue keinem Menschen!* Das waren auch die Worte, die er Kiromin mitgegeben hatte. Vielleicht hätte er sich selbst daran halten sollen.

»Nein, diesmal nicht. Kiromin bekommt sie nicht!«

Kallestrus erhob sich von seinem Gold, wobei er es tunlichst vermied, das Gewicht auf die linke Hinterpranke zu verlagern. Der Rubin hatte sich in die dunkelblaue Drachenhaut gebohrt. Es würde Jahrzehnte dauern, ihn wieder loszuwerden. Kallestrus ärgerte sich ein bisschen, dass ihm so was noch in seinem Alter passieren musste.

Leicht humpelnd verließ der Drache sein Gold und den Hort. Vor dem Eingang breitete er die Schwingen aus. Die Nacht kennt keine Drachen und der Morgen würde schon bald hereinbrechen. Er hatte nicht mehr viel Zeit. Schwarz sind die Schwingen, wie der Himmel selbst. Lautlos und elegant erhob er sich in die Luft. Mit dem gleichen Ziel wie der Mensch am Tag zuvor.

***

TROTZ ihres Standes und der Insignien hatte man Selestria tags zuvor nicht zum Statthalter vorgelassen. Stattdessen wurde sie auf eines der Gästezimmer gebracht. Zuerst war sie empört gewesen über diese Zurückweisung, aber als Bartholomäus am Nachmittag für einen kurzen Augenblick erschienen war, konnte sie sehen, dass er nicht mehr lange zu leben hatte. Gestützt auf den Arm eines Knechtes und in gebeugter Haltung hatte er sie kurzatmig begrüßt und um Verzeihung gebeten. Selbst das dunkelgrüne Gewand aus feinem Samt schien ihm zu viel Gewicht zu sein. Letztendlich war es ihr nicht Unrecht gewesen. Nach dem langen Marsch konnte sie sich ausruhen. Auf einen Tag mehr oder weniger würde es nicht mehr ankommen. In Balfahlahr würde bald kein Drache mehr sein.

Heute wollte er sie empfangen. Und so stand sie bereits eine Weile im Audienzzimmer und wartete geduldig. Vor dem Kaminfeuer hatte sie ihren Mantel abgelegt und wärmte die Hände am spärlichen Feuer. Sie schaute in die tänzelnden Flammen und eine tiefe, ihr wohlbekannte Wut machte sich breit. Sie wusste nicht warum, aber sie konnte es an Feuern nicht lange ertragen, obwohl sie eine leidenschaftliche Zuneigung zu deren Wärme empfand. War dies der Grund für die Zweifel, die sich Tag für Tag einschlichen?

Das Geräusch der sich öffnenden Tür riss sie aus dem Gedankengang. Der alte Mann, auch diesmal gestützt von einem jungen schwarzhaarigen Knecht mit kräftigem Körperbau, betrat das Zimmer. Beim Erscheinen des jungen Mannes spürte Selestria das schmerzliche, aber unverkennbare Brennen in ihrer Seele. Das war fast zu einfach! Sie brauchte nicht weiter suchen. Bartholomäus, der Statthalter, servierte ihr die Beute direkt in seinem Haus.

»Selestria, es ist mir eine Ehre, Euch heute empfangen zu können. Die Götter seien mit Euch und habt Dank für Eure Nachsicht mit einem Greis, dem die Kräfte schwinden«, begann Bartholomäus seine Ansprache. Als Antwort erhielt er ein kurzes Nicken.

»Nun, ich hoffe die Reise war nicht zu beschwerlich und Ihr konntet den gestrigen Tag zur Erholung nutzen.«

»Allerdings, ich wurde von Euren Mägden gut versorgt, und meine Gewänder sind tadellos gereinigt.«

Der Knecht führte seinen Herrn zum einzigen Sessel im Raum, der direkt am Feuer stand. Der Statthalter setzte sich langsam. Seine Zeit neigte sich dem Ende, das wusste er, und die Kräfte schwanden von einem Tag zum anderen. Balfahlahr war unter seiner Führung wohlhabend und groß geworden. Umso dringlicher wollte er die Inquisition wieder loswerden, noch bevor er selbst das Zeitliche segnete. Die Inquisitoren versetzten die Menschen in Angst. Viele hatten schon Angehörige durch falsche Anschuldigungen verloren. Andere waren verschleppt worden und nie wieder zurückgekehrt. Nur mit viel Verhandlungsgeschick, Geschenken an den Obersten Kirchenführer und gut durchdachter Diplomatie hatte Bartholomäus es geschafft, dass die Würdenträger nie ein schlechtes Wort über Balfahlahr hatten vorbringen können. So sollte es auch diesmal sein. Seiner Stadt und ihren Bewohnern zuliebe wollte er Selestria schnell wieder auf den Weg schicken.

»Selbstverständlich werden wir Euch in allen Dingen unterstützen«, fuhr der Alte fort.

»Dies wird meine Aufgabe um einiges erleichtern. Ich weiß das zu schätzen.«

»Ich kann Euch lediglich mit meinem Wissen dienen, aber Kiromin wird Euch bei allem Weiteren stets behilflich sein.«

Mit diesen Worten wies Bartholomäus auf den Mann neben sich, der fürsorglich auf den Greis blickte. Als der Alte schwieg, wandte sich Kiromin Selestria zu. Er wirkte beinahe schüchtern, wie er da neben dem Sessel stand und artig wartete. Ihre Blicke trafen sich. Blankes Entsetzen löste die Schüchternheit mit einem Wimpernschlag ab. Bartholomäus entging nicht, wie sich die Finger seines Knechtes in das Leder des Sessels bohrten, bis es leise knackte. Der junge Mann verlagerte das Gewicht von einem Bein aufs andere, als wolle er losrennen. Beunruhigt griff der Statthalter nach dessen Hand. Doch Kiromin zog sie sofort zurück.

»Er ist ein bisschen schüchtern, was das andere Geschlecht betrifft. Ihr dürft ihn nicht für ängstlich halten, Selestria.«

Das Einzige, was er als Antwort erhielt, war ein weiteres Nicken, denn Selestrias Blick hielt den von Kiromin gefangen, und die ernsten Gesichtszüge der Frau verzogen sich langsam zu einem tödlich anmutenden Lächeln.

»Ich bin überzeugt davon, dass er sehr mutig ist«, gab sie leise zurück.

***

KIROMIN fühlte sich wie vor den Scharfrichter gestellt. Die Panik schnürte ihm die Kehle zu. Alle seine Vorbereitungen, die er bezüglich der Ankunft der Inquisition getroffen hatte, wurden gerade zunichte gemacht. Alles hatte er während der letzten Wochen bedacht, wirklich alles. Er hatte sich sogar auf die Magie einer Hexe vorbereitet, aber nicht auf das, was nun vor ihm stand. Wie hatte sich der Vater so täuschen können? Das konnte nicht sein! Das hätte er wissen, zumindest ahnen müssen!

In Kiromins Schläfen pochte es. Ob der Statthalter wusste, wer diese Frau war? Hatte er deswegen in der Vergangenheit alle Anstrengungen unternommen, um die Inquisition von der eigenen Stadt fernzuhalten? Die Hände des jungen Mannes begannen zu schwitzen, obwohl sie kalt waren. Er musste Zeit gewinnen und einen neuen Plan vorbereiten. Zuerst senkte er seinen Blick vor Selestria. Kampflos würde er nicht aufgeben. Zu lange hatte er zusehen müssen, wie seine Brüder und Schwestern starben, ohne dass jemand diesem Töten Einhalt geboten hatte. Nur des Friedens willen hatten Vater und er zugesehen und getrauert. Warum hatten sie nicht nach dem Tod des ältesten Bruders nachgeforscht? Es war doch offensichtlich. Es stand ihr ins Gesicht geschrieben. Jeder Drache konnte es deutlich erkennen! Er sah es in ihren Augen. Das konnte nicht seine Prüfung sein! Der Preis erschien ihm viel zu hoch. Sein Vater war durchaus grausam und unberechenbar, aber das konnte er ihm nicht antun.

Die Gedanken des jungen Drachens überschlugen sich, während sein Gegenüber sich zusehends köstlich amüsierte. Selestria trat näher zu Kiromin und streckte ihm die Hand entgegen.

»Sei gegrüßt, Kiromin. Welch stattlichen Körper der Mensch doch haben kann. Du bist noch sehr jung, nicht wahr?«

In seiner Verwirrung ergriff er die weiße zierliche Hand. Bei der Berührung durchfuhr ihn Kälte, die er so in seinem Leben noch nie empfunden hatte. Unerträglicher Schmerz ließ ihn in die Knie gehen.

Bartholomäus verfolgte irritiert die Szene und atmete schwer. Die Angst seines Knechtes, der mit weit aufgerissenen Augen zu der Inquisitorin hinaufblickte, blieb ihm nicht verborgen. Er musste handeln.

»Kiromin, mein Junge, geht es dir nicht gut? Selestria ist hier, um uns zu unterstützen.«

Kiromin hatte Mühe, dem Griff von Selestria standzuhalten. Seine Finger und die Hand fühlten sich an, als habe die Frau sie in das dicke Eis eines gefrorenen Sees gepackt. Die Kälte schoss durch seine Adern und verteilte sich in der Brust und stieg den Rücken hinauf zum Kopf. Er kämpfte gegen das Verlangen, die Hand ruckartig wegzuziehen. Er musste sicher sein, dass sie das war, wofür er sie hielt.

»Nein, Bartholomäus. Das ist sie nicht«, brach es unter Schmerzen aus Kiromin heraus. Die Eiseskälte machte ihn wahnsinnig. Er wusste sich nicht anders zu helfen, als dem Alten die Wahrheit zu eröffnen, auf die Gefahr hin, dass dieser kein Wort glauben würde.

Ein leises Lachen erklang im Raum. Selestria konnte sich nicht mehr beherrschen. Das also war der Letzte? Ein kleiner Jungdrache in Mannesgestalt, der sie nicht einmal zum Kampf herausforderte, sondern Hilfe bei einem Greis suchte? Mit was? Der Wahrheit? Ohne Kiromins Hand loszulassen, erklang ihre Stimme hell und stark durch den Raum, als sie aus vollem Hals loslachte, dabei zuckten ihre schmalen Schultern.

»Als ob es an einem Knecht wäre, zu beurteilen, was ich bin und was nicht«, sprach sie Kiromin an. »Du, mit deinem Stand wagst es, das Wort gegen mich zu richten? Vor deinem Herrn? Mut hast du. Vielleicht zur falschen Zeit.«

Bartholomäus hatte sich unter größter Kraftanstrengung vom Sessel erhoben und keuchte. Seine Hände umfassten die Armlehnen, trotzdem war sein Stand unsicher und er schwankte. Ungläubiges Staunen über das Verhalten seines geliebten Knechtes trieb ihn auf die altersschwachen Beine. Dieses Gespräch würde ein schlimmes Ende für sie alle nehmen, wenn er nicht einschritt. Seinen Diener kannte er seit Jahren. Bereits als Zwölfjähriger war Kiromin in sein Haus gekommen. Erst als Stallbursche, dann als Knecht. Nun war er immer an seiner Seite und mittlerweile mehr ein Sohn, dem er zutiefst vertraute. Auf keinen Fall wollte er einen Konflikt zwischen der Obrigkeit und seiner Stadt herbeigeführt wissen.

»Selestria, verzeiht meinem Kiromin. Er ist sehr ehrgeizig, und manchmal ist der junge Verstand noch zu ungestüm und die Zunge zu schnell, um die Folgen zu bedenken. Er hat dies sicherlich so nicht gemeint.«

Belustigt über die Entschuldigung des Statthalters drehte sich Selestria dem Redner zu. Gerade wollte sie Bartholomäus eine herablassende Antwort geben, als der Schlag einer Faust sie völlig unerwartet im Gesicht traf. Sie konnte nicht beurteilen, ob das Erstaunen oder der starke Aufprall an ihrer linken Schläfe sie dazu veranlasst hatte, Kiromins Hand loszulassen. Doch sie taumelte unter dem heftigen Schlag einige Schritte zurück.

Kiromin stöhnte, während die Kälte allmählich aus seinem Körper wich. Er rieb die klamme Hand und die Stellen, an denen die Frau ihn berührt hatte. Wohlbekannte Hitze kehrte in seinen Geist und Körper zurück. Was für ein Zauber war das?

Selestria fasste mit zwei Fingern an die Stelle, an der Kiromin sie erwischt hatte. Kein Blut, aber ein stechender Schmerz. Für einen Moment legte sich ihre Stirn in Falten. Sie hatte ihn unterschätzt. Ein Anflug von Zweifel an dem, was sie gerade tat, ließ sie kurz innehalten. An der gesamten Situation stimmte etwas nicht. Sie wollte ihm nicht wehtun, aber die Wut kochte umso heftiger, je länger er in ihrer Nähe war. Hatte man sie in eine Falle gelockt? War der Verfolgungswahn im Wald das Vorzeichen gewesen? Sie hatte nicht geirrt. Das Wesen vor ihr war nicht irgendein Drache. Von dieser Sippe hatte sie schon mindestens drei getötet. Ein Mord war schlimmer als der andere gewesen, und die Bilder der Sterbenden verfolgten sie jeden Tag.

»Kiromin, was tust du da, mein Sohn?«

Sorge und Angst erschienen in Bartholomäus' Gesicht. Die Haut des alten Mannes hatte alle Farbe verloren und in den Augen standen Tränen. Keuchend streckte er einen Arm nach dem jungen Mann aus, der ihm plötzlich wie ein Fremder erschien. Er wollte ihn aufhalten, aber die Beine gehorchten ihm nicht mehr. Mit Mühe gelang es ihm, das

Gleichgewicht zu halten. Er musste sich an den Sessellehnen festhalten, um nicht zu fallen.

»Kiromin, wir werden alle vor den Henkern des Obersten Kirchenführers enden. Schau, was du getan hast! Du hast das Oberste Haupt der Inquisition ins Gesicht geschlagen. Junge, was ist in dich gefahren?«

Kiromin antwortete nicht. Wie von Sinnen stürmte er auf die noch leicht benommene Selestria los. Mit der Hand ergriff er die Haube der Frau und riss ihr die Bedeckung gewaltsam vom Kopf. Er brauchte Gewissheit. Wenn er sich irrte, dann sollte er für diesen Irrtum sterben, aber er musste es wissen. War sie wirklich das, was er in ihren Augen sah?

Unter dem unerwartet starken Hieb hatte Selestria ihre Reflexe eingebüßt. Sie bekam Kiromins Hand zu spät zu fassen, der sogleich die schmerzende Eiseskälte auf der Haut spürte. Langes, weißrot schimmerndes Haar ergoss sich wie Wasser um das Gesicht und die Schultern der Frau, fiel bis an die Hüften. Mit einem schrillen Schrei fasste sie sich an den Kopf. Feine Nadeln hatten die Haube gehalten. Jetzt hingen Haarbüschel an der Kopfbedeckung, die Kiromin achtlos fallen ließ.

Vor Entsetzen fiel Bartholomäus in den Sessel zurück. Nur stotternd kamen die Worte aus dem fast zahnlosen Mund.

»Sie ist… eine Furiae! Eine Brut der schwarzen Magie!«

Kiromin schüttelte langsam den Kopf, ohne den Blick von Selestria zu wenden. »Nein. Das ist sie nicht!«

»Kiromin, fass sie nicht an! Sie wird dich töten, und nicht nur dich.« Die Stimme des Greisen zitterte. Er wusste, dass er nicht mehr viele Tage in dieser Welt hatte, aber jetzt zweifelte er daran, den Sonnenuntergang noch erleben zu dürfen. Sie hatten eine Furiae unter sich, schlimmer als alle Hexen dieser Zeit. Die Obrigkeit hatte ein mächtiges Wesen rekrutiert, um die Drachen zu jagen. Wie hatten sie das geschafft? Mit einem Mal wurde ihm klar, warum diese Frau so erfolgreich gewesen war: sie war keine.

Bartholomäus' Unterlippe begann zu zittern, und er ließ den Tränen freien Lauf, als er Kiromin ansah. Gleich würde sein Schützling sterben. Es war nur noch eine Frage von wenigen Augenblicken.

»Kiromin ...«, versuchte er seinen Ziehsohn zu warnen, doch der hörte ihm gar nicht zu.

»Das kann nicht sein. Das kann nicht wahr sein. Du bist tot! Du bist seit Jahrhunderten tot! Nur noch eine Legende. Man erzählt Märchen über dich!«, flüsterte er vor sich hin, während er versuchte, sich an die Einzelheiten der Erzählungen zu erinnern. Sie konnte besiegt werden. Nur wie?

Was Kiromin sagte, drang an Selestrias Ohr, doch sie verstand die Bedeutung nicht. Was redete er da bloß? Was für ein Spiel wurde hier mit ihr getrieben?

»SCHWEIG!«, schrie sie ihn an.

Jetzt hatte er Sicherheit. Sein Vater war nicht nur sehr alt und mächtig, er war verrückt. Seine eigenen Kinder hatte er belogen. Über Generationen hinweg, um sie eigenhändig in den Tod zu führen. Eine Bestie war er und das nicht nur in Gestalt. Wenn er mit ihr fertig war, würde er ihn töten. Er wusste noch nicht wie, aber er würde einen Weg finden. Glühende Wut übermannte Kiromin, ließ Panik und Angst weichen. Alle würde er rächen, jeden einzelnen seiner Sippe.

»Du! Du, Todesbringerin. Wieso bist du am Leben? Wer hat dir geholfen? Wer hat dich wieder in die Welt gelassen?«

Kiromin trat nahe an Selestria heran, sodass sie die Glut in den Augen des Drachen sehen konnte. Nicht ein Wort verstand sie, von dem was er sagte. Und sie wünschte, er würde auch keines mehr von sich geben. Sie musste ihn zum Schweigen bringen.

»Du warst diejenige, die die Feuer hat erlöschen lassen! Du hast alle getötet und keiner hat dich erkannt! Sie waren alle zu eifrig oder stolz, um dich zu erkennen, vielleicht ungläubig. Du hast sie alle umgebracht«, presste er zwischen den Zähnen hindurch.

Selestria schüttelte vehement den Kopf. Gedanken und Bilder rasten hindurch, von Drachen und Menschen, von Stein und Eis, von Schmerzen und Schreien, aber nicht der ihrer Opfer, sie hörte die eigene Stimme im Kopf. Sie hielt sich die Hände an die Ohren, damit endlich Ruhe herrschte. Es half nicht. Stattdessen ging die Tür zum Audienzzimmer auf und ein weiterer Mann, mit einem Krug und Korb in den Händen, betrat den Raum. Selestria nutzte diesen Augenblick, um aus dieser irrsinnigen Lage zu entkommen. Einen Zeugen konnte sie auf keinen Fall gebrauchen. Sie würde bereits den Tod des Statthalters erklären müssen, denn er würde sterben, wenn sie mit dem Drachen fertig war.

»Perfrigesco!«

Es kam nur ein Flüstern über die Lippen der Frau, doch die Wirkung war für alle Anwesenden im Nu spürbar. Kaum hatte sie das Wort ausgesprochen, bildete sich mit lautem Knacken ein großer Eiskristall an der Decke, breitete sich wie Lauffeuer über das schwarze Holz und die Wände runter zum Boden aus. Merranas ließ vor Schrecken Krug und Korb fallen. Er hatte all seinen Charme und seine Schauspielkunst aufbringen müssen, um die Magd überreden zu können, das Haus zu verlassen und für ihn zum Apotheker zu gehen. Sie sollte etwas gegen seine wunden Füße besorgen. Zwar war das dumme Ding nach der letzten Nacht, die sie gemeinsam in einer kleinen Kammer unterm Dach verbracht hatten, liebestrunken, aber stur. Mit offenem Mund starrte er in den Raum aus Eis und hatte vergessen, warum er ihn überhaupt betreten wollte. Nicht weniger erstaunt waren Kiromin und Bartholomäus, als sie sich dem Eintretenden zuwandten.

»Wer bist du?«, wollte Kiromin wissen.

Die kleine Unaufmerksamkeit bestrafte ihn. Ein stechender Schmerz machte sich über sein gesamtes Gesicht breit. Selestria hatte den Moment genutzt und zum Schwert gegriffen. Ein erster Hieb hatte Kiromin quer über das Gesicht getroffen. Sogleich begann die Wange zu bluten. Einzelne Tropfen färbten das Eis zu seinen Füßen. Merranas stand wie gebannt, als die Inquisitorin zum zweiten Mal ihre Klinge gegen den Knecht des Statthalters schwang. Sein Verstand erwachte ruckartig aus der Lähmung. Das war vielleicht die einzige Chance, diesen Auftrag zu erfüllen.

Wenn sie schon in einen Kampf verwickelt war, sollte es so bleiben. Jetzt würde der Knecht ihm einen Teil der Arbeit noch abnehmen. Dann brauchte er nur den Mann samt Greis zu bestechen und spätestens übermorgen wäre er reich. Das Glück war gerade mit ihm. Wenn Zeit bliebe, würde er sogar mit der Magd noch ein bisschen länger in der kleinen Kammer verbringen, wobei die bei weitem nicht so schön war wie dieses Exemplar an Frauenzimmer, das gerade den Knecht mit dem Schwert traktierte.

Selestria hielt ihre Waffe mit beiden Händen und holte voller Kraft aus. Den Kopf würde sie ihm abschlagen, damit er für immer schwieg. Die Worte des Drachens dröhnten durch ihren Geist: *»Todesbringerin! Du bist tot. Du bist seit Jahrhunderten tot. Todesbringerin! Du bist tot!«* Was hatte das alles zu bedeuten?

Sie verfehlte ihn zweimal, sodass sie ein weiteres Mal ausholen musste. Auch dieser Schlag ging daneben, als habe er ihn vorausgesehen. Er wich jedem weiteren Schlag aus, den sie gegen ihn führte.

Kiromins Wut und der Wunsch nach Rache spornten ihn an. Geschickt duckte er sich unter den Hieben hinweg. Ihre Bewegungen waren klar zu erkennen. Beinahe glaubte er zu spüren, was sie als Nächstes tun würde. Wie sie ihre Waffe hob und dabei das Gewicht verlagerte, alles an diesem Wesen kam ihm so absonderlich vertraut vor. Er wollte sie mit den bloßen Händen umbringen, damit die Legende um ihr Wesen wahr werden würde. Das Eis unter seinen Füßen machte auf längere Zeit einen sicheren Stand unmöglich und die Sohlen seiner Stiefel rutschten immer mehr unter den schnellen Bewegungen. Bevor sie ihn traf, musste er selbst handeln. Kurz ließ er sich zu dem Gedanken hinreißen, sich in seine wahre Gestalt zu wandeln. Dann wurde er wieder des Mannes im Raum gewahr. Wer war dieser Kerl? Er hatte ihn noch nie gesehen.

Merranas hatte sich hinuntergebeugt und zog seine beiden Messer aus den Stiefeln. Eins sollte reichen, um sie des Schwertes zu entledigen, mit dem zweiten würde er die weiße Haut am Hals durchtrennen. *Sie ist eine Furiae!* Kallestrus hatte ihn losgeschickt, um eine Furiae zu töten. Ein magisches uraltes Wesen. Viele glaubten, die Geschichten über sie seien eine Mär, erdacht, um Kinder zu erschrecken. Doch in den dunklen Gassen und Ecken der Städte lernte man von alten Huren und Säufern, die früher mutige Helden gewesen waren, wie viel Wahrheit in solchen Erzählungen lag. Drachen sind Betrüger! Es sollte doch eine Menschenfrau sein. Deswegen wollte Kallestrus auch den Kopf. Endlich machte dieser Auftrag einen Sinn.

Er zielte ruhig und warf das Messer auf die schwertführende Hand der Frau. Die Messerklinge glitzerte im Flug. Das Eis spiegelte blankpoliertes Eisen an den Wänden und der Decke wider. Mit gewohnter Präzision wehrte Selestria das Messer mit einem geschwungenen Schlag der eigenen Klinge ab. Ein leises Klirren ertönte, als das Wurfmesser auf den frostigen Boden fiel.

Kiromin erkannte in dem Angriff des Fremden seine Chance. Mit einem Sprung war er bei der Frau, rang sie zu Boden, und seine Hände legten sich um die eisige Haut des schlanken Halses. Selestria zischte etwas, das er nicht verstand und griff mit der freien Hand nach seinem Arm. Sie versetzte ihm einen Schwerthieb in die Seite. Ohne Erfolg. Die Hände des Drachens schlossen sich fest um ihren Hals.

Voller Panik schnappte sie nach Atem. Dieser hier war stärker als alle bisherigen. Strampelnd und mit eisigem Griff an seinem Arm versuchte sie ihn abzuschütteln, während Kiromin über ihr kniete, das Gesicht von Hass zur Grimasse verzerrt. Das war nicht ihr Richter. Nicht dieser Jungdrache! Sie rang nach Luft. Die Hand fest um das Schwert und mit dem aufgestauten Zorn der letzten Jahre versetzte sie Kiromin einen Schlag ins Gesicht. Sie japste, als sich seine Hände von ihrem Hals lösten und er zur Seite fiel. Merranas stand leicht geduckt, aber unentschlossen mit dem zweiten Messer in der Hand. Die Scherben des Kruges hatte er vorsichtig mit den Stiefelspitzen zur Seite geschoben. Das Eis war tückisch genug.

Verdammtes Weibsstück oder Furiae! Was bist du? Merranas folgte den Bewegungen der Frau, die sich grazil und schnell bewegte, selbst jetzt, nachdem sie gewürgt worden war. Sie war zäh und eine exzellente Schwerkämpferin. Im offenen Kampf würde er sie niemals besiegen. Aus Gewohnheit wog er das Messer in der Hand und sah den Kämpfenden zu. Aufs Neue hieß Geduld sein bester Freund. Warten, auf dass einer der beiden einen Fehler machte. Keuchend war Selestria wieder auf die Beine gekommen. Noch bevor Kiromin sich vom Schlag erholen konnte, stand sie über ihm, die Klinge ihres Schwertes senkrecht auf seine Brust gerichtet. Die Arme zum Stoß erhoben, so würde das Metall seinen Weg in den Brustkorb der Menschengestalt finden und das Herz durchbohren. Selestria sah zornig auf den jungen Mann, dessen Gesicht blutverschmiert, aber ohne einen Anflug von Angst vor ihr lag. Kein Funken Furcht war in seiner Miene, aber Hass schoss ihr wie ein brennender Pfeil entgegen.

»Kiromin!«

Der Schrei des Statthalters verklang, als die Klinge auf den Körper des Mannes hinuntersauste. Doch sie berührte ihn nicht. Ein Flammenstoß riss Selestria das Schwert aus beiden Händen, ließ es sich um die Längsachse in der Luft drehen, an die Decke steigen und in der Eiskuppel versinken. Selestria schaute ihrer Waffen nach und schüttelte ungläubig den Kopf. Ein Drache gibt sein Wesen nicht vor Menschen preis. Das konnte er nicht getan haben. Sie stierte auf Kiromin herab, der ruhig am Boden lag. Das Eis um sie herum begann so schnell zu schmelzen, wie es zuvor aufgetaucht war. Merranas stand verloren im Raum, und der Statthalter saß flach atmend im Sessel.

Hinter dem Kopfgeldjäger stand ein Mönch in der Tür und betrat den Raum. Zumindest hielt man die Person beim ersten Hinsehen für einen Gottesmann, denn er war in eine braune Kutte mit weit geschnittener Kapuze gekleidet. Kiromin schaffte es, auf die Beine zu kommen. Mit der Hand wischte er sich über die Wunde am Auge. Einige Schritte reichten, um beim Mönch zu sein. Doch dieser wies ihn an, zur Seite zu treten. Immer noch kochte die Wut in dem jungen Drachen, aber es war ihm nicht möglich, sich dieser Person zu widersetzen. Der Mönch sowie eine beunruhigende innere Stimme trieben Selestria zu einem der Fenster. Sie musste fliehen. Nichts wie raus, sonst war sie tatsächlich des Todes. Sie würde ihre Aufgabe niemals vollenden können, wenn sie jetzt nicht aus dieser prekären Lage verschwand. Ihr Blick richtete sich kurz auf den Boden. Nachdem das Eis geschmolzen war, war ihre Waffe heruntergefallen. Jetzt lag das Schwert mitten im Raum, und der Mönch kam ruhigen Schrittes auf sie zu. Bei jedem Schritt, den er sich ihr näherte, loderte eine Flamme in ihrer Brust auf, die ihr Tränen in die Augen trieb. Altbekannter Schmerz flutete das Blut in ihren Adern. Wärme stieg in die Gebeine der Frau, die sie mehr fürchtete, als den Tod. *Er darf nicht hierherkommen!* Keinen Schritt sollte er näher kommen, sonst würde sie innerlich verbrennen. Sie drehte sich zu dem kleinen Fenster und griff an den Haken, der beide Glasflügel zusammenhielt. Doch das Eis war nicht vollständig gewichen, die Schließvorrichtung zugefroren. Eine lang vergessene Angst ergriff Selestria und sie spürte ein fremdes und doch wohlbekanntes Gefühl heißen Atems im Nacken. Er stand direkt hinter ihr. Tränen rannen die Wangen der Frau hinab, um als kleine Eiskristalle zu Boden zu fallen. Sie hatte zu lange nicht geweint. Es fühlte sich schlimmer an als all der Zorn, die Wut und der Hass, den sie Jahr für Jahr in sich trug, der sie genährt und unbesiegbar gemacht hatte. Sie war die Todesbringerin und auch er würde sterben, noch vor seinem Sohn. Sie drehte sich zu ihm.

Da stand er, direkt vor ihr. Seine Hitze schlug ihr ins Gesicht, sprühte Funken in ihren Geist, um dort ein loderndes Feuer zu entzünden. Kallestrus hatte die Kapuze abgesetzt, schaute in die verweinten Augen des ersten Kopfes der Inquisition und endlich erkannte er sie. Ja, er hatte sich geirrt. In allem hatte er sich geirrt, über Jahre und Jahrzehnte.

Seit Anbeginn hatte er sie verleumdet und an die Menschen verraten. Jetzt stand sie vor ihm und wusste nicht einmal, wer sie war. Warum sie so war und schon gar nicht, was sie hier tat. Sie durfte gar nicht hier sein. Nicht mit ihm in dieser Welt. Jemand hatte den Schwur und damit auch ihn verraten, der Bann war gebrochen worden. Bloß wann? Jemand ließ ihn für seinen Verrat bezahlen, mit dem Leben seiner Kinder. Er fühlte sich zu menschlich in dieser Gestalt, als er sie so sah. In dieser Kleidung, mit diesem Körper und ihrer beider Vergangenheit, von der sie gerade einmal eine vage Ahnung erhielten.

»Selestria, was hast du getan?«

Sanft ergriffen seine Hände das Gesicht der jungen Frau, zogen es an sich. Ein tiefer Kuss des Feuers berührte Selestrias Lippen. Sie erinnerte sich.

»Kallestrus«, flüsterte sie.

Er blickte in die türkisgrünschimmernden Augen seiner Geliebten, die ihn glücklich anlächelte. Kallestrus' Hände wanderten zum schlanken Hals des Eisdrachen, und seine Blicke wurden Feuer, als er ihr Genick brach.

BUCH 2

AUFBRUCH

Kraftlos ließ Kallestrus die Hände sinken. Der schlaffe Frauenkörper ging zu Boden. Auf dem Gesicht der Toten lag immer noch ein Lächeln. Langsam drehte sich Kallestrus von ihr weg. Ein lebhaftes Knistern des Kaminfeuers und ungewohnte Wärme erfüllten den großen Raum.

Merranas erwachte als Erster aus der Starre, die alle ergriffen hatte, als der Mönch zu Selestria getreten war. Zu seiner Überraschung waren alle Gedanken völlig klar. Der fremde Mönch hatte das Mitglied der Inquisition persönlich umgebracht. Die Gründe konnten ihm egal sein. Nun hieß es, den Leichnam und sich selbst geschickt aus dem Spiel zu bringen. Alles weitere wäre nur Drecksarbeit, wenn auch gut bezahlte. Vorsichtig schaute er sich nach dem anderen Mann und dem Statthalter um. Der Alte im Sessel rührte sich nicht, der Knecht blickte weiterhin auf den Gottesmann. Gerade als er sich in eine Ecke des weitläufigen Zimmers verdrücken wollte, wandte sich der Mönch ihm zu.

»Merranas, dein Auftrag hat sich in diesem Augenblick geändert. Hebe die Frau auf, wir gehen. Auch du kommst mit, Kiromin. Für dich gibt es hier nichts mehr zu tun.«

Der Kopfgeldjäger verstand nicht. Irritiert schaute er den Mönch an. Woher wusste der Gottesmann von seinem Auftrag? Mit jedem Ereignis wurde diese Aufgabe bizarrer.

»Ihr müsst mich verwechseln, Pater. Ich ... « Weiter kam Merranas nicht mit seinem Erklärungsversuch.

»Merranas, das ist meine menschliche Gestalt«, raunte der Mönch.

»Verstehe.«

»Du verstehst gar nichts, was typisch für euch Menschen

ist. Euch muss man alles erklären«, zischte Kallestrus wütend.

Allmählich dämmerte Merranas, wer der Mönch tatsächlich war. Vor ihm stand sein Auftraggeber in menschlicher Gestalt. Oder in einer seiner menschlichen Gestalten? Merranas wusste nicht genau, ob Drachen nur eine solche Erscheinung besaßen oder mehrere. Im Grunde wusste er über diese Wesen eher wenig. Kurz überlegte er, was die Kirche wohl dazu sagen würde, wenn ausgerechnet ihre höchsten Vertreter allesamt Schuppenträger wären, vielleicht sogar waren. Die Vorstellung belustigte ihn.

»Wenn das so ist, gilt der Auftrag als erfüllt. Der Kopf und die Hand samt Siegelring liegen direkt hinter dir. Ich verzichte auch gerne auf einen Teil der Bezahlung. Wir sind quitt«, entgegnete er dem Drachen. Er sah den Moment als geeignete Chance, bequem aus diesem unheimlichen Schlamassel zu entkommen. Zwar müsste er auf etwas Gold verzichten, aber das war ihm nicht mehr wichtig. Lieber nicht vogelfrei, nicht in einem Raum eingefroren und schon gar nicht einem wütenden Drachen gegenüberstehen. Dafür lediglich ein klein bisschen weniger Gold im Beutel.

»Nirgendwohin gehe ich mit dir!«, unterbrach der andere junge Mann die Gedanken des Kopfgeldjägers. »Du bist ein Mörder! Du hast jahrelang zugesehen, wie die Todesbringerin unsere Familie und Sippe vernichtet hat. Du hast uns alle belogen und uns in ihre Hände gejagt!«, ging Kiromin seinen Vater an, der mit dem Rücken zu ihm stand. Auf den Wangen des jungen Mannes hatten sich rote Flecken gebildet, am Hals traten Adern unter der Haut hervor. Die zu Fäusten geballten Hände bebten. »Sie ist die Todesbringerin. Ein Märchen, das du uns erzählt hast, als wir Kinder waren. Wir haben Angst vor ihr gehabt! Sie ist böse und sie tötet die Drachen, bis kein einziger mehr auf der Welt ist. Das hattest du erzählt, und du wusstest, dass es die Wahrheit und keine Erzählung ist. Keine der Sagen über Hexen und Zauberer. WAS HAST DU GETAN, VATER?«, schrie er wütend.

Jeder Satz versetzte Kiromin mehr und mehr in Rage. Trauer und Wut fluteten seinen Geist. In Gedanken sah er seine Geschwister und andere Drachen mit der Frau kämpfen und sterben, die jetzt leblos auf dem Boden lag. Dachte daran, wie dieses Wesen, was auch immer sie war, sie alle getötet hatte. Und sein eigener Vater hatte es die ganze Zeit gewusst. Er wollte ihn dafür tot sehen, am besten gleich neben ihr.

Kallestrus wandte sich seinem Sohn zu. Er hatte die Kapuze wieder aufgesetzt. Sein Gesicht blieb verborgen. Weder Kiromin noch Merranas konnten ausmachen, wo er hinschaute.

»Schweig, Kiromin! Sie dürfte gar nicht hier sein. Glaube mir, mein Sohn. Sie sollte nicht in dieser Welt sein.« Kallestrus' Stimme war leise und klang voller Reue.

Verwirrt schaute Kiromin in die Dunkelheit der Kapuze, wo er die Augen des Vaters vermutete und machte einen Schritt auf ihn zu. Dieses Verhalten, sogar ein Anflug von Schwäche, passte nicht zu dem alten Drachen. Doch schon einen Moment später hatte sich Kiromin wieder gefangen.

»Erzähle mir keine weiteren Lügen. Hältst du mich für einen Menschen oder glaubst du, ich besitze so einen kleinen Verstand wie der da?« Kiromins Hand wies auf Merranas, der sich unbemerkt in die Nähe der Tür geschlichen hatte.

»DAS REICHT!«, schrie Kallestrus und die Stimme klang nicht mehr menschlich.

»Nein! Das tut es nicht! Sie sind alle tot. Du hast die ganze Zeit gewusst, was sie ist. Dafür wirst du bezahlen!«

»Anscheinend bist du genauso dumm wie er!«

»Du bist ein Verräter! Ein Verräter an der eigenen Sippe. Dein Tod wird alle sühnen und keiner, aber auch nicht ein Einziger, wird um dich weinen, wenn sie erfahren, was ich heute hier gesehen und erlebt habe. Du bist nicht mehr einer von uns, Vater. Du bist ein Ent …«

Der junge Drache schaffte es nicht, den Satz zu beenden. Das letzte Wort wurde durch Kallestrus' lautes Brüllen verschluckt. Kiromin schwieg. Statt zu reden, standen sich Vater und Sohn gegenüber. Zorn brodelte in ihnen. Der eine wartete auf den Angriff des anderen.

Merranas schob sich unterdessen weiter Richtung Tür. Er hatte sogar sein Messer holen können, ohne dass es jemandem aufgefallen war. Solange die beiden stritten, wollte er von der Bildfläche verschwinden. Zwar ohne das Gold, aber lebend. Dieser Auftrag hatte sich gerade eben zum familiären Drachendrama entwickelt, in dem er für keinen der beiden Partei ergreifen wollte. Sollten die Drachen es unter sich ausmachen. Doch andererseits könnte es sich lohnen, dem jungen zur Hand zu gehen. Falls er mit seinen Worten Ernst machen wollte, dann würde er bald sehr viel Gold besitzen, das im Hort des Vaters lagerte. Er würde Merranas sicherlich gut bezahlen können. Und dem Sohn müsste er nicht einmal etwas von der Vereinbarung mit dem Vater erzählen, zumindest nicht mehr, als Kiromin gerade wusste. So würde er doch noch zu einer angemessenen Bezahlung kommen. Andererseits könnten sich beide wieder vertragen, und dann zöge er auf jeden Fall den Kürzeren. Mehrere Szenarien spielte er gleichzeitig in seinem Kopf durch, während eine innere Stimme doch eher zur Flucht aufrief.

»Komme nicht auf den Gedanken, zu fliehen!«, herrschte ihn die mittlerweile wohlbekannte Drachenstimme an. Der Kopfgeldjäger fluchte leise vor sich hin. Anscheinend war sein Glück vorerst verbraucht.

»Und du, Kiromin!«, wandte sich Kallestrus seinem Sohn zu. »Wage es nicht noch einmal, solche Worte an mich zu richten, bevor du nicht verstanden hast!«

Kiromin antwortete nicht. Die Entschlossenheit des Vaters hatte seinen Mut in Unsicherheit verwandelt. Der Alte war aus irgendeinem Grund schuldbewusst, aber sicherlich nicht schwach. Das spürte er. Dass er nicht zögern würde, auch ihn in die Ewigkeit zu schicken, dessen war er sich nach den Erlebnissen der vergangenen Stunde bewusst.

»Hebe sie auf! Wir gehen, und zwar alle!«, herrschte Kallestrus den grübelnden Merranas an, während er die Kapuze seiner Kutte noch weiter ins Gesicht zog.

»Gehen?«

»Kannst du nicht einmal etwas tun, ohne eine dumme Frage zu stellen, Mensch?«

»Aber wohin? Und vor allem, wie? Es ist noch helllichter Tag! Und was ist mit dem Alten? Was werden die Leute sagen? Wir sind hier mitten in einer befestigten Stadt.«

Merranas wollte nicht so recht glauben, was der Drache da verlangte. Wenn sie diesen Raum verließen, wären in kürzester Zeit die Stadtwachen alarmiert. Man würde Bartholomäus finden, der erzählen würde, was hier geschehen war. Sie würden alle erst im Kerker und kurz darauf auf einem Scheiterhaufen oder am Galgen enden. Merranas wurde bei der Vorstellung an sein nahendes Ende schlecht, und er verabschiedete sich vorsorglich von einem sorgenfreien, langen Leben.

»Wie konntest du eigentlich mit dem wenigen Verstand so lange überleben?«, fauchte Kallestrus. »Nimm den Körper oder ich befördere dich gleich ins Jenseits!«

Merranas zuckte zusammen. Die Füße setzten sich bei dem Wort ‚Jenseits' wie von selbst in Bewegung. Unschlüssig trat er zu der Toten. Sie lag friedlich auf dem Boden. Das lange Haar bedeckte die dunklen Balken aus altem Holz. Wäre nicht das junge Gesicht der Frau, man würde bei den Haaren an eine Greisin denken. Ihr Mund lächelte noch immer, doch die Lippen schimmerten unnatürlich blau. Ob sie tatsächlich tot war? Vorsichtig stupfte er sie mit der Stiefelspitze an. Der Körper gab nach, wie er es wohl bei jedem anderen Toten auch getan hätte. Es beruhigte ihn ein bisschen. Der Anblick von Toten war ihm nicht fremd. Den ersten hatte er im Alter von fünf Jahren gesehen. Umständlich hob er den schlaffen Körper der Frau, des Drachen, der Furiae oder was dieses Wesen sein mochte, auf. Zu seinem Erstaunen war der Körper sehr leicht, als sei er der eines Kindes. Verwundert schaute er zu den beiden Gestalten, die bereits an der Türe standen und auf ihn warteten.

»Und was ist mit dem Statthalter?«, wollte Kiromin wissen.

»Der ist tot.« Kallestrus blickte zu Bartholomäus.

Die jungen Männer wandten sich dem reglos im Sessel

liegenden Körper zu. Bartholomäus' Herz hatte im Laufe des Kampfes und der Geschehnisse nicht mehr die Kraft besessen, ihn das Ende erleben zu lassen.

»Kiromin, wische das Blut aus deinem Gesicht. Ich gehe voran, nach mir wird Merranas gehen und du folgst als Letzter. Ihr werdet nicht ein Wort sagen«, erklärte Kallestrus ruhig.

Der junge Drache blickte sich nach einem Stück Stoff um. Der große Raum war nur mit wenigen einfachen Sitzmöbeln ausgestattet und diente zum Empfang vieler Menschen. Und so hastete Kiromin zu seinem menschlichen Ziehvater. Aus dem Mantel des Statthalters zog er ein Tuch, das der Alte immer bei sich zu tragen pflegte und säuberte das Gesicht so gut es ging. Die Wunde, die Selestria ihm zugefügt hatte, heilte bereits. Er blickte in die Augen des Alten. Entsetzen und die Furcht des Mannes lagen selbst nach seinem Ableben in ihnen. Für kurze Drachenzeit war er ein guter Lehrer gewesen, ein gütiger und kluger Herr, wenn man dies von Menschen überhaupt sagen konnte. Traurigkeit packte ihn beim Anblick von Bartholomäus' sterblicher Hülle.

»Komm! Er war alt«, klang die Stimme des Vaters durch den Raum.

Kiromin griff nach der Hand des Statthalters. Ein letztes Mal schaute er in das von Jahren gezeichnete Gesicht, bevor er ging.

Kallestrus öffnete langsam die Tür. Von unten drang Stimmengewirr in den ersten Stock hinauf. Zielstrebig ging der Mönchsdrache voran, gefolgt von Merranas, der Selestrias Leiche so in seine Arme gelegt hatte, als würde sie schlafen, dann folgte Kiromin. Sie durchquerten mit leisen Schritten den Flur und stiegen vorsichtig die Treppen hinunter. Kallestrus schritt gemächlich, aber gleichmäßig weiter, ohne sich umzuschauen oder den Kopf nach der Seite zu wenden. Die Menschenstimmen schienen ihn nicht zu kümmern. Unten angekommen, steuerte er direkt auf die Küche zu. Die Stimmen hinter der Tür wurden lauter.

Merranas' Knie wurden weich. Das konnte nicht

Kallestrus' Ernst sein! Warum nicht gleich die Stadtwachen rufen? Schon wollte er etwas sagen, doch der Mönchsdrache hatte die Küche betreten, durch die man das Haus verlassen konnte – und es geschah nichts. Merranas blieb stehen und hielt die Luft an, während Kallestrus ruhig den Raum durchschritt. Zwei Mägde und einige Knechte hatten sich um ein helles Feuer am anderen Ende des Raumes versammelt und starrten in die Flammen. Merranas schaute erst gar nicht zu den plappernden Personen, er versuchte seiner Unruhe Herr zu werden. Das Herz raste, in den Schläfen pochte das Blut. Sein Atem ging flach und der erste Schritt war unsicher, als er sich endlich soweit unter Kontrolle hatte, um Kallestrus zu folgen. Die anderen scharten sich um die Feuerstelle und hatten die Welt um sich herum vergessen.

»Schaut nur, wie warm es wird!«

»Die Flammen lodern bis ganz nach oben.«

»Legt mehr Holz nach, schnell, bevor es runterbrennt!«

»Am Samstag ist Badetag für alle und endlich wieder mit heißem Wasser.«

»Ja, ein Bad tut dir wirklich gut, du stinkst wie die dicke Sau draußen im Stall.«

Fröhliches Gelächter ertönte durch die Küche und Kallestrus drückte gegen die Haustür. Er zögerte, bevor er sie öffnete und wandte sich den Menschen zu, die ihnen keine Beachtung schenkten, sondern gebannt um das Feuer standen. Eine Mischung aus Freude und tiefem Schmerz schlich sich in die Seele des Drachen. Was dem einen die Freude würde für ihn recht bald zum Kampf um Leben und Tod. Er wusste genau, was er tun musste, doch die Gedanken daran ließen ihn schaudern. Dann stieß er die Tür auf und spähte vorsichtig hinaus.

BUCH 2

AUF DER FLUCHT

»Los, lauf zu.« Kiromin wurde unruhig, als Merranas nur sehr langsam durch Balfahlahrs Gassen in Richtung Stadttor ging. Das Gewicht von Selestrias Körper, das ihm anfänglich so leicht erschienen war, machte sich langsam bemerkbar. Merkwürdigerweise war keine Menschenseele in den Gassen. Sie hatten das Haus schnell und leise verlassen. Dabei hatte Merranas nur darauf geachtet, keine unnötigen Geräusche zu machen. Jetzt zog er den Kopf ein und schaute sich schnell um. Es herrschte eine unnatürliche Leere und Stille in der Stadt, auch als sie über den Marktplatz gelaufen waren. So als sei Sonntag und jeder ehrenwerte Bürger der Stadt brav zum Gottesdienst gegangen. Merranas' Beine wollten nicht ganz in dem Tempo vorwärts, wie es Kallestrus vorgab.

»Wo sind denn all die Leute hin?«, flüsterte er.

»Sie schüren die Feuer. Jetzt da alle wieder brennen, haben sie genug zu tun. Schau doch mal durch die Fenster«, sagte Kallestrus, wobei die Stimme des Drachen in ihrer Traurigkeit nahezu einen sanften Tonfall hatte.

»Alle Feuer brennen wieder?«

»Ja doch, Mensch.«

»Selestrias Tod hat die Feuer wieder aufflammen lassen?«

»Du erstaunst mich, Merranas. Das Denken scheint dir in seltenen klaren Momenten doch zu gelingen.«

Der Tonfall hatte jede Traurigkeit verloren und die Arroganz eines Drachen war wieder zu spüren. Doch das störte Merranas nicht. Er war froh, das Stadttor vor sich zu sehen. Vielleicht würden sie es tatsächlich schaffen, die

Stadt unbemerkt zu verlassen, bevor jemand den verstorbenen Statthalter fand und bemerkte, dass das Haupt der Inquisition gerade tot und in seinen Armen aus der Stadt getragen wurde.

Kallestrus' Schritte wurden schneller, als sie sich dem Stadttor näherten. Ihm war klar, dass die Euphorie der Menschen nicht sehr lange anhielt und sie bald die Ursache für ihr Glück erfahren wollen würden. Nur wenige Meter trennten sie von der Freiheit. Kallestrus erkannte die Stadtwachen am Durchgang. Wie zuvor in der Küche des Statthalters blieb er stehen und beobachtete die Männer. Sie waren ausgesprochen ruhig, dafür, dass kein Bürger der Stadt in den Straßen war.

»Was machen wir jetzt?«, wollte Merranas wissen.

»Für einen Kopfgeldjäger hast du ein sehr zartes Nervenkostüm«, meinte Kiromin hinter ihm.

»Trägst du die Tote durch das Stadttor?«, maulte Merranas.

»Seid still! Wir gehen gemeinsam auf die Wachen zu, als würden wir wie gewöhnlich die Stadt verlassen wollen.« Kallestrus drehte sich nicht nach den jungen Männern um, stattdessen peilte er die Wachen an.

»Nein, tun wir nicht. Die wollen wissen, wer die tote Frau ist und warum wir zu dritt ausgerechnet jetzt und mit ihr die Stadt verlassen wollen.«

Während er sprach, starrte Merranas auf Selestrias Körper. Sie sah friedlich aus, als würde sie schlafen, abgesehen von der Tatsache, dass der Kopf unnatürlich zur Seite gebogen war, die Lippen sich immer mehr ins Blaue verfärbten, die Haut so weiß schimmerte, als sei sie aus Schnee und die auffallend gefärbten Haare wie Wasser von seinem Arm hingen.

»Ich habe ein totes Mitglied der Inquisition im Arm, Kallestrus …«, flüsterte Merranas.

»Und ich habe einen Rubin im linken Fuß!«

Merranas stutzte bei der Antwort des Drachen. Diese Wesen konnte man nicht verstehen. Der Kopfgeldjäger dachte über diese Aussage und die Prioritäten, die Kallestrus

Lebewesen und Dingen zukommen ließ, nach. Für ihn war die Lage mehr als lebensbedrohlich. Wenn man sie erwischen würde, war er mit Gewissheit ein toter Mann. Was die Drachen anging, war er unsicher, was mit ihnen geschehen würde. Aber die konnten sich in aller Not in Drachen verwandeln, ihre komischen Flügel ausbreiten und davonfliegen, in der Hoffnung, dass ihr Hort niemals von einem Menschen gefunden wird. Erst bei diesem Gedanken wurde ihm wirklich klar, zu welchem Handlanger er sich für ein bisschen Gold hatte machen lassen.

»Ich mache da nicht mehr mit! Das kannst du vergessen, Kallestrus. So hatte der Auftrag nicht gelautet. Du wolltest den Kopf und die Hand, samt Siegelring. Hier, da sind sie«, fuhr Merranas den Drachen an und Kallestrus drehte sich um.

»Welcher Auftrag, Mensch?«

»Den, den ich angenommen habe. Hier, in meinen Armen liegt deine Forderung. Eine Bezahlung will ich nicht haben, dafür erklärst du mich nicht zum Freiwild für die Drachen.«

»Wo ist der Auftrag?«

»Kallestrus, ich bitte dich. Die Goldmünzen sind noch in meinem Beutel, nimm auch die wieder zurück, aber lasse mich gehen. Ich versichere dir: Auch bis zum Ende meines Lebens werde ich kein Wort über diese Sache verlieren.« Merranas wollte endgültig aus der Misere raus. Für ihn würde der Gang zum Stadttor im letzten Gang zum Galgen enden. So schnell wollte er auf keinen Fall sterben. Er war jung und gesund. Viele Frauen, Wein und leichtere Aufgaben konnten ihn ebenfalls glücklich machen, mit oder ohne Drachengold.

»Wo ist nun der Auftrag, Mensch?«

Der Kopfgeldjäger schüttelte resignierend den Kopf. »Ich habe keinen.«

»Was also forderst du?«

»Ich will nicht sterben.«

»Du wirst sterben«, sagte Kallestrus leise.

»Was?«, entfuhr es Merranas lauter als gewollt.

»Wir werden alle sterben, wenn wir nicht bald die Stadt verlassen, Dummkopf«, zischte Kiromin hinter ihm.

Kallestrus schaute zu seinem Sohn. Beide Drachen spürten eine Macht aufsteigen, die mit dem Tode Selestrias ihre Reise begonnen hatte. Anscheinend war es Menschen, auch nach all den vergangenen Jahrhunderten, weiterhin nicht möglich, sie wahrzunehmen.

»Jetzt lauf schon weiter, Merranas.« Kiromin versetzte ihm einen Stoß, damit er sich wieder in Bewegung setzte.

»Sag du mir nicht, was ich zu tun habe!«

»Geh jetzt endlich weiter.«

»Was soll das? Vor einigen Minuten wolltest du noch deinen eigenen Vater umbringen, und jetzt willst du mir sagen, was ich zu tun habe?«

Kiromin ballte die Fäuste und holte mit der Rechten zum Schlag aus.

»Hört auf!« – Kallestrus war genervt. Als ob die Lage nicht schlimm genug wäre, hatte er zwei junge Burschen an der Seite, die meinten, ausgerechnet jetzt ihre Kräfte messen zu müssen. Normalerweise hätte ihn dieser Umstand amüsiert, doch die Zeit war ihr größter und vor allem gemeinsamer Feind. Sie mussten schnellstmöglich aus der Stadt und zum Hort zurück, wobei dies vorerst die einfachste Aufgabe war.

»Gehen wir! Egal was ich tue, ihr sagt kein Wort«, flüsterte Kallestrus. Sie liefen weiter Richtung Stadttor. Bei jedem Schritt musste Merranas an seinen bevorstehenden Tod denken.

Bitte bloß keine Folter. Sie sollen mich hängen, einfach nur hängen. Das ist schnell und hoffentlich schmerzlos, dachte er, während Kiromin hinter ihm verächtlich schnaubte. Schon wollte er sich umdrehen, doch sie waren sehr nahe an den Wachposten. Reichlich Erfahrung und viele Lehren aus Kindertagen ließen ihn schweigen. Er wollte wissen, was die Männer tun würden. Kurz vor dem Torbogen drehte sich die rechte Stadtwache zu ihnen. Davon unbeirrt setzte Kallestrus seinen Weg fort, auch als die anderen Wachen auf sie aufmerksam wurden. Einer der Männer erblickte die Frau in Merranas'

Armen, straffte den Oberkörper und bewegte sich in die Mitte des Durchgangs.

»Halt, Bruder! Wer seid ihr? Und was ist mit dem Weib?«

Kallestrus machte eine leichte Verbeugung und senkte den Kopf. Trotzdem überragte er die Wache um ein gutes Stück. Die Kapuze hing so tief in sein Gesicht, dass die Wache lediglich einen durch Schatten bedeckten Mund und das Kinn sehen konnte.

»Bitte, lasst uns durch. Der Herrgott hat sie zu sich genommen.« Kallestrus sprach sehr leise. Die Wache musste sich zu ihm vorbeugen, um ihn zu verstehen. »Nein, kommt nicht zu nahe. Sie ist keines natürlichen Todes gestorben!« Er hob die Arme warnend vor sich, damit der Mann nicht weiter an sie herantrat. Doch die Geste verfehlte ihre Wirkung.

Der erfahrene Mann ließ sich nicht beirren, stattdessen kam er auf sie zu. »Was erzählt ihr da? Zeigt das Weib her! Was hat sie?«

Bei den Worten des Kameraden hatten sich die anderen drei Wachen aufgerappelt und versperrten jetzt mit Schilden und Speeren den Durchgang.

»Was ist da los, und wer ist die Frau? Sie trägt die Gewänder einer Adelsfamilie! Sie gleichen der Obrigkeit«, stellte der erste fest.

Der Wachmann sprach laut und Kallestrus bemerkte, dass die anderen unruhig wurden. Selestrias Haube saß zwar nicht mehr auf ihrem Kopf, aber die rote Farbe der Gewänder, sowie das strahlende Weiß des Rocks wiesen sie als Angehörige einer höheren Klasse aus. Kallestrus hatte dies nicht bedacht. Er vergaß immerzu die Eigenart der Menschen, sich durch Äußerlichkeiten in ihrem Rang zu definieren.

»Verzeiht! Ich weiß, aber sie ist an einer Krankheit gestorben und nun sollte der Leichnam so schnell wie möglich aus der Stadt geschafft werden.«

»Welche Krankheit denn?« Die Wache war nicht leicht einzuschüchtern, die Männer schon seit vielen Jahren im

Dienst.

»Wir vermuten etwas Ansteckendes. Schaut nur die Haut.« Kallestrus trat zur Seite, damit die Wachen Selestrias Gesicht sehen konnten.

Nach kurzem Zögern wich der Mann von Kallestrus zurück, als habe dieser sich in seine tatsächliche Gestalt verwandelt. Die helle Haut ließ ihre Lippen unnatürlich Blau strahlen. Merranas erinnerte sich an die weiß-rote Seuche. Eine ansteckende Krankheit, die vor einigen Jahren in vielen Landstrichen ausgebrochen war. Unzählige Kinder und Jugendliche waren ihr zum Opfer gefallen. Zuerst bekamen die Erkrankten hohes Fieber und spuckten Schleim, im weiteren Verlauf der Krankheit hatte sich die Haut im Gesicht und an den Händen verfärbt, allerdings rot. Das war das Zeichen für den nahenden Tod gewesen. Damals hatte man den Bürgern und Bewohnern der befallenen Ländereien verboten zu reisen, damit sich die Seuche nicht weiter ausbreitet. Nach zwei Monaten waren etliche gestorben, aber das restliche Land blieb verschont.

»Eine Seuche in Balfahlahr? Was erzählt ihr da bloß?!« Auch wenn seine Stimme weiterhin fest blieb, rückte er von Kallestrus ab. Zur eigenen Sicherheit traten auch die restlichen Wachen einen Schritt zurück und flüsterten, bis sich wieder einer zu ihnen drehte.

»Los, geht! Schnell. Ich will euch gar nicht gesehen haben!«, motzte der Dienstälteste.

Ohne eine weitere Geste abzuwarten, schritt Kallestrus durch das Stadttor, gefolgt von Merranas, der den Kopf von den Wachen abgewandt hielt, damit, wenn überhaupt, nur einer sein Gesicht sehen konnte und dem drängelnden Kiromin, der hinter sich bereits Stimmen hörte, die Alarm schlugen. Wahrscheinlich hatte man Bartholomäus gefunden. Oder die erste Holzhütte stand in Flammen, nachdem die Menschen angefangen hatten, die Feuer zu schüren. Vielleicht war es nur freudiger Jubel, weil das Holz wieder brannte, wie es die Alten schon immer erzählt hatten.

Das Stimmengewirr hinter ihnen trieb die drei an.

Kallestrus drehte sich nicht um, sondern ging zielstrebig voran. Schon bald hatten sie die Wiesen vor der Stadt hinter sich gelassen. Zügig schlugen sie den Weg durch die Felder Richtung Wald ein. Der Schweiß lief Merranas die Schläfen und den Rücken hinunter, als sie immer schneller wurden. Hinter sich hörte er Kiromins gleichmäßige Schritte. Obwohl er sich letzte Nacht hatte etwas ausruhen können, waren seine Beine schwer vom Lauf nach Balfahlahr, als er der Frau gefolgt war, die er nun in seinen Armen trug. Der leblose Körper wurde mit jedem Schritt schwerer. Geschlafen hatte er dank der jungen Magd kaum und in der momentanen Situation bereute er es gar nicht, die vergangene Nacht mit ihr verbracht zu haben.

»Ich kann sie nicht den ganzen Weg tragen«, gab er keuchend von sich, als sie endlich den Waldrand erreicht hatten. Die Verfolgungsjagd der vorletzten Nacht steckte in seinen Gliedern.

»Nein, wohl kaum. Kiromin wird dir helfen.«

»Nie im Leben! Ich fasse sie nicht an«, fauchte der Jungdrache zurück.

»Doch, du wirst!«, herrschte Kallestrus ihn an. »Ihr werdet sie beide bis zum Hort tragen, und schaut zu, dass ihr zügig vorankommt.« Während er mit ihnen sprach, blieb sein Blick auf die Mauern der Stadt gerichtet. Über dem steinernen Ring stieg an einigen Stellen Rauch in den wolkenlosen Himmel auf. Die Sonne stand bereits hoch.

»Warum trägst du sie nicht?«, wollte Kiromin wissen.

»Weil ich euch jetzt verlasse. Wir treffen uns am Hort.«

»Was hast du denn vor?« Merranas missfiel es, mit dem Jungdrachen alleine zu bleiben.

Ohne weitere Erklärungen ließ der Drache die Männer stehen und entfernte sich schnellen Schrittes quer durch den Wald. Wenig später war er zwischen den Bäumen verschwunden. Merranas hatte Selestrias Körper auf den Waldboden gelegt und stemmte die Hände in die Seiten.

»Los, kleiner Drache. Trage du sie weiter.«

Bevor Kiromin etwas entgegnen konnte, war Merranas

genau in die entgegengesetzte Richtung gerannt, in der Kallestrus verschwunden war. Er hatte von diesem Auftrag die Nase gestrichen voll. Jetzt war genau der richtige Zeitpunkt gekommen, um von der Bildfläche zu verschwinden.

»Denke nicht mal daran, zu verschwinden! Nur weil

Vater gegangen ist, bedeutet es nicht, dass nicht ich dich für vogelfrei erklären kann«, rief Kiromin voller Zorn und rannte ihm nach.

Merranas verlangsamte seinen Lauf, bis er letztendlich stehen blieb. Hatte Kallestrus nicht gesagt, er habe gar keinen Auftrag? Doch so war es gewesen. Der Drache bluffte bestimmt. Wie sollte das gehen? Er hatte keinerlei Vereinbarung mit Kiromin getroffen. Allerdings hatte er auch keinen Vertrag mehr mit Kallestrus. Unwillig drehte er sich Kiromin zu und musterte ihn. »Nein, kannst du nicht!«

Konnte ein Drache einfach so, im Namen eines anderen, ihn für vogelfrei erklären? Als Familienmitglied, vielleicht. Merranas hatte keine Ahnung. Eine Mischung aus Angst, vor dem was passieren würde, und Wut über seine Gier nach Drachengold machte ihm zu schaffen. Wenn der Jungdrache ihn wirklich zu einem Vogelfreien machen konnte, wählte er lieber Kallestrus' Gold. Egal wie mies dieser Auftrag verlief, er wollte jetzt das meiste auf leichtestem Weg für sich herausholen. Mit verschränkten Armen wartete er, bis Kiromin ihn eingeholt hatte. Er wollte nicht mit diesem Kerl streiten, aber schon gar nicht seinen Befehlen Folge leisten.

Kiromin war sogleich bei ihm. »Kann ich sehr wohl! Komm mit, und heb sie wieder auf.«

»Wenn sie dir so viel bedeutet, dann trag sie selbst.« Merranas hatte sich abgewandt und lief los. Nach wenigen Schritten hatte Kiromin ihn erneut eingeholt und packte seinen Arm so fest, dass Merranas anhalten musste. Ohne Vorwarnung holte der Kopfgeldjäger aus, um dem anderen eine zu verpassen, allerdings wich dieser erstaunlich schnell zurück. Noch bevor Merranas an seinen Stiefel greifen konnte, hatte Kiromin ihn am Hals gepackt und zerrte ihn wieder hoch. Der Kopfgeldjäger starrte verblüfft in das schöne Gesicht des Mannes, der gerade zwei seiner Angriffe vorhergesehen hatte. Er wusste um die eigene Schnelligkeit. Ausgesprochen selten und eher durch Zufall schafften Gegner, die Griffe an seine Messer zu vereiteln, geschweige denn einem überraschenden Schlag auszuweichen. Geschwindigkeit war seine Lebensversicherung.

»Wie zum Henker hast du das gemacht?« Merranas schaffte es nicht, sein Erstaunen zu verbergen.

»Verflucht! Ihr Menschen seid wirklich alle gleich«, presste Kiromin zwischen den Zähnen hervor. »Nur, weil ich gerade aussehe wie einer von euch, heißt es nicht, dass ich genauso bin, wie du. Jetzt gehen wir zurück, und du wirst diese Leiche tragen!«

Merranas rappelte sich langsam hoch und klopfte das Laub von der Kleidung. Seine Gedanken überschlugen sich. Aus dieser Geschichte würde er so leicht nicht mehr herauskommen. Er hatte den Jungdrachen vollkommen unterschätzt. Langsam ging er in die Knie, um an seinen Stiefel greifen zu können, während Kiromin ihn beobachtete. Ab sofort musste er jede seiner Bewegungen genau planen. Es würde nicht einfach werden. Sein Gegenüber stellte sich breitbeinig auf. Kiromin erwartete den Angriff.

Näher kommende Rufe und Schreie lenkten beide gleichermaßen voneinander ab. Die Männer blickten sich nach dem Lärm um, der durch die Bäume zu ihnen drang. Und wie Verbündete hechteten sie zurück zum Waldesrand. Eine Staubwolke verriet Reiter, die bereits auf dem Weg zu den Feldern waren.

»Folter und Scheiterhaufen oder der Diener eines Drachen. Du solltest dich schnell entscheiden«, meinte Kiromin ruhig. Er würde keine Probleme haben, den Wachen zu entkommen. Merranas zögerte nicht. »Na los, lass uns gehen! Ich trage das verdammte Weibsstück.«

Ohne Zeit zu vergeuden, machten sie kehrt. Merranas hob den schlaffen Frauenkörper auf und warf ihn über die Schulter. Er stöhnte leise, als er das Gewicht spürte. Dieser

Lauf würde viel Kraft und Willen kosten.

»Glaubst du, sie haben den Statthalter gefunden?«, keuchte Merranas so leise es ihm möglich war.

Kiromin drehte sich zu ihm. »Unwahrscheinlich ist es nicht. Vielleicht sind die Wachen doch misstrauisch geworden. Hast du in der Stadt mit jemandem gesprochen?«

Merranas' Antwort war ein Handzeichen, das Kiromin zeigte, er solle einfach weiterlaufen und genau das tat er auch. Einige Schritte liefen sie im schnellen Tempo nebeneinander her. Kiromin drehte sich immer wieder um, um den Abstand zwischen ihnen und den Verfolgern zu messen. Die Rufe der Reiter hingen ihnen an den Fersen und trieben sie voran.

»Komm, weg von der Straße! Wir nehmen den gleichen Weg wie Vater.« Kiromin schlug einen Haken nach rechts zwischen die Bäume, runter von dem Weg, den sie genommen hatten. Merranas stöhnte aufs Neue. Jetzt würde es noch schwieriger sein, Schritt zu halten. Der Boden war weich und mit Ästen übersät. Zudem fühlte sich der Frauenkörper auf seiner Schulter an wie ein nasser Sack Leinen. Das eigene Schnaufen und die Geräusche ihrer Stiefel auf dem Waldboden gaben den Takt an, während Merranas Kiromin folgte. Nach nur wenigen Metern stellte er verblüfft fest, dass die Rufe und Schreie hinter ihnen immer leiser wurden, bis er sie gar nicht mehr vernehmen konnte. Vielleicht waren aber die Atemgeräusche und das Rascheln des Laubs so laut, dass sie die Verfolger nicht mehr hörten. Falls viele Männer hinter ihnen her waren, würde deren eigener Krach ihre Geräusche übertönen.

»Es ist der Boden. Er schluckt unsere Geräusche. Außerdem hinterlassen wir keine Spuren«, erklärte Kiromin. Ihn schien der Lauf nicht anzustrengen.

»De…der Bo…Boden? Der Waldboden?« Merranas versuchte gleichmäßig zu atmen.

»Ja, es ist der Untergrund unter dem Laub. Massives Gestein.«

»Mhm.« Merranas nahm die Erklärung hin. Er würde

später genauer nachfragen. Jetzt musste er seine Kräfte einteilen, um weiter geradeaus zu laufen, ohne zu stolpern. Seine lederne Weste und der aus feinem Leinen gewebte Rock der Toten vertrugen sich nicht. Sie rutschte entweder nach hinten weg oder zur Seite, sobald er den Griff lockerte. Inzwischen schmerzten alle Muskeln. Je weiter sie in den Wald gelangten, umso düsterer wurde es. Äste versperrten ihnen den Weg, und das Dach aus Tannenzweigen und Blättern schirmte sie nicht nur vor der Wärme, sondern auch vor dem Tageslicht ab. Irgendwann blieb Merranas völlig entkräftet und nassgeschwitzt stehen. Sie mussten eine ganze Weile gelaufen sein, denn der Sonnenschein drang kaum noch durch die Äste. Schon lange waren die Rufe hinter ihnen verstummt.

»Warte mal. Wir müssen kurz Pause machen. Ich kann nicht mehr. Ich bin ihr eine Nacht lang gefolgt, und jetzt hetze ich weiter durch den Wald. Bald wirst du sie und mich tragen müssen, wenn du mich nicht kurz ausruhen lässt«, erklärte Merranas keuchend. Schweiß bedeckte sein Gesicht, lief ihm den Rücken und die Brust hinab. In feinen Strähnen klebte das nasse Haar an seinen Wangen. Gerade fühlte sich das noch angenehm kühl an, doch wenn sie heute Nacht draußen blieben, würde es schnell kalt werden. Kiromin blieb einige Schritte entfernt stehen und suchte nach einem Platz, an dem man sie nicht gleich sah, wenn man aus Richtung der Verfolger kam. Er spürte, dass sie die Wachen und Soldaten längst abgehängt hatten, aber er war trotzdem vorsichtig. Neben zwei dicht zusammenstehenden Tannen wuchs ein kleiner Strauch, der genügend Sichtschutz bot. Während Merranas den leblosen Körper auf den Waldboden fallen ließ, setzte sich Kiromin etwas weiter daneben. Der junge Kopfgeldjäger legte sich rücklings ins Laub und streckte alle viere von sich. Langsam entspannten sich die Beinmuskeln, Arme und die Schulter, die endlich keine Last mehr zu tragen hatte. Merranas genoss die Erleichterung und schloss für einen Moment die Lider. Vor seinen Augen erschien das Bild einer riesigen Stadt, die sich mit massiven

Mauern auf einer Insel inmitten eines schwarzen Sees erhob. Von hohen Bergen umringt, traf nicht ein Sonnenstrahl die Ufer des Gewässers. Er schaute an der linken Seite des Bergzuges entlang hinauf in den Himmel. Über ihm kreiste ein Drache. Seine Haut schimmerte weiß-rot. Jetzt hatte das Wesen ihn entdeckt und stürzte auf ihn hinab. Das riesige Maul öffnete sich im Anflug.

»*Das ist meine Welt, Mensch!*«

Schreiend riss Merranas die Augen auf und begriff im ersten Moment nicht, wo er war. Kiromin hatte ihn gepackt und geschüttelt.

»Du bist eingeschlafen. Was in aller Welten hast du geträumt? Du hast plötzlich angefangen zu schreien und die Arme vors Gesicht gehalten, als würde dich jemand angreifen«, erklärte Kiromin. Der Jungdrache kniete vor ihm.

Merranas rieb sich die Augen und streifte eine Strähne aus dem Gesicht. Wieso interessierte es den anderen, was er träumte? Auch wenn es ein unglaublich seltsamer Traum gewesen war. Sie hatten andere Probleme, um die sich der Drache eher Gedanken machen sollte. Allerdings beängstigte ihn das Geträumte. Er konnte sich nicht erinnern, wann er zuletzt einen so lebendig scheinenden Traum gehabt hatte. Alles hatte so wirklich ausgesehen und sich sogar echt angefühlt. Selbst das Schlagen der kleinen Wellen ans Ufer hatte er gehört, den von den Bergen kommenden kalten Wind gespürt, der die Fahnen auf den Türmen der Stadt wehen ließ. Er versuchte die Bilder im Gedächtnis festzuhalten. Diese Stadt kam ihm eigentümlich vertraut vor, obwohl ihm weder ein Name noch Ort einfallen wollten. Und dann der Drache am Himmel. Er hatte so anders ausgesehen als Kallestrus. Merranas versuchte sich an die Worte zu erinnern, aber in seinen Ohren war nur der Schrei zu hören. Er überlegte kurz, ob er Kiromin die Wahrheit oder eine Lüge auftischen sollte.

»Von einem Drachen.«

»Von Drachen?«, fragte Kiromin ungläubig. Mit gerunzelter Stirn ließ er sofort von Merranas ab.

»Ja, von einem Drachen. Er war weiß-rot und flog hoch über mir. Was ist so erstaunlich daran? Schließlich muss ich mich seit einigen Tagen andauernd mit euch beschäftigen. Da kann man wohl auch von euch träumen.«

Kopfschüttelnd stand Kiromin auf und reichte Merranas die Hand, um ihm auf die Beine zu helfen. »Nein, Menschen träumen nicht von Drachen. Sie haben höchstens Visionen von uns.«

»Hör' schon auf! Das war nur ein dummer Traum. Wahrscheinlich wegen dem, was ich heute in Balfahlahr gesehen habe. So was sieht man nicht alle Tage«, versuchte Merranas seine eigene Unruhe herunterzuspielen. Der Schrei des Drachen hallte in seinem Kopf nach. Der Traum würde ihn noch verfolgen. Kiromins Blicke wanderten hin und her. Er drehte sich im Kreis.

»Was ist denn jetzt schon wieder?«, wollte Merranas wissen. Das Verhalten des anderen beunruhigte ihn.

»Schau doch nur, der Nebel.« Kiromin zeigte mit ausgebreiteten Armen auf die Bäume und den Boden vor ihnen. Im schwachen Licht des frühen Abends wichen die Farben aus der Welt. Der plötzlich aufkommende Nebel würde ihnen die letzte Sicht nehmen.

»Verdammt, auch das noch. Wir haben heute ja richtig viel Glück. Findest du den Hort durch diese trübe Suppe?«

Kiromin ging langsam auf die Schwaden zu, die sich stetig zwischen den Bäumen bildeten, als triebe sie ein unspürbarer Wind vor sich her. Wie schnell wachsendes Wurzelwerk breitete sich der Nebel aus, bedeckte zuerst den Boden, um von dort aus in die Kronen aufzusteigen. »Aber es ist gar nicht kälter geworden. Es sieht so aus, als würde er aus dem Nichts kommen.« Kiromins Stimme klang besorgt. Merranas musterte ihn von der Seite und schmunzelte, während er sich die Haare nach hinten strich. Sie waren immer noch nass vom Schweiß.

»Haben Drachen etwa Angst vor Nebel?«, spottete er und verstand das Verhalten seines Begleiters nicht. In diesem Moment sehnte er sich mehr denn je nach einem

Bett, sogar einem harten und leeren. Am liebsten wäre er schnurstracks in die Hauptstadt zurückgekehrt, um einen langweiligen und selbstverständlich schlecht bezahlten Auftrag anzunehmen. Die Eigenarten der Drachen gingen ihm auf die Nerven. Diese Wesen waren schlimmer als hübsche Diebinnen, Meuchelmörder, Wahrsagerinnen, Magier, Quacksalber, Alchimisten und das andere linkisch anhängliche Pack, das er seit seiner Jugend in den verbotenen Gassen der großen Städte getroffen hatte. Alles war bei denen anders, besonders oder nicht normal. Er schwor sich, dass er nie wieder im Leben Geschäfte mit Schuppenträgern machen würde. Die waren schlichtweg nicht zu durchschauen. Merranas streckte sich kurz und massierte die linke Schulter, bevor er die tote Frau vom Waldboden aufhob. Ihm war kalt geworden. Er wollte sich trotz der schmerzenden Beine bewegen. Je schneller sie am Hort ankamen, umso besser. Außerdem bezweifelte er, dass man die Suche nach ihnen so schnell aufgeben würde.

»Ja, du hast recht. Lass uns weitergehen«, sagte Kiromin leise und hielt ihn am Ärmel. »Ich gehe voran.«

Merranas zog die Augenbrauen zusammen. »Kannst du Gedanken lesen?«

»Wenn du wüsstest, was wir Schuppenträger alles können, würdest du in meiner Gegenwart viele Dinge nicht tun«, antwortete Kiromin trocken.

Der Kopfgeldjäger wollte etwas entgegnen, besann sich jedoch. Stattdessen versuchte er, an Essen zu denken. Daran sollte nichts Verwerfliches sein. Das Licht schwand immer mehr und er dachte an den Käse, den er in der kleinen Kammer der Magd hatte liegen lassen. Was für eine Verschwendung!

Schweigend liefen sie los und nach wenigen Schritten hatte Merranas die Orientierung verloren und auch keine Lust mehr, sich irgendetwas an der Umgebung zu merken. Im Grau des Nebels und mit zunehmender Dunkelheit sah ein Baum aus wie der andere, und die hohen Stämme verschmolzen immer mehr mit ihren Schatten. Von Zeit zu

Zeit brach ein Ast, den sie auf ihrem Weg umbogen, um besser vorwärts zu kommen. Über ihnen schrien die ersten Jäger der Lüfte, die in der Nacht besser sahen als tagsüber. Dann wieder hörten sie nur noch das Rascheln von Blättern und Zweigen unter den eigenen Stiefeln. Sie sprachen nicht mehr miteinander und Merranas verlor auch das Zeitgefühl. Nur die Last der Toten wurde erneut schwerer. Einige Male blieben sie kurz stehen, damit er sie von der einen Schulter auf die andere packen konnte.

»Warum mussten wir sie überhaupt mitnehmen?«, wollte Merranas wissen, als sie wieder einmal eine Pause einlegten. Während des Marsches hatte er angefangen, über die letzten Stunden nachzudenken, wohlwissend, dass Kiromin es höchstwahrscheinlich hören oder lesen konnte oder was Echsen in den Köpfen der Menschen halt so taten. Schließlich war der Drache bei allem selbst beteiligt gewesen.

»Ich weiß es nicht«, antwortete Kiromin, ohne sich umzudrehen.

»Und was hat es mit den Ringen auf sich?«

»Weiß ich auch nicht.«

»Aber du weißt, was sie ist, oder?«

»Nein.«

»Hast du aber in der Stadt behauptet. Du hast sie Todesbringerin genannt.«

»Das ist eine Märchenfigur aus Kindertagen. So etwas Ähnliches wie eine Hexe in euren Erzählungen.«

»Hexen gibt es nicht.«

»Ach?«

Merranas blieb überrascht stehen. »Weißt du überhaupt irgendetwas?«, wollte er von Kiromin wissen. Doch dieser schwieg und ging ruhig weiter, ohne darauf zu achten, ob der andere ihm folgte. Merranas überlegte kurz, seinen Begleiter mit weiteren Fragen zu löchern, aber die Anstrengungen der letzten Tage und Nächte machten ihn träge. Er fragte sich, ob der alte Drache die Münzen in seinem Beutel wohl zurückfordern würde, oder ob er sie als Bezahlung für die Schlepperei behalten dürfte. Aus seiner Sicht ein sehr mickriger Lohn, aber immer noch besser als gar keiner. Mit diesem Drachengold würde er zumindest die Wintermonate gut über die Runden kommen, wenn er sparsam war. Bei diesem Gedanken musste er über sich selbst lachen. Nein, nach diesem Auftrag wollte er würzigen Wein, endlich gebratenes Essen und ein warmes Bett mit hübschen Frauen und von allem sehr viel.

Sie liefen, bis die Dunkelheit ihnen die Sicht vollständig nahm. An einem umgefallenen Baum kauerten sie sich zusammen. Den leblosen Körper der Frau legte Merranas an ihrer beider Füße. Sie würden aufpassen müssen, dass sich ihnen kein Tier näherte. Kiromin blieb schweigsam und Merranas war zu müde für irgendeine Art von Unterhaltung. Der Waldboden war weich und trocken. Der Nebel hatte es noch nicht geschafft, die Blätter und Erde mit Feuchtigkeit zu bedecken. Kaum hatten sie sich als Schutz vor der Kälte zueinander gesetzt, überfiel Merranas der Schlaf.

»Wach endlich auf! Du träumst schon wieder. Und hör endlich auf zu schreien.«

Merranas schreckte hoch. Kiromin hatte ihn wieder so kräftig am Arm gepackt, dass er aus dem Schlaf gefahren war. Sehr langsam erkannte er seinen Begleiter und einzelne Dinge in ihrer Nähe. Als er sich aufrappelte, stießen seine Füße gegen den toten Körper. Nur mit Mühe gelang es Merranas, die Geschehnisse zu ordnen. Sie waren immer noch im Wald. Das milchige Licht eines großen Mondes brach durch die Äste über ihnen und verlieh der Umgebung etwas Gespenstisches. Ein Uhu jagte, und sein lauter Ruf verriet, dass er in der Nähe war. Durch den Nebel, der immer noch zwischen den Bäumen hing, erschien die Umgebung verschwommen.

»Was ist nur mit dir los?«, flüsterte Kiromin aufgeregt.

Merranas kratzte sich am Hinterkopf. Sein durchgeschwitztes Hemd klebte unangenehm am Rücken und Nacken.

»Es war derselbe Traum. Zuerst stand ich wieder am

Wasser und in der Mitte war diese Stadt.«

»Deswegen schreit man nicht den gesamten Wald zusammen.«

»Nein, deswegen nicht.«

»Was hast du gesehen?«

Zögernd begann Merranas zu erzählen. »Wieder den Drachen. Doch diesmal waren wir in einer Kammer tief unter der Erde. Es war unglaublich heiß. Jemand schrie, ich solle den Bann sprechen, aber ich wusste nicht, was zu tun war. Plötzlich ging alles in Flammen auf.«

»Wen meinst du mit wir?«

»Uns beide, deinen Vater und andere Leute, deren Gesichter ich nicht erkennen konnte.«

Kiromin musterte den Mann aufmerksam, während er sich auf die Unterlippe biss. Im Mondlicht konnte Merranas sein Gesicht nicht genau erkennen, aber er spürte den durchdringenden Blick auf sich ruhen.

»Los, wir gehen weiter! Wir vertrödeln hier kostbare Zeit. Durch ihren Tod ist irgendwas in Gang gekommen, etwas passiert.«

»Was passiert?«, wollte Merranas wissen. »Dein Vater hat sie getötet. Was soll da schon passiert sein? Sie wäre mein dritter bezahlter Mord geworden, wenn er mir nicht zuvorgekommen wäre.«

Kiromin ließ sich nicht auf die Bemerkungen seines Begleiters ein.

»Bei euch Drachen muss alles etwas komplizierter sein, oder? Ihr könnt offenbar niemanden umbringen, ohne dass gleich ein Königreich, eine Welt oder gar der gesamte Kosmos untergeht, stimmt's?«, witzelte der Kopfgeldjäger. »Deswegen lasst ihr so gerne die Menschen oder andere Wesen diese Drecksarbeit für euch verrichten. Dann passiert auch nichts Schlimmes. Bloß nicht die Klauen blutig machen, sonst kommt böser Nebel oder sieben Tage Dauerregen. Das schlägt dann aufs goldige Drachengemüt.« Merranas redete sich in Rage. Hunger, Müdigkeit und Ärger machten sich in Gespött und Witzen Luft. Kiromins Gesichtszüge blieben starr, als er sich Merranas näherte, bis dieser endlich schwieg und den Atem seines Begleiters auf dem Gesicht spürte.

»Halt deine dumme Klappe, wir müssen weiter!« – Kiromin stand auf und machte sich auf den Weg.

BUCH 2
GESTÄNDNISSE

Schweigend saß Kallestrus vor dem Eingang zum Hort. Das Feuer vor der Höhle brannte hell und kräftig, obwohl es in Strömen regnete. Der Drache hatte den Kopf gesenkt. Seine Schuppen glänzten im Schein der Flammen, während der Regen an ihnen entlangrann. Es machte den Eindruck, als würde eine Statue schmelzen, ohne kleiner zu werden. Langsam öffnete der alte Drache die Augen. »Sie sind bald da.«

»Wird ja auch Zeit!«, erklang es genervt aus den Flammen.

»Ist sie nicht liebreizend?«, rauschte es durch den Regen, als würden tausend Stimmen denselben Satz zeitgleich sprechen.

»Höre endlich mit diesen Tropfen auf! So kann man sich nicht in Ruhe unterhalten«, zischte es erneut aus dem Feuer.

»Angst vor dem Erlöschen, Liebes?«

»Ich werde nie dein Liebes sein!« Flammen schlugen in die Höhe und der Regen vor Kallestrus' Hort verwandelte sich jäh in Nebel, der gemächlich die Lichtung verließ und in den Wald zog. Seit ihrer Ankunft stritten die beiden Elementare, wohl wissend, dass keiner der beiden gewinnen würde. Im Gegensatz zu ihm vertrieben sie sich die Zeit mit Zank und Diskussion.

Kallestrus hatte nicht lange auf die Vertreter der Elemente warten müssen. Nachdem er Selestrias Genick gebrochen hatte, war der Bann endgültig gebrochen. Noch vor ihm waren sie am Hort angekommen und hatten keine Fragen gestellt. Kallestrus war es nicht unrecht, dass Kiromin und der Mensch so lange brauchten. Mit ihrer Ankunft würde er vieles erklären müssen. Es war das erste Mal seit vielen Jahren, dass er sich fürchtete. Obwohl er die letzten zwei Tage angestrengt nachgedacht hatte, war ihm bisher keine Lösung eingefallen. Aber sie musste schnell gefunden werden! Der Tod des menschlichen Körpers des Eisdrachen hatte ihnen lediglich einen zeitlichen Vorsprung verschafft. Schon bald würde sich das Wesen des Drachen aus der toten Hülle befreien wollen. Was danach geschehen würde, machte Kallestrus große Sorgen.

»Wie konnte das nur passieren?«, fragte er in das Feuer hinein.

Aus den oberen Flammen formte sich ein Drachenkopf, der Kallestrus belustigt ansah.

»Du stellst wirklich seltsame Fragen, Dickerchen«, spottete das Elementar mit weiblicher Stimme.

»Was ist an dieser Frage so seltsam?«

»Nun, ein Bann, an dem Sterbliche beteiligt sind, ist eben nicht für die Ewigkeit gemacht. Das haben wir dir damals erklärt«, rauschte es von allen Richtungen.

»Kannst du dich nicht endlich sammeln und eine vernünftige Unterhaltung führen? Dieses Tropfen und Rauschen nervt«, zischten die Flammen.

Der Regen ließ nach und die große goldene Karaffe neben Kallestrus füllte sich mit klarem Wasser. Aus dem Gefäß stieg eine Wassersäule, die die Konturen eines Menschenkörpers annahm.

»Wie passend!«, züngelte die Flamme schnippisch.

»Hm, irgendjemand muss auch die Abwesenden vertreten«, raunte das Wasserelementar gelassen.

»Kommen wir auf meine Frage zurück. Wie konnte das passieren?«, wollte Kallestrus wissen.

Bevor eines der Elementare antworten konnte, horchte der Drache auf. Am anderen Ende der Lichtung knackten Äste. Kurz darauf erschienen Kiromin und Merranas zwischen den Bäumen. Langsam schleppten sie sich ans Feuer. Sehr unsanft legte Merranas den Körper der Toten ab, bevor er sich ins nasse Gras fallen ließ. Er war erschöpft, und sein Magen knurrte. Kiromin blieb seinem Vater gegenüber stehen, das Feuer als sichere Grenze zwischen den beiden

Drachen.

Der Jungdrache spürte wie sein Herz schneller ging. Er hatte sich geschworen, ruhig zu bleiben. Es kostete ihn viel Überwindung, nicht sofort auf den Vater loszugehen. Kiromin hatte gehofft, der lange Marsch würde die Wut verfliegen lassen. Doch schon der bloße Anblick des alten Drachen ließ Wut in ihm aufkochen. Wie dumm war er gewesen, diesem überheblichen Besserwisser zu vertrauen! Alles hatte er geglaubt, hatte mit angesehen, wie jedes der Geschwister dem Vater gehorsam war. Alle sind in den Tod gegangen. Jeden Bruder und jede Schwester hatte sein eigener Vater auf dem Gewissen und nun saß er da und beratschlagte sich mit Elementaren. Warum hatte er nicht früher gehandelt? Ausgerechnet er, der Allwissende, wollte nichts gewusst haben. Wer war diese tote Frau überhaupt? Erinnerungen schossen durch seine Gedanken, als sie noch Kinder waren. Einer nach dem anderen ist gegangen und niemals wiedergekommen. Er sah sich selbst am Eingang des Horts stehen und ein letztes Mal zurückblicken. Vater hatte ihm wissend zugenickt. Damals wollte er sich vor dem Alten beweisen. Wollte zeigen, dass er ein guter Sohn war, der ihn nicht enttäuschen würde und seine Geschwister rächen, sogar wiederfinden.

Der Zorn ließ ihn beben und er ballte die Fäuste. Es gab keinen Grund mehr für die Existenz seines Vaters. Niemand, der liebt, schickt die eigenen Kinder in den sicheren Tod. Er wollte seine wahre Gestalt aus sich ausbrechen lassen, als ihn eine innere Barriere zurückhielt. Ungläubig blickte er zu seinem Vater. Was hatte der Alte getan? Er versuchte aus der menschlichen Gestalt zu entkommen, die ihn wie ein weiches Gefängnis umgab. Mit aller Gewalt wollte er seine wahre Erscheinung annehmen. Mit jeder verstreichenden Sekunde wurde aus der Wut Panik, die er nicht verbergen konnte.

»Was hast du getan?«, rief er über das Feuer hinweg, bereit hindurchzugehen und in der ihm jetzt so erbärmlich scheinenden Menschengestalt gegen den verwandten Feind zu kämpfen.

»Was hast du uns angetan, du elende Ausgeburt der Welten?«, blaffte er den Vater an. Alle Muskeln im Körper des Drachen arbeiteten. Die menschliche Gestalt zeigte einzelne Sehnen, und Schweiß bedeckte die gespannte Haut, unter der das Blut tobte. Das wahre Wesen des Drachen suchte einen Weg aus der menschlichen Hülle. Je mehr Kiromin kämpfte, umso verzweifelter wurde sein Blick, und der Schweiß mischte sich zunehmend mit Tränen. Schon wollte er über das Feuer setzen, als die Flammen vor ihm in den Himmel schossen und einen Kreis um ihn bildeten.

»WAS SOLL DAS?«, schrie der Jungdrache voller Hass.

Merranas war von den Flammen zurückgewichen, saß mit einigem Abstand auf dem Boden und beobachtete die Szene mit einer Mischung aus Faszination und Unbehagen. Ungläubig schüttelte er den Kopf. Gut, mit Feuer kannte er sich wirklich nicht aus, aber dass es von alleine Kreise bilden konnte, das hätte er aus den alten Erzählungen erfahren. Und die Gassen, in denen er groß geworden war, kannten viele unglaubliche Geschichten. Auch egal! Er wollte nur noch etwas essen und schlafen. Die Schulter schmerzte vom Tragen der Toten, seine Beine waren schwer wie Stein. Selbst wenn er noch die Absicht gehabt hätte, sich zu verdrücken, versagte sein übermüdeter Körper den Dienst. Hinter den Flammen flüsterte jemand auf Kiromin ein, unterbrochen von lauten Vorwürfen und Anschuldigungen des jungen Drachen. Merranas schaute zwischen dem Feuer hindurch, aber er konnte niemanden auf der anderen Seite erkennen. Wahrscheinlich waren seine Augen genauso müde wie die Beine.

»Wieso hast du sie alle in den Tod geschickt? Wie kannst du nur so grausam sein? Wir haben dir vertraut!«, brüllte Kiromin durch die Flammen. Er hatte versucht, durch den Flammenring zu treten, aber es war ihm nicht gelungen. Die Hitze raubte ihm im menschlichen Körper den Atem. Die heiseren Beschimpfungen brachen ab, keuchend sank er auf die Knie. Sein hasserfüllter Blick blieb auf den alten Drachen gerichtet, der das Toben des Sohnes scheinbar teilnahmslos hinnahm. Langsam kehrten die Flammen zur ursprünglichen Größe zurück. Die plötzliche Stille drückte sich zwischen die fünf Wesen vor dem Hort. Das leise Knistern des Feuers und der schwere Atem Kiromins waren zu hören. Nach einer Weile beruhigte er sich.

»Warum kann ich mich nicht wandeln?«, fragte Kiromin verzweifelt.

»Bei allem, was existiert, ich weiß es nicht«, sagte Kallestrus leise. Seine Teilnahmslosigkeit war in Wirklichkeit pures Entsetzen über den Zustand des Sohnes. Völlig erschüttert hatte er den Kopf gesenkt, während sein Junge mit dem menschlichen Körper kämpfte. Das eigentliche Wesen war eingesperrt. Kallestrus wurde schmerzlich bewusst, dass er über den Lauf der Dinge keine Kontrolle mehr besaß. Wahrscheinlich war sie ihm schon vor längerer Zeit entglitten. Er suchte in Gedanken die jüngere Vergangenheit nach Anhaltspunkten ab. Der Tod seines ersten Kindes hätte ihn zumindest vorsichtiger werden lassen müssen oder der des zweiten. Er konnte sich die Zusammenhänge nicht erklären. Als habe etwas oder jemand seine Erinnerungen geraubt.

»Wieso sind die Elementare hier?«, fragte Kiromin noch immer schwer atmend.

»Wir müssen sehr bald eine Lösung finden, sonst sind die brennenden Feuer dieser Welt der erste Schritt zu ihrem Untergang«, sprach eine tiefe, wenn auch ruhige Stimme aus Richtung der Karaffe.

Merranas wandte überrascht den Kopf zum Gefäß. Seit er diesen verfluchten Auftrag angenommen hatte, gerieten seine bisher ziemlich gefestigten Meinungen über die Welt und das Leben immer mehr aus den Fugen. Er saß mit zwei Drachen und sprechendem Wasser, von dem er bisher gedacht hatte, es sei die Erfindung einer alten Großmutter, am Feuer. Neugierig reckte er den Kopf. Die Wassersäule bemerkte ihn, nahm seine Gesichtszüge an und streckte ihm die Zunge heraus. Verärgert verzog er das Gesicht, während ihn sein Abbild angrinste. Kiromins Frage wurde nicht weiter beantwortet. *Der arme Kerl*, dachte Merranas.

»Ich brauche dein Mitleid nicht!«, brüllte Kiromin in die Stille. Erschrocken zuckte Merranas zusammen.

»Du wirst sein Mitleid brauchen«, züngelten die Flammen und Merranas war mittlerweile klar, dass ihm gegenüber wohl kein anderes Wesen saß, sondern das Feuer selbst sprach. Eine ganze Weile herrschte wieder beklemmendes Schweigen. Doch dann schnaufte Kallestrus auf. Über ihnen erstreckte sich ein wolkenloser Sternenhimmel.

»Jeder Drache hat in seiner Welt eine Aufgabe«, begann er leise zu erzählen. »Und manche lassen einem keine Wahl, als sie einsam zu verrichten. Andere hingegen machen einen unbesiegbar und dann gibt es auch noch ganz wenige, die einen größenwahnsinnig machen.«

»Größenwahnsinnig? Komisches Wort für einen Drachen«, entfuhr es Merranas.

Dafür erntete er von Kallestrus einen Blick, der ihn daran erinnerte, dass er der schwächste in der Runde war.

» 'Tschuldigung. Das war ein Reflex. Die Worte sind unbedacht über meine Lippen gerutscht«, setzte er kleinlaut nach und zog die Schultern hoch.

Kallestrus beachtete ihn nicht weiter, er setzte seine Erzählung fort. »Die meisten Drachen sind damit zufrieden, wenn sie eine Welt beschützen. Vereinzelt gibt es welche, die über mehrere Welten wachen. Es gibt aber Wesen, die ein ganzes Universum hüten.«

»Und du gehörst ausgerechnet zu ihnen, nicht wahr?«, fragte Kiromin immer noch aufgebracht.

»Nein, um ganz genau zu sein, gehört dein Vater zu den größenwahnsinnigsten Größenwahnsinnigen«, kam es spöttisch von Seiten der Karaffe.

»Ja, nämlich ein wahnsinniger Kindsmörder«, keifte Kiromin.

Kurz schaute der alte Drache zu seinem Sohn. Mit gemischten Gefühlen nahm er die Beschimpfung hin. Sicherlich, sie war nicht unberechtigt, doch wenn dieser junge neunmalkluge Abkömmling wüsste, worum es ging, würde er anders reden. Dies hoffte Kallestrus zumindest. »Nun, ich wache über ein Universum«, gab er ihm zu verstehen.

»Welche Überraschung!«, schnaubte sein Sohn, der wieder aufgestanden war und unruhig auf und ab ging. Nur ansatzweise begriff Kiromin, was sein Vater da eben erklärt hatte. Der Alte bewacht ein gesamtes Universum? Die Kraft und Beherrschung, die man dazu benötigt, müssen einen wohl überheblich werden lassen. Er betrachtete die menschlichen Hände, auf denen die Verbrennungen genauso schnell verheilten, wie sie entstanden sind und zog die Ärmel seines Hemdes hoch. Die Kleidung auf der Haut fühlte sich falsch an. Schuppen sollten sie bedecken und schützen. Das erste Mal im Leben wollte Kiromin nur seine wahre Gestalt besitzen.

»Ich wache zudem über drei andere.« Kallestrus wartete, ob der Sohn etwas sagen würde.

Kiromin blieb stehen und ließ von dem Hemd ab. Bisher war ihm an den Ausführungen des Vaters nichts außergewöhnlich erschienen, außer der Tatsache, dass er wahrscheinlich mehr Macht besaß als andere Weltenwächter. Gleich nach dem Schlüpfen werden Drachen auf ihre Rolle als Wächter vorbereitet. Sie lernen schnell, welche Kräfte nötig sind, eine Welt zusammen und im Gefüge des gesamten Kosmos zu halten. Die Möglichkeit, sehr viele Welten oder gar ein ganzes Universum zu hüten, entzog sich seiner Vorstellungskraft. Gleich vier solcher Universen schienen undenkbar. Nur vage konnte er sich ein Bild von den tatsächlichen Kräften seines Vaters machen, wenn es denn stimmte, was er da sprach. Es versetzte ihn in Ehrfurcht, vielleicht sogar Angst.

»Wenn man korrekt sein möchte, waren es vier Universen. Es sind nur noch drei«, knisterte das Feuer.

Merranas' und Kiromins fragende Blicke trafen sich. Für den einzigen Menschen in der Runde hörten sich die Erklärungen von Kallestrus immer noch mehr nach einem

Märchen als nach der Wirklichkeit an. Zwar hatte der Kopfgeldjäger alle Worte verstanden, zweifelte jedoch selbst, ob er alles begriff. Mittlerweile glaubte er, dass es Kiromin ähnlich ging. Er fühlte sich dem Jungdrachen in diesem Moment verbunden.

»Drei?«, wollte Kiromin wissen.

»Ja, eins hat er zerstört«, erklärte die Flamme.

»Wahrscheinlich unabsichtlich.« Merranas schlug sich die Hand vor den Mund und zog den Kopf ein. Es fiel ihm sehr schwer, den Mund zu halten.

»Korrekt. Eigentlich dachte er, er könne einen Kräfteausgleich herstellen. Doch auch einem so mächtigen Wesen wie deinem Vater setzen der Kosmos und die Natur Grenzen. Wer was nimmt, muss auch was geben«, erklärte das Wasserelementar, wobei es Merranas' Bemerkung wissentlich überging.

»Was hat er denn so Schlimmes genommen, dass ein Universum zerstört werden musste?«, wollte Merranas wissen, während Kiromin wütend aufstampfte, damit er den Mund hielt. Auch auf diese Frage folgte langes Schweigen. Merranas glaubte, eine ausgesprochen dämliche Frage gestellt zu haben. Doch wer konnte es ihm verübeln? Als ob er sich mit dem Kosmos und Universen auskennen müsse. Er begriff seit kurzer Zeit nicht einmal mehr diese Welt.

»Den Wächter«, brachte Kallestrus endlich heraus.

»Den Wächter?«, rief Kiromin.

»Um genau zu sein die Wächterin«, meinte das Feuerelementar mit einer sanften Frauenstimme.

»Und um ganz genau zu sein, sie«, fügte das Wasserelementar hinzu und formte sich zu einem ausgestreckten Arm, der auf die Leiche des Eisdrachen zeigte. Kiromin und Merranas schwiegen. Auf beiden Gesichtern zeichnete Erstaunen lustige Grimassen. Kiromins Stirn lag in schiefen Falten, die von den Augenbrauen gestützt wurden. Merranas klappte den Mund auf und zu wie ein Karpfen an Land, sagte aber nichts.

»Ihr erlaubt euch einen ganz bösen Scherz mit mir und

diesem Menschen. Ihr lasst uns stundenlang durch den Wald laufen. Mit einer Leiche. Dann erzählt ihr uns seelenruhig, dass sie die Wächterin eines Universums ist? Nein, verzeiht, das ist nicht richtig. War. Sie war die Wächterin. Denn er hat sie ja umgebracht! Oder?« Kiromins Stimme war mit jedem Wort lauter geworden. Die Wut übermannte ihn ein weiteres Mal. Er schaffte es nicht, sich zu beherrschen. Der Alte log schamlos weiter, vielleicht logen sie alle. Verschiedene Lehren, Sätze und Erinnerungen schossen wirr durch seinen Kopf.

»Das kann nicht sein. Es gibt keine zwei Wächter in einer Welt. Das ist ein Gesetz«, erklärte er ins Feuer und zur Karaffe.

»Womit du nicht Unrecht hast. Trotzdem gibt es Möglichkeiten und treibende Kräfte, die so etwas erlauben.«

»Kräfte und Möglichkeiten?«, fragte Kiromin gereizt.

»Liebe und Einsamkeit…«, flüsterte Kallestrus.

»Liebe? Ausgerechnet du sprichst von Liebe?«, fauchte Kiromin und musste dabei unwillkürlich an die junge Magd in Balfahlahr denken, die er ohne Nachricht zurückgelassen hatte. Ohne Abschied oder ein Wort der Erklärung hatte er die Stadt und damit auch sie verlassen. Jetzt sehnte er sich nach ihrer Nähe. Was würde Filisj denken? Sie hatte ihm mehr als das eine Mal gezeigt, was die Menschen meinen, wenn sie sagen, dass aus einem Jungen ein Mann geworden ist. Allein die Erinnerung daran brachte sein Blut in Wallung. Er schüttelte den Kopf, um die Erinnerungen zu verscheuchen. Es beschämte ihn, ausgerechnet jetzt an so etwas zu denken.

»Ich war einsam und ich wusste um ihre Existenz. Zudem war ich der Meinung, mächtig genug zu sein, um den Verlust des einen Universums ausgleichen zu können. Schließlich hatte ich drei weitere, auf die ich die Energie verteilen konnte, um das unbewachte stabil zu halten. Doch es reichte nur für eine kurze Zeit. Schon nach wenigen Jahrhunderten konnte ich die Ströme des Kosmos nicht mehr lenken. Die Zeit geriet aus den Fugen und unsere eigene Welt verwandelte sich. Ich musste schließlich die Brut durchbringen.«

»Die Brut durchbringen«, wiederholte Kiromin abfällig. Kallestrus schwieg mit gesenktem Haupt.

Aus der Karaffe hörte man ein Raunen und Merranas beugte sich vor, um etwas zu verstehen. Das Einzige, was er jedoch aufschnappen konnte, war das Wort *verheimlichen*.

»Was verheimlichen?«, fragte Kiromin drohend.

Die Schnauze des alten Drachen zitterte. Kallestrus zog die kalte Nachtluft in die Nüstern und atmete weißen Rauch aus, der seine Gesichtszüge nur wage erkennen ließ. Als suche er dahinter ein flüchtiges Versteck.

»Sie ist deine Mutter. Sie ist euer aller Mutter.«

Es fühlte sich an, als habe der Vater ihm ins Gesicht geschlagen. So fest, dass es im ersten Moment gar nicht wehtut und man die Chance erhält, zu begreifen, was geschehen ist. Kiromin zuckte erst nach einem Atemzug zusammen. Allmählich entfaltete sich der Schmerz, der einen nichts anderes mehr spüren lässt. Versteinert stand er vor dem Feuer, nicht in der Lage etwas zu sagen. Sein Verstand weigerte sich, den Sinn der letzten Aussage seines Vaters anzunehmen. Er wollte es nicht glauben. Es klang unwirklich. In diesem Durcheinander aus Gefühlen und Geschehnissen, in denen Vergangenheit, Gegenwart und Zukunft plötzlich verschmolzen und zugleich passierten, brauchte er eine Weile, um überhaupt einen Gedanken zu fassen. Nach allem, was er bisher über die Welten und ihre Wächter gelernt hatte, dürften er und seine Geschwister gar nicht existieren. Die Mächte des Kosmos hätten sie längst zerreißen müssen.

Merranas warf abwechselnd verstohlene Blicke zu Selestrias Körper und zu Kiromin. Was hatten sie die letzten Stunden und Tage nur getan? Je länger er sich hier aufhielt, umso einfacher erschien ihm sein früheres Leben und eigentlich alles, was vor diesem verdammten Auftrag passiert war. Von einem einfachen Meuchelmord war er in ein Weltuntergangsszenario mit Familiendrama geschlittert. Eigentlich fehlte nur noch eine vermisste Tochter oder Ähnliches, damit die Sache so richtig theatralisch wurde.

Kiromin biss auf die Unterlippe und schmeckte Blut. Nach einer Weile hob er den Kopf und sprach seinen Vater ruhig an. »Jetzt erzählst du mir wirklich alles. Der Reihe nach. Und du beantwortest alle meine Fragen, und es sind einige. Fangen wir an! Ach so, und gebt dem Menschen was zu essen. Er denkt seit Stunden an kaum etwas anderes, außerdem verändert er sich oder etwas beginnt in ihm zu wirken. Vielleicht ist es sogar unser Einfluss.«

»Nein, mit mir tut sich gar nichts!«, platzte es aus Merranas heraus.

»Oh, doch! Ob es dir passt oder nicht. Du hast die letzte Nacht von ihr geträumt. Nicht nur einmal. Sterbliche träumen nicht von Drachen. Nach allen Gesetzen dieser Welt dürftest du gar nicht hier sein«, erklärte Kiromin bestimmt. »Doch was weiß ich schon?« Der Jungdrache kaute auf den Lippen und wischte mit dem Handrücken das Blut vom Mund. Merranas drehte sich weg. Die Erfahrung gebot ihm, Ruhe zu bewahren und keine weitere Provokation heraufzubeschwören. War es ein Fehler gewesen, Kiromin die Wahrheit über seine Träume zu erzählen? Selbst wenn er gelogen hätte, seine Gedanken verrieten ihn früher oder später. Er konnte nicht andauernd an Belanglosigkeiten denken. Was aber, wenn der Drache recht hatte? Die Träume waren so anders gewesen, als je zuvor. Sollte das wirklich eine Bedeutung haben? Nichts mehr schien unmöglich.

Das Wasserelementar verließ die Karaffe Richtung Himmel. Einige Augenblicke später fielen Fische vor Merranas' Füße, gefolgt von Stöcken, die als Werkzeuge für die Zubereitung dienen sollten. Mit einer winzigen Sturzflut füllte sich die Karaffe wieder, und Merranas machte sich geschickt an das Ausnehmen der Fische. Seit Jahren hatte er nichts Gebratenes mehr gegessen. Wie denn auch, bei den wenigen gut gehüteten Feuern? Doch das Säubern der Fische hatte er schon viel früher gelernt und nie vergessen. Ihm lief das Wasser im Mund zusammen, während Kiromin seine Befragung begann.

»Warum hast du meine Geschwister sterben lassen? Wieso sind die Feuer ausgegangen? Wieso musstest du sie umbringen? Warum ist sie überhaupt ein Mensch? Warum hast du diesen Kopfgeldjäger angeheuert, und warum träumt er von ihr? Wozu mussten wir ihre Leiche quer durch den Wald bis zum Hort tragen? Und wieso verflucht nochmal kann ich mich nicht wandeln?« Kiromins Fragen waren wie heiße Pfeile, die ins Bewusstsein des alten Drachen drangen, setzten sich dort mit winzigen Widerhaken in Erinnerungen und jüngsten Ereignissen fest. Beinahe alle seine Kinder waren für den Fortbestand vieler Welten geopfert worden, ihre eingeschlossen. Die Rechnung erwies sich noch lange nicht als beglichen. Diesen Tag hatte er insgeheim gefürchtet, aber erahnt. Dass er so schnell kommen würde, hätte er sich niemals erträumt. Was sind schon 250 Jahre, wenn man nahezu unsterblich ist? Bevor er eine der Fragen beantworten konnte, ergriffen die Flammen das Wort.

»Er konnte sie nicht erkennen. Das war ein Bestandteil des Bannes, dem deine Mutter und er selbst unterlagen. Nur so konnten wir sicherstellen, dass er und sie nicht wieder aufeinandertreffen. Nachdem das Universum deiner Mutter zerstört war, konnte sie nicht mehr in dieser Welt bleiben, denn sie gehört nicht hierher. Ihre Anwesenheit bringt das Gefüge der Universen und damit des Kosmos durcheinander. Die Folge ihres erneuten Aufeinandertreffens ist die schleichende Zerstörung unseres Seins. Solltet ihr keine neue Lösung finden, werden wir bald nicht mehr existieren.«

»Wenn unsere Welt nicht mehr ist, verschwindet sie mit ihr und damit ist eine Art Gleichgewicht wiederhergestellt?«, warf Merranas ein, während er geschickt eine Forelle auf den soeben angespitzten Stock spießte.

»Gar nicht so dumm für einen Menschen«, gab die Flamme lachend zurück.

»Ob ich wohl meinen Fisch in dir braten dürfte?«, fragte Merranas. Nach all den Geschehnissen war es am besten, sich für eine Weile mit der Situation zu arrangieren. Erst essen, dann schlafen und später in Ruhe nachdenken. So bliebe er zumindest am Leben. Ein schneller Flammenstoß huschte über die Forelle. Mit geweiteten Augen starrte Merranas auf den durchgegarten, knusprigen Fisch und sein Dank ging in einem Schmatzen unter, als er den ersten Bissen nahm.

»Als dein Vater erkannte, was in unserem Universum geschah und er merkte, dass auch seine Kräfte nicht ausreichten, um Selestria in dieser Welt zu halten, rief er die Wesen des Universums zusammen.«

»Die Wesen? Was denn für Wesen?«, wollte Kiromin wissen.

»Nun ja, Drachen, Elementare und Sterbliche«, antwortete das Wasser mit einer gurgelnden Stimme.

»Sterbliche?«, fragten Kiromin und Merranas wie aus einem Mund.

»Ja, Sterbliche. Menschen, Zwerge, Elfen, Halblinge, alles was eben sterblich ist«, murmelte Kallestrus gereizt.

»Elfen sind sterblich?« Merranas wunderte sich. Zwar hatte er bisher nur einen einzigen Elf gesehen, aber man sagte dieser Spezies so einiges nach.

»Durchaus. Sie leben sehr lange und verfügen über immense Heilkräfte, aber sie sind wie du und alle anderen sterblich«, erklärte das Wasser ruhig.

»Wozu brauchtet ihr ausgerechnet die Sterblichen? Was sollten die schon ausrichten?«, schnauzte Kiromin. Die bösen Blicke von Merranas nahm er nicht wahr. Viel zu sehr war er damit beschäftigt, seinen Geist zur Ruhe zu ermahnen. Er war neben seinem Vater wahrscheinlich der letzte lebende Drache in dieser Welt.

»Das ist nicht einfach zu erklären. Denn selbst wir wissen nicht, was und wieso die Sterblichen sind. Wir wissen nur, dass sie zum Kosmos gehören wie wir auch. Du solltest sie nicht unterschätzen, denn in ihnen versammeln sich die Kräfte aus Drachen und Elementaren. Sie verändern die Welten, in denen wir existieren. Wir sind dazu nicht in der Lage«, erklärte Kallestrus mit ruhiger Stimme.

Kiromin funkelte den Vater voller Zorn an. Wie konnte

er nur so ruhig sein, dieser alte aufgeblasene Egoist? Wie alt er wohl tatsächlich war? Mit jeder Antwort taten sich mehr Fragen auf.

»Erlaubt ihr mir ebenfalls eine Frage?«, mischte sich Merranas ein.

Nachdem alle Blicke auf ihn gerichtet waren, wollte er sich die Frage lieber wieder verkneifen. Wer war er schon, in einer Allianz aus sprechendem Feuer und Wasser, zudem zweier Drachen? Doch die Neugier siegte auch dieses Mal über den Verstand, und so sprudelte es förmlich aus ihm heraus.

»Warum in aller Welt sammelt ihr Drachen das ganze Gold und die Edelsteine, wenn ihr so mächtig seid? Wozu braucht ihr all das Metall und die ganzen Klunker?«

»Warum schlaft ihr Menschen auf trockenem Stroh oder in Daunendecken?«, fragte Kallestrus belustigt und Merranas stutzte bei der Gegenfrage.

»Es ist bequem.«

»Da hast du den Grund!«, lachte Kallestrus auf.

»Halt's Maul! Wen interessiert das Gold?«, fuhr Kiromin den Kopfgeldjäger an. »Für Gold würdest du doch sogar vom höchsten Turm Balfahlahrs springen, du Idiot!«

»Und? Ich weiß, wie ich sicher lande«, entgegnete Merranas gelassen. Nach der frisch gebratenen Mahlzeit spürte er endlich seine Lebensgeister zurückkehren.

»Was geschah im Universum? Und was habt ihr getan?«, wollte Kiromin wissen.

»Am Anfang war es nur ein Stern, der erlosch. Schon bald folgten weitere. Die Planeten verschwanden als nächstes vom Himmel, dann einer der Monde. Am Ende entfernte sich die Sonne. Das Wasser versiegte im Inneren der Welt und die Sterblichen zeugten keinen Nachwuchs mehr. Ich habe versucht, die Elementare zu beschwören und gab den Sterblichen Gold, Wissen und hohes Alter. Doch nichts konnte den Untergang stoppen. Irgendwann musste ich handeln. So rief ich von jeder Art zwei herbei.«

»Zwei Drachen, zwei Elementare und zwei Sterbliche«,

mischte sich das Wasser ein.

»Wir haben uns entschlossen, den Eisdrachen an die Zeit zu binden, damit sie nicht Teil von dieser, aber auch nicht von einer anderen Welt wäre. So würde ihre Anwesenheit keinen Schaden mehr anrichten können«, erklärte das Feuer weiter.

»An die Zeit?« Merranas war verblüfft.

»Ihr Menschen habt eine andere Vorstellung von Zeit als wir. Für uns ist sie nicht relevant, da wir selbst nicht wirklich existent sind. Wir sind überall und nirgends. Wir sind Mittel zum Zweck und der Zweck selbst. Für viele von uns ist Zeit kein Fluss, wie für euch Sterbliche, sondern etwas Materielles, wie Holz oder Stein«, meinte das Wasser.

Merranas blinzelte irritiert und fing verlegen an, in einer Forelle rumzustochern. Er fühlte sich in seiner Unwissenheit ertappt.

»Du verwirrst ihn nur«, entgegnete Kallestrus.

»Was habt ihr also unternommen?« Kiromin dachte an seine Geschwister und an eine Mutter, die er nie gesehen hatte. Aber hier war dieser tote menschliche Körper, der im inneren den Wächter einer anderen Welt barg, einen Eisdrachen. Er fühlte sich seiner Abstammung beraubt, als sei er eine Art Bastard. Viel schlimmer war das nicht vorhandene Gefühl für dieses tote Wesen, das ein Teil von ihm sein sollte. Als Kinder hatten sie sich immer ausgemalt, wer ihre Mutter war. Ein schöner Feuerdrache mit dunkelroten Schuppen, eine stolze Wächterin in einer fernen Welt. Hielt der Körper auf dem Boden tatsächlich seine Mutter gefangen oder war das wieder eine Lüge, um ihn dazu zu bringen, das zu tun, was der Alte wollte? Was wenn sein Vater nicht log? Wer war er dann? Kallestrus' Stimme riss ihn aus diesen Überlegungen.

»Wir zwangen sie in die Gestalt eines Menschen, um es den Sterblichen einfacher zu machen. Dann wurde sie in einen Steinsarkophag gelegt, um die lebende Hülle zu binden. In einer Art Tiefschlaf und umgeben von schützenden Zaubern lag sie die ganze Zeit in den verbotenen Höhlen und damit unter der Stadt Hyperahmah.«

»Die uneinnehmbare Inselstadt«, überlegte Merranas laut. Mit einem Mal konnte er sich wieder erinnern. Das war die Stadt aus seinen Träumen! Er hatte sie gesehen. Die Stadt und den Eisdrachen. Schnell versuchte er, die Erinnerungen an den Traum zu verdrängen. Doch Kallestrus war schneller.

»Du hast von ihr geträumt«, fauchte er den Menschen an.

Merranas war aufgesprungen. Angst schoss durch seine Adern. Die gemütliche Fragerunde war für ihn vorbei.

»Ich weiß gar nichts und habe mit der Sache nichts zu tun. Bis vor kurzem wusste ich nicht einmal, dass Feuer und Wasser sprechen können. Ich bin ein Mensch, der lediglich seinen Auftrag erledigen wollte«, stammelte er. Aus Gewohnheit hatte er in den Stiefel nach einem Messer gegriffen. Beim Anblick der Waffe merkte er, dass er zitterte und wie lächerlich das Ding gegen die vier Anwesenden wirkte. Trotzdem hielt er es zum Angriff bereit.

»Stimmt, setz dich wieder hin«, raunte das Wasser seelenruhig.

Kallestrus schaute unruhig zum Himmel.

»Nein, das hat nichts zu bedeuten«, erklärte das Feuer. »Entweder er ist ein Nachfahre ...«, begannen die Flammen.

»... oder er ist ein Halbling«, beendete das Wasser den Satz.

Merranas' Blicke wanderten durch die Flammen zur Karaffe und dann zu Kiromin. Er traute sich nicht, zum alten Drachen zu schauen, der ihn immer noch musterte.

»Wenn du ein Halbling bist, gehörst du zur Hälfte einem Elementar an«, erklärte Kiromin.

»Das würde die Träume am ehesten erklären. Sag mal, Merranas. Hast du dich schon einmal verbrannt?«, wollte das Wasser wissen.

»Ja, schon oft.«

»Hast du schon einmal versucht, unter Wasser zu atmen oder hast du einfach so in der Erde Edelsteine gefunden?«

»Nein, ganz sicher nicht. Hätte ich sonst diesen seltsamen Auftrag angenommen? Wohl kaum!«

»Ach, hör schon auf! Die Wahrscheinlichkeit, dass er ein Nachkomme ist, ist wesentlich höher. Halblinge sind genauso selten wie Drachen«, schimpfte das Feuer.

Eine Pause entstand und Merranas setzte sich wieder. Sein Messer steckte er sorgfältig in den Stiefel zurück.

»Was es mit den Siegelringen auf sich hat, weiß ich selbst nicht. Sie waren für mich lediglich eine Art Trophäe. Für uns haben sie keinen Wert«, beantwortete Kallestrus eine weitere Frage seines Sohnes.

»Wie habt ihr meine Mutter einfach einsperren und an die Zeit binden können?« Das Wort Mutter war Kiromin ungewohnt leicht über die Lippen gekommen.

»Wir haben uns in Menschen gewandelt und sind mit dem Boot zur Stadt übergesetzt. Ich hatte ihr ein rauschendes Fest versprochen. Stattdessen überließ ich sie dort den Sterblichen«, gestand Kallestrus mit leiser Stimme.

»Du hast auch sie verraten?!« Mit einem Satz war er durch die Flammen gesprungen und trommelte mit beiden Fäusten gegen den festen Schuppenpanzer des Vaters. Dieser ließ ihn gewähren, bis die Haut der menschlichen Hände aufplatzte und blutete. Erst dann schob er seinen Sohn sanft von sich, sodass Kiromin einige Male in die Luft schlug, bevor er die Arme voller Erschöpfung sinken ließ.

»Mir blieb nichts anderes übrig. Wir gingen in die Stadt. Zu der Zeit war auf dem Marktplatz ein Fest. Händler, Gaukler und anderes Volk. Dann nahmen die anderen sie mit sich. Meine Aufgabe war erfüllt.«

»Ja, so war es. Mehr weiß dein Vater nicht«, raunte das Wasser.

»Nachdem ein Sterblicher sie betäubt hatte, brachten wir sie in die Katakomben, die verbotenen Höhlen der Stadt. Dort wurde sie zwischen den Toten der Lebenden in einen Sarkophag gelegt. Die Drachen und Elementare banden Körper und Geist des Drachen an die Zeit, danach sprachen die Sterblichen Schutzzauber, damit niemand Zugang zu ihr hätte, und um Drachen und Halblinge zu täuschen, damit keiner wusste, wer da unten eingeschlossen worden war.

Über deinen Vater wurde ein Vergessenszauber gelegt. Als Zeichen und als Versprechen der ewigen Verschwiegenheit erhielt jeder der Anwesenden einen Siegelring«, erklärte das Feuer.

»Was kann man mit den Ringen machen? Und, verzeiht die Frage, was könnten Feuer und Wasser mit Schmuck anfangen?«, fragte Merranas.

»Die Ringe sind völlig nutzlos. Sie sind ein Symbol, das die Menschen gefordert und gefertigt haben. Damit man selbst in tausenden von Jahren noch weiß, was geschehen ist«, warf das Wasser ein. »Die Elementare gaben sie an ihre Linien und somit die Halblinge weiter.«

»Warum die Drachenzähne?«, wollte Kiromin wissen.

»Irgendwas musste drauf«, gaben die Flammen gelassen zu.

»Die Ringe haben keine Bedeutung? Warum trägt ausgerechnet sie einen, und warum war sie Mitglied der Inquisition? Was haben die Drachen mit ihren Ringen getan?«, meldete sich Merranas erneut zu Wort. Bevor er eine Antwort erhielt, ging Kiromin dazwischen.

»Warum hast du sie nicht erkannt?«, fragte er seinen Vater.

»Ich weiß es nicht.« Kallestrus klang gereizt. In den letzten Stunden hatte er ein zweites Mal seine Gefährtin verraten. Das Gesicht ihrer menschlichen Gestalt und ihr Lächeln, als sie ihn erkannte, die Berührung ihrer Lippen und das Geräusch als ihr Genick brach. Am liebsten hätte er diesen leblosen Körper verbrannt, seine Liebe befreit, wäre mit ihr in den Himmel aufgestiegen und nie wieder zurückgekehrt.

»Eines solltest du über die Menschen wissen, Kiromin. Sie können uns nicht töten. Wie auch? Sie können uns aber alles vergessen machen. Und was für uns gilt, gilt auch für euch«, flüsterte es aus der Karaffe.

»Das habe ich gehört«, entgegnete Merranas. Ein Wasserstrahl traf ihn hart ins Gesicht und löschte gleichzeitig einen großen Teil des Feuers. Dampf stieg auf, Nebel breitete sich über der Lichtung aus, während der Kopfgeldjäger nach Luft schnappte und sich die triefenden Haare aus dem Gesicht streifte.

»Kallestrus konnte Selestria nicht erkennen. Die Bannzauber bewirkten, dass er ihre Existenz nicht spüren konnte«, erklärte das Feuer, nachdem die Flammen das restliche Wasser in Dampf verwandelt hatten. »Erst als das Leben des letzten gemeinsamen Sohnes auf dem Spiel stand, wurde der Bann höchstwahrscheinlich gebrochen. Die Sterblichen haben einen starken Hang zu Gefühlen. Andererseits, es könnte ebenso gut der Genickbruch gewesen sein. Denn seitdem lebt nur noch der Drache.«

»Lasst mich raten. Es war die grenzenlose Liebe eines Vaters zu seinem Sohn«, entfuhr es Kiromin.

Das Schweigen der Anwesenden gab ihm recht, was ihn nur noch wütender machte. Er war zu durcheinander, um eine weitere Frage zu stellen. Der leblose Körper war seine Mutter, für die er nichts empfand, außer falschem Hass für die Morde an seinen Geschwistern. Trotzdem wollte er um sie alle weinen.

»Wenn alle sechs Siegelringe aus den Händen der Inquisition stammen, können nur die Menschen den Bann gebrochen haben. Als Selestria wieder in unsere Welt kam, machte sich auch ihre Anwesenheit bemerkbar, und so erloschen nach und nach die Feuer. Es ist nahezu unglaublich, dass die Siegelringe keine Bedeutung haben. Menschen machen nie etwas ohne Grund und der, den ihr nanntet, ist viel zu einfach. Außerdem, wie sollen wir Menschen in den Besitz aller Siegelringe gekommen sein, wenn doch auch Drachen Träger waren? Da steckt viel mehr dahinter«, murmelte Merranas vor sich hin.

»Schlauer Junge«, gurgelte es aus der Karaffe.

»Tja, ja. So sind wir Sterblichen nun mal. Keine Ahnung von Universen und Zeit, aber mit Symbolen, Zeichen und Gefühlen kennen wir uns bestens aus. Die Ringe haben bestimmt eine Bedeutung, vielleicht sogar einen Nutzen. Schlüssel könnten es sein.«

Aus der Karaffe erklang einmal mehr ein gurgelndes Lachen.

»Warum kann ich mich nicht verwandeln?«, fragte Kiromin kleinlaut.

Kallestrus' Schwingen klappten schlaff nach vorne und er sackte noch weiter in sich zusammen. »Ich weiß es wirklich nicht, mein Sohn.«

»Aber wir haben eine Vermutung«, warfen die Flammen ein.

»Und die wäre?« Merranas war gespannt.

»Nun, solange Selestria ein Mensch ist, ist auch er einer.« Ein dünner Wasserstrahl zeigte auf die Leiche des Eisdrachen.

»Was soll das heißen? Sie kann sich nicht mehr verwandeln. Ihr menschlicher Körper, schaut ihn euch doch an!«, sagte Kiromin entsetzt.

»Auch in diesem Fall irrst du. Sie ist nicht tot. Lediglich ihre menschliche Gestalt ist gestorben.«

Kallestrus richtete sich auf und straffte die Schwingen. Die Worte des Wassers hatten ihn auf eine mögliche Lösung gebracht. Langsam begannen die Zusammenhänge ein Bild zu ergeben. Er hatte mit dem Tod der menschlichen Hülle zwar einen Bann oder Zauber gelöst, die Seele und das Wesen des Drachen lebten und waren immer noch in dieser Welt. Somit war ihr Wirken nur unterbrochen, Selestrias Kraft geschwächt. Die Feuer brannten lichterloh. Wie lange würde dies wohl anhalten? Tage oder gar Wochen? Was wenn für immer oder nur bis zum Morgengrauen? Ein Pfand hatte sie trotzdem mitgenommen, nämlich die Freiheit ihres gemeinsamen Sohnes. Kallestrus brauchte Zeit zum Nachdenken, doch viel würde er sicherlich nicht bekommen. Er liebte Selestria immer noch und genauso sehr liebte er seinen Sohn. Wenigstens diesen einen galt es zu schützen, auch wenn der Preis sehr hoch sein würde. Wenn sie nichts unternahmen, würde diese Welt endgültig zerstört werden.

»Wie soll es jetzt weitergehen?«, wollte Merranas wissen.

»Ihr werdet nach Hyperahmah gehen und nehmt den Körper mit«, sagte Kallestrus nach einer Weile.

»Ihr?«

»Ja, ihr. Du und Kiromin.«

»Mittlerweile ist das halbe Reich hinter uns her, weil wir ein Mitglied der Inquisition getötet und, deren Auffassung nach, die Leiche geschändet haben. Nach allem was du bereits getan hast, willst du, dass WIR nach Hyperahmah reisen?«, fragte Kiromin. Die wahnsinnigen Vorhaben seines Vaters sollten allem Anschein nach weitergehen.

»Willst du uns dort an die Inquisition verraten wie schon einmal meine Mutter?«

»Nein.«

»Warum sollte ich dir noch glauben?«

»Du hast keine Wahl, Kiromin. Wenn wir sie nicht in kürzester Zeit wieder bannen, kann es gut sein, dass das Gefüge erneut gestört wird. Außerdem müssen wir dafür sorgen, dass du deine wahre Gestalt zurückerhältst. Wenn jemand deinen menschlichen Körper tötet, wirst auch du gefangen sein«, flüsterten die Flammen beschwörend.

Kiromin schlug die Augen nieder. Merranas musterte den Drachen im Körper eines jungen Mannes, der die Stirn in Falten gelegt hatte. Zu seiner eigenen Überraschung fühlte er mit ihm. Und in ihm selbst regte sich eine Einsamkeit, die er ausgesprochen gut verdrängt hatte. Nach diesen Gesprächen war sie in sein Bewusstsein getreten, als seien einige Dinge erst vor wenigen Tagen geschehen und nicht vor Jahren. Als Kiromin wieder aufschaute, waren seine Wangen nass.

»Ich werde nach Hyperahmah gehen. Ich werde alles tun, was ihr verlangt. Wenn meine Mutter wieder gebannt ist, will ich dich nie wieder sehen, Vater.«

»Es tut mir leid«, raunte der alte Drache.

»Das interessiert mich nicht mehr.«

Die Stimme des Jungdrachen klang kalt und gefühllos. Er hatte einen Entschluss gefasst.

»Bei Sonnenaufgang brechen wir auf«, meinte er an Merranas gewandt, bevor er aufstand und Richtung Wald verschwand.

»Wo will er hin?« Merranas war aufgestanden und wollte

ihm folgen.

»Lass‘ ihn gehen.« Der feste Griff einer Klaue hielt Merranas zurück. Morgen würde er es sowieso erfahren.

BUCH 3

INSELSTADT HYPERAHMAH

Wimmernd und mit vor dem Kopf gefalteten Händen lag der Bote aus Balfahlahr vor Plutarch. Während sein Rotz aus Mund und Nase auf den kalten Steinboden tropfte, versuchte er Luft zu holen.

Direkt nach ihrer Ankunft auf der Insel hatte man die beiden Männer in den großen Saal geschleift und dem Obersten Kirchenführer vorgeführt. Ohne Vorwarnung hatte das Oberhaupt der Kirche seinen Begleiter abgestochen, kurz nachdem er ihm die Nachricht über den Verbleib seiner Tochter überbracht hatte.

»Wie könnt ihr es nur wagen, mir so eine Nachricht zu bringen?« Die ersten Worte presste Plutarch noch zwischen den Zähnen hindurch, die letzten waren Geschrei. Mit einem heftigen Tritt gegen den Kopf schickte er den zweiten Boten ins Land der Träume. Gleich danach schleuderte er die Schriftrolle quer durch den Saal. Die anwesenden Kardinäle hatten sich hinter den Männern aus Balfahlahr versammelt und schwiegen mit teils gesenkten Häuptern.

»Was steht ihr hier so rum? Habt ihr nicht gehört, was er gesagt hat?«, brüllte er weiter. Mit aufgerissenen Augen stieg er schwerfällig über den leblosen Boten, sodass der Saum seiner Gewänder durch die Blutlache schleifte, die sich unter dem Toten gebildet hatte. Mit stampfenden Schritten kam er auf die Kardinäle zu.

»Keiner will was gewusst haben? Keiner von euch hatte Nachricht erhalten, ja?«

Weiße Spucketropfen trafen die Gesichter der Männer, an denen er vorbeiging. Plutarchs Gesicht war rot angelaufen, und die Brauen zuckten nervös über den kleinen hervorstehenden Augen.

»Sie war meine Tochter, mein einziges Kind! Mein Fleisch und Blut! Mein Kind war stark und ausgesprochen klug. Ein einfacher Knecht soll sie umgebracht haben?«, schrie er den Kardinälen entgegen. Die Wangen und Stirn wechselten vor Wut in ein Dunkelrot. Keiner der Männer antwortete. Jeder versuchte, den Blicken des Herrschers auszuweichen, einige schauten weiterhin zu Boden oder falteten bedächtig die Hände.

»Ihr elenden Lügner! Ihr kleinen, armseligen Speichellecker! Sie war die letzte! Wer soll jetzt unser Reich vor diesen Kreaturen beschützen? Die Herrschaft des Feuers wird wiederkehren, und wir enden als Knechte der Drachen!«

Er holte mit der Rechten aus und ohrfeigte den nächstbesten Würdenträger. Vor Schreck taumelte der Getroffene zurück, beugte sich vor und hielt mit den Händen die geschlagene Wange. Weder ein Schrei noch ein anderer Laut des Schmerzes kam über die Lippen des Mannes. Lediglich der Atem ging schneller. Zwei der Nebenstehenden waren zu ihm geeilt und stützen ihn. Ein Gemurmel brach unter den Kardinälen los, dem Plutarch keine Beachtung schenkte.

Unbeirrt setzte er seine Hetze fort. »Wollt ihr etwa wie eure Vorfahren leben? Als Sklaven dieser Echsen, die eure Städte niederbrennen, eure Kinder töten, das Wasser versiegen lassen und ein jeden von uns mit den bloßen Pranken zerquetschen? Wollt ihr wieder in Höhlen und Gruben leben, voller Dreck und Unrat? Euch verstecken und hoffen, dass sie euch nicht aufspüren?«

Plutarch stampfte mit dem Fuß auf und machte auf dem Absatz kehrt, wobei seine weißen Gewänder, die den fetten Leib verhüllten, einen weiten Bogen beschrieben. Er kehrte fluchend zu seinem Thron zurück, vor dem immer noch der tote und der bewusstlose Bote lagen. Dem Toten versetzte er einen so starken Tritt, dass der Schwung den Körper auf den Rücken drehte. Der Stich in den Bauch war so schnell geführt worden, dass der junge Reiter nicht mal Zeit gehabt hatte, die Augen zu schließen. Jetzt lag die Leiche mit starrem Blick nach oben in den Hallen von Hyperahmah und tränkte erst das einfache Leinenhemd des Mannes und dann den schwarzen Stein des Bodens mit Blut. Firim war inzwischen zu sich gekommen, stellte sich aber bewusstlos. Ein pochender Schmerz an der Schläfe trieb ihm die Tränen in die Augen. Er war froh, auf dem Bauch zu liegen, so sah dieser Tyrann zumindest die zweite Schriftrolle nicht, die sicher in seinem Gürtel steckte.

Der hölzerne Herrscherstuhl knarzte laut, als Plutarch sich in das alte Möbelstück fallen ließ.

»Los, bring mir Wein«, schnauzte er einen der Diener an, die hinter dem Thron standen. Schnell reichte ihm der Knabe einen bis zum Rand gefüllten Goldbecher, den Plutarch mit einem Zug leerte.

»Mehr!« Mit ausgestrecktem Arm hielt er den Becher dem Jungen hin, der zu einer Karaffe griff und nachschenkte. Auch den zweiten Becher trank er in wenigen Zügen aus, bevor er ihn achtlos auf den Boden warf und wieder aufstand.

»Ihr schickt einen Reitertrupp von hundert Mann nach Balfahlahr. Sie sollen nach diesem Knecht suchen und ihn hierherbringen. Befragt dort alle! Männer, Frauen und Kinder. Wegen mir auch die Hunde, Katzen und was sich dort sonst noch in den Gassen rumtreibt! Ich will wissen, was dort passiert ist. Findet ihre Leiche! Ich will mein Kind begraben! Und vor allem findet ihren Ring!«

Die Kardinäle verbeugten sich einer nach dem andern und wandten sich zum Gehen.

»Halt, ihr da! Nehmt die Boten mit. Schickt den einen mit dem Trupp wieder zurück. Er soll seinem Statthalter sagen, dass er seines Amtes enthoben ist und durch das Henkersschwert sterben wird.«

Firim ließ alle Glieder und den Kopf hängen, als zwei Männer ihn anhoben und sich anschickten, ihn aus dem Saal zu schleifen. Je weiter sie sich vom Thron entfernten, umso aufgeregter wurde ihr Flüstern.

Er hält uns alle für Dummköpfe. Seine Tochter! Jeder von uns weiß, dass Selestria nicht seine Tochter ist. Wir wissen noch nicht einmal, ob sie ein menschliches Wesen ist.«

»Du meinst wohl eher war.«

Die Stimmen der Männer verrieten ihr Alter. Eine klang unglaublich jung.

»Auch das ist nicht sicher. Solange es keine Leiche gibt, glaube ich nicht an den Tod dieser Frau«, raunte die ältere der beiden.

Firim hörte genau zu, was seine Träger sich zuflüsterten. Wer waren diese Männer? Langsam drehte er den Kopf nach links und blinzelte. Es war ein junger Mann in schwarzen Gewändern. Auf seinem Kopf saß ein schwarzer Dreispitz, der mit goldenen Rändern versehen war. Der Würdenträger war sorgfältig rasiert, sodass Firim die Anspannung in dessen Gesicht deutlich erkannte. Der Griff an seinem rechten Arm war bei Weitem nicht so stark, wie der des jungen Mannes. Seinem rechten Träger gehörte die ältere Stimme. Aus Vorsicht ließ Firmin den Kopf wieder sinken.

»Wir müssen mit Vaticine und den anderen reden. Wenn er merkt, dass das Volk keine Angst mehr vor den Drachentötern hat, wird er sich für die Inquisition etwas anderes einfallen lassen, um an der Macht zu bleiben. Wer weiß, wie lange die Bevölkerung das mitmacht?«

Die Stimme von rechts klang sehr besorgt. Firim konnte nicht einschätzen, wie alt der Mann sein mochte. Sie blieben stehen, er hörte Türen aufschwingen. Nach wenigen Schritten hatten sie ihn durch die Öffnung geschleift. Ein kalter Luftzug erwartete sie auf der anderen Seite. Nachdem die Türen hinter ihnen ins Schloss gefallen waren, hob Firim den Kopf und stöhnte leise.

»Er kommt zu sich«, sagte sein linker Träger und blieb stehen, während Firim auf die Beine kam und sich umständlich aufrichtete. Es fiel ihm nicht schwer, es aussehen zu lassen, als habe er gerade erst das Bewusstsein wiedererlangt. Sein Schädel brummte, und er fasste vorsichtig an die Stelle, an der ihn Plutarchs Stiefel getroffen hatte. Seine Finger waren voller Blut.

»Es sieht wohl schlimmer aus, als es ist. Empfindest du Schwindel?«, fragte der Ältere.

»Nein, es tut nur höllisch weh.«

Firim wandte sich dem rechten Träger zu. Der Mann war im Vergleich zu Plutarch um einiges älter, womöglich an die siebzig Jahre. Er war genau wie der junge gekleidet. Lediglich der kurzgeschnittene weiße Bart und die leicht gebückte Haltung unterschieden die Männer. Selbst die Gesichter ähnelten sich, wenn man von den Falten des Alten absah.

»Komm, wir bringen dich in unsere Gemächer. Morgen wirst du mit unseren Reitern nach Balfahlahr zurückkehren. Bis dahin kannst du dich ausruhen, und wir behandeln deine Platzwunde. Sicherlich habt ihr auf dem Weg hierher weder gegessen noch getrunken. Du kannst uns in aller Ruhe erzählen, was in Balfahlahr passiert ist.«

Firim nickte zustimmend. Er hatte sowieso keine andere Wahl. Durch die Türen hörte man dumpf das Brüllen des Herrschers.

»Bringt diese verdammte Hexe her! Ich will sie sofort sehen! Holt dieses hellseherische Weibsstück. Jetzt gleich!«

Die Würdenträger wechselten kurze Blicke, bevor der jüngere Firim am Arm schnappte und den Gang runterzog. »Los, wir gehen lieber.«

Gerade, als sie in einen anderen Gang abbogen, gingen hinter ihnen die Türen wieder auf. Schnell drehte Firim den Kopf, ehe sie weitergingen. In der Ferne konnte er eine graue Gestalt erkennen, die über den Boden zu schweben schien. Dann war sie aus seinem Blickfeld verschwunden, und seine Begleiter zogen ihn weiter.

»Wer ist das?« wollte er wissen.

»Das erfährst du früh genug, und dann wünschst du dir, nie gefragt zu haben«, meinte der Alte.

Vaticine betrat den Saal. Mit fließenden Schritten kam sie an den Thron, vor dem zwei Diener in Eile das Blut mit nassen

Tüchern vom Boden wischten. Sie blieb mit einigem Abstand vor ihnen stehen. Plutarch hatte sich den Becher und die Weinkaraffe gegriffen. Verdrießlich füllte er sein Trinkgefäß und schickte alle Diener und Wachen aus dem Saal. Erst als die Türen geschlossen waren, richtete er das Wort an die Frau.

»Du hast selbstverständlich auch nichts gewusst, nicht wahr?«, fragte er ohne Begrüßung.

Die Frau, deren Alter und Herkunft in Hyperahmah niemand kannte, lachte leise und warf den Kopf nach hinten, was ihre langen Ohrringe und Ketten zum Schwingen brachte. Das in der Stadt allseits bekannte Klingen ihres Glasschmucks ertönte, als habe eine schwache Böe ein Windspiel aus scharfen Klingen und Perlen angestoßen.

Plutarch schauderte bei dem Geräusch. Jedes Mal, wenn diese Frau in seiner Nähe war, hatte er das Gefühl, jemand beobachte ihn durch die hohen Fenster des Saales. Selbst in seinen eigenen Gemächern, in denen er sie manchmal empfing, um eine Prophezeiung zu hören, konnte er es nicht abschütteln, obwohl sie am höchsten Punkt der Insel und Burg zugleich lagen. Niemand wagte sich dort freiwillig auf den Fenstersims. Und dennoch ließ dieser Gedanke Plutarch nicht los, dass es immer noch andere von Vaticines Art gab.

»Meine Kerzen brennen seit fünf Tagen lichterloh. Seit fünf Tagen ist dein Mädchen tot«, entgegnete Vaticine ruhig und ging gemächlich am Thron vorbei, um sich ebenfalls einen Becher von dem dahinterstehenden Tischchen zu nehmen.

»Was haben die Feuer mit dem Tod von Selestria zu tun?« Plutarchs Hals nahm wieder eine rötliche Färbung an.

Vorsichtig schenkte Vaticine sich Wein ein. Die Flüssigkeit rann unter ihren Bewegungen wie kalte Luft, die sich mit warmer mischt, in das Gefäß.

»Ich habe dich nicht zum Saufen herbestellt!«

Unbeeindruckt von Plutarchs Bemerkung nahm sie einen Schluck. Sie streifte die Kapuze ab, die sie immer tief ins Gesicht gezogen trug. Die hellen Haare der Seherin waren streng nach hinten gekämmt. Ihre Züge verrieten kein Alter, aber die Augen waren groß und wach. An den Seiten hingen die großen Ohrringe bis auf ihre Schultern hinab, die aus unzähligen durchsichtigen Perlen und Zapfen bestanden und das Licht in alle Farben brachen. Die wohlgeformten Augenbrauen waren tiefschwarz, der kleine Mund lächelte fast immer. Man konnte sie weder als besonders schön noch als besonders hässlich bezeichnen. Einige behaupteten sogar, sie würde jeden Tag ein bisschen anders aussehen. Die Hand am Becher war stark beringt. Dünne Reife aus blauem und grauem Glas waren um jeden Finger gelegt. Einige gedrehte Ringe waren weiß oder durchsichtig.

Vaticine kostete den Moment immer aus, wenn Plutarch seine Ungeduld zu beherrschen versuchte. Sehr oft gelang es ihm nicht. Meistens schrie er los oder schickte sie weg, nur um sie einige Minuten später erneut rufen zu lassen. Sie wunderte sich jedes Mal aufs Neue, dass er ihr kleines Spiel nicht durchschaute.

»Sprich endlich, Hexe! Sonst waren das deine letzten Tage in Hyperahmah und in allen Landen dieser Welt. Das schwöre ich dir!«, fauchte er sie an. Sein Kopf hatte dieselbe Farbe wie der Hals, aus den Augen glänzte bereits der schnell getrunkene Wein. Seine rechte Hand griff nach dem Schwert.

Doch genau da trat Vaticine vor den Thron. »Vor fünf Tagen begannen die Feuer zu brennen. Es ist noch nicht vielen Menschen aufgefallen. Wie denn auch? Lediglich in den großen Städten wie Balfahlahr oder Hyperahmah gibt es einige lodernde Feuerstellen. Diese Nachricht wird sich wie der Wind über das Land verbreiten. Schon bald werden die Menschen wissen wollen, was die Ursache für dieses Glück ist. Wenn sie den Tod Selestrias damit in Verbindung bringen, werden sie Fragen stellen und Antworten für die Morde an ihren Angehörigen, Partnern, Kindern und Dienern fordern. In den letzten Jahren hat die Inquisition tausende unschuldige Leute in den Tod geschickt, in der Hoffnung, die Feuer entzünden zu können. Jetzt, nachdem das letzte

Mitglied deiner Drachentöter gestorben ist, brennen sie lichterloh. Was denkst du, wird geschehen?«

Plutarch presste die Lippen aufeinander. Mit jedem Wort der Seherin war der Zorn gegen diese mysteriöse Frau in ihm aufgestiegen, die ihm jedes Mal schamlos ihre Meinung ins Gesicht sagte und auch noch die meiste Zeit Recht behielt mit den Dingen, die sie sprach und prophezeite.

»Willst du damit sagen, dass sich das Volk gegen mich stellt? Gegen die Kirche und den Glauben, der diese Menschen trägt? Wir sind diejenigen, die die Menschen aus der Knechtschaft der Drachen geführt haben. Wir haben damals diese Kreaturen in die Tiefen der Katakomben verbannt, damit sie nicht unsere Welt zerstören. Damit wir in Frieden leben können. Seit Jahrhunderten wachen wir über die Welt. Da unten schläft der gefährlichste Drache von allen. Ein Eisdrache, der unser Dasein zerstören kann. Nur wenn alle anderen tot sind, wird es keinen geben, der ihn befreien kann, und wir können in Frieden leben«, entgegnete er.

Vaticine musterte den Mann der Kirche, der das höchste Amt bekleidete und damit an der Spitze aller Macht stand. Das kurz geschorene blonde Haar bildete einen starken Kontrast zu der rotgefärbten Miene des Herrschers. Er hatte die hervorstehenden Augen zusammengekniffen und taxierte sie mit durchdringenden Blicken.

»Du weißt genau, dass das alles erlogen ist«, sagte sie seelenruhig.

Plutarch schnaubte, und das Geräusch eines Schwertes, das schnell aus der Scheide gerissen wird, erklang.

Vaticine hatte darauf gewartet, dass der Oberste Kirchenführer die Fassung verlor und war zur Seite gesprungen. Die Klinge durchschnitt Luft, während ihr Führer ins Leere stolperte. Mit einem Satz war er bei ihr und hielt sie am Arm.

»Halt dein Maul, Hexe!«, schnaufte er ihr ins Ohr. »Wehe dir, wenn du dein verlogenes Maul nicht hältst!«

»Was dann, Plutarch?«, entgegnete Vaticine mit bebender Stimme. »Holen mich deine neuen Drachentöter? Oder werden es diesmal Hexenjäger sein? Magievollstrecker? Was denkst du dir als nächstes aus, um in Hyperahmah herrschen zu können? Und ich gebe dir einen Rat. Denke dir schnell etwas aus, denn solange Selestrias Leiche nicht gefunden ist, weißt du nicht, was geschehen wird. Noch gibt es Magier in dieser Welt, die stärker sind als du. Solange sie ihre Macht, die Elemente wieder beherrschen zu können, nicht spüren oder du weiterhin einen Weg findest, sie schwach zu halten, bist du in Sicherheit. Doch vor fünf Tagen sind die ersten von ihnen erwacht, und ihre Kraft kennt keiner mehr.«

Sie hörte, wie die Klinge seines Schwertes in die Scheide zurückglitt. Schnaubend und fluchend warf Plutarch sich wieder in den Thron.

»Sind Verräter unter meinen Kardinälen?«

»Noch nicht.«

»Weiß einer von ihnen, wer du weißt?«

»Nein.«

»Wollen sie mich umbringen?«

»Nein.«

»Wird das Volk mich stürzen?«

»Nein.«

Mit den Fäusten schlug er auf die Lehnen des Throns ein, bis auf einer Seite Holz splitterte und ein Stück herausbrach. Mit einem dumpfen Schlag landete es auf dem Steinboden.

»Was also habe ich zu befürchten?«

Vaticine hob den Becher an die Lippen und trank. Der weiße Wein schmeckte süß und fruchtig. Er würde schnell seine Wirkung entfalten.

»Es kommen fünf an der Zahl. Und mit ihnen kommt eine Macht, gegen die du keine Waffen haben wirst. Sie bringen das zurück, was du zuvor in diese Welt gelassen hast. Doch von ihnen hast du nichts zu befürchten. Fürchte nur die Luft in deinen Lungen, denn nichts ist schneidender als eiskalter Wind.«

Plutarch sprang auf und kam auf sie zu. »Wer wird kommen, Seherin? Und woher soll dieser jemand eine Streitmacht nehmen? Das einzige Heer, das es noch gibt, gehört mir allein.«

Er umfasste ihr Handgelenk und drückte fest zu, bis sie das Gesicht verzog.

»Es kommt derjenige, den du am meisten fürchtest, Plutarch. Derjenige, der dir diese Macht gab. Er wird nicht der sein, der sie dir wieder nimmt.« Sie hörte, wie er tief Luft holte. »Den Rest kannst du dir selbst beantworten. Oder lies es in den Schriften nach, die du vor Jahren geraubt hast, um den Eisdrachen in die Welt zu lassen. Bis heute kann ich nicht glauben, dass ausgerechnet ein so mittelmäßiger Magier wie du es geschafft hat, die Zauber zu brechen, die sie einst banden.« Verachtung schwang in ihrer ruhigen Stimme. »Was hast du dir nur dabei gedacht? Du glaubst nach wie vor, die Welt beherrschen zu können? Hast du tatsächlich gedacht, das Universum wird dir eine Waffe in Menschengestalt schenken und dafür keinen Preis fordern? Hast du geglaubt, du kannst sie wie eine Puppe für deine Zwecke nutzen ohne jede Gegenleistung?«

Vaticine lachte und wand sich unter dem Griff des Herrschers, der nach jedem Wort ihr Handgelenk stärker zusammengedrückt hatte.

»Wie klein muss dein Geist sein. Wie unbeschwert jeder deiner Tage«, spottete sie. Mit Ekel schaute sie in das von Wein und fettigem Essen aufgequollene Gesicht, aus dem ihr blanker Hass entgegensprang. Sie roch seinen weingetränkten sauren Atem. Ihr wurde übel bei dem Geruch, den seine Gewänder verströmten. Eine Mischung aus Weihrauch und altem Schweiß eines ungewaschenen Mannes.

»Dafür wirst du sterben, Hexe!«, presste Plutarch hervor.

Er wollte nach ihrem Hals greifen, sie wich ihm gekonnt aus und machte sich los.

»Bleib stehen, Drecksstück.«

Er fühlte den Schnitt auf seiner linken Wange. Brennender Schmerz durchfuhr seine linke Wange, warme Flüssigkeit lief über die Haut. Er presste die Hand an die stark blutende Wunde. Plutarch wollte sie fassen, aber die Seherin war bereits außer Reichweite.

»Durch meine Hände wirst du nicht sterben, Plutarch, aber am Tag deines Todes werde ich Seite an Seite mit den meinen stehen.«

Sie ging so schnell, wie sie gekommen war. Fast meinte er, sie schweben zu sehen. Die mächtigen Flügeltüren sprangen auf wie einfache Fensterläden, die ein starker Sturm klappern lässt. Dabei hatte die Seherin sie nicht einmal erreicht, geschweige denn berührt.

Plutarch brauchte eine Weile, um sich zu fassen. Nach allem, was sie gesagt hatte, war er sich nicht sicher, was er zuerst machen sollte. Als er sich wieder unter Kontrolle hatte, schrie er nach den Wachen. Obwohl die Männer schnell zur Stelle waren und in die gesamte Stadt ausschwärmten, schien die Seherin wie vom Erdboden verschwunden.

BUCH 3

KLETTERPARTIE

Umständlich zog Merranas die Weste aus und legte sie ans Feuer, gleich danach auch sein Hemd. Die ungewohnte Wärme der Flammen machte ihn schläfrig, doch für den morgigen Tag wollte er trockene Kleidung haben.

Nachdem Kiromin in die Wälder verschwunden war, hatte sich Kallestrus in seinen Hort verzogen und die Karaffe mit dem Wasserelementar mitgenommen, während er beim Feuer bleiben sollte. Er hatte in der Umgebung Holz gesammelt und ordentlich geschichtet. Jetzt stocherte er mit einem dicken Ast in der Glut herum, und das Feuer tanzte, aber es schwieg.

»Was wäre eigentlich mit dir passiert, wenn Kallestrus Selestria nicht umgebracht hätte?« Merranas starrte eine Weile in die Flammen, ohne eine Antwort zu erhalten. »Bist du noch da?«

Wieder vergingen einige Augenblicke, in denen nichts geschah. Misstrauisch schaute er sich auf der Lichtung um. Aus Vorsicht zog er das Messer aus dem Stiefel und drehte sich zum Waldrand. Als die Elementare aufgehört hatten zu streiten, war der Nebel allmählich verschwunden. Durch den ungewohnt hellen Schein des Feuers konnte er nach einigen Metern nichts mehr erkennen.

»Dort hinten ist niemand, den du zu fürchten hast. Vielleicht ein Tier.«

Ruckartig drehte sich Merranas um und lief einmal um die Feuerstelle. Er war alleine auf der Lichtung.

»Ich bin es nur. Beruhige dich.« Die Flammen bildeten die Form eines Mannes, während Merranas sich wieder entspannte und an seinen Platz setzte. Das Messer ließ er aus Gewohnheit wieder in den Stiefel gleiten.

»Was ist mit deiner Stimme passiert?«, wollte er wissen.

»Ach, ich dachte, du möchtest dich lieber mit einem Mann unterhalten.«

»Nein, lieber eine heiße Braut. Das passt besser zu einem Feuer.«

»Wie du willst.« Die Stimme der Flammen hatte wieder einen verführerischen Tonfall wie zuvor bei den Gesprächen mit den Drachen und dem Wasserelementar. Auch ihr Schein änderte die Formen.

Merranas lachte, während er es sich an der Feuerstelle bequem machte. »Nun, Flämmchen. Erzähle mal, was aus dir geworden wäre.«

Die Flammen fingen an zu tänzeln, obwohl kein Wind über die Lichtung ging. »Wahrscheinlich wären wir verschwunden.«

»Du meinst gestorben.«

»Nein. Verschwunden. Nicht mehr da.«

»Also doch tot.«

»Das sind lediglich Worte, die für Menschen und andere Sterbliche Bedeutung haben. Wir Elementare existieren in dem Moment, in dem unser Element es zulässt. Solange es für uns einen Weg oder Nahrung gibt. Danach verschwinden wir und tauchen wieder auf.«

»Dann ist jedes Feuer und Wasser ein Elementar?«

Die Flammen knisterten und teilten sich in der Mitte, bevor sie in ernster Stimme weitersprachen. »So einfach ist es nicht. Ein Feuer ist ein Feuer und wird immer das bleiben, was es ist, solange es nicht den Geist des Seins und die Energie des Kosmos in sich vereint.«

Merranas blinzelte verwirrt. Die Hitze ließ ihn seine Position wechseln. Er griff nach seinem Hemd. In der kurzen Zeit war das Leinen getrocknet, hatte aber einen rauchigen Geruch angenommen. Der warme Stoff fühlte sich ungewohnt gut auf der kalten Haut an, als er das Hemd wieder überstreifte.

»Ich verstehe das nicht«, meinte er schließlich zu den

Flammen.

»Das ist nicht schlimm. Stelle dir vor, du könntest einem beliebigen Gegenstand Leben einhauchen, wenn es zur richtigen Zeit genau das ist, was es ist. Nimm dein Messer und stell dir vor, du würdest in einem Kampf sagen können, dass es für sich selbst kämpfen muss, um zu überleben. Genau dann würde es nicht mehr ein Stück Metall sein, das du in der Hand führen musst, sondern es würde zu dem, was es ist: ein geborener Mörder, dessen Ziel es einzig und allein ist, sein Gegenüber zu schneiden, verletzen, zerteilen und stechen.«

»Du kannst nur sprechen, weil du jemanden umbringen willst?«

»Ihr Sterblichen habt wirklich einige Schwierigkeiten mit den Dingen, die euch die ganze Zeit umgeben, nicht wahr?«

»Wie meinst du das schon wieder?«

Das Feuer brannte plötzlich herunter und Merranas sprang auf. Nur noch wenige kleine blaue Flämmchen umspielten die Holzstücke an der Stelle, wo gerade zuvor ein stattliches Lagerfeuer gebrannt hatte.

»Hey, was soll das?«

Aufgeregt rannte Merranas um die Feuerstelle und griff nach seinem Stock, mit dem er zuvor in der Glut gespielt hatte. Nervös begann er die Scheite zu sortieren und blies mehrmals in die Flammen, die lediglich leicht zuckten. Verzweifelt schaute er zum Eingang des Horts, dann zum Waldrand. Nochmals beugte er sich über die Feuerstelle und blies in das schwach glimmende Holz. Wenige Flammen kamen hoch. Er legte einige dünne Scheite nach und starrte in die Glut.

Gerade als er sich zum Gehen umwandte, um in den Hort zu rennen, wurde es wieder heller und heiß hinter ihm.

»Bleib hier, Mensch. Lass dem Drachen seinen Frieden.«

Er fuhr herum, stampfte auf und wäre beinahe in brennendes Holz getreten. »Verdammt! Warum hast du das gemacht?«

»Um dir zu zeigen, dass ihr Menschen in allem, was ihr

seht, nur das wahrnehmt und erblickt, was ihr wollt.«

»Ach, und dazu musst du fast ausgehen? Was sollte diese dumme Lektion?«

Genervt warf Merranas das Holz weg und setzte sich wieder. Er faltete seine Weste zusammen. Sie sollte heute Nacht sein Kopfkissen sein. Dem Feuer wandte er den Rücken zu, nicht nur um sich zu wärmen. Das waren genug ungewollte Lehren gewesen.

»Nanu? Keine Lust mehr auf die Unterhaltung?«

»Nein. Ich verstehe sowieso nichts von all dem, was du, das Wasser und die Drachen so klug daherredet.«

Schon hatte er sich wieder aufgesetzt und dem Schein zugewandt. »Weißt du, eigentlich wollte ich nur diesen einen Auftrag erledigen. Dieses Mitglied der Inquisition kaltstellen und mit dem Drachengold schnell verschwinden.«

»Du dachtest, du kannst ein Mitglied der Inquisition einfach umbringen?«

Merranas rupfte einige Grashalme aus dem Boden.

»Ich habe erst von ihm erfahren, wen ich töten sollte.« Mit einem Kopfnicken wies er zum Eingang der Höhle.

»Wie denn das?«

»Kallestrus meinte, dass jemand den unteren Teil des Auftrags abgeschnitten habe. Doch als ich im Hort stand, war es zu spät, das Angebot abzulehnen.«

Die Flammen bildeten das Gesicht einer Frau und nickten. »Wie bist du überhaupt an das Schreiben gekommen? Letztendlich herrscht in der Welt das Bild, dass Drachen furchtbare Wesen sind und im Grunde die Schuld an dem Erlöschen der Feuer tragen. Was, wenn man es richtig bedenkt, nicht ganz falsch ist. Kallestrus hatte seine Pergamente an ganz bestimmte Personen verteilt.«

Merranas streifte sich die Haare nach hinten. »So? An einen der meistgesuchtesten Diebe und den bekanntesten Kopfgeldjäger in den angrenzenden Reichen? Eine seltsame Wahl.«

Die Flammen blieben einen Augenblick still. »Viel seltsamer ist, dass ausgerechnet du den Auftrag bekommen hast.«

»Was ist daran so seltsam? Man kennt sich untereinander.«

Merranas schnaubte und ließ sich auf den Rücken fallen. Er betrachtete den Himmel. Immer wieder flogen einige Funken aus den Flammen und verloren sich im tiefen Schwarz über ihm, in dem die Sterne wie kleine Edelsteine eingelassen waren. Er sog die klare Luft in seine Lungen.

»So gut, dass ein Teil gefehlt hat?«, zischten die Flammen.

Merranas glaubte Spott herauszuhören.

»Was weißt denn du schon?«, keifte er los. Als er zu einer weiteren Antwort ansetzen wollte, ertönte hinter ihm eine andere Stimme.

»Er hat den Auftrag gestohlen. Deswegen konnte er auch nicht wissen, dass ein Teil fehlte.«

Merranas starrte in die Dunkelheit, aus der die Stimme gekommen war. Einen Atemzug später trat Kiromin in den Schein des Feuers und blieb an der Leiche seiner Mutter stehen, die wie vergessen im Gras lag.

»Hör' endlich auf damit, in meinen Gedanken zu kramen. Die gehen dich nichts an!«

Merranas hatte sich wieder aufgesetzt und betrachtete den Jungdrachen in seiner Menschengestalt. Kiromin kniete sich über den toten Körper der Frau. In dem Gesicht des Mannes arbeiteten die Muskeln an den Wangen. Zögerlich streckte Kiromin die Hand aus, um die Tote zu berühren. Doch im letzten Moment zog er sie zurück, als habe er Angst, sich mit einer Krankheit anzustecken.

Auf dem Gesicht des Kopfgeldjägers machte sich ein Grinsen breit, während Kiromin erneut die Hand zur Wange der Frau führte. Als er sie berühren wollte, konnte Merranas nicht mehr an sich halten.

»BUH!«

Kurz darauf brach er in schallendes Gelächter aus, nachdem Kiromin erschrocken von der Toten weggesprungen und rücklings im Gras gelandet war. Beim nächsten Atemzug blieb ihm das Lachen im Halse stecken. Denn mit wenigen Sätzen war Kiromin bei ihm, hatte sich auf ihn gesetzt, und er spürte die kraftvollen Hände um seinen Hals.

Mit aller Kraft schlug er seinem Angreifer gegen die Arme und ins Gesicht, was Kiromin nicht beeindruckte. Ohne Eile verstärkte er den Druck auf Merranas' Hals, während er ruhig auf sein strampelndes Opfer blickte.

Merranas hingegen versuchte mit einer Hand an den Stiefel zu kommen, aber Kiromin hatte sich so auf seinen Oberkörper gesetzt, dass er nicht herankam. Mit letzter Kraft versuchte er, die Daumen seines Gegners von seiner Luftröhre zu lösen. Ohne Erfolg! Nach Luft schnappend wie vor einigen Stunden die Forellen zu seinen Füßen griff Merranas in Kiromins Gesicht und erwischte ihn am Auge. Für einen Moment lockerte sich der Griff des Drachen, und genau da traf sie beide ein Flammenstoß von der Seite.

Wie junge Hunde, die man im Streit mit kaltem Wasser übergoss, trieben die Flammen die beiden auseinander. Merranas rollte röchelnd vom Feuer weg. Kiromin stand schnaufend neben der Feuerstelle. Nur langsam drehte sich Merranas auf den Bauch und stemmte sich auf die Knie. Die eine Körperhälfte brannte höllisch.

»Was bist du bloß für ein selten dämlicher Hund!«, brachte Kiromin nach einer Weile raus.

Merranas rappelte sich auf, kam hustend und schweratmend ans Feuer. »Du stellst dich an. Was soll schon sein? Das ist eine Leiche. Wir wissen wie und warum sie gestorben ist. Also fass sie an, wenn dir danach ist oder lass es, aber mach nicht so ein großes Theater darum.«

»Sie ist meine Mutter!«

»Zum Teufel mit euch Drachen! Vor einer Weile bist du im Wald verschwunden, als wäre sie für dich nichts weiter als eine grässliche Last. Da hat sich die Meinung sehr schnell geändert.«

»Sei einfach still!«

»Gebt mir mein Gold, und ihr habt eure verdammte Drachenruhe bis in alle Ewigkeit.«

Kiromin kniete sich wieder neben die Tote. Fast mechanisch berührte er zuerst das Haar, dann die Stirn. Vorsichtig fuhr er über die Wangen und die Lippen der Frau.

Schnaubend setzte sich Merranas ans Feuer. Das Verhalten des Jungdrachen verunsicherte ihn. Es war lediglich eine Frau, ob sie seine Mutter war oder nicht. Es war nur eine mehr oder weniger tote Frau. Wie jede andere auch. Nur eben halt auch Mutter. Zumindest hatte dieser Drache eine, er nicht.

»Siehst du, nichts passiert«, murmelte er und musterte dabei den anderen.

Im Schein des Feuers bemerkte er, dass Kiromin weinte. Und als der Jungdrache sich weiter zu der Toten vorbeugte, blieb eine Träne kurz an seiner Nasenspitze hängen, bevor sie auf das Gesicht der Frau fiel.

Merranas rollte die Augen und legte sich hin. Vor dem Einschlafen wünschte er sich das Bild einer Frau herbei, die er nicht kannte. Doch bis auf blau-grauen Nebel erschien nichts, und er schlief ein.

»Dir werde ich schon die schönen Lieder austreiben, du Höllenbrut! Wenn ich dich erwische, dann prügle ich jedes Wort einzeln aus dir heraus, du Missgeburt! Du bist nur hier, weil mein Mann einen Gehilfen braucht!«

Der kleine Junge drehte sich nach seiner Verfolgerin um und wischte sich mit dem dreckverkrusteten Kittel die Tränen und den Rotz aus dem Gesicht.

Wenn Lotta ihn erwischte, hätte er nichts mehr zu lachen, und sein Herr war noch für viele Stunden weg. Er hatte sich auf dem Dachboden sicher geglaubt. Anstatt den kleinen Stall auszumisten, versteckte er sich lieber, um das einzige Lied zu singen, an das er sich erinnern konnte.

Sie würde ihn wieder mit dem Schürhaken bearbeiten. Das letzte Mal hatte sie ihm wohl zwei Rippen gebrochen, da er nicht schnell genug ausweichen konnte.

Mit dieser Erinnerung war er durch die kleine Falltür gehuscht, in den staubigen Raum gekrochen und hatte sich ans Ende des Daches geschoben. Als sie ihm gefolgt war, blieb das kleine Fenster der einzige Fluchtweg.

Jetzt war sie bereits mit dem Oberkörper durch das Fenster gestiegen und machte sich daran, aufs Dach zu steigen.

Der Kleine dreht sich um und schaute nach unten. Zwischen Dach und der matschigen Gasse lagen drei niedrige Stockwerke. Voller Angst sah er nach unten.

»Warts nur ab! Der Haken ist zu gut für dich. Ich ersäuf dich im Pisspott, du kleiner Teufel! Nichts als Unheil und Ärger haben wir, seit du bei uns bist. Du Hurenbrut. Deine Mutter war eine Gespielin der Dämonen! Die Kirche straft uns mit dir für ihre Sünden!«, schrie ihn die Frau an. »Deine schmutzigen Liedchen wirst du nie wieder singen, Bastard!« Langsam schob sie sich an den Knaben heran und versuchte, ihn mit ausholenden Armbewegungen zu fassen.

Der Junge hielt sich mit den Zehen am Rande des Daches fest und balancierte weiter nach oben zum Dachfirst. Von dort aus gab es kein Entkommen mehr. Auf der anderen Seite des Daches war lediglich der Hinterhof, der zurück ins Haus führte. Der einzige Weg war ein Sprung in die Tiefe. Lotta würde diesmal keine Gnade kennen. Das spürte er. Bereits beim letzten Mal hatte sein Ziehvater nur mit Mühe sein tobendes Weib davon abbringen können, ihn totzuschlagen. Diesmal würde ihm keiner helfen. Er verstand nicht, warum diese Frau ihn so hasste.

Entweder er sprang von diesem Dach und brach sich das Genick oder er ließ sich von diesem zornigen Weib in den Tod prügeln. Er heulte Rotz und Wasser vor Angst.

»Ich habe nichts getan!«, schrie er ihr entgegen, während ihm der Rotz das Kinn hinunterlief.

»Es reicht schon, dass du hier bist!«, schrie sie zurück.

Auf allen vieren kam sie zögerlich auf ihn zu. In ihren Augen schimmerte der Hass. Ohne es zu wollen, bewegten sich seine Lippen, und mit zitternder Stimme fing Merranas an zu singen.

Ein hübsches Lied er singt,
hör nur wie schön es klingt.
Er mir die Hoffnung bringt,
von seiner Liebe er singt.

»Hör auf damit! Wenn es die anderen hören, fahren wir alle zur Hölle!«, fauchte sie ihn an. Der Hass wich einer unbekannten Angst,

die sie noch mehr antrieb. Immer weiter kam sie auf den Jungen zu, der auf dem First balancierte.

Hier ist es nun mein Kind,
dein Vater ist der Wind!
Für immer sind verbunden,
Herzen im Sturm gefunden.

»Halt endlich dein dummes Maul!«, schnauzte sie wieder los. Noch wenige Schritte und sie würde ihn an der Fessel erwischt haben. Dann gab es keine Gnade mehr.

Merranas sah zitternd hinter sich. Vielleicht hatte er Glück und würde wie eine Katze auf allen Vieren landen. Mit einem letzten Blick in das zornige Gesicht seiner Ziehmutter sprang er und hörte sie hinter sich fluchen. Nach wenigen Augenblicken landete er im Morast der Gasse, als sei er lediglich von einer hohen Mauer gesprungen. Verblüfft gaffte er nach oben, wo Lotta über dem Rand des Daches erschien. Mit offenem Mund starrte sie in die Gasse runter, während der Junge ruhig aufstand.

Er zog den Rotz hoch und wischte sich nochmal mit dem Ärmel die Tränen aus den Augen. Alle Angst vor Lotta war mit diesem Sprung verschwunden. Er wusste jetzt endgültig, dass es hier keinen Platz mehr für ihn gab. Mit den dreckigen Händen formte er einen Trichter vor dem Mund und schrie aus voller Lunge nach oben:

Vom Kriege der Vater nun singt,
Klingen die Mutter ihm bringt,
Schmuck der Knabe einmal fing,
verflucht der sechste Siegelring.

Mit Genugtuung erkannte er das Entsetzen in Lottas Gesicht, als in den umliegenden Häusern die Fenster und Türen aufgingen. Einige Nachbarn reckten die Köpfe. Merranas aber rannte los. Der sicherste Ort in dieser Stadt war vor den Toren. Bei den Huren, Dieben und den anderen dunklen Gestalten. Dort würde man nicht mehr nach ihm suchen. Ohne sich umzuschauen, lief er auf das Stadttor zu. Die Wachen würden ihn nichts fragen. Doch auf einmal hielt ihn jemand an der Schulter fest. Merranas wollte sich wehren.

Er griff nach seiner Schulter, um denjenigen abzuschütteln, der ihn weckte. Über sich erkannte er den Mönch.

Kallestrus hatte seine menschliche Gestalt angenommen. Merranas brauchte wie bei den anderen Träumen zuvor einige Augenblicke, um zu begreifen, dass er eingeschlafen war und Kallestrus ihn geweckt hatte.

Schwerfällig setzte er sich auf. Seine Schulter schmerzte, und er spürte jeden Muskel in den Beinen. Vorsichtig griff er an den Unterschenkel und begann ihn zu massieren.

Das Feuer war etwas heruntergebrannt, trotzdem waren noch einige Flammen zu sehen. Er rieb sich die Augen und blinzelte den Drachen an.

»Du hast wieder geträumt, nicht wahr?«, flüsterte Kallestrus.

Merranas schaute sich um. Es war dunkel, aber die Nacht weit vorangeschritten. Soviel konnte er zumindest am Stand des Mondes erkennen. Irgendwo hinter dem Wald würde bald der Himmel seine Farbe wechseln.

Von Kiromin fehlte jede Spur. Auch die Leiche war nicht mehr da. Fragend sah er Kallestrus an.

»Er hat sie mitgenommen und ist hier irgendwo in der Nähe.« Der Drache ließ seinen Blick über die Lichtung schweifen und schnupperte in die Luft. »Er ist zumindest nicht weit weg.«

»Wie beruhigend.«

Kallestrus musterte Merranas eine Weile, griff in seine Kutte und zog einen kleinen Beutel hervor.

»Hier, das ist die hälftige Bezahlung für den Auftrag. Die andere Hälfte bekommst du in Hyperahmah. Danach kannst du deiner Wege gehen«, wisperte er, ehe er aufstand und sich in Richtung Wald davon machte.

Vom Schlaf benommen, nahm Merranas den kleinen Beutel an sich. Das Gewicht lag schwer in seiner Hand. Verdattert öffnete er ihn. Große Goldmünzen lagen in dem weichen Leder und klimperten, als er einige von ihnen herausnahm. Kallestrus war aus dem Lichtring des kleinen

Feuers verschwunden.

»Münzen gibt mir der Alte? Einige Münzen dafür, dass sein Sohn mich fast erwürgt, ich wohl im Umkreis von drei Landen von allen Wachen und Soldaten der Inquisition gesucht werde und die Welt bald untergeht?«

Grimmig begann er zu zählen. Schon nach den ersten zwanzig Stücken hielt er inne. Kiromin war weg, der Alte auch. Aus den Augenwinkeln begutachtete er die Lichtung, bevor er vorsichtig auf die Beine sprang. Stechender Schmerz fuhr ihm in die Oberschenkel, mit Mühe unterdrückte er ein Stöhnen. Jeder Muskel war hart wie Stein nach dem Marsch von Balfahlahr zum Hort. Er griff nach seiner Weste und warf sie im Laufen über. Nach allen Richtungen spähend schlich er sich an den Eingang des Hortes. Merranas lächelte zufrieden und duckte sich in die riesige Felsöffnung. Was sollte schon passieren? Der Drache war weg, und er war sich sicher, dass er nicht merken würde, wenn eine weitere Hand voll Gold und Edelsteine fehlen würden. Für die Beleidigungen und Handgreiflichkeiten von Kiromin hatte er sich eine zusätzliche Zahlung verdient. Wenn sie sowieso alle sterben sollten, dann wollte er die restliche Zeit in Reichtum genießen.

Ob Kallestrus den Hort mit einem Zauber schützte, wenn er ihn verließ, sodass kein anderer ihn betreten konnte? Er würde es jetzt herausfinden.

Mit achtsam gewählten Schritten bewegte er sich in den Höhleneingang. Vorsichtig streckte er einen Arm aus. Allenfalls lag eine magische Barriere vor ihm. Er griff in die Dunkelheit. Nichts. Er hob etwas Dreck auf, warf ihn in Gang. Kein Schnappen, keine Flammen, keine Explosion. Keine Falle! Wenn an den Wänden welche waren, konnte er sie nicht entdecken. Er duckte sich trotzdem. *Anscheinend rechnen Echsen nicht mit Dieben*, dachte er, schnaubte verächtlich und ging hinein. Wie von selbst kamen die Worte leise über seine Lippen.

Vom Kriege der Vater nun singt,
Klingen die Mutter ihm bringt,
Schmuck der Knabe einmal fing,
verflucht der sechste Siegelring.

Kaum hatte er den letzten Vers gesungen, konnte er nicht mehr weiter hineingehen. Verunsichert lehnte er sich an die Höhlenwand und wiederholte die Zeilen dieses einen Liedes, das ihn seit seiner frühesten Kindheit begleitete und das Leben zur Hölle gemacht hatte. Die Worte der letzten Zeile brannten zwischen seinen Schläfen wie starker Kopfschmerz, er stierte zum Ausgang des Hortes. *Was zum Henker mache ich hier eigentlich?*

»Verflucht der sechste Siegelring«, wiederholte er und verschränkte die Arme vor der Brust. Von hier aus konnte er das kleine Feuer auf der Lichtung vor dem Hort erkennen. Alle Gedanken an das Drachengold waren ausgelöscht. Was hatte Kallestrus gesagt? Er wolle den Kopf und die rechte Hand haben, samt Siegelring.

Merranas fuhr sich mit den Händen durch die Haare. Was hatte der Drache damals zu ihm gesagt? Irgendwas war mit diesem einen Siegelring. Hatte er ihn der Toten bereits vom Finger gezogen?

Wütend ballte er die Fäuste. Er hatte weder zugehört, was der Drache erzählte, noch darauf geachtet, ob Selestria den Ring getragen hatte, als sie ihre Leiche hierherbrachten.

Merranas fluchte still vor sich hin. Was, wenn dieser verdammte Siegelring nicht nur eine Trophäe für Kallestrus war, sondern der Schlüssel zu wesentlich mehr? Was, wenn der Ring jetzt im Hort war? Oder hatte Kallestrus ihn mitgenommen? Und warum in aller Teufels Namen interessierte ihn das plötzlich so sehr?

»Diese verdammten Echsen mit ihrer Gedankenleserei und dem ganzen magischen Schabernack! Ich nehme das Gold und gehe«, versuchte er sich selbst von seinem Vorhaben zu überzeugen. Seine Blicke gingen zwischen der

Lichtung und dem Höhlengang hin und her. Allmählich veränderte sich die Farbe der Nacht über den Baumwipfeln. Schon bald würde der Himmel sein dunkles Blau verlieren. Warum hatte Kiromin die verdammte Leiche auch mitnehmen müssen? Es blieb ihm nichts anderes übrig: Er musste in der Höhle nachsehen. Merranas' Fußsohlen brannten in den Stiefeln, die Beine fühlten sich an wie zähes Leder. Er stieß sich von der Wand ab und wandte sich der Höhle zu.

Ein kühler Lufthauch streifte sein Gesicht, als er hineintrat. Er stand in völliger Dunkelheit, bis sich seine Augen daran gewöhnt hatten. Auf der linken Seite wurde derselbe gelbe Schein sichtbar, wie beim ersten Mal, als er den Gang betreten hatte. Ohne unnötige Geräusche zu machen, bewegte er sich an der Wand entlang. An der Kante zur riesigen Höhle blieb er stehen. Sie bildete ein mächtiges Gewölbe zu den Seiten und zur Decke hin. Ein ganzes Kirchenschiff könnte darin Platz finden, befand Merranas.

In der Mitte lag ein riesiger Haufen Goldmünzen, der zu allen Seiten flach auslief. Er hatte Ähnlichkeit mit aufgehäuftem Sand, wie man ihn auf den Baustellen großer Kathedralen öfters sah. Selbst die Farbe wirkte beinahe gleich. Zwischendrin konnte man Dolche, Zepter, Ketten, Armreifen und anderen Schmuck erkennen. Doch der Großteil waren Münzen.

Anders die Wände. Sie waren behangen mit Ketten und Medaillen. In jeder Ritze schien ein Edelstein zu stecken oder eine Brosche. Auf Felsvorsprüngen standen prachtvolle Schilde, und Helme waren aufgereiht, die ihm völlig unbekannte Wappen trugen. Hier und da glitzerte es hell auf. Verschiedene Flaschen und Flacons säumten andere Felsvorsprünge. Ihre Verschlüsse bestanden aus feinen Metallen und Edelsteinen. Glitzernde Adern durchzogen das massive Gestein und trafen sich am höchsten Teil der Höhlendecke. Es machte den Eindruck, als habe dieser Raum eine eigene Sonne.

Mit offenem Mund starrte er an die Decke. Über ihm kreisten lautlos drei leuchtende Kugeln in regelmäßigen

Bahnen. Sie erzeugten das sanfte Licht im Hort. Von hier unten sahen sie tatsächlich wie kleine Sonnen aus. Die innerste schien sich um sich selbst zu drehen. Um sie herum kreiste die zweite in entgegengesetzter Richtung, und die dritte zeichnete eine Bahn um die beiden inneren in Drehrichtung der ersten. Nur schwer konnte Merranas seine Aufmerksamkeit von den Gebilden lösen. Waren sie bei seinem ersten Besuch auch schon da gewesen? Er versuchte sich daran zu erinnern, musste aber eingestehen, dass er ausschließlich von den Münzen geträumt hatte. Er schaute an den Wänden entlang. Je länger er sie betrachtete, umso weniger glaubte er, in dieser Anhäufung von Metall und Edelsteinen einen Ring zu finden. Seufzend kniete er sich in das Drachengold.

Die über ihm kreisenden Kugeln hatten eine beruhigende Wirkung, und nach einer kurzen Weile wanderte sein Blick kontrolliert von einem Felsvorsprung zum nächsten. Falls der Ring noch hier war, dann hatte er einen speziellen Platz zugewiesen bekommen. Wenn er so wichtig und wertvoll war, hatte der Drache ihn nicht irgendwo hingelegt. Er lag an einer Stelle, die nicht leicht zugänglich sein würde. Der Ring wäre von Dingen umgeben, die mit ihm zu tun haben oder sogar gefährlich sind, vielleicht sogar in einem anderen Gegenstand versteckt.

Merranas Augen flogen über Felsvorsprünge mit Waffen, Rüstungen und Flacons, die der Form nach eher Gifte als wohlriechende Substanzen enthalten könnten. Zuerst betrachtete er sie wahllos, doch schon bald ging sein Auge erst die linke, dann die rechte Seite der Höhle durch. Nach einer ganzen Weile hatte er die Höhle von seinem Platz aus angeschaut. Nichts. Der Ring könnte auf jedem beliebigen Vorsprung liegen oder sogar im Münzhaufen begraben sein. Wobei nein, auf etwas Wichtiges würden sich sogar Drachen nicht legen. Zumindest traute Merranas es Kallestrus nicht zu.

Er stand auf und ging näher an die linke Höhlenseite heran. In der hintersten Ecke der gegenüberliegenden Seite erkannte er genau auf Augenhöhe fünf gekreuzte Schwerter.

Aus der Entfernung schienen sie der Länge nach gleich zu sein und ihre Anordnung eher Absicht. Im Gegensatz zu den anderen Waffen standen sie mit den Spitzen nach unten in den Stein und den Heften nach oben gerichtet. Keiner stellte Schwerter in dieser Art auf. Für gewöhnlich waren sie nebeneinander in einer Halterung befestigt oder hingen horizontal an der Wand.

Mit schnellen Schritten lief Merranas zur gegenüberliegenden Seite der Höhle. Das Gold gab unter seinem Gewicht nach, und er versank in den Münzen. Das Klimpern des Metalls wurde von den Wänden zurückgeworfen und hallte wider.

Merranas blieb erschrocken stehen und starrte zum Ausgang. Würde man das vor dem Hort hören? Das Blut in seinen Schläfen pulsierte, während er den nächsten Schritt tat. Vorsichtig zog er den Stiefel aus den Münzen und setzte einen Fuß vor den anderen, was sich als schwierig erwies. Die Schmerzen in den Beinen ließen ihn straucheln, er konnte das Gleichgewicht nur mit großer Mühe halten. Mit den Armen balancierend bewegte er sich langsam vorwärts, suchte Halt auf dem rutschigen Untergrund aus Münzen, die wie Sand auseinanderglitten, wenn er den Fuß auf sie setzte und sein Gewicht verlagerte. Schwer atmend erreichte er das hintere Ende der Höhle. Hier war die Luft stickig, es roch nach abgestandenem Staub und verbrannter Erde, zudem wohl auch nach Drachenfurz. Kurzum, es stank bestialisch, und Merranas hielt sich die Hand vor Nase und Mund.

Vor ihm standen die Schwerter. Er hatte sich nicht geirrt. Auf allen Knäufen und Parierstangen prangte das gleiche Wappen: das Zeichen der Inquisition. In feines Gold gefasst, saß es auf jedem silbernen Knauf, die Klingen blank poliert und nahezu unbenutzt. Merranas schaute den Sims genauer an. Das Licht der Kugeln reichte nicht bis in den unteren Teil dieses Winkels, der Untergrund war schwarz, lediglich das Metall der Waffen war zu sehen. Vorsichtig streckte Merranas die Hand aus und fing an, den Felsvorsprung abzutasten. Weich und trocken fühlte sich der Stein an, als sei er mit einer dicken Staubschicht bedeckt. Irgendetwas Warmes berührte seine Hand, und er zog sie erschrocken zurück. Blut lief seinen Handrücken zwischen Zeigefinger und Daumen hinunter. Er hatte sich an einer der Klingen geschnitten, ohne gemerkt zu haben, dass er sie berührte. Sie mussten extra geschliffen worden sein. So scharf, dass man den Schnitt nicht sofort spürte. Jetzt kam auch der Schmerz.

»Verdammter Idiot!«, flüsterte er und saugte das Blut von der Wunde. Wenn er auf die Weise weitersuchte, würde er sich beide Hände aufschneiden. Er blickte an den Schwertern hoch. Das mittlere Heft erschien ihm etwas größer als die anderen.

Der Kopfgeldjäger stellte sich unter leisem Stöhnen auf die Zehnspitzen. Sofort spürte er jede Faser in den Waden, die bei diesem Akt anfingen zu zittern und zu zerreißen drohten. Er tänzelte vor den Schwertern hin und her, ohne etwas zu erfassen. Doch! Der Knauf des mittig angeordneten Schwertes war höher, und er konnte sich denken, was es war. Auf dem Knauf lag einer der Siegelringe! *Manchmal mehr Glück als Verstand! Sehr erfindungsreich war der Drache bei der Versteckssuche nicht.* Er streifte mit der Hand durch die Haare und grinste überlegen.

Von den Zehnspitzen steigend trat er ein Stück zurück. Die Klingen konnte er nicht mit bloßer Hand anfassen, das wusste er jetzt. Blut lief weiter aus dem hauchdünnen, aber tiefen Schnitt.

Kurzentschlossen machte er einen Satz auf die Felswand zu, und seine Hände suchten nach einem sicheren Griff. Er würde sich hochziehen, den Fuß auf den Sims stellen und so den Ring holen.

Als er mit der linken Hand eine Stelle gefunden hatte, ballte er die Faust. Das Blut rann mit einem Schwall aus der Wunde. Merranas atmete tief durch. Mit der rechten Hand fand er ebenfalls Halt. Die Beine waren eher das Problem.

Als er sich vom Boden abstützte, musste er einen Schrei unterdrücken. Ein reißender Schmerz in seinem Oberschenkel ließ ihn innehalten. Keuchend hing er an der Wand, während seine Schenkel zitterten und er drohte, jeden Moment den Halt zu verlieren. Der Gestank nach Drachendung und der Schmerz trieben ihm Tränen in die Augen.

Nach einigen flachen Atemzügen ließ der Schmerz etwas nach, der Gestank blieb. Merranas versuchte sich auf den Ring zu konzentrieren. Es war nicht weit, er könnte ihn erreichen. Er musste sich lediglich einmal hochziehen, dann würde er den Fuß auf den Sims stellen können. Von dort aus wäre es einfach. Mit einem tiefen Atemzug nahm er alle Kraft zusammen und spannte die Armmuskeln an. Kleine Schweißperlen bildeten sich auf seiner Stirn, trotzdem schaffte er es, sich so weit hochzustemmen, dass er den Vorsprung mit der Stiefelspitze erreichen konnte. Mit der verletzten Hand tastete er vorsichtig an den Heften entlang und bekam den Ring zu fassen.

Vor Erleichterung lachte er leise auf, nachdem sich seine Faust um das Schmuckstück geschlossen hatte. Mit einem Sprung war er wieder am Boden und rollte sich mit angezogenen Beinen zur Seite. In seinen Schenkeln pulsierte es. Allein das Ausstrecken der Glieder tat höllisch weh. Der meilenweite, stundenlange Lauf mit Kiromin hatte seine Muskeln vollkommen überanstrengt. Die Geschwindigkeit des Drachen hatte ihn an seine körperlichen Grenzen gebracht. Es würde Tage dauern, bis er wieder einigermaßen schmerzfrei würde gehen können. Das war der Preis dafür, dass er mit diesem Jungdrachen hatte mithalten wollen. Reue verspürte er nicht, eher Genugtuung, ihm nahezu ebenbürtig zu sein, falls das als dummer Sterblicher überhaupt möglich war.

Er rieb sich beide Oberschenkel und versuchte die Füße zu strecken, um auch den Waden Erleichterung zu verschaffen. Auf den Rücken gedreht lag er auf dem Boden und wischte sich den Schweiß vom Gesicht. Er musste seinem Körper eine kleine Pause gönnen.

Ausgerechnet da fiel sein Blick auf einen anderen Vorsprung, auf dem drei säuberlich aufgestellte Flacons standen. Er war weiter oben als der, auf dem die Schwerter standen. Die drei Flacons waren jeweils in exakt dem gleichen Abstand voneinander aufgereiht, der mittlere hatte einen etwas anderen Stöpsel.

Merranas drehte das Schmuckstück in der Hand. Fünf Schwerter für fünf Drachenzähne. Drei Fläschchen für drei? Ein Ring, das war sicher!

Er rappelte sich hoch. An seiner Hand tropfte das Blut aus der Wunde. Der kleine Kletterakt hatte den Hemdsärmel rot gefärbt. Er betrachtete den errungenen Siegelring. Auf dem dort oben würden sicherlich drei Zähne prangen. Er guckte weiter um sich. Die Höhlenwand hinter ihm besaß einen Vorsprung mit zwei gekreuzten Dolchen. An der Stelle, an der sich die Stichwaffen trafen, lag ein Schmuckstück. Das würde der zweite sein. Der würde eine richtige Herausforderung werden. Er lief vorsichtig an den Wänden entlang und vermied den Weg über die Goldmünzen. Schräg gegenüber den Schwertern, fast wieder am Höhlenausgang, war ein Sims mit vier nebeneinanderstehenden Kelchen. In einem musste der Ring stecken. Rechts vom Höhlenausgang war noch ein Vorsprung mit einer schlichten Krone, die mit groben Edelsteinen gefasst war. Er ging näher heran, konnte keinen Ring erkennen, allerdings war es das einzige Schmuckstück, das einen Sims für sich alleine beanspruchte.

Vergebens suchte er nach sechs angeordneten Gegenständen. Er lief die gesamte Höhle ein weiteres Mal ab. Nichts. Der sechste Siegelring würde nicht hier sein. Jetzt war Merranas sich sicher: Kallestrus hatte ihn. Es wäre auch zu dämlich von dem Drachen gewesen, diesen Ring hierzulassen, wenn er etwas zu bedeuten hatte. Oder aber, er steckte immer noch am Finger der toten Frau.

Mit in die Hüften gestemmten Händen ging Merranas die Simse durch. Die Ringe zu holen, würde keine leichte

Aufgabe werden. Die Kelche und die Krone waren am höchsten platziert. Es würde ihn die meiste Anstrengung kosten.

Er entschied sich für die Krone. Das Blut an der Hand begann anzutrocknen, doch er machte sich keine Hoffnungen. Wenn er hinaufsteigen würde, riss die erste schützende Schicht, die sein Körper auf dem Schnitt gebildet hatte, sofort auf.

Merranas zog sein Hemd aus der Hose und trennte am unteren Teil einen Streifen Stoff ab. Behutsam band er ihn um die Schnittwunde, nahm das eine Ende des Stoffes in den Mund, um den Knoten festzubinden, und prüfte, ob dieser erbärmliche Verband ihn beim Klettern stören würde.

Mit zusammengebissenen Zähnen zog er sich hoch. Wenn er fallen würde, dann landete er sowieso wie eine Katze auf allen Vieren. Er verletzte sich nie, wenn er aus großer Höhe fiel oder sprang. Das wusste er seit dem Zeitpunkt, da es vor Lotta nur eine Ausflucht gegeben hatte. Er fürchtete die Tiefe nicht. Eher beängstigte ihn sein eigenes Handeln. Was, wenn diese Ringe überhaupt nichts mit dem Lied zu tun hatten? Noch schlimmer war der Gedanke, dass ausgerechnet sie diese eine Verbindung, dieser eine Hinweis auf seine wahre Herkunft waren, die er schon seit Jahren suchte.

Verflucht der sechste Siegelring! Verfluchtes Lied!, dachte Merranas. Er wollte es nicht unversucht lassen.

Mit viel Mühe hatte er die Krone erreicht und tatsächlich den Ring an einer Zacke gefunden. Nun kippte er den zweiten Kelch vorsichtig aus und hörte, wie das Schmuckstück auf den Stein fiel. Er hatte den nächsten gefunden!

Mit einem Lächeln ließ er sich in die Tiefe fallen und landete leichtfüßig, als sei er von einem kleinen Mäuerchen gehüpft.

Gelernt ist gelernt! Er kehrte an die Stelle mit den Flacons und Dolchen zurück. Schnell hatte er die Dolche erreicht.

Bei den Gefäßen brauchte er länger. Hier waren die Wände glatt, und mit dem Schnitt in der Hand rutschte er einmal ab. Das Stück Stoff war blutgetränkt und erschwerte so den Halt, dafür ließen die Schmerzen in den Beinen nach, nachdem die Muskeln warm geworden waren. Schweiß rann ihm Stirn und Schläfen hinunter, als er den Vorsprung mit den Flacons erreichte. Schwer atmend griff er nach dem Fläschchen mit dem seltsamen Stöpsel. Schon wollte er das Glas zerschlagen, den Ring nehmen und springen, doch das Aussehen der Flüssigkeit, die es enthielt, ließ ihn zögern. Sie war durchsichtig, aber in ihr schienen kleine Splitter aus Glas und Metall zu schwimmen. Im Licht der Kugeln glitzerte hier und da ein Partikel im Inneren des Gefäßes. Der Ring lag schwer und träge am Flaschenboden. Wie war er nur dort hineingekommen? Der Flaschenhals war viel zu dünn, um einen Ring hindurchrutschen zu lassen.

Merranas nahm das Glasgefäß und steckte es in seine Westentasche, bevor er ein letztes Mal zu Boden sprang. In der anderen Westentasche lagen die vier Ringe.

Als er die Höhle verließ, warf er einen letzten Blick nach oben. Dort kreisten weiterhin die drei Kugeln. Schnell bückte er sich und griff nach einigen Goldmünzen, die in seiner Hosentasche verschwanden.

Am Ausgang des Hortes erwarteten ihn die ersten Lichtstrahlen. Die Sonne stand über den Baumspitzen.

Die linke Hand brannte wie Feuer. Vorsichtig nahm er den Stoff ab und warf ihn weg. Seine Kletterei hatte den Schnitt geweitet, aber das Blut lief bereits träge aus der Wunde und würde bald gerinnen, wenn er sie schonte. Die Innenseiten beider Hände waren rot und leicht angeschwollen. Zaghaft ballte er sie zu Fäusten und öffnete sie wieder. Die Schwellungen würden schnell zurückgehen.

Er musste unbedingt Kiromin wiederfinden. Eventuell trug Selestria weiterhin den Siegelring am Finger. Wahrscheinlich der einzige Schlüssel zu seiner eigenen Vergangenheit und Herkunft, auch wenn es ihn immer ein bisschen ängstigte, zu erfahren, woher er stammte und wer er wirklich war. Bisher hatte ihm die Suche nichts als Ärger und Echsen eingebracht. Das zumindest musste er sich eingestehen.

BUCH 3

FREUND ODER FEIND

Firim presste das mit einer schwarzen Tinktur getränkte Tuch an seinen Kopf. Die Mixtur stank bestialisch, aber sie half gegen den brennenden Schmerz.

Die beiden Würdenträger hatten ihn über unzählige Treppen in den unteren Teil der Stadt geführt. Jetzt saßen sie gemeinsam in einem größeren Raum mit zwei unverglasten Fenstern, durch die das Sonnenlicht fiel. Ein großer Holztisch mit zwei Bänken stand mitten im Raum. Auf ihm türmten sich Schriftrollen, Folianten, loses Pergament, Papier, Federkiele und Tintenfässer. Dazwischen kleine Gefäße und Tiegel. Die Wände waren voll mit Regalen, in denen weitere Bücher, Flaschen und seltsame Gerätschaften standen. An der einen Wand war ein riesiger Kamin eingelassen, in ihm brannte ein schwaches Feuer. Darüber hing ein verrußter Kessel. Neben dem Kamin befand sich die niedrige Tür, durch die sie vor einer Weile hereingekommen waren. Bisher hatten sie geschwiegen. Der Alte hatte Wasser in den Kessel geschöpft und warf Kräuter in das siedende Wasser.

»Nach so vielen Jahren wird es eine Wohltat sein, wieder einmal einen guten Kräutertee zu trinken«, begann er das Gespräch. »Will man ehrlich sein, sollten wir jubeln, über das, was in Balfahlahr passiert ist, nicht wahr?«

Firim schnaubte leicht. Er nahm das stinkende Tuch von der Wunde und betrachtete es. An der Stelle, wo Blut aus seiner Wunde trat, hatte sich die Tinktur gelb gefärbt.

»Halte es bloß auf die Wunde«, meinte der Alte.

Missmutig presste der Bote das Tuch erneut auf die Platzwunde. Firims Kopf dröhnte weiterhin von dem Tritt des Herrschers. Nur allmählich ließ das Rauschen in seinen

Ohren nach. Zumindest war das Auge nicht angeschwollen. Die beiden hatten ihm eine Pritsche hingestellt, aber er hatte sich gegen ihren Rat auf eine Bank gesetzt.

»Wer seid ihr eigentlich?«, wollte er wissen.

»Ich bin Atiro, und das ist mein Vater Preaktan«, erklärte der jüngere. Er hatte einige dicke Folianten aus den Regalen geholt, dem Anschein nach bewusst aufgeschlagen und blätterte abwechselnd in den Büchern.

»Schön, und ihr seid die hohen Würdenträger hier in Hyperahmah? Dafür ist die Unterkunft nicht gerade einladend, von prachtvoll ganz zu schweigen.«

»Das hier ist unser privates Studierzimmer. Wir können dich auch gerne in unsere offiziellen Gemächer bringen, wenn du die Nacht unbedingt als Gefangener in den nassen Kerkerzellen verbringen willst«, entgegnete Atiro, ohne von seinen Büchern aufzusehen.

Firim musterte ihn von der Seite. Der junge erschien ihm sympathisch und war vielleicht doch nicht auf den Kopf gefallen.

»Warum habt ihr beide mir geholfen? Wenn sie uns hier finden, fahrt ihr sicherlich mit in die Kerker ein.«

»Erzähle du uns bitte, was sich genau in Balfahlahr ereignet hat. Danach verraten wir dir, warum wir hier sicher sind«, kam es vom Alten.

Mittlerweile hatte ein angenehmer Duft den gesamten Raum erfüllt. Preaktan schöpfte mit einer kleinen Kelle goldfarbene Flüssigkeit in zwei Becher, stellte jedem der jungen Männer einen hin und schenkte sich danach selbst ein. Nachdem er sich neben seinen Sohn gesetzt hatte und einige lose Seiten mit Notizen überflogen hatte, blickte er zu dem verletzten Boten.

»Trink ruhig, es sind bloß Kräuter. Wenn man sie mit heißem Wasser übergießt, entfalten sich unterschiedliche Aromen und Wirkstoffe. Ihr jungen Leute kennt das nicht.« Lachend nahm er einen kleinen Schluck und dann noch einen, wobei er genießerisch die Augen schloss.

Firim schnüffelte skeptisch an dem Becher, allerdings

verspürte er großen Durst. Die Flüssigkeit fühlte sich heiß und würzig in seinem Mund an, aber nicht unangenehm. Nach einem zweiten Schluck schmeckte es ihm besser.

»Nicht so schnell, die Blätter des Wasserdorns haben eine stark belebende Wirkung.«

»Das kann nicht schaden.« Firim trank einen großen Schluck, schaute an den beiden Männern vorbei Richtung Feuer, das kärglich vor sich hin züngelte.

»Ihr solltet Holz nachlegen«, meinte er gedankenverloren.

Atiro sah von seinem Buch auf. Mit einem Sprung war er bei der Feuerstelle und legte zwei kleinere Scheite nach, die sofort von den Flammen umspielt wurden.

Firim lachte. »So haben sie in Balfahlahr die ersten Tage auch reagiert, als die Feuer wieder brannten. Sie wurden Tag und Nacht bewacht. Man legte fleißig Holz nach, weil jeder befürchtete, wenn sie wieder ausgingen, dann für immer. Seitdem schlagen sie unermüdlich totes Holz aus den Wäldern, um die Feuerstellen am Brennen zu halten.«

Preaktan und sein Sohn sahen ihn aufmerksam an. Ein leichtes Kopfnicken gab Firim zu verstehen, dass er weitersprechen sollte.

»Wisst ihr, so viel weiß ich gar nicht. In Balfahlahr suchten sie zwei Freiwillige, die nach Hyperahmah reiten sollten, um dem Obersten Kirchenführer vom Tod des Inquisitors oder besser gesagt, dem Tod seiner Tochter zu berichten.«

»Freiwillige?« Atiro guckte erstaunt zu seinem Vater.

»Was war dein Vergehen, Firim?«, fragte Preaktan stirnrunzelnd. Er hatte sich den Namen des Mannes eingeprägt, während er Plutarch vorgeführt wurde.

Der Bote wich seinem strengen Blick aus. Mit dem Tuch tupfte er auf der Wunde herum. »Das war alles ein großes Missverständnis.«

»Das glaube ich nicht. Bartholomäus ist ein gerechter und sehr kluger Mann.«

»Vater, ich verstehe nicht ganz«, mischte sich Atiro ein, während Firim in seinen Becher starrte.

Womöglich war der junge doch nicht so begabt, was das

Denken betraf.

»So schlimm kann es gar nicht gewesen sein, dass sie dich haben gehen lassen«, versuchte Preaktan den Fremden aus der Reserve zu locken.

»Mein Begleiter hatte zwei Mägde geschändet, danach ihnen das Leben genommen. Aber keine Sorge, so schrecklich war meine Tat nicht.«

Atiro verschluckte sich an seinem Kräutertee und hustete laut. Preaktan hingegen blieb ruhig.

»Sei's drum, dann hat wohl unser Oberster Kirchenführer durch eine eher zufällige Fügung den richtigen umgebracht«, gab er knapp zurück. »In Balfahlahr wusste man genau, was mit euch geschehen würde.«

Das Schweigen des Boten gab ihm Recht. Preaktan stand vom Tisch auf und begann vor dem Feuer langsam auf und ab zu gehen. Die beiden jüngeren folgten ihm mit den Blicken, bis Atiro wieder zu einem der Bücher griff und seine Nase darin versenkte. Neben den schlurfenden Schritten des Alten war noch das Prasseln des Feuers zu hören.

In Firims Kopf dröhnte der Schmerz, doch er musste schnellstmöglich handeln. Preaktan war keiner dieser trägen, alten Säcke wie die meisten Kardinäle. Zudem kannte er sich mit den Gepflogenheiten der Botenschaft aus. Wie hätte er sonst auf die Frage nach einem Vergehen kommen sollen? In Kardinalskreisen wusste man, dass Verbrecher und Diebe mit schlechten Nachrichten zum Obersten Kirchenführer geschickt wurden, weil er sie des Öfteren zu töten pflegte. Und Gesindel hatte selten Angehörige und Freunde, die unangenehme Fragen stellten oder gar nachforschen ließen, was aus den verschwundenen Boten geworden ist. Offiziell wurden sie für immer eingekerkert. Wer nicht umgebracht wurde, durfte als freier Mann oder freie Frau einfach gehen, was letztendlich der Grund war, warum sich selbst Vergewaltiger und Mörderinnen bereitwillig für solche Dienste meldeten. Es war ein Glücksspiel mit dem Tod.

Er schätzte den Abstand zur Tür. Es waren einige Schritte durch den Raum. Er konnte schnell dorthin hechten.

Wenn sie verschlossen war, war seine Flucht zu Ende, bevor sie angefangen hatte. Vielleicht gingen sie ja und ließen ihn allein. So wären die Chancen besser.

Firim maß den Alten. Mit ihm würde er fertig, aber wie würde sich der jüngere schlagen? Die Wunde am Kopf würde ihn beeinträchtigen.

Seine Fluchtgedanken wurden von Preaktan unterbrochen. »Du kannst nicht nach Balfahlahr zurückkehren, nicht wahr? Dort erwartet dich eine sehr harte Strafe. Die hohen Herren dort haben gewusst, was mit euch Boten passieren wird, wenn ihr dem Obersten Kirchenführer die Nachricht über den Tod der eigenen Tochter überbringt.«

Firim blinzelte und legte das Tuch zur Seite. Er begann mit dem halbvollen Becher zu spielen, indem er ihn von der einen Hand in die andere warf, als sei er ein kleiner Lederball. Geschickt ließ er das Gefäß über seinen Handrücken tanzen und fing es sicher wieder auf, ohne dass ein Tropfen der Flüssigkeit herausschwappte.

Mit einem Sprung war er aufgestanden und hielt den Becher fest. Schwindel erfasste ihn, und Preaktan verschwamm vor seinen Augen. Als er wieder zu sich kam, hörte er zwei flüsternde Stimmen neben sich. Die Würdenträger unterhielten sich leise über die Bücher gebeugt.

»Was zum Teufel…«, begann Firim.

»Ich glaube, du unterschätzt etwas den harten Tritt unseres Obersten Führers«, gab Preaktan lachend zurück.

Vorsichtig befühlte Firim seine Stirn. Ein fester Verband war um seinen Kopf gewickelt und verdeckte ein Teil seines Auges. Er fühlte sich angenehm kühl an, doch das Pochen unter dem Stoff war hart und schmerzlich. Vorsichtig richtet er sich auf. Seine Zunge klebte am Gaumen, und er konnte immer noch den Wasserdorn schmecken. Hätte der nicht belebend wirken sollen? Was hatte der Alte ihm da in dem Becher verabreicht? Wobei, die anderen hatten es auch getrunken. Doch was hatte das schon zu bedeuten? Die Verletzung hatte ihn leichtsinnig werden lassen, er musste wachsamer sein. Dabei wusste er nicht einmal, was die beiden von ihm wollten und warum sie ihm halfen.

Gemächlich schwang er die Beine von der Pritsche und wartete einen Augenblick. Als ihn kein Schwindel erfasste, richtete er sich auf. Prompt pochte es schneller unter dem Verband, sodass er die Augen zusammenkniff. Vorsichtig bewegte er sich auf die Bank zu und ließ sich darauf sinken.

»Kann ich bitte etwas zu trinken bekommen?«, fragte er mit belegter Stimme.

Preaktan schob ihm einen Becher zu und deutete auf die Karaffe am Ende des Tisches.

»Wie lange habe ich geschlafen?«

»Nicht lange, höchstens eine gute Stunde.«

Firim trank das kalte Wasser und spürte, wie seine Sinne nach und nach wiederkehrten und endlich schärfer wurden. Der pochende Schmerz blieb. Keiner der Würdenträger machte Anstalten, ihn irgendetwas zu fragen. Beide lasen angestrengt in den Büchern, tauschten die Folianten und zeigten mit Fingern auf unterschiedliche Textstellen. Nachdem Firim ihnen eine Weile zugeschaut hatte, räusperte er sich. Die beiden schauten zugleich von ihren Büchern auf.

»Wie geht es weiter?«, wollte er wissen.

»Du kannst jederzeit gehen, wenn du möchtest«, meinte Atiro freundlich. Seine braunen Augen ruhten auf Firims Gesicht.

Der Bote musterte den Mann auf der anderen Seite des Tisches ebenfalls. Das jungenhafte Gesicht hatte einen beinahe belustigten Ausdruck. Seine Haut war hell und die blonden Haare sauber nach hinten gekämmt, wahrscheinlich trug er einen Zopf im Nacken. Firim legte den Kopf schief. Der Verband nahm ihm ein Stück der Sicht auf Atiro. Es war nichts Feindliches in dem Grinsen des noch sehr jungen Mannes. Firim blieb skeptisch.

»Wenn du gehen möchtest, Firim, solltest du dir allerdings gut überlegen, wohin du willst. Denn bereits vor deiner Ohnmacht sind die Truppen Richtung Balfahlahr aufgebrochen und zwar ohne dich.« Preaktan hatte nicht von seinem Buch aufgeschaut, lediglich die Feder in seiner

Hand wies in Richtung des Fensters.

Als Firim sich so schnell es der verwundete Kopf zuließ aufrappelte und zum Fenster ging, konnte er schon die mit Soldaten besetzten Boote sehen, die von der Stadt abgelegt hatten und in Richtung der Ufer unterwegs waren. Zwei weitere Kähne folgten mit Pferden. Auf allen wehten die Banner der Kirche und Inquisition. Diese Boote waren sein Todesurteil. Der Oberste Kirchenführer hatte seine Truppen ohne ihn nach Balfahlahr losgeschickt. Er war also Freiwild für die Wachen der Stadt. Wahrscheinlich würde es sogar einen zusätzlichen Sold geben, wenn sie ihn erwischten oder töteten. Er saß hier fest!

»Wieso erzählst du uns nicht erst einmal, was du über den Tod der Drachentöterin weißt?«, nahm Preaktan das Gespräch wieder auf.

»Natürlich, und danach ruft ihr die Wachen und ich bin tot.«

»Damit du ihnen ebenfalls erzählst, was dort passiert ist? Wo denkst du denn hin, Junge?«

Firim verschränkte die Arme vor der Brust und musterte den Rücken des Alten, der ungerührt in seinen Büchern stöberte. Gut, das war ein Argument, aber woher sollte er wissen, dass nicht ausgerechnet der Alte bei Plutarch auftrumpfen wollte, wenn Firim ihm verriet, was er wusste. Im Gedanken spielte er einige Möglichkeiten durch und entschied sich für eine, die ihn in eine günstige Position bringen würde.

»Was sucht ihr denn überhaupt in den Büchern?«, wollte er wissen, während er mit flinken Blicken den Raum begutachtete. Ein kleiner Schürhaken an der Feuerstelle war das erste, was ihm auffiel.

»Die Ursache für das Entfachen der Feuer.«

Preaktan wandte sich Firim zu, der scheinbar auf den Kessel und die Tür achtete. »Deswegen möchten wir wissen, was in Balfahlahr passiert ist. Wenn du uns erzählst, was geschehen ist, helfen wir dir, die Inselstadt zu verlassen. Du kannst getrost deiner Wege gehen, und ich werde auch keine

Nachricht an Bartholomäus schicken, dass du geflohen bist und lebst. Wie du den Truppen der Kirche entkommen willst, ist freilich deine Sache.«

Firim starrte ins Feuer. Die Flucht aus diesem Raum war absolut sinnlos. Wenn man ihn nicht hier erwischte, dann spätestens bei dem Versuch, auf ein Boot zu kommen. Es musste doch noch einen anderen Weg geben. Er suchte nach einem Grund, warum er diesen Würdenträgern trauen sollte, während er sich der Feuerstelle näherte. Der kleine Schürhaken wurde immer reizvoller für ihn. Er nahm ihn in die Hand und wog sein Gewicht. Das Eisen war massiv und gut gearbeitet.

Geräuschlos öffnete sich die Tür, und eine graue Gestalt trat ein.

»Und, konntet ihr schon etwas finden?« Vaticine eilte auf den mit Büchern beladenen Tisch zu, ohne Notiz von Firim zu nehmen.

Beide Männer schüttelten den Kopf.

»Und er? Hat er euch etwas sagen können?«

»Nein, er will nicht reden. Ich glaube, er will uns alle mit dem Schürhaken umbringen«, meinte Atiro leise.

Seelenruhig stellte Firim den Schürhaken an seinen Platz zurück. Er hatte den jüngeren der Männer nicht richtig eingeschätzt, und die Frau verbesserte seine Lage nicht.

»Wir haben die Truppen ablegen sehen. Was ist oben passiert?«, wollte Preaktan wissen.

Vaticine hatte sich hingesetzt und einen der dicken Folianten an sich genommen. »Wir müssen uns beeilen. Plutarch will Rache für den Tod seiner Tochter. Als ich ihn verlassen habe, hatte er schon wieder getrunken. Wenn wir Glück haben, säuft er sich einige Tage ins Delirium. Haben wir Pech, werden viele von uns sterben. Wieso will der Bote nicht reden?«

»Weil er denkt, dass wir ihn an die Wachen verraten, wenn er uns alles erzählt hat, oder dass wir ihn selbst umbringen.«

Vaticine wandte sich Firim zu.

Die Erscheinung dieser Frau hielt ihn sofort gefangen. Sie war nicht besonders schön, aber die Augen und der Mund faszinierten ihn. Er konnte nicht sagen, wie alt sie war, vielleicht dreißig, doch wenn sie den Kopf leicht neigte, wirkte sie viel älter, fast einer Greisin gleich. Und dann dieser gläserne, sich stetig bewegende Ohrschmuck, einem Windspiel gleich.

Sie stand auf, kam auf ihn zu und hielt ihm ihre Hand zum Kuss hin.

Völlig überrumpelt führte er die in hoher Gesellschaft übliche Geste des Respekts aus und hauchte einen Kuss über ihre Haut, ohne sie zu berühren.

In dem Augenblick griff ihre Hand fest die seine. Sie zog ihn an den Tisch, wo sie ihn neben sich auf die Bank zwang.

Zum zweiten Mal hatte er jede Wachsamkeit und Vorsicht wegen der Kopfwunde vollständig außer Acht gelassen. Am liebsten hätte er sich selbst geohrfeigt. Wie konnte diese Frau so viel Kraft aufbringen?

»Hör gut zu, Bote, oder wer auch immer du sein magst, der hier den einfachen Mann mimt.«

Firim hielt ihrem Blick stand, obwohl er nun wusste, dass ihn sein Handeln verraten hatte. Als ob ein gewöhnlicher Bote jemals die Kusshand gewagt hätte. Diese verdammte Kopfwunde.

»Wir wollen jetzt wissen, was in Balfahlahr passiert ist. Du kannst es uns erzählen, du kannst es lassen. Solltest du es lassen, dann töte ich dich! Denn ich will nicht, dass die Wachen unseres Obersten Kirchenarschlochs dich erwischen und alles, was du weißt, auf schmerzliche Weise aus dir herausfoltern. Möchtest du aber mit uns sprechen, lasse ich dich am Leben, und mit ein bisschen Glück hast du sogar etwas davon.«

Nach ihrer Aufforderung lächelte Vaticine Firim freundlich an, während er sie fassungslos anstarrte.

Eine Weile herrschte Schweigen. Firim studierte die Gesichter der Fremden.

Preaktan hielt die Hände auf dem Tisch gefaltet und

wartete geduldig, während Vaticine den Boten aufmerksam beäugte.

Firim ließ die Schultern langsam sinken. Er wollte unter sein Hemd greifen, da blitzte ein Dolch an seiner Kehle.

Sofort zog er die Hände hoch über den Kopf. »In meinem Gürtel steckt eine Schriftrolle. Nachdem Plutarch den anderen Boten getötet hatte, hielt ich es für gesünder, die zweite Nachricht nicht direkt zu überbringen.«

Vaticine riss mit der freien Hand sein Hemd hoch, während sie den Dolch mit der anderen an seinem Hals hielt.

Die Hose des Boten wurde von einem dünnen Ledergürtel gehalten. Am Bauch zeichneten sich deutlich harte, geübte Muskeln ab. Einige Narben verrieten vergangene Messerstechereien und Kämpfe. Im Gürtel steckte eine kleine Schriftrolle.

Wenn dies ein einfacher Mann war, der hier den Boten für andere spielte, war sie ab sofort eine bescheidene Magd. Sie betrachtete seinen fast kahlgeschorenen Schädel, auf dem Haarstoppel das helle Blond verrieten, genau wie sein Gesicht. Er hatte sich noch vor einigen Tagen rasiert. Warum war Plutarch das nicht aufgefallen? Vermutlich war die Nachricht vom Tode Selestrias zu gravierend, als dass er auf solche Feinheiten geachtet hätte. Und Preaktan, war ihm das auch entgangen oder spielten sie bereits zusammen? Sie versuchte in dem kantigen Gesicht des Mannes etwas zu entdecken, während er sie wie versteinert anlächelte.

»Nimm sie heraus und gib sie Preaktan«, fordert sie ihn auf, und er tat, was sie sagte.

Danach nahm sie den Dolch runter und verlor über die Narben auf seiner Haut kein Wort.

Firim atmete aus. Zumindest wusste er ab sofort, wer hier das Sagen hatte. Ohne Aufsehen brach Preaktan das Siegel und entrollte das Pergament, überflog schnell die Zeilen. Dann ließ er es sinken und reichte es an Atiro weiter.

»Bartholomäus ist ebenfalls tot. Man vermutet, dass sein Knecht ihn umgebracht hat«, erklärte Atiro.

Preaktan war aufgestanden. In dem Augenblick, als er

den Kessel vom Feuer zog, loderten die schmächtigen Flammen in die Höhe. Erschrocken wich der Alte zurück.

Verwundert wandte er sich an Firim. »Ist das in Balfahlahr auch passiert?«

»Nein, die Feuer dort brannten sofort stark und hell«, entgegnete der Mann, selbst über die hohen Flammen erstaunt.

Hitze erfüllte den Raum.

Ohne nachzudenken, stand Firim auf, nahm die Karaffe und goss das restliche Wasser über die Flammen. Mit leisem Zischen verschwand das wenige Wasser.

Preaktan griff zum Eimer und kippte den gesamten Inhalt aus. Unter Dampf erlosch das Feuer, und sie saßen in dickem Rauch, der gemächlich zu den Fenstern hinauszog.

»Man wird uns sehen!« Atiro war aufgesprungen und eilte zu einem der Fenster.

»Beruhige dich, gar nichts sieht man. Aus allen Fenstern in Hyperahmah raucht und qualmt es seit gestern schon. Viele Kamine sind verstopft, weil man sie jahrelang nicht benutzt hatte. Wenn es dunkel wird, sollten wir die Fenster zuhängen«, erklärte Vaticine.

»Das Feuer ist aus und wir haben kein Wasser mehr«, gab Preaktan zu bedenken.

»Ich gehe Brennmaterial und Wasser holen, eventuell sogar etwas zu essen.«

Ohne eine Antwort abzuwarten, warf Atiro die schwarze Robe ab. Darunter kamen ein beiges Leinenhemd und eine schlichte braune Leinenhose zum Vorschein. Er nahm den Eimer und verschwand durch die Tür.

Preaktan stand noch immer vor dem Kamin und starrte in das rauchende Holz. Kleine Schwaden kräuselten sich im Luftzug und zogen an ihm vorbei. Auf seiner Stirn zeigten sich Falten und verschwanden wieder, dann betrachtete er seine Handflächen.

»Was hast du?«, fragte Vaticine.

»Nichts. Es schien mir nur, als seien die Flammen in mich hineingesprungen und wieder zurück in die Feuerstelle. Eine Sinnestäuschung, nehme ich an. Schon lange haben wir keine so wärmenden Feuer gehabt.«

»Gut, doch die hohe Flamme erklärt das nicht.«

»Nein, da hast du Recht. Das tut es nicht.«

Preaktan kehrte an den Tisch zurück und setzte sich. Zwar schaute er Vaticine an, aber vor seinen Augen spielte sich etwas anderes ab.

Firim hatte die Gelegenheit genutzt und einen Blick in einen der Folianten geworfen. Hier und da hatte er einige Passagen lesen können, andere waren in ihm unbekannter Schrift verfasst. Trotzdem schien es sich um eine Art Chronik zu handeln, Aufzeichnungen über Feste oder Begebenheiten. Soviel konnte er sich zusammenreimen und ahnte, was diese drei sich versprachen, in diesen alten Aufzeichnungen zu finden. Der Zufall oder eine Fügung wollten wohl, dass er ausgerechnet hierhergebracht wurde.

»Was sucht ihr denn in diesen alten Büchern?« Er versuchte seine Stimme belanglos klingen zu lassen.

»Was interessiert es dich?« Vaticine zeigte keinerlei Regung.

»Wenn ich schon erzählen soll, was ich weiß, würde ich gerne erfahren, warum.«

»Wir suchen Hinweise.«

»Auf was denn?«

»Auf den Zeitpunkt, an dem die Feuer erloschen sind.«

Firim runzelte die Stirn, dann lachte er leise. »Aber der Zeitpunkt ist doch datiert, und zwar auf die glorreiche Schlacht zwischen den Menschen und Drachen vor ungefähr 200 Jahren. Als Rache für ihre Niederlage raubten die Drachen nach und nach allen lebenden Wesen das Feuer. Und sie werden es tun, bis alle erloschen sind. Das ist auch der Grund, warum die Drachentöter aus den Königshäusern und später von der Kirche berufen wurden.«

Preaktan und Vaticine wechselten Blicke. Der Alte holte tief Luft und räusperte sich. »Ja, das ist das, was den Menschen erzählt wird. Die einzige belegte Tatsache ist die Schlacht gegen die Drachen. Warum sie geführt wurde, weiß keiner genau. Seit Plutarch an die Macht kam, machte er sich zur Aufgabe, alle Drachen zu töten. Seiner Überzeugung nach brennen die Feuer erst wieder, wenn diese Wesen aus unserer Welt verschwunden sind.«

»Dann hat seine Tochter vor ihrem Tod sehr wahrscheinlich den letzten Drachen umgebracht«, mutmaßte Firim und senkte den Kopf, um keinen der beiden anschauen zu müssen.

»Gab es denn einen dritten Toten in Balfahlahr?«, wollte Vaticine wissen.

»Nein.«

Firim blieb die eigene Antwort im Halse stecken. Er stand auf und setzte sich gleich wieder hin. Sein Mund bewegte sich, wie der eines nach Luft schnappenden Karpfens, bis er endlich wieder Worte fand. »Aber das würde bedeuten, dass der Statthalter von Balfahlahr ein Drache gewesen ist. Oder nicht?« Mit einem dümmlichen Ausdruck stierte er sie an.

Vaticine beobachtete das Mienenspiel des Mannes. Ein hervorragender Schauspieler stand vor ihnen. Sie versuchte in seine Gedanken zu sehen. Es gelang es ihr nicht, eine Idee von dem zu erhaschen, was in ihm vorging. Sein Geist war verschlossen. Und das beunruhigte sie zunehmend.

»Oder Selestria, die angebliche Tochter des Obersten Monarchen und Kirchenführers«, ergänzte Preaktan. »Verstehst du jetzt, warum es so wichtig ist, zu erfahren, was dort tatsächlich passiert ist?«

Firim beantwortete diese Frage mit einem Nicken. »Über den Tod des Statthalters wird nicht viel spekuliert. Er ist an einem schwachen Herzen gestorben. So erzählen es die Bürger. Es gibt allerdings viele Gerüchte über drei Männer. Sie sollen die Leiche von Selestria aus der Stadt geschafft haben. Die Torwächter wollen sie gesehen haben. Ein Mönch, der Knecht des Statthalters und ein anderer unbekannter Mann. So zumindest erklärt man sich das Verschwinden der Frau. Die Tatsache, dass sie tot ist, beruht nur auf den Aussagen der zwei Torwächter, die zuerst gemeint haben, dass der Mönch behauptet habe, sie sei sehr krank.«

»Was weißt du über die drei Männer?«, hakte Vaticine

nach.

»Über den Mönch und den andern Mann weiß ich gar nichts. Auch die Bürger von Balfahlahr erzählten widersprüchliche Geschichten. Lediglich der Knecht war allen bekannt. Er war der Günstling des Statthalters. Begleitete ihn sogar in die wichtigen Sitzungen und wohnte in seinem Haus. Er war bei allen sehr beliebt und geachtet. Umso erstaunlicher ist es, dass man nichts Genaues über seine Herkunft weiß. Man erzählt sich, dass er eines Tages in der Stadt aufgetaucht ist und am nächsten Tag beim Statthalter als Knecht arbeitete.«

»Warum sollte der Knecht seinen Herrn töten?«, fragte Vaticine.

»Vielleicht hat der Statthalter Selestria getötet oder zumindest verletzt.« Preaktan griff nach der Schriftrolle, die sein Sohn auf dem Tisch liegen gelassen hatte, und ging zur Feuerstelle. Mit dem Schürhaken wendete er das restliche Holz so lange, bis er eine glimmende Stelle fand. An die hielt er das Pergament und pustete, bis es Feuer fing. Erst zaghaft, dann stärker fraßen sich Flammen in das Schriftstück.

Preaktan ließ es in den Kamin fallen. »Der Statthalter war gewiss nur zufällig in der Gesellschaft dieser drei Männer gewesen. Alles, was gerade geschieht, muss mit Selestrias Verschwinden zusammenhängen.«

Er hielt die Hände hinter dem Rücken. Ein starkes Ziehen war in seine rechte Hand gefahren, als er das Pergament verbrannt hatte. Er massierte die Innenfläche mit der linken, aber es half nichts. »Wir müssen vor allem herausfinden, wie wir Plutarch aufhalten können. Er wird einen Schuldigen für den Tod seiner angeblichen Tochter suchen. Jetzt, da er keinen richtigen Feind mehr hat, da die Feuer wieder brennen, schwindet seine Macht und damit die Berechtigung für seine Herrschaft. Bestimmt sucht er schon nach einem neuen Gegner, den er verfolgen kann.«

»Es hilft alles nichts. Uns fehlt der Foliant der Herrschaft. Solange er in seinem Besitz ist, können wir bloße Mutmaßungen anstellen«, schimpfte Vaticine leise vor sich hin. Ein kurzer Gedanke erreichte sie, als sei er gar nicht gewollt gewesen, woraufhin der angebliche Bote sofort zu einer weiteren Frage ansetzte.

»Was glaubt ihr, in diesem Buch zu finden? Firim fasste sich vorsichtig an den Verband. Die Wunde begann zu jucken.

»Das geht dich nichts an!« Vaticines Ton war wieder schroff geworden.

Firim musterte die Frau von der Seite. Die grauen Gewänder waren aus feinem Stoff und schienen in mehreren hauchdünnen Lagen vernäht worden zu sein. Sie betonten ihren wohlgeformten Busen, der sich bei jedem ihre Atemzüge leicht hob und senkte. Der Anblick gefiel ihm sehr gut. Nach einer Weile starrte er sie unverhohlen an.

Etwas Zeit verstrich, bis sie sich zu ihm wandte, ohne ein Wort zu sagen.

Ihre Blicke trafen sich.

Er hielt ihrem stand.

Gerade als er ihr etwas entgegnen wollte, hörten sie Stimmengewirr und das Klappern von Rüstungen vor der Tür.

Die Mienen der anderen verrieten Firim sofort, dass sie nicht mit dem Eintreffen weiterer Personen rechneten. Instinktiv legte er den Finger auf die Lippen, bevor er ohne ein Geräusch aufstand und in Richtung des Kamins schlich. Dort griff er nach dem Schürhaken und presste sich in die Ecke, die der in den Raum vorstehende Kamin und die Wand bildeten.

Die anderen schoben noch die Folianten zusammen und legten weitere Bücher und Schriftstücke darüber, da wurde schon mit Gewalt an die Tür gehämmert!

»Sofort aufmachen!« Die tiefe Männerstimme klang dumpf durch die dicke Holztür.

»AUFMACHEN!«

Die Schläge wurden stärker, und der Sprecher bellte weitere Befehle.

Firim presste sich gegen die Wand und hielt den Schürhaken mit beiden Händen dicht vor der Brust.

Preaktan war zu Vaticine getreten. Beide standen reglos

vor der Tür.

Kurz darauf hörte man einen harten Schlag. Die Männer auf der anderen Seite versuchten, sie einzutreten.

Preaktan drängte sich vor. »Nur keine Eile, ich öffne ja schon. Geduld, Geduld mit einem alten Mann.« Er hatte etwas Weinerliches in die Stimme gelegt, doch sein Gesicht zeigte Besorgnis. Langsam ging er zur Tür. Im Vorbeigehen fuhr er mit dem Zeigefinger an seinem Hals entlang.

Firim hoffte, das Zeichen richtig zu deuten.

Preaktan drehte den Schlüssel im Schloss und verschwand hinter der sich nach innen öffnenden Tür.

Drei Wachen des Obersten Kirchenführers stürmten hinein. Der erste brüllte sogleich los: »Im Namen des Obersten Kirchenführers, ihr seid alle des Todes wegen Hochverrats!«

Vaticine wartete nicht. Ihr silberner Dolch blitzte auf und verschwand zwischen Helm und Brustharnisch des Anführers, der als Vorderster den Raum betreten hatte. Das Gurgeln verriet, dass sie den Hals des Mannes erwischt hatte. Blut spritze ihr ins Gesicht.

Ohne Zögern verließ Firim sein Versteck und schlug mit dem Schürhaken zu. Die Überraschung über Vaticines Angriff war ihnen zum Vorteil gereicht. Die zweite Wache strauchelte unter dem Schlag zurück, und Vaticine stach erneut zu, während Preaktan die Tür gegen den dritten donnerte.

»ALARM!« schrie der Mann, den Preaktan zuvor mit der Tür erwischt hatte.

Firim drückte sich flink an Vaticine und der zweiten Wache vorbei und riss die Tür wieder auf.

Die Wache stand mit dem Rücken zu ihm auf dem Gang. Mit beiden Händen hielt er den Schürhaken fest und nutzte die sich bietende Gelegenheit. Schon war die Metallstange um den Hals des Mannes gelegt, und Firim schleifte ihn wieder hinein. Sein eigener Kopf dröhnte vor Schmerz, da er alle Kraft aufbringen musste, um den sich wehrenden Soldaten in den Raum zu ziehen. Seine Finger hielten das Metall fest umschlungen. Mit etwas Mühe schaffte er es, die kurze Strecke ins Innere zu machen, damit Preaktan die Tür schließen konnte. Er presste das Eisen gegen die Kehle des strampelnden Mannes, der bereits nach Luft schnappte und mit beiden Händen versuchte, sich von der Stange zu befreien. Ein röchelnder Schmerzensschrei ertönte, als Vaticine ein drittes Mal zustach und die letzte Wache am Schenkel traf. Immer wieder stach sie zu, bis der Mann alle Gegenwehr aufgab und Firim sein tödliches Werk vollendete. Nachdem er den Schürhaken losließ, kippte der Mann vornüber zu Boden.

Keuchend schauten sie einander und die toten Wachen an. Der Geruch von Blut und Schweiß stieg auf.

Als hätten sie sich zuvor abgesprochen, standen sie mit angehaltenem Atem reglos im Zimmer und lauschten. Vor der Tür blieb es still.

BUCH 3

ALTE KRÄFTE – JUNGE HÄNDE

Merranas hatte einige Male Kiromins Namen gerufen, in der Hoffnung, dass der junge Drache noch in der Nähe war. Doch seine Rufe blieben unbeantwortet, also lief er in die Richtung, in die Kiromin die Nacht zuvor verschwunden war. Er hatte keine Ahnung, ob er ihn wiederfinden würde, und keine bessere Idee, was er machen sollte.

Es war absurd! Endlich hatte er einen Beutel Drachengold und würde nichts damit anfangen können, weil man ihn – Dank der Echsen – mit dem Mord an einer Inquisitorin in Verbindung brachte. Dabei war sie selbst ein Drache!

Wieder einmal fühlte er sich vom Schicksal verlacht. All die Mühe für nichts und wieder nichts. Wenn er jetzt in einer Stadt versuchen würde, etwas über die Siegelringe herauszufinden, wäre er schneller im Kerker, als dass er nochmal Luft holen könnte. Sobald er eine größere Stadt betrat, war es aus. Abgesehen davon keine Frauen, kein Wein, kein Essen. Zudem ließ ihn der Gedanke an die Liedzeilen seiner Kindheitserinnerungen nicht los. Es müsste schon mit allen Dämonen zugehen, dass es ein Zufall wäre, dass es bei der Inquisition ausgerechnet sechs Siegelringe gab. War das diese einmalige und letzte Chance vor dem Weltuntergang herauszufinden, wer er tatsächlich war und wer seine Eltern?

Er hielt es für leichtsinnig, den Straßen und Wegen zu folgen. Die Gefahr, den Soldaten der Inquisition in die Arme zu laufen, war viel zu groß. Auch befürchtete er, dass man aus Balfahlahr Wachen ausgesandt hatte, um nach ihm und den anderen zu suchen. So leicht würden die Stadtältesten nicht aufgeben, nachdem Bartholomäus tot aufgefunden worden war.

Er schlug sich quer durch den Wald. Hyperahmah lag im Norden, doch Kiromin hatte den Weg nach Westen eingeschlagen, wie Merranas am Stand der Sonne feststellen musste. Schon bald meldete sich sein Magen. Ohne Wasser und Proviant würde er nicht weit kommen. Die Forellen der letzten Nacht würden ihn nicht lange sättigen.

»Ich Glückspilz! Ein Beutel Drachengold, aber nicht mal eine Krume trockenes Brot in der Hand«, spottete er seiner selbst.

Bald schon brach die Sonne durch die Tannen und seine Zunge klebte am Gaumen. Merranas blieb stehen und betrachtete den Sonnenstand durch die Bäume. In diesem dichten Bewuchs war es unmöglich, die Schatten richtig zu deuten. Irgendwann musste er seine Richtung ändern und nach Norden laufen. Einige Male blieb er stehen und versuchte sich zu orientieren. Er war so weit in den Wald hineingelaufen, dass alles gleich aussah. Er entschied sich in Richtung der Schatten zu gehen.

Es war ein mühsames Vorankommen durch Unterholz und Brombeersträucher. Mit beißenden Muskeln setzte er einen Schritt vor den anderen und lauschte dem Zwitschern der Vögel. Ihr plötzlicher wilder Aufschrei warnte Merranas, er blieb stehen. Der Wind trug ihm Geräusche zu. Nicht nur die Stimmen der Tiere und das Rauschen in den Wipfeln, sondern menschliche Rufe. Instinktiv ging er bedächtig in die Hocke, obwohl er sicher war, dass ihn keiner an seinem jetzigen Standort sehen konnte.

Schnell wurden die Stimmen lauter, zu ihnen gesellte sich das regelmäßige Stampfen von Hufen. Vorsichtig drehte er den Kopf, um die Richtung auszumachen. Zwischen den Bäumen waren keine Bewegungen erkennbar, dennoch musste in der Nähe eine Straße oder ein Weg entlangführen. Merranas lauschte angestrengt, während die Stimmen immer deutlicher wurden. Er drehte sich ihnen zu und versuchte dabei keine unnötigen Geräusche zu machen. Vorsichtshalber griff er zu seinem Stiefel und zog das Messer hervor. Er konnte die ersten Gesprächsfetzen verstehen.

»NACH BALFAHLAHR!«, brüllte ein Mann.

Bei diesen Worten erstarrte er und legte sich flach auf den Waldboden, während das Getrappel von Pferdehufen lauter wurde. Es konnten nicht viele Reiter sein, aber sie nahmen auch keinen der befestigten Wege, die hatte er selbst vorsichtshalber gemieden. Sie mussten in großer Eile sein. Als er den Kopf hob, bewegten sich Schatten zwischen den Bäumen. Soldaten der Inquisition! Merranas zog den Kopf wieder ein. Er hatte die Entfernung falsch eingeschätzt. Der Trupp und die Straße waren näher als gedacht. Und die Reiter kamen auf ihn zu. Die Soldaten waren schnell unterwegs und machten Boden gut. Vor ihm verlief wohl ein Pfad, allerdings versperrten die Tannen, die ihm Schutz boten, die Sicht.

»WIR HALTEN JEDEN AUF, DER AUS DIESER RICHTUNG KOMMT! DER OBERSTE KIRCHENFÜHRER WILL DEN MÖRDER SEINER TOCHTER! SUCHT DIE ALTEN WEGE AB!«

Merranas Herz begann schneller zu schlagen. Das Messer in seiner Hand zitterte. Wie war die Nachricht von Selestrias Verschwinden so schnell nach Hyperahmah gelangt? Man musste direkt nach ihrer Flucht Boten zum Sitz des Obersten Kirchenführers geschickt haben, selbst dann war es nahezu unmöglich. Die Boten müssten geflogen sein. Was ging hier vor? Irgendwie mussten die Einwohner von Balfahlahr einen schnellen Weg gefunden haben, die Inquisition zu unterrichten, aber warum hat man sie für tot erklärt? Merranas hielt sich nahe dem Waldboden, fast berührte er ihn mit der Nasenspitze und atmete ein Gemisch aus Erde, Pilzen und getrockneten Tannenzapfen. Irgendetwas schickte sich an, über seinen Körper zu krabbeln. Unzählige kleine Beine bewegten sich von der linken Seite über seine Wange, krabbelten in die Ohren. Er schloss die Augen. Schon verspürte er einen ersten brennenden Biss. Aus Reflex wollte er aufspringen, beherrschte sich im letzten

Moment und fluchte wortlos vor sich hin. Die Reiter waren nicht mehr weit entfernt und er lag in der Nähe eines Ameisennestes. Das wohlbekannte Pech war wieder mit ihm. Am liebsten hätte er laut losgeschrien. All dieser verdammte Mist wegen eines dämlichen Auftrags und Drachengoldes. Was stimmte nicht mit ihm? Jedes Mal, wenn er sich sicher war, das Richtige zu tun, geriet er in Schwierigkeiten, anstatt dass die Dinge glatt liefen. Immer mehr der kleinen Biester bissen zu, hatten seinen Nacken erreicht und verteilten sich unter seinem Hemd. Kurz überlegt er, sich auf den Rücken zu drehen, allerdings könnte die falsche Richtung die Sache verschlimmern. Langsam hob er den Kopf und schaute sich um. Links von ihm, nur eine Armlänge entfernt, stand ein kindshoher Bau von Waldameisen. Tausende Tiere waren beherzt zum Großangriff gegen ihn übergegangen. Sein Hals, Rücken und Oberkörper fühlte sich an, als würde er sich in Brennnesseln wälzen. Merranas schnaubte. Mehrere der Insekten versuchten, in seine Nasenlöcher zu kriechen. Das war die einzige Gegenwehr, die er sich momentan erlaubte. Zumindest hörte er die Pferde nicht nur, er konnte sie riechen. Instinktiv senkte er den Kopf weiter zur Erde und atmete flach. Da kamen die ersten Reiter vorbeigeprescht. Der harte Hufschlag der galoppierenden Tiere übertrug sich auf den Boden. Merranas spürte das Beben der Erde.

»HALTET DIE AUGEN OFFEN! VERFOLGT ALLES, WAS SICH IN DEN WÄLDERN BEWEGT! SIE KÖNNEN NOCH NICHT WEIT SEIN!«

Er hielt die Luft an, als der Trupp an ihm vorbeikam. Wie konnten die Soldaten so schnell in diese Gegend gelangt sein? Selbst wenn die Boten die ganze Nacht geritten waren, mussten sie von der Inselstadt übergesetzt haben. Es war völlig unmöglich, dass es die Soldaten der Inquisition waren. Während er fieberhaft nachdachte, wurden die Hufschläge dumpfer, die Erde lag ruhig. Trotzdem wagte er nicht sofort aufzustehen, obwohl Ameisen ihn weiterhin mit hartnäckigen Bissen traktierten. Merranas zwang sich, unbemerkt zu bleiben. Er wollte dem Drang, einfach aufzuspringen und sich überall zu schütteln und die Biester wegzuschlagen, nicht nachgeben, doch seine Disziplin ließ allmählich nach. Einmal bis Hundert zählen wollte er, bevor er aufstand.

Bloß mit Mühe hielt er das Jucken und Brennen der Bisse dieser zähen kleinen Biester aus. Bei neunundneunzig erhob er sich und schlug die Insekten aus seinem Gesicht, zog sein Hemd aus der Hose, um es auszuschütteln, und fuhr sich fluchend über die Brust. Die Tiere waren überall. Hals und Brustkorb waren übersät mit kleinen roten Bissen. Die Haut brannte wie Feuer. Er wünschte sich nichts sehnlicher, als in einen kalten See springen zu können. Immer wieder schlug er sich ins Gesicht oder in den Nacken und schüttelte die Haare. Er wurde sie nicht los. Über die Krabbeltiere vergaß er seine Wachsamkeit und fuhr panisch zusammen, als ihn jemand von hinten packte und den Mund zuhielt.

»Nicht schreien. Ich bin's«, flüsterte eine Männerstimme.

Merranas brauchte einen Augenblick. Doch dann atmete er tief durch, um dem Mann hinter sich zu signalisieren, dass er ruhig bleiben würde. Er hob ohne Eile die Arme, damit der andere sehen konnte, dass ihm kein Angriff drohte. Während sich seine Muskeln entspannten, ließ Kiromin die Hand sinken und gab Merranas wieder frei, der sich sofort umdrehte und dabei selbst in den Nacken schlug, um die letzten tapferen Ameisenkämpfer zu erwischen.

»Da hast du dir ja einen guten Platz zum Ausruhen ausgesucht.«

»Halt bloß die Klappe. Wo kommst du überhaupt so plötzlich her?«, motzte Merranas los und fing an, sein Hemd wieder in die Hose zu stopfen, während Kiromin vor ihm stand und grinste.

»Bin dir schon eine ganze Weile gefolgt und habe mich gewundert, wie du es geschafft hast, dreimal an derselben Stelle vorbeizukommen, ohne zu bemerken, dass du dich im Kreis bewegst.«

Merranas suchte den Waldboden nach seinem Messer ab, fand es schließlich und steckte es wieder ein. Er hatte es bei der Ameisenabwehr achtlos fallen lassen.

»Oh, natürlich. Ihr Drachen verlauft euch nicht. Wenn ihr einmal die Orientierung verliert, müssen gleich ganze Welten untergehen. Das habe ich bereits seit letzter Nacht begriffen.«

Kiromin schnaubte laut. »Wie viel Gold hat Vater dir gegeben, damit du mir folgst?«

Merranas fummelte an seiner Gürtelschnalle rum und vermied jeden Augenkontakt. Sein Nacken juckte höllisch. Er musste sich konzentrieren, damit er sich nicht andauernd irgendwo kratzte. Er machte einige Schritte in die Richtung, aus der er gekommen war. Es war sicherer, von der Straße wegzubleiben.

»Das geht dich nichts an«, gab er Kiromin im Gehen zurück.

»Er hat dich bezahlt, damit du mit mir gehst, habe ich Recht?«

»Lies meine Gedanken, wenn es dich so brennend interessiert«, zischte Merranas und schaute sich um. Die Reiter waren nicht mehr zu hören, aber sie konnten wiederkommen.

Kiromin folgte ihm. »Warte doch, wo willst du jetzt hin?«

Merranas blieb stehen und holte tief Luft.

Kiromin schloss zu ihm auf und versperrte den Weg. Eine Weile starrten sie einander an. Der Jungdrache wirkte nicht verärgert, er wartete gelassen ab. Merranas verlagerte unentschlossen das Gewicht von einem Bein aufs andere. Mit ausgestrecktem Arm zeigte er in die Richtung, in die die Reiter verschwunden waren.

»Wo soll ich deiner Meinung nach hin? Die suchen uns überall. Wir sind gestern als Mörder aus Balfahlahr aufgebrochen. Was denkst du, wo ich hingehen will ohne Proviant, Pferd, aber mit einem Beutel Drachengold?«

Kiromin sah Merranas ruhig an. »Warum bist du mir gefolgt?«

Merranas überlegte kurz. »Dieselbe Frage könnte ich ebenso gut dir stellen. Könntest froh gewesen sein, mich los zu haben. Gestern Nacht wolltest du mich noch erwürgen.«

Kiromin verzog das Gesicht zu einer Grimasse. »Ja, weil du ein törichter Idiot bist.«

Merranas zuckte mit den Achseln. Diese Siegelringe und überhaupt dieses Herausfindenwollen, woher er kam, waren eine dumme Idee gewesen. Wäre er bloß nicht Kiromin nachgelaufen, sondern genau in die entgegengesetzte Richtung, um das Gold doch noch schnell zu verprassen. Das wäre die bessere Wahl gewesen. Stattdessen ließ er sich von diesem Jungdrachen beleidigen. »Na, dann geht der törichte Idiot seiner Wege und seine Hochwürden Ich-bin-ein-edler-Menschendrache verschwinden.«

Er ließ Kiromin stehen, ohne eine Antwort abzuwarten, und auch dieses Mal folgte ihm der Drache.

»Das eben, das waren nicht die Soldaten der Inquisition. Es waren Reiter aus Balfahlahr«, erklärte Kiromin. »Der Statthalter war zwar einflussreich und beliebt. Dessen ungeachtet hatte er nicht nur Freunde. Sein Bruder wollte seit Jahren diesen Posten haben. Er ist ein fanatischer Anhänger des Obersten Kirchenführers.«

Merranas tat so, als würde er ihn nicht beachten und setzte seinen Weg unverhohlen fort.

»Wenn wir lebendig nach Hyperahmah kommen wollen, müssen wir weiter in den Wald hinein,« fuhr Kiromin fort.

Merranas wandte sich ihm zu, während er sich die Stirn kratzte, auf der mehrere kleine rote Flecken zu sehen waren. »Woher bist du dir so sicher, dass es Reiter aus Balfahlahr waren?«

»Der Anführer war Wynfreth, Bartholomäus' Bruder höchstpersönlich. Für ihn ist unsere Lage die beste Gelegenheit, um zum Statthalter in Balfahlahr ernannt zu werden. Zugleich erlangt er so einen höheren Posten in der Kirche. Wenn er Selestrias Mörder an Plutarch ausliefern kann, ist er ein gemachter Mann.«

Merranas ging in die Hocke. Er drehte den Kopf zu allen Seiten und begann kleine Zweige vom Boden aufzuheben und wieder wegzuwerfen. »Wir sind so gut wie tot«, war nach einer Weile seine knappe Antwort.

Kiromin nickte, während sich Merranas auf den Rücken fallen ließ und leise anfing zu lachen. Eigentlich hatte er gedacht, dass die letzte Nacht die seltsamste seines Lebens gewesen war. Kallestrus hatte ihn bereits zu einem Vogelfreien erklärt, was nicht weiter tragisch war, denn von den Drachen gab es nicht mehr viele, eigentlich überschaubar wenige. Zwei kannte er mittlerweile persönlich. Doch seitdem wurde es mit dem vogelfreien Dasein schlimmer: Er war es genauso für die Menschen, und sehr bald würde man auf ihre Köpfe beträchtliche Summen aussetzen. Er fing an zu kichern.

Kiromin stürzte sofort auf ihn zu und versuchte ihm den Mund zuzuhalten.

Merranas wich ihm aus und rollte sich laut grölend zur Seite.

»Sei still! Nachher sind die Reiter noch in der Nähe«, flüsterte Kiromin »der Wind trägt unsere Stimmen ziemlich weit.«

Abrupt brach Merranas sein Gelächter ab und wurde ernst. »Welchen Unterschied macht es denn noch? Mit der Reise nach Hyperahmah laufen wir der Inquisition direkt in die Arme und damit in den sicheren Tod. Wir sind sogar erbärmlicher dran als eine kleine Maus, die wenigstens vor ihrem Ende ein Stück Käse vor Augen hat.«

»Wir haben eine geringe Chance diese Welt, wie wir sie kennen, zu retten.«

Ein spöttisches Lächeln erschien auf Merranas' Gesicht. Mit den Armen beschrieb er eine weite Geste. »Oh jaaaaa! Die Drachen und ihr kleiner Geselle retten diese Welt vor dem Untergang. Ich vergaß!«

Genervt schüttelte Kiromin den Kopf, stand auf und ging los.

Merranas sprang auf die Beine. »Hör zu. Ich kann verstehen, dass es dir wichtig ist, deinem Vater irgendwas heimzuzahlen und deine Mutter zu betrauern. Aber wenn wir wirklich nach Hyperahmah reisen, sollten wir zumindest einen Plan haben, wie wir lebend in die Stadt kommen. Und einen, wie wir sie wieder verlassen können. Weißt du denn überhaupt, was wir dort tun sollen?«

»Du musst nicht mit. Zieh deiner Wege, wenn du denkst, dass das aussichtslos ist. Das Gold meines Vaters kannst du in den letzten Tagen versaufen, verfressen und verhuren. Das ist es doch, was du willst!«

»Ja, das hört sich nach einem verdammt guten Plan an. Wo bist du überhaupt mit der Leiche hin?«

»Nenn sie nicht Leiche!«

»Aber sie ist eine.«

»Nein, es ist nur ihre menschliche Gestalt, eine tote Hülle, wie die abgeworfene Haut einer Schlange. Im Inneren ist das Wesen meiner Mutter gefangen. Ich werde alles tun, um sie zu befreien!« Den letzten Satz spuckte Kiromin aus.

Merranas trat im Vorbeigehen gegen einen Baumstumpf und bereute es sofort, als ein leichter Schmerz durch seine Zehen zuckte. »Bei allen Teufeln! Das darf ja wohl nicht wahr sein! Warum muss ausgerechnet ich an einen Drachen mit einer Familientragödie geraten? Ich wollte lediglich ein bisschen Gold scheffeln.«

Dieses Mal blieb Kiromin stehen. »Weil jedem sein Weg vorbestimmt ist.«

»Jetzt fang du nicht auch noch damit an.«

Kiromin stutzte. »Wieso? Was hat Vater noch erzählt?«

Merranas zuckte mit den Achseln. »Gar nichts. Er hat mir das Gold in die Hand gedrückt. Nachdem du weg warst, habe ich mit dem Feuer gesprochen.«

»Hat es dir etwas erzählt?«

»Sicherlich. Es hat mir erklärt, dass ich überhaupt nichts von der Welt verstehe und ein kleiner dummer Mensch bin.«

»Immerhin, das wusstest du schon längst.«

»Du bist der größte Oberarsch-Drache, den ich kenne!«

Kiromin schnaubte und wies zur Seite. »Dort drüben habe ich sie abgelegt.« Ohne auf die letzten Worte von Merranas einzugehen, zeigte er auf eine Gruppe eng stehender Tannen vor ihnen.

Sie erreichten die Stelle, wo Selestria auf dem Waldboden

lag. Sie war etwas mehr als einen Tag tot. Merranas betrachtete den reglosen Körper. Er hatte sich nicht, wie bei Toten üblich, verändert. Selestria machte den Eindruck einer fest schlafenden Frau. Lediglich diese seltsam bläulich schimmernden Lippen und das helle weißrote Haar, das mehr fließendem Wasser denn etwas anderem ähnelte, ließen sie nicht ganz menschlich erscheinen. »Was wollen wir als nächstes machen?«, fragte er leise.

»Wie du schon sagtest. Eine wirkliche Wahl hat keiner von uns.« Kiromin hatte die Arme vor der Brust verschränkt und starrte auf die Tote.

»Wie lange brauchen wir nach Hyperahmah?«, wollte Merranas wissen.

»Quer durch den Wald und alle Siedlungen und Dörfer meidend, werden wir eine ganze Weile unterwegs sein.«

Kiromin hob die Frau auf und schulterte sie, sodass ihr Oberkörper auf seinem Rücken landete und die langen hellen Haare mit den Spitzen den Waldboden berührten, während er den Arm um ihre Schenkel geschlungen hatte.

Merranas konnte sich ein Witzchen nicht verkneifen. »Das ist keine feine Art, mit seiner Mutter umzugehen.«

»Willst du sie tragen?«

»Nicht doch!«, wehrte er ab.

Sie gingen langsam los. Kiromin lief vor Merranas.

»Wie hast du mich eigentlich gefunden?«, fragte Merranas.

»Du stinkst meilenweit gegen den Wind nach Rauch und Schweiß«, gab Kiromin trocken zurück. Er bahnte sich einen Weg durch die dicht stehenden Tannen.

Von Zeit zu Zeit blickte Merranas zurück, um sicherzugehen, dass hinter ihnen keine Gefahr drohte. »Wir sollten darüber nachdenken, wie wir die Stadt erreichen wollen. Bis zu den Ufern ist es kein Problem, wenn wir uns nicht von Soldaten oder anderen Schergen erwischen lassen«, meinte er nach einer Weile.

»Wir sollten uns Gedanken machen, wie wir an Essen und Trinken kommen.«

Am liebsten hätte Merranas dem anderen einen Schlag

auf den Hinterkopf verpasst. Als ob sie ohne jede Nahrung durchkommen würden. Das altkluge Getue seines Begleiters nervte ihn zunehmend.

»Ach? Eure Drachigkeit hat also auch Bedürfnisse?«

»Hör endlich mit diesem weibischen Gerede auf! Ich bin in diesem Körper gefangen. Egal ob Drache oder Mensch, ich muss essen, trinken und pissen!«

»Na, was ist das für ein Wort aus dem Mund eines so edlen Geschöpfes?«

Kiromin drehte sich ruckartig um.

Schneller, als Merranas reagieren konnte, traf ihn die Faust seines Begleiters in der Magengrube. Er taumelte zurück und krümmte sich vor Schmerzen. Ohne abzuwarten, stürzte er sich nach vorne gebeugt auf sein Gegenüber.

Kiromin verlor das Gleichgewicht und ließ Selestria fallen. Über den Boden rollend traktierten sich die jungen Männer mit Fäusten und Tritten. Unwichtig, wo sie einander erwischten, Hauptsache, der andere bekam etwas ab, bis die Wut verebbte.

Nachdem sie voneinander abließen, blutete Kiromin an der Lippe. Merranas hielt sich die Seite. Keuchend begutachteten sie ihre Blessuren.

»Wenn wir so weitermachen, werden sie uns bereits als Leichen finden«, schnauzte Kiromin.

»Wer hat denn angefangen?«, ächzte Merranas und hielt sich die Seite. Kiromin hatte ihm einen Schlag in die Leber versetzt, der es in sich hatte.

Schwer atmend standen sie sich gegenüber.

Merranas spürte das Pochen in seiner linken Hand. Die Schnittwunde war unter den Schlägen, die er Kiromin versetzt hatte, wieder aufgegangen. Hellrotes Blut lief über die Haut. Mit der Zunge leckte er über die teils verkrustete Stelle. »Gewiss, es ist besser«, begann er, »wenn andere uns umbringen.«

»Ah, endlich ein weises Wort aus dem Munde eines Dummkopfs.«

Schon hatte Merranas die Faust zum Schlag geballt, als

Kiromin zurückwich. Mit einem Satz war Merranas bei ihm und wollte dem Drachen wieder eine verpassen.

Verwirrt hielt er mitten in der Bewegung inne.

In Sekundenschnelle wurden die Schatten um sie herum länger.

»Was passiert hier?«, fragte er leise.

Kiromin beäugte den Himmel. Die Sonne war viel zu schnell untergegangen, als habe jemand der Zeit befohlen, ihr Verrinnen zu beschleunigen. Die Farben der Umgebung verblassten in der viel zu früh hereinbrechenden Abenddämmerung. »Es hat begonnen.«

Der Kopfgeldjäger betrachtete den Himmel, als könnte er in der Dämmerung etwas ablesen. »Was hat begonnen? Der von euch verursachte Weltuntergang?«

»Uns? Da gibt es kein uns! Daran ist Vater ganz alleine schuld!«

»Von mir aus. Aber was passiert jetzt? Wieso geht die Sonne unter? Es war gerade erst Mittag.«

Kiromin zuckte die Schultern. »Ich glaube, dass sich der Lauf unserer Welt und der Zeit verändert, oder Vater verändert ihn.«

»Ihr könnt also nicht nur pissen, sondern den Lauf der Zeit verändern?« Merranas hatte Selestrias Körper aufgehoben, wobei er ihren Händen besondere Aufmerksamkeit schenkte. Dort befand sich das, was er insgeheim vermutet hatte. Die Reihe war komplett, außer es gab einen siebten. Er reichte sie an Kiromin.

»Ich bin mir nicht mehr sicher, ob ich weiß, was mein Vater alles kann. Seit gestern weiß ich nicht mal mehr, wer er tatsächlich ist.« Kiromin nahm Merranas den schlaffen Körper ab und warf ihn erneut über die Schulter. Merranas entging der resignierte Ton in der Stimme des Drachen nicht.

»Und Frauen beglücken? Könnt ihr Drachen überhaupt in Menschengestalt auch Frauen beglücken?«, plauderte er darauf los.

Kiromin starrte ihn bei dieser Frage völlig perplex an,

aber Merranas hatte keine Lust, über Kallestrus oder den Weltuntergang zu sprechen. Schon gar nicht wollte er wissen, wie Kiromin sich fühlte. Er sah es dem Drachen an.

»Du denkst an nichts anderes als an Röcke, oder?«, wollte der Drache wissen.

»Was gibt es Schöneres als eine hübsche Frau?«

»Zwei hübsche Frauen!«

Merranas warf einen Seitenblick auf Kiromin, der allerdings grinste nur vor sich hin. Wären die Umstände andere, hätten sie womöglich eine gute Zeit miteinander verleben können. Schweigend gingen sie weiter. »Wir müssen ein kleines Dorf finden oder eine Siedlung. Vielleicht gibt es dort etwas zu essen und vor allem Wasser oder noch besser Wein.«

Kiromin lachte kurz auf.

Bis in die Dunkelheit hinein liefen sie so zügig weiter, wie es der Wald zuließ. Allmählich lichteten sich die Bäume vor ihnen. Unbestellte Felder und eine Wiese konnten sie entdecken. Ein sanfter Nebel legte sich über das offene Land. Bald würde es vollkommen dunkel sein. Erste Eulenrufe kündigten die viel zu früh hereinbrechende Nacht an. Kiromin hielt Merranas zurück und zeigte mit dem Kopf in Richtung der Wiese. In der Ferne konnten sie einen Lichtpunkt sehen.

»Eine Laterne oder ein kleines Feuer«, flüsterte Merranas.

Kiromin versuchte den Punkt zu fixieren. Nach einer Weile war er verschwunden und tauchte alsbald wieder auf.

»Nein, ein Feuer ist das nicht«, meinte er, »es bewegt sich so eigenartig.«

»Lass uns näher ran. Womöglich können wir feststellen, wie viele es sind«, schlug Merranas vor, während Kiromin seinen Blick über die Äcker schweifen ließ.

»Wenn es Schergen wären, hätten sie mehr als eine kleine Funzel dabei. Und wenn es richtige Schergen wären, dann hätten sie die nicht angemacht«, erklärte Merranas.

Kiromin schnüffelte in die Luft und nickte. Leicht geduckt, so gut das mit Selestria auf der Schulter ging und auf ihre Schritte achtend, überquerten sie die Wiese. Der Lichtpunkt tanzte hin und her, wurde größer, verschwand für eine Weile, um fast an derselben Stelle wieder aufzutauchen.

»Was bei allen Göttern ist denn das?«, zischte Merranas.

Kiromin schüttelte den Kopf. Obwohl sie näherkamen, war keine Menschengestalt auszumachen. Zwischen den vereinzelten Rufen der Eulen vernahmen sie keine Stimmen. Beide wurden immer schneller, je näher sie dem Punkt kamen, bis sie endlich erkennen konnten, woher er stammte.

Vor ihnen auf einem Findling am Rande der Wiese saß ein Junge, der die Hände in die Luft streckte, einen kleinen Bogen beschrieb und sie sogleich wieder an den Körper zog. Er hatte ihnen den Rücken zugewandt und war so in seine Bewegungen vertieft, dass die Welt um ihn herum gar nicht mehr zu existieren schien.

Die Männer blieben stehen und betrachteten sprachlos das Treiben. Der Junge streckte die Arme aus, spärliche Flammen erschienen auf den offenen Handflächen und wurden immer größer. Er führte die Arme über dem Kopf zusammen, wo er mit den Handflächen eine Schale bildete, in der sich eine kleine Feuerkugel formte.

Merranas warf einen Blick zu Kiromin, der ihn mit einem Achselzucken beantwortete.

Der Kleine ballte die Fäuste, und die Flammen verschwanden mit einem Mal. Diese Gelegenheit nutzte Merranas. Vorsichtig schlich er sich an, als der Junge die Arme vor den Körper brachte, um seine Übung von neuem zu beginnen. Ohne ein Geräusch war er hinter den Kleinen getreten, hielt ihn mit dem rechten Arm umklammert und mit der linken Hand den Mund zu. Schon als er die kleine Brust umfasste, merkte Merranas, wie schmächtig der Junge war. Ohne Schwierigkeiten hob er ihn von dem Findling, wobei der Kleine mit den Beinen wild in der Luft strampelte und zu schreien versuchte.

»Schschschscht. Sei still! Ich tue dir nichts, ich wollte bloß, dass du dich erschrickst und wegläufst«, erklärte er dem Jungen mit sanfter Stimme und setzte ihn vorsichtig auf dem Boden ab.

Der wand sich unter seinem Griff und versuchte sich loszureißen, aber Merranas lockerte seine Umarmung nicht. So standen sie eine Weile da, bis der Junge nachgab und ruhig stehen blieb.

»Gut. Wenn ich meine Hand von deinem Mund nehme, wirst du ganz ruhig sein, und wir sprechen miteinander.« Einen Moment später spürte er Hitze an seinen Knien, der Junge fuhr zusammen, bevor er zu zittern und weinen anfing. Merranas nahm die Hand von seinem Mund und drehte ihn zu sich. »Was hast du getan?«

»Er hat sich gerade selbst verbrannt«, erklärte Kiromin, der zu ihnen getreten war.

Das Gesicht des Kleinen war schwarz verschmiert, soweit sie es erkennen konnten. Unter seinem Griff fühlte Merranas raues Leinen und einen viel zu dünnen Arm.

Kiromin tastete dem Jungen an den Beinen entlang, bis dieser vor Schmerz zusammenzuckte. »Du hast dir selbst die Oberschenkel verbrannt.«

Das Kind antwortete nicht, nur ein leises Schluchzen gab es von sich.

»Wie heißt du?«, fragte Merranas.

Mit einem lauten Geräusch zog der Junge den Rotz hoch. »Titus.«

»Also, Titus. Erzähle uns, was du da mit deinen Händen machst.«

»Meine Beine brennen so sehr«, gab er zurück. Dicke Tränen liefen über die Wangen des Kleinen und hinterließen Spuren in ihrem Dreck. Unter dem Schluchzen bebte der dünne Körper, und Merranas lockerte seinen Griff am Arm des Jungen.

Kiromin wandte sich um. »Bist du hier ganz alleine, Titus?«

»Sie haben alle umgebracht«, presste der Junge zwischen zwei Schluchzern hervor.

»Wer hat wen umgebracht?«, fragte Merranas. Seine Stimme war ruhig geworden. Er ließ den Kleinen los, worauf der sich auf den Boden kauerte, seine Handflächen nach oben drehte, auf denen sich sofort kleine Flammen bildeten. Merranas wich von ihm zurück. »Hör auf damit! Du tust uns und dir selber weh!«

Ein Weinkrampf schüttelte den Jungen. Er ballte die Hände zu Fäusten, sodass die Flammen wieder verschwanden.

Kiromin guckte besorgt. »Wir müssen hier weg. Mitten auf dem freien Feld kann uns jeder sehen, und der Kleine gibt in alle Richtungen Leuchtzeichen. Dort hinten sind ein paar Hütten.«

»Ich…ich…ich kann es nicht kontrollieren«, erklärte Titus nach Luft schnappend.

»Ist da noch jemand?«, fragte Merranas weiter.

»Nein, sie sind alle tot.«

Bei diesen Worten packte er den Kleinen wieder am Arm und zerrte ihn auf die Beine. Gemeinsam liefen sie in Richtung der Gebäude. Den Jungen zog Merranas hinter sich her, der beim Tempo der Männer mehr stolperte, als dass er rannte.

Sehr bald hatten sie die Hütten erreicht. Völlige Stille herrschte zwischen den Bauten. Die Schornsteine auf den Dächern zeigten keinen Rauch, soweit sie es im schwachen Licht des Mondes sehen konnten. Nur der Geruch von Blut, Urin und Dreck schlug ihnen entgegen.

Kiromin blieb stehen und hielt Merranas zurück, damit er nicht weiterging. »Was ist hier passiert?«

Titus wies mit dem Finger auf eine Straße, die in die kleine Siedlung führte. »Von dort sind sie gekommen. Die Reiter des Obersten Kirchenführers. Es waren so viele, und dann haben sie alle umgebracht. Meine Mutter und den Vater auch. Dann den Onkel und alle anderen.« Die Worte wurden von seinem Plärren unterbrochen, immer wieder zog er kurzatmig den Rotz hoch.

»Einfach so?«

»Ich weiß es nicht. Ich war am Bach und habe versucht, das Feuer zu löschen.« Er zeigte mit dem Finger hinter die Hütten, wo ein schwarzes geschwungenes Band die Wiesen teilte.

»Was für ein Feuer denn?«

»Na das!« Schluchzend zeigte er Merranas seine offene Handfläche, auf der sich sofort ein schwaches Feuer entfachte.

»Mach eine Faust!«

Gehorsam ballte Titus die Hand, und die Flamme erlosch.

»Wann ist das passiert?«, wollte Kiromin wissen.

»Sie kamen in den frühen Morgenstunden, es war noch nicht lange hell. Ich war als erster aufgewacht, weil meine Hände so heiß waren. Ich schaute sie an, da kamen die Flammen.«

»Woher weißt du, dass es Soldaten und Reiter des Obersten Kirchenführers waren?«

»Ich habe die Banner von dort drüben gesehen.«

»Du kennst die Banner der Inquisition?« Verblüfft stierte Merranas den Jungen an.

»Ja, ich war im letzten Jahr mit meinem Vater auf dem Wollmarkt in Hyperahmah. Wir haben dort Bürsten und Striegel verkauft. Ich habe sogar ein Stück Honig gegessen.«

Merranas lachte laut und Titus beruhigte sich zusehends.

Kiromin hatte Selestria an einer Hütte abgelegt und begutachtete die einfachen Behausungen. Nach einer Weile kehrte er zurück. »Sie haben tatsächlich alle umgebracht. In den Hütten liegen die Leichen, alles ist zerschlagen. Sie haben jedoch nichts mitgenommen. Hier sind einige Äpfel und Karotten, sogar ein Stück Käse habe ich gefunden.«

Merranas nahm einen Apfel aus dem Korb, den Kiromin mitgebracht hatte, und biss genüsslich hinein. »Jetzt sind demnach beide Seiten unterwegs und suchen.«

Kiromin nickte, während er sich ein Stück von dem Käse abbrach. Er roch stark nach Schaf, aber der Hunger ließ ihn nicht lange zögern, bevor er sich das Stück in den Mund schob.

Der Kleine ließ die beiden stehen und rannte in eine der Hütten. »Das hier ist unsere«, hörten sie ihn sagen, und Merranas folgte ihm.

Als er durch die niedrige Tür spähte, sah er Titus an einer

Feuerstelle hocken und seine Hände an ein Stück Holz halten. Flammen zündelten um den Ast, dann erst fing er Feuer. Titus zog die Hände an die Knie und ballte sie zu Fäusten. Kurz darauf trat er von den Flammen zurück. Das Licht erhellte allmählich den kleinen Raum und spendete Wärme. Ein grob gezimmerter Tisch war zur Seite geschoben worden, zwei umgekippte Bänke lagen auf dem hartgetretenen Lehmboden. Ein umgeworfener Korb und drei Pritschen sowie eine zerbrochene Leiter, die auf den Dachboden geführt hatte, lagen herum. Titus ging zu den zwei leblosen Körpern, die am Boden lagen, als Kiromin mit Selestria und dem Korb im Arm in der Tür erschien. Der Junge setzte sich vor die Frau, deren Körper auf der Seite lag. Das Tuch um ihren Kopf war verrutscht. Wimmernd betrachtete er ihr Gesicht. Merranas hockte sich daneben und drehte sie auf den Rücken. Die Augen waren vor Schreck weit geöffnet, das Mieder dunkel gefärbt von Blut. Man hatte ihr in den Bauch gestochen.

Titus zitterte am ganzen Leib und schüttelte den Kopf. »Nein, nein, nein! Mama!« Ein neuer Heulkrampf überkam ihn. Er wollte sich die Hände vors Gesicht schlagen, aber Merranas hielt ihn auf, ehe er die Fäuste öffnen konnte.

»Du tust dir nur weh.«

»MAMA!«

Das Weinen des Jungen hörte sich in der Stille lauter an, als es war.

Merranas hielt ihm den Mund zu, während Titus hinter seiner Hand heulte. Dann riss er sich los und lief zu dem anderen Körper.

Nur mit Mühe erahnten die Männer, was der Kleine unter Tränen lallte. Die andere Leiche war sein Vater, den er rief und flehentlich bat, aufzuwachen. Mit den Fäusten trommelte er auf den Toten ein, schluchzte laut und warf sich an die Brust des leblosen Mannes, dem man den Kopf eingeschlagen hatte. Eine klaffende Wunde verunstaltete die Stirn.

Eine Weile standen sie schweigend da und ließen Titus gewähren. Schließlich hielt es Kiromin nicht mehr aus. Er nahm den Jungen und hielt ihn an sich gedrückt. Der Kleine presste sein Gesicht gegen Kiromins Bauch und versuchte mit verrotzer Nase Luft zu holen, er zitterte am ganzen Körper.

Merranas fasste die Leiche der Frau an den Armen und zog sie raus, hinter das Gebäude. Danach brachte er auch den Leichnam des Mannes ins Freie.

Gemeinsam stellten sie die Pritschen und den Tisch auf. Merranas hatte in einer der Hütten einen Schlauch mit Wein gefunden und einen Krug, mit dem er am Bach Wasser holte. Weil seine Augen sich noch nicht ganz an die Dunkelheit gewöhnt hatten, war er mit einem Stiefel in den Bach getreten.

Jetzt legte er das Schuhwerk näher ans Feuer, um das Leder zu trocknen.

Titus hatte sich beruhigt und saß neben Kiromin auf der kleinen Bank. Der Körper von Selestria lag auf einer der Pritschen. Merranas hielt dem Jungen einen Apfel hin, mehr würde er für dieses Kerlchen eh nicht tun können. Er wäre nicht der erste, der ohne Eltern aufwuchs, falls es überhaupt soweit käme. Schließlich liefen sie alle dem Weltuntergang entgegen.

Titus beachtete ihn nicht.

»Wie ist das mit deinen Händen passiert?«

Als Antwort erhielt er ein Achselzucken.

»Du bist aufgewacht, weil deine Handflächen brannten, ja?«

Titus nickte kurz und Merranas schaute an ihm vorbei zu Kiromin, der nachdenklich auf einer Karotte kaute.

Merranas reichte ihm den Krug mit Wein, nachdem er einen tiefen Schluck genommen hatte. Die Flüssigkeit war mehr Essig denn Wein. Er genoss dennoch die sich einstellende leicht berauschende Wirkung. Auch Kiromin trank in großen Zügen, bevor er wieder vom Wurzelgemüse abbiss. »Ein Festschmaus!«

»Oh ja.«

»Verwundert es dich nicht, dass aus seinen Handflächen Feuer aufsteigt?«, fragte Kiromin.

»Nach der Nacht mit deinem Vater und den anderen

verwundert mich gar nichts mehr. Glaube ich zumindest.«

Merranas vermied es, vor dem Jungen die Elementare zu erwähnen.

Kiromin grinste beim Kauen. Langsam stand er von der Bank auf und ging nach draußen. Als er wieder hereinkam, hatte er zwei breite Stofffetzen dabei. Er kniete sich vor Titus und nahm eine seiner Hände.

Der Junge zog sie zurück, aber er hielt ihn fest. »Ich binde dir nur die Faust, damit du dich beim Schlafen nicht verbrennst. Solange deine Handflächen geschlossen sind, passiert nichts. Du musst herausfinden, wie du diesen Impuls des Feuers kontrollieren kannst. Heute Nacht wirst du das sicherlich nicht schaffen. Schau, deine Schenkel. Soll das gleiche mit deinen Wangen passieren?«

Titus ließ Kiromin gewähren und schüttelte den Kopf. »Weißt du, wie ich das kontrollieren kann?«, fragte er mit gesenkter Stimme.

»Nein, eigentlich habe ich bis vorhin gedacht, dass es Sterbliche mit diesen Fähigkeiten gar nicht mehr gäbe. Früher, so zumindest hat es mir mein Vater erzählt, gab es einige von euch. Man nannte euch Feuerfänger. Es kam zu einem Kampf zwischen den Menschen und solchen, wie du es bist. Damals beschuldigte man die Feuerfänger, einen großen Brand entfacht zu haben, der die Hälfte der Welt vernichtet hatte. Die Feuerfänger wurden verfolgt und grausam umgebracht. Da diese Fähigkeit vererbt wurde, sind sie verschwunden. Zumindest dachte ich das bis heute.«

Titus hatte Kiromin beobachtet, wie er bei der Erzählung seine Hände so verband, dass er die Finger nicht mehr lösen konnte. Jetzt hielt ihm Kiromin den Krug mit dem Wein an die Lippen. »Trink einen großen Schluck, danach kannst du schlafen.«

Gehorsam nahm Titus einen Schluck und verzog das Gesicht. Nachdem er sich den Mund mit der verbundenen Faust abgewischt hatte, zeigte er auf Selestria. »Wer ist die Frau?«

»Sie ist schwer krank und schläft, deswegen müssen wir

sie nach Hyperahmah bringen. Dort gibt es einen Heiler, der ihr vielleicht helfen kann.«

Merranas hatte das Wort ergriffen, noch bevor Kiromin etwas sagen konnte. Die Gesichtszüge und Schultern des Drachen hatten sich während seiner Erzählung entspannt.

Titus stand auf und ging zu Selestria. »Sie trägt so ähnliche Kleider wie die Soldaten heute Morgen.«

Kiromins Hände krallten sich um den Weinkrug, den er vorsichtig auf dem Tisch abstellte. Die Muskeln in seinen Wangen begannen zu arbeiten.

»In vielen Städten trägt man so ähnliche Kleidung. Das ist nichts Besonderes«, murmelte er.

Titus ging näher an Selestria heran und betrachtete zuerst ihr Gesicht. »Aber sie atmet ja gar nicht.«

»Leg dich hin und versuche zu schlafen.«

Titus zögerte. Erst als Merranas ihn zu der anderen Pritsche führte, konnte er den Blick von der Frau lösen. Auf das Drängen Merranas' legte er sich hin und drehte sich von ihm weg, während er die Beine an den Körper zog. Merranas blieb noch eine Weile neben ihm stehen.

Kiromin zerbrach eine der zerstörten Bänke und warf das Holz ins Feuer. Die Männer rückten nahe an die Feuerstelle heran, weg von den Pritschen. Kiromin griff nach einem Messer, das achtlos auf dem Boden lag. Gedankenverloren ritzte er Striche in den harten Lehmboden, danach kreuzte er einen Strich nach dem anderen durch. Nach einer Weile blickte er zu der Pritsche hinüber.

»Glaubst du, er schläft?«, raunte er.

Merranas sah zu Titus, der ruhig dalag und zuckte die Schultern. »Was sollen wir mit ihm machen?« Er hatte die Stimme ebenfalls gesenkt.

Kiromin wog das kleine Messer in der Hand und starrte in die Flammen. »Wir können ihn unmöglich mitnehmen, aber wenn wir ihn zurücklassen und er den Soldaten der Inquisition in die Arme läuft…«

Merranas betrachtete ihn aufmerksam und drehte sich wieder zu dem Jungen. Zögerlich beugte er sich zu Kiromin hinüber. »Du willst ihn umbringen?«, flüsterte er ihm zu.

»Hast du eine bessere Idee?«

Merranas rückte von ihm ab und warf einige Strohhalme und Holzsplitter ins Feuer.

Der Junge mochte höchstens zehn Jahre alt sein. Alt genug, um sich selbst durchzuschlagen, und alt genug, um für sie zur Gefahr zu werden. Wenn er den falschen Leuten von ihnen erzählte, hatten die Soldaten eine heiße Spur. Andererseits hatte der Kleine selbst ein Problem.

Merranas überlegte. »Wohin soll er gehen und wem etwas erzählen? Sobald er seine Hände öffnet, schießen Flammen heraus. Er wäre dumm, sich ausgerechnet den Soldaten oder Inquisitoren zu stellen. Die Geschichte, die du ihm erzählt hast, kenne ich auch, bloß heißen diese Leute in unseren Erzählungen Flammenhetzer. Man hat sie nicht auf gewöhnliche Weise umgebracht, sondern jeden einzelnen ertränkt, mit der Überzeugung, nur so die Flammen in ihren Händen für immer zu löschen. Was denkst du, werden sie mit so einem Kind machen?«

Kiromin schnaubte. »Ihr Menschen seid eure eigenen Feinde.«

»Das sagt mir ausgerechnet der Sohn des Drachen, der allem Anschein nach ein gesamtes Universum zerstören wird, nachdem er seine Kinder in den Tod geschickt hat.«

Kiromin hob das Messer in Merranas Blickfeld und funkelte ihn wütend an, während er es näher an sein Kinn hob. »Das ist nicht meine Schuld, verstanden? Das ist nicht meine verdammte Schuld! Alles, was ich hier tue, mache ich, um es zu verhindern. Damit der Tod meiner Geschwister nicht umsonst war.«

»Indem du ein Kind umbringst?«

Kiromin kniff die Augen zusammen. »Merranas, der barmherzige Kopfgeldjäger! Der für Geld ein Mitglied der Inquisition tötet, aber einem kleinen Jungen kein Haar krümmen kann.«

Er ließ das Messer sinken und rammte es mit aller Kraft in den Boden, bis die Klinge im Erdreich verschwunden war. »Also, gütiger Merranas, was sollen wir tun?«

Merranas musterte seinen Begleiter. Kiromins Gesichtszüge hatten sich verhärtet, und er stierte ihn ohne Wimpernschlag an. In den Pupillen konnte er ein rotes Leuchten erkennen. Das wahre Wesen saß hinter den Gittern dieser menschlichen Gestalt und lauerte auf den Moment, an dem es wieder ausbrechen durfte. Sie wussten gar nichts voneinander, außer den Dingen, die in den letzten Tagen geschehen waren. Konnte er Kiromin einen Vorwurf machen? Titus hatte soeben seine Eltern verloren. Ihn erwartete kein angenehmes Schicksal, wenn andere Leute herausfanden, was in ihm steckte. Vielleicht kam er irgendwo als Bursche oder Knecht, sehr wahrscheinlich als Prügelknabe und Sündenbock für Pech und Frust unter. Dieses Schicksal kannte er selbst zu gut.

Kiromin schien was ganz anderes verloren zu haben.

»Wir brechen im Morgengrauen auf, solange er noch schläft. Bis er nach den heutigen Erlebnissen erwacht ist, sind wir schon Meilen entfernt. Ich glaube nicht, dass er in seiner Lage nach Menschen sucht. Sie werden ihn eher an die Soldaten ausliefern, anstatt ihm zu helfen. Womöglich verbrennt er sich sogar selbst«, erklärte Merranas so leise wie nur möglich.

Kiromin überlegte einen Moment, doch er nickte zustimmend.

Nachdem sie sich geeinigt hatten, wer zuerst Wache hielt, streckte er sich vor dem Feuer aus.

Merranas hatte einige Mühe, das Messer wieder aus dem Boden zu ziehen. Erst beim vierten Versuch gelang es. Die Klinge war einfach gearbeitet, aber nicht häufig benutzt worden. Er steckte es ein und setzte sich an den Tisch.

Die Flammen warfen gespenstische Schatten an die Wand. Obwohl die beiden Männer geflüstert hatten, war Titus kein Wort entgangen. Er hatte die ganze Zeit versucht, ruhig zu bleiben, während die Tränen über sein Gesicht liefen, er vor lauter Rotz kaum Luft bekam und durch den Mund atmen musste. Die verbundenen Hände schmerzten. Jetzt, da die beiden schwiegen, schloss er die Augen.

BUCH 3

NEUE VERBÜNDETE

Firim sprang zur Tür und legte ein Ohr an. »Da kommt jemand angerannt.«

Prompt wurde auf der anderen Seite ein Schlüssel ins Schloss gesteckt. Mit einem leisen Klacken öffnete der Mechanismus, doch als die Person versuchte, die Tür aufzudrücken, stemmte sich Firim dagegen.

»Ich bin es, Atiro. Lasst mich sofort rein!«

Firim schaute die anderen an. Beide nickten, und er gab die Tür frei.

Atiro stürmte hinein und schloss sie leise von innen, wobei er den Schlüssel zweimal im Schloss drehte. Beim Anblick der toten Wachen erstarrte er. Mit gehetzten Blicken ließ er die Scheite Feuerholz fallen, die er hatte auftreiben können, ohne Aufsehen zu erregen.

Der vermeintliche Bote hielt den Schürhaken in der Hand, auch Vaticine hatte den Dolch gezogen.

»Plutarch hat Befehl gegeben, uns alle wegen Hochverrats zu töten! Drei der Kardinäle hat seine Leibgarde schon erwischt. Denatus und Wolfram sind mit einem kleinen Boot geflohen!«

Preaktan stürzte zum Fenster. An den fernen Ufern konnte man das Boot nur noch erahnen. »Wenn sie es in die Wälder schaffen, haben sie durchaus eine Chance.«

»Uns läuft die Zeit davon.« Vaticine war zu ihm getreten »Wenn wir nicht bald eine Möglichkeit finden, Plutarch Einhalt zu gebieten, sind wir tot.«

Preaktan ging zum Tisch zurück und blätterte in einem der Folianten, bis er endlich die Stelle gefunden hatte, die er suchte. Seine Finger glitten über die Zeilen. Er murmelte vor sich hin, während die anderen ihn beobachteten.

Schließlich hielt es Atiro nicht mehr aus. »Vater, wir haben keine Zeit mehr, um in den Büchern nach einer Lösung zu suchen. Wir müssen fliehen. Schon bald werden weitere Wachen auftauchen, und wir haben ihnen nichts entgegenzusetzen!« Der junge Mann lief unruhig in der Kammer hin und her. »Wir müssen einige Waffen zusammensammeln und die wichtigsten Bücher einpacken. Wenn wir die geheimen Gänge nehmen, schaffen wir es vielleicht zur Anlegestelle. In der Dunkelheit könnten wir versuchen, mit einem Boot ebenfalls überzusetzen.«

Er machte sich an einem der Regale zu schaffen, holte einen Lederbeutel und begann Bücher und Papiere zusammenzulegen.

Preaktan las weiter. Eine Seite nach der anderen, Zeile für Zeile fuhr er flüsternd ab, während Atiro immer hektischer die Sachen packte. In seinem eiligen Treiben schaute er sich nach Vaticine und Firim um, die dem Vater und Sohn unbeteiligt zusahen. »Was ist denn mit euch los? Seht ihr nicht, was hier passiert?« Mit dem vollen Beutel in der Hand ging er auf Firim zu und wies auf die Toten am Boden. »Wenn wir hierbleiben, wirst auch du sterben, also nimm dir einen Beutel und hilf uns!«

Ungerührt der Worte starrte Firim an ihm vorbei.

»Was schaust du denn Löcher in die Luft? Willst du etwa hier unten draufgehen?« Fluchend drehte sich Atiro um, als sich die Augen des Boten plötzlich weiteten.

Sein Vater hatte beide Arme vor sich ausgestreckt, auf den offenen Handflächen brannten zwei kleine Feuer, die sich langsam zu Kugeln formten. Den Blick darauf gerichtet, flüsterte Preaktan vor sich hin und drehte dabei die Handflächen zueinander. Die Kugeln verschmolzen zu einer großen.

»Ardere!«, rief sein Vater laut.

Nach diesem Wort flog die Kugel an Atiro vorbei gegen die Wand der Kammer und zerschellte in einem lauten Knall, sodass sich alle die Ohren zuhielten. Vaticine hatte sich geduckt und fand als erste die Sprache wieder. »Was hast du getan?«

Preaktan, der sich auf den Tisch aufgestützt hatte und schwer atmete, setzte sich auf die Bank. Er deutete auf das vor ihm liegende Buch.

»Es ist der Foliant des Feuers. Es brennen nicht nur die üblichen Feuer. Viel größere Kräfte sind geweckt worden, von denen wir kaum mehr etwas wissen.«

»Was sagst du da?« Atiro hatte den Beutel fallen lassen und stürzte zu seinem Vater, um ihm das Buch wegzunehmen. Hastig blätterte er die Seiten zurück, die der Alte zuvor gelesen hatte. »Das kann gar nicht sein. Das sind die Passagen über die Flammenhetzer. Die Linien sind vor Jahren ausgerottet worden, falls sie denn überhaupt existiert hatten.«

»Und mit diesem Lärm hast du uns sicherlich weitere Wachen auf den Hals gehetzt«, bemerkte Firim.

Konzentriert studierte Atiro die Seiten wie zuvor sein Vater. Auf Vaticines Stirn erschienen Falten. »Wie hast du das herausgefunden?«

Preaktan zögerte. Das Gesicht der Seherin zeigte tiefe Sorge, aber keine Furcht vor dem, was sie gerade gesehen hatte. Er holte einmal tief Luft und nickte zur Feuerstelle hinüber. »Soeben, als das Feuer brannte. Als ich sehr nahe heranging, hatte ich das Gefühl, es fließt durch mich hindurch. Während es in die Höhe schoss, brachte es alle Erinnerungen zu mir zurück.«

»Welche Erinnerungen?« Atiro riss sich von dem Buch los.

Preaktan sah noch einmal zu Vaticine und dann zu Firim, der ohne erkennbare Gefühlsregung ruhig an der Tür stand und sie beobachtete. Einige Zeit schaute er den Fremden an, der dem Blick standhielt. »Wir brauchen gar nicht den Folianten der Herrschaft. Wir brauchen den Folianten der Zeit.«

»Wie bitte?« Die Frage kam von Atiro.

Preaktan ignorierte sie und ging stattdessen auf Firim zu, der weiterhin keine Miene verzog.

Als der Alte vor ihm stand, lächelte Firim, während

Preaktan die Schultern straffte und sich zu seiner vollen Größe aufrichtete. Die Gesichtszüge des Boten zeigten ein Grinsen, nachdem sie eine Weile einander gegenübergestanden hatten, ohne ein Wort zu wechseln.

»Du bist kein Mörder oder Vergewaltiger. Trotzdem wollte man dich auf jeden Fall loswerden, außerdem hatte man Angst vor dir. Weswegen sollten die Räte aus Balfahlahr ausgerechnet einen wie dich, zusammen mit so einem Abschaum, nach Hyperahmah als Boten losschicken?«

Firim lächelte noch breiter.

»Entweder Jemand sehr Einflussreiches hat Schulden bei dir, oder du gehörst einer Sippe an, mit der man lieber keine Blutfehde anfängt. Sag, Firim, warum hatte man in Balfahlahr so große Angst, dir die Hand oder gar beide abzuhacken?«

Firim lachte leise und schüttelte den Kopf, was er wegen der Wunde sofort bereute. Er griff nach Preaktans Handgelenk und drehte es so, dass dessen Handfläche nach oben zeigte. »Schau an, schau an. Ein Flammenhetzer. Ihr seid doch ausgestorben. So zumindest hört man es in allen Erzählungen.«

»Woher hast du die Ausbildung solche Dinge zu wissen?« Atiro war zu seinem Vater getreten und versuchte, ihn aus dem Griff von Firim zu helfen, aber Preaktan gab ihm zu verstehen, dass er sich ruhig verhalten solle.

»Weil die Familie von Firim vermutlich einen mächtigen Namen trägt, hinzukommend einen sehr alten. Mit der Kusshand gegenüber Vaticine hattest du deinen Stand verraten. Jeder dahergelaufene Halunke hätte die Frau mit seinen dreckigen Lippen auf den Handrücken geküsst.«

Nach dieser Bemerkung ließ Firim Preaktan wieder los, lachte und machte eine kaum sichtbare Verbeugung.

»Dieser Familienname tut nichts zur Sache«, gab er lächelnd zur Antwort.

Preaktan runzelte die Stirn. »Fürchtetest du nicht, von Plutarch erkannt zu werden?«

»An was hätte er merken sollen, wer ich bin oder zu wem

ich gehöre? Nachdem er ohne Vorwarnung den Trottel neben mir umgebracht hatte, hielt ich es für gesünder, vorerst nichts weiter zu unternehmen. Als ihr euch meiner angenommen habt, kam alles anders, dennoch sehr gelegen, auch wenn ich zuerst befürchtete, dass ihr auf Seiten des Herrschers seid. Ich war der Meinung, ihr wollt eine Belohnung rausschlagen. Da wusste ich freilich nicht, auf was für eine Verschwörung ich mich hier einlasse. Jetzt kann ich noch behaupten, dass ihr mich gefangen gehalten habt, als Geisel.«

Preaktan holte tief Luft. »Oder aber, du hilfst uns.«

»Was springt dabei für mich raus?« Firim wog den Schürhaken in seiner Hand und legte den Kopf zur Seite.

Atiro schnaubte und wandte sich an Vaticine. Wie zuvor vom Vater erhielt er eine Geste, die ihn schweigen ließ.

»Du kannst den Folianten der Herrschaft haben, wenn wir ihn finden. Der ist für euersgleichen sicherlich viel wert. Er und das Buch der Zeit befinden sich in Plutarchs Besitz. Um genauer zu sein, in seinen Gemächern. Er hütet sie dort wie einen Schatz. Soviel konnte Vaticine herausfinden«, erklärte Preaktan ruhig.

»WAS?« Atiro fasste nach dem Ärmel seines Vaters. »Was versprichst du ihm? Wir wissen nicht genau, ob er dieses Buch tatsächlich hat! Vaticine hat sie nie gesehen, sondern Plutarch lediglich von den Schriften reden hören.«

Firim stutzte für einen Moment, um gleich darauf lauthals loszulachen. Bald schon hielt er sich mit einer Hand den Bauch und mit der anderen den Kopfverband. Tränen liefen ihm die Wangen hinunter. Er brauchte einige Anläufe, bis er sich wieder beruhigt hatte.

Atiro hatte den Kopf gesenkt und rührte sich nicht von der Stelle. Bereits als er die letzten Worte gesprochen hatte, bemerkte er den Fehler, den er mit seiner voreiligen Zunge beging. Sein Vater wirkte wie versteinert. Als sei ihre Lage nicht prekär genug, hatte er auch noch die Verhandlungen mit dem Fremden vollkommen vermasselt.

Firim kicherte vor sich hin und brach wieder in lautes

Gelächter aus, das er schnell beendete und sich mit entschuldigender Geste den Zeigefinger vor den Mund hielt.

Preaktan wartete geduldig. »Ich bin Preaktan, Feuerfänger aus der Linie der goldenen Sterndeuter im Osten, Bewahrer des Tages und Hüter des ersten Siegelrings.«

Firim schwieg und wischte sich die Tränen aus den Augen. Seine Miene wurde ernst. »Angenommen, Plutarch hat den Folianten der Herrschaft – woher willst du wissen, dass er den der Zeit besitzt?« Er betrachtete den Schürhaken, als sei er eine fein geschmiedete Stichwaffe, während er Preaktans Antwort abwartete.

»Ich wüsste sonst wirklich nicht mehr, wie er an all die Macht gekommen ist. Die Folianten des Windes, Wassers und Feuers sowie der Erde sind hier versammelt. Es gibt noch den der Zeit und der Herrschaft.«

Firim hatte den Schürhaken in der Waagerechten ausbalanciert. Das Eisen lag ruhig auf der Spitze seines Zeigefingers. Sein Blick ging darüber hinweg zu Preaktan dann zu Vaticine.

Sie musterte den Mann mit dem Kopfverband. Und diesmal war ihr Gesichtsausdruck nicht mehr so abneigend wie zuvor.

Firim wechselte die Fingerspitzen unter dem Schürhaken, ohne dass sich dieser auch nur einen Millimeter zur rechten oder linken Seite neigte. Beinahe fasziniert betrachtete er das eigene Tun und schaute von Zeit zu Zeit seine Gegenüber an. »Was enthält der Foliant der Zeit, das uns weiterhelfen könnte, Plutarch loszuwerden?«

»Das geht dich gar nichts an«, warf Atiro ein.

Unerwartet, denn er konnte die Bewegung des Mannes nicht einmal sehen, berührte die Spitze des Schürhakens ganz sanft die Mitte seiner Stirn genau zwischen den Augen. Mit ausgestrecktem Arm stand Firim vor Atiro und lächelte. Der Junge war vielleicht sehr intelligent, aber in vielen Situationen unglaublich unerfahren. Bevor Atiro sich bewegte, hatte er den Schürhaken wieder weggezogen und wandte sich den Toten auf dem Boden zu.

»Ich hoffe, darin eine Formel zu finden, die Plutarch an die Zeit bindet oder tötet. Nachdem wir alle Werke studiert haben, gibt es nur noch die Möglichkeit entweder die Zeit zu manipulieren oder die Machtverhältnisse«, erklärte Preaktan ruhig.

Firim machte sich an einer der Wachen zu schaffen. Mit roher Gewalt zerrte er an dem Stiefel des Toten. Ein Knacken verriet, dass er dabei das Kniegelenk der Leiche verdrehte oder der Knöchel brach. Als er den ersten abgezogen hatte, nahm er sich den zweiten vor. »Wieso denkst du, dass das Buch so eine Formel enthält, Flammenhetzer?« Zu Atiro gewandt: »Los, nimm du den, den ich gewürgt habe. Der hat deine Größe!«

Verwirrt blieb Atiro stehen.

Mit einem letzten Ruck zog Firim der Wache auch den zweiten Stiefel vom Bein, das daraufhin mit einem dumpfen Schlag zu Boden fiel.

Der junge Mann zögerte.

»Zier dich nicht so. Die sind tot und können sich nicht mehr wehren.«

»Was hast du vor?«

»Wir holen die Bücher«, erklärte er Atiro, während er versuchte, den Harnisch des Toten aufzuknüpfen.

Vaticine kam Firim zu Hilfe und löste die Schnallen der Rüstung, mit denen Brust- und Rückenteil zusammengehalten wurden. Dabei kam sie ihm näher, als es notwendig gewesen wäre. Für einen Augenblick hatte er das Gefühl, sie hätte ihn berührt. Doch es war sicherlich bloß ein Windhauch gewesen.

»Was denkst du, wie alt Plutarch eigentlich ist?« Preaktan hatte den Stiefel der anderen Wache gepackt und zog mit aller Gewalt daran.

»Nicht die geringste Ahnung. Er muss allerdings schon einige Jahre auf dem Buckel haben, denn mein Großvater kannte ihn bereits als einen hohen Würdenträger«, erklärte Firim.

Preaktan zerrte an dem Stiefel, bis sich sein Kopf und

Hals verfärbten. Der Stiefel wollte sich nicht vom leblosen Träger lösen. Schnaufend ließ er den Stiefel los und griff nach dem anderen Bein. »Und wie sah er heute aus? Du standst vor ihm.«

»So genau kann ich das nicht sagen. Ich habe vermieden, ihn direkt anzuschauen, er sollte dennoch nicht älter als sechzig Jahre sein, was wenig zu sagen hat. Ein hohes Alter kommt in vielen Linien vor.«

Preaktan nickte zustimmend. »Durchaus, aber selbst für die beste Linie ist ein Alter von über 180 Jahren unmöglich.«

Firim hatte seiner Wache den Rock ausgezogen, während Vaticine den Brustharnisch der andern geöffnet hatte und jetzt Preaktan half, die Stiefel des Mannes von seinen Beinen zu zerren. Alle schienen genau zu wissen, was zu tun war. Lediglich Atiro stand herum und versuchte, dem Gespräch samt Treiben zu folgen.

»Wie kommst du auf 180 Jahre?«

»Wir haben die Aufzeichnungen der Kirche studiert. Die erste Erwähnung seines Namens erfolgt zu dieser Zeit. Da ist er als Novize nach Hyperahmah gekommen«, erklärte Vaticine und schnitt mit dem Dolch vorsichtig den Stiefel an, worauf er sich endlich von dem Bein abziehen ließ. Sie reichte ihn Atiro, der sie verständnislos anstarrte. »Anziehen«, sagte sie ruhig und drückte das Leder gegen seine Brust, bis er ihn ergriff. So blieb er stehen und schaute sie fragend an. Mit einem Lächeln tätschelte sie Atiros Wange und machte sich an den zweiten Stiefel.

»Was macht dich so sicher, dass ausgerechnet im Folianten der Zeit ein Hinweis oder eine Formel enthalten ist, die Plutarch Einhalt gebietet?«, fragte Firim.

»Deswegen!« Preaktan hielt den zweiten Stiefel in der einen Hand. Auf der Innenfläche der anderen erschien nach einem geflüsterten Wort erneut die Feuerkugel.

Firim nickte zustimmend.

»Alle Folianten enthalten einen Bannzauber«, erklärte Preaktan ruhig, während er das Feuerspiel auf seiner Hand beobachtete. »Der des Feuers muss vor kurzer Zeit vollständig gebrochen sein, oder er ist verändert worden, womit die Glut wieder zum Leben erweckt wurde. Etwas ist aus dem Gleichgewicht geraten und hat damit Kräfte freigesetzt, die bisher gebändigt waren.« Er warf einen Blick zu Atiro und vergewisserte sich, dass sein Sohn genau zuhörte.

»Bannzauber? Das ergibt wenig Sinn. Wieso ist ausgerechnet das Feuer davon betroffen gewesen und damit ihr, wenn es um den Folianten der Zeit geht?«, wollte Firim wissen.

»Diese Frage kann ich dir nicht beantworten. Zumindest noch nicht. Vielleicht hängt alles zusammen. Das Feuer ist nur der Beginn, ähnlich einer Kette: Wenn sie reißt, fällt eine Perle nach der anderen.«

Atiro schleuderte den Stiefel der Wache durch den Raum. Wutschnaubend starrte er von einem zum anderen. »Entweder ihr drei seid vollkommen von Sinnen oder ich bin der Einzige, der im Moment wie ein dummer Novize versucht zu verstehen, wovon ihr sprecht! Dort draußen wimmelt es von Wachen, und ausgerechnet jetzt wollt ihr in Plutarchs Gemächer?« Seine Stimme überschlug sich.

Firim holte den Stiefel zurück und reichte ihn wieder Atiro. »Dein Vater ist ein Flammenhetzer und…«

»Feuerfänger«, unterbrach ihn Preaktan.

»Ja, richtig! Feuerfänger, und du möglicherweise auch, außer die Linie war gemein zu dir und hat dich ausgelassen. Du, Novize, bist also ein Feuermagier. Eine Linie, von der die Menschen denken, dass sie euch ausgerottet haben. Haben sie wohl nicht, zumindest nicht gründlich genug. Wir ziehen gleich die Rüstungen der Wachen an und versuchen, die Schriften von Plutarch zu stehlen und deinem Vater zu bringen. Hoffen wir, dass er in diesen Büchern das findet, was Plutarch wahrlich Einhalt gebietet. Das ist der einzige Weg, um die Linien wieder in ein Gleichgewicht zu bringen und womöglich verschwunden geglaubte Kräfte freizulassen.«

Atiro sah seinen Vater verdattert an. »Was soll ich sein?«

»Du bist sehr wahrscheinlich ein Feuerfänger, bloß ist deine Glut bisher nicht erwacht oder sie ist ganz schwach.

Wir werden sehen«, erklärte Preaktan.

»Und wer ist er?« Atiro wies auf Firim, der gerade dabei war, den Helm seiner Wache vom Kopf zu ziehen.

Angewidert schnupperte Firim in die Öffnung. »Hoffentlich hatte der keine Läuse.« Er setzte den Helm auf und zuckte kurz zusammen. Am Verband drückte die Kopfbedeckung, aber irgendwie würde es schon gehen. Hoffte er. »Oh, ja richtig. Ich bin ein Abkömmling aus der Linie der Schattenschnitzer, Erbe der Klinge und der Halter des fünften Siegelrings, was de facto seit Jahren ein leerer Titel ist.«

Atiro riss die Augen auf und richtete sich an seinen Vater. »Du willst, dass ein Dieb uns hilft?«

»Ja, ja, ja! Keiner will mit den Dieben Geschäfte machen, außer es geht um die kostbaren Dinge des Lebens oder das Geld. Denn das holt ihr euch immer von uns. Wo es herkommt, interessiert euch nie. Wir nehmen es von jedem und geben es jedem. Unsere Linie hat die größten Kriege der letzten 500 Jahre finanziert.« Firim wog das Kurzschwert der Wache missbilligend in der Hand. »Dein Vater lehrte dich also über die Linien, oder hast du dir dieses Wissen über uns angelesen? Es existieren in der heutigen Zeit nur noch wenige Schriften über uns. Er hat es richtig erkannt. Ich bin nicht ohne Grund von Balfahlahr hergekommen. Ich habe um diesen Botengang beinahe gebeten.«

»Der Foliant der Herrschaft soll in euren Besitz zurück, wenn du ihn findest«, erklärte Preaktan.

»Oh ja. Ja! Und Plutarchs Gold. Schließlich wirst du einen Kampf finanzieren müssen, wenn er tot ist. Denn die Flammenhetzer werden es danach sicherlich nicht leicht haben.« Ein Grinsen erschien auf Firims Gesicht.

»Darüber sprechen wir, wenn es soweit ist!«, brummte Preaktan. Die wiedergewonnene Macht war ein gefährliches Geschenk. Das wusste er.

»Los, Atiro! Steig endlich in die Rüstung des Pechvogels da. Wir gehen in die Gemächer von Plutarch und holen uns seine zwei liebsten Büchlein, denn schließlich gehören sie gar nicht ihm, sondern seit Generationen anderen Personen.«

Hilfesuchend blickte Atiro zu seinem Vater. Preaktan nickte ihm zu, Firims Anweisungen zu folgen.

»Wo sollen sich die Bücher befinden?«, wandte sich Firim an Vaticine.

»Ich werde in den restlichen Folianten die Passagen durchsuchen, die einen Hinweis auf die Entmachtung Plutarchs geben. Zumindest sollten wir Formeln finden, um ihn zu schwächen«, erklärte Preaktan.

Firim schaute zu den Regalen an der anderen Seite des Raumes. »Ist dort irgendwo ein Elixier der Träume oder ein Trank für den tiefen Schlaf, womöglich ein kleines bisschen Gift?«

»Das ist vollkommen zwecklos. Das haben wir schon alles ausprobiert. Plutarch scheint alle Gifte zu bemerken oder sie sind wirkungslos«, erwiderte Vaticine.

»Nicht für Plutarch, aber für diejenigen, die in seiner direkten Nähe sind.«

Vaticine zog eine Augenbraue hoch. »Die Fläschchen werden dort sein, wo wir sie brauchen.«

Anerkennend musterte Firim die Seherin. Er hob die Hand und wollte etwas entgegnen, besann sich im letzten Augenblick anders und nickte stattdessen. »Komm Atiro, wir gehen! Das wird ein richtiges Vergnügen. Wie lautet der korrekte Gruß der Wachen, falls wir welchen begegnen? Oder sollen wir alle umbringen, die uns über den Weg laufen? Das wird sehr anstrengend werden. Ich schätze, du bist im schnellen Töten etwas ungeübt. Also bin ich dafür, wir tun so, als seien wir welche von ihnen. So kommen wir schneller voran.« Im Plauderton öffnete Firim die Tür und verließ den Raum, als würde er einen Spaziergang machen. Grinsend drehte er sich zu Atiro um und wedelte mit einem Schlüssel, woraufhin sich der junge Mann erschrocken an den Gürtel fasste. Das war sein Schlüssel! Er hatte gar nicht bemerkt, wie der Fremde ihn bestohlen hatte. Mit einem letzten verzweifelten Blick zu seinem Vater und Vaticine stülpte sich auch Atiro einen Helm über und verschwand im Gang.

Preaktan schloss hinter ihnen die Tür und verriegelte sie sorgfältig.

Vaticine stand am Fenster und sah zum Ufer.

Preaktan trat zu ihr. »Denkst du nicht, es ist an der Zeit, uns endlich zu verraten, wer du wirklich bist, Vaticine?«

Ohne ihn anzuschauen schüttelte sie den Kopf. »Nein, noch ist die Zeit nicht gekommen.«

BUCH 3

ZEITREISEN

Das Feuer der Fackeln an der Anlegestelle spiegelte sich in den sanften Bewegungen des Sees. Ein leichter Wind trug die Stimmen der am Ufer lagernden Männer zu Kallestrus herüber. Sie hatten Zelte aufgeschlagen und große Feuer entzündet.

Im tiefschwarzen Schatten der Berge beobachtete er das Treiben aus sicherer Entfernung. Mitten auf dem See waren kleine Lichter sichtbar. In Hyperahmah brannten Kerzen, Fackeln, Kaminfeuer und Lampen. Der lange verschwundene, warme Geruch einer Stadt, ein starkes Gemisch aus verbranntem Holz, gebratenem Fleisch und gekochten Gemüse stieg in die kalte Luft der Nacht und seine Nüstern.

Er würde eine Weile warten müssen, bis lediglich die Nachtwachen am Ufer ihrer Pflicht nachgingen, um ungesehen zur Stadt fliegen können. Obwohl nur ein halber Mond am Himmel stand, würde das Licht ausreichen, um seinen Schatten zu sehen, und das wollte er nicht riskieren.

Behutsam ließ er sich auf den steinigen Boden nieder, wobei die Kiesel unter ihm ein leises Klickern und Knirschen von sich gaben, bis er endlich ruhig lag. Der Rubin in seiner Pranke saß immer noch fest. Schnaubend legte er den Kopf auf den Boden und verengte seine Augen zu Schlitzen.

Bald würden die Männer an der Anlagestelle schlafen, die Nachtwache würde als einzige ein Auge auf die Umgebung haben.

Er fixierte den höchsten Turm, der seit heute mit schwach leuchtenden Rechtecken gespickt war. Dort oben, in der höchsten Kammer, saß der Schlächter seiner Kinder und der Herrscher seiner Geliebten, die er sich als eine Art

Untergebene gehalten hatte. Dieser Sterbliche würde für all seine Taten teuer bezahlen.

Kallestrus schnaubte. Nachdem er den Hort verlassen hatte, führte ihn sein Weg zu den Personen, die ihm Jahre zuvor die ersten fünf Siegelringe beschafft hatten. Jetzt ließ er alle Erlebnisse in seinem Geist aufleuchten.

Einen Teil der Geschichte kannte er nun. Zwei seiner damaligen Handlanger waren bereits tot, was Kallestrus kaum verwunderte. Sie waren skrupellos gewesen, gingen kalt über Leichen, selbst von Kindern. Er war der Meinung gewesen, sie seien genau die Richtigen für solch eine Aufgabe. Mit ihnen sind auch seine eigenen Geheimnisse gestorben. Auf der einen Seite ein beruhigendes Gefühl, auf der anderen hatte er sich erhofft, etwas über Plutarch und dessen Macht zu erfahren. Erst den Dritten konnte er lebend antreffen, allerdings sturzbesoffen. Was dieser in dem Hurenhaus, wo Kallestrus ihn fand, von sich gegeben hatte, machte für den Drachen keinen Sinn, was ihn umso mehr beunruhigte.

»Drachentöter sind keine Menschen, sie sind irgendwas, aber keine Menschen, man kann sie trotzdem töten«, hatte der Mann mehrmals gelallt. Selbst in den Gedanken des Säufers fand Kallestrus lediglich diesen Satz.

Beim vierten Kopfgeldjäger war das Glück endlich auf seiner Seite. Aus dem Mann war ein Greis geworden.

Vor dem inneren Auge ließ er die Begegnungen nochmals aufleben:

Kallestrus betrachtete den Alten lange und eindringlich aus der Ferne. Doch bevor er den Mann ansprechen konnte, wandte sich dieser ihm zu. Obwohl er seine menschliche Gestalt als Mönch angenommen hatte, erkannte ihn der Alte sofort.

»So, so! Der Drache hat sich endlich auf den Weg gemacht«, krächzte der betagte Mann und sein Lachen zeigte einen fast zahnlosen Mund. »Du hast noch immer keine Vorstellung, was die Drachentöter dir, uns und unserer Welt angetan haben, nicht wahr?«

Kallestrus schwieg, während der Alte näherkam.

»Ich wollte es nicht glauben, als ich diesen Auftrag von dir annahm. Es schien so unvorstellbar, was die Ältesten über den Bann erzählt haben. Ich wollte nicht glauben, dass sie es geschafft haben, ausgerechnet ein so mächtiges Wesen wie dich so dreist hinters Licht zu führen. Jetzt bist du hier und weißt nicht, was wann passiert ist und was du tun sollst«, plapperte der Greis.

Kallestrus nahm die Kapuze seiner Kutte runter. »Wer sind diese Ältesten, Regulus? Wer genau soll mich hinters Licht geführt haben?« Kallestrus flüsterte, aber der Alte verstand jedes Wort und kicherte.

»Ihr Drachen messt dem Leben der Sterblichen zu wenig Beachtung bei. Wir können euch zwar nicht ohne Weiteres besiegen, das stimmt. Ausgerechnet unser größter Feind ist zugleich unser stärkster Verbündeter. Dieser Umstand ist so schlicht und naheliegend, dass du ihn gar nicht in Betracht gezogen hast.« Amüsiert beobachtete der Alte, wie Kallestrus vor ihm stand und nach der richtigen Antwort zu suchen schien.

»Ja, es bringt dir wirklich nichts, mich zu töten, Drache«, meinte er nach einer Weile des Schweigens.

»Genugtuung!«

Der Greis nickte langsam. »Mag sein. Und dann?«

»Dann werde ich Plutarch töten, der mir meine Kinder genommen hat und…«, er unterbrach den Satz, verschränkte die Arme hinter dem Rücken und begann sich umzuschauen. Der Alte winkte ihm zu folgen.

Vor einer schäbigen Hütte am Rande einer kleinen Siedlung hatte er sich niedergelassen. Dort stand eine wackelige Bank, auf die sich der Mann setzte.

»Ihr Drachen seid sehr merkwürdige Wesen. Mit einer Menge Macht«, krächzte er vor sich hin. Sein Blick wanderte über Kallestrus hinweg, als würde er mit einer Person hinter ihm sprechen. »Doch genau diese Macht ist nicht gut für eure Betrachtungen der Menschenwelt und der aller Sterblichen. Ihr überseht die kleinen Details, die um euch herum geschehen.«

Er deutete dem Drachen, sich neben ihn zu setzen.

Nur zögerlich folgte Kallestrus der Aufforderung des Alten. Hinter dem Rücken presste er die Hände ineinander und ließ wieder locker. Einen Augenblick lang blieb er vor ihm stehen und betrachtete den Menschen aufmerksam. Dieser lächelte freundlich hoch, während Kallestrus die Bank musterte. Vorsichtig ließ er sich darauf nieder. »Komm endlich zur Sache, Regulus. Ich habe keine Zeit.«

Der lachte. »Ja, genau das ist es. Die Zeit!«

Kallestrus sah ihn von der Seite an. »Rede endlich!«, fauchte er.

»Ich habe dir den vierten Siegelring gebracht, wie es vereinbart war«, entgegnete er langsam. »Dazu musste ich einen Drachentöter der Inquisition umbringen. Was denkst du, wie alt ich damals war, als ich diesen Auftrag erfüllt habe?«

»Was spielt das für eine Rolle? Du erfülltest den Auftrag und wurdest entlohnt.«

Der Greis starrte auf den trockenen Boden und fing an, mit dem Fuß zu scharren. Feiner Staub wirbelte an den abgewetzten Stiefeln hoch. »Du warst ein guter Auftraggeber. Mit deinem Gold habe ich ein stattliches und ausgesprochen langes Leben geführt.«

Kallestrus stand auf und stellte sich vor den Alten. »Das sehe ich. Eine erbärmliche Hütte im Nirgendwo. Du hast sehr schnell gelebt.«

Regulus erhob sich genauso umständlich, wie er sich zuvor hingesetzt hatte. Die buschigen Brauen auf der runzeligen Stirn bewegten sich leicht, als er lächelte. »Siehst du, Drache, und genau das ist der Grund, warum sie es geschafft haben, dich und deine Sippe nahezu auszurotten. Der Grund, warum du deine Kinder verloren hast. Es wird der Grund sein, warum wir bald sowieso alle sterben. Denn unsere Welt wird wegen des Hochmuts eines mächtigen Wesens untergehen, und ich spreche nicht von unserem Obersten Kirchenführer, dem Obersten aller Obersten Kirchenführer, dem größten Dummkopf aller Zeiten.

Du bist blind und siehst nur, was er dich sehen lassen will. Zumindest bis jetzt. Mit dem, was vor kurzem geschehen ist, hatte selbst Plutarch nicht gerechnet.«

Kallestrus packte den Mann am Hals und drückte zu. Mehrere Male hatte er probiert, in dessen Geist zu dringen. Bei jedem Versuch hörte er ein lautes Kichern. Dieser Sterbliche hatte allem Anschein nach viel Zeit zum Lernen und gute Meister gehabt.

Regulus rang nach Luft. Seine Augen weiteten sich, als er versuchte, den festen Griff um seinen Hals zu lockern.

»Sag endlich, was du zu sagen hast, Mensch!«

Der Mann zappelte und wand sich unter Kallestrus' Griff wie ein Fisch, den man von der Angel nehmen wollte.

Endlich ließ Kallestrus locker.

Keuchend sank Regulus vornüber und hustete. »Wenn ich den nächsten Winter erlebe, bin ich genau zweihundert Jahre alt, Drache. Als ich zu dir kam, war ich fünfundzwanzig. Ich habe meine Frau, meine Kinder und meine Enkelkinder sterben sehen. Meine Ururenkel kennen mich nicht mehr. Weiß nicht, ob sie Plutarchs Rachezüge überlebt haben. Das jedoch bezweifle ich sehr und bin froh, sie nie kennengelernt zu haben. Seit genau sieben Jahren altere ich nicht mehr. Ich werde wieder jünger. Sag mir Drache, was ist mein wahres Alter und welches ist deins? Welche Welt ist die reale und welche läuft an uns vorbei, ohne dass wir sie sehen?«

Kallestrus musterte das Gesicht des Mannes. »Was willst du damit sagen?«

Regulus zuckte mit den Schultern und rieb sich den Nacken. »Nachdem ich deinen Auftrag erfüllt hatte, veränderte sich meine Welt. Nein, das ist falsch. Die Welt blieb wie sie war, zumindest für alle anderen. Für mich veränderte sich die Zeit. Es hat einige Jahre gedauert, bis ich es begriff. Ich alterte wesentlich langsamer als alle anderen. Und ich sah jäh Dinge, die andere nicht sahen.«

Er setzte sich wieder hin und lehnte sich an die Wand seiner Hütte. Mit einer Hand massierte er die Stellen am Hals, die Kallestrus zugedrückt hatte. »Wann hast du das letzte Mal die Sterne beobachtet, Drache? Wann hast du dich das letzte Mal gefragt, warum in manchen Städten die Feuer brennen? Warum sie überhaupt noch brennen? Eigentlich müssten sie doch schon längst alle erloschen sein.«

Kallestrus ließ sich auf dem Boden nieder. Mit einer Handbewegung bat er ihn fortzufahren.

Der Alte erhob sich und verschwand in der Hütte. Gleich darauf kam er mit zwei Tonbechern und einem Weinschlauch zurück. Umständlich stellte er die Trinkgefäße auf die Bank, und mit zittrigen Händen schenkte er ein. Als er eins davon Kallestrus reichte, vergoss er einige Tropfen auf den Boden.

Der Drache griff schnell nach dem Becher, sodass Regulus nicht mehr verschütten konnte. Nachdem er den Schlauch verschlossen und sich auf die Bank gesetzt hatte, wobei sein Becher überschwappte, nahm er einen kräftigen Schluck und zeigt mit der Hand nach oben. »Du musst die Sterne beobachten, Drache! Sie bleiben gerne stehen. Und ich meine nicht, dass wir im flüchtigen Hinschauen die Bewegung nicht sehen. Sie bleiben über Monate an derselben Position. Das sollten sie nicht tun.«

Kallestrus folgte den Blicken seines Gegenübers, der den Kopf zum Himmel hob.

»Das Fließen macht aus dem Fluss, was er ist. Wenn ein Fluss nicht mehr fließt, was ist dann passiert? Wie kann ein Feuer mit einem Holzscheit über drei Winter brennen?«

Kallestrus sah den Mann an, der seinen Becher geleert hatte und sich unbeholfen am Stöpsel des Weinschlauchs zu schaffen machte.

»Du willst mir erzählen, dass jemand oder sogar Plutarch den Lauf der Zeit ändert?«

Regulus füllte seinen Becher erneut und nickte. »Ich will

es dir nicht erzählen, Drache. Ich erlebe es jeden Tag, seitdem ich deinen Auftrag erfüllt habe. Ob es Plutarch ist, weiß ich nicht, aber seit sieben Jahren hat sich der Lauf umgekehrt. Der Fluss steht nicht, er fließt den Berg hinauf. Manchmal.«

»Was ist mit den Ältesten?«

»Ach ja, richtig. Einst war die Welt dem Untergang geweiht. Die Sterne fielen vom Himmel, die Flüsse verebbten, die Erde bewegte sich und verschlang ganze Länder, heißt es. Es wurden Kriege geführt, starke Magie gewirkt, man jagte diejenigen, die sich mit Elementen wie Feuer und Wasser zu verbinden wussten, und hoffte auf Gott und die Kirche. Menschen und Halblinge, egal welcher Herkunft und aus welchem Stand, starben genau wie die Natur und Welt, die sie umgab. Das Ende stand unmittelbar bevor. Die Ältesten erzählten, dass zu dieser schrecklichen Zeit im Zentrum der Macht – damals wie heute Hyperahmah – ein mächtiger Drache mit seiner Geliebten auftauchte. Ob sie ein Drache war, Mensch oder ein anderes Wesen, wusste keiner zu sagen. Allerdings opferte der Drache seine Geliebte und versprach damit für alle die Rettung der Welt, solange die Sterblichen ebenfalls ein Opfer erbrachten: Die wenigen Eingeweihten mussten dafür sorgen, dass die Geliebte niemals wieder die Freiheit erlangen würde, ihre Macht nie wieder in diese Welt trete und auf ewig in der Inselstadt verbliebe. Solange die Geliebte an die Zeit gebunden sein würde, wird unsere Welt bestehen bleiben, für Menschen, Drachen und alle anderen Wesen gleichermaßen. Und mit diesem Verrat gab er den Menschen, ohne es zu wollen, die Herrschaft über die Zeit.«

Kallestrus hatte aufmerksam zugehört. »Ich habe euch niemals die Herrschaft über die Zeit gegeben!«

»Nein, sicherlich hast du es nicht freiwillig getan. Es ist passiert. Plutarch hat es herausgefunden oder man hat es ihm erzählt. Viel wahrscheinlicher ist, dass er jemanden auf ganz unangenehme Art gezwungen hat, es ihm zu verraten.«

Langsam hob Kallestrus den Becher an seine Lippen. Der Rotwein schmeckte schwer und sauer. Mit einem Zug trank er ihn aus und stand auf. »Was weißt du noch?«

Der Alte schüttelte den Kopf. »Mehr weiß ich nicht. Aber die anderen, die dir die Ringe gebracht haben, sollten ebenfalls etwas zu erzählen haben.«

»Zwei sind tot und einer ein Suffkopf!«

»Dann solltest du dich beeilen, die letzte zu finden.«

»Wo finde ich sie?«

»Sie lebt in einer kleinen Stadt, südwestlich von Hyperahmah.«

Kallestrus gab dem Mann den Becher zurück, entfernte sich ohne Abschied.

Bald darauf erkannte Regulus zwei dunkle Schwingen am Himmel. Noch einmal fummelte er am Stöpsel des Weinschlauchs. Diesmal machte er sich nicht mehr die Mühe, den Inhalt in den Becher zu gießen, sondern trank in großen Zügen und prostete dem Schatten am Himmel zu. »Schau zu, Drache, dass du Plutarch erwischst, sonst gibt es uns alle bald nicht mehr.«

Stirnrunzelnd betrachtete er den Sternenhimmel. Wieder erloschen Sterne von einem Augenblick auf den nächsten.

Er setzte den Weinschlauch an und trank ihn leer.

Kallestrus wanderte durch die Gassen der kleinen Stadt Dufoss, bis er vor der Schmiede stehen blieb, dort arbeiteten ein gestandener Mann und ein junger, der gerade dem Kindesalter entwachsen war.

Ein junges Mädchen brachte ihnen Wasser in einem Holzeimer. Sie trug ihn, als wäre er ein kleiner Weidenkorb. Die knielangen braunen Hosen schlackerten um schlanke Beine, unter dem groben Leinenhemd zeichneten sich kleine Rundungen ab. Als sie den Mönch erkannte, blieb sie kurz stehen und überlegte. Dann rannte sie zu den Männern und brachte ihnen den Eimer, bevor sie auf Kallestrus zukam.

»Du kommst bestimmt nicht wegen eines neuen Auftrages, oder?«, fragte sie lachend. Ihre Miene blieb dabei beunruhigend ernst.

Kallestrus blickte lange in die leuchtenden Augen des jungen Mädchens, das bald zur Frau werden würde. Nach dem Besuch beim Alten hatte er auch hier eine Greisin erwartet. Skeptisch maß er ihr Gesicht und den Körper. Er schaute zur Schmiede und den beiden Männern, die abwechselnd Wasser mit einer Kelle aus dem Eimer schöpften und gierig tranken.

»Ich suche eine Frau, die einst für mich einen Auftrag erfüllt hatte, ja.«

»Ich zeige dem Pater nur schnell den Weg zur Kirche, dann komme ich wieder«, rief sie den Männern am Feuer zu.

Der ältere beäugte Kallestrus misstrauisch. Mit der einen Hand schwang die Kelle in die Luft, in der anderen hielt er einen Schmiedehammer und brummte ein »Aber schnell!« als Antwort.

Sie packte Kallestrus am Ärmel und zog ihn von der Schmiede weg. »Die hast du hiermit gefunden, und du bist spät dran.«

Widerwillig ließ er sich mitreißen. Während er dem Mädchen folgte, versuchte er aus ihren Gedanken die Dinge herauszufiltern, die für ihn wirklich wichtig waren. Vielleicht war sie die Tochter der Kopfgeldjägerin. Doch was, wenn nicht? Was, wenn auch für diese Frau die Zeit unnatürlich verlief? Auf Gefasel hatte er keine Lust, für Spielchen war er nicht in Stimmung noch hatte er Zeit für sowas, also blieb er stehen.

Das Mädchen drehte sich erstaunt nach ihm um. »Was ist denn?« Genervt ergriff sie ihn an der Kutte und wollte weiter.

Kallestrus ließ es nicht zu. »Wie alt bist du, Nadala?«

Das Mädchen schaute nach allen Seiten, ob jemand in der Nähe war, der sie belauschen konnte. Doch die wenigen Menschen in den Gassen, waren mit sich und ihren Erledigungen beschäftigt, keiner in Hörweite. Sie kam nahe an Kallestrus ran und flüsterte in sein Ohr: »Ich glaube, ich bin jetzt vierundsiebzig Jahre, falls meine Rechnung stimmt. Und nenn mich nicht bei diesem Namen!«

Kallestrus zog das Kinn an die Brust, damit sie ihm nicht ins Gesicht sehen konnte. Sein Brustkorb hob und senkte sich unter der Kutte bei den tiefen Atemzügen.

Es war Nadala unmöglich zu erkennen, ob der Drache lachte oder sogar vor Wut bebte. Aus Vorsicht machte sie einen Schritt zurück.

Bedächtig richtete er sich zur vollen Größe auf.

Nadala packte ihn erneut am Arm. »Wir können hier nicht weitersprechen. Komm bitte mit, denn unser aller Zeit läuft.«

Sie zog ihn in Richtung der kleinen Kirche, an deren linker Seite ein kleiner Friedhof angelegt war. Sie sprang über die niedrige Mauer, die den Gottesacker begrenzte, lief durch die Reihen der schäbigen und grob gearbeiteten Grabsteine, bis sie an der hintersten Reihe, die an die Kirchenwand angrenzte, stehen blieb. Dort stand ein ordentlich behauener Stein. Auf ihm war ein kleiner feingeschlagener Amboss angebracht.

Kallestrus folgte ihr in einigem Abstand und blieb schließlich neben ihr stehen. Sie waren allein. Er sah auf die Inschrift.

»Wer liegt hier?«, fragte er nach einer Weile.

Sie schüttelte den Kopf. Als sie wieder zu ihm aufschaute, liefen Tränen ihre geröteten Wangen hinab. »Hier liegt mein Mann. Der Vater meiner beiden Söhne, die du an der Schmiede gesehen hast. Der Mann, den ich geliebt und umgebracht habe.«

Kallestrus drehte sich von ihr weg, aber seine Gedanken wanderten in ihre Erinnerungen. Bilder aus dem Leben dieses Menschen erschienen vor seinem inneren Auge. *Eine Frau, die ein Kind zur Welt brachte. Eine, wie sie mit einem Mann stritt, der ihr vorwarf, eine Hexe zu sein. Wieder ein Streit und ein Sack voller Münzen, der auf den Boden einer Schmiede geworfen wurde, schwere Goldmünzen, die in alle Richtungen rollten. Eine noch jüngere Frau, die einen Säugling im Arm hielt, dieselbe Frau, wie sie einen Dolch in den Brustkorb des Mannes rammt, der sie versuchte zu schlagen.*

»Wieso hast du das getan?«, fragte er, als er ihre Gedanken bei den letzten Bildern ruckartig verließ. Eine Mischung aus Wut, Trauer und Verzweiflung rief seine eigenen Erinnerungen herbei. Er sah Selestria vor sich, wie sie in Bartholomäus' Zimmer standen, seine Hände um ihren schlanken Hals, er spürte ihre Haut, sah ihre Augen. Es dauerte, bis er die Bilder abschütteln konnte.

Nadala setzte sich auf den Boden und fing an, Unkraut zu rupfen, das vor dem Grab Wurzeln geschlagen hatte. »Diese Frage sollte ich besser dir stellen. Was hast du uns angetan?«

Kallestrus beugte sich zur ihr runter und zog sie an beiden Armen hoch. »Was soll ich euch denn angetan haben, Menschenweib?«

Sie lachte auf. Es klang nicht belustigt, sondern verbittert. »Schau mich an, Drache! Als ich deinen Auftrag angenommen habe, war ich siebenunddreißig Jahre alt und Mutter eines Sohnes. Kaum habe ich das gewünschte Mitglied der Inquisition für dich getötet und dir den ersten Siegelring gebracht, lief meine Lebenszeit rückwärts. Mit fünfundzwanzig Jahren lernte ich meinen geliebten Mann kennen. Mit siebzehn brachte ich ihn um, weil er nicht verstehen konnte, was mit mir geschah. Jeder Versuch einer Erklärung ließ ihn zum Priester rennen und für meine verrückte Seele beten. Am Schluss wollte er mich an Plutarch ausliefern.«

»Was habe ich damit zu schaffen?« Kallestrus wandte sich von ihr ab. Diese junge Frau erzählte eine ähnliche Geschichte wie der Alte, bloß war ihre um einiges grausamer. Unruhig verlagerte er das Gewicht von einem Fuß auf den anderen, wobei die eine Seite immer Schmerzen bereitete. Der verdammte Rubin war selbst in Menschengestalt zu spüren.

»Was du damit zu schaffen hast? Du hast den Menschen die Macht gegeben, die Elemente und die Zeit zu beherrschen. Und damit hast du auch Plutarch die Macht verliehen, dich und deine Sippe zu kontrollieren. Seit sieben Jahren gerät alles aus den Fugen. Auf den Sommer folgt direkt der

Winter ohne Herbst. Ganze Bergmassive verschieben sich und lassen Landstriche unter sich verschwinden. Die Sterne erlöschen am Himmel. Die Alten können nicht sterben, obwohl ihre Lebensabende längst vorbei sind. Dass die Feuer erloschen sind, war das kleinste Unglück, das du über uns gebracht hast.«

Kallestrus fuhr zu ihr herum. »Was weißt du schon von Unglück, Weib?«

In Nadalas jungem Gesicht arbeiteten die Muskeln. Sie öffnete den Mund, ohne etwas zu sagen. Stattdessen krampften sich ihre Hände in das Leinenhemd, und sie schaute ihn verständnislos an. »Ich habe meinen Mann töten müssen, Kallestrus, sonst hätte er mich und unser gemeinsames Kind umgebracht. Weil er nicht verstand, was mit mir geschah.«

Der Drache verschränkte die Arme vor der Brust und neigte sich zu ihr runter. Sie konnte seinen heißen Atem auf ihrem Gesicht spüren und drehte sich weg.

Er kam ihr noch näher. Seine Worte waren bloß noch ein bedrohliches Flüstern. »Aber deine Kinder leben!«

Dieser Satz dröhnte durch ihr Bewusstsein, als stünde Kallestrus brüllend in ihrem Kopf. Unter Tränen presste sie die Hände gegen ihre Ohren und atmete schwer, bis der Schmerz nachließ. »Nur, weil ich mich und sie vor Plutarch verstecke. Zwei von uns, die deinen Auftrag angenommen hatten, hat er längst erwischt. Lothar, der alte Säufer, ist ihm anscheinend zu harmlos. Wahrscheinlich der Grund, warum er ihn in Ruhe lässt. Auch der alte Regulus versteckt sich alleine als Lumpenpack.« Nadalas Stimme war ruhig geworden. Sie wich nicht von der Stelle, obwohl er ihr so nahe kam.

Kallestrus ließ die Arme sinken und zuckte mit den Schultern, als wüsste er nichts zu erwidern. Es gab nichts mehr, was diese Frau ängstigte. Er drehte sich von ihr weg, um den Zorn herunterzuschlucken, der seinen Odem zum Glühen gebracht hatte. Als ob er für die jämmerlichen Schicksale der Sterblichen verantwortlich wäre! Sie waren mit dem ersten Atemzug bei ihrer Geburt zum Sterben verurteilt. Ob es nun einige Jahre mehr oder weniger waren, die sie in den Welten durchlebten, darauf kam es nicht wirklich an. Er konnte ihrem ach so großen Leid gerne ein schnelles Ende bereiten.

Er schloss die Augen und sah Kiromin, wie er versucht hatte, aus seiner menschlichen Gestalt zu brechen, sah die Verzweiflung im Gesicht seines letzten Sohnes. Sein Zorn verebbte allmählich bei diesem Bild und gab der Trauer Raum. Er brauchte diese Frau, zumindest ihr Wissen und ihre Erinnerungen. Sie musste ihm helfen, falls sie es denn konnte. Wenn sie nicht wollte, würde er sie zwingen. »Was will Plutarch von euch?«

Nadala blickte sich erneut nach allen Seiten um. Sie waren ungestört, trotzdem senkte sie ihre Stimme. »Du kannst dich an gar nichts mehr erinnern, oder verkaufst du mich lediglich für dumm, Drache?«

Kallestrus schnaubte einige Male. Er wollte sie am Hals packen, wie bereits den Alten, besann sich im letzten Moment. »An was kann ich mich nicht mehr erinnern? Könnt ihr Menschen nicht einfach auf Fragen antworten, die man euch stellt? Erzähle mir, was du über Plutarch weißt und über die Ältesten!«

»Menschen. Aus deinem Mund klingt das so eigentümlich wahr. Als ob wir irgendwelche Sterblichen wären. Als wüsste jeder dahergelaufene Bauernbursche über die Lehren und Schriften der Ältesten! Als könne jede depperte Magd dem Ruf eines Drachen folgen! Als sei uns ein friedliches Leben vorherbestimmt worden. Nichts von dem ist wahr.« Sie schaute sich abermals um, hob den Kopf und musterte die Mauer, während Kallestrus sie ungeduldig beobachtete. Endlich begann sie im Flüsterton zu erzählen. »Was die Ältesten erzählten, ist unvollständig überliefert. Es wurde erzählt, dass vor langer Zeit ein mächtiges Wesen die Menschen um Hilfe bat, unsere Welt vor dem Untergang zu retten. Es bat darum, einen anderen Drachen an die Zeit zu binden und dafür zu sorgen, dass er nie aus diesem Gefängnis befreit wird. Nur so würde alles weiter existieren können. Hierzu gab er ihnen das Wissen um die Elemente der Welt, die Herrschaft und den Lauf der Zeit. Nachdem diese Tat vollbracht war, hatten die Ältesten Zweifel an den Worten des Drachen. Sie befürchteten, er würde früher oder später den anderen Drachen selbst befreien, um sie zu vernichten. Sie hielten den Weltuntergang für eine Lüge. Man weiß es nicht genau. Vielleicht scheuten sie die Rache des anderen eingeschlossenen Wesens. Aus all diesen Gründen beschlossen sie, dir, dem bedrohlichen und mächtigen Wesen, alle Erinnerungen zu nehmen. Ein starker Zauber des Vergessens wurde auf deinen Geist gelegt. Es waren nicht allein die Menschen, sondern auch die Elementare, die ihn wirkten und ihn über die ersten Jahre verstärkten. Um das Wissen, das du ihnen gegeben hattest, zu erhalten, schufen die Ältesten sechs Folianten: Feuer, Wasser, Erde, Wind, Herrschaft und Zeit. Sie versiegelten die Kammer mit dem gefangenen Drachen. Man erzählte sich, dass die Schlüssel zu den Schlössern vernichtet wurden. Doch wo ein Schloss ist, wird es immer jemanden geben, der es zu öffnen weiß.«

Nadala holte tief Luft, nachdem sie geendet hatte. Ihr Blick huschte unruhig über Kallestrus' halb verdecktes Gesicht.

Er stand wie versteinert da. »Was geschah dann?« Auch er flüsterte.

»Es geschah gar nichts. Mit den Generationen verschwanden die Werke und mit ihnen die Spuren zu ihren letzten Besitzern. Plutarch muss die alten Geschichten sehr genau studiert und die Folianten ausfindig gemacht haben. Den Rest kannst du dir denken.«

»Er hat die Kammer geöffnet und Selestria befreit.«

Nadala horchte auf. »Selestria? Ist das der Name des gefangenen Drachen?«

Kallestrus hob den Kopf. Die Sonne traf das Kinn, die Nasenlöcher im Schatten der Kapuze bebten, als müsse er starke Schmerzen unterdrücken.

»Es ist der Name meiner Geliebten. Der Mutter meiner

Kinder.« Seine Stimme klang wie ein dumpfes Raunen aus einem tiefen Brunnen, wenn der Wind an dunkeln Winterabenden hineinfährt.

Nadala spürte, wie sich ihre Nackenhaare aufstellten. Erst ganz zaghaft, aber immer deutlicher schüttelte sie den Kopf. »Selestria ist auch der Name von Plutarchs Tochter, der besten Drachentöterin der Lande.«

Kallestrus atmete hörbar schnell. »Nur, dass sie nicht Plutarchs Tochter ist. Sie ist noch nicht einmal ein Mensch.«

Nadala wandte ihm den Rücken zu und stemmte die Arme in die Seite. Nach einer Weile drehte sie sich zu ihm, und ihr Zeigefinger bohrte sich in seine Brust. »Du willst mir glaubhaft erzählen, dass Plutarch deine Geliebte befreit und unter Kontrolle hat, sie seit sieben Jahren als eigene Tochter durch die Welt ziehen und eure gemeinsamen Kinder hat umbringen lassen? Und du weißt nichts davon? Du kommst her und erzählst mir, dass du jener Drache bist, der den Menschen das alles gegeben hat?«

Kallestrus nickte unwillkürlich, auch wenn es ihm widerstrebte. Diese Erkenntnis war langsam, zudem schmerzlich selbst in die kleinste seiner Schuppen gesickert. Er hatte tatsächlich geglaubt, die Welt und ihre Gesetze überlisten zu können, sogar das Sein an sich. Die Erzählungen des Greises und Nadalas stimmten überein. Welchen Grund hätten sie noch, ihn anzulügen?

Nadala stieß Luft durch die Nase. »Und sie weiß natürlich nichts davon. Kann sich genauso wenig an die Dinge erinnern.«

Ein weiteres Nicken folgte.

Nadala zupfte an ihrem Hemd und den Hosen herum. Obwohl sie gerade das Gesicht einer heranwachsenden Frau hatte, verriet die Miene ihr wahres Alter. »Wie sollte ein Mensch wie Plutarch, der zugegeben viel Macht und genügend Zauberkraft besitzt, Wesen wie euch kontrollieren können?«

Kallestrus zog seine Kapuze aus, und Nadala blickte in rot funkelnde Augen eines älteren Mannes mit kurzen grauen Haaren. Kallestrus' menschliche Erscheinung war makellos, aber die Züge zeigten deutlich seine Wut. »Sie ist an ihre menschliche Gestalt gebunden.«

»Das entschuldigt nicht den Mord an den eigenen Kindern!«

»Sie wusste es nicht. Bis vor ein paar Tagen wussten wir es beide nicht.«

Nadala legte die Hände an ihre Schläfen und begann mit kreisenden Bewegungen ihren Kopf zu massieren, wobei sie die Augen geschlossen hielt. »Ach? Und wie habt ihr so plötzlich davon erfahren?«

»Als ich vor ihr stand, konnte ich mich an sie erinnern und sie sich an mich.«

»Wie schön für euch.« Nadala starrte an ihm vorbei.

»Ich habe ihr das Genick gebrochen.«

»WAS?« Nadala verlor die Fassung und zuckte bei der Lautstärke ihrer Stimme selbst zusammen.

Jetzt war es Kallestrus, der sich nach allen Seiten umschaute und die Stirn in Falten legte, bevor er weitersprach. »Was hätte ich denn tun sollen? Ich war in einem Raum mit anderen Menschen und dem Statthalter von Balfahlahr. Erklären, was ich augenblicklich selbst nicht verstand?«

»Du hast die ganze Zeit nichts getan. Du hast tatenlos zugesehen, wie sie eure Kinder abschlachtete! Jetzt hast du die Frau, die du liebst, auch noch…«

Ein lautes Klatschen war zu hören, als Kallestrus' Schlag die Wange der Frau mit voller Wucht erwischte und ihren Kopf zur Seite schleuderte, gefolgt von ihrem kurzen Schreckensschrei. Danach war es still.

Nadalas Atem ging flach und schnell, als sie sich aufrichtete. Unverhohlen stierte sie ihn an, während sich seine Fingerabdrücke auf ihrer Wange abzeichneten. »Unsere Welt wird untergehen, und du kommst her, um mich zu schlagen, wenn ich die Wahrheit ausspreche, Kindsmörder?«

Der zweite Schlag traf sie auf der anderen Wange. Diesmal strauchelte sie unter seiner Kraft. Nadala wischte sich das Blut von den Lippen. Sie hatte sich selbst auf die Backe gebissen.

Kallestrus packte sie mit einer Hand am Arm, mit der anderen hielt er ihr Kinn. Sie musste ihn anschauen. »Wenn ihr Menschen so unglaublich schlau seid, wieso habt ihr mich nicht gesucht und mich aufgeklärt?« Er stieß sie von sich weg.

»Oh, das haben wir!«, schnaubte Nadala und rieb sich das Blut aus dem Mundwinkel. »Wie hätten wir dich finden sollen? Das erste Mal hast du uns gerufen. Du weißt genau, wer wir alle sind, sonst hätten wir die Drachentöter gar nicht besiegen können.«

Kallestrus musterte sie eindringlich.

Nadala spuckte Blut aus. »Wir Kinder der Elementare sind die einzigen, die ihr Drachen nicht behandeln könnt wie die anderen Menschen. Wir sind die einzigen, die ihr nicht beherrscht, oder hast du das gleichermaßen vergessen? Die einen befiehlst du, die anderen versklavst du. Jeden gewöhnlichen Sterblichen kannst du kontrollieren. Uns hingegen rufst du nur als freien Geist.«

Kallestrus wollte nochmals zuschlagen, diesmal wich sie ihm aus.

»Nach Erfüllung der Aufträge haben wir nach dir gesucht, zumindest die, die an die Überlieferungen der Ältesten glaubten. Du hast keinem verraten, dass du dich nicht erinnern kannst. Wir dachten, es hätte eine Bewandtnis, wenn du die Siegelringe sammelst. Danach haben wir die Feuer gehütet und deine Kinder geschützt, so gut es uns möglich war. Deine Spuren waren verschwunden, deine Kinder konnten wir nicht fragen. Was hätten wir sie überhaupt fragen können? Und nicht einen von uns hast du gerufen. Wir haben zugeschaut, wie unsere Liebsten alterten und starben. Oder wir verließen sie, um sie nicht in Gefahr zu bringen. Wir sahen zu, wie diese Welt sich veränderte, und konnten gar nichts tun. Plutarch versuchte, die Morde an seinen Drachentötern zu rächen. Ich habe nicht nur meinen Mann verloren, sondern mein vorheriges Leben. Alles, was ich mir noch wünsche, ist, meine Söhne in Frieden leben zu sehen. Was auch immer der Grund für die Geschehnisse sein mag, er liegt in dir begründet. Es ist an dir, diese Welt ins Gleichgewicht zu bringen, nicht an uns.«

In Kallestrus' Gesicht arbeitete es. Die Nase zog sich in die Länge und formte Nüstern, während zwischen den Lippen einzelne spitze Zähne auftauchten und sich wieder zurückbildeten.

Fasziniert beobachtete Nadala das Gesicht, welches seine Farbe von menschlichem Teint in ein Blau und wieder zurück wechselte.

Kallestrus' Augen funkelten unentwegt, als er um Fassung kämpfte und dem Drang, in seine wahrhaftige Gestalt zu wechseln, nicht nachgab.

»Es ist alles wahr. All die Geschichten der Ältesten sind wahr. Sie haben gut daran getan, dich vergessen zu lassen. Es gab eine lange Zeit des Friedens. Sie haben gewusst, dass er nicht für die Ewigkeit halten würde. Hier bist du und forderst alles wieder ein, obwohl sie dir damals geholfen hatten. Einen Aufschub haben sie dir und uns gewährt.« Nadala taumelte zurück. Allmählich begriff sie, was sie hier besprachen.

Der Zauber des Vergessens hatte bis vor kurzer Zeit gehalten. Nun geriet alles aus den Fugen. Der Schmerz in ihren Wangen brannte wie Feuer. Es fiel ihr schwer, die Konzentration zu wahren.

»Jeder Drachentöter trug einen Siegelring«, begann sie schließlich. »Diese Ringe, jeder hatte eine besondere Eigenschaft. Irgendwie schienen sie die Drachentöter zu schützen. Es war so, als hätten sie mehrere Leben, als seien sie gar nicht einer, sondern mehrere. Wie eine Katze mit sieben Leben. Denjenigen, den ich für dich töten sollte, habe ich insgesamt vier Mal erledigt. Vier Tage hintereinander, so als hätten sie sich und mein Tun wiederholt.«

»Du redest wirres Zeug.«

Nadala zuckte die Achseln und schaute ihn von der Seite an. »Das mag sein, aber so war es. Nach allem, was in den letzten Jahren in meinem Leben passiert ist, war das noch harmlos. Schau mich an, ich bin wieder Kind geworden.«

Kallestrus musterte sie und ließ seine Gedanken in ihre wandern. Dort waren dieselben Gedanken wie ihr Gesagtes. Alles, was sie erzählt hatte, fühlte er. Sie log nicht. Er hatte den Menschen, den Sterblichen, tatsächlich ungewollt einen Weg eröffnet, die Zeit zu manipulieren. Und diesen Weg haben sie für sich begehbar gemacht. Er musste herausfinden, wie. Es musste mit den Siegelringen zusammenhängen. Wenigstens diese vage Ahnung war richtig gewesen. Er hatte sie nicht grundlos gefordert. Er wollte sie besitzen, als könne er mit ihrem Besitz etwas rückgängig machen. Wut kämpfte sich ihren Weg durch seinen Geist. Am liebsten hätte er losgebrüllt. *Wie oft habe ich mich schon erinnert? Wie oft dieses Gespräch geführt? Stehe ich zum ersten Mal hier mit Nadala oder bereits zum hundertsten? Ich muss das Gleichgewicht wiederherstellen! Diese Halblingsfrau hat recht.*

Kallestrus blinzelte, in seinen Augen bildeten sich leuchtende Tränen.

Nadala beobachtete ihn skeptisch.

»Ein weinender Drache. Welch mächtiges Wesen mit zartem Gemüt«, sagte sie leise, und ein hämisches Lachen erklang.

Ohne sie zu beachten, strich Kallestrus die Träne auf die Spitze seines Zeigefingers. Schimmernd lag sie auf seiner Haut.

Nadala schaute zu, wie sich das Licht in dem Tropfen brach und in bunten Farben schillerte. Vorsichtig bewegte er den Finger auf ihre Wange zu.

Sofort zuckte sie zusammen, wich jedoch nicht zurück.

Als sein Finger ihre Haut berührte, ließen die Schmerzen sogleich nach. Sie spürte, wie die Schwellung zurückging, der Geschmack von Blut verschwand aus ihrem Mund und auch die Spannung auf der anderen Wange.

»Die heilende Wirkung einer Drachenträne«, flüsterte sie leise.

»Sei froh, dass es nicht unsere Pisse ist.«

Nadala verengte die Augen und hielt die Luft an. Dann

prustete sie los, und schon bald darauf hörte man ein tiefes dunkles Lachen über der Ruhe des Friedhofs.

»Wir werden mit dieser Welt untergehen, nicht wahr? Du hast überhaupt keine Ahnung, was du tun kannst«, sagte sie schlussendlich.

»Ihr Menschen seid nicht besonders intelligent, aber ihr seid unglaublich gerissen, manche sehr schlau. Das Schlimmste an euch ist, dass ihr auch alles glaubt, was ihr meint zu wissen. Es ist zum Verzweifeln.«

»Was du den Ältesten gegeben hast, wirst du hoffentlich wieder nehmen können. So schwer kann das doch nicht sein.«

»Wird das diese Welt und uns alle retten? Ich weiß nicht, wie ihr es verdammt noch mal geschafft habt, die Zeit zu nutzen. Wahrscheinlich hat sich das eines eurer gewieften Bürschchen so gedacht. Na, wenn wir dem Drachen schon das Gedächtnis rauben, dann gleich das Wissen um unsere eigenen Zauber und Tricks.«

»Trick hin oder her. Irgendetwas muss dir einfallen. Schließlich hast du uns die ganze Sache vor langer Zeit mit deiner Liebe eingebrockt. Wegen eines gebrochenen Echsenherzchens gehen wir bald alle drauf. Wenn uns Plutarch oder seine Truppen nicht vorher erwischen, zerreißt es eben unsere Welt, oder ich werde wieder jünger oder älter oder jünger oder älter.« Nadala bewegte ihre Arme wie Schalen einer Waage.

Je länger sie dies tat, umso größer wurden Kallestrus' Augen. Unvermittelt hielt er sie an den Armen fest, und Nadala beendete ihre Litanei.

»Natürlich! Es ist so einfach wie genial. Da gab es in den Reihen der Sterblichen definitiv einen klugen Kopf!«, stieß er hervor.

»Was ist was?« Nadala machte sich von ihm los.

»Es sind Uhren! Sie haben aus ihnen Uhren gemacht, die auf unterschiedliche Weise die Zeit messen. Das ist der Grund, warum einer von euch alterte und der andere jünger wurde. Das würde zudem erklären, weshalb du den Drachentöter mehrmals umbringen musstest, denn Mithilfe des

Siegelrings an seinem Finger hast du ihn gewiss mehrmals umgebracht.«

Nadala runzelte skeptisch die Stirn. »Du spinnst dir gerade etwas sehr Unglaubliches zusammen, oder?«

»Nein, die Siegelringe! Es sind Uhren, die den Träger befähigen, die Zeit anders verlaufen zu lassen. Oder nein, nicht befähigen, sie läuft nur für ihn anders. Als ihr mir die Ringe gebracht habt, ist der Lauf für euch derselbe geblieben, wie er dem Ring mitgegeben wurde. Ihr seid noch immer die Träger, obwohl ihr sie mir ausgehändigt habt. Du wurdest jünger, ein anderer älter, der Suffkopf… ach, was soll's!«

Er ließ sie stehen, er musste die Ringe holen.

Nadala folgte ihm, als er über den Friedhof lief, mit flatternder Kutte über die kleine Mauer setzte und hinter der Kirche verschwand. Als sie beim Gotteshaus um die Ecke bog, er war bereits weg.

»Diese verdammte Echse!«, schnaubte sie und eilte zur Schmiede. Dort trat sie zu den Männern, die im Takt auf glühende Hufeisen schlugen. Die Arme in die Hüften gestemmt, stellte sie sich vor das Feuer und atmete tief durch. »Ich brauche zwei hart geschmiedete Dolche aus dem besten Metall, das wir haben.«

Im gleichen Takt schlugen die Hämmer auf das heiße Eisen.

Sie schaute von einem Mann zum anderen. »SOFORT!«

Beide Schmiede hielten in der Bewegung inne und sahen verwundert auf das Mädchen. Doch keiner wagte zu widersprechen, stattdessen legten sie die Eisen ins Feuer. Während der eine Holz nachlegte, bereitete der andere den Schmelztiegel vor.

Nadala lächelte stolz und ging selbst das Metall aussuchen, was sie einschmelzen würden. Sie waren so begabt wie ihre Väter, wenn es um die Schmiedekunst ging. Dennoch würden diese Waffen das Erbe ihrer Mutter in sich tragen.

Der gesamte Hort stank nach Mensch, als Kallestrus eintraf.

An der Decke kreisten die restlichen Universen. Ihr

Anblick beruhigte den Drachen nur bis zu dem Moment, als er feststellen musste, dass alle Siegelringe verschwunden waren.

Mit geblähten Nüstern beschnüffelte er jede Stelle. Schweiß, Angst und etwas Blut. Kein fremder Geruch, eher etwas Junges, Windiges und ziemlich Eingebildetes. Merranas! Dieser kleine Teufel! Nun, wenn er wie geplant und besprochen mit Kiromin unterwegs war, dann waren die Siegelringe genau dort, wo er sie benötigen würde: Hyperahmah! Kallestrus war sich sicher, dass Merranas nicht von der Seite seines Sohnes wich. Es stand für ihn zu viel Gold auf dem Spiel. Vielleicht sogar einiges mehr. Irgendwann musste dieser Dummkopf doch merken, dass sein Weg längst vorgezeichnet war.

BUCH 3

AUFSTIEG UND FALL

»Diese verdammte Hexe behält Recht! Diese verfluchte Hure mit ihren Prophezeiungen behält wahrhaftig Recht!« Plutarch hielt eine Schriftrolle in der Hand und überflog mit rasenden Blicken die Zeilen. Er kannte jedes Wort, jeden Strich und Punkt auswendig, alle Unebenheiten des Pergaments. So oft hatte er dieses Schriftstück gelesen und in Händen gehalten.

Denn er wird kommen als Fremder in Not.
Verborgen wird bleiben sein Gesicht.
Wird nehmen, was einst er gebot.
Erkennen wird man ihn nicht.

Seine Lippen bebten, als er zum Weinbecher griff, der auf dem breiten Schreibtisch stand. Es war das einzige Möbelstück, das er im Laufe seiner Herrschaft nicht während einer Wutattacke zertrümmert hatte. Der wuchtige Unterbau war mit aufwendigen Schnitzereien von Fabelwesen verziert. Hier und da fehlte ein Horn oder ein anderes Detail, das die Tritte und Schläge nicht ausgehalten hatte, aber die hölzerne Bordüre und die darunter eingelassenen Türen mit riesigen eisernen Schlössern waren unversehrt.

Und mit ihm wird kommen der Wind,
wird bringen verlorenes Kind.
Wird binden die Kräfte du entzweit.
Wirst dieses Lebens gar befreit.

Mit einem schlürfenden Geräusch leerte er das Gefäß,

wobei ihm die dunkelrote Flüssigkeit rechts und links aus den Mundwinkeln floss und kleine Tropfen am Kinn bildete. Mit dem Ärmel wischte er sich über das Gesicht. »NEIN! Die Hexe wird nicht recht behalten. Ich werde dieses Monster in den Katakomben halten. Wenn Kallestrus kommt und ich ihn erkenne, wird er mein neuer Sklave. Und ich werde mit ihm diese Welt bis in alle Zeit regieren!«

Vor dem Eingang war die gesamte Leibwache postiert. Die Männer standen seit Anbruch der Dunkelheit vor seinen Gemächern im höchsten Turm von Hyperahmah. Selbst durch die dicke Tür aus uraltem Eichenholz drangen seine Schreie und Verwünschungen so laut zu ihnen herüber, dass sie jedes Wort verstanden. In der ersten Zeit hatten alle Fassung bewahrt. Doch nach einer Weile fragte der erste, wovon der Oberste Kirchenführer andauernd spräche. Ohne Antwort sank der Mann mit einem gurgelnden Laut zu Boden. Der Hauptmann hatte ihm in den Hals gestochen. Es war keine weitere Erklärung mehr nötig. Es war die letzte Frage gewesen, die gestellt wurde. Trotzdem wechselten die Männer ständig Blicke und drehten sich immer öfter zur Tür. Das Leder der Handschuhe knirschte, wenn sie den Griff um ihre Waffen enger zogen. Plutarchs Brüllen zerrte zunehmend an ihrer aller Nerven. Die hell brennenden Fackeln verstreuten ein unruhiges Licht. Flammen tanzten im sanften Wind, der durch die rechteckigen Fenster des Treppengangs hineinwehte. Die Zeit zog sich in die Länge, ohne dass Plutarch müde wurde.

»Mehr Wein!«, schrie er, wohl wissend, dass sie alles hörten.

Der Hauptmann nickte einem Läufer zu, er solle den Dienern Bescheid geben. »Und schau gleich nach, ob die Garde ein Zeichen von der Seherin und den vermissten Würdenträgern hat. Oder diesem verfluchten Boten.«

Der Läufer verbeugte sich prompt und eilte hinunter, während der Hauptmann ihm nachschaute. Es konnte doch nicht so schwer sein, diese Würdenträger und das Weibsstück zu finden, schließlich befanden sie sich auf einer Insel. Und nachdem zwei von den alten Besserwissern geflohen waren, hatte man alle Boote beschlagnahmt.

Der Fuß des Jungen schaffte es gerade einmal, die letzte Stufe mit den Zehen zu berühren, da fiel er bereits in Firims Arme. Seine Augen waren vor Schreck geweitet, der Mund zum Schrei aufgerissen, aber es ertönte nur ein leises Stöhnen, dann sank er in sich zusammen. Vorsichtig fing Firim ihn auf und schleifte den leblosen Körper unter die Treppe, wo sich Atiro versteckt hielt.

Er drehte sich weg, als Firim das Kurzschwert aus dem Bauch des Dieners zog und an dessen Beinkleidern abwischte. »Musste das wirklich sein?«

Firim zuckte die Schultern. »So kann er niemandem verraten, wem er begegnet ist.«

»Und was machen wir mit der Leiche?«

»Die lassen wir hier liegen. Hast du eine Idee, wo der Bursche hinwollte?«

»Entweder sollte er etwas oder jemanden holen oder eine Nachricht überbringen. Sicherlich will Plutarch mehr Wein.«

»Dann haben wir sehr wenig Zeit. Wenn du recht behältst und dort oben die Leibgarde von unserem Freund versammelt ist, wird der Hauptmann bald einen seiner Leute schicken, um nach dem Jungen zu sehen.«

»Den willst du auch abstechen?« Atiros Stimme war schrill geworden.

»Sicher. So haben wir ein Problem weniger.«

Als Atiro zu einer weiteren Antwort ansetzen wollte, winkte Firim ab. »Glaubst du, sie würden etwas anderes mit uns tun?«

Seine Stimme klang eisern durch den Helm, trotzdem konnte Atiro den sarkastischen Unterton vernehmen. Sein Vater hatte ihn tatsächlich mit einem Dieb und Mörder losgeschickt, um Plutarch zu bestehlen. Jetzt hockte er neben einem Toten, und kaum mehr als fünfzig Stufen über ihm tobte ihr größter Feind.

»Wie viele Ebenen liegen noch über uns?«, wollte Firim

wissen.

»Zwei. Die nächste ist genau wie diese hier. Die letzte Treppe endet in einem kleinen schmalen Gang, der vielleicht zehn, vielleicht auch fünfzehn Ellen misst. In dem Durchgang haben zwei Männer nebeneinander Platz, aber nur, weil Plutarch so fett ist, sonst würde er selbst nicht durchpassen. Danach folgt ein halbrunder Vorraum. Dort steht immer die Leibgarde. Er ist halb so groß wie diese Ebene. Dahinter liegen die Gemächer mit dem Balkon.«

»Gut, und wo genau sind die Fenster?«

Atiro stierte Firim durch das Visier an. Er hatte ihm den Turm auf ihrem Weg von den Katakomben bis zu dieser Ebene bereits siebenmal beschrieben. Er verdrehte die Augen, doch Firim bemerkte das Zögern und packte ihn an der Schulter. »Los, erkläre es mir noch mal und lass kein Detail aus.«

Seufzend fing Atiro seine Beschreibung von neuem an. »Direkt, wenn wir die letzte Treppe hochkommen und in den Gang treten, sind rechts und links Fackelhalter an den Wänden, dann jeweils ein Fenster, dann wieder Fackelhalter, sodass der Durchgang und die Treppen beleuchtet sind oder das Tageslicht hineinfällt. Die nächsten Fackelhalterungen sind wieder im Vorraum vor Plutarchs Gemächern angebracht, jeweils links und rechts und nochmals zwei neben der Tür zu seinen Zimmern. Auch hier befinden sich an jeder Seite jeweils zwei Fenster. Die Eichentür geht nach innen auf und…«

»Das reicht«, unterbrach ihn Firim. »Also los!«

Er setze den Helm ab und begann seinen Brustharnisch zu öffnen.

Atiro sah ihm erstaunt zu. »Was soll das?«

»Die brauchen wir jetzt nicht mehr. Zieh sie aus. Wir lassen sie hier unter der Treppe.«

»Was hast du vor? Ich dachte, wir wollen uns als Wachen in die Gemächer schleichen.« Atiro machte keine Anstalten, die Rüstung abzulegen.

Firim zog ihm den Helm vom Kopf und verstrubbelte

sein Haar.

»Lass das bleiben!« Atiro schlug ihm die Hand weg.

Auf Firims Gesicht zeigte sich ein Grinsen. »Dann hör endlich auf, dich wie ein kleiner Junge aufzuführen, und mach einfach, was ich dir sage!«

Ohne darauf zu warten, dass Atiro seine Rüstung ablegte, schaute Firim sich schnell nach allen Seiten um und stieg die Treppen weiter auf.

Leise fluchend zog Atiro den Harnisch aus und folgte dem Mann, von dem sie so gut wie gar nichts wussten. Warum hatte sein Vater von einem Augenblick auf den nächsten so viel Vertrauen zu dem Fremden gefasst? Wie konnten sie sicher sein, dass er derjenige war, für den er sich ausgab? Und warum hat Plutarch ihn nicht erkannt, wenn er in Balfahlahr einen Namen hatte? So groß war die Welt nicht.

Für weitere Überlegungen blieb ihm keine Zeit, weil Firim bereits die vorletzte Ebene erreicht hatte und wartete. In geduckter Haltung stand er vor der letzten Treppe und lauschte. Von oben kamen keine Geräusche.

Atiro schlich zu Firim und begriff, warum sie die Rüstung abgelegt hatten: Man hätte sie bereits hier gehört. Harnische und Helme klapperten beim Gehen.

Auf Zehenspitzen setzte Firim seinen Weg fort und verschwand die Treppe hoch.

Vorsichtig folgte ihm Atiro. Er musste sich zusammenreißen, damit er ruhig atmete. Was für eine dumme Idee! Firim hingegen ging zielstrebig voran, bis er auf der obersten Stufe ankam.

Und ehe Atiro blinzeln konnte, war er aus seinem Blickfeld verschwunden. Verdutzt blieb er stehen und duckte sich die drei letzten Stufen runter. Wo war der Mann hin? Atiros Atem ging schneller. Im Gang war kein Geräusch zu vernehmen, nur der Herzschlag in seiner Brust. Und der machte es dem Atem gleich. Hatte die Leibgarde dort oben Firim bereits erwischt? Unsicher warf Atiro einen Blick zurück und zögerte, bevor er auf dem Absatz kehrt machte.

»Atiro, hier drüben. Komm schon!« Firims zischende Stimme schien aus der rechten Wand zu kommen.

Vorsichtig richtete Atiro sich wieder auf und drehte sich in den Gang.

»Jetzt komm endlich hier rauf. Sie können uns nicht sehen, aber wenn du ewig auf der Treppe bleibst, erwischt dich früher oder später einer.«

Noch einmal drehte sich Atiro vorsichtig um. Irgendetwas musste er tun. Er entschied sich für den Weg nach oben. Von rechts hielt ihn jemand am Arm und zog ihn zum Fenster.

Fast hätte Atiro aufgeschrien, doch Firim presste ihm die Hand vor den Mund.

Er stand auf dem Fenstersims und hielt sich mit der anderen Hand an der Außenwand fest. Das Schwert hatte er in den Gürtel gesteckt.

Ungläubig schaute Atiro ihn an, als er ihm andeutete, ebenfalls aus dem Fenster zu steigen. Wie von jemandem gezogen, trat Atiro von der Wandöffnung weg.

Die Stirn seines Gegenübers legte sich in Falten. Ärger funkelte in Firims Blick. »Was ist denn jetzt schon wieder?«, flüsterte er und schaute sich nach dem Gang um.

»Ich…ich…kann das nicht«, zischte Atiro zurück, während Firim in den Flur schielte.

Am anderen Ende des Ganges wuchsen und schrumpften Schatten im unruhigen Fackelschein. Nur wenige Schritte trennten sie von den Soldaten Plutarchs, und dieser kleine Angsthase fing wieder eine Diskussion an.

»Wie hat er all die Jahre in diesem Moloch überlebt?«, schoss es Firim durch den Kopf.

»Wo bleibt der Bursche mit dem Wein?«, rief der Hauptmann.

Hatten sie so viel Zeit verplempert, dass man bereits nach dem Jungen suchte oder war der Hauptmann noch ungeduldiger als Plutarch?

Atiro blieb wie angewurzelt stehen. Wie von selbst streckte er Firim die Hand hin. Und dieser griff ohne Zögern zu.

»LOS, GEH NACHSCHAUEN!«, brüllte es von der

anderen Seite des Ganges, als Firim Atiro auf den Vorsprung zog und gegen die Außenwand des Turmes drückte.

Der Sims war gerade breit genug, um mit den Füßen ausreichend Platz für einen gewagten Stand zu finden. Kalter Wind blies Atiro entgegen und trieb ihm sofort Tränen in die Augen, während er sich mit dem Rücken krampfhaft an den kalten Stein drückte.

Firim starrte Richtung Gemächer und Balkon.

Atiro presste sich noch weiter gegen die Wand, da er die Wache am Fenster vorbei und die Treppen hinunterstürzen hörte. Schon bald würde sie Alarm schlagen, wenn sie den toten Diener unter den Stufen fand.

Unter ihnen lag die Stadt. Kleine Lichtpunkte verrieten die Fenster der Häuser, selbst den Verlauf der breiteren Straßen konnte er verfolgen, da sie schleunigst mit Fackeln und Feuerkörben bestückt waren. In der Ferne entdeckte er das Lager der Soldaten am Ufer. Plutarch hatte sie an der Anlegestelle postiert. Es mussten einige Hundert sein, denn selbst von hier oben konnte man durch die vielen Lagerfeuer erahnen, wie weit sich die Zelte erstreckten. So etwas hatte er noch nie gesehen. Für einen Augenblick vergaß er, wo er war, und betrachtete das Lichtspiel. Wann war es eigentlich Nacht geworden? So lange waren sie gar nicht in der Stadt unterwegs gewesen. Erst Firims Zischen holte ihn auf den Sims zurück; ihm wurde schwindelig. Sofort warf er den Kopf nach hinten und starrte zum Himmel. Unzählige Sterne waren zu sehen. Nach einigen Sekunden hatte sich sein Atem beruhigt. Er schaute sich nach Firim um.

Der hatte sich an das andere Fenster herangeschoben und spähte durch die Öffnung. Schritt für Schritt und den Rücken an die kalten Mauern gepresst, bewegte sich Atiro auf Firim zu.

»Da sind mindestens sechs oder sieben Männer und der Hauptmann. Wenn der andere zurückkommt, sind wir im schlimmsten Fall bei neun.« Er hatte seine Lippen so nah wie möglich an Atiros Ohr gepresst.

Der junge Mann machte es ihm nach. »Das sind zu viele.«

Firim grinste. »An denen müssen wir auch nicht vorbei, sondern nur an den Fenstern.«

Atiro fühlte, wie ihm erste Schweißperlen übers Gesicht liefen. Während der kurzen Strecke auf dem Sims hatte er sich darauf konzentriert, nicht nach unten zu schauen, sondern die Füße möglichst nahe der Wand zu setzen und das Gewicht nie nach vorne zu verlagern. Zwar erwies sich der Sims als breit genug, aber der Wind zerrte sogar an seinen Zehenspitzen, riss an seinem Hemd und den Hosen. Ein falscher Schritt oder eine unbedachte Bewegung, und es wäre aus. Seine Handflächen waren nass, er wagte es nicht, sie an den Hosen abzuwischen. Das Herz raste seit dem Zeitpunkt, als er hier draußen stand, und die Knie wurden vor Anstrengung weich.

Firim drehte sich wieder zu ihm und fasste seinen Arm. Er spürte das Zittern des jungen Mannes, dessen Hemd feucht vom Schweiß war. Er blickte ihn von der Seite an. Der Mond stand über ihnen, er konnte Atiros Gesichtszüge gut erkennen.

»Du hältst dich ganz tapfer, wenn du nicht so viel reden kannst«, versuchte er seinen jungen Begleiter mit leisem Flüstern aufzumuntern. »Wir warten auf eine passende Gelegenheit und passieren das erste Fenster. Dann warten wir zwischen den beiden Öffnungen. Wenn wir am anderen vorbei sind, ist es nicht mehr weit bis zum Balkon, dann hast du es geschafft.«

Atiro nickte und musste sogleich an den Rückweg denken. Mühevoll versuchte er seine Oberschenkel zu lockern, die unter der Anspannung zu schmerzen begannen. Die Waden zitterten bei jedem Atemzug. Firims Griff um seinen Arm wurde stärker. »Wenn ich drüben bin, gebe ich dir ein Zeichen, wann du am Fenster vorbeigehen kannst. Du kannst dich an den Kanten der Öffnung festhalten. Du musst schnell machen, verstehst du?«, erklärte Firim leise.

Atiro sah dem Fremden zu, wie er einige Male den Oberkörper in die Fensteröffnung streckte und wieder zurückzog. Mit wenigen großen Seitenschritten war er plötzlich auf der anderen Seite, sein Körper war eng an die Mauer geschmiegt. Wieder spähte er durch die Öffnung. Atiro versuchte sich zu beruhigen. So wie dieser Mann würde er es nicht hinbekommen. Firim schien keine Angst zu kennen. Jetzt winkte er ihm zu, das Fenster zu passieren, während sein Blick ins Innere des Turmes gerichtet war.

Atiro blieb, wo er war. »Verflucht seien Plutarch und die Drachen! Ich schaffe das einfach nicht«, flüsterte er vor sich hin.

Auf der anderen Seite gestikulierte Firim wild mit einem Arm, er möge endlich auf die andere Seite kommen, aber die Beine des jungen Mannes verweigerten ihm die Gefolgschaft.

»WO BLEIBT DER WEIN?«

Der Schrei ließ beiden Männern den Atem stocken. Im Inneren des Turms flog die Tür auf. Sie hörten jemand anderen Befehle bellen. Atiro starrte zu Firim, doch der war bereits auf dem Balkon, an dem der Sims endete. Dort stand er im Schatten.

Verzweifelt versuchte Atiro an der Kante der Fensteröffnung vorbeizuschauen, allerdings konnte er lediglich die Schatten der Leute sehen, mehr gab seine Position nicht preis. Er atmete tief durch. Hier stehenbleiben konnte er nicht in alle Ewigkeit. Vorsichtig schob er sich weiter an die Öffnung heran. Zwei große Seitenschritte und er wäre drüben.

»BRINGT MIR ENDLICH WEIN UND DIE HEXE!«, hörte er Plutarchs Stimme. Sie schien so nah, als stünde er direkt hinter ihm. Diese Vorstellung genügte. Er setzte einen Fuß seitlich den Sims entlang, zog den anderen nach und war am ersten Fenster vorbei. Die Mauer fühlte sich an seinem Rücken immer kälter an. Mit schlackernden Beinen bewegte er sich auf die zweite Öffnung zu. In seiner Brust hämmerte das Herz so sehr, er spürte es in den Ohren pochen. Immer wieder wanderte sein Blick zu dem Balkon, auf dem Firim stand. Von hier aus konnte er die Hand entdecken, die der andere ihm entgegenhielt. Es war nicht mehr weit. Dieses zweite Fenster, dann hatte er es geschafft.

Jemand im Turm gab Befehle und das Getrampel von Stiefeln folgte. An der zweiten Öffnung versuchte er, sich einen Moment lang zu entspannen, tat einen großen Schritt zur Seite und griff nach der Kante der anderen Seite. Die weiteren Bewegungen machte sein Körper von selbst, denn Atiro dachte allein an den Balkon vor sich. Als er ihn erreichte, spürte er Firims Hand an seinem Arm, die ihn fest packte, über die Brüstung zog und in die Ecke drückte. Atiro wollte etwas sagen, aber Firim hielt ihm den Mund zu. Aus dem einen Fenster lehnte sich ein Mann heraus. Kurz drehte er den Kopf nach rechts und links.

»Hier ist niemand«, schrie er in den Flur hinein, »vielleicht ein Vogel.«

Atiro atmete schwer. Einer der Leibgardisten Plutarchs musste seinen Schatten gesehen haben.

Als der Mann wieder verschwunden war, nahm Firim die Hand von seinem Mund und zog ihn nach unten. Im Schutz der Brüstung hockten sie sich gegenüber und sprachen kaum hörbar.

»Wo genau könnte Plutarch die Folianten versteckt haben? Wir werden nur wenig Zeit zum Suchen haben.« Firim sprach ruhig, während sein Blick auf Atiro ruhte. Doch der sah nur ratlos drein. Seine Oberschenkel und die Hände zitterten von dem Balanceakt. Er schaute zu den Fenstern zurück. Den Rückweg würde er nicht schaffen.

Firim schnippte mit dem Finger vor seinen Augen. »Hey, hier spielt der Narr sein Spiel.«

Atiro sank merklich in sich zusammen. »Ich habe nicht die geringste Ahnung, wo er die Bücher versteckt haben könnte. In all der Zeit war ich genau zwei Mal hier oben und durfte an der Tür stehen bleiben, als mein Vater mit Plutarch sprach.«

Firim schüttelte den Kopf. »Na, das kann ja was werden. Eine große Hilfe bist du wahrlich nicht.«

»Ich habe nicht darum gebeten, mitgehen zu dürfen.«

Firim winkte ab und schlich geduckt ans Fenster des Balkons. Er hörte eine Tür zuschlagen; Plutarch war in seine

Gemächer zurückgekehrt. Von dem Fenster aus konnte Firim den Kirchenführer am Schreibtisch sehen. Auf dem massiven Möbelstück stand eine große brennende Kerze.

Atiro kroch unter der Öffnung hindurch und spähte hinein. Allmählich beruhigte sich sein Atem. Er spürte den kalten Wind durch die nassgeschwitzte Kleidung.

Plutarch machte sich an der Flamme der Kerze zu schaffen, die im Luftzug der Fenster unruhig tanzte.

Von hier aus konnten sie nicht verstehen, was der Mann murmelte, aber mit seltsamen Handbewegungen versuchte er die Flamme zu fassen.

»Was macht er da?«, flüsterte Atiro, was von Firim lediglich mit einem Achselzucken beantwortet wurde.

Plutarchs Stimme tönte lauter. Einzelne Wortfetzen drangen zu ihnen, die Atiro nicht verstand. Es hörte sich nach einer Beschwörung an.

Unversehens hielt die Flamme in ihren Bewegungen an, als sei sie eingefroren. Der Wind vor dem Fenster erstarb. Atiro hatte das Gefühl, ihm würde jemand die Luft aus den Lungen drücken.

Firim ging es ähnlich. Er hatte sich an die Brust gegriffen und versuchte Luft zu holen.

Atiro blickte genauer hin. Über dem Schreibtisch schwebte ein Pergament, das der letzte Windzug angehoben haben musste. Jetzt hing es wie an unsichtbaren Fäden gehalten über der Tischplatte. Er schaute nochmals hin, um sicherzugehen, dass ihn seine Augen nicht täuschten. Wie konnte das sein?

Plutarch grinste zufrieden. Sein Zeigefinger richtete sich auf das kleine Licht. Er schwankte leicht, torkelte unter der Wirkung des Weins, den er im Laufe des Tages in sich hineingeschüttet hatte.

Im nächsten Augenblick begann die Flamme wieder ihren Tanz und bog sich unter dem zurückgekehrten Windzug. Mit der ersten Bewegung der Flamme erstarb auch das Grinsen in Plutarchs Gesicht. Er hatte Schwierigkeiten, das Gleichgewicht zu halten und schwankte erst vom Tisch weg, dann wieder auf ihn zu. Wütend ballte er die Fäuste und schlug auf die dicke Platte ein. »Nein, das kann nicht sein! So schnell wirst du mir nicht die Kräfte nehmen!«

Wieder fing der Oberste Kirchenführer mit seiner Beschwörung an.

Firim und Atiro duckten sich von dem Fenster weg.

»Was in aller Dämonen Namen treibt er da drinnen?« Firims Stimme klang nicht mehr besonders ruhig. »Ich hatte eben das Gefühl, mir presse jemand alle Luft und das Blut aus Lunge und Eingeweiden.«

Atiro nickte zustimmend, aber seine Blicke wanderten von rechts nach links, als würde er einen unsichtbaren Brief überfliegen. »Angenommen, er hat den Folianten der Zeit entschlüsselt und es stimmt, was Vater mich über die Ältesten gelehrt hat, so kann er tatsächlich die Zeit anhalten, womöglich sogar manipulieren.«

»WO IST DER WEIN?«

Plutarchs Geschrei war so laut, dass sie ihn am Fenster glaubten, aber er schlug in seinem Zimmer mit irgendetwas um sich. Das Geräusch von splitterndem Holz drang zu ihnen, Glas oder Keramik gingen zu Bruch.

Firim hob den Kopf und blinzelte, bevor er die Hand ausstreckte. Überrascht schaute er zu Atiro, der erstaunt einer Flocke nachsah, die sanft auf der Brüstung landete.

»Es schneit.« Große Flocken fielen vom Himmel. Schwere Wolken schoben sich vor den Mond. »Es ist gerade erst Sommer geworden«, wisperte Firim irritiert.

Atiro machte eine Handbewegung Richtung Plutarch. »Oder er hat noch mehr verändert, nicht nur die Kerzenflamme.«

Mit jedem Atemzug spürten sie die eisige Kälte mehr und mehr, die langsam um den Turm schlich.

Drinnen flog die Eichentür auf. Der entsetzte Schrei Plutarchs riss sie vom Anblick des Schneetreibens los.

Firim zog sich zum Fenster hoch. Seine Augen weiteten sich, also tat Atiro es ihm nach und musste all seine Selbstbeherrschung aufbringen, um den Schrei, der sich in seiner

Kehle auf den Weg machte, zu unterdrücken.

In der Tür stand Vaticine. Ihre Kleider flatterten im starken Windzug. Es sah aus, als sei die Seherin von Rauch und Wolken umgeben. Der gläserne Ohrschmuck spielte deutlich hörbar eine harmonische Melodie.

»Da bist du ja, du Miststück! Hast wirklich Mut, hier aufzutauchen? Viel zu lange habe ich dir zugehört! All deine Worte und Prophezeiungen werden nicht eintreffen. Ich werde den letzten Drachen und meine Tochter bannen, wie es die Ältesten bereits getan haben. Mit der Kraft der beiden werde ich für immer leben und herrschen. Du hingegen stirbst heute Nacht!«

Vaticine lachte, während auf dem Balkon Atiro vor Verzweiflung das Gesicht verzog.

»WACHEN! Nehmt diese verdammte Hexe fest und werft sie ins Verlies!«

Plutarch schwankte auf die Frau zu.

Firim zog lautlos das Schwert aus dem Gürtel und wartete.

»WACHEN!« Plutarchs Stimme überschlug sich, aber nichts geschah hinter der Frau.

Als Vaticine von der Tür trat und Plutarch auswich, der nur mit viel Mühe ihren Bewegungen folgen konnte, erhaschte Atiro einen Blick durch die Öffnung.

»Da liegen Stiefel auf dem Boden«, zischte er hinüber zu Firim. »Wie hat sie das angestellt? Dort standen doch eben noch mehrere Männer.«

Firim hob den Zeigefinger als Zeichen, er möge schweigen, ohne den Blick von den Geschehnissen im Turmzimmer zu wenden.

Vaticine bewegte sich anmutig in den Raum und wandte sich kurz zum Fenster, an dem sie standen.

Firim stutzte. War das nun Zufall oder wusste sie, dass sie hier standen? Sie war zu schnell vorbeigezogen, als dass er es hätte besser einschätzen können.

Plutarch stürzte zur Tür und machte sofort wieder kehrt.

»Du Teufelsweib! Was hast du mit ihnen getan?«

Die Antwort war ein Lachen.

Zorn hatte alle Trunkenheit aus Plutarchs Geist vertrieben. Schnurstracks kam er auf sie zu. »Pass bloß auf, Hexe! Ich kann dir mehr nehmen, als das, was ich bereits von dir habe. Deine Macht hast du schon viel zu lange, und sie wird heute Nacht verwirkt!« Mit erhobenem Zeigefinger ging er auf sie zu, während er von neuem eine Formel murmelte.

Atiro wurde unruhig. »Wir müssen ihr helfen«, flüsterte er.

»Warte! Wenn er uns den Rücken zugedreht hat.« Firim hielt das Schwert ruhig.

»Dann kann es zu spät sein!«

Im Zimmer bewegte sich Vaticine lachend auf den Kamin zu, während Plutarchs Worte weiter anschwollen. Schon bald würde er die Beschwörungsformel beendet haben. Atiro wollte sich gar nicht ausmalen, was er ihr antat. Wieso war Vaticine auf einmal so leichtsinnig? Und dieses Lachen. Sie schwebte durch den Raum und zog ein Messer aus ihrem Gewand. Plutarch grunzte zwischen seinen Worten.

Doch sie zielte mit dem Messer direkt auf ihn, während er schneller sprach. In dem Moment, als seine Stimme anhob, drehte sie sich unvermittelt um. Das Messer flog an die Wand direkt über dem Kamin. Dort hing ein Gemälde, es zeigte Plutarch selbst. Sie musste mit Absicht daneben gezielt haben.

Irritiert hielt der Oberste Kirchenführer in seiner Litanei inne.

Vaticine hingegen stürzte an den Schreibtisch und beugte sich hinab.

»Oh nein! Was tust du da, du Teufelsweib? Bleib da weg!«

Schreiend stürzte sich Plutarch auf sie. Doch in dem Augenblick schoss ein grauer Schleier aus dem Schreibtisch hervor und ließ den fetten Kirchenführer straucheln.

Mit erschreckten Blicken bemerkten Firim und Atiro zu spät, dass der graue Rauchschleier und Plutarch direkt zum Fenster und damit auf sie selbst zukamen.

Das Gesicht der Seherin zeichnete sich verschwommen in einem grauen Nebel ab. Arme aus Rauch umklammerten einen dicken Folianten. Ein heftiger Luftzug erfasste die

Männer und warf sie zu beiden Seiten des Fensters zu Boden, als sich die Gestalt der Frau auf der Brüstung unvermittelt aus dem Nebel formte, bevor sie mitsamt dem Buch in die Tiefe sprang.

Firim und Atiro stürzten zur Brüstung. Dort war nichts, was auf die Seherin hingewiesen hätte. Hinter ihnen ertönte Plutarchs Gebrüll.

Firim schnappte seinen Begleiter am Ärmel. Sie pressten sich erneut in den Schatten der Ecke, gerade rechtzeitig, ehe sich Plutarch schwerfällig auf den Balkon schob und nach unten starrte. »Ich kriege dich! Heute nach stirbst du, Hexe! IHR WERDET ALLE STERBEN!«

Atiro war überzeugt, die ganze Stadt hatte Plutarch gehört und jeder Bürger nun wusste, dass sie hier waren, da jeder den Kopf zum Turm gehoben hatte, um den Grund für das Gebrüll zu erfahren. Hier waren er und ein geheimnisvoller Fremder, auf dessen Kopf sicherlich schon ein Preis ausgesetzt war.

Plutarch schnaubte, drehte sich für seine Körperfülle erstaunlich schnell um und verließ den Balkon.

Falls Vaticine – oder was diese Nebelwolke gewesen sein mochte – lebend am Boden angekommen war, so würde sie jetzt jeder auf der Insel suchen. Und Boote gab es nicht mehr. Schwimmen wäre die einzige unmögliche Möglichkeit. Sie hörten Plutarch durch die Fenster des Ganges etwas brüllen. Danach herrschte Stille. Schneeflocken tanzten um sie herum in dem spärlichen Licht.

Firim löste sich vorsichtig aus dem Schatten und ging zum Fenster. Mit dem Sprung einer Katze verschwand er durch die Öffnung. Atiro nahm die offene Tür des Balkons.

Was Vaticine gerade getan hatte, wussten sie nicht. Ob sie lebte oder tot war auch nicht. Sie hatte ihnen einen Vorteil verschafft und Plutarch fortgelockt.

Firim stand vor dem Kamin und betrachtete das Messer in der Wand.

»Glaubst du, dass sie tot ist?«, fragte Atiro und durchsuchte die Bücher auf dem Schreibtisch.

»Ich bin mir nicht mal sicher, ob sie es wirklich war. Ich habe niemals einen Menschenschatten ein Messer werfen sehen, aber man lernt bekanntlich nicht aus.«

»Du meinst, Vaticine kann einen Schatten ihrer selbst beschwören und beherrschen?« Atiro machte sich an den unteren Schränken des Schreibtisches zu schaffen.

»Mischwesen aus Mensch und Elementar können ziemlich viel«, gab Firim zur Antwort.

»Was meinst du mit Mischwesen und…«, begann Atiro und ließ vom Schreibtisch ab.

»Gehe lieber mal nachschauen, was sich im Gang tut.«

Atiro wollte etwas entgegnen, aber Firims Einwurf war zu plausibel. Kurzerhand eilte er zur Tür.

Vor den Gemächern des Obersten Kirchenführers lagen die Männer seiner Leibgarde wie tot. Doch einer schnarchte laut auf, als Atiro sich vorsichtig über ihn beugte. Erschrocken fuhr der junge Mann zurück. Starr betrachtete er den Schlafenden, bis sein Herzschlag wieder langsamer wurde. Vorsichtig machte er einen Schritt nach vorn und lauschte in den Gang. Nichts war zu hören. Wahrscheinlich hatte Plutarch alle Männer, die ihm auf dem Weg nach unten begegnet waren, um sich versammelt. Lange würde er seine Räume nicht unbewacht lassen, dessen war sich Atiro sicher. Sie mussten sich beeilen. Wenn sie die Folianten rechtzeitig fanden, bliebe ihm sogar der Freiluftakt über den Sims erspart. Er ging zurück. »Wir sollten uns beeilen, anstatt die Bilder an den Wänden anzustarren.«

Firim winkte ab. »Ich schaue nicht das Bild an, Junge, sondern das Messer.«

Atiro stellte sich zu ihm. »Du glaubst, sie hat es mit Absicht platziert?«

»Herrje, weswegen sonst? Oder glaubst du, sie wollte sein Abbild erstechen und hat verfehlt, nachdem sie unbemerkt und an allen Wachen vorbei in seine Gemächer gelangt ist?«

»Nun…«

Firim fasste nach dem Griff und zog das Messer vorsichtig aus der Wand. Dann betrachtete er den Rahmen des Bildes. Das Gemälde war nicht besonders groß, dafür war das Abbild des Herrschers hervorragend getroffen. Es zeigte das fleischige und vom vielen Wein aufgedunsene Gesicht Plutarchs in all seiner Hässlichkeit. Firim holte einen kleinen Schemel, der an der Wand stand. Ohne Zaudern hängte er das Gemälde ab. Es war deutlich schwerer, als von ihm erwartet. Firim vermutete massives Holz als Untergrund für die Farbe. Er legte das Bild auf den Boden und stieg erneut auf den Schemel. Hinter dem Gemälde befand sich Stein. Keine Anzeichen für ein geheimes Versteck oder ein verborgenes Fach. Vorsichtig tastete er die Zwischenräume der einzelnen Steine ab, doch seine Fingerspitzen stießen auf nichts Auffälliges. Das Messer von Vaticine hatte genau in einem Spalt gesteckt. Diesen nahm er nochmal genau in Augenschein. Auch nichts. »Hier muss etwas sein. Irgendetwas.«

Atiro nahm das Gemälde und drehte es um. Der Rahmen war warm geworden von dem Kaminfeuer. An einer Ecke löste sich das Leinen der Bespannung. Vorsichtig zog er an dem Stückchen losen Stoffes. Seine Finger berührten darunter warmes Metall, also zog er stärker.

Firim beobachtete ihn. »Was machst du da?«

»Schau genau hin! Das ist keine gewöhnliche Bespannung für ein Gemälde. Darunter ist Eisen.« Er klopfte auf die Rückseite des Bildes. Das Geräusch verriet einen Hohlraum.

Schon war Firim vom Schemel gesprungen. Gemeinsam rissen sie den restlichen Stoff aus dem Rahmen.

»Es ist eine Kassette mit Schloss«, stellte Atiro fest.

Firim schaute sich im Raum um. »Wir werden sie hier nicht öffnen können. Das Buch muss darin sein. Hoffen wir, eure Seherin irrte nicht, als sie uns diesen Hinweis gab.«

BUCH 3

TRENNENDE WASSER

Kallestrus betrachtete die Inselstadt. Mit ihren vielen neu entfachten Lichtern und Feuern sah sie aus wie seine ganz persönliche Pforte zur Hölle. Hier hatte er Selestria gelassen. Eingesperrt und von Menschen bewacht. Um seinen Fehler zu korrigieren. Zum Wohle dieser Welt und all der Lebewesen und Existenzen. Er hatte versucht, sie alle zu retten. Selestria hatte ihn geliebt und ihm vertraut. Er hingegen hatte sie geopfert. Und nach all der Zeit zog ein Mensch seinen Vorteil aus ihrer aller Schmerz. Plutarch hatte sie befreit und damit das Schicksal dieser Welt besiegelt.

Schneeflocken berührten seine Nüstern. Schnee im Sommer – Kallestrus blinzelte. Der selbsternannte Oberste Kirchenführer manipulierte unbestreitbar den Zeitverlauf. Nadala und der Greis Regulus hatten recht gehabt. Und er, das mächtige Wesen, der uralte weise und unbesiegbare Drache, hatte es nicht bemerkt. All die Jahre, oder waren es womöglich Jahrhunderte, vielleicht nur Tage? Wie viel Zeit war durch Plutarchs Manipulationen wirklich vergangen, seitdem sein erster Sohn gestorben war? War Plutarch überhaupt der erste, der herausgefunden hatte, dass die Siegelringe eine gekonnte Fassung für Uhren waren, die eine Kraft in sich trugen, die Sterbliche kaum zu begreifen vermochten? Kallestrus fragte sich zudem, wer diese Schmuckstücke gefertigt hatte. Er spürte seinen Odem glühend aufsteigen. Das Blut in seinen Adern schoss in die Schwingen des Drachen. Die Augen verengten sich, als er sich bedächtig erhob. Sein Blick war auf die Stadt gerichtet. Sie war lediglich eine kleine Insel auf einem kleinen Kontinent einer kleinen Welt. Von Menschen erbaut und bevölkert. Gestapelte Steine mit Sterblichen gefüllt. Mit Sterblichen, die ihn verhöhnten, seine Kinder töteten und seine Geliebte zur Feindin gemacht hatten. Kleine dumme Sterbliche, ein Wimpernschlag im Lauf der Zeit, egal wie sie verlief.

Er spreizte die mächtigen Schwingen zur vollen Spannweite und hob ab. Mochten sie am Ufer Alarm schlagen, mochten sie sich wehren. Es würde ein kurzer Kampf werden.

Mit einem Brüllen erhob er sich höher in den Nachthimmel und sog die eiskalte Luft durch die Nüstern. Sein Odem würde alles in Asche legen. Es war egal, wie Plutarch starb und wer mit ihm, Hauptsache er war tot!

Mit wenigen Flügelschlägen gewann er an Höhe. Die Türme wuchsen vor ihm, als er sich der Insel näherte. Immer mehr Lichter leuchteten auf. Bald würde diese Insel selbst ein einziges Licht werden in dieser dunklen Nacht. In wenigen Augenblicken würden seine Flammen die ersten Mauern von Hyperahmah treffen. Er hob den Kopf und atmete tief ein. Ein Schwingenschlag noch.

Glocken erklangen von der Insel. Jemand schlug Alarm.

Kallestrus öffnete das Maul, das Feuer wollte nicht mehr gebändigt werden, es brannte in seinem Hals. Er wollte ihm freien Lauf lassen. Er warf den Kopf nach hinten und holte aus, um die Flammen Richtung der ersten Mauern zu schicken, da stieß sein Kopf gegen einen harten Widerstand.

Sogleich prallte er mit voller Wucht gegen die unsichtbare Barriere. Im Nu wurden aus Schwingen wieder Arme, mit denen er hilflos in der Luft ruderte und dabei schnell an Höhe verlor. Der Odem wich einem heißen Atem, der in der kalten Nacht kleine Wolken bildete. Statt dem Brüllen hörte er seine menschliche Stimme schreien, während er wie ein Stein fiel. Irgendwas zwang ihn in seine menschliche Gestalt. Schreiend und mit aufgerissenen Augen stürzte er auf die Wasseroberfläche zu, bis er mit einem lauten Platschen in der eiskalten Dunkelheit landete. Wild um sich schlagend tauchte er auf und schwamm weiter auf die Insel zu. Nach wenigen Zügen stießen seine Hände gegen das unsichtbare

Hindernis. Da war sie, eine magische Barriere. Er konnte sie mit den Händen ertasten, aber nicht sehen. Plutarch oder die Ältesten hatten an alles gedacht. Irgendjemand hatte geahnt, dass er früher oder später zurückkommen würde.

Wütend schlug er mit den flachen Händen auf die Wasseroberfläche. Sie hatten ihn ausgesperrt! Diese verdammten Sterblichen hatten ihn wie einen dummen Dieb ausgesperrt. Wie war das möglich? Die Kälte kroch in sein Blut. Dieser menschliche Körper war so schwach und verletzlich. Er schwamm an der Barriere entlang. Sie war um die Insel herum gelegt worden. Er konnte die Macht der Magie fühlen. Es war nicht menschliche Magie, hier wirkten elementare Kräfte der Natur und des Seins. Kräfte, derer er sich selbst so gerne bedient hatte. Die Menschen hatten sie gegen ihn selbst gewandt. Wie hatte er sie nur so unterschätzen können?

Mit einigen wenigen Zügen verließ er den Wirkungskreis der Barriere. Schon wurden Arme wieder zu Schwingen, erhoben sich aus dem Wasser. Kallestrus wandte sich dem Ufer des Sees zu. »Ihr wollt den Krieg, ihr sollt ihn bekommen!«

Als er sich dem Lager am Landungssteg im Flug näherte, flogen die ersten Pfeile. Vereinzelt trafen sie die Schuppenpanzerung seiner Brust und fielen wie Streichhölzer ins Wasser. Andere erwischten die Schwingen und seinen Kopf. Kleine spitze Stiche, mehr nicht. Menschen, was waren sie schon? Sterbliche, und viel zu viele in dieser Welt. Er holte tief Luft und gab seinen Odem frei, als er nahe genug am Landungssteg war.

Das Feuer traf zuerst das Holz. Er sah die ersten Soldaten zu Asche zerfallen, bevor er erneut die Luft und das Feuer aus seinem Körper drückte. Flammen ergossen sich über die Ufer wie flüssiges Gold und überrollten alles unter sich, das nicht schnell genug wegrennen konnte. Die Hitze in seinen Nüstern raubte ihm selbst den Atem. Das Feuer in seinem Inneren drohte ihn zu verbrennen, doch dieser Schmerz war der erste, den er seit langem so heftig in sich verspürte. Er gab ihm nach, riss das Maul auf, und die

Feuersbrunst entlud sich auf den Zelten und Menschen, die schreiend auseinanderliefen. Heiße Luft ließ brennende Stofffetzen von Kleidung und Zelten emporsteigen. Asche wurde zu Schnee, der von der Erde in den Himmel stieg. Schmerzensschreie drangen an sein Ohr. Er roch verbranntes Fleisch und das schmelzende Metall von Rüstungen. Pfeile flogen keine mehr. Kein Widerstand, nur Flammen. Er landete inmitten der brennenden Erde und drehte sich im Kreis. Immer wieder ließ er den Odem kommen, bis die Luft, die er einsog, genauso brannte, wie die, die er spie. Brüllend blieb er in seinem Flammenmeer stehen. Es spiegelte sich in seinen Tränen.

Allmählich brannten die Flammen alles nieder, fraßen sich durch Zelte, Leder und Fleisch. Irgendwo weiter weg hörte er menschliche Schreie und das panische Wiehern von Pferden.

Mitten auf dem See wurden weiterhin die Alarmglocken geläutet. Man wusste und sah, dass er hier war.

Sie sollten es wissen. Plutarch sollte es wissen!

Er setzte sich, und seine Blicke wanderten zur Insel hinüber. Zeit spielte keine Rolle mehr; ihm würde etwas einfallen, wie er diese verfluchte Stadt würde betreten können. »Wenn mein Sohn kommt, ist eure Zeit abgelaufen. Diesmal wird es keinen Handel geben. Kein Mitleid, keine Schuld, keine Reue. Jetzt teilen wir alle dasselbe Schicksal.«

***

FIRIM und Atiro starrten an die Ufer. Von hier oben konnten sie sehen, wie die Flammen vom Himmel auf die Erde flossen und das Soldatenlager mit samt Landungssteg in Asche legten.

Mit aufgerissenem Mund betrachtete Atiro das infernale Schauspiel, das sich ihnen bot. Von den Straßen hörte man Schreie, alle Glocken der Stadt läuteten Alarm oder Angriff. In dem Lärm konnte er das nicht mehr unterscheiden.

Firim riss sich von dem Anblick los. »Komm, das ist

unsere Chance. Dort unten herrscht Chaos, und Plutarch hat zum Glück ganz andere Sorgen als uns.« Er eilte aus dem Raum und Atiro folgte ihm.

»Es hat begonnen, oder?«, fragte er Firim.

»Ja. Was auch immer kommen mag, wir sollten uns beeilen«, gab er als Antwort über die Schulter zurück und eilte in den Gang die Treppen hinunter.

***

»WACHEN!« Sein Atem rasselte in den Lungen, während Plutarch die Treppen des Turmes runterrannte. Der Wein in seinem Blut ließ ihn leicht torkeln. Schwerfällig nahm er eine Stufe nach der anderen. Schweiß lief wie Wasser das fette Gesicht des Obersten Kirchenführers herunter und bildete Ränder unter den Achseln und am Hals seiner Gewänder. »WACHEN! WO SEID IHR NICHTSNUTZIGEN RATTEN?«

Als er auf der untersten Ebene ankam, stürzten ihm die ersten Patrouillen entgegen. Mit Entsetzen stellte er fest, dass es nur sechs Mann waren.

»Wir werden angegriffen, Oberster Kirchenführer!«, gab der Ranghöchste der Männer schnaufend von sich, während er salutierte.

Plutarchs Augen verengten sich. Er lief die Gänge entlang an ihnen vorbei an das nächste Fenster. Noch bevor er etwas sehen konnte, hörte er die Glocken Alarm läuten. Hinter ihm liefen Soldaten. Jemand gab laut Befehle, die Wehrtürme zu besetzen. Sein Blick wanderte über den See zum Ufer. Dort stand die Welt in Flammen.

Plutarch hielt die Luft an. Zum Schweiß der Anstrengung mischte sich der von Panik. Der Drache war schon da und schickte all seine Männer in den Flammentod. Plutarch musste es nicht genau sehen, um es zu wissen. Sein größter Feind reagierte schnell, aber er war vorbereitet. Die Barriere würde die Bestie in Schach halten. Er musste die Spione in den eigenen Reihen finden. Mit dem Drachen würde er schon fertig werden. Auf diesen Tag hatte er sich lange vorbereitet und dann, wenn diese elendige Kreatur endlich unter seiner Kontrolle war, würde ihm keiner mehr die Herrschaft über diese Welt je streitig machen! Zur Hölle mit Selestria! An seinen Ufern stand ein wesentlich mächtigeres Wesen. Schon bald würde es ihm gehorchen müssen, um nicht selbst unterzugehen. Plutarch lachte auf und drehte sich zu den Soldaten, die sich ratlos hinter ihm postiert hielten.

»Sucht Preaktan und seinen dümmlichen Sohn! Sie haben uns an die Drachen verraten. Sie sind die letzten Flammenhetzer auf dieser Welt, denn nur solche stehen mit diesen Wesen und den Hexen im Bunde! Mit eigenen Augen habe ich es heute in den Hallen gesehen, da sie den Boten aus Balfahlahr davongeschleift haben. Sie sind Verräter am eigenen Volk! Allein ihnen haben wir diese Feuersbrunst zu verdanken. Einen Drachen haben sie uns auf den Hals gehetzt. Eure Freunde und Brüder dort an den Ufern sind ihnen zum Opfer gefallen. Seht selbst, von wem wir angegriffen werden!«

Erschrocken eilten die Männer zu den Fenstern und spähten in die verschneite Nacht. Natürlich hatten sie die Feuer gesehen, doch keiner hatte nach der Ursache gefragt oder darüber nachgedacht. Hier und da hörte Plutarch, wie sie Namen murmelten. Er hatte den richtigen Nerv getroffen. *Alles Narren!* »Und wenn ihr den Boten findet, bringt ihn am besten gleich mit um. Nur die Hexe, die lasst ihr leben. Ich will sie verhören! Bringt sie in die Halle!«

Ein Mann löste sich von den anderen am Fenster, verbeugte sich vor Plutarch und bellte die anderen an, ihm zu folgen. »IN DIE KATAKOMBEN! Ich weiß genau, wo sie sind!«

Die Männer zogen ab und ließen den Herrscher allein zurück.

Plutarch verschränkte die Arme hinterm Rücken und schaute ihnen hämisch nach. »Schau an, schau an. Plötzlich wissen sie, wo diese Würmer stecken. Man muss einige von ihnen opfern, schon enthüllen sie ihre Geheimnisse.« Er drehte sich um und machte sich auf den Weg zur großen Halle. Alles, was er jetzt noch brauchte, würden ihm die Wachen bringen. Denn wo Preaktan, sein Sohn und die Hexe waren, da befanden sich auch weitere Folianten. Sobald die einen tot waren und die andere in seiner Gewalt, konnte ihm keiner mehr etwas anhaben. Die uralte Barriere um die Insel würde weiterhin halten.

BUCH 3
ERKENNTNISSE

Kiromin und Merranas waren auf einer Anhöhe stehen geblieben. In der Dämmerung lag der Wald wie eine schwarze Wand vor ihnen, der Horizont leuchtete unnatürlich hell, als würde die Sonne an diesem Tag im Norden untergehen.

»Was in aller Welten ist das?«, fragte Merranas.

Sie waren den ganzen Tag gelaufen, und er dehnte seinen Rücken, nachdem er Selestria auf den Boden gelegt hatte.

»Ich habe keine Ahnung, aber wir sind nicht mehr allzu weit von Hyperahmah entfernt«, entgegnete Kiromin.

In den letzten zwei viel zu kurzen Tagen waren ihnen keine berittenen Wachen oder Soldaten begegnet. Allerdings hatten sie es stets vermieden, auf den befestigten Straßen zu reisen. Ihre Kleidung strotzte vor Dreck und Schlamm von den Stiefeln bis zum Kragen. Auch Selestrias Aufzug war nicht mehr schön anzusehen. An den teuren Gewändern der Inquisition klebten Erde und andere Sachen, die sich ihrem Ursprung nach nicht mehr zuordnen ließen.

Merranas wischte sich mit dem dreckigen Ärmel übers Gesicht. »Glaubst du, das ist der Grund, warum uns keine Soldaten mehr begegnet sind?«

»Du meinst, sie sitzen alle um ein riesiges Lagerfeuer und singen fröhliche Lieder?«

»Ja, oder Titus ist uns vorausgeeilt und übt ein bisschen mit seinen neuen Fähigkeiten.«

Sie gafften einander an und lachten los.

Kiromin wurde bald wieder ernst und sah zu dem glühenden Horizont. »Was denkst du, wie groß so ein Feuer sein muss, damit wir sein Leuchten aus solch einer Entfernung sehen können?«

In seiner Stimme klang Besorgnis.

Merranas folgte seinem Blick und kratzte sich durch die immer länger werdenden Bartstoppeln. »Es wird kein gewöhnliches Freudenfeuer sein. Außer die Freude dort vorne ist ausgesprochen groß, dann kommen wir noch rechtzeitig zum Fest.«

»Ein Freudenfeuer so groß wie eine brennende Stadt?«

Merranas legte die Stirn in Falten. »Könnte hinkommen.«

»Denkst du, wir sollten uns beeilen?«

Merranas schüttelte lachend den Kopf und bückte sich nach Selestrias Körper. »Gehen wir! Vielleicht haben wir Glück und es ist wirklich ein Freudenfeuer.«

Kiromin lief los. »Ich verstehe nicht, wie du weiterhin scherzen kannst.«

»Und ich verstehe nicht, wie du immer noch so verflucht vernünftig sein kannst. Wenn dein Vater keine Lösung findet, werden wir alle bald sterben. Egal, ob nun Drache oder Mensch.«

»Und der große Kopfgeldjäger Merranas will mit einem Scherz auf den Lippen verrecken.« Kiromin kickte genervt gegen einen Stein, bevor er die ersten Zweige beiseite bog, um den Wald zu betreten.

»Der hochgeschätzte und gutaussehende Kopfgeldjäger Merranas will vor allem mit einer Frau auf dem Schoß sterben.«

Kiromin warf den Kopf in den Nacken und verdrehte die Augen. »Du denkst tatsächlich nur ans Frauen beglücken.«

Merranas zuckte lediglich die Schultern und ging an ihm und den gebogenen Ästen vorbei. »Was gibt es schon Schöneres als eine hübsche Frau mit einem Lächeln auf den Lippen?«

Kiromin ließ die Zweige los, sodass sie Merranas am Rücken trafen. »Zwei hübsche Frauen mit einem reizenden Lächeln.«

Merranas grinste. »Jaja, der Herr Jungdrache hat es in Wirklichkeit faustdick hinter den Schwingen.«

Kiromin versetzte Merranas einen Stoß in die Rippen.

Dieser war bei Weitem nicht so fest wie jene bei den Schlägereien die Tage zuvor. Sie musterten sich von der Seite und gingen zügig weiter.

»Glaubst du, der kleine Flammenhetzer hat es geschafft?«, fragte Merranas nach einer Weile.

»Interessiert es dich?«

»Irgendwie schon.«

»Wenn die Welt untergeht, dann Titus mit ihr.«

»Ja, schon. Ich hoffe bloß, er ist den Soldaten nicht in die Arme gelaufen.«

Kiromin blieb stehen. »Warum ist dir dieser Junge so wichtig? Und warum wolltest du ihn überhaupt am Leben lassen?«

Merranas setzte einen Fuß vor den anderen. »Erinnerst du dich an die Träume, die ich hatte und weiterhin habe? In denen ich von Drachen träume?«

Kiromin fasste ihn an der Schulter und zwang ihn stehen zu bleiben. »Ja, tue ich.«

»Du sagtest, Menschen träumen nicht einfach so von Drachen.«

Kiromin nickte.

»Nun, ich tue es, seitdem ich ein kleiner Junge war, der ohne Eltern bei einem Ziehvater, vielleicht Onkel fünften Grades, aufwachsen musste, dessen Frau Angst vor dem Kind hatte, weil es ein Lied sang.«

»Was für ein Lied?« Kiromin nahm Merranas den Körper seiner Mutter von der Schulter und legte ihn ab, damit er ruhig stehen konnte und weitersprach.

Merranas flüsterte die letzten Zeilen des Liedes, das ihn sein ganzes Leben lang begleitete:

Vom Kriege der Vater nun singt,
Klingen die Mutter ihm bringt,
Schmuck der Knabe einmal fing,
verflucht der sechste Siegelring.

»Lauter!«, forderte Kiromin, und Merranas sagte die Zeilen auf, diesmal mit fester Stimme.

»Verflucht der sechste Siegelring?«, wiederholte Kiromin.

»Jawohl! Damit es sich reimt, nehme ich an«, gab Merranas genervt zurück.

»Und du meinst, es handle sich dabei um diesen hier?«

Kiromin griff nach Selestrias Hand, an deren Ringfinger das Schmuckstück steckte.

Merranas warf die Arme in die Höhe, schnaubte laut. Mit gebotener Ernsthaftigkeit konnte er diese Unterhaltung nicht weiterführen. Eine Aneinanderreihung solcher Fügungen konnte selbst das Schicksal nicht hervorbringen. Er nahm die Sache mit einem leichten Humor. Die Vergangenheit hatte gezeigt, dass die Dinge dann immer glimpflich verliefen. »Nee, der ist es sicher nicht! Da sind nur sechs Drachenzähne drauf. Wie ein Siegel sieht das gar nicht aus. Außerdem ist er viel zu billig gearbeitet. Und es wäre schon ein ausgesprochen dummer Zufall, wenn den ausgerechnet deine tote Mutter trüge!«

»Wie lauten die ersten Strophen des Liedes?«

Bei dieser Frage zögerte Merranas.

»Ach, komm schon! Die letzte verrätst du mir, erzählst mir von deiner schweren Kindheit, und jetzt schämst du dich, mir das Lied vollständig vorzusingen? Oh, Sterblicher! Lächerlich!«

Merranas schubste Kiromin weg und zischte die Zeilen des Liedes mehr heraus, als dass er sie sprach.

Ein hübsches Lied er singt,
hör nur wie schön es klingt.
Er mir die Hoffnung bringt,
von seiner Liebe er singt.

Hier ist es nun mein Kind,
dein Vater ist der Wind!
Für immer sind verbunden,
Herzen im Sturm gefunden.

Beschwichtigend hob Kiromin die Arme.

»Zufrieden, Jungdrache?«, motzte Merranas, nachdem er fertig war.

Kiromin war ruhig geblieben. »Du hast wirklich keine Ahnung, wer du bist, nicht wahr?« Er machte eine kleine Pause. »Oder sollte ich lieber Halbling sagen?«

Merranas glotzte ihn an. »Was bitte?«

»Hier ist es nun mein Kind, - dein Vater ist der Wind!«, wiederholte Kiromin »hast du denn noch nie über diese Zeilen nachgedacht?«

»Was gibt es da zum Nachdenken? Das ist ein Kinderlied, das sich meine Mutter ausgedacht hatte. Was soll das schon bedeuten?«

Genervt griff Merranas nach Selestria und wollte sie wieder über die Schulter legen. Es ärgerte ihn, dass er sich Kiromin anvertraut hatte. Der Drache sprach wieder in Rätseln. Dieses verdammte Lied, es brachte ihm seit jüngsten Jahren nichts als Ärger und Spott.

»Die Elementare haben gewusst, was du bist«, setzte Kiromin zu einer Erklärung an.

»Was bin ich denn?«

Merranas wollte weitergehen, doch Kiromin versperrte ihm den Weg. Seinen Gesichtsausdruck konnte er hier zwischen den Bäumen nicht mehr erkennen, allerdings leuchteten die Augen seines Begleiters trotz menschlicher Gestalt. »Du bist ein Mischwesen, ein Halbling, halb Mensch, halb Elementar. Zumindest hast du eine Linie der Elementare in deiner Familie. Das ist der Grund, warum du von Drachen träumst, der Grund, warum du mit den Elementaren vor dem Hort sprechen konntest. Es ist der Grund, warum Vater dich überhaupt als Kopfgeldjäger hat rufen können. Kein Sterblicher rennt in einer Nacht nach Balfahlahr und holt eine Person ein, die ihm zwei Tage voraus ist.«

Nachdem er seine Erklärung beendet hatte, gab Kiromin den Weg wieder frei, aber Merranas blieb stehen. »Wunderbar! Ist dieses Lied schuld daran, dass ich in diesem Schlamassel stecke?«

»Wenn du es so sehen willst.«

»Und das alles hast du gewusst und mir nichts gesagt, obwohl du deine Echsenfühler in meinen Kopf mehr als einmal stecken hattest?«

Kiromin rollte die Augen und schlug mit den Armen in die Luft. »Ich kann Gedanken lesen, nicht hellsehen, Dumpfbacke! Was du nicht denkst, das kann ich wohl schlecht lesen.«

»Oh, oh, oh! Ihr Drachen seid so unvollkommene Wesen, wenn man euch nur etwas näher kennenlernt.«

»Hör schon auf damit! Wir haben das nie behauptet!«

»So getan als ob, habt ihr.«

»Was soll das jetzt?«

Merranas zuckte die Achseln. »Und was für ein Mischwesen bin ich?«

Kiromin hatte die Hände in die Hosentaschen gesteckt und wippte von den Hacken auf die Zehenspitzen. »Es wäre de facto von Nöten, dass du von Zeit zu Zeit ein bisschen denkst, Merranas. Das ist gerade sehr anstrengend, aber bitte: Mischwesen aus Menschen und Winden sind bekannt dafür, ausdauernde und schnelle Läufer zu sein, ihnen wird nachgesagt, dass sie hohe Sprünge ohne Verletzungen oder Brüche meistern. In alten Linien können sie die Richtung des Windes beeinflussen, es wurde sogar berichtet, dass es welche gibt, die fliegen können. Willst du mehr hören?«

Merranas hatte bei Kiromins Aufzählung den Kopf gesenkt. Umständlich ließ er sich auf den Waldboden fallen und schlug die Hände vors Gesicht.

Als er zu Kiromin aufsah, konnte dieser den belustigten Blick sehen, mit dem Merranas ihn bedachte.

Der Kopfgeldjäger schüttelte lachend den Kopf, seine Stimme klang mehr ungläubig als belustigt, beinahe verzweifelt.

»Wer ist deine Mutter, Merranas? Jetzt kannst du es mir sagen.«

»Nein, kann ich nicht!«

Kiromin beugte sich zu ihm hinunter und stützte sich auf die Knie. »Hör mit dem kindischen Getue auf! Wir laufen seit Tagen gemeinsam durchs Land. Wenn mein größenwahnsinniger und grausamer Vater den Weltuntergang nicht verhindert, war‘s das. Was ist jetzt noch dein verfluchtes Problem?«

Merranas atmete tief durch, all seine Muskeln entspannten für einen Augenblick. »Ich kann es dir nicht sagen, weil ich sie nicht kenne. Meine Mutter ist für mich eine fremde Frau, eine Gesichtslose, von der ich lediglich eine schwache Erinnerung an die Stimme habe und dieses Lied. Ich weiß nicht ihren Namen, ich weiß nicht, wer sie war oder wer sie ist. Ich weiß nicht, von wem ich tatsächlich abstamme und ob der Onkel, bei dem ich die ersten Jahre aufwuchs, der Bruder meiner Mutter oder ein bezahlter Knecht war.«

Nachdem er die Worte ausgesprochen hatte, fühlte er sich leicht wie eine Feder. Als habe ihm jemand Ketten von der Seele genommen, die seit seinen jüngsten Tagen an ihm hingen. Er spürte den Drachen in seinem Geist lesen, und es war in Ordnung. In seinem Inneren herrschten Ruhe und Gelassenheit, wie er sie noch nie zuvor verspürt hatte. Und die Worte waren wie Balsam über seine Lippen gekommen.

Plötzlich fühlte er ein Ziehen, da Kiromin ruckartig seine Gedanken verließ und schnüffelte.

»Riechst du das?«, fragte der Jungdrache.

Merranas zuckte zusammen. »Ja, es ist gut, dass wir das Thema wechseln. Ich hatte schon Sorge, wir würden anfangen, uns zu mögen. Außerdem war das ja geradezu intim.«

»Ach, hör doch auf! Alles was du bist, weißt du bereits seit langer Zeit. Eingestehen willst du es dir nur nicht. Riech mal in die Luft!«

Wütend darüber, Kiromin seine tiefsten Erinnerungen und Gedanken offenbart zu haben, hielt er aus Trotz die Luft an. Dieses Vertrauen würde ihm bald zum Verhängnis. Der Jungdrache hatte jetzt ein Druckmittel gegen ihn. Er schnupperte eher ungewollt. Der Geruch irritierte ihn.

Kiromin zustimmen wollte er dennoch nicht. »Riechst du frisches Essen oder ‘ne tote Wildsau?«

Mit einem Schnauben beantwortete Kiromin die Frage.

Merranas stand auf und hob den Kopf. »Es riecht nach Verbranntem und… nach Schnee?«

Kiromin schaute in die Richtung des Leuchtens. »Ja, nicht wahr? Dabei ist es mitten im Sommer.«

Merranas gab keine Antwort. Er schnappte sich den Frauenleib und rannte los. »Worauf wartest du, Drache? Komm schon! Das geht alles nicht mehr mit rechten Dingen zu!«

»Wahrscheinlich hast du recht, Halbling. Dummerweise hast du wahrscheinlich recht.«

BUCH 3

DIE SIEGEL

Es hatte aufgehört zu schneien. Keine der Schneeflocken war liegen geblieben.

Am Ufer bot sich den Ankömmlingen ein skurriles Bild, als sie in der Morgendämmerung durch die Bäume brachen.

Merranas ließ Selestrias Körper schnell zu Boden sinken. Sein Blick wanderte von einer kleinen Gestalt zum Rücken Kallestrus', der dort zwischen winzigen Flammen und Asche saß und bewegungslos in Richtung der Inselstadt starrte.

Sie waren die ganze Nacht über durch den Wald gelaufen, während Schnee und Asche von Himmel und Bäumen rieselten. Jetzt standen Kiromin und er am Waldrand, begafften das sich bietende Schauspiel.

Rechts von Kallestrus stand ein Junge, der den Drachen mit kleinen Feuerbällen und Flammen traktierte, während die Echse seelenruhig dahockte und mit einem Schwingenschlag nach dem nächsten den Kleinen wie eine Fliege versuchte abzuschütteln. Der Junge stand beharrlich auf, wenn ihn die Schwinge erwischte und setzte zum nächsten Angriff an.

Nach einer Weile packte Merranas seinen Begleiter fest am Arm, weswegen Kiromin zusammenzuckte. »Das ist doch der Kleine von… du weißt schon... Titus?!«

Dieser stand fürwahr neben Kallestrus. Die Hände hielt er dem Drachen entgegen, formte mit ihnen Flammen und Feuerbälle, die an den Schuppen des Drachen wie Seifenblasen zerplatzen, bevor sie unverrichteter Dinge verschwanden.

»Du hast sie alle umgebracht! Du Monster!«

Sie erkannten die Kinderstimme und hörten, wie Titus

flennte und zu einem erneuten Flammenstoß gegen Kallestrus ansetzte, der sich genau in diesem Moment umdrehte und das Maul aufriss. Als Merranas bemerkte, wie Kallestrus die Nüstern blähte, stürzte er nach vorne. Kiromins Griff ging ins Leere bei dem Versuch, ihn zurückzuhalten.

Merranas war vorangestürmt, doch er kam nicht bei Kallestrus an. Von links erschien ein junges Mädchen und stach den Drachen in die Seite.

Ein Schrei entfuhr der mächtigen Echse. Sein Feuer entlud sich an dem Fleisch der heranwachsenden Frau, als das Messer zwischen den Schuppen stecken blieb. Brandblasen bedeckten ihr Gesicht. Sie wand sich schreiend vor Schmerzen auf dem Boden, da die Flammen ihren Oberkörper und die Arme getroffen hatten.

Kallestrus sprang auf und wollte nochmals den Odem freigeben. Stattdessen starrte er auf die Frau. Er spürte das schmerzende Messer in seiner linken Seite.

»NADALA!«

Sein Brüllen zerriss den Augenblick.

Merranas hielt im Lauf inne, während Kiromin auf die Frau zustürzte, dann auf seinen Vater und zwischen beiden stehen blieb.

»Was tust du da?«, brüllte er seinen Vater und gegen die Schmerzensschreie des Mädchens an, die sich am Boden wand, damit ihre Kleidung aufhörte zu brennen.

Kallestrus' Gestalt schrumpfte, nahm menschliche Formen an, bis der großgewachsene Mönch bei ihnen stand. Ohne von seinem Sohn Notiz zu nehmen, zog er das in Höhe der Rippen sitzende Messer aus seinem Leib und ging damit auf das Mädchen zu.

Kiromin sprang ihm in den Weg und schubste ihn weg.

Kallestrus aber blieb beharrlich stehen. »Geh mir aus den Augen, Sohn. Das hier ist mein Kampf!«

»Du hast schon genug getötet!«, fauchte Kiromin und zog an der Kutte des Alten.

Merranas stürzte zu der Frau und hob ihren Kopf an. Sie stank nach verbranntem Haar und Fleisch, ihre Augen waren geschlossen. Sie wimmerte, während die Haut des Gesichts sich langsam vom Fleisch löste. Er musste den Brechreiz unterdrücken, der in ihm aufstieg, als er sie und den verbrannten Oberkörper ansah. Die Flammen hatten ihr die Kleidung vom Leib gebrannt, ihre Haut war nur noch schwarze Fetzen auf rot glänzendem Fleisch. Er drehte sich benommen weg. Der Geruch war kaum zu ertragen. Sie würde das nicht überleben.

»Lass mich in Ruhe, Sohn. Ich will ihr helfen!«, hörte er hinter sich die Stimme des alten Drachen und die wütenden Schreie Kiromins, die den Vater einen Mörder schimpften.

Das Mädchen tat seinen letzten Atemzug. Ihr Kopf lag ruhig in Merranas Armen. Sie hatte sich nicht mehr bewegt.

»Sie ist tot«, sagte er leise. »Ihr könnt aufhören. SIE IST TOT!« Er drehte sich zu den Drachen, die ihren Kampf unterbrachen.

Kiromin hatte seinen Vater am Kragen der Kutte gefasst und zerrte ihn zu dem Leichnam. »Los, heul! Heul los!«

Kallestrus ergriff ihn bei den Handgelenken und machte sich los. »Ich kann nicht! Wenn du weißt, wer und was sie ist, weißt du, dass ich es nicht kann.«

Kiromin schaute ihm ins Gesicht. Dann traf seine rechte Faust den Vater schnell und hart an der Schläfe. »Du bist das allerletzte Wesen in dieser Welt!«

Merranas beobachtete die Kämpfenden. »Was ist nur mit euch verfluchten Drachen los?« Er war aufgestanden und stellte sich vor die beiden. »Die Welt braucht gar nicht untergehen. Ihr könnt uns alle wegen euren verdammten Familienangelegenheiten, Universen und Galaxien und der verteufelten Zeit umbringen. Wozu all diese Mühe, wenn man uns Sterbliche einfach in Asche legen kann? Warum hast du sie nicht richtig verbrannt? Dann hätte sie nicht leiden müssen!« Er schrie beinahe.

Seine Gegenüber starrten in das gerötete Gesicht des Kopfgeldjägers, der seiner Wut, die sich die letzten Tage, Wochen, eigentlich all die Jahre aufgestaut hatte, endlich freien Lauf ließ.

Kallestrus packte ihn an der Weste. Zwei blutrote Pupillen, die sich zu Schlitzen zusammenzogen, sahen ihn an.

»Na los, mach schon. Bring mich um!«, fauchte Merranas den Drachen an, während er dessen Atem auf der Haut spürte.

»Sicher nicht!«, zischte der zurück, griff in Merranas' Kleidung und holte das kleine Fläschchen zum Vorschein, das der Kopfgeldjäger im Hort eingesteckt hatte. Die helle Flüssigkeit glitzerte im hellen Licht, als Kallestrus sie betrachtete.

»Du bist ein kleiner Glücksbringer, Merranas. Und das Glück scheint tatsächlich mit dir zu sein. Unter allen Schätzen meines Hortes hast du wahrlich alle Siegelringe mitgehen lassen. Und damit auch das Fläschchen Lebenselixier, ohne es zu zerstören. Die einzige Flüssigkeit, die euch Mischwesen vor dem Tode bewahrt, da unsere Tränen euch sonderbare Auswüchse der Natur zwar heilen, aber nicht retten können.«

Mit diesen Worten ließ er Merranas los und beugte sich mit dem Fläschchen über das tote Mädchen.

Kiromin eilte zu ihm. »Wer ist sie?«

Kallestrus zog mit den Zähnen den Stöpsel raus und blickte zu seinem Sohn, während er den Kopf der Toten so hielt, als ob er ihr im lebenden Zustand etwas zu trinken anbieten würde. »Die Mörderin des Inquisitors, der deinen Bruder Hörnar tötete.«

Kiromin machte einen Schritt zurück. »Das ist alles deine Schuld.«

»Ich weiß.« Vorsichtig hob er die Flasche an die Lippen der Frau. Die glitzernde Flüssigkeit verteilte sich auf ihren Lippen. Ein leises Klicken war zu hören, als der Siegelring in der Flasche an die gläserne Wand und kurz darauf an den Flaschenhals stieß. Kallestrus presste die Öffnung weiter gegen den verbrannten Mund, damit die Flüssigkeit ihren Weg zwischen die Zähne und in den Rachen der Toten fand. Er wartete. Schweigend betrachteten sie die Tote. Nichts rührte sich, nur einige Tropfen der glitzernden Flüssigkeit liefen an der Öffnung, die vorhin noch ein gesunder Mund gewesen war, hinab und verliefen sich auf verbrannter Haut.

Von einem Atemzug zum nächsten bäumte sich das Mädchen auf und öffnete die Augen. Die verbrannte Haut wurde erst rosa, dann erschien der Teint einer jungen Frau auf Gesicht und Oberkörper. Sie holte mit einem lauten Geräusch Luft.

»Ich hasse dich, du altes Reptil!«, krächzte sie los und erhob sich, als sei nichts gewesen.

»Ja, ich mag dich, Nadala«, antwortete Kallestrus trocken. Dabei half er ihr auf die Beine, um sie in den Arm zu nehmen. Als er sich wieder von ihr löste, betrachtete er sie eingehend. Sie war ihm ähnlicher, als ihm lieb war. Ihre Gedanken hätten genauso gut seine sein können. Auf dem Friedhof in Dufoss hatte er in ihrem Geist gesehen, was sie erlebt hatte. Empfand er deswegen diese Verpflichtung den Halblingen gegenüber? Weil sie in gewisser Weise alle zusammengehörten, egal ob es ihm passte oder nicht? Sich jetzt mit diesen Dingen zu beschäftigen, würde weder ihm noch dieser Welt etwas nützen. Er schob die Fragen beiseite. Kallestrus wischte sich eine Träne aus dem Auge und tupfte sie auf die letzten Brandstellen an ihrer Stirn. »Was machst du hier?« Er hielt sie im Arm, damit sie ihren Oberkörper bedecken konnte.

Nachdem Kiromin keine Anstalten machte, sich zu rühren, zog Merranas die Ringe aus seiner Weste und reichte sie dem Mädchen, die das Lederstück dankend annahm und überstreifte. Sie zog die hintere Schnürung fest, damit das Kleidungsstück einigermaßen saß.

Merranas grinste verschmitzt, als er ihr dabei zusah.

Sie hingegen schaute ihn streng an, ohne etwas zu sagen. Stattdessen wandte sie sich an Kallestrus. »Die Welt retten, weil die weise Echse es wohl allein nicht hinbekommt. Und jetzt hör auf zu heulen, alter Drache!«

Merranas gefiel ihr frecher Ton.

»Die Waffen eines Feuerelementars. Ich hatte vergessen, wie höllisch weh sie tun können.« Kallestrus fasste sich an die Rippen.

»Na, das sollen sie auch. Es gibt kaum etwas, mit dem man euch zur Vernunft bringen kann.«

Sprachlos gafften Kiromin und Merranas die beiden an.

»Die zwei Deppen, die dich im Moment so angaffen, sind…«

»…dein letzter Sohn und ein Windling. Ja, ich weiß.«

Merranas zuckte die Schultern und drehte sich zum Gehen. Hier wusste anscheinend jeder, wer oder was er war, nur er nicht.

Kiromin schnappte sich Titus, der die ganze Zeit reglos neben dem Geschehenen gestanden hatte, und schleifte ihn zu Kallestrus. Der Junge schrie auf, als er ihn am Arm fasste und versuchte sich seinem Griff zu entwinden. Kiromin ließ ihn nicht los, sondern gebot ihm, die Klappe zu halten, wenn ihm sein Leben noch lieb sei, worauf der Junge sofort kapitulierte und stumm blieb.

In Kiromins Kopf kreisten Rachegedanken. Was zurzeit geschah, konnte er nicht mit dem vereinbaren, was er für gut oder für böse hielt. Sein Vater verbündete sich mit Mördern, damit sie ihm halfen, in die Stadt zu kommen oder gar die Welt zu retten? Seine Hand krallte sich in die Haut des Jungen, bis dieser vor Schmerz brüllte. Erst da bemerkte er den viel zu festen Griff und ließ nach.

Merranas zweifelte, dass er die Frau fälschlicherweise für tot gehalten hatte. Was hatte er da im Hort mitgehen lassen? Und woher wusste Kallestrus, dass er das Fläschchen bei sich hatte? Was treibt dieses Mädchen hier? Wie war Titus bloß vor ihnen an diesen Ort geraten und auf die Idee gekommen, den Drachen anzugreifen? War es wichtig, dass er es wusste? Sein Auftrag war längst erfüllt. Er wollte nichts mehr von dem hören oder daran denken, was Kiromin ihm erzählt hatte. Weltuntergang hin oder her. Egal woher er stammte, er würde sterben, wenn die Drachen versagten, und mit ihm seine Geschichte. Das restliche Leben gestaltete sich mit Drachengold in den Taschen wesentlich besser. Außerdem hatten Kiromins Erklärungen ihn eher beunruhigt, anstatt neugierig zu machen. Was, wenn er mit all dem mehr zu tun hatte, als er wusste und ihm lieb war? Wäre es schlimm, im Unwissen zu sterben? Er musste nicht frühzeitig und mit Absicht für eine Erkenntnis in den Tod gehen, die ihm womöglich gar nicht gefiel.

Merranas rannte zu der Stelle, an der er Selestria abgelegt hatte und trug sie zu den anderen. »Hier, Kallestrus. Da ist sie, damit ist mein Auftrag erfüllt. Ich möchte meinen restlichen Lohn.«

So gelassen wie möglich, legte er den Frauenkörper vor seinen Auftraggeber. Die langen Haare fielen auf die Asche und vermischten sich mit ihr. Die aufgewirbelten Flocken legten sich langsam auf Kleidung und Gesicht.

Kallestrus starrte zuerst den Körper, dann Merranas an. Er streifte den Ring von Selestrias Finger. »Die restlichen Siegelringe, Mensch!« Der Drache streckte fordernd die Hand aus.

»Das Gold!«, entgegnete Merranas und griff in die Hosentasche, die die Ringe beherbergte, nachdem er seine Weste an Nadala abgetreten hatte.

Kallestrus zog einen dicken Beutel aus der Kutte und reichte ihn Merranas. »Da, dein Lohn. Gib mir die Ringe! Danach kannst du deiner Wege gehen.«

Merranas überreichte ihm die restlichen vier Ringe und wandte sich zum Gehen.

Kiromin versuchte nicht, ihn aufzuhalten.

»Egal, wer oder was ich bin. Der Rest ist euer Bier, Drachen. Lebt wohl!«

Die anderen standen ruhig da, Kallestrus und Kiromin nickten.

Merranas deutete eine Verbeugung an, machte auf dem Absatz kehrt und lief auf den Wald zu.

Sie schauten ihm wortlos nach. Titus zog lediglich den Rotz hoch. Danach knirschte nur noch der Kies unter seinen Schritten.

»Was willst du mit den Siegelringen tun?«, fragte das Mädchen laut, danach Kiromins Stimme: »Wieso redest du überhaupt mit der Mörderin und tust so, als seid ihr die besten Freunde?«

Keinem schien es wichtig, dass er ging. Er wollte sich umblicken und schauen, was die Zurückgebliebenen taten, aber er konnte sich nicht überwinden. Es war wie immer: Auftrag erfüllen, Geld nehmen und gehen. Man gehörte nur so lange dazu, wie man gebraucht wurde. Das hatte er in den Straßen und bei seinen Lehrmeistern schnell erfahren müssen. Danach ging jeder seiner Wege. Allein. Ob die Welt untergehen würde oder nicht, machte keinen Unterschied. Dort, am Ufer, waren womöglich die letzten Wesen, mit denen er sich auf seltsame Weise verbunden fühlte, obwohl sie ihm andauernd das Gefühl gaben, er habe von gar nichts eine Ahnung. Dennoch war er Teil einer Gruppe gewesen, die ihn nicht wie einen Absonderling behandelt hatte. Er öffnete den Beutel und sah hinein. Er war mit dicken Münzen vollgestopft. Reines Drachengold. Damit ließe sich sehr lange sehr gut leben, auch ohne das Wissen um die eigene Herkunft. Wollte er wirklich erfahren, wer seine Eltern waren? Sie würden mit dieser Welt untergehen genau wie er, falls sie noch lebten.

Er würde in den Süden gehen oder in den Westen. Hauptsache weit weg von diesen Echsen, sie hoffentlich nie wiedersehen, bevor das Ende kam. Und erst recht nicht, falls sie es schaffen würden, den Untergang zu verhindern. Merranas beschleunigte seine Schritte und hatte die ersten Bäume hinter sich, als ein Beben das Seeufer erschütterte. Kurz musste er das Gleichgewicht ausbalancieren. Die Schreie der anderen hielten ihn davon ab, weiterzugehen. Er drehte sich um und sah Kallestrus in Drachengestalt, wie er Feuer auf den Kies spie. Eine Welle erfasste den Grund unter seinen Füßen, so stark, dass es sie alle von den Beinen holte.

Merranas fiel auf den Rücken und rappelte sich auf.

Das Mädchen und Kiromin versuchten Kallestrus davon abzuhalten, weiterhin Feuer zu speien. Sie begutachteten die verrußte Stelle, während Titus sich an Kiromins Weste festhielt und eine Flamme mit dem Fuß austrat.

Merranas schaute ihnen zu und stemmte die Arme in die Hüften. Was zum Henker trieben diese verdammten Echsen da? Eine weitere Erschütterung ließ ihn die Arme ausbreiten, damit er das Gleichgewicht halten konnte. »Ach, was geht es mich an?«

Er drehte sich um und wollte loslaufen. Ein Stock an der Brust hinderte ihn daran.

Vor ihm stand ein Greis und hielt seinen Gehstock wie ein Schwert. »So, der Windling will sich also aus dem Staub machen. Wie immer! Das sieht euch Luftikussen mal wieder ähnlich«, krächzte der Alte und kicherte.

Merranas schlug den Stock weg und schickte sich an, an dem Alten vorbeizukommen. Doch dieser war flinker, als Merranas erwartet hatte, oder geschickter oder es war plötzlich ein Erdhügel vor ihm, der dort gar nicht hätte sein dürfen. Er stolperte und legte sich der Länge nach hin. Laut fluchend sprang er auf.

»Hau ab, alter Mann! Das hier geht dich gar nichts an! Jetzt mach Platz!«, blaffte er los und schlug sich den Dreck von Hemd und Hose.

»Ach, halt den Schnabel, Jungchen, und komm mit! Wo willst du überhaupt noch mit deinem Beutelchen Drachengold hin? Die Welt geht gerade unter. Außerdem wird es für dich Zeit, auf der richtigen Seite zu kämpfen.«

Kleine Tröpfchen Spucke trafen Merranas' Gesicht, während der Alte durch seine Zahnlücken zu ihm sprach und mit dem Stock auf die Gruppe am Ufer wies, als die nächste Erschütterung sie erneut ins Wanken brachte.

Der Kopfgeldjäger zuckte die Achseln und ging weiter, ohne auf den Mann zu achten. Je schneller er hier wegkam, umso besser. Dabei dachte er darüber nach, woher der Alte das mit dem Drachengold wusste. Wahrscheinlich hatte er sie beobachtet. Nein, das ging gar nicht, er hatte doch mit dem Rücken zu ihm gestanden. Und ganz sicher hat der Alte nicht hören können, was er und Kallestrus gesprochen hatten.

»Das ist vielleicht die letzte Chance, herauszufinden, wer du bist«, krächzte der Mann ihm hinterher. »Willst du wirklich vor der Wahrheit und deiner Vergangenheit davonlaufen?«

Merranas blieb stehen und starrte zu den Baumkronen. Das konnte nicht wahr sein! Er musste weg von den Drachen und all ihren Bekannten, Dienern und Freunden.

Die Welt würde sicherlich nicht an allen Ecken und Enden untergehen. Er musste endlich zusehen, dass er fortkam.

»Hey, Windling! Ich rede mit dir. Keine Manieren, das ganze junge Pack«, schnauzte der andere weiter.

Merranas setzte beharrlich einen Fuß vor den anderen. Einfach weiterlaufen. Das ist nur ein weiterer Verrückter auf seinem Weg ins Verderben. Er hatte von diesen Dingen die Schnauze gestrichen voll.

»Hey, du da! Windling! Hast du Gras in den Ohren? Willst du nicht endlich erfahren, woher du stammst? Oder läufst du schon wieder davon, wie all die Jahre zuvor?« Die Stimme des Alten klang so, als würde er ihn auslachen.

Ein weiteres Mal änderte Merranas die Richtung und eilte zu dem Mann.

Dreck und Bartstoppeln bedeckten den Großteil des alten Gesichts.

»Was sagst du da, Alter? Hast du heimlich gelauscht?«

Er wollte nach dem Greis langen, da traf ihn der Gehstock erneut an der Brust, diesmal ziemlich schnell und schmerzhaft.

Der Alte lachte ihn aus und zeigte dabei den beinahe zahnlosen Mund.

Ehe er ihn erreichte, erwischte ihn ein weiterer, wenn auch leichter Schlag auf den Kopf.

»AU! Was soll das, du halbtoter Spinner?«

»Ihr jungen Leute seid dümmer als die Fische im Wasser. Was denkst du wohl?«

»Na, was denke ich?«

Der Mann stützte sich auf seinen Gehstock. »Gar nichts! Sonst würdest du nicht weglaufen, Windling.«

»Windling? Ich bin kein Windling!«

»Du bist einer! Das merkt man gleich an deinem flatterhaften Wesen. Glaubst du, diese Echsen umgeben sich mit gewöhnlichen Sterblichen? Da bist du wirklich falsch gewickelt und womöglich noch in Windeln!« Er lachte kurz auf. »Komm! Wir müssen dem alten Drachen helfen, sich zu erinnern, damit er diese ganze Liebelei endlich zu Ende bringt. Das hätte er schon damals tun sollen. Frauen! Es sind immer schöne und faszinierende Frauen, die uns Männer ins größte Unglück stürzen.«

»Ihr habt sie doch nicht mehr alle! Wieder so einer, der eine Menge seltsames Zeug redet«, zischte Merranas.

Der Alte knuffte ihn mit dem Stock in die Seite und wies ihn an, zu der Gruppe zurückzukehren.

Merranas betrachtete seufzend das Drachengold. Dieses wunderschöne Drachengold. Er blickte zu der Gruppe am Ufer und zum Alten. Wenn er jetzt wegliefe, dann nur um sich die flüchtige Illusion einer heilen Welt zu erkaufen. Weisheit und Erkenntnis brächte es ihm nicht. Er griff nach den Münzen, das Metall fühlte sich gut an und wurde warm. Langsam ließ er die Goldstücke zurück in den Beutel gleiten und steckte ihn missmutig an seinen Gürtel. Sehr widerwillig folgte er dem Alten, der bereits vorausgegangen war.

»Na, da bist du ja wieder«, kommentierte Kiromin als erster ihr Erscheinen. Merranas quittierte die Bemerkung mit einem Achselzucken.

»Regulus!« Nadala fiel dem Greis um den Hals. Sie hielten sich fest umarmt, lachten und weinten, bis sie sich endlich voneinander lösten.

»Wird das ein Familientreffen eurer nächsten Verwandten?«, fragte Merranas genervt. »Und was sollte das überhaupt heißen, da bin ich schon wieder? Wäre der Alte nicht gewesen, wäre ich weg.«

Kiromin ergriff Merranas an der Schulter und lächelte. »Du bist bereits sehr lange Zeit ein Teil dieses Treffens. Merkst du es denn nicht?«

»Der alte Drache ist an allem hier schuld, spricht mit Wasser und Feuer und was weiß ich mit was für Wesen und Dingen, wahrscheinlich mit Steinen. Du willst deinen eigenen

Vater besiegen, das da ist die Mörderin eines Inquisitors, der kleine Junge kann Feuer aus seinen Händen wachsen lassen. Und ich? Ich soll zu diesem seltsamen Haufen gehören? Der Alte da ist total verwirrt und schlägt mit seinem Gehstock nach allem, was nicht rechtzeitig außer Reichweite kommt.«

Noch beim letzten Wort erhielt er einen Schlag in die Seite.

»DA! Er hat es schon wieder getan!«

»Regulus. Was tust du hier?«, wandte sich Kallestrus an den Alten.

Der versetzte dem Drachen einen Stoß gegen die Schuppen. »Sterben! Ich will verdammt noch mal endlich sterben dürfen, Drache!«

Kallestrus verdrehte die Augen.

»Wen hat er getötet?«, wollte Kiromin wissen.

»Den Mörder deines Bruders Gernoritt, kleiner Drache«, beantwortete Regulus die Frage.

Kiromin starrte den Alten an, dem das Gesagte sehr leicht über die Lippen gekommen war.

»Es tut mir sehr leid, Jungdrache. So war damals mein Auftrag, und ich war deinem Vater verpflichtet. Genau wie jetzt. Es sind keine guten Menschen gewesen, die wir getötet haben. Dessen kannst du dir sicher sein.« Er bedachte Kiromin mit einem ernsten Blick und ging zu der Stelle, die Kallestrus eben mit Flammen traktiert hatte.

In Kiromins Gesicht arbeiteten die Muskeln, seine Miene verfinsterte sich, während er sich mit der Hand über Wangen und Nase fuhr. »Warum verbündest du dich immerzu mit Mördern, Vater?«

Kallestrus hatte sich ebenfalls über die Stelle gebeugt. Mit den Nüstern begutachtete er die einzelnen Klumpen Gold, die aus den Siegelringen entstanden waren.

»Hat es nie einen anderen Weg gegeben als den Tod?«, setzte Kiromin nach.

»Ich bin recht froh, dass sie Mörder sind. Wir brauchen sie, um in die Stadt zu kommen. Vermute ich. Es ist eine magische Barriere um die Insel gezogen. Ich habe versucht, das Eiland in meiner wahrhaftigen Gestalt zu erreichen, auch als Mensch komme ich nicht auf die Inselstadt. Als letzte Abkömmlinge der Elementare und Sterblichen habe ich drei ausfindig gemacht, und sie sind hierhergekommen. Einer wird es hoffentlich schaffen, die Barriere zu Fall zu bringen. Feuer, Erde und Luft. Wobei ich mir beim Letzteren immer noch nicht ganz sicher bin.« Mit dem Kopf wies er reihum auf Nadala, Regulus und Merranas.

Verwirrt zeigte Kiromin auf Titus. »Und was ist mit dem hier?«

»Was soll mit dem sein?«

»Warum ist er hier?«

Kallestrus warf einen kurzen Blick auf den Jungen und sah wieder auf die Goldklumpen. Die inneren Teile der Siegelringe lagen als kleine schwarze Flecken im Metall. Die Flammen hatten ihnen nichts anhaben können.

»Ich weiß nicht, warum er hier ist. Womöglich ist in Hyperahmah ein Meister, und der Kleine ist auf der Suche nach ihm. Die Kräfte und andere Mächte erwachen wieder. Je mehr ich mich erinnere, umso stärker scheinen sie zu werden.«

Kiromin versuchte den Jungen nicht zu beachten, den sie vor einigen Tagen beinahe umgebracht hätten. Er verursachte ihm ein schlechtes Gewissen. Wegen des Kindes wäre er fast selbst zum Mörder geworden, notwendigerweise.

Titus hingegen funkelte ihn mit verheulten Augen feindselig an. Woher nahm dieses Kind so ein Selbstbewusstsein?

»Wenn du willst, dass dir nichts passiert, verhältst du dich besser ruhig«, erklärte er dem Jungen.

»Sonst was? Wirst du mich umbringen?«

Verdutzt sah Kiromin Titus an. Die Direktheit erschütterte ihn. Hatte Titus ihre Unterhaltung doch gehört? Kopfschüttelnd ließ er ihn stehen und wandte sich zu den anderen.

Nadala hatte sich mit einem ihrer Messer an den Goldklumpen zu schaffen gemacht. Vorsichtig versuchte sie, das Siegel aus dem kleinen Stück Metall zu lösen.

»Ich könnte es nochmals verflüssigen«, schlug Kallestrus

vor.

»Nein, lieber nicht. Bei den letzten Versuchen haben wir Erdbebenwellen ausgelöst«, entgegnete sie.

»Ach, das wart ihr?«, mischte sich Regulus ein. »Ich dachte schon, ich hätte mit dem Stock zu stark in den Boden gehauen. Lachend hielt er sich den Bauch, während Kiromin und Merranas sich ratlose Blicke zuwarfen. Kiromin hob seinen Zeigefinger an die Stirn und zeigte einen Vogel, was Merranas mit einem Winken der Hand vorm eigenen Gesicht erwiderte. Zumindest waren sie sich in diesem Punkt über den Alten einig.

»Hier ist das erste Siegel«, Nadala hob Kallestrus den schwarzen Stein mit einem eingravierten Drachenzahn hin. Sie hatte es vorsichtig aus dem Gold gelöst. Alle standen im Kreis und warteten, was Kallestrus tun würde.

Er nahm Nadala das Siegel ab und vorsichtig ins Maul, dann biss er kräftig zu.

Mit einem Krachen fiel neben ihnen ein Eisbrocken vom Himmel und zerbarst am Ufer in unzählige kleine Splitter. Ein weiterer schlug neben Titus auf und zersprang gleichermaßen. Laut schreiend sprang der Junge zur Seite.

»Zu den Bäumen!« Kallestrus hatte die Schwingen ausgebreitet, während weitere Klumpen aus gefrorenem Wasser um sie herum einschlugen. Nadala sammelte die Goldklumpen auf und zog Regulus hinter sich her. Unter der anderen Schwinge hatte Kiromin Titus unterm Arm gepackt, zusammen mit Merranas hasteten sie Richtung Wald. Unter Kallestrus' Schutz hetzten sie zum Wald, während der Drache bei jedem Einschlag der eisigen Geschosse stöhnte. Große Eisstücke zerschellten klirrend wie Glas am Boden. Kälte machte sich breit. Vor ihnen gingen ganze Brocken zu Boden und zersprangen beim Aufprall in unzählige feine Eiskristalle, die spitz und schmerzhaft in ihre Haut schlugen.

Auf halbem Weg blieb Kiromin stehen. »Mutter. Wir haben sie vergessen. Ihr Körper liegt immer noch da.«

Kallestrus blieb stehen und drehte den Hals. Genau in

dem Augenblick traf ein riesiger Eisbrocken den Kopf des Drachen, er taumelte.

»LOS, WEITER!«, brüllte Nadala in das Krachen hinein.

Erst da bemerkten sie, wie Kallestrus seine Drachengestalt verlor. Die Augen der Echse drehten sich nach innen, und er kippte vorne über.

»Das Eis hat ihn eiskalt erwischt«, krächzte Regulus und kicherte, während alle anderen die Flucht zu den Bäumen fortsetzten.

Merranas und Kiromin erreichten die Bäume mit ihren schützenden Kronen und setzten Titus ab, während Nadala und Regulus den bewusstlosen Kallestrus in seiner menschlichen Gestalt mit sich schleiften.

»Ich muss sie holen«, erklärte Kiromin und starrte in Richtung des Körpers, der am Ufer lag.

»Spinnst du? Schau, was die Dinger dem dicken Drachenschädel deines Vaters angetan haben!« Nadala wies auf den bewusstlosen Kallestrus, auf dessen Stirn sich eine dicke Beule bildete.

»Außerdem ist ihr menschlicher Körper bereits tot«, setzte Merranas nach.

Kiromin wandte sich ab und lief los, ohne auf die Warnungen und Schreie der anderen zu hören. Neben ihm landeten die Eisbrocken, er spürte ihre Splitter auf Stirn, Wangen und Hals, zudem rutschte er auf den größeren aus. Als er Selestria erreicht hatte, streifte ihn ein großer am Arm. Mit schmerzenden Muskeln und vor Anstrengung brennenden Beinen hob er sie auf und drückte sie an die Brust.

Direkt vor seinen Füßen ging ein riesiges Stück zu Boden, er strauchelte. Durch den Krach hörte er die Rufe der anderen. Er stolperte nach vorne, rutschte aus und musste sich abfangen, um nicht zu fallen. Weitere Eisbrocken fielen herab, ein kleinerer traf ihn am Rücken. Schreiend machte er einige Sätze nach vorne, um gleich darauf einem weiteren Brummer auszuweichen, der neben ihm einschlug. Von links streifte ihn ein Stück Eis an der Schulter und ließ ihn zurücktaumeln. Durch das Splittern und Klirren des Eises konnte er Merranas Stimme hören, die ihn einen schuppenlosen Vollidioten und Trottel schimpfte. Er senkte den Kopf und stapfte weiter, bis er mehr stolpernd als laufend die Gruppe erreichte.

Die Bäume boten weniger Schutz als erwartet. Sie drückten sich an die Stämme, um nicht von abbrechenden Ästen getroffen zu werden.

Mit einem Stöhnen kam Kallestrus zu sich. Regulus hatte ihn an einen Baumstamm in sitzende Position gezerrt. Er spuckte das Siegel in seine Handfläche, während er mit der anderen Hand die Beule am Kopf betastete. Sofort hörte der Eisschlag auf.

»Gut, so funktioniert es nicht«, meinte er mürrisch und zeigte den anderen das absolut unversehrte Siegel. »Jemand einen Vorschlag, wie wir sie zerstören können?«

BUCH 3

BLUTIGES ERBE

So schnell sie konnten, zogen Firim und Atiro die Rüstungen wieder an, die sie unter der Treppe versteckt hatten. Von unten hörten sie Offiziere Befehle brüllen, die größtenteils von dem Glockengeläut übertönt wurden.

»Los, schauen wir zu, dass wir schnellstmöglich nach unten kommen. In diesem aufgeschreckten Wespennest wird keiner auf uns achten. Wir müssen einfach beschäftigt tun«, meinte Firim, während er sich den Helm aufsetzte.

Atiro versuchte seinen Brustharnisch zuzubekommen, aber die Hände und Finger wollten ihm nicht Folge leisten.

»Es ist ganz natürlich, dass du Angst hast«, murmelte Firim und kam ihm zu Hilfe. »Ich habe auch welche.«

»Bloß sieht man es dir nicht an«, gab Atiro zurück und schaute auf seine Hand, die gegen seinen Willen zitterte.

»Ich habe einige Jahre Übung hinter mir.« Firims Augen grinsten unter seinem Helm. Der junge Mann hielt sich eigentlich ganz tapfer, doch das würde er ihm erst sagen, wenn sie in Sicherheit waren. Ansonsten sollte er es nie erfahren. Firim schnappte sich die Metallkassette und gab Atiro ein Zeichen, vorzugehen. »Egal, was passiert, wir bleiben im Laufschritt, Atiro. So fallen wir am wenigsten auf.«

Der junge Mann nickte und lief die Treppen hinunter, Firim folgte ihm.

***

DIE Tür zu Preaktans geheimen Studierzimmer flog mit einem Schlag auf. Fünf Wachen stürmten in den Raum. An ihrer Spitze ein kleinerer Mann.

»Deine Machenschaften haben ein Ende, Preaktan!«, brüllte er.

Erschrocken fuhr der Würdenträger herum und erkannte den Wachmann sofort an dessen Stimme. Es war Eugen, den er lange Zeit bestochen hatte. Jetzt war es Plutarch gelungen, ihn auf seine Seite zu ziehen.

Preaktan hob beide Arme und öffnete die Hände.

»Ignis sphaera!«

Der Spruch kam über die Lippen, als hätte er bereits seit Jahren auf der Zunge gelegen und nur darauf gewartet, wieder rezitiert zu werden.

Auf seinen Handflächen bildeten sich im Nu zwei große Feuerkugeln, die immer größer wurden. Mit einer schnellen Bewegung schleuderte er sie dem Wachmann entgegen.

Mit einem Schmerzensschrei taumelte der zurück, und die Dahinterstehenden wichen erschrocken beiseite. Schreiend schlug der Mann um sich, während die ledernen und wollenen Teile seiner Rüstung in Flammen standen. Der Gestank von verbranntem Leinen breitete sich aus.

Preaktan setzte zum weiteren Angriff an. Während er die Beschwörungsformel sprach, spürte er die Kräfte des Feuers an seinem Körper zerren. Er war alt und ungeübt, dennoch war diese Glut seine einzige Waffe. Zwei Feuerkugeln fanden ihren Weg zu den Wachen, die sich anschickten, weiteres Feuer abzuwehren.

Einer hatte rechtzeitig sein Schild gehoben, die erste Feuerkugel verfehlte ihr Ziel. Ein Knall erfüllte die Luft und presste sie mit starkem Druck aus den Lungen der Anwesenden, als der Feuerball am Metall zerschellte.

Preaktan ging um den Tisch herum, sodass das Möbelstück zwischen ihm und seinen Angreifern stand. Er griff nach den Folianten und hielt sie vor die Brust. Sie durften nicht in Plutarchs Hände gelangen, sonst wäre die Arbeit der letzten Jahre umsonst gewesen.

Zwei der Wachen rückten mit erhobenem Schild vor, während die anderen rechts und links durch den Raum kamen. Sie waren nur noch vier. Seinen Spitzel hatte er erwischt.

Er wandte sich zu dem rechten der vorrückenden Schildträger und wies mit der einen freien Hand auf den Boden.

»Ardere!« sprach er leise.

Die Feuerkraft verließ seine rechte Hand, ein einzelner Funke flog wie eine brennende Pfeilspitze vor die Füße des Mannes und setze seine Stiefel sofort in Flammen.

Der Mann begann wild hin- und herzuspringen und versuchte mit Schwert und Schild, die brennenden Sachen zu löschen.

Schon hatte sich Preaktan dem linken zugewandt. Auch dieser stand nach einigen geflüsterten Worten in Flammen. Der Würdenträger wankte und stieß an das hinter ihm stehende Regal. Die zum Leben erwachten und neu ausgeübten Kräfte forderten ihren Tribut. Es fühlte sich an, als wäre er mehrere Kilometer die Türme der Inselstadt hinauf und hinuntergelaufen. Seine Lungen brannten, und das alte Herz pumpte mühevoll das Blut durch die schwachen Muskeln. Er versuchte sich auf die verbliebenen Männer zu konzentrieren, die weiter auf ihn eindrangen. Es waren bloß zwei, die er zu beschäftigen hatte. Vor seinen Augen verschwammen die Personen, und Schweißperlen bedeckten die Stirn. Mit der freien Hand hielt er sich am Regal fest, um nicht das Gleichgewicht zu verlieren. Die Magie verbrannte seine Körperkraft schnell und unbarmherzig wie das Feuer, das sie hervorbrachte. Ein uralter Zauber manifestierte sich in seinen Gedanken, vor dem er sich fürchtete. Dies sollte der letzte Ausweg sein, wenn es sein müsse. Bevor er wieder zu Atem kam, ließ ihn ein stechender Schmerz in der Schulter zusammenzucken. Der Griff eines Dolches ragte aus seinem Gewand. Blut tränkte schnell den festen Stoff. Schmerzerfüllt ließ er die Bücher vor seine Füße fallen. Die Wachen zwangen ihn zum Handeln.

Die Worte eines alten Magiers erschienen mit brennenden Buchstaben in seinem Geist, nachdem ein weiteres Messer seinen linken Arm traf. Mit verschwommenem Blick sah er die zwei verbliebenen Männer mit erhobenen Schilden auf sich zukommen. Nur noch etwas Konzentration. Die Folianten, er musste jetzt an die Folianten denken.

Gelassen ließ er sich auf die Knie fallen, als würde er sich ergeben wollen.

Die drei Gardisten beobachteten sein Tun mit gewissem Abstand. Der eine brüllte ihn an, er solle die Arme nach oben strecken und sich ergeben.

Doch nichts dergleichen hatte Preaktan vor. Entkräftet kniete er auf einem der Bücher, als hätte er sich zum Gebet niedergelassen. Das zweite schob er unter das andere Knie und bedeckte es mit seinem Gewand. Schnell hob er die linke Hand, mit der anderen griff er, so schnell er konnte, nach den letzten beiden Büchern, die etwas weiter von ihm weg lagen, und schob sie zu den anderen beiden unter den dicken Stoff seines Gewandes.

Sein Tun nutzten die Gegner und rückten vor, jetzt die Schwerter auf ihn gerichtet, aber die Schilde schützend vor sich haltend.

Diese würden ihnen nichts nützen. Preaktan öffnete den Mund, um etwas zu sagen. In diesem Moment traf ihn eine Schwertspitze in der rechten Brustseite.

Er riss die Augen auf, schrie vor Schmerzen, und zwischen den Schreien war noch ein undeutliches »Recidere vapor!« zu hören.

Eine Feuersbrunst erfüllte den Raum und fraß alles, was sie erfassen konnte. Lediglich ein kleiner Kreis um den Feuermagier blieb frei, als die drei anderen Männer unter Schmerzensschreien in Flammen und Rauch aufgingen, genau wie Tisch, Bänke, die Pritsche in der Ecke und die Regale hinter ihm.

Er hörte das Glas der Gefäße in der Hitze springen, Holz barst im Feuer, während heiße Luft durch die offenen Fenster nach außen drückte. Schwer atmend fasste er sich an die rechte Seite. Seine Hand wurde nass, er blutete stark. Der Gardist musste ihn direkt unter den Rippen erwischt haben. Jeder Atemzug versetzte ihm einen heißen Stich in den Brustkorb, dann wurde alles schwarz. Er sank in sich zusammen, holte schmerzhaft Luft, seine Augenlider schlossen sich.

Die Stimme drang dumpf in sein Bewusstsein. Sie war weit weg und leise, dafür umso eindringlicher. Er wollte sich zu ihr drehen, aber sein Körper verweigerte ihm den Dienst. Wer rief denn da und was rief er überhaupt? Er versuchte die Augen zu öffnen, selbst das wollte nicht gelingen. Eine warme Umarmung hielt ihn in der Dunkelheit gefangen, und er war froh darum. Die Stimme sollte schweigen, denn mit jedem Ruf wurde es kälter. Seine rechte Seite fühlte sich an, als habe jemand ein heißes Eisen in seine Lunge gestoßen. Er musste dieses Rufen beenden, es tat weh. Nur zögerlich schlug er die Augen auf. Da waren lediglich Schatten, die Stimme wurde allmählich deutlicher. Preaktan erkannte sie. Atiro schrie ihn aus Leibeskräften an.

Das Gesicht seines Sohnes wurde immer schärfer. Preaktan erkannte die Konturen, Nase und Kinn. Atiro hielt ihn in den Armen.

Preaktan versuchte, ihm übers Haar zu streicheln, aber seine Hände waren schwer wie Blei, seine Schultern schmerzten. Dunkelheit legte sich wieder über seinen Geist, doch Atiro schüttelte ihn heftig, und er öffnete die Augen etwas weiter.

»Du musst wach bleiben, Vater! Hörst du mich, du musst wach bleiben. Vaticine kommt bestimmt gleich. Was ist hier nur passiert?«

Preaktan fühlte die Verzweiflung und das Zittern seines Sohnes. Mit großer Mühe gelang ihm ein Lächeln. Die von der Hitze aufgesprungenen Lippen des alten Mannes formten sich. Atiro kam dem Vater näher.

»Suche einen Lehrer, Atiro«, flüsterte Preaktan.

»Was soll das heißen? Du bist mein Lehrer!«

Hilfesuchend schaute Atiro zu Firim hoch, der sich mit gerunzelter Stirn über die beiden gebeugt hatte und immer wieder Richtung Türöffnung blickte.

Die Feuersbrunst hatte das massive Holz gefressen, jetzt

war da ein bogenförmiges Loch in der Wand.

»Folianten. Unter meinen Knien. Die Folianten. Mein Sohn. Feuerfänger, suche einen Lehrer«, flüsterte Preaktan mit gebrochener Stimme. Seine Augenlider fielen langsam zu, das Gesicht des alten Mannes entspannte sich. Er schien zu lächeln, und Atiro drückte den Vater an seine Brust.

Die Schultern des jungen Mannes bebten, als er seine Stirn auf die seines Vaters legte und ihn wie ein kleines Kind hin und her wiegte.

Vorsichtig legte Firim ihm die Hand auf die Schulter, er schwieg. Es stank widerlich in dem verwüsteten Studierzimmer. Sie hatten eine ganze Weile gebraucht, bis sie ihren Ekel überwinden konnten, um ihn überhaupt zu betreten. Die verkohlten Leichen der Wachen lagen zu beiden Seiten Preaktans. Er war tot und hatte einige Wachen mit sich genommen. Unter seinem verkohlten Gewand kamen die Schriften zum Vorschein. Er muss die vier Bücher zuerst vor den Angreifern und später vor seiner eigenen Attacke geschützt haben, sonst wären sie wie alles andere im Raum dem Feuer zum Opfer gefallen. Firim eilte zu den Fenstern. Draußen dämmerte es. Im Licht des anbrechenden Tages konnte er vom Ufer her Rauchschwaden aufsteigen sehen, der Drache blieb verschwunden. Genauso wie Vaticine. Wenn die Seherin nicht bald auftauchen würde, müssten sie die Flucht antreten. Bloß wohin? Zwar waren sie mit viel Glück aus Plutarchs Gemächern in die Katakomben gekommen, doch sie hatten eine ganze Weile vor dem Studierzimmer warten müssen. Die Hitze hatte sie zurückschrecken lassen. Hier konnten sie nicht bleiben. Schon bald würde Plutarch weitere Wachen schicken, auch wenn diese einige Zeit in den Gängen brauchen würden, um sie zu finden. Sie waren auf einer Insel. Irgendwann würden dieser Gang und die Räume hier durchsucht werden. Sie konnten nicht immer alle Wachen töten und verschwinden lassen, nicht auf Dauer. Hinter sich hörte er Atiro seinen Vater leise betrauern, als er einen Luftzug an seiner rechten Wange spürte. Er zuckte unmerklich zusammen, als Vaticine wie aus dem Nichts neben ihm stand.

»Meine Liebe, du bist schnell wie der Wind«, begrüßte er sie grinsend.

Ihre Miene war ernst, aber ihre Augen lächelten. »Wir haben kaum mehr Zeit.«

»Wo bist du gewesen?«

»Bei Plutarch. Ich musste ihm versichern, dass die Barriere den Drachen weiterhin daran hindert, die Stadt zu betreten.«

Firim legte den Kopf zur Seite. »Du warst bei Plutarch, und er hat dich nicht getötet oder festsetzen lassen?«

»Er würde es nicht wagen, mich zu töten!«

Firim fasste sie am Arm. »Das klang vorhin ganz anders. Was für ein Spiel spielst du hier?«

Ohne Antwort machte sie sich los und ging zu Atiro.

»Welche Barriere?«, setzte Firim nach.

»Sie umgibt die Inselstadt und verhindert, dass Kallestrus sie betreten kann.«

»Du kennst seinen Namen?«

»Ich kenne seine Geschichte und alle Märchen und Sagen, die sich um ihn, die Drachen und Plutarch ranken.«

Firim betrachtete die Frau. Das ernste Gesicht ließ sie wie eine Greisin wirken.

»Wie bist du eigentlich hierhergekommen?«, fragte er nach einer ganzen Weile.

Sie wollte gerade zu einer Antwort ansetzen, als er weitersprach. »Ich meine, es wimmelt doch vor Wachleuten.«

Vaticine lächelte verschmitzt. Das entging Firim, da sie sich mit einer ernsten Miene zu ihm wandte, nachdem sie Atiro über den Rücken gestrichen hatte. Er sollte noch das bisschen Zeit mit seinem Vater haben. »Es gibt nicht nur den Weg durch die Flure und Gassen dieser Stadt, das solltest ausgerechnet du wissen.«

Sie zog ein dickes Buch aus einem Lederbeutel unter ihrem Mantel hervor.

Firim erkannte den Folianten. Es war das Buch der Herrschaft. Sie hatten alle Schriften beisammen.

Einen Augenblick zögerte er. »Du bist eine Hüterin,

nicht wahr?«

Vaticine schaute ihn durchdringend an. »Zu gerne wäre ich lediglich die Hüterin eines Siegelrings. Das hätte all die Zeiten vieles einfacher gemacht.«

Firim schüttelte langsam den Kopf, sagte aber nichts.

Vaticine senkte den Blick. »Ja, die Geschichten sind wahr. Ich bin die Bewahrerin des sechsten Siegelrings, die Verräterin am Blut, die Prophetin des Untergangs.« Sie sah zu Boden, als sie weitersprach. »Ich bin die Verstoßene aus dem Tempel der Winde aus der Linie der Sturmjäger.«

»Du? Du bist diejenige, die Plutarch zu seiner Macht verholfen hat?« Ungläubig fixierte Firim die Frau. »Alle Geschichten meiner Linie über dich sind demnach wahr.«

Vaticine nickte fast unmerklich. »Du meinst die Geschichten der letzten Verbliebenen aller Linien, die einander seit Jahren erzählt werden? Dass eine Frau die Ältesten, die Elementare und alle Mischwesen an Plutarch und damit das Geheimnis der Siegelringe an ihn verraten hat?«

Jetzt war es an Firim zu nicken.

»Ja, die bin ich. Ich habe Plutarch den letzten Siegelring ausgehändigt und ihm erzählt, was die Schmuckstücke können.«

Firim schnaubte, eine Zornesfalte bildete sich auf seiner Stirn. »Blut über deine Hände und dein Haupt! Weißt du, wie viele von uns gemeuchelt und verfolgt worden sind? Wieso hast du das getan?«

Vaticine griff in ihre Gewänder. Es beruhigte sie, den Griff ihres Dolches in der Hand zu halten. Dieser Mann war ein härterer Gegner als Plutarch, und genau wie sie hatte er einen schweren Verlust zu beklagen. Sie hoffte sehr, dass sie noch genügend gemein hatten, um sich nicht gegenseitig umzubringen.

»Er hatte ein Druckmittel, gegen das ich machtlos war. Damals hatte ich nur eine Vision: Wenn ich ihm nicht verriet, was es mit den Drachen auf sich hatte, den Tod.«

Firim streckte sich und beugte sich zu ihr vor. »Den Tod? Von wem?«

Vaticine zögerte. »Von einem Kind, das Plutarch zuvor

in seine Gewalt gebracht hatte.«

»Und für ein Kind, von dem du nicht genau wusstest, ob es noch lebt oder bereits tot war, opfertest du das Geheimnis, das unsere Welt über die Zeiten hinweg im Gleichgewicht gehalten hat? Erzähl mir eine schönere Geschichte!«

»Ich habe ihm lediglich verraten, was die Siegelringe sind, nicht wie sie funktionieren. Nie hätte ich damit gerechnet, dass dieser einfältige Suffkopf es schafft, die Ringe für seine Zwecke zu verwenden und damit den Verlauf der Zeiten zu ändern.«

Firim fluchte leise.

»Und was passierte dann?«

»Als er herausgefunden hatte, welche Macht den Ringen innewohnt, hat er begonnen, jeden einzelnen zu instrumentalisieren. Welche Kräfte und Möglichkeiten sie einem Menschen verleihen konnten, blieb ihm nicht lange verborgen. Mit diesem Wissen wurde er selbst zu einem Würdenträger und mordete sich nach oben, bis man ihn zum Obersten Kirchenführer ernannte. Um seine Macht zu sichern, schuf er die Inquisition und erklärte die Drachen zu den größten Feinden unserer Welt. Die Ringe verteilte er an seine treu ergebensten Diener, die er darüber hinaus gut entlohnte und von allen Sünden und Vergehen, die sie je begehen sollten, im Voraus lossprach. Den Rest kannst du dir denken«, beendete Vaticine ihre Erklärung.

Firim starrte sie ungläubig an. »Aber wie konnte er den hier gefangenen Eisdrachen befreien?«

Vaticine zuckte bei den letzten Worten zusammen. »Du weißt mehr als die anderen deiner Linie, die hier schon früher ankamen und die Insel nie wieder verließen.«

Er wandte sich ab. »Weißt du, wie viele von uns gestorben sind, um Plutarch aufzuhalten? Unsere Blutlinien sind nur noch ein erbärmlicher Rest aus einigen Dutzend Männern und Frauen. Wenn du doch so viel weißt, Seherin, weißt du sicherlich auch, wie wir gestorben sind.«

»Ihr seid die Räuber und Banditen der Städte und Wälder, die einige Intrigen gegen Plutarch geführt haben, ja.«

»Und wir wurden jedes Mal verraten. Du weißt nicht zufällig, von wem?«

Vaticine trat zu Firim. Ein kalter Schauer lief ihm den Rücken hinunter, als die Erkenntnis und die Antwort auf seine Frage plötzlich wie aus dem Nichts in seinen Gedanken erschien. Er hatte Angst vor dem, was die Frau jetzt sagen würde, und überlegte zeitgleich, wie er aus dieser Situation entkommen konnte, und sei es allein, um letztendlich die Wahrheit nicht zu hören, die in diesem Moment so offensichtlich war.

Ihre Lippen öffneten sich zögerlich, das Wort war wie die Böe eines Wintersturms. »Mir!«

Er drehte sich um und schlug zu, erwischte sie an der linken Schläfe. Der Schlag war so hart, dass sie zurücktaumelte und einige Schritte brauchte, um sich zu fassen.

Im nächsten Augenblick sah er ihren Dolch aufblitzen. Sie stürzte auf ihn zu.

Er wehrte sie ab, aber sie schnappte ihn am anderen Handgelenk, als er ihres packte. Ihre Kräfte hielten die beiden im Gleichgewicht, während sie Blicke wechselten.

»Ich will dich nicht töten, du törichter Dummkopf! Wehe, du wagst es, mich noch einmal zu schlagen, dann schneide ich dir die Eier ab«, zischte sie zwischen den Zähnen hindurch. Ihr langer Ohrenschmuck klirrte wie zersplitterndes Glas.

Firim verstärkte den Druck auf ihr Handgelenk. Er konnte beobachten, wie sie den Blick senkte, als der Dolch mit der Spitze nach unten kippte. Sie ließ ihn nicht fallen.

Firims Herz raste, und Wut stieg in seinen Gedanken hoch. »Du hast meine Familie getötet!«

»Ich habe euch gerettet, du Trottel!«

»Was treibt ihr nur?«

Sie hatten Atiro vergessen, der bei der Leiche seines Vaters kniete.

»Halt‘s Maul!«, fuhr ihn Firim an. »Wie willst du uns schon gerettet haben?«, fragte er Vaticine mit gleicher Härte.

»Wenn du mich loslässt, erzähle ich dir alles, was ich

weiß. So haben wir unter diesen Umständen eine Chance, nicht allein uns, sondern diese Welt zu retten, bevor Plutarch, Kallestrus oder womöglich beide sie endgültig zerstören«, fauchte sie.

Wieder maßen sich beider Blicke. Sie erkannten, wie der andere in Gedanken jeweils alle Möglichkeiten der Situation abwägte. Wie auf ein vereinbartes unsichtbares Zeichen hin ließen sie einander los.

»Fang an, aber mach schnell.« Firim ging zum Türrahmen und schaute in den Flur. Noch war nichts von Wachen zu hören oder zu sehen. Dafür ertönten von draußen Schläge gegen die Mauern, als würden Kanonenkugeln die Stadt treffen.

Sie eilten zu den Fenstern.

Riesige Eisbrocken schlugen gegen die Steinmauern und ließen sie zurückweichen. Einer kam durch die Fensteröffnung und verfehlte Atiro nur um Haaresbreite. Der junge Mann schrie auf.

»Sie versuchen, die Barriere zu brechen«, flüsterte Vaticine. »Uns bleibt wirklich nicht mehr viel Zeit. Lasst uns alle Bücher mitnehmen und gehen.« Sie reichte das Leder an Atiro weiter, der als erstes den Folianten des Feuers ergriff und in den Beutel legte.

»Sieht so aus. Vielleicht erzählst du uns ausschließlich die wichtigen Dinge«, meinte Firim mit eisiger Stimme. »Und den Rest, wenn wir das hier überlebt haben, falls es dann noch von Bedeutung ist.«

»Habt ihr den Folianten der Zeit?«, frage sie.

»Wir haben eine Kassette, die hinter dem Bild versteckt war. Sie ist freilich zu«, erklärte Firim.

»Das ist er. Plutarch hat es irgendwie geschafft, die unsichtbaren Formeln darin sichtbar zu machen. Zudem ist es ihm auch gelungen, die Zauber korrekt zu rezitieren. So hat er die Siegelringe nach seinen Wünschen transformiert und wie Waffen verwendet. Wie ihm dies gelungen ist, bleibt mir bis heute ein Rätsel.«

Sie hielt Atiro fest und zog ihn Richtung Tür. »Wir

müssen hier weg. Dein Vater soll nicht umsonst gestorben sein.«

Firim hatte die Kassette genommen und folgte den beiden. »Du hast Plutarch unterschätzt.«

Vaticine blieb prompt stehen und drehte sich zu Firim. »Ja, das habe ich, und dafür zahle ich seit Jahrhunderten einen hohen Preis!«

Atiro wollte sich losreißen, aber sie hielt ihn fest. Wie konnte die Seherin so viel Kraft haben?

»Seit Jahrhunderten?«, fragte er und stemmte die Fersen in den Boden, damit sie ihn nicht weiterziehen konnte.

»Richtig! Genau wie dein Vater. Oder woher glaubst du, hatte er das ganze Wissen? Sowas schafft man gar nicht in einem Menschenleben. Wir alle stecken in den Schleifen der Zeit. Ich bezweifle, dass Plutarch selbst weiß, wie lange schon. Denn seit er Selestria befreit hatte, hat er die Kontrolle über die Zauber verloren.«

Atiro und Firim starrten vor sich hin. Sie verstanden nichts mehr von dem, was Vaticine da redete.

»Wir müssen an die Wehrmauer kommen mit Blick aufs Ufer. Der Eishagel war nur der Anfang. Kallestrus versucht, die Siegelringe zu zerstören. Wir müssen zuschauen, dass wir die weiteren Wellen, die damit einhergehen, unbeschadet überleben.«

Firim drängte sich vor, während Vaticine den jungen Mann durch die Tür zog.

»Jetzt wartet mal! Wir sollen auf die Wehrmauer, während uns Plutarchs Wachen überall suchen? Bist du von Sinnen?«, fragte Atiro.

»Ich sagte nicht auf, ich sagte an!«

Eine weitere Frage konnte er ihr nicht mehr stellen, denn genau da bogen sechs Wachen in den Flur ein, die Schwerter gezogen, und kamen auf sie zu.

Vaticine ließ Atiro los und zog ihren Dolch, woraufhin Firim ihm die Kassette in die Hände drückte und anwies, hinter ihnen zu bleiben. Mit aufgerissenem Mund beobachtete er, wie die beiden eine Wache nach der anderen wie

Vieh abschlachteten. Der Dolch fuhr in die Kehle der ersten Wache, während Firim die andere entwaffnete und mit einem Messer genau den Zwischenraum traf, den Helm und Harnisch unbedeckt ließen. Mit gurgelnden Geräuschen und einer Menge Blut sanken die Männer zu Boden.

Atiro hätte schwören können, dass diese zwei kämpfenden Personen keine Menschen waren, sondern Wesen einer eigenen Welt, vor der sein Vater ihn immer gewarnt hatte. Doch ein klarer Gedanke war ihm gerade unmöglich. Seine Handinnenflächen brannten von Augenblick zu Augenblick mehr, als er daran dachte, dass Männer dieser Wache vor kurzer Zeit seinen Vater getötet hatten.

Mit einem Schrei ließ er die Kassette fallen. Das Metall glühte an den Stellen, an denen er es berührt hatte. Er spürte brennende Punkte in der Haut und wollte losschreien.

Firim fasste ohne Furcht seine rechte Hand. »Herzlichen Glückwunsch! Du bist ein Erbe der Flammenhetzer.« Dabei klang seine Stimme belustigt.

»Feuerfänger«, korrigierte ihn Vaticine und wischte sich eine Strähne aus dem Gesicht, wobei ihre Hand einen blutigen Streifen auf der Wange hinterließ, der wenige Zeit später verschwand, als sei er nie dort gewesen.

»Tu nicht so höflich«, gab Firim von sich. »Du bist keinen Deut besser als wir.«

Vaticine antwortete nicht, sondern griff nach der Kassette.

»Was soll das heißen?« Atiro gaffte an sich hinab auf die Hände.

»Habt ihr dem Jungen in all der Zeit gar nichts beigebracht«, maulte Firim.

»Das ist nicht mein Sohn!« Wieder drehte sie sich um und lief den Gang weiter.

Firim folgte ihr.

Atiro stolperte mehr über die Leichen der Wachen, als dass er lief. Er konnte den Blick nicht von seinen Händen abwenden. Was hatte sein Vater gesagt? Einen Lehrer? Wofür? Er bemerkte, dass der Abstand zu den anderen größer wurde. Für diese Dinge und Überlegungen war keine

Zeit. Er musste überleben. Und sei es nur, um Rache für den Tod seines Vaters zu nehmen und herauszufinden, was er ihm am Ende seines Lebens hatte sagen wollen. Die Fragen in seinem Kopf überschlugen sich. Er war froh, dass seine Aufgabe darin bestand, den anderen zu folgen.

An einem Fenster blieben sie stehen. Vaticine hatte Firim die Kassette gegeben und reichte ihm die Hand. »Wenn ich dich hätte töten wollen, wärst du bereits in der großen Halle gestorben.« Sie hielt den Boten fest.

Atiro war die Sache nicht geheuer. Er blieb etwas von ihnen entfernt stehen.

»Los, Atiro. Gib mir deine Hand«, forderte sie nun ihn auf.

Doch der junge Mann zögerte. »Wozu?«

Firim verdrehte die Augen. »Geht das schon wieder los? Kannst du nicht eine Sache machen, ohne Fragen zu stellen? Wie hat es dein Vater bloß ausgehalten, oder hat er dir sogar vor dem Abort erklärt, wie man kackt?«

»Sprich nicht so von ihm!«, rief Atiro und machte einen Satz auf Firim zu.

Dann geschahen mehrere Dinge auf einmal, die Atiro den Atem stocken ließen, wobei er weder in der Lage war zu schreien oder nachzuvollziehen, was genau die beiden gemacht hatten: Als er auf Firim zuschritt, packte Vaticine seine Hand, und die beiden sprangen aus der großen Fensteröffnung, während er wie ein Stoffbändchen hinterhergezogen wurde. Er hatte das Gefühl, dass der Zug und die Kraft der Seherin ihm die Schulter auskugeln würden; die Luft verwandelte sich zu einer zähen Masse, in die er hineingedrückt wurde. Einen Moment schienen sie zu schweben und stürzten zugleich in die Tiefe, nur um einen Augenblick später wie Vögel im Wind aufzusteigen. Sie segelten kurz über die Dächer der Insel, bis sie wieder hinabstürzten. Er hörte Vaticines Stimme im Heulen des Windes und sah, wie Firim ein Bein zum Sprung ausstreckte. Kurz berührten dessen Stiefel eine Dachzinne, und sie wurden wieder hoch in die Luft geschleudert. So ging es von einem Dach zum anderen, mit jedem dieser Luftsprünge näherten sie sich der Wehrmauer und damit dem Rand der Insel. Bei dem letzten Dach setzte Firim mit einer geschmeidigen Bewegung beider Füße auf und sprang ein letztes Mal. Wieder zerrte es an Atiros Arm, als Vaticine in die Höhe schoss. Danach spürte er allein einen heißen Schmerz in der Magengegend. Mit gehöriger Wucht prallte er gegen das Geländer eines Glockenturms. Ihm wurde schwarz vor Augen. Kopfüber hing er am Balken, während seine Beine in der Luft baumelten. Firim griff nach seinen Hosen und zog ihn in den Ausguck des Turms.

Schnaufend kniete Atiro am Boden, stand auf und kotzte in die Tiefe.

»Welch Spaß mit dem Kleinen«, spottete Firim hinter ihm.

Atiro drehte sich wütend um. »Was willst du von mir?«

»Und schon geht es mit der Fragerei weiter.« Er versetzte Atiro einen Schlag auf den Hinterkopf. »Werde endlich erwachsen, Flammenhetzer! Sonst lebst du nicht mehr lange.«

»Lass' ihn in Ruhe. Preaktan hat ihm sicherlich zum Schutz nie erzählt, wer oder was er ist.«

»Was bin ich denn, verflucht noch mal? Ich soll ein Feuermagier sein? Eine dieser abartigen Personen, die Elemente beherrschen? Das ist unmöglich! Vater hätte mir sowas niemals verheimlicht. Hört auf, mich wie ein kleines Kind zu behandeln!«

Firim fuhr sich über das kurzgeschorene Haar. »Das halte ich nicht sehr lange aus, diese ständige Fragerei. Wenn er wenigstens nörgeln würde, könnte man ihm den Mund stopfen.«

»Hör auf Firim, wir brauchen ihn. Wir sind schon wenige genug.«

»Wahrscheinlich. Aber daran bist du schuld! Hättest du uns Plutarch bei einem der geplanten Überfälle töten lassen, wären wir jetzt nicht hier in dieser misslichen Lage mit einem unwissenden Idioten.«

»Pff! Anstatt mir für alles die Schuld zu geben, erklär's ihm. Wenn du es überhaupt kannst«. Sie hatte die Arme verschränkt und blickte zum Ufer, als würde sie auf jemanden warten.

Firim zuckte die Achseln und wandte sich an Atiro. »Du bist wohl einer der letzten Flammenhetzer der Welt. Vielleicht sogar der letzte. Wir wissen es nicht genau. Das bedeutet, du bist ein Feuermagier. Eure Kräfte unterliegen dem Zauber von Plutarch wie alles andere Feuer. Allem Anschein nach sind mit der Kräfteverschiebung vor einigen Tagen auch eure Fähigkeiten zurückgekehrt. Das würde erklären, warum wir euer Studierzimmer so vorgefunden haben, wie es war. Dein Vater hat sich nach der Rückkehr seiner Kräfte selbst überschätzt. Als direkter Nachfahre eines Hüters hast du die Gabe von deinem Vater geerbt, der dich allerdings nichts lehren konnte. Seine und deine Fähigkeiten waren unter Plutarchs Zaubern gebannt. Dieses Feuer in deinen Händen zeugt von der Rückkehr. Lass dir was einfallen, wie du lernst, es zu beherrschen, und mach das Beste draus.«

Er ließ Atiro stehen und sprach Vaticine an. »Was denkst du, was passieren wird?«

»Ich hoffe, dass Kallestrus sehr bald einen Weg findet, die Barriere zu brechen. Und ich hoffe, er hat Selestria dabei. Nur wenn beide die Inselstadt betreten, haben wir einen Weg zu überleben und Plutarch das Handwerk zu legen.«

»Wir werden Plutarch nicht das Handwerk legen, wir werden ihn töten. Ich werde ihn töten.« Atiros Stimme klang fest. »Ich weiß nicht, wer oder was ich genau bin. Ich verstehe nur Bruchteile von dem, was ihr da redet. Für den Tod meines Vaters wird Plutarch büßen, egal was da kommen mag!«

Firim musterte ihn von der Seite, grinste und schlug Atiro leicht auf die Schulter. »Na also, so langsam wird ein Mann aus dir. Anscheinend muss man doch deine unzähligen Fragen beantworten.«

Atiro schaute ihn böse an.

Firim hingegen lachte freundlich. »Sag, was hat dein Vater dir denn erzählt und dich aus den Büchern gelehrt? Vielleicht kann ich dir weitere Dinge nahebringen. Nur so vergrößern wir unsere Chance, das zu überstehen. Jetzt heißt es sowieso, warten und hoffen, dass Plutarch uns hier oben nicht findet. Wir haben einige Zeit, wichtige Dinge zu klären, nicht wahr, Vaticine?«

Die Seherin hatte ihren Blick nicht vom Ufer abgewandt. Ihre Gewänder bewegten sich im Wind. Sie sah keinen der Männer an. »Ja, wir warten. Jeder hat eine Frage frei.«

»Was machen wir eigentlich, wenn die Wache kommt, um die Alarmglocke zu läuten?«, wollte Atiro wissen.

»Wir bringen ihn um und läuten die Glocke«, entgegnete Firim. »Eine ziemlich dumme Frage. Ich bin dran. Warum hast du Plutarch nicht getötet in all der Zeit?«, fragte er an Vaticine gewandt.

Endlich drehte sich die Seherin den Männern zu und rutschte die Brüstung hinunter, um sich auf den Boden zu setzen. Ihre Gewänder legten sich wie Rauch auf den Stein. Sie schloss die Augen. »Oh, ich war so oft versucht, es selbst zu tun. Da waren genug Gelegenheiten, wenn er im Suff nicht mehr wusste, wer vor ihm stand, oder wenn er nach Unmengen an Wein so tief schlief, dass der Tod ein leiser Übergang in die andere Welt gewesen wäre. Doch wenn Plutarch durch meine oder eine andere Hand anstatt die von Kallestrus stirbt, wird sich die Prophezeiung nicht erfüllen können. Jedes Mal, wenn ich die Möglichkeit hatte, ihn zu töten, musste ich an diese alten Worte denken, die mir das Ende seiner Herrschaft versprechen. Es ist nicht an mir, dies zu tun. Ich bin zum Warten und Wachen verdammt.«

Die letzten Worte spuckte sie mehr aus, als dass sie sie sprach. Firim und Atiro hörten deutlich den Hass in ihrer Stimme. Verbitterung war sicherlich auch dabei.

»Das ist keine Erklärung«, setzte Firim an. »Der Tod Plutarchs, egal auf welche Weise, hätte viel Leid und Tod verhindern können.«

»Das denkst du!«

Sie senkte den Blick, als würde sie sich für ihr Tun schämen, dabei veränderte sich ihr Gesicht für eine kurze Zeit. Sie war eine Greisin. Firim blinzelte, da war es wieder wie zuvor.

»Irgendwann tauchte Preaktan mit seinem kleinen Sohn in der Inselstadt auf und wurde zum Würdenträger vereidigt. Ich erkannte ihn sofort als einen der Hüter. Er mich nicht. Es lagen wohl zu viele Generationen zwischen uns, oder Plutarch hatte schon soweit die Zeit manipuliert, dass Preaktan nur ahnen konnte, wer oder was ich war. Wir verbündeten uns und begannen, nach den Folianten zu suchen. Zuerst dachte ich, dass Preaktan nach einem Weg suchte, Plutarch zu stürzen und deswegen darauf versessen war, die Bücher zu finden. Doch nach und nach wurde mir klar, dass er nach einem Weg suchte, herauszufinden, warum seine Fähigkeiten versiegt waren.«

Atiro hing an den Lippen der Seherin, während sie von seinem Vater erzählte. Plötzlich machten alle Lehren des Vaters Sinn und warum er immerfort im Folianten des Feuers hatte nachschauen und bestimmte Passagen lesen müssen. Schon wollte er etwas fragen, aber Vaticine hielt ihn zurück.

»Jetzt bin ich dran«, gab sie ihm zu verstehen. »Wie bist du überhaupt Bote der todbringenden Nachricht geworden?«

Firim lächelte. »Ich hielt mich schon eine ganze Weile in Balfahlahr auf, war sofort aufgebrochen, nachdem ich erfahren hatte, dass Plutarch die Drachentöterin dorthin schickte. Habe mich als Kaufmann ausgegeben und gewartet. Als sich die Ereignisse überschlugen und man die Boten auswählen wollte, hatte ich schlichtweg Glück, dass einer der Gefangenen mir ähnlich sah. Der Rest ist simpel, ich schor mir die Haare, zog niederes Gewand über und führte ihn etwas schneller seinem Urteil zu. Danach nahm ich seinen Platz ein.«

»Ist deine Lösung, immer alle zu töten?«, platzte Atiro ihm ins Wort.

»Ja. Wieder eine seltsame Frage von dir. Du solltest etwas Sinnvolleres fragen, wie ‚Wisst ihr, was ich mit meiner Fähigkeit machen kann?‘. Ich an deiner Stelle würde dies tun. Versuch’s nochmal!« Firim lachte laut auf.

Atiro hingegen fuhr auf. »Schon gut, ich habe verstanden!

Ich bin hier der dumme Junge, der nichts weiß. So beantwortet endlich meine Frage und erklärt, wer ihr wirklich seid!«

»Wie viel Zeit haben wir noch?«, fragte Firim erneut.

Vaticine schüttelte den Kopf. »Ist das wichtig? Wir sollten ihm so viel wie möglich erklären. So kann er uns wenigstens helfen.«

»Setz dich wieder hin, Atiro, und höre genau zu. Nichts von all dem, was bisher passiert ist, ist wirklich Zufall. Auch nicht, dass dein Vater und du mich gerettet habt«, erklärte Firim.

Vaticine räusperte sich.

»Gut, und irgendwie hat Vaticine daran mitgewirkt. Was ich nicht glauben kann, da sie den Rest meiner Sippschaft hat über die Klinge springen lassen.«

Von der Seherin kam ein Schnauben, bevor sie aufstand und sich wieder dem Ufer zuwandte.

Firim ging langsam in die Hocke. Er blickte den jungen Mann ruhig an. »Du weißt, dass dein Vater der Hüter einer der Siegelringe war, richtig?«

Atiro nickte.

»Und du hast sicherlich mitbekommen, wie ich mich euch vorgestellt habe, nachdem dein Vater erkannte, dass ich kein verurteilter Gefangener war, der sowieso hingerichtet werden sollte.«

Wieder ein Nicken.

»Hat er dir denn erzählt, was es mit den Siegelringen auf sich hat?«

»Sie sind die Schlüssel zur Kammer, in der Selestria einst eingesperrt war. Plutarch hat sie benutzt, um sie zu befreien«, erklärte Atiro.

»Hast du dich jemals gefragt, wieso dein Vater, wenn er denn Hüter einer dieser Ringe war, ihn Plutarch ausgehändigt haben muss? Wie sonst sollte er an den Ring gekommen sein?«

Atiro stutzte, sein Blick ging ins Nichts. Allmählich wurde ihm klar, was die Titellitanei der beiden und auch Vaticines bedeutete. In all der Aufregung hatte er dem

Getue wenig Beachtung geschenkt. Er begann am Daumennagel zu kauen, bis es knackste. »Ihr wart alle Hüter der Siegelringe und habt sie an Plutarch abgegeben.«

Firim musterte ihn eine Weile. Und als könne er die Gedanken des jungen Mannes lesen, sprach er einfach weiter. »Plutarch fing an, unsere Linien zu töten, um an die Ringe zu kommen. Dies gelang ihm bei den Linien des Wassers und der Erde. Zumindest vermuten wir das. Er tötete die Hüter der Siegelringe und ließ alle Abkömmlinge verfolgen. Sie sind auf immer verloren, so erzählten es die Ältesten unserer Linie.«

»Die Linie des Windes konnte er nicht ohne Weiteres ausmerzen, deswegen erpresste er sie«, erklärte Vaticine.

Atiro starrte auf den Rücken der Frau. »Wie tötet man den Wind?«

»Man erstickt ihn.«

»Und wann genau kann ein Mensch dies tun?«

»Er muss den Wind fangen.«

»Das geht?«

»Ja, wenn er jung und schwach ist. Wie ein Menschenkind. Dieses Wissen nutzte Plutarch und jagte die Kinder des Windes.«

»Und sie konnten ihre Kinder nicht schützen?«, fragte Atiro.

»Oh, doch. Das konnten sie. Sogar sehr gut. Indem sie die Linie der Zeit verrieten und damit das eigene Blut«, antwortete Firim. Die Ruhe, die er ausstrahlte, glich einer Drohung.

»Ja, schon gut, ich erkläre dir, wer die Linien der Zeit sind«, setzte er nach. Die Art, wie Firim die Hände hielt, die Muskeln und seinen Oberkörper spannte, machten ihn furchteinflößend, obwohl er nichts tat, außer reden. »Für gewöhnlich sind die Linien der Elemente rein. Sie vermischen sich nicht mit anderen. Doch die Liebe und Leidenschaft hat für einige von uns andere Pläne, und so mischen sich die Linien. Mit der Vermischung entstehen neue Fähigkeiten, mitunter die Zukunft vorherzusehen und sie in der Gegenwart zu verändern, nicht wahr, Vaticine?«

»So ist es«, bestätigte sie die Erklärung trocken.

Atiro kaute weiter an den Fingernägeln und fixierte Firim. »Was sind diese Linien? Und wie kam Plutarch an die restlichen Ringe?«

Bei den Fragen hob Firim die Augenbrauen und atmete durch. Das Bedrohliche an seiner Haltung verschwand, er zeigte keine Gefühlsregung. »Jetzt bleiben wir ganz ruhig und rekapitulieren, was bisher geschah. Dein Vater hat dir nicht erzählt, was es mit den Linien auf sich hat? Er hat dir nie erzählt, wer du bist?«

Atiro presste die Lippen zusammen und schüttelte den Kopf.

»Gut, du weißt wenigstens, was Elementare sind.«

Kopfschütteln.

»Aber du hast schon einmal bei einem Mädchen gelegen?«

Röte stieg in die Wangen des jungen Mannes.

»Bei allen Münzen und Schwertern!« Firim war aufgesprungen und schlug sich mit den Händen an die Oberschenkel. »Wo die kleinen Kinder herkommen, weißt du gewiss!?«

Atiro nickte und stierte an Firim und Vaticine vorbei. Er kam sich richtig dumm vor. Zugleich spürte er die Wut auf seinen Vater in sich aufsteigen. Diese Fragen waren ihm nie in den Sinn gekommen. Er hatte die Lehrstunden mit ihm geliebt und das Wissen aus Büchern und Schriften aufgesaugt. Die Erinnerungen an die Zeit vor der Inselstadt und an seine Mutter waren in all den Jahren verblasst und unwichtig. Jetzt kamen einzelne Bilder einer Flucht in seinen Geist zurück.

Firims Worte fielen zu ihm herab. »Elementare sind Personifizierungen der Elemente Wind, Wasser, Feuer und Erde. Sie können die Form und Gestalt von allen Wesen der Welt annehmen. Wenn eine Menschenfrau sich mit einem Elementar vereint, wird eine Linie geboren. Braucht es mehr Erklärung?«

Die hätte es wahrlich gebraucht, aber Atiro traute sich nicht danach zu fragen, stattdessen sagte er nur: »Was ist mit der Herrschaft?«

Firim öffnete den Mund, um ihn ohne ein gesagtes Wort zu schließen.

Vaticine lachte. »Nun, Hüter des Siegelrings der Herrschaft. Gib euer Geheimnis preis.«

»Wissen und Handel.«

»Ihr seid demnach ganz gewöhnliche Menschen«, folgerte Atiro.

»Nein, nicht ganz«, entgegnete Firim.

»Sag's ihm endlich!« Vaticine schaute zur Stadt.

Firim seufzte. »Nun denn! Wenn sich eine Frau zu einem Drachen legt oder ein weiblicher Drache zu einem Mann, dann …«

»Du bist halb Mensch, halb Echse?« Angewidert betrachtete Atiro sein Gegenüber.

»Halt die Füße still, Flammenhetzer, sonst …«

Ein dumpfer Schlag ertönte von den Uferseiten und unterbrach die Streiterei der Männer. Mitten auf dem See bildete sich eine Druckwelle um die Insel herum und raste auf sie zu.

Gebannt starrten sie auf das Wasser. Die Luft presste einen zarten Nebel vor sich her, der die Bewegung sichtbar machte. Als er durch sie hindurchlief, blieb die Welt für einen Augenblick stehen. Atiro sah in Vaticine eine alte Greisin mit Buckel, in Firim einen kleinen Jungen von nicht mehr als fünf Jahren. Vaticine sah den Säugling Atiro am Boden liegen, während Firim als alter Mann erschien. Der wiederum sah das junge Mädchen Vaticine und Atiro unverändert. Mit einem Wimpernschlag war alles wie zuvor.

Vaticine atmete auf. »Die erste der Barrieren ist gebrochen worden. Kallestrus hat einen Weg gefunden.«

***

PLUTARCH durchfuhr die Welle; für einen Moment verlor der Wein in seinen Adern jede Wirkung. Mit einem Satz hatte er sich vom Thron erhoben. Der Drache hatte die erste Barriere geknackt. Es wurde Zeit, sich für den letzten Kampf zu rüsten. Jetzt musste er nur noch den Folianten aus seinen Gemächern holen und diese Echse ein für alle Mal bannen. Wenn er den Drachen nicht töten konnte, so würde er ihn für alle Zeit in seinen Dienst stellen und diese Welt endlich zu seinem Reich machen. Schnaufend machte er sich auf den Weg und schrie nach den Dienern, sie mögen mehr Wein bringen. Es gab jeden Grund zum Feiern! Schwerfällig schleppte er sich die letzten Treppen seines Wohnturms hoch und schlurfte durch den Flur. Drei benommene Wachen seiner Leibgarde standen mehr oder weniger gerade vor seinen Gemächern und versuchten Haltung anzunehmen, da sie ihn kommen sahen. Ihre Schädel brummten. Sie hatten sich darauf geeinigt, niemandem etwas davon zu erzählen, dass sie das süße Bier probiert hatten, das ein Diener speziell für sie brachte. Zu tief saß die Scham, auf so einen alten Trick mit dem Schlafmittel hereingefallen zu sein.

»Was steht ihr hier so rum? Nach unten mit euch! Helft den anderen, die Verräter zu suchen! SOFORT!«, schnauzte er die Männer an, die sich hastig in Bewegung setzten, ohne genau zu wissen, wo sie hinsollten. Aber bei der jetzigen Laune des Obersten Kirchenführers war es gesünder, irgendwo anders zu sein anstatt in seiner Nähe.

»Ich brauche euch nicht mehr!«, keifte er ihnen nach, als sie durch den Gang liefen.

Mit einem Tritt machte er die massive Tür zu seinen Gemächern auf und wandte sich zum Kamin. Das Grinsen, das bis dahin sein Gesicht zu einer Grimasse verzogen hatte, löste sich in den fetten Wangen auf. Plutarch schnappte nach Luft. Noch außer Atem von den vielen Treppen, versuchte er zu schreien. Über dem Kamin herrschte eine trostlose Leere, wo zuvor ein Gemälde seiner selbst gewesen war.

»Was geht hier vor?«, bekam er schwer atmend zwischen dem Schnaufen hervor, als er die kahlen Steine anstarrte. »WACHEN!«

Bedächtig lösten sich zwei Gestalten aus den Schatten der Ecken hinter der Tür.

»Deine Zeit ist gekommen, Plutarch. Endlich, nach all den Jahren, ist deine Zeit gekommen«, hörte er eine Stimme hinter sich. Er kannte sie sehr genau. Es war die des Würdenträgers Duran, der im Licht der Kerzen auftauchte. Er drehte sich zu ihm um und dann zur anderen Seite. Dort stand der andere, Georgian.

»Heute noch stirbst du, und wir sind endlich frei!«, zischte dieser und kam mit einem Stab in der Hand auf ihn zu.

Plutarch verengte die kleinen Augen. »Das wagt ihr kleinen Heuchler nicht!«

***

VATICINE hob den Kopf zum Turm, in dem sich Plutarchs Gemächer befanden. »Ich muss los!«

»Oh nein, wir trennen uns nicht mehr!« Firim hielt sie fest.

»Das hast du nicht zu entscheiden!«

»Entweder zusammen oder gar nicht. Dich lasse ich nicht mehr aus meinem Blickfeld, und denke nicht, dass ich dir traue, nachdem ich weiß, wer du bist.«

Vaticine versuchte sich aus seinem Griff zu lösen. Mit der Hand fuhr sie in ihr Gewand, doch diesmal war Firim vorbereitet. Er hatte sie beobachtet und wusste, dass sie nach ihrem Dolch greifen wollte. Er war schneller und schlug gegen ihren Arm. »Lass das! So viele Verbündete hast du nicht mehr, und von Stunde zu Stunde scheinen es weniger zu werden.«

Ihr Blick ging wieder zum Turm. »Wir müssen sie aufhalten!«

»Wen?«

»Die beiden.«

Atiro folgte ihren Blicken. »Du glaubst, Duran und Georgian sind oben in den Gemächern?«

Sie nickte. »Das darf nicht sein. Wir müssen es verhindern!«

»Wieso? Vielleicht haben sie endlich einen Weg gefunden, nachdem wir den Folianten gestohlen haben. Wenn Plutarch dort oben stirbt, haben wir ein Problem weniger«, meinte Atiro.

»Nein, dann ist alles verloren, wofür ich jahrelang gekämpft habe. Alles umsonst. Er darf nicht sterben!«

Firim packte und schüttelte sie. »Bist du jetzt völlig einem Wahn verfallen? Auf wessen Seite stehst du eigentlich? Es interessiert mich langsam nicht mehr, wie Plutarch ums Leben kommt! Vielleicht ist das sogar die wahre Lösung und du der Grund für den Untergang.«

Erneut versuchte sie, sich von ihm loszureißen, es gelang aber nicht.

Atiro fragte sich währenddessen, wem sein Vater die lange Zeit über vertraut hatte. Was, wenn Firim recht hatte und Vaticine in Wirklichkeit der Feind war? Woher sollten die Wachen sonst gewusst haben, wo sie sich versteckt hielten. Womöglich war Firims Misstrauen berechtigt. Es würde zu allem passen, was über die Jahre geschehen war. Würde erklären, weshalb sie immer davongekommen war: Weil sie ein doppeltes Spiel spielte. Er war ganz alleine mit zwei Personen, von denen er nichts wusste und die ihm eine Menge Geschichten erzählt hatten, deren Wahrheitsgehalt er nicht überprüfen konnte. Er kannte niemanden mehr, den er hätte fragen können.

Firims Blicke wanderten zwischen Vaticine und dem Turm hin und her, bis er kurz den Kopf senkte. Anscheinend war die Entscheidung getroffen.

»Gemeinsam oder gar nicht!«, sagte er ruhig.

»So soll es sein«, antwortete die Seherin.

»Wir lassen die Bücher hier. Keiner wird sie in diesem Türmchen vermuten.«

Firim ließ sie los, nahm den ledernen Beutel und die Kassette. Mit den Bewegungen einer Katze kletterte er die Balken an der Innenseite des Turmes hinauf, hielt sich an der Glocke fest und zog sich auf den Trägerbalken hoch, an dem sie hing. Dort schob er den Beutel und die Kassette in den

Winkel, den das Dach und der Balken bildete, und band den Lederriemen um Holz und Metall. Mit einem geschmeidigen Sprung war er wieder bei ihnen.

Von hier unten sah man den Beutel kaum. Man musste wissen, dass sich dort oben etwas befand, um überhaupt danach zu suchen. Firim reichte Vaticine die Hand, die sie zugleich ergriff.

»Wir müssen uns beeilen.« Vaticine wandte sich an Atiro und streckte ihm die Hand hin.

»Bitte, nicht schon wieder.« Er ahnte, was die beiden vorhatten, und der Druck auf seinen Magen hatte sich noch nicht ganz gelegt.

»Willst du etwa jetzt durch die Stadt laufen?«

Noch immer hörte man Glocken läuten, auf den Straßen unter ihnen schrien Menschen. Die ganze Insel war in Aufruhr.

Atiro schüttelte den Kopf. Er griff nach Vaticine und spürte ein weiteres Mal den Zug in seinem Arm, der die Schulter schmerzen ließ, als sie in dickflüssige Luft eintauchten und diesmal in die Höhe gezogen wurden. Vaticines Haut fühlte sich an wie Winterluft nach einer sternenklaren Nacht, eiskalt und hart. Gar nichts wusste er von dieser Welt, rein gar nichts. Vater hatte sie all die Jahre auf dieser Insel vor ihm versteckt gehalten.

Nach wenigen Augenblicken landeten sie auf Plutarchs Balkon wie einige Stunden zuvor. Ihm kam es vor, als seien Tage vergangen.

Durch die Fenster konnten sie drei Personen sehen. Zwei Männer in den Roben der Würdenträger umkreisten Plutarch, während der seine Arme in die Höhe gerichtet hielt und leise flüsterte. Jedes Mal, wenn er einige Worte gesprochen hatte, traf ihn entweder ein Hieb des Stabes oder, und das konnte Atiro nicht genau erfassen, eine Art Blitz, der aus dem Boden fuhr. Duran hatte seine Arme ausgebreitet. Als er ihnen das Gesicht zuwandte, stockte Atiro der Atem. Die Augen des Würdenträgers leuchteten in einem grellen Blau, die Adern an seinen Schläfen, Wangen und dem Hals waren hervorgetreten und leuchteten weiß, als würden kleine Blitze seinen gesamten Körper durchströmen.

Durans Mund öffnete sich. Anstatt etwas zu sagen, schoss ein greller Strahl aus der Öffnung direkt auf Plutarchs Brust zu. Er prallte am Gewand des Herrschers ab, teilte sich in viele kleine Lichterscheinungen, die quer durch den Raum flogen. Mit Zischen erloschen sie an den Steinwänden.

»Die alten Mächte erwachen. Duran ist ein Lichtwüter«, platzte es aus Vaticine heraus.

»Wenn du recht hast, werden wir es bald mit weiteren magischen und irdischen Kräften zu tun haben. Von einem Gleichgewicht der Welten sind wir weit entfernt«, mutmaßte Firim.

»Wir müssen sie aufhalten. Plutarch wird sie beide töten, womöglich brauchen wir sie noch.«

Georgians Stab traf Plutarch an der Schulter und splitterte an dessen Körper ab. Es ertönte ein ohrenbetäubender Schrei, der aus dem Holz zu kommen schien.

Plutarch ergriff das zersplitterte Ende des Stabs. Der Würdenträger brach mit einem Schmerzensschrei zusammen und blieb am Boden liegen.

»Da war es nur noch einer«, kommentierte Firim trocken. »Hast du eine Idee?«

»Ich lenke Plutarch ab. Ihr schaut zu, dass ihr Duran rettet. Wir treffen uns wieder bei dem Glockenturm.«

»Warum sollten wir dir trauen?«, fragte Atiro.

Firim schüttelte den Kopf. Der junge Mann war anstrengend, aber in diesem Punkt hatte er nicht Unrecht. Was wollte Vaticine überhaupt gegen Plutarch ausrichten? Töten sollten sie ihn nicht. Was aber dann?

»Weil wir nur dann eine Chance haben, wenn sich die Prophezeiung erfüllt. Kallestrus muss in der Stadt sein, wenn Plutarch stirbt. Er darf nicht durch die Hand eines anderen getötet werden!«, wiederholte sie ein weiteres Mal.

»Was macht dich da so sicher?«

Vaticine beobachtete den Kampf zwischen Duran und Plutarch. Sie hätte den Würdenträger niemals so stark eingeschätzt, war er doch all die Jahre ein Speichellecker gewesen. Lediglich bei den wenigen Malen, als er ihr nach dem Mund geredet hatte, war er ihr überhaupt aufgefallen. Sie schaute Firim in die Augen.

»Die Prophezeiung ist nicht für Plutarch alleine. Sie ist verbunden mit mehreren Personen. Und all diese Personen befinden sich augenblicklich hier und an den Ufern. Sie ist nicht für ihn. Sie ist genauso für mich und für euch. Für eure Linien und die Nächsten, die euch nahestehen«, erklärte sie. *Und für mein einziges geliebtes Kind*, fügte sie im Gedanken hinzu.

Atiro schluckte, während Firim nervös durch das Fenster sah. Der Würdenträger mühte sich mit kleinen Blitzen, Plutarchs Beschwörungen zu unterbrechen, und bisher gelang ihm das. Mit einem Mal merkten sie aufs Neue, wie die Luft aus ihren Lungen gedrückt wurde. Die Zeit blieb stehen. Es wurde von einem Augenblick auf den nächsten Nacht. Plutarch hatte den Lauf geändert. Sie mussten handeln.

»Lasst uns dem armen Mann helfen«, waren Firims Worte.

Vaticine löste sich unversehens in Nebel auf, der direkt in Plutarchs Gemächer zog. Sofort ließ er von seinem Angreifer ab.

»Ja, da kommt die Hexe! Auf dich habe ich schon gewartet. Hast deine Lakaien vorgeschickt, nicht wahr? Übrigens, Preaktan wird dir nicht mehr helfen können, Miststück. Der ist bereits tot!«

Atiro zuckte bei Plutarchs Worten zusammen. Hier stand sein Feind: ein fetter überheblicher Sack, der sich ausschließlich mit Hilfe anderer an der Macht hielt, weil er sie unterdrückte. Er würde alles tun, um ihn sterben zu sehen. Mit einem Satz sprang er durch das Fenster und ging schreiend auf Plutarch los.

Firim setzte ihm nach. »Du Vollidiot!«, schrie er und sprang ihm hinterher. Gerade rechtzeitig, um den jungen Mann zu Boden zu werfen, bevor ihn Plutarchs Angriff treffen konnte.

Dies verschaffte sowohl Vaticine als auch Duran einen Vorteil. Beide griffen den Obersten Kirchenführer an. Selbst unter Firims Körper konnte Atiro die Druckwelle spüren, die sie alle erwischte, als der Boden unter ihren Körpern nachgab. Die Zeit stand still.

BUCH 3

WIND UND WELLEN

»Was wäre denn deine nächste Idee gewesen? Drüberpinkeln, dreimal drumherum im Kreis laufen und dann drauftreten?«, fragte Merranas, als Kallestrus aufgestanden war und sich den Kopf hielt.

Regulus kicherte vor sich hin.

Nadala hielt das Siegel auf den Feuerdolch gespießt. Sie standen um sie herum und betrachteten einander. Jeder hatte den anderen entweder im Kindes- oder Greisenalter gesehen.

Kallestrus rieb sich die Beule an der Stirn. »Wie könnt ihr Sterblichen nur in so einer Hülle existieren?«

»Wir kennen es nicht anders«, gab der Alte zur Antwort und hielt sich das Kreuz.

»Wie hast du es so schnell hergeschafft, Alter?«, wollte Kallestrus wissen.

Regulus versetzte dem Drachen einen Schlag mit dem Stock und erntete dafür ein Fauchen, das ihn überhaupt nicht beeindruckte.

»Nachdem du mich verlassen hattest, habe ich etwas Wein getrunken, die Sterne beobachtet und nachgedacht. Wie ich sterbe, ist eigentlich egal, und sei es, einer Echse dabei zu helfen, alte Geheimnisse zu lüften und Fehler zu korrigieren. Den Rest kennt allein der Untergrund«, krächzte er los und tippte dabei mit seinem Stock auf den Boden.

Merranas verdrehte die Augen. »Von Wohltätern umgeben.«

Der nächste Schlag traf ihn selbst.

»Zuschauen und lernen, Windling!« Regulus gackerte wie ein Huhn. Ihm gefiel Merranas' Unwissenheit. Der hingegen packte den Alten an seinen schäbigen Klamotten und wollte etwas sagen, doch Regulus' Blick wurde ernst. »Glaubst du wirklich, dass ich noch vor irgendetwas Angst habe, nachdem ich einen Drachen mit dem hier prügle?«

Ein weiterer Schlag traf Merranas in die Kniekehle, und er sank mit offenstehendem Mund zu Boden.

Regulus wandte sich an Kallestrus. »Wie hat der überhaupt so lange überleben können?«

»Mein letzter Sohn war bei ihm.«

»Nenn mich nicht so! Nenn mich nicht mehr so!«, schrie Kiromin.

Kallestrus rieb sich weiterhin die Stirn und ging zu Kiromin. »Wie soll ich dich sonst nennen, Sohn?« Kallestrus' Stimme klang bei jedem ausgesprochenem Wort immer tiefer, als würde er in seine wahre Gestalt wechseln.

Kiromin holte aus und wollte seinem Vater mit der Faust ins Gesicht schlagen, aber diesmal fing der seine Bewegung ab.

Die Hand des alten Drachen schloss sich um die seines Sohnes.

Kiromins Miene verzerrte sich nicht aus Wut, sondern Schmerz. Sein Arm zitterte unter dem Griff des alten Drachen. Die Sehnen spannten sich zuerst am Unterarm und danach am Hals bis hin zu den Schläfen.

Kallestrus hingegen stand ihm schweigend gegenüber. Ruhig betrachtete er seinen Abkömmling.

Merranas erkannte, dass Tränen über die Wangen seines Begleiters rannen und er mit jedem Wimpernschlag der Kraft des Vaters nachgeben musste, der ihn in die Knie zwang. Schon wollte er ihm zur Hilfe kommen, aber Regulus und Nadala hielten ihn zurück.

»Das hier ist nicht dein Kampf«, flüsterte sie ihm zu. »Deine Bewährungsprobe kommt noch, keine Angst.«

Merranas ließ sie gewähren, konnte den Blick nicht abwenden, da Kiromin vor Schmerzen aufschrie.

»Bisher bin ich der Hüter dieser Welten, mein SOHN!«, hallte Kallestrus' Stimme in ihren Köpfen. Dabei hatte der Drache gar nicht gesprochen.

Titus hielt sich die Ohren zu und schüttelte verstört den

Kopf.

Weiterhin hielt Kiromin seine Faust Kallestrus entgegen, obwohl er sich mit der anderen Hand am Boden abstützen musste. Als von der Insel ein mächtiger Knall ertönte, schreckten sie wie aus einem Tagtraum auf.

Kallestrus wandte sich von seinem Sohn ab und ging ans Ufer. Dort, wo vorher der höchste Turm Hyperahmahs über die Inselstadt hinausgeragt hatte, war nur noch ein Stumpf aus Stein. Grauer Rauch kam in einer riesigen Welle auf die Stadt herunter. Das Wasser hob sich an den Mauern zu einer Wand, die jetzt auf sie zurollte.

»Was in aller Welten passiert dort drüben?«, gab Nadala von sich, bekam jedoch keine Antwort. Alle starrten auf die immer größer werdende Welle, die zügig auf die Ufer zulief. Gerade wollten sie sich umdrehen und weiter in den Wald zurücklaufen, als die Wassermassen spritzend an einem unsichtbaren Hindernis zerschellten. Weißer Schaum schoss in die Höhe und hüllte für kurze Zeit die Stadt vollständig ein. Dann schwappte das Wasser in den See zurück, um dort als Welle die entgegengesetzte Richtung zu nehmen. Die Wassermassen brachen an der unsichtbaren Barriere, schwappten zurück Richtung Inselstadt, brachen erneut an den hohen Mauern, sprangen dort in die Höhe und wogten zurück. Die Inselstadt wirkte wie eine riesige Schneekugel, einem gläsernen Gefängnis gleich.

»Da sind noch andere gefangen«, meinte Kallestrus zu Kiromin. »Wir müssen diese Siegel zerstören. Ich muss in die Stadt, bevor alles zu spät ist.«

»Dort sterben Menschen«, murmelte Merranas.

»Wenn du nicht ein bisschen mithilfst, sterben wir alle«, antwortete Regulus und versetzte Merranas einen leichten Schlag auf den Rücken. »Komm endlich her und lerne!«

Nadala zog einen weiteren Klumpen Gold aus ihrer Tasche, ging in die Hocke, legte das Stück Metall vor sich hin und umfasste ihren Dolch mit beiden Händen.

»Seid ihr bereit?«, fragte sie in die Runde.

Alle hatten sich wie Soldaten vor ihr aufgestellt und gafften auf den schwarzen Stein mit den eingelassenen Drachenzähnen. Kallestrus nickte. Die Waffe fuhr herab, Funken flogen in alle Richtungen, Nadala strauchelte und musste sich mit einer Hand abstützen. Dann herrschte Stille.

Regulus seufzte schließlich laut. »Das wäre auch zu einfach gewesen, nicht wahr?« Jede Belustigung und jeglicher Spott waren aus seiner Stimme gewichen, stattdessen zogen sich die buschigen Brauen über seinen Augen zusammen, und er beugte sich auf seinen Stock.

»Für jeden nur einer, so stand es einst geschrieben…« Nadala richtete sich auf und rieb ihr Handgelenk. Der Rückstoß der Waffe von dem Siegel hinterließ einen unangenehmen Schmerz, den sie schon lange nicht mehr in solch einer Heftigkeit verspürt hatte.

Regulus schmatzte laut auf. »Ich weiß nicht, wann ihr das letzte Mal durchgezählt habt, aber wir sind bloß zu dritt. Und der da weiß nicht einmal, was er kann, geschweige denn, was zu tun wäre, wenn er was wüsste.« Dabei wies er auf Merranas.

»Probiere es du, Regulus«, forderte Kallestrus, ohne auf seine Worte einzugehen.

Doch der Alte ließ seine Blicke schweifen. »Was wird wohl geschehen? Ein Beben und Eissplitter hatten wir schon. Was kommt als nächstes?«

Kallestrus schnaubte. »Haben wir eine andere Wahl?«

Kiromin hielt sich abseits, während Merranas Titus an den Schultern gefasst hatte und wartete.

Regulus holte tief Luft und trat auf das am Boden liegende Siegel zu. »Geht weg von mir. Geht weg und haltet euch fest oder sucht Deckung. Ich weiß nicht, was geschehen wird«, meinte er leise.

Merranas ging einige Schritte zurück und zog Titus mit sich. Als er sich an einen Baum lehnte, wies er den Jungen an, bei ihm zu bleiben. Dieser hatte jeden Widerstand aufgegeben und nickte folgsam. Auch Nadala war zurückgewichen und stand nun neben Kiromin. Lediglich Kallestrus war neben dem Alten stehen geblieben.

Regulus stellte sich breitbeinig hin, fasste seinen Stock mit beiden Händen und hob ihn über das Siegel. Dann legte er den Kopf in den Nacken, den Stock hielt er mit beiden Armen hoch über das schwarze Stück Stein. Ein lauter Schrei des Alten war zu hören, während der Stock mit großer Wucht auf das Siegel hinabfuhr. Ein dumpfer Schlag ertönte, gefolgt von einer Druckwelle, die sie alle zu Boden riss.

Nadalas Stimme übertönte sie alle. Sie wurde wie Merranas und Titus durch die Luft geschleudert, als ginge von Regulus eine Explosion aus.

Gleich darauf hörte Merranas sich selbst schreien, da er gegen etwas Hartes knallte. Danach herrschte Stille.

Er fühlte sich weich und geborgen. Jemand hielt ihn sicher, warm und wiegte ihn sanft hin und her. Er kuschelte sich weiter in die wärmende Dunkelheit hinein. So friedlich war alles. Von weiter Ferne sang eine weibliche Stimme leise das bekannte Lied.

Vom Kriege der Vater nun singt,
Klingen die Mutter ihm bringt,
Schmuck der Knabe einmal fing,
verflucht der sechste Siegelring.

Sie sollte nicht aufhören, es klang bezaubernd. Merranas wollte sich umdrehen und einschlafen. Wie schön dieses Gefühl doch war, wie beruhigend diese Stimme. Nur sein rechter Arm, der fühlte sich komisch an, der linke auch. Irgendwas war mit seiner Wange. Warum brannte sie so?

Eine weitere Ohrfeige holte ihn aus dem Traum. Mit leerem Blick starrte er nach vorne.

Vor seinem Gesicht erkannte er zwei rotglühende Punkte. Es war Kallestrus, der ihn geschlagen hatte. Während er bald darauf die anderen erkannte, die um ihn herumstanden und sich wild stritten, brannte in seinem Rücken ein Schmerz. Er hörte eine Frauenstimme laut fluchen. Es war nicht die, die das Lied gesungen hatte. Nach und nach kam er zu Bewusstsein. Er lag auf dem Rücken, und das grelle Licht der Sonne blendete ihn. Er biss die Zähne zusammen, als ein heißer Schmerz sein Rückenmark durchzog, als würde ihm jemand glühendes Eisen durch die Wirbel gießen. Er stöhnte laut auf.

»Was... ist… passiert?«, keuchte er.

Kallestrus schaute ihn an und rieb sich die Augen.

Nadalas Gesicht erschien. Sie legte ihm die Hand auf die Stirn. »Du musst es nochmal probieren!«, motzte sie den Drachen an.

Der zuckte ungerührt die Schultern und verschwand aus Merranas' Blickfeld. Gleich darauf traf ihn grelles Licht. Er drehte den Kopf zur Seite.

»Es funktioniert nicht. Es ist mir auch vollkommen egal, was mit ihm ist«, vernahm er Kallestrus' monotone Stimme.

Nadalas Mundwinkel zuckten. »Es steht nirgendwo geschrieben, dass Erde die Gefühle verschluckt!«, ging sie Regulus an.

»AUS DER ERDE KOMMEN WIR, ZUR ERDE GEHEN WIR.« Der Greis atmete tief durch und beherrschte seine Stimme. »Ich hatte es euch gesagt. Ich weiß nicht, was passieren wird. Über Jahre waren die Mächte gebunden! Dass die Erde den verdammten Reptilien die Gefühle stehlen kann? Pah! Sie kann es wohl.«

»Ich kann meine Beine nicht spüren«, flüsterte Merranas. Panik stieg mit jedem einzelnen Wort in ihm auf. »Ich spüre sie nicht mehr!«

Kiromin war an seine rechte Seite getreten, kniete sich neben ihn, während er seine Hand nahm.

Merranas wandte sich zu ihm. Er konnte sehen, dass Kiromin ihn festhielt, aber er spürte es nicht.

Kallestrus stand auf und fasste sich ins Gesicht. Er riss den Kopf nach oben und blinzelte. »Ich kann nicht!«, rief er.

»Mach endlich! Wir brauchen die Tränen«, schnauzte Kiromin los.

»Was? Was brauchen wir? Ich kann mich nicht bewegen!« Merranas' Stimme überschlug sich vor Angst. Er fühlte ab dem Hals abwärts gar nichts mehr, außer stechenden heißen Schmerz im Rücken. Es kam ihm vor, als habe jemand seinen Körper ab dem Hals abgehackt und hinten aufschlitzt, wobei er nicht mal mehr ein Teil von ihm zu sein schien.

Kallestrus trat an die beiden heran. »Ich kann nicht. Ich versuche es ja.« Wieder rieb er sich die Augen.

Kiromin schüttelte den Kopf, während er seine Stirn auf Merranas' Hand legte. Als er wieder aufschaute, waren seine Augen gerötet, aber trocken.

»Ich kann nicht«, gab der alte Drache teilnahmslos von sich und blinzelte, als habe er Sand in den Augen.

Nadala war aufgesprungen und warf die Arme in die Luft. »Was stimmt nicht mit euch Drachen? Ihr ruft uns, lasst uns die Drecksarbeit verrichten für eure Angelegenheiten, ihr ruiniert unsere Leben und die Welt. Und wenn es darauf ankommt, schafft ihr es nicht mal, eine kleine Träne abzudrücken? Sollen wir uns prügeln, bis einer heult?«, keifte sie Kallestrus und Kiromin gleichermaßen an. »Vor Tagen und vorhin hast du auch geweint, Kallestrus. Was ist ausgerechnet jetzt, verflucht noch Mal, anders?«

Kallestrus starrte zu Kiromin, der hob seinen Blick zu Regulus, dessen Augen auf dem schnell und flach atmenden Merranas ruhten.

»Ich habe euch gewarnt. Ich weiß nicht, was die Erde gibt oder nimmt,« war die knappe Antwort des Alten.

»Gefühle?«, platzte es aus Nadala. »Bei Drachen?« Sie stemmte die Arme in die Hüften.

»Vielleicht nur für eine Weile«, entgegnete er.

»Wunderbar! Dann können wenigstens die beiden ohne Reue, Trauer oder Freude dieser Welt beim Untergang zusehen. Wir brauchen den Windling noch!« Sie lief auf und ab.

Kallestrus sah ihr wie schlaftrunken dabei zu. »Eine Barriere ist wieder gebrochen, nicht wahr?«

»Ja, ist sie. Die Zeitenwelle hat uns durchlaufen. Ich habe Kiromin als alten dicken Drachen gesehen, dich als frisch geschlüpftes Drachenjunges, aber die anderen vier Siegel sind weiterhin ganz«, antwortete Regulus und befühlte Merranas' Beine. »Spürst du das?«

Merranas bekam gar nicht mit, dass er ihn angefasst hatte. Am liebsten wäre er eingeschlafen und hätte dem Lied gelauscht. Es war so wunderschön gewesen, diese Frauenstimme zu hören. Dort war alles gut. Keine Drachen, kein Gold, kein Weltuntergang. Stattdessen Ruhe und Frieden und die Stimme einer Frau, die ihn festhielt und in den Schlaf wiegte. Die Augenlider senkten sich ohne sein Zutun.

»Nicht einschlafen!« Kiromin schüttelte ihn. »Du darfst nicht einschlafen, Merranas. Wir finden einen Weg, dass Vater oder ich weinen.«

Nadala hielt Kallestrus am Arm, sodass er sich ihr zuwandte. Sie holte tief Luft.

Er konnte sehen, wie sie schluckte. »Was?«, fragte er monoton und blinzelte abwechselnd mit dem einen, dann mit dem anderen Auge, was ihm den Ausdruck eines Betrunkenen verlieh, der versuchte, auf seine Nasenspitze zu schielen.

Allein, dass sie ausgerechnet jetzt in so ein Gesicht schauen musste, machte es Nadala schwierig, das zu sagen, was sie sich eigentlich für einen anderen, viel späteren Zeitpunkt vorgenommen hatte. Sie räusperte sich, schüttelte die belustigenden Gedanken ab und stellte sich gerade vor ihm auf. »Hör zu, Drache. Es ist egal, was du mir oder dir oder dieser Welt angetan hast. Dein Auftrag hat mich, mein Leben und das Leben meiner Liebsten vor sehr viele schwere Prüfungen gestellt. Sie waren hart und schmerzhaft, aber sie sind mein. Ich habe einen Mann geliebt und verloren wie du deine Geliebte. Wir haben gelebt und geliebt. Ich konnte meine Söhne aufwachsen sehen, und ich konnte ihnen mit deinem Gold ein gutes Leben bieten. In all dem, was schlecht war und uns leiden ließ, war immer etwas Gutes, das mich und meine Söhne verband. Alles ist so gekommen, wie es kommen sollte. Keiner kann mir dieses Leben nehmen.«

Sie holte tief Luft, während Kallestrus sie ansah, als plaudere sie über belanglose Dinge des Alltags. Sie sprach unbeirrt weiter, und ihre Gesichtszüge zeigten eine Ruhe, die über Jahrzehnte gewachsen war. »Und ich verzeihe dir alles, was du mir angetan hast. Mit deinem Ruf und dem Auftrag, den du mir gegeben hast.«

Kallestrus neigte den Kopf zur Seite, während sie sprach, auch, nachdem sie seine Hände ergriff und festhielt.

Sie stellte sich auf die Zehenspitzen und küsste seine Wange. Sie glaubte, ein Zittern zu spüren, während ihre Lippen die raue Haut des Drachen in Menschengestalt berührten.

Kallestrus hielt Nadalas Hände in seinen, langsam schlossen sich die Augen des Drachen. Als er sie wieder öffnete, schimmerten Tränen in beiden.

Der Mund stand ihr offen, so sehr wunderte sich Nadala selbst über die Kraft ihrer Worte, dann lächelte sie. Vorsichtig strich sie Kallestrus mit den Daumenspitzen über die Lider und führte die kleinen Tropfen zu Merranas' Mund.

Kallestrus war wie versteinert und beobachtete jede ihrer Bewegungen.

Nadala drückte ihre Daumen an Merranas' Lippen. Seine Zunge glitt über sie hinweg, nahm die Tropfen auf, er schluckte schwer. Es schmeckte salzig, nicht anders als seine Tränen, die er in Kinderjahren so oft verschluckt hatte, nachdem ihn die Frau seines Ziehonkels verdroschen hatte. Mit der Zunge leckte er sich über die Lippen, um das Nass aufzunehmen. Einen Moment später durchlief ein leichtes Kribbeln seine Brust, dann die Oberarme, Hände und Finger. Zum Schluss ließ der Schmerz im Rücken allmählich nach. Drachentränen. Sie heilen wirklich. Alle Märchen und Geschichten sind wahr! Freudig bewegte er die Zehen in seinen Stiefeln, als würde er das Schuhwerk das erste Mal tragen.

Kallestrus war zu Nadala getreten.

»Es tut mir sehr leid, was dir widerfahren ist«, flüsterte er leise.

Sie klopfte ihm auf die Brust und drehte sich weg, ein Lächeln umspielte ihre Mundwinkel. »Schon gut, alte Echse. Schon gut.«

Regulus grinste. »Die schöne Kopfgeldjägerin, die selbst den stärksten Drachen zu Tränen rührt. Ach, Nadala, wenn ich noch jünger wäre…«

Sie lachte auf. »Vor einer kurzen Weile wolltest du doch in Ruhe sterben.«

»Dieser Weltuntergang wird immer mehr zu einer fröhlichen Feier mit alten Freunden. Schön, dass ihr euch so gut amüsiert.« Merranas hatte sich aufgerappelt und rieb sich den Rücken. »Was ist mit mir passiert?«

Kiromin zeigte auf einen größeren Felsen, der aus dem Erdboden ragte. »Du hast mit deinem Rücken genau die Spitze erwischt und bist daran runtergerutscht.«

Titus fasste Merranas an der rechten Hand und hielt sie fest. Schon wollte Merranas seine aus der des Kindes ziehen, der drückte jedoch fest zu. Der Kleine schaute zu ihm hoch und nickte.

»Dir ist nichts passiert?«, fragt er den Jungen, woraufhin der Kleine den Kopf schüttelte.

»Du brauchst keine Angst haben. Ich kann es kontrollieren«, sagte Titus und zeigte seine freie Handfläche. Keine Flammen, keine Hitze. Merranas lächelte erleichtert.

»Wie lange war ich ohne Bewusstsein?«

»Eine ganze Weile«, raunte Kallestrus und ging Richtung Ufer.

Kiromin folgte ihm. »Uns läuft die Zeit davon, nicht wahr?«

Inzwischen hatte sich das Wasser beruhigt, und Rauch verteilte sich um die Inselstadt. Wenn man nicht wusste, was passiert war, sah es aus, als würde sie von dichtem Nebel umgeben sein, beinahe eine friedliche Idylle. Wäre da nicht der Stumpf des Turmes, der aus dem weißgrauen Schleier ragte und der Stadt den Charakter eines Kriegsschauplatzes verlieh.

»Ja, so ist es«, murmelte Kallestrus.

»Merranas soll es auf gut Glück probieren?«

Kallestrus nickte und verschränkte die Arme vor der Brust.

»Ich habe keine Ahnung, was ich tun soll!«, rief Merranas,

der unsicher dastand. Er schüttelte den Kopf und blinzelte in die Runde. »Ihr alle wisst mehr als ich. Ich bin lediglich der dumme Kopfgeldjäger, der sein Leben lang wegrennen musste, weil andere ihn für einen Fluch hielten. Oder der einfach nicht dazugehören wollte. Andauernd sprecht ihr über Dinge, die es überhaupt nicht geben sollte und von denen ich nicht den blassesten Schimmer habe.«

Kiromin sah ihn ruhig an und wandte sich an seinen Vater.

Kallestrus nickte nur.

»Gewöhnliche Menschen träumen nicht von Drachen, außer sie sind Halbwesen wie du einer bist. Menschen treffen auch nicht auf Drachen, außer sie sind zum einen Teil Mensch und zum anderen Elementar oder aber ...« Er brach ab und dachte nach. »Wir sind mächtig, unsere Macht erstreckt sich allerdings auf wenige von euch Sterbliche. Wir sind euch überlegen, wenn es um Alter, Kraft und Weisheit geht, unfehlbar sind wir trotzdem nicht, wie du selbst gemerkt hast.« Das Ende des Satzes zischte Kiromin und schielte zu seinem Vater.

Kallestrus lauschte unberührt den Worten seines Sohnes.

»Du bist ein Windling, Merranas«, raunte Regulus, während er den Gesichtsausdruck des Kopfgeldjägers studiere. Eine Mischung aus Unglauben und Belustigung umspielten dessen Mund. »Alles an dir ist unstetig. Du selbst weißt nicht, was du willst. Das ist es, was dich ausmacht. Hast du noch nie gespürt, dass niemand dich an einem Ort halten konnte? Dass du überall und nirgendwo zuhause bist? Du wechselst deine Meinung wie Dirnen ihre Freier.«

»Schnell wie der Wind«, flüsterte Nadala und grinste.

Merranas hatte die Hände in die Hosentaschen geschoben. Er blickte von einem zum anderen. »Ich bin demnach ein Halbwesen. Wollt ihr mir das erklären?«

Alle um ihn nickten, bis auf Titus, dessen Hände sich um Merranas' Handgelenk gelegt hatten. Der Junge hielt sich an ihm fest. Alle Scheu war von ihm abgefallen. Hatte er vergessen, was in seinem Dorf passiert war? Oder hatte er einfach keine andere Wahl, als ihnen zu vertrauen? In dem

Kind erkannte er sich selbst wieder. Die Entscheidung, ihn am Leben zu lassen, war richtig gewesen. Er spürte es bei diesem Händedruck.

»Hier ist es nun, mein Kind, dein Vater ist der Wind«, sang er leise vor sich hin.

Kiromin wurde ungeduldig. »Diese Zeilen, die du immer wieder singst, von denen du träumst. Sie sind ein Teil von dir. Wir wissen nicht, wer deine Eltern sind. Merranas, wir wissen, was du bist, und brauchen dich. Also fang an, das anzunehmen, was dir in die Wiege gelegt wurde.« Anscheinend waren seine Gefühle ebenfalls zurückgekehrt. Der Grund blieb sein Geheimnis. Nadala hatte Kallestrus zu einer Regung bewegen können, an Kiromin hatte keiner gedacht. Erst jetzt fiel Merranas auf, dass der Jungdrache nicht mehr teilnahmslos war.

»Schau, was passiert! Wir werden alle sterben, wenn Vater diese Inselstadt nicht erreicht. Meine Familie wird umsonst getötet worden sein, wenn wir diese Welt nicht erhalten können. Wer weiß, was dort mitten im See passiert? Vielleicht ist dies der einzige Ort, an dem du herausfinden kannst, wer deine Eltern sind oder waren, aber auch der ist dem Untergang nahe!« Kiromin wies auf die Reste des Turmes.

Merranas hatte diesen Moment so sehr herbeigesehnt und zugleich gefürchtet. Er drehte sich von ihnen weg, nur um gleich wieder in die Runde zu treten. Diese Münze sollte nie zu Boden fallen. Kopf oder Zahl, Wissen oder Unwissen.

»Du bist es gewesen, der in einer Nacht vom Hort meines Vaters nach Balfahlahr gelaufen ist. Eine Drei-Tages-Reise für jeden Sterblichen. Du ranntest die Strecke in einer Nacht. Wie erklärst du dir das? Die gleiche Strecke sind wir mit der Last meiner Mutter zum Hort zurückgewandert, mehr laufend denn gehend. Und du hast mit mir mitgehalten. Hat dich das nie verwundert?«

Merranas fuhr sich mit beiden Händen durchs Haar und musterte Kiromin. »Es war schon immer so.« Die Erinnerungen an seltsame Begebenheiten fluteten sein Bewusstsein. Szenen, in denen er vor überlegenen Gegnern davonrannte,

Sprünge, die selbst Katzen nicht überlebt hätten. Paraden im Kampf, die schneller geführt wurden, als das Auge sie erfassen konnte. Schneller als der Wind. Er wollte lachen und zugleich weinen, weshalb er lediglich mit hängenden Schultern dastand und die anderen dumm angrinste.

»Was muss ich jetzt machen?«, fragte er wie ein Lehrling, dem der Meister das erste Mal ein Werkzeug in die Hand gab.

Regulus fing wieder an zu kichern.

Kallestrus hingegen musterte Merranas aufmerksam und trat ihm gegenüber. »Die reinste Form von Magie ist sehr simpel, sie entspringt unserem Geist. Du wirst zum richtigen Zeitpunkt wissen, was du zu tun hast. Entscheiden musst du allerdings selbst.« Seine Pupillen flammten im stechenden Rot auf, um gleich wieder zu erlöschen.

Merranas blickte den Drachen an und nickte, dann wandte er sich an Nadala.

»Der dritte steckt im Fläschchen«, meinte sie knapp.

Kallestrus zog das halbvolle Flacon aus seiner Kutte und betrachtete die verbliebene Flüssigkeit. »Das ist eure letzte Möglichkeit zur Wiederkehr. Zumindest für einen von euch. Wenn wir dieses Fläschchen zerstören, kann euch keiner mehr helfen«, raunte er.

Regulus zuckte die Achseln. »Ich bin zum Sterben hergekommen, Drache.«

Nadala zögerte kurz und seufzte. »Ich wurde bereits gerettet.«

Kallestrus betrachtete das Fläschchen. Im Licht der Sonne tanzten die kleinen Fragmente in der Flüssigkeit und brachen es in alle Farben. »Es ist an dir. Der dritte Siegelring«, sagte er schleppend und hielt Merranas das Flacon hin.

Der wollte zugreifen, ließ den Arm jedoch wieder sinken. Gerade war er dem Tode oder zumindest einem Leben als Krüppel nur knapp entgangen. Wenn es an ihm war, diesen Ring zu vernichten, so auch eine letzte Rettung. Doch Rettung wovor? Er sah zu Kiromin und den anderen.

Nadala nickte und Regulus lächelte aufmunternd.

Er riss das Fläschchen aus Kallestrus' Hand und tat, was

er seit jeher tat: Er rannte los, quer durch den Wald, so schnell ihn seine Füße trugen. Bilder der Kindheit und seiner Jugend schossen wie Blitze durch seinen Kopf, ergaben plötzlich Sinn und veränderten sich zu neuen Perspektiven. Er spürte die kalte Luft in seinen Lungen, den Wind in seinen Haaren, das leichte Prickeln in den Oberschenkeln und den Schweiß, wie er sich langsam auf seiner Stirn und auf dem Rücken bildete. Alles fühlte sich richtig an, und er beschleunigte seine Schritte, sprang über Steine und Geäst hinweg. Vor ihm erhoben sich die Berge, die den See und die Inselstadt umgaben. Den ersten Aufstieg auf dem schmalen Pfad nahm er mit Leichtigkeit. Auch wenn sein Atem schneller ging, er spürte sein Herz, jeden Muskel, jeden Stein unter den Sohlen der Lederstiefel. Weiter!

»Glaubt ihr, er rennt weg?«, fragte Kiromin, während sie Merranas nachsahen.

»Wir werden es sehr bald herausfinden«, entgegnete Kallestrus. und wandte sich aufs Neue dem Ufer zu. Der Anblick der Inselstadt beunruhigte ihn. Er konnte sich nicht vorstellen, was dort vorgefallen war.

BUCH 3
DAS KLEINERE ÜBEL

In Firims Ohren dröhnte es. Seine Augen brannten, während er sie einen Spalt weit öffnete. Der Mund war trocken und voller Sand. Er spuckte aus. Zudem musste er bei jedem Atemzug husten, so sehr stach diese Luft in den Lungen. Vorsichtig rappelte er sich auf. Atiro lag neben ihm und rührte sich nicht. Er war ebenfalls von oben bis unten mit einer grauen Schicht bedeckt, als habe jemand Mehl über sie ausgekippt. Behutsam fasste er den jungen Mann an, rüttelte an seinem Rücken, da er auf die vorsichtige Berührung nicht reagierte.

Atiro stöhnte laut auf und hustete. Gut, sie lebten beide noch.

»Alles in Ordnung?«, fragte Firim leise und schaute zu allen Seiten. Grauer Rauch umgab sie. Er konnte den Wind spüren, aber das war bereits alles, was seine Sinne ihm verrieten. Mit der einen Hand schirmte er die Augen ab.

Atiro würgte und spuckte aus, erhob sich umständlich und rieb sich übers Gesicht. »Was in aller Welten ist geschehen?«

»Möglicherweise eine Explosion oder ein Angriff vom Ufer. Ich kann durch den Rauch überhaupt nichts entdecken.«

Beide drehten sich im Kreis und blinzelten in den unnatürlichen Nebel, der sich allmählich verzog.

Abrupt blieb Atiro stehen und griff nach Firim, bekam ihn an der Brust zu fassen und deutete in das dichte Grau. Der Rauch verzog sich nach und nach und gab ein unheimliches Bild frei. Vor ihnen stieg eine Windsäule auf. Mit jedem Augenzwinkern wurde sie deutlicher. In ihrem Inneren schwebte wie versteinert die fette Gestalt von Plutarch, der Gesichtsausdruck war wie eingefroren und der Mund stand offen, die Arme ausgebreitet, als wolle er sie willkommen heißen, das Gesicht hingegen aus Hass und Wut verzerrt. Seine Gewänder waren das einzige, das sich bewegte, abgesehen von den Luftwirbeln, die der Rauch sichtbar machte.

»Das ist doch…«, presste Firim durch die Lippen hervor. Er riss sich von Atiro los, der gebannt auf das bizarre Luftgebilde starrte. Firim stolperte vorwärts. Jetzt erst erkannte er, dass von Plutarchs Gemächern nicht mehr viel übriggeblieben war. Der Rauch war in Wirklichkeit Staub von geborstenen Steinen. Wer diese Zerstörung zu verantworten hatte, musste über eine Menge Kraft verfügen. Er tat einen weiteren Schritt. Sogleich gaben die Steinbrocken unter seinem Gewicht nach. Er verlagerte den Fuß rechtzeitig, bevor sie polternd in die Tiefe stürzten und in die darunterliegenden Dächer der Stadt einschlugen. Von unten drangen gedämpfte Schreie herauf. Er drehte sich vorsichtig um und betrachtete den Rest.

Atiro stakste um das Luftgebilde herum und stierte Plutarch an.

»Kannst du sie irgendwo sehen?«, rief er ihm zu.

»Wen?«

Firim antwortete nicht, sondern balancierte durch die Steine zu der Windsäule, wobei er fortwährend den Boden beobachtete. Zwischen den Trümmern entdeckte er Vaticine und beugte sich zu ihr herab. Sie lag auf der Seite, ihre Augen waren geschlossen. Er drehte sie auf den Rücken und hob sie behutsam hoch. Sie stöhnte leise.

»Hey, hey!«, sprach Firim sie an, aber sie drehte nur den Kopf zu Seite und lehnte an seinem Arm. Ihr Atem ging stoßartig.

Auf der anderen Seite der Windsäule regte sich ein weiterer Körper. Langsam erhob sich der Mann aus den Trümmern und musste – wie sie zuvor – husten.

Atiro sprang unbeholfen zu ihm.

Es war Duran. Kniend betrachtete er die Windsäule und den Gefangenen in deren Mitte. Zögerlich richtete er sich auf. Atiro wollte ihn stützen, doch der Würdenträger lehnte ab. Stattdessen stolperte er auf Firim und die immer noch reglos daliegende Vaticine zu. Seine Schritte wurden schneller, wobei er strauchelte, als die Steine unter seinen Füßen nachgaben.

Firim ließ Vaticine sinken und stellte sich ihm in den Weg.

»Lass‘ mich zu ihr!«, donnerte der Würdenträger.

»Nein!«

Die Männer blieben auf Abstand, keiner wich zurück.

Schließlich runzelte Duran die Stirn. »Du bist einer der Boten aus Balfahlahr, den sie Plutarch vorgeführt haben, richtig?«

Firim stutzte bei den Worten. Er hatte mit einem Angriff gerechnet, nicht mit dieser Frage. Hinter ihm stöhnte es leise, einige Steine bewegten sich.

Vaticine war auf allen vieren und keuchte. Die Männer sprangen zu ihr und halfen ihr auf die Beine. Nachdem sie kurz stand, gaben die Knie wieder nach. Sie mussten sie stützen. Erst beim zweiten Versuch blieb sie unsicher stehen.

»Ist er gefangen?«, brachte sie heiser hervor.

Duran war der erste, der verstand.

»Ja! Ja, die Säule hält. Er scheint wie versteinert.«

»Gut. Das ist gut.« Ihre Knie gaben erneut nach.

Sie setzten sie vorsichtig auf einem Stein ab, wo sie sich mit einer Hand abstützte und mit der anderen ihren Kopf hielt. Ihre Blicke wanderten zu Plutarch.

Atiro war ebenfalls zu ihnen getreten. »Duran, ich habe gesehen, wie…«, setzte er an, doch der andere schnitt ihm das Wort ab.

»Dein Vater war nicht der Einzige, der versuchte, Plutarch zu stürzen. Was glaubst du, warum euch die Wachen all die Jahre in eurem kleinen Studierzimmer nicht ausfindig gemacht haben? Oder glaubst du wirklich, das sei allein sein Verdienst gewesen?«

Atiro klappte der Mund auf, er wollte etwas zu entgegnen. Durans Worte klangen wie eine Beleidigung, aber er wusste nichts zu sagen.

Duran beachtete ihn nicht weiter, sondern ging vorsichtig

um die Säule.

»Warum hast du ihn nicht umgebracht?«, fragte er und schaute zu Vaticine, die sich gerade hingesetzt hatte und den Staub aus ihren Haaren schüttelte.

»Die Prophezeiung besagt…«

»HÖR ENDLICH MIT DER PROPHEZEIHUNG AUF!«, schrie Duran. An den Schläfen des Mannes erschienen leuchtende Striche, wo gewöhnlich die Adern unter der Haut hervortraten. »DAS WAR VIELLEICHT DIE EINZIGE GELEGENHEIT, IHN ZU TÖTEN.« Schon war er wieder bei ihr und zog sie hoch, bevor Firim dazwischen gehen konnte.

»Dazu habe ich nicht die Macht.«

Duran schüttelte den Kopf. Seine Miene verzog sich, und die Adern an seinem Hals begannen ebenfalls zu leuchten. »Für wen kämpfst du, verdammte Seherin?«

Zu Firims Beruhigung ließ er von ihr ab.

»Auf wessen Seite stehst denn du? Vater hat mir nie davon erzählt, dass du uns unterstützt. Woher sollen wir wissen, dass nicht du derjenige bist, der uns hintergeht? Du warst Plutarchs ergebener Diener und hast ihm nach dem Mund geredet«, mischte sich Atiro ein.

»Dein Vater hat dir nur das Nötigste erzählt. Wohlwissend, dass deine Zunge schneller ist als dein Verstand. Unglücklicherweise hat er es an vielen Stellen zu gut gemeint.«

Durans abschätzender Blick ärgerte Atiro. Sogleich spürte er ein Brennen in seinen Handflächen.

»Ja, das kann man so sagen«, raunte Firim und drehte sich dabei von Atiro weg, damit der ihn nicht hörte, Duran schon.

»Mein Vater ist für diese Sache gestorben!« Atiro hatte die Fäuste geballt. Jetzt zitterten sie. Er versuchte, seine Wut im Zaum zu halten.

»Natürlich ist er das, Dummkopf!«, gab Duran ohne Gefühlsregung zurück. »Oder glaubst du, er hatte über all die Jahre eine tiefe Todessehnsucht entwickelt?«

Röte stieg in Atiros Wangen. Es kostete ihn viel Mühe,

die Füße still zu halten, damit er nicht gleich auf Duran losging. Er spürte die Hitze in seinen Fäusten immer stärker werden, genau wie das Blut, das ihm mit jedem Herzschlag in den Kopf strömte, hart gegen seine Schläfen pochte und seinen Atem schneller gehen ließ. Langsam öffnete er die Fäuste. Kleine Flammen schossen aus seinen Handflächen hervor.

Duran bemerkte es und grinste. Er blinzelte, und es bildeten sich zwei Blitze genau dort, wo für gewöhnlich die Pupillen saßen, vereinigten sich vor seinem Gesicht zu einem und flogen direkt auf Atiros Brust. Schreiend packte der sich mit beiden Händen an diese Stelle und schrie gleich nochmals, die Hände von sich streckend.

Durans Augen waren wieder normal. Er warf den Kopf in den Nacken und lachte laut. »Da hat sich der blutjunge Flammenhetzer selbst ein Feuerchen auf die ersten Brusthaare gelegt. Ich gratuliere zum Erbe.« Bei diesen Worten war er auf Atiro zugegangen, und aus dem Lachen wurde eine Fratze.

Atiro betrachtete voller Entsetzen sein angesengtes Hemd, als Duran ihn am Kragen fasste. »Versuche sowas kein zweites Mal, Jungchen. Das nächste Mal wird es richtig wehtun!« Durans Nase berührte beinahe seine, sodass er die kleinen Blitze im tiefen Schwarz von Durans Pupillen zucken sah. Er packte dessen Handgelenke und riss sich los.

»Wie konnte Vater nur mit einem wie dir kooperieren? Du…«, er unterbrach sich selbst.

Duran hob eine Augenbraue. Er schnaubte lachend und tätschelte Atiros Wange. »Ganz einfach, Junge! Er hatte gar keine andere Wahl. Nicht wahr, Vaticine?« Übertrieben freundlich lächelte er die Seherin an, die wieder auf die Beine gekommen war.

Firim nutzte den Augenblick und zog Atiro von Duran weg. »Hör auf! Das hilft uns nicht weiter, wenn du ihn provozierst«, flüsterte er.

»Ich? Hast du nicht gehört, wie er von Vater spricht?«

»Lass es gut sein. Wir brauchen in unserer Situation jede

Hilfe.«

Atiro schnaubte und starrte an sich herab. Er hatte ein Brandloch im Hemd, und auf dem Brustkorb war eine riesige rote Stelle. Drei kleine Brandblasen wuchsen aus ihr, die höllisch wehtaten. Zumindest hatte er einen Grund, richtig wütend zu sein. Auf Duran, Plutarch, Vaticine, Firim, vor allem auf sich selbst. Nach den letzten Geschehnissen merkte er, dass er kaum etwas von den Dingen wusste, die sich in den letzten Jahren um ihn herum abgespielt hatten. Die meiste Zeit hatte er in Büchern und Schriften verbracht, und alles, was der Vater erzählte, als Wahrheit akzeptiert. Die einzige Wahrheit. Doch da war viel mehr. Jetzt, da er auf sich gestellt war, brach es über ihn herein. Diese Wut über das Unwissendsein und die übertriebene Verschwiegenheit des Vaters übertünchte in hellem Rot das Schwarz der Trauer in seinem Geist. Einen Lehrer finden, oh ja, das würde er. Er würde den Worten seines Vaters ein letztes Mal Folge leisten. Dann würde er diesem Duran beweisen, was für ein Dummkopf er war. Er selbst würde für dessen Tod sorgen. Er spuckte aus.

Als Firim ihm auf die Schulter klopfte, schüttelte er ihn ab und drehte sich weg.

»Was machst du hier überhaupt?«, wollte Duran von Firim wissen.

»Er ist ein Schattenschnitzer«, warf Vaticine ein, und Firim verbeugte sich.

»Ein Hüter und Bewahrer?«

»Ja, so scheint es«, erklärte sie.

Duran drehte sich zu der Säule. »Warum hast du es nicht vollendet, Seherin?«, fragte er und betrachtete erneut den Wirbel.

»In der Prophezeiung heißt es…«

Duran hob die Hand. »Die Prophezeiung ist egal, begreifst du es nicht? Die Kräfte sind wiedererwacht. Der Tod dieses elendigen Wesens, das er seine Tochter schimpfte, dieser Selestria, ihr Tod hat uns endlich befreit. Jetzt haben wir wieder eigene Mittel und Wege, auch diesen Tyrannen zu stürzen. Was aber bringt es, ihn in ein Gefängnis zu sperren?«

Vaticine trat neben den Würdenträger und schaute in den Luftwirbel. »Er darf nicht durch unsere Hand sterben!«

»Durch wessen sonst? Wer soll noch kommen und ihn töten? Er hat fast alle Linien im Laufe seiner Herrschaft getötet. Seine Inquisition, seine Drachentöter haben nicht allein die Echsen auf dem Gewissen, sondern unser aller Familien. Nur wir hier, die ihm treu dienten, haben überleben können, weil wir uns haben versklaven und benutzen lassen.« Seine Halsschlagader leuchtete auf, während er sprach. Sie konnten zuschauen, wie das grelle Licht unter seiner Haut auf und ab wanderte.

»Es kommt derjenige, der Selestria einst in unsere Hände gab.«

Duran seufzte. »Du glaubst wirklich, dass Kallestrus existiert?«

Vaticine musterte ihn von der Seite. »Ich weiß es. Und er steht bereits am Ufer. Zwei der Barrieren, die diese Insel für all die Zeit zu einer uneinnehmbaren Festung gemacht haben, sind gefallen.«

Der Würdenträger blickte zu den Ufern des Sees. »Du meinst die Feuer der letzten Nacht.«

Sie schwieg.

»Und du glaubst, dass dieser angeblich so mächtige Drache uns wohlgesonnen ist? Wer sagt, dass er in guter Absicht kommt?« Duran fuhr sich mit der Hand über das Kinn.

Firim platzierte sich hinter die beiden. »Als ob das einen Unterschied machen würde. Selbst wenn er auf Tod und Zerstörung aus ist, welche Alternative haben wir?«

»Oh, es macht einen großen Unterschied. Vielleicht ist uns die Echse wohlgesonnen, wenn wir für sie ein Präsent haben. Den toten Plutarch.«

Firim griff nach Durans Handgelenk. »Wir tun, was Vaticine sagt. Bisher haben all ihre Pläne mich und Atiro überleben lassen.«

Durans Blick wanderte gemächlich an seinem Arm herunter und blieb auf Firims Hand ruhen.

Atiro bemerkte, wie Duran seine Augen zusammenkniff, aber nicht schloss.

Firim verlagerte sein Gewicht zur Seite, damit er einen sicheren Stand hatte, und neigte den Kopf. Die Finger gruben sich in die Haut des Würdenträgers, bis dieser leise stöhnte. »Gut«, raunte er »für den Moment soll es so sein.«

»Sehr erfreulich«, flüsterte Firim. »Alle Mächte sind erwacht, Hochwürden!« Er ließ Duran los und verbeugte sich.

Der Ältere bedachte ihn mit einem widerwilligen Nicken. »Was also sollen wir tun, Seherin?«, fragte er schroff.

Vaticine stand vor der Säule. Ein leichter Wind umspielte ihre Haare, die langen Ohrringe ließen leise Töne erklingen. »Wir verstärken diese magische Abriegelung. Zuerst jeder einzeln, dann versuchen wir es gemeinsam.«

»Du willst gewiss nicht den Flammenhetzer hier mit hineinziehen?«, protestierte Duran.

»Wir nehmen alle Kräfte, die wir haben. Firim kann sowieso nur mit unserer Hilfe etwas ausrichten.«

»Die Kontrolle der wiedergewonnenen Mächte bedarf der Ausdauer. Keiner hat genug Übung. Das kann uns alle verdammt viel kosten.« Duran verschränkte die Arme vor der Brust.

»Es kostete schon sehr viele Leben und noch mehr Leid.«

»Ja, deswegen müssen wir es zu Ende bringen! Du und ich!«, flüsterte er verführerisch.

Vaticine zeigte keine Regung. »Wir machen es so, wie ich es sage, oder wir machen es ohne dich!«

Duran beugte sich zu ihr hin und wartete. Als sie schwieg, nickte er zustimmend, während seine Augen gleißend leuchteten. »Gut, wenn die Seherin befiehlt, werden die Untertanen natürlich Folge leisten.« Er deutete eine Verbeugung an. »Und wenn es nicht klappt, bringe ich dich um, solltest du weiterhin versuchen, Plutarchs Tod zu verhindern. Ich finde einen Weg, um ihn zu vernichten«, spie er ihr entgegen. Seine Mundwinkel verzogen sich, die Ader in seinem Hals leuchtete auf. »Zu lange habe ich diesem Mann gedient, zu viel habe ich verloren. An dir werde ich nicht scheitern.«

Vaticine schaute ihn ruhig an. »Willst du wissen, wie es für dich endet?« Ihr Blick ging durch ihn hindurch. Sie griff nach ihm.

Er zuckte zurück und machte zwei Schritte zur Seite, damit ihre Hand ihn nicht berührte. »Lass das! Keiner will deine Prophezeiungen hören!«

»Dann lass uns anfangen. Du zuerst.«

Firim erkannte die Panik des Mannes, als Vaticine ihn berühren wollte. Ja, der Würdenträger fürchtete die Seherin. Oder fürchtete er seine Zukunft?

Duran wies sie an, sich von ihm zu entfernen. Er streckte beide Arme aus, dann nahm er sie hinter den Rücken, als wolle er bloß sein Kreuz durchdrücken. Sein Kopf fuhr in den Nacken, und er hob die Arme zum Himmel. Seine Lippen bewegten sich, aber er sprach nicht. Zumindest konnten sie nichts hören, dafür spürten sie es. Auf ihrer Haut breitete sich ein Prickeln aus, gleich darauf stellten sich alle Haare an ihren Körpern auf.

Atiro wich weiter von Duran zurück und rieb sich über die Kleidung. Alles knisterte, er bekam kleine Schläge versetzt.

Firim warf die Waffe weg, die er in seinem Gürtel hatte. Auch er war zur Seite gegangen. Lediglich Vaticine stand immer noch da und rührte sich nicht. Jetzt konnten sie hören, dass Duran sprach, verstanden ihn jedoch nicht. Seine Arme hatte er nun zu beiden Seiten von sich gestreckt, die Handflächen zeigten gen Himmel, die Finger waren weit auseinandergespreizt. Während er sprach, riss er die Augen auf, schwieg schlagartig. Als Duran den Mund wieder öffnete, ließ ein greller Blitz sie alle zusammenzucken. Mit den Armen versuchten Firim und Atiro, ihre Gesichter zu schützen.

Atiro wollte wissen, was geschah, und schaute mit zusammengekniffenen Augen hin.

Aus Durans Mund und Augen schoss weißes Licht auf die Windsäule. Die Adern des Mannes leuchteten in einem gleißenden Blau wie die Blitze, die sich an dem Luftgebilde rauf- und runterschlängelten. Nach geraumer Zeit verschwand das grelle Leuchten des Würdenträgers, er sank auf die Knie. Keuchend hockte er vor der Säule und hielt sich den Kopf.

»Das war's!«, schnaufte er.

Die Umgebung war aufgeladen. Atiro näherte sich Vaticine, da zuckte ein kleiner Blitz zwischen ihnen.

»Bleib, wo du bist«, forderte sie ruhig. »Die Luft ist noch voller Energie, die Duran auf sich gebündelt hat, damit er sie um die Säule legen kann. Es wird nicht mehr lange andauern, danach können wir wieder wie gewohnt zusammenstehen.«

Es roch nach Gewitter. Atiro strich seine Haare glatt. Auch Firim fuhr sich über den kurzgeschorenen Kopf und schüttelte die Schultern.

»Zeig uns deine Künste, Seherin«, keuchte Duran außer Atem.

»Da ist nicht mehr viel, was ich tun kann, außer...« Sie trat zu der Säule. Ihre Gewänder begannen leicht zu flattern, als habe sie ihren Umhang an die Leine zum Trocknen gehangen. Das Klingen ihres Schmuckes drang an Atiros und Firims Ohren. Vaticine senkte den Kopf. Wie eine Wolke am Himmel verwandelte sich ihre Figur, die Konturen verschwammen, und der Wind um sie herum wurde stärker. Sie neigte sich leicht zur linken Seite, dann immer mehr wie eine Trauerweide im Wind. Ein Windstoß riss sie mit wie ein einzelnes Blatt. Mit offenen Mündern standen sie da und starrten auf den silbrig glitzernden Schatten, der kurz zuvor noch eine Frau gewesen war. Er schraubte sich an der Säule empor, immer weiter nach oben, bis sie sie nicht mehr vom Himmel unterscheiden konnten.

»Wo ist sie hin?«, brachte Atiro heraus.

»Ich weiß es nicht«, meinte Firim. Er fixierte den letzten Punkt, von dem er dachte, dass er sie dort gesehen hätte.

Der Wind nahm weiter zu, zerrte an ihrer Kleidung, wirbelte den feinen Steinstaub auf, und sie mussten ein weiteres Mal die Hände schützend vor die Augen legen. Wie kleine

Splitter trafen die Steinchen ihre Gesichter. Sie duckten sich unter dem Druck der Lüfte hinweg, bis sie alle auf dem Boden kauerten. Das Sausen des Windes pfiff in ihren Ohren und riss an den Haaren. Alles verschwand zwischen dem hochwirbelnden Staub.

Firim kroch hinter eines der größeren Trümmerteile. Es bot ihm keinen Schutz. Er versuchte Atiro und Duran zuzuschreien, sie sollten ihm folgen, aber der Wind riss ihm die Worte aus dem Mund hinfort in alle Richtungen. Eine Weile hockten sie da und warteten. Von einem Atemzug auf den nächsten herrschte Windstille. Firim kam aus der Hocke hoch und blickte zur Säule.

Vaticine war genau dort, wo sie zuvor gestanden hatte. Langsam wandte sie sich ihm zu.

Er rieb den Staub aus den Augen und blinzelte, bis die Umgebung wieder scharf wurde. Doch da stand jemand anderes. Es war nicht mehr die Seherin, sondern eine Greisin in den Gewändern und mit dem Schmuck von Vaticine. Die Augen waren weit in die Höhlen gefallen, die Haut grau und runzelig. Der Mund klein und schrumpelig, an dem zu beiden Seiten einst volle Wangen schlaff herunterhingen, während die Nase groß hervorstach. Er starrte entsetzt in das fremde Gesicht und wollte etwas sagen, als beim nächsten Atemzug Vaticine wieder vor ihm stand, so wie er sie bisher kannte.

Sie lächelte gelassen, da seine Verwirrung sie amüsierte. »Wir alle haben mehrere Gesichter.«

Firim schaute zu den anderen. Sie waren wieder damit beschäftigt, den Staub von ihrer Kleidung zu klopfen. Hatten die anderen es gar nicht gesehen? Hatte er es sich eingebildet? Die Frau wurde ihm unheimlich und faszinierte ihn umso mehr.

Von unten ertönten Rufe und Schreie. Vorsichtig tasteten sie sich zum Rand des Turmes. Immer wieder gab der Boden nach, und unterschiedlich große Steine lösten sich aus den Trümmern, um in die Tiefe zu fallen.

Bei den Anlegestellen flogen Gegenstände ins Wasser.

Bretter und sogar umgedrehte Tische. Menschen drängten sich an den Stegen, fielen in die Wellen des Sees, schrien und strampelten, suchten Halt an den provisorisch zusammengezimmerten Booten und Flößen. Die verbliebenen Boote und wenigen Schiffe hatten bereits abgelegt. Sie waren überladen gewesen mit Menschen und Gütern, die die Fliehenden in aller Eile zusammengerafft hatten. Mit Tiefgang trieben sie an die Ufer des Festlandes. Nicht nur eines der schwimmenden Fahrzeuge schwankte bedenklich, weil es in der Hast ungleichmäßig beladen worden war.

»Sie fliehen«, stellte Atiro verwundert fest.

»Eine weise Entscheidung. Oder eine ziemlich dumme«, kommentierte Duran das Treiben am Wasser.

»Was soll denn daran dumm sein? Sie versuchen nur, sich und ihr Hab und Gut zu retten«, widersprach Atiro wütend. Duran verärgerte ihn erneut. Eigentlich war es bereits der Anblick des Mannes, den Atiro gerade mit Mühe ertrug. Am liebsten wäre er den Würdenträger angegangen.

»Hast du nicht gesehen, was mit den Soldaten am Ufer passiert ist? Sie laufen alle ins Feuer, und auf dem See können sie nicht ewig bleiben. Dort drüben wartet eine rachsüchtige Kreatur auf sie, die womöglich genauso wenig Gnade kennt wie Plutarch.«

»Die meisten werden sowieso absaufen, bevor sie das Ufer erreichen. Sie sind vollkommen überladen und panisch. Zudem scheinen die beschlagnahmten Schiffe alle mit Soldaten und Wachen besetzt zu sein. Treue ist wohl nicht mehr viel wert«, mischte sich Firim ein, während er die Boote beobachtete, die sich von der Inselstadt entfernten.

»Wir müssen die Säule weiter verstärken. Der junge Flammenhetzer soll helfen, wo er kann«, schnauzte Duran. »Ob sie nun absaufen oder am Ufer verbrennen, kann uns egal sein. Falls Plutarch sich befreit, sterben wir gewiss alle.«

Atiro musterte den Mann feindselig. Kein Wunder, dass er sich mit Plutarch so prächtig verstanden hatte. Beide waren ohne Mitgefühl für Menschen oder gar andere Wesen.

»Ich kann gar nichts!«, presste Atiro hervor. Scham über

dieses Unwissen färbte seine Wangen rot.

Duran achtete nicht darauf, was der junge Mann sagte, sondern packte und zog ihn zu der Säule.

Verblüfft über die Kraft des Mannes, stolperte Atiro vorwärts, bis er sich gegen dessen Zugkraft stemmte und hilfesuchend zu Vaticine und Firim schielte.

Sie sprangen ihm tatsächlich zur Seite.

»Er weiß wirklich nichts, Duran«, begann Vaticine und stellte sich dem Würdenträger in den Weg.

»Dann muss er ganz schnell lernen, seinen Instinkten folgen und tun, was er kann.«

»Wenn er es nicht schafft, bringt er sich selbst um. Wahrscheinlich sogar uns. Er kennt diese Kraft und Magie gar nicht«, warf Firim ein.

»Das Risiko müssen wir eingehen. Wir sind es alle bisher eingegangen.«

Firim drückte Vaticine zur Seite und schnappte Duran am Kragen. »Wir wissen nicht, was noch kommt!«

»Wir wissen bereits, was gewesen ist«, zischte Duran.

Firim erahnte zwar das Aufleuchten in den Augen des Mannes, für eine Abwehr war es zu schnell. Er spürte sofort einen tiefen Schmerz zwischen seinen Augenbrauen. Ein heftiger Schlag schleuderte ihn nach hinten, und er schlug hart auf dem Boden auf. Der dreckige Kopfverband flog wie ein Fetzen davon, ehe er das Bewusstsein verlor. Reglos blieb er auf der Seite liegen.

Atiro holte blind aus und traf Duran an der Schläfe. Der Würdenträger strauchelte unter dem unerwarteten Hieb, ließ Atiro aber nicht los.

Vaticine zog ihren Dolch und setzte ihn Duran an die Kehle.

Der Würdenträger grinste breit. »Was ist mit deiner Prophezeiung, Seherin? Bist du bereit, alles dafür zu geben, damit sie in Erfüllung geht? Falls es so ist, wirst du mich jetzt nicht angehen, sondern mir helfen, den jungen Flammenhetzer dazu zu bringen, Plutarchs Gefängnis weiter zu verstärken. Oder überkommen dich unerwartet Schuldgefühle und Mitleid?«

Vaticine musterte Duran. Die Muskeln in ihrem Gesicht zuckten, als würde sie gleich lachen oder schreien. Stattdessen schwieg sie und warf einen Blick zu Firim, der reglos dalag. Sie schaute zu Atiro, und ihre Augenbrauen zogen sich zusammen. Sie ließ den Dolch sinken. Dann trat sie zur anderen Seite und fasste Atiro am Arm.

Erschrocken beobachtete er ihr Tun, war nicht schnell genug, um sich ihres Griffes zu erwehren. »Was tust du da? Du willst doch nicht etwa machen, was Duran sagt? Nach all dem, was Vater und ich für dich getan haben, schlägst du dich auf seine Seite?«, rief Atiro schrill. Dabei hatte er sie einschüchtern wollen.

Sie antwortete nicht, sondern griff unter seinen Arm und fasste mit der anderen Hand sein Handgelenk. Wie aus Reflex ballte er die Faust und versuchte sie wegzuziehen, aber Vaticines Griff war fest. Er kämpfte mit aller Gewalt, um freizukommen. Erfolglos.

»Du bist eine Verräterin! Du hast uns genauso benutzt wie alle anderen. Ist es so?«, schrie er sie an. Er merkte gar nicht, dass Duran sein Handgelenk gepackt hatte und an seinem Arm zog, damit er ihn ausstreckte. Atiro stemmte sich nach hinten, um von den beiden und der Säule fortzukommen. Wut und Angst gaben ihm Kraft. Die anderen mussten unter seinem Zug einen Schritt nach hinten machen.

»Duran hat recht, wir können kein Risiko eingehen. Du musst uns helfen, egal wie«, sagte sie leise. In ihrem Gesicht war ein nichtssagender Ausdruck. Sie verrichtete eine routinierte Arbeit, die sie schon tausende Male zuvor getan hatte.

Zornig funkelte Atiro sie an. »DU BIST NICHT BESSER ALS PLUTARCH UND ALL DIE ANDEREN! EINE VERRÄTERIN BIST DU!«, brüllte er sie an. Dabei spürte er, wie Hitze in seinen Körper stieg, als wäre er schon seit Stunden in der prallen Sonne gestanden. Sie lief durch ihn hindurch, sammelte sich in seinen Fäusten. Immer mehr, bis es anfing, weh zu tun.

»Na los, kleiner Flammenhetzer. Zeig uns deine Kunststücke«, spottete Duran.

Atiro warf den Kopf in seine Richtung. »Ich bring dich um! Beim Namen meines Vaters, ich werde dich töten!«, keifte er, und seine Fäuste öffneten sich. Aus den Handflächen schossen Flammen. Fassungslos verstummte Atiro. Panisch wandte er sich wieder Vaticine zu. Sie hatte die Augen geschlossen und hielt ihn nur fest. Erneut versuchte er sich loszureißen, während die Flammen in seinen Händen einen Strahl bildeten. Die Hitze in seinem Körper wurde immer stärker. Er konnte im Rücken spüren, wie sie von hinten in ihn hineindrang, sich einen Weg durch seinen Brustkorb suchte und von dort zu den Schultern in die Hände floss. Mit jedem Herzschlag durchlief ihn ein brennender Impuls, der Glut in seine Finger pumpte. Entsetzt starrte er zu der Säule. Die Flammen wurden von dem Wirbel mitgerissen, schossen in die Höhe und zuckten unregelmäßig um Plutarchs Gestalt herum.

Vaticine bemerkte, wie der junge Mann anfing zu zittern.

»Nein, bitte nicht!«, flehte Atiro, und die Beine wollten unter der Hitze nachgeben. Jeder Atemzug tat weh, als würde er flüssiges Eisen einatmen müssen. Die Haut brannte. In seinen Schläfen pochte die Hitze und drohte ihm die Schädeldecke zu sprengen. Vor seinen Augen sah er einen Wechsel aus roten und gelben Punkten. Er wollte, dass der Strom abbrach, aber die Hitze wurde stärker, bis ihm von jetzt auf nachher eiskalt wurde.

Duran und Vaticine entfernten sich von ihm.

»Seine Schuhe brennen«, rief Vaticine.

Duran hatte von ihm abgelassen.

Schreiend stand Atiro vor der Säule. Die Flammen verzehrten ihn. Er konnte nicht mehr atmen, die Lungen brannten. Verzweifelt versuchte er, sich zu bewegen, sein Körper gehorchte nicht mehr seinem Geist. *Wenn das Feuer keine Nahrung mehr findet, stirbt jede Flamme.* Die Stimme seines Vaters klang klar in seinem Kopf. Atiro wollte ihm etwas entgegnen, da riss es ihn von den Beinen. Er fiel erst zur Seite und dann auf den Bauch. Sofort war die Hitze verschwunden, er keuchte unter dem Gewicht, das auf ihm lag. Aller Schmerz wich aus seinem Körper, er roch lediglich den Gestank verbrannten Leders und Leinens. Füße wie Hände fühlten sich heiß an.

»Schon gut. Alles wird gut!«

Zuerst dachte Atiro, es sei die Stimme seines Vaters, aber nachdem seine Gedanken mit jedem Atemzug klarer wurden, erkannte er Firim. Benommen ließ er den Kopf in den Staub sinken. Sein Körper fühlte sich an, als hätten ihn Plutarchs Wachen über Stunden gejagt und hinterher einer nach dem anderen verprügelt. Alles in seinem Inneren schmerzte und brannte. Er wollte schlafen, am besten mehrere Tage lang. Eine andere Stimme holte ihn in die Wirklichkeit zurück.

»Er hat es überlebt. Außerdem, was schert euch das Leben dieses Jungen? Es geht hier um viel mehr als um das eines einzelnen.«

Atiro öffnete die Augen. Es war Duran. Vaticine stand neben ihm und schaute auf ihn herab. Er drehte sich von ihr weg. Nur einen kleinen Moment Ruhe, dann würde er aufstehen und ihr zeigen, was er von einer Verräterin hielt, die seinen Vater und wahrscheinlich weitere Freunde auf dem Gewissen hatte. Nur noch einen kleinen Moment.

BUCH 3

DIE LETZTEN DREI

Merranas hatte sich auf den Rand des Felsvorsprungs gehockt und ließ seinen Atem zur Ruhe kommen. Die letzten steilen Meter hatte er in kleinen Schritten genommen und die Stiefel für mehr Halt in jede Spalte gedrückt. Der Wind hier oben blies ihm hart entgegen, zerrte an Haaren und Kleidung. Vor ihm lag der See, in dessen Mitte eine leuchtende Säule aufragte. Zuerst hatte er gedacht, es sei Rauch, der über den Ruinen des Turmes aufgestiegen war. Trotz tränender Augen und schweren Atems konnte er die zuckenden Blitze sehen. Seit einigen Momenten umspielten Flammen diese seltsame Erscheinung. Aus dieser Entfernung könnte es sogar eine Sinnestäuschung sein. Außerdem verschwand die Sonne allmählich hinter den gegenüberliegenden Gipfeln der Berge. Vielleicht ein bizarres Lichtspiel?

Er hielt das Flacon, und an der rechten Seite seines Gürtels spürte er den schweren Beutel mit Drachengold. Vor einiger Zeit hatte er geglaubt, dass ihn dieser Auftrag und die Bezahlung zu einem sehr zufriedenen und reichen Mann machen würden. Stattdessen stand er auf einem Gipfel der Bergkette, die die Inselstadt Hyperahmah umgab, und versuchte, seinen Teil dazu beizutragen, damit ihre Welt nicht unterging. Wenn dem überhaupt so war.

Wieder kamen ihm die gleichen Gedanken. Eigentlich wollte er nur ein bequemes Leben führen, mit hübschen jungen Mädchen, einer Menge Wein und gutem Essen.

Seit seiner Kindheit hatte er davon geträumt, endlich nicht mehr weglaufen zu müssen oder von der Hand in den Mund zu leben. Dieser Auftrag, an den er mehr durch eine

List als durch irgendwas anderes gekommen war, hätte sein Schicksal wenden sollen. Zugegeben, der Auftrag hatte sein Leben auf den Kopf gestellt. Zumindest hatte es gut angefangen, allerdings nicht so, wie er es sich vorgestellt hatte. Jetzt saß er mit einer Menge Gold, neuen Erfahrungen und unzähligen Fragen vor einem Abgrund. War das wirklich der letzte Weg, um herauszufinden, woher er stammte und wer er war? Oder ließ er sich weiterhin von den Drachen ausnutzen, um deren schmutzige Aufgaben zu erledigen? Doch woher wussten die anderen, was er angeblich war? Was war der Grund dafür, dass Kallestrus ihm dies Siegel wieder anvertraut hatte? Schließlich hatte der Drache keine Garantie dafür, dass er nicht einfach mit dem Schmuckstück verschwand. Was aber, wenn die Echse recht hatte und die Welt tatsächlich dem Untergang geweiht war? Er hatte in den letzten Stunden einiges gesehen und am eigenen Leib erlebt, was er niemals für möglich gehalten hätte.

Er musste sich eingestehen, dass er erst seit dem Auftrag begonnen hatte, die Welt richtig zu begreifen. Möglicherweise betrachtete er sie zum ersten Mal so, wie sie war. Wahrscheinlich nur wenige Bruchteile, doch immerhin mehr als all die Zeit davor. Ausgerechnet jetzt, da es mehr dem Ende denn auf einen neuen Anfang zuging.

Ja, er war definitiv ein richtiger Glückspilz. Von den Eltern weggegeben, als kleines Kind von einem hässlichen Weib verdroschen, als Jugendlicher im Dreck und zwischen unzähligen Dieben aufgewachsen, schließlich Schüler eines Auftragsmörders geworden, der ihm mehr über das Töten und wie man Frauen am leichtesten ins Bett bekommt beigebracht hatte als alles andere. Jetzt war er Diener eines Drachen auf einem Berggipfel und sollte behilflich sein, den Weltuntergang zu verhindern. Keiner seiner jetzigen Begleiter hatte je gefragt, woher er kam oder wer er war, außer Kiromin und er sich selbst. Genau diese Frage brannte viel mehr in ihm, als er es für möglich gehalten hatte. Wenn das diese eine Chance war, dann wollte er sie nicht ungenutzt lassen, allein schon, um sich im Angesicht des Todes nicht selbst den Vorwurf machen zu müssen, es nie probiert zu haben oder wie in all den Jahren zuvor einfach davongelaufen zu sein. Was auch immer dort in Hyperahmah auf ihn warten sollte – er war endlich bereit.

Langsam stand er auf und gratulierte sich selbst zu all dem ‚Glück', das er in seinem bisherigen Leben gehabt hatte. Er hob das Fläschchen gegen die letzten Strahlen des weichenden Tageslichts und betrachtete die Flüssigkeit. Der Siegelring lag ruhig auf dem Boden des Gefäßes.

»Was mache ich mit dir? Diese verdammten Echsen und der Greis hätten mir freundlicherweise einen kleinen Hinweis geben können, was ich mit dir anstellen soll, damit du brichst.«

Er rief sich Kallestrus' Worte ins Gedächtnis. *Das ist eure letzte Garantie. Zumindest für einen von euch. Wenn wir dieses Fläschchen zerstören, kann euch keiner mehr helfen.* – Wie dämlich vom Drachen! Sie sollten lieber dieses Siegel als letztes zerstören. Wenn das Lebenselixier noch einen von ihnen retten konnte, warum nicht zuerst die anderen zerstören? Sowas Unüberlegtes! Hätte er kurz nachgedacht, anstatt loszurennen wie ein aufgescheuchter junger Rüde, der sich vor einem Hasen erschrickt! Er sollte zu den anderen zurückkehren und das klären.

Er drehte sich um und überlegte. Ob Kallestrus so unüberlegt gehandelt hatte? Und wieso war es den anderen nicht aufgegangen, dass die Zerstörung dieses Siegelringes vielleicht das Todesurteil für einen von ihnen bedeutete? Sterben wollen und sterben, waren zwei unterschiedliche Dinge. Chancen gab es mehr als eine. Ob überhaupt genügend Zeit war, um zurückzugehen und zu fragen?

Merranas raufte sich die Haare. »Es wird sich wohl nie ändern! Immer rennst du drauf los, ohne nachzudenken!«, schalt er sich und wandte sich wieder dem Abgrund zu.

Auf dem See konnte er winzige Bewegungen ausmachen. Er versuchte, eine davon zu fixieren. Weder die Entfernung noch das wenige Licht machten es ihm leichter, zu erkennen, was dort unten vor sich ging.

»Los, triff eine Entscheidung!«, befahl er sich selbst mit gestrafften Schultern und fester Stimme. Er betrachtete das Fläschchen mit dem Ring darin. Was, wenn er derjenige war, den es als nächsten traf und er mit der Zerstörung seinen eigenen Tod zu verantworten hatte? Was aber, wenn er es nicht zerstörte und sie sowieso alle dem Untergang geweiht waren? Beide Optionen liefen auf den eigenen Tod hinaus. Merranas fluchte leise vor sich hin.

»Verdammter Dreck! Was mache ich denn jetzt?«

Kiromin beobachtete den See und die sich nähernden Boote. »Die Menschen verlassen die Stadt. Dort muss etwas sehr Beängstigendes vor sich gehen.«

»Für die Sterblichen ist der Furz eines Fuchses im dunklen Wald bereits beängstigend«, entgegnete Kallestrus und sah zum Gipfel hinauf. Er konnte Merranas von hier unten ausmachen, wenn auch sehr ungenau.

Merranas ballte die Faust um den feinen Flaschenhals, ging ein Stück zurück und streckte sich. »Dann bleibt mir eben die bewährte Art und Weise. So bin ich am besten durchgekommen.«

Er betrachtete die Inselstadt mit ihren Felsen, die von hier oben wie ein schwimmendes Haus anmutete.

Sie würden wissen, dass er das Siegel nicht zerstört hatte, wenn er nur so tun würde, als ob er etwas getan hätte. Wenn er verschwände, war sowieso alles ungewiss. Dass er keinen funktionierenden Plan für den Notfall hatte, verunsicherte Merranas sehr.

Noch einmal holte er tief Luft, hüpfte auf und ab. Langsam schloss er die Augen, nahm alle verbliebene Kraft und den letzten Funken Mut zusammen – *Nicht denken, handeln!* –, machte zwei Schritte und blieb stehen.

Seine Stiefelspitzen standen im Nichts. Kleine Steinchen fielen von der Kante, auf der er balancierte. Es schwindelte ihm nicht vor der Höhe, die sich vor ihm auftat, lediglich vor dem Gedanken, was passieren würde, wenn er gleich sprang.

Es war nicht wie damals, als er vom Hausdach seiner verdammten Zieheltern gesprungen war. Damals hätte man ihn beinahe zurückgebracht, denn die Stadtwache hatte ihn aufgegabelt. Er wusste sich bisher immer ein Hintertürchen offenzuhalten, außer jetzt. Je länger er darüber nachdachte, umso bedrohlicher erschien es ihm, überhaupt irgendwas zu tun. Jedes Handeln würde zwangsläufig eine unumkehrbare Konsequenz nach sich ziehen. Und egal, wie oft er die Optionen durchspielte, sie liefen auf ein und dasselbe hinaus: Auf diese eine hier! Nämlich den Sprung zu wagen und darauf zu vertrauen, dass Kallestrus wusste, was zu tun ist.

Merranas betrachtete seine Stiefel, wie sie sich rückwärts und ohne sein Zutun vom Abgrund entfernten, festen Fels unter den Sohlen hatten und zum Stehen kamen. Es war, als hätten sie und der Rest seines Körpers bereits eine Entscheidung getroffen und schlichtweg vergessen, seinem Hirn und Geist mitzuteilen, wie diese ausgefallen war. Beim nächsten Atemzug spürte er, dass er vorwärts rannte, fühlte, wie er sich kräftig vom Stein abstieß. Er sprang.

Im ersten Augenblick fühlte es sich an, als würde die Zeit stillstehen, dann wurde er in die Tiefe des Tals gezogen. Der Wind presste ihm in Mund, Nase und gegen das Gesicht. Er hörte seine eigenen Schreie und sah die Erde auf sich zurasen. Wie eine Katze streckte er die Beine nach vorne, griff mit der Hand nach dem Flacon und hielt es zum Aufschlag bereit. Schon bald würde er wissen, ob er überlebte und wirklich ein Windling oder alles nur Schwindel war.

Der Untergrund kam in rasender Geschwindigkeit auf ihn zu. Näher, immer näher. Gleich würde er aufschlagen. Schemenhaft raste das Grau des Steins an ihm vorbei. Jedes Gefühl für Höhe und Kraft ging verloren. Plötzlich spürte er den Grund unter seinen Füßen, seine Hände schlugen hart gegen das Gestein. Er hörte ein leises Klirren, rollte sich mit einem erstaunten Aufschrei ab und polterte einige Meter weiter runter. Völlige Dunkelheit umgab ihn.

Ist das der Tod?

Das war der einzige Gedanke, den er zu fassen bekam. Nach einer Weile hatte er das Gleichgewicht gefunden, tastete verwirrt auf dem Boden und schlug sich vors Gesicht. Er wusste, dass seine Augen offen waren. Die Welt jedoch war weg.

»Was ist passiert?«, flüsterte Kiromin. »Wo seid ihr?« Irgendwas raschelte hinter ihm, und instinktiv drehte er sich um, ohne etwas zu sehen. Schwärze umgab ihn. Nachdem er sich erneut umgewandt hatte, war seine Orientierung weg. Von einer Seite hörte er panische Schreie, sie waren weit entfernt.

»Wer hat das Licht gelöscht?«, hörte er Regulus meckern. Gut, sie waren noch da.

»Ist das der Untergang? Sind wir zu spät?« Nadala klang eingeschüchtert.

Aus der tiefen Dunkelheit kam ein Schnauben, und sie vernahmen einen leichten Brandgeruch.

»Lass das!«, rief Regulus und schlug auf irgendwas ein.

»AU!« Kallestrus verschluckte sich und hickste.

»Dumme Echse!«

»Ich wollte etwas Licht ins Dunkel bringen!«

»Du weißt ja nicht einmal, wo wir stehen!«

»Ich habe mich umgedreht!«

»Die Schuppen sollen dir allesamt ausfallen, wenn du nochmal versuchst, in dieser Finsternis Feuer zu speien. Wie lange wird das so gehen?« Regulus klang ungeduldig.

»Woher soll ich das wissen? Das ist auch mein erster Weltuntergang!«

»Bei allen Dämonen! Und sowas ist Weltenherrscher, verdammtes Reptil!«

Deutlich hörte Kiromin seinen Vater knurren. Es konnte gut sein, dass Regulus den letzten Satz mit seinem Leben bezahlen würde. Kallestrus war die letzte Zeit mehr denn je gnädig gewesen, wenn es um mangelnden Respekt ging, aber irgendwann war seine Geduld am Ende.

Regulus schmatzte und plauderte los. »Vermutlich hat es

der kleine Windfang geschafft.«

»Ja, so scheint es«, knurrte Kallestrus.

»Gut, warten wir.«

Kiromin fuhr zusammen, als ihn etwas am Arm festhielt. Doch es war nur Titus, der sich zu ihm durchgetastet hatte. Er ließ den Jungen gewähren. Solange er den Mund hielt, sollte er sich festhalten dürfen. Das Vertrauen des Kleinen ihm gegenüber erstaunte ihn, schließlich wollte er damals im Dorf seinen Tod. Andererseits, was bedeutete das in der jetzigen Situation?

»Nadala?«, fragte Kallestrus in die Dunkelheit.

»Ja, ja. Ich bin hier«, kam es von unten. Sie hatte sich wohl auf den Boden gesetzt. »Was machst du?«

»Ich starre nach oben. Vielleicht kommen die Sterne wieder und der Mond.«

»Wenn nicht, stecken wir mächtig in Schwierigkeiten«, entgegnete Kiromin.

Die Schreie auf dem See wurden lauter. Sie konnten leises Platschen hören und Schläge auf das Wasser. Dort mussten viele Menschen einen Kampf ums Überleben führen.

Die Vorstellung ließ Nadala erschaudern. Sie konnte wenigstens die Steine unter ihrem Hintern spüren und die Nähe der anderen. Zudem konnte sie sich erklären, was diese Finsternis über sie gebracht hatte. Und damit wusste sie viel mehr als diese Flüchtenden auf dem Wasser. *Arme Hunde!*

***

ATIRO hatte die Augen aufgerissen. Er hörte Firims Atem über sich, aber konnte nichts sehen. Was hatten sie mit ihm getan? Hatten sie ihn erblinden lassen? Er versuchte, die Hand vors Gesicht zu heben, doch selbst als er die Stirn berührte, erkannte er nichts. Seine Hände fingen an zu zittern, und er spürte, wie der Zorn die Hitze in ihm aufsteigen ließ. Vorsichtig senkte er die Hände und berührte den Stein, der die Innenflächen kühlte. Er zählte im Geiste rückwärts. Schnell beruhigten sich Kopf und die Hände, die Glut wich.

Doch, er würde es kontrollieren lernen.

»Was ist geschehen?« Duran klang verwirrt.

»Eine weitere Barriere scheint gefallen zu sein und hat das Licht der Welt mit sich genommen«, flüsterte Vaticine.

Firim wich vorsichtig von Atiros Seite. »Bist du in Ordnung?«

»Nichts mehr ist in Ordnung«, presste Atiro hervor und versuchte aufzustehen.

***

NADALA glaubte, sie hätte sich getäuscht, dann erkannte sie weitere leuchtende Punkte über sich. Mit jedem Wimpernschlag erschienen immer mehr Konturen um sie herum. Die Bäume am Ufer und die Berge dahinter hoben sich als schwarze Schatten vom Rest der Umgebung ab. Sie drehte den Kopf zu dem Leuchten, das von der Insel ausging und gut zu sichten war. Eine riesige Lichtsäule erhob sich gen Himmel und verlor sich in den Sternen. Nadala stand gemächlich auf und ging zum Wasser. Schweigend beobachtete sie das Schauspiel und vergaß bei dem Anblick die flüchtenden Menschen, die im Wasser schrien und wild ruderten, um endlich das Ufer zu erreichen. Sie wollte gerade zu den anderen zurückkehren, doch Kallestrus hielt sie auf. Er hatte seine menschliche Gestalt angenommen.

Schon sprangen die ersten Flüchtenden aus ihren Booten und von den Flößen, wateten durch das seichte Uferwasser, das ihnen bis zu den Hüften reichte. Einige hatten Bündel mit Habseligkeiten auf den Kopf oder die Schultern geladen und kämpften sich durch das Wasser dem Ufer entgegen. Keuchend erreichten die Schnellsten das Land.

»Lauft! Lauft, solange Zeit bleibt. Dort hinten geht die Welt unter. Die gesamte Insel wird in Schutt und Asche gelegt, das Wasser des Sees schwappt über die Stadtmauern. Sowas hat es noch nie gegeben. Der Oberste Kirchenführer kann uns nicht mehr helfen. Wenn euch euer Leben lieb ist, verlasst diese Gegend. Wer weiß, was noch passiert?« Der

Mann drehte sich schwer atmend von ihnen weg und lief los, um einem anderen ans Ufer zu helfen. Weitere folgten.

Kallestrus und Nadala schauten zu, wie die Inselbewohner aus dem Wasser stiegen und in Richtung der Wälder flohen.

»Wir sollten warten, bis Merranas zurückkommt«, raunte Nadala.

»Was passiert dort? Was zerstört die Insel? Diese Lichtsäule, das ist ein Verbund aus Luft, Licht und Feuer.« Kallestrus hatte die Augen zusammengekniffen. Nadala konnte sogar von der Seite das rote Glimmen wahrnehmen. Hoffentlich würde Merranas recht bald wiederkommen. Sie kehrte zu den anderen zurück. Gemeinsam verzogen sie sich ein Stück, blieben abseits von den ankommenden Menschen aus Hyperahmah, nur Regulus nicht. Der stapfte auf seinen Stock gestützt auf einen der durchnässten Männer zu.

»Hey, Jungchen! Vor was genau rennen wir denn weg?«

»Wo sind denn all die Soldaten hin, die ausgesandt wurden, um den Drachen zu töten?«

Regulus musterte den Mann aufmerksam. Sein Kopf ging ohne Eile in Richtung der anderen, dann wieder zu seinem Gesprächspartner.

»Welche Soldaten und welcher, verzeih bitte, Drache?«, krächzte er mit gebrochener Stimme.

Der Mann spähte zum Ufer. »Uns wurde vom Obersten Kirchenführer gesagt, dass an den Ufern ein Drache wartet und die Stadt zerstören wird. Er habe auch die ersten Garnisonen, die die Landungsstege hier bewachen sollten, verbrannt. Habt ihr denn nicht das Feuer gesehen?«

Regulus versuchte in der Dunkelheit den Gesichtsausdruck des Mannes zu deuten. »Es gab ein großes Feuer, ja. Das war eher ein Missgeschick der Soldaten, die sich mit den Flammen amüsiert haben, was zu diesem Unglück geführt hat. Aber einen Drachen? Bist du sicher?«

Der Mann schwieg, während sich andere Ankömmlinge zu ihnen gesellten.

Regulus stützte sich auf seinen Stock und wartete, bis der

Mann weitererzählte. Die Stille zog sich, bis der Mann lediglich die Schultern zuckte.

»Es sei, wie es ist. Wir verlassen die Stadt. Es regnete Eisbrocken so groß wie trächtige Säue, und die Flutwelle hat die vordere Stadt überschwemmt. Nachdem der Turm mit den Gemächern Plutarchs in tausend Stücke zerborsten ist und diese Säule aufstieg, verlassen die Menschen die Stadt.«

»Weiß jemand von euch, was es mit der Säule auf sich hat?«, fragte Regulus wie beiläufig.

Der Mann schüttelte den Kopf und setzte seinen Weg fort. »Du tust gut daran, hier zu verschwinden, alter Mann.« Er ließ Regulus stehen, auch die restlichen Flüchtenden gingen einer nach dem anderen.

Kallestrus und Kiromin hatten gelauscht.

»Noch ein Feind oder ein Freund?«, fragte Kiromin nach einer Weile.

Kallestrus blieb ihm die Antwort schuldig. »Ich rufe die Elementare, sie können uns bei der Vernichtung der letzten drei Siegel helfen. Das ist meine Hoffnung.« Er verließ sie ohne weitere Erklärungen.

»Kommt, wir gehen zu den Bäumen und ruhen uns etwas aus. Lasst uns ein Feuer machen. Es bleibt uns nichts anderes übrig, als zu warten. Auf Merranas und Vater. Wo habt ihr Selestrias Körper hingelegt?« Kiromin schaffte es nur mit viel Überwindung, diese Frau Mutter zu nennen. Jetzt war nicht der Zeitpunkt.

»Sie liegt gut versteckt im Unterholz. Dort in der Nähe lassen wir uns nieder. Der kleine Feuerteufel kann uns eine Flamme spendieren.« Regulus fuhr Titus über den Kopf und schob ihn vor sich her. »Komm, mein Kleiner. Wir gehen ein Feuer machen. Ich erzähle dir ein bisschen, was es mit dieser Flammensache und deinen Händen auf sich hat.«

Nadala lief neben ihnen. »Was hast du von dem Mann erfahren?«

»Erzähle ich dir gleich am Feuer.«

***

MERRANAS schlug die Augen auf und starrte in den von Sternen überfluteten Himmel. Kleine Wolken zogen vorbei, irgendwo musste ein Halbmond stehen. Er lag auf dem Rücken, Arme und Beine von sich gestreckt. Die Welt war nicht weg. Sie war nach einer unendlich langen Zeit der absoluten Finsternis zurückgekehrt und hatte sich nicht verändert. Zumindest fühlte es sich so an. Die Steine unter ihm waren hart und kalt, seine Oberschenkel schmerzten von der Anstrengung des Laufs und Aufstiegs auf den Berg, sein Hals brannte von dem Geschrei beim Sprung. Er wusste genau, dass er immer noch Merranas, der Kopfgeldjäger, war. Merranas, der Kopfgeldjäger und Windling. Er betrachtete den Berg, der sich vor ihm zu den Sternen erhob. Von dort oben war er gesprungen, gefallen wie ein Stein und auf den Füßen gelandet wie eine Katze. Kein Mensch überlebt so einen Sprung, so einen Sturz, kein normaler Sterblicher. Jetzt spürte er den Schmerz in seiner rechten Handfläche und das Blut. Glas des zerschellenden Flacons hatte ihn verletzt. Er saugte an der blutenden Stelle und schon machte sich der bekannte eiserne Geschmack im Mund breit. Doch nur ein Mensch.

Langsam stand er auf und dehnte seine Beinmuskeln. *Wo ist das Siegel?*

Er sah den Abhang hinauf, den er heruntergerollt war. Wenn er Teile des Siegels finden wollte, hatte er viel zum Absuchen und verdammt wenig Zeit. Zudem boten Mond und Sterne kaum Licht, um überhaupt etwas zu finden. Er müsste auf den Sonnenaufgang warten. Die Finsternis sollte Beweis genug dafür sein, dass es zerstört worden war. Er schaute zum See. Die Lichtsäule erhob sich wie zuvor über die Insel.

Merranas rannte los. Sein Atem ging schneller, aber regelmäßig. Die Nacht war gerade hell genug, um den Weg zurück zu finden. Er beschleunigte, so wie es die Muskeln zuließen. Da war noch genügend Kraft, er musste sie nur aus sich herauslocken. Sein Absprung wurde fester, und kleine Steinchen stoben vom Boden, wenn er den Stiefel aufsetzte.

Mit keuchendem Atem kam er am Waldesrand an, verließ die Deckung der Bäume allerdings nicht. Schon vor Meilen waren ihm die ersten Menschen begegnet. Er spähte zum Ufer. Wo waren die anderen? Immer wieder kamen kleine Boote und Flöße mit Menschen und Tieren an, die vom Ufer in den Wald flohen. Von hier aus war die Lichtsäule besser erkennbar.

Zu seiner Rechten bemerkte er ein Feuer weiter abseits des Geschehens. Vorsichtig machte er sich auf den Weg in diese Richtung. Beim Näherkommen erkannte er die Stimmen seiner Freunde. Alle saßen um das Feuer, nur Kallestrus fehlte. Er zögerte. Ruhig beobachtete er seine Begleiter, die ihm auf einmal so vertraut vorkamen. Er trat vorsichtig in den Schein der Flammen.

»Da bin ich«, murmelte er und ließ sich neben Nadala fallen, streckte seine Beine aus und massierte den linken Oberschenkel.

Regulus lächelte, wobei die vielen Falten und das unstete Licht des Feuers sein Gesicht in eine lustige Maske verwandelten. Auch Nadala lächelte und nickte, Kiromin ebenfalls.

»Und wo lerne ich all die Sachen, von denen du erzählt hast?«, unterbrach Titus die Stille.

Regulus kicherte. »Das musst du nun selber herausfinden. Vielleicht finden wir in der Inselstadt noch jemand anderen, der über diese Dinge Bescheid weiß. Ansonsten musst du sehr nett zu den Drachen sein. Die wissen nicht alles, aber sehr viel.«

»Wo ist dein Vater? Und was machen die ganzen Leute dort drüben am Ufer?«, wollte Merranas wissen und wackelte in den Stiefeln mit den Zehen, damit sich seine Füße von dem Lauf entspannen konnten.

»Er will die Elementare rufen. Die Bewohner fliehen aus Hyperahmah, was sehr klug ist«, erklärte Kiromin wie beiläufig und stocherte mit einem Stock in der Glut. Sein

Gesicht war ernst, er sah nicht auf.

»Diese Sache mit den Elementaren muss ich mir anschauen!« Merranas war aufgesprungen und stöhnte laut. Seine Muskeln nahmen ihm jede schnelle Bewegung übel. Er stützte sich auf die Oberschenkel. »Wo ist er denn hin?«

Ohne aufzuschauen, zeigte Kiromin mit dem Stock in die Richtung, in die Kallestrus verschwunden war.

»Willst du nicht mit?«, fragte Merranas.

»Das ist seine Sache.«

Kurz beobachtete Merranas seinen Wegbegleiter, wie er in der Glut stocherte.

Kiromin hatte die Stirn in Falten gelegt und vermied jeden Augenkontakt. Seine Schultern waren angespannt, als würde er darauf warten, dass ihn jemand angreift.

Merranas fuhr sich durch die Haare, holte Luft und verlagerte das Gewicht von einem Bein aufs andere. Er streckte die Hand nach Kiromin aus, doch der wandte sich wortlos ab. Merranas beließ es dabei und ging. Schon nach einigen Schritten konnte er in der Dunkelheit die Konturen des Drachen ausmachen.

Kallestrus hatte seine wahre Gestalt angenommen und blähte die Nüstern. Kleine Flammen loderten auf, als sein Odem den Boden berührte.

Merranas war zum richtigen Zeitpunkt aufgebrochen. Am Ufer bildete sich eine mannshohe Wassersäule, und Steine des Ufers türmten sich zu einer menschlichen Gestalt empor.

Kallestrus wartete. »Wo ist der Wind?«

Das Wasser nahm die Form eines Drachenkopfes an. »Der Wind wird nicht kommen. Er ist gefangen in der Inselstadt. Eine starke Macht bindet ihn an die Mauern, die deine Geliebte so lange Zeit beherbergt haben, wenngleich ihre Kraft von Augenblick zu Augenblick schwindet«, sprach das Wasser.

»Ihr habt mich verraten, also werdet ihr uns helfen, diese Siegel zu zerstören.«

Merranas hörte, wie Steine aneinander rieben, als das

Erdelementar sich ihnen zuwandte. »Wir haben euch nicht verraten. Es war dein eigenes Blut. Auch wenn es dazu gezwungen wurde, um sich selbst und seinesgleichen zu retten.«

Kallestrus blähte die Nüstern. Ein Schwall Rauch stieg auf, während seine Augen in der Dunkelheit glühten.

Das Wasser änderte seine Form. Der Drachenkopf wurde in die Länge gezogen, dann in die Breite. Merranas hatte Schwierigkeiten zu erfassen, was es darstellen sollte. In der Dunkelheit sah es aus, als bilde das Wasser eine Tafel.

Kallestrus schnaubte einmal, holte tief Luft und entlud mit einem Mal seinen Odem in einem Flammenstoß gegen das Gebilde. Dampf stieg auf und verschwand im Nachthimmel.

»Der Tempel der Winde!«, fauchte er.

»Ja, eine Prophetin, eine Seherin aus dem Tempel der Winde aus der Linie der Sturmfänger.«

Das rote Leuchten verschwand. Zuerst dachte Merranas, dass Kallestrus in seine Menschengestalt wechseln würde, doch der Drache hatte die Augen geschlossen.

»Wie lautet die Prophezeiung?«, fauchte er.

Das Wasser nahm die Gestalt einer Frau an und begann mit hoher Stimme vorzutragen.

Denn er wird kommen als Fremder in Not.
Verborgen wird bleiben sein Gesicht.
Wird nehmen, was einst er gebot.
Erkennen wird man ihn nicht.

Und mit ihm wird kommen der Wind,
wird bringen verlorenes Kind.
Wird binden die Kräfte du entzweit.
Wirst dieses Lebens gar befreit.

Kallestrus wandte sich zu Merranas. Sah ihn eine ganze Weile an. »Für wen ist diese Prophezeiung gesprochen worden?«

Merranas fühlte sich angesprochen und zuckte mit den Schultern.

Das Erdelementar antwortete mit tiefer Stimme. »Das hat sie niemandem verraten. Sie händigte dem Befreier deiner Geliebten ihren Siegelring aus und verriet das Geheimnis um die Zauber, die sie gefangen hielten.«

Die mächtigen Pranken des Drachen gruben sich tief in den Kies. Gelassen bäumte er sich auf und warf den Kopf nach hinten.

Merranas wich zurück. Er rechnete damit, dass Kallestrus wieder einen Flammenstoß absetzen würde. Der Drache allerdings starrte auf das Erdelementar. »Ihr werdet mir helfen, die letzten Siegel zu zerstören. Es sind Uhren, von Menschenhand geschaffen. Mit dem uralten Wissen um die Gesetze des Seins ändern sie die Verläufe, schaffen neue Linien und Schleifen der Zeit. Sie sind es, die mich daran hindern, in die Inselstadt zu gelangen.«

Das Wasser formte erneut einen Drachenkopf. »Das können wir nicht. Nicht ohne den Wind.«

Kallestrus ging auf den schimmernden Wasserkopf zu, die Nüstern blähten sich wieder.

»Drache, ich bin das Wasser. Was willst du mir antun?«

Merranas hörte ein Schnauben, als sich Kallestrus' rotglühende Augen zu Schlitzen verengten. »Was könnt ihr mir anbieten?«

»Zusammen mit dem Feuer können wir eine der Uhren zerstören. Eine zweite schafft ihr, indem ihr eure Kräfte vereint. Die Linie des Wassers existiert nicht mehr, aber die anderen sind hier versammelt. Was das letzte Siegel betrifft, so musst du selbst einen Weg finden.«

»So sei es!« Kallestrus nickte. »Merranas, geh Holz holen!«

Endlich wusste Merranas, dass der Drache mit ihm sprach, allerdings war er zu verdutzt, um etwas zu entgegnen. Er lief los, um das Geforderte zu besorgen. Kallestrus würde ein Feuerelementar rufen. Merranas klaubte am Waldesrand alles vom Boden, was er finden konnte, und kehrte mit einigen dicken Ästen zurück.

Der Drache saß stumm am Ufer, den Blick auf die Inselstadt gerichtet, wo die Lichtsäule weiter gen Himmel aufstieg. Der junge Mann warf ihm das Holz vor die Pranken. Kallestrus spie eine dünne Flamme aus, das Knistern brennenden Holzes erklang. Schon loderten die Flammen hell. Der Drache wirkte wie zu einer Statue versteinert. Im nächsten Augenblick senkte er den Kopf, zog eines der Siegel zwischen den Schuppen seiner Brust hervor und warf es vor das Feuer.

Was dann passierte, konnte Merranas den anderen nicht genau beschreiben, nachdem er und Kallestrus wieder zu ihnen zurückgekehrt waren. Er sprach von einer Verbindung aus Wasser, Erde und Feuer, die gar unmöglich war. Jedes Elementar hätte einen Pfad zu dem Siegel gebildet. Das Wasser floss in einem Rinnsal darauf zu, das Feuer brannte über den Sand einen Pfad, als habe jemand eine Ölspur gegossen, und die Erde formte eine Wölbung einem Maulwurf gleich, der knapp unter der Oberfläche einen Gang grub. Am Siegel selbst bildete sich eine Substanz wie geschmolzenes Blei. Kurz darauf sah er Kallestrus nicht mehr, sondern nur noch das weiße Skelett eines riesigen Wesens. Nach einem weiteren Wimpernschlag war alles wie zuvor, lediglich das Siegel und die Substanz waren verschwunden genau wie die Elementare.

»Das ist ja wunderbar«, krächzte Regulus. »Was tun wir mit den letzten zwei?«

Kallestrus warf den fünften Goldklumpen mit Siegel dem Alten zu. »Vereint eure Kräfte, haben die Elementare gesagt. Du, Nadala und der Windling.«

»Was soll das bringen? Das Wasser fehlt. Eine Kräfteverbindung bedarf aller vier Elemente«, warf Nadala ein.

»Wer behauptet das?«

»Die Ältesten.«

»So haben sie euch angelogen. Drei genügen. Die Elementare haben das vierte Siegel zerstört. Die Barriere ist gefallen. Versucht es!«

Nadala runzelte die Stirn, bevor sie aufstand und den Dreck von ihrer Kleidung klopfte. Sie nahm den Klumpen

Gold und betrachtete den schwarzen Stein. Fünf Drachenzähne. »Wir probieren es.« Sie zuckte die Schultern und wandte sich Regulus zu, um ihm aufzuhelfen. Der Alte ächzte, als sie ihn hochzog, und beugte sich gleich über seinen Stock.

»Ich habe das seit Jahrzehnten nicht mehr gemacht«, meinte er trocken und reichte Nadala die Hand.

»Du hast wahrscheinlich viele Dinge seit Jahrzehnten nicht mehr gemacht«, entgegnete sie.

Er zeigte ihr ein breites zahnlückendurchzogenes Grinsen, was Nadala nur dazu veranlasste, den Kopf zu schütteln. »Alle gleich, egal welche Zeiten.«

»Was muss ich tun?«, wollte Merranas wissen. Unbeholfen fuhr er sich durch die Haare und grinste.

Regulus reichte ihm die andere Hand. »Stillstehen und uns machen lassen. Gib der Kleinen die Hand.«

Nadala streckte ihm ihre entgegen und schenkte Regulus keine Beachtung. »Versuche, an nichts zu denken«, erklärte sie ruhig.

»Oh, das fällt ihm leicht.« Kallestrus hatte sich hinter sie gestellt und beobachtete ihre Vorbereitungen.

Merranas setzte zu einer Beleidigung an. Eigentlich hatte die Echse recht, mit dem, was sie da sagte. Es fiel ihm erstaunlich leicht, seinen Geist von all den Gedanken zu befreien. Er wartete. Beim nächsten Atemzug spürte er von Nadalas Berührung eine unnatürliche Hitze ausgehen. Er war versucht, seine Hand aus ihrer zu ziehen. Sie drückte fester zu, wohl ahnend, was er tun wollte. Die Haut von Regulus fühlte sich hingegen an, als würde er einen Stein halten: kalt, bewegungslos und hart. Schon nach dem nächsten Atemzug fühlte er, wie sich seine eigenen Hände ohne sein Zutun denen der anderen entwinden wollten, dabei schienen sie nicht mehr ihm zu gehören. Vor Schreck riss er die Augen auf. Die beiden standen ruhig da. Zwischen Nadalas und Regulus‘ Augen hatte sich jeweils ein Punkt gebildet. Auf der Stirn des Alten glitzerte es in allen Farben einem Opal gleich, auf der Stirn der Frau loderte hingegen eine helle Flamme. Er versuchte mit einer Hand an die Stirn zu fassen, aber die anderen hielten ihn fest. Er spürte einen mentalen Sog von beiden Seiten. Sie raubten seine inneren Kräfte, alles, was ihn ausmachte, was er dachte. Es fühlte sich an wie ein schleichender Prozess des sich Auflösens. Müdigkeit legte sich schwer über ihn. Er versuchte erneut, die Hände aus denen der anderen zu ziehen, doch deren Griff verstärkte sich dabei. Lange würde er das nicht durchhalten. Er spürte das Zittern in seinen Armen, dann in den Beinen. Mit Mühe hielt er sich aufrecht, während rechts und links eine Kraft an ihm zog. Er wollte ihnen mitteilen, dass er das hier nicht schaffte, als Nadala die Augen öffnete. Erschrocken blickte Merranas sie an. In ihren Pupillen loderten ebenfalls Flammen. Mit einem Ruck zog eine unsichtbare Kraft alle drei nach unten. Sobald ihre Hände den Boden berührten, durchfuhr sie ein harter Schlag. Schreiend stoben sie auseinander. Merranas strauchelte nach hinten, konnte sich gerade so abfangen und hielt die Hand, die mit Nadalas zu Boden gedrückt worden war. Nadala stand auf und rieb sich die Hände. Nur Regulus lag da und rührte sich nicht. Sie stürzten zu ihm.

»Hat es funktioniert?«, wollte Kiromin wissen.

Nadala beugte sich über Regulus. Der Alte atmete flach, aber er lebte.

»Das hat ihm den Rest gegeben«, flüsterte sie Merranas zu.

Er hob den Alten auf und schleppte ihn ans Feuer. Nach geraumer Zeit stöhnte Regulus auf und schaute sie mit trübem Blick an. »Ich bin wohl zu alt für solche Machtspielchen. Du hättest mich fast umgebracht!« Mit ausgestrecktem Finger zeigte er auf Nadala, die ihre Hände bedrohlich nah an die Flammen hielt, ohne sich zu verbrennen.

Merranas schaute sie fragend an.

Sie grinste. »Das hier ist kein Drachenodem. Es ist einfaches Feuer, von Menschenhand entzündet. Eigentlich von Kinderhand gezaubert.«

»Ihr habt es geschafft. Die Barriere ist gefallen«, raunte

Kallestrus. Schwarzer Staub rieselte durch seine menschlichen Finger. »Jetzt bleibt noch das verfluchte sechste Siegel übrig.«

»Was macht dich so sicher? Es ist gar nichts passiert«, entgegnete Kiromin.

»Vermutlich haben wir es gar nicht bemerkt.« Regulus atmete schwer, aber er setzte sich alleine auf und massierte die Hand, die den Boden berührt hatte. »Hast du etwas gesehen, Drache?«

»Ihr wart für einen flüchtigen Moment alle Kinder.«

Regulus nickte zufrieden und versuchte aufzustehen.

Merranas half ihm auf. »Was wird aus dem letzten Siegel?«

»Ich habe nicht die geringste Ahnung, wie wir es zerstören sollen«, murmelte Kallestrus mit Blick auf die Inselstadt. Kleine Rauchwolken stiegen aus seinen Nüstern auf.

»Was ist, wenn wir versuchen, Selestria und das Siegel in die Stadt zu bringen? Vielleicht reicht es, wenn sie auf der Insel ist. Oder dort ist jemand, der uns helfen kann, das Siegel zu zerstören«, krächzte Regulus.

»Die Elementare haben gesagt, dass der Wind auf der Insel gefangen ist«, warf Merranas ein. »Was, wenn dort wirklich jemand oder irgendwas ist, was dieses Siegel zerstören kann oder uns zumindest etwas geben kann, das es zerstört?«

»Ihr wollt auf die Insel, auf der die Personen versammelt sind, die uns am liebsten tot sehen wollen. Diese möchtet ihr um Hilfe bitten?« Kiromin warf die Arme in die Höhe und schüttelte den Kopf.

»Dort ist jemand, der die Insel in Schutt und Asche legt.« Regulus zeigte mit seinem Stock über das Wasser. »Hast du einen guten Gedanken, wie wir das Siegel zerstören können? Womöglich einen Plan?«

Kallestrus schnaubte. »Ja, eine Möglichkeit gibt es unter Umständen noch.«

»Ach?« Regulus runzelte die Stirn, die buschigen Augenbrauen trafen sich über der Nase.

»Wenn zwei Drachen ihren Geist verschmelzen, entsteht ein Moment der Macht«, begann Kallestrus zu erklären.

Schon bei den ersten Worten schüttelte Kiromin den Kopf. Er hatte sich breitbeinig hingestellt und die Arme vor der Brust verschränkt. »Dieses Ritual werde ich nicht mit dir durchführen. Nicht nach allem, was du getan hast!« Seine Stimme war leise und bedrohlich. Sein Gesicht lag im Schatten. Hinter ihm begann der Sonnenaufgang, erste Strahlen umgaben ihn wie eine Lichtgestalt. Die Berge zeichneten sich schwarz gegen den heller werdenden Himmel in der Ferne ab.

Kallestrus straffte die Kutte seiner menschlichen Gestalt und ging langsam auf ihn zu. Mit jedem Schritt, den er näher an Kiromin herantrat, wurde sein Sohn unruhiger und wich schließlich zurück. Nie im Leben würde er den Vater in seinen Geist eintauchen lassen! Nicht in diesem Leben würde er seinen Geist mit dem seines Vaters verschmelzen. Der Hass und die Trauer, die seit der Nacht vor dem Hort in ihm gewachsen waren, die wollte er für den richtigen Augenblick aufbewahren. Kallestrus sollte sie nicht spüren, nicht wissen, was er für ihn empfand.

»Ich werde das nicht machen!«, schnauzte er los. »Ihr müsst einen anderen Weg finden! Den gibt es sicherlich.«

Die anderen betrachteten Vater und Sohn, wie sie sich schweigend gegenüberstanden. Vereinzelt hörten sie einen ersten Vogel den Tag ankündigen, und mit jedem Atemzug veränderte sich das Licht.

»Hast du einen Vorschlag, wie wir das Siegel zerstören können? Wenn ja, dann verrate ihn uns. Wir probieren es aus.« Im Gegensatz zu Kiromin war Kallestrus' Stimme beinahe versöhnlich.

Merranas wollte das Gesagte nicht wie eine Frage erscheinen, sondern eher als Drohung.

Kiromin hatte seinen Blick abgewandt und betrachtete die Lichtsäule. Das Schweigen zog sich, und der Jungdrache verlagerte das Gewicht von dem einen Bein auf das andere. Endlich zeigte er auf die Insel. »Na gut, fahren wir hinüber und schauen nach, wer dort ist.«

Merranas stutzte. »Das ist aber ein schneller Sinneswandel.«

»Eher sterbe ich dort drüben, als meinem Vater meinen Geist zu öffnen. Das tue ich erst, wenn es gar keinen anderen Weg mehr gibt!«

Kallestrus stand nach wie vor ruhig da. Er wandte sich von Kiromin ab und ging.

»Wo willst du hin?«, rief ihm der Sohn nach.

»Ich suche ein Boot für euch, damit ihr übersetzen könnt.«

Sprachlos gafften sie ihm hinterher, wie er zu der Stelle zurückging, wo die fliehenden Bürger Hyperahmahs ihre schwimmenden Gefährte zurückgelassen hatten. Es würde schon etwas Brauchbares dabei sein, um wieder auf die Insel zu kommen.

»Das war zu leicht.« Nadala hatte einen ihrer Dolche aufgenommen und polierte die Klinge an ihrer Hose.

»Du meinst, er wollte, dass wir übersetzen?«, flüsterte Regulus ihr zu.

Sie zuckte nur die Schultern.

Kiromin hatte sich der Insel zugewandt und starrte auf das Licht.

»Wenn wir auf der Insel keinen Erfolg haben, wird die zweite Diskussion über dieses Ritual etwas anders verlaufen, schätze ich«, raunte sie Regulus zu.

Merranas hatte sich alle Mühe gegeben, um zu lauschen, dennoch nichts verstanden. Eigentlich war es auch nicht so wichtig. Er hatte gemerkt, wie sich Kiromins Stimme veränderte. Sein Wegbegleiter war voller Wut auf seinen Vater. Er konnte sehr gut nachempfinden, dass er so wenig wie möglich mit Kallestrus zu tun haben wollte. Was bei diesem Ritual getan werden musste, war anscheinend sehr persönlich.

Kallestrus tauchte am Ufer auf und zog ein kleines Boot im seichten Wasser hinter sich her. Im Grunde war es nicht klein, es war eine winzige Barke für zwei Personen. Dort sollten sie zu viert oder gar zu fünft übersetzen?

»Wenn wir alle drin sind, geht das Bötchen unter«, kommentierte Merranas Kallestrus' Ankunft.

»Deswegen fahrt ihr auch nicht alle. Selestria bleibt hier bei mir. Ihr nehmt das Siegel mit.«

Nadala achtete gar nicht auf das Gerede. Sie streckte die Hand hin, und Kallestrus überreichte ihr das letzte intakte Siegel. Leichtfüßig sprang sie in das Boot, das er am Ufer hielt, damit alle einsteigen konnten.

Schon wollte Merranas los, als Regulus ihn aufhielt. »Alter vor Schönheit, Windling!«

Zähneknirschend ließ er den Alten zuerst in das Boot steigen, das trotz Kallestrus' starkem Griff schwankte. Es war kaum Platz, die Füße in das Boot zu setzen, geschweige denn, dass er und Kiromin sitzen konnten. Einer der beiden würde stehen müssen. Vorsichtig zwängte er seine Füße rein und ergriff das kleine Paddel, das Nadala ihm hinstreckte. Sie hielt das andere. Gemeinsam würden sie dafür sorgen, dass sie auf die Insel kamen.

»Kiromin, komm schon! Lass uns die Dämmerung nutzen«, krächzte Regulus.

Zögernd setzte sich der Jungdrache in Bewegung. Bei Kallestrus und dem Körper seiner Mutter blieb er abrupt stehen. »Ich hätte mir denken können, dass du lieber deinen letzten Sohn in den Tod fahren lässt, als nach einem anderen Mittel zu suchen, dieses verfluchte Siegel zu brechen. Wir sind alle deine Lakaien«, fauchte er Kallestrus an.

»Das hier war deine Idee!«

Kiromin starrte in die glutroten Augen seines Vaters. Nicht einmal ein Blinzeln rührte sich im Gesicht des alten Drachen. Schließlich gab Kiromin nach und lief zum Boot. Die anderen drei machten so viel Platz wie eben möglich. Irgendwie gelang es Kiromin, seine Füße in das Boot zu kriegen und sich doch zu setzen. Er nahm Nadala das Paddel aus der Hand. »Los, Merranas, rudere!« Er tauchte sein Paddel ins Wasser.

Merranas schaute ihn an, aber Kiromins Miene blieb versteinert, und so senkte auch er sein Paddel ins Wasser.

Mit einigen kräftigen Paddelschlägen verließen sie das Ufer und hörten lediglich die Geräusche des Wassers, wenn die jungen Männer die Hölzer ins Wasser eintauchten und durchzogen. Der See lag ruhig wie ein Spiegel um sie herum. Nicht eine Welle bewegte sich, und von Osten brachen die ersten Sonnenstrahlen zwischen den Berggipfeln hindurch. Merranas gefiel der Anblick. Es sah wunderschön aus, wie das Licht die andere Seite der Berge beleuchtete. Die Welt bekam Farben und Konturen, als würde jemand einen dunklen Vorhang aufziehen. Der Himmel veränderte zusehends die Farbe, Sterne waren keine mehr zu sehen. Ein kräftiges Orange war auf der einen Seite, während die Berge noch im Blau der Nacht lagen. Mit einem Lächeln drehte er sich zu Kiromin. Sie hatten die Hälfte der Strecke zurückgelegt. Allmählich merkte er die Anstrengung in Armen und Nacken.

»Wollen wir eine Pause machen?«, fragt er in die Stille.

»Paddle wei …«

Kiromin beendete den Satz mit einem Schrei. Etwas drückte erst seine Beine, dann den Oberkörper nach hinten. Erschrocken ließ er das Paddel ins Wasser fallen und versuchte sich am Bootsrand festzuhalten. Doch das Boot glitt unter ihm hinweg. Er verlor das Gleichgewicht, fiel rücklings ins Wasser und schlug mit den Armen, um nicht unterzugehen.

»Was zum Teufel?« Merranas war aufgesprungen und versuchte, nach Kiromin zu greifen. Doch der zappelte und prustete im Wasser. Sie fuhren weiter, und er blieb zurück, ohne von der Stelle zu kommen. Das Boot mit den dreien schwankte bedenklich. Nadala versuchte, Merranas' Sprung auszugleichen, damit sie nicht kenterten.

»Die Barriere. Sie ist nicht ausschließlich für Kallestrus. Sie ist anscheinend für alle Drachen«, raunte Regulus nach einer Weile.

»Oder für all seine direkten Abkömmlinge«, warf Nadala ein.

Merranas hatte sich ruhig hingestellt und spähte Kiromin nach.

»Fahrt weiter!«, rief er ihnen zu. Über ihm tauchte ein dunkler Schatten auf. Kallestrus' Pranken berührten fast die Wasseroberfläche.

Kiromin stierte hinauf, drehte sich um und schwamm Richtung Ufer.

Der Drache verharrte einen Augenblick in seiner Position, dann stieg er auf und drehte ebenfalls ab.

»Kiromin ist nicht sehr gut auf seinen Vater zu sprechen, hm?«

Nadala und Merranas ließen Regulus' Frage unbeantwortet. Merranas setzte sich vorsichtig ans Ende des Bootes und griff nach dem Paddel. Bis zur Insel würden ihm die Arme abgefallen sein.

***

FIRIM und Vaticine schauten auf den See. Nachdem die meisten Einwohner die Inselstadt selbst in Badezubern und Bottichen verlassen hatten, paddelte ein winziges Boot auf die Insel zu.

Firim hielt die Hand schützend über die Augen, um nicht in die Sonne zu blinzeln. »Ich hoffe, dass dieser Besucher in guter Absicht anreist.«

Vaticine zog die Augenbraue hoch. »Wir werden es bald wissen. Lasst uns die Säule ein weiteres Mal verstärken. Atiro sollte sich erholt haben.« Ohne Firim anzuschauen, wandte sie sich den anderen zu und reichte Duran die Hand, danach Atiro.

Der lehnte ab. »Kein weiteres Mal lasse ich mich von euch zu solch einem Zauber zwingen. Ich wäre beinahe verbrannt. Diese Kräfte, die mir von meinem Vater vererbt wurden, ich beherrsche sie nicht.«

»Aber ich!« Firim hatte seine Hand gepackt und ergriff danach Vaticines. »Öffnet euren Geist für mich!«, befahl er und schloss seine Hand fester um Atiros, der versuchte, sich aus Firims Griff zu befreien, was selbst bei größter Kraftanstrengung nicht gelang. Wütend sah er Firim an. Erst jetzt bemerkte er, dass dessen Kopfverband schon längst nicht mehr an seinem Platz war und die Wunde an der Stirn vollständig verschwunden. Staunend riss er den Mund auf, um ihn zu fragen, was mit der Verletzung passiert sei, aber Firims Blick fing ihn ein. »Schließ die Augen und vertrau mir.«

Wahrscheinlich war es die ruhige Stimme oder seine Körperhaltung, vielleicht auch der sich lockernde Griff um seine Hand, sodass er sich beinahe hätte entziehen können, die Atiro nachgeben ließen. Nach allem, was passiert war, vertraute er diesem Mann am meisten. Firim würde ihn nicht verbrennen und gar sterben lassen wie Duran, der seinen Tod beflissentlich in Kauf genommen hatte. Genau da fühlte er eine Person in seinem Bewusstsein, die nach seinen Gedanken griff und Gefühle berührte. Sie ertastete gezielt einen leuchtenden Strang, den er selbst noch nie richtig wahrgenommen hatte, und hielt ihn fest. Erneut spürte Atiro Hitze und Feuer in sich aufsteigen. Diesmal war die Glut jedoch eine andere. Kontrollierter. Sie war wärmend und sanft. Wie ein kleiner Bach flutete das Feuer durch sein Blut und in die Handfläche, die in Firims lag. Nach und nach wurde der Fluss stärker, und die Macht des Feuers wärmte seinen Arm, ließ ihn heiß werden, brannte dennoch nicht. Er wollte unbedingt sehen, was Firim tat, und öffnete die Augen. Die anderen standen in einer Reihe. Die Lichtsäule schien unverändert, auch hatte sich an Firims Aussehen nichts getan. Weder verwandelte er sich, noch spie etwas aus seinem Mund. Die Gesichtszüge des Mannes zeigten keine Form der Anstrengung oder Konzentration, eher Belustigung. Was taten sie hier? Schon wollte er Firim wieder loslassen, da rissen alle die Arme nach vorne, er wurde in der Bewegung mitgezogen. Gleich darauf hörte er ein Donnern, das sein Trommelfell beinahe zum Platzen gebracht hätte, als stünden sie inmitten eines starken Gewitters. Danach ließ Firim sie sofort los. In Atiros Ohren klingelten kleine Glöckchen.

»Mehr kann ich nicht tun«, erklärte Firim. »Eure Kräfte wirken fortan gebündelt gegen Plutarch. Ob ihn das länger aufhält, wird sich zeigen.«

»Das sollte reichen.« Duran rieb sich die Hände.

Atiro bemerkte, dass seine taub oder eingeschlafen waren. Sogleich spürte er das bekannte Kribbeln, als würden viele kleine Nadeln durch die Finger wandern.

»Wir haben unsere Kräfte schon vorher verbraucht. Du hast genommen, was du noch finden konntest«, meinte Vaticine.

Firim hielt Atiro fest und zog ihn zu sich. »Du musst viel lernen, Kleiner. Die Kraft, die dir innewohnt, ist zerstörerisch.« Dann drehte er sich um und ging.

»Wo willst du hin?«, wollte Vaticine wissen.

»Die Folianten holen. Solange wir nicht wissen, wer da kommt, sollte der Vorteil auf unserer Seite liegen. Wir müssen alle Waffen holen, die wir nur kriegen können.«

»Eine hervorragende Idee.« Duran folgte ihm mit fliegendem Gewand.

»Geh mit den anderen, wir treffen uns beim Glockenturm!« Ihre Worte galten Atiro, der einen Moment später alleine an der Lichtsäule stand. Er stierte Vaticine hinterher, die sich einfach in den Abgrund gestürzt hatte. Vor einigen Stunden wäre er entsetzt gewesen, doch langsam gewöhnte er sich daran, dass diese Menschen, mit denen er es zu tun hatte, wohl nicht die waren, für die er sie lange gehalten hatte. Er würde an Firims Seite bleiben. Wieder musste er an die Wunde denken, die viel zu schnell von dessen Stirn verschwunden war. Er musste ihn fragen, wie das möglich war. Vorsichtig bewegte er sich zwischen den Trümmern zur Treppe. Bevor er den anderen hinterherging, warf er einen Blick zurück. Fast glaubte er zu sehen, dass Plutarch die Mundwinkel bewegte, aber das war bestimmt eine Täuschung des Auges durch die Blitze und Flammen. Er beeilte sich, Firim und Duran einzuholen.

***

PLUTARCH versuchte, sich zu bewegen. Es würde vollkommen reichen, wenn er es schaffte, die Formeln zu rezitieren, von denen er wusste, dass sie die Zauber dieser Verräter aufheben oder zerstören konnten. Am schwierigsten würden die des Boten werden. Durch die Kombinationen waren seine Zauberformeln die stärksten, allerdings nicht die kompliziertesten. Er verfluchte sich selbst und seine Unachtsamkeit. Da hatte sich ein zweites Drachenblut in seine Nähe geschlichen, als sei die Seherin nicht schon schlimm genug. Diesen elenden Preaktan so lange am Leben zu lassen, war ein Fehler gewesen. Wer hätte gedacht, dass sein dümmlicher Sohn die Linie fortführt? Und dann der gute Duran mit seiner dreckig vermischten Blutlinie. Plutarch konzentrierte sich auf dessen Magie. Blitze, die Naturgewalt anderer reiner Elemente. Zuerst würde er dessen Zauber brechen, er war am schwächsten. Für die Magie der Seherin müsste er sich am meisten anstrengen, die war die älteste. Er hatte genügend Zeit im Gegensatz zu den anderen. Denn er konnte für jeden Versuch die Zeit zurückbefehlen, sooft es seine Kraft zuließ. Allein der Tod Selestrias hatte diesem Pack eine Möglichkeit verschafft, ihn hier festzusetzen. Die Zeit rann durch seine Finger und machte, was sie wollte. Er spürte seine Kräfte schwinden. Nach all den Jahren trieb ihn Eile voran.

***

KEUCHEND und mit klappernden Zähnen schleppte sich Kiromin ans Ufer. Die letzten Schritte stolperte er aus dem Wasser. Schwer atmend ließ er sich auf den Kies fallen und drehte sich auf den Rücken. Seine Lungen brannten. Er hielt die Augen geschlossen, fühlte deutlich, dass sein Vater neben ihm stand. Genau diese Situation hatte er verhindern wollen. Jetzt gab es kein Entrinnen mehr. Sie waren allein, und der Alte würde keine Gnade zeigen.

»Und? Hast du deine Wut im Wasser abgekühlt?«, begann

Kallestrus.

Kiromin atmete schnell und tief. Selbst wenn er hätte antworten können, seine Lungen wollten ihm das Sprechen noch nicht erlauben, also schüttelte er den Kopf.

Kallestrus war in Menschengestalt, seine Hände hielt er hinter dem Rücken, die Kapuze war tief ins Gesicht gezogen. Kiromin erkannte es mit all den Drachenzügen in sich. Er schaute in die glutroten Augen, die ruhig auf ihn hinabblickten.

»Wir sind dir vollkommen egal. Sind bloß irgendwelche Figuren, die dir bei deinen Plänen und Vorhaben nützlich sind oder im Wege stehen.« Mehr brachte er nicht heraus, schaffte aber, sich aufzusetzen. Seine Kleidung klebte kalt am Körper. Er zitterte noch mehr, jetzt wegen der Kälte.

»Dieser verdammte menschliche Körper!«, presste er heraus.

Kallestrus schwieg. Er wartete, bis Kiromin aufgestanden war.

»Und was gedenkst du zu tun, mein Sohn?« Die letzten beiden Worte sprach Kallestrus einzeln und hart aus.

»Am liebsten würde ich dich umbringen, jedoch wäre ich dann keinen Deut besser als du!« Er blickte seinen Vater an, doch vor seinem inneren Auge erschienen seine Geschwister. Eins nach dem anderen, wie sie lachten und ihr erstes Feuer spien, wie sie sich stritten und weinten. Zuletzt sah er Selestrias Gesicht, wie sie in der Haustür des Statthalters von Balfahlahr stand und Einlass forderte. Es fühlte sich an, als seien Jahre vergangen, dabei waren es Tage. Da war keine Wut mehr, nur Enttäuschung und eine Leere, die er zuvor nie empfunden hatte.

»Wenn du es schaffst, diese Welt zu retten. Wenn das Gefüge der Zeit wieder hergestellt ist, werde ich fortgehen. Irgendwohin, wo wir uns nicht über den Weg laufen können. Ich will mit dir nichts mehr zu tun haben.« Er drehte sich zum Gehen, aber Kallestrus hielt ihn fest.

»Das wird nicht geschehen, Kiromin. Du weißt genau, dass das unmöglich ist. Auf dich wartet mein Erbe. Wenn du tatsächlich mein letzter Sohn sein solltest, der lebt.«

Kiromin riss sich los. »Du kannst mich nicht zwingen!«

Kallestrus packte ihn erneut, und diesmal bohrten sich die Finger des Drachen fest in die Haut des Sohnes. Kiromin unterdrückte einen Schmerzensschrei. »Ich kann dich nicht zwingen, die Welten können es. Alles hat seinen Preis. Unsere Macht ist nicht umsonst. Wir sind nicht Drachen, weil die Welt es so wollte. Die Aufgaben, die uns zugeteilt wurden, müssen erfüllt werden. Du kannst nicht davonlaufen, weil du für mich tiefen Hass empfindest.«

Erneut zog Kiromin seinen Arm weg, aber Kallestrus ließ nicht locker. Zornig funkelte er seinen Vater an. »Wir werden ja sehen, was passieren kann und wird!«, zischte er zwischen den Zähnen hervor.

»Euch sinnlos in den Tod zu schicken, war nicht mein Plan. Ich wollte diese Welt schützen und nicht deine Geschwister töten lassen!«

»Trotzdem ist es deine Schuld, dass sie tot sind!«

»Ohne diese Schuld wäret ihr und auch du nicht hier!«

Kiromin spürte den heißen Atem seines Vaters auf der Haut. Er würde sich bald nicht mehr beherrschen können. Schon verformte sich das Gesicht seiner menschlichen Gestalt. Der junge Drache zögerte. Darauf wusste er nichts zu entgegnen.

Kallestrus ließ ihn los. »Komm dort drüben ans Feuer, damit deine Sachen trocken werden. Solange du diese Menschengestalt hast, bist du schwach.« Er holte Selestria, legte sie zu sich und setzte sich ans Feuer.

Kiromin wünschte sich so sehr, diesen alten Drachen zu hassen. Stattdessen stiegen ihm Tränen in die Augen, er zog den Rotz hoch und spuckte aus. Schnell wischte er sich über die Wangen und den Hals. In diesem Augenblick war er froh, so durchnässt zu sein, dass seine Tränen ebenso gut Wassertropfen sein konnten. Der Vater sollte es nicht sehen. Dennoch folgte er ihm ans Feuer. Die Kälte tat in den Muskeln und Knochen weh.

***

MERRANAS hatte er die Hände so stark um das Paddel gekrallt, dass es ihm nun Schwierigkeiten bereitete, es loszulassen. Nadala war sofort aufgestanden und half Regulus. Merranas wartete, bis die beiden das Boot verlassen hatten. Schon von weitem konnten sie erkennen, dass auf der Insel keine Menschenseele mehr war, oder die verbliebenen Einwohner versteckten sich so gut, dass man weder etwas von ihnen sah noch hörte. Regulus hatte befürchtet, dass man sie beschießen würde, wenn sie nahe genug für Pfeile und Bolzen waren. Doch nichts dergleichen war geschehen.

Merranas sprang auf den Landungssteg und bewegte seine Finger. Wäre es nötig, sofort ein Messer zu führen, würde es ein abenteuerliches Unterfangen mit so wenig Gefühl in den Gliedmaßen. Alles, was sich von der Schulter abwärts Richtung Fingerspitzen befand, kribbelte oder fühlte sich schwer an. Nadala hatte einen ihrer Dolche gezogen und ging voraus.

»Wonach suchen wir? Und wo fangen wir an?«, fragte Merranas leise hinter Regulus laufend.

»Wenn wir Glück haben, werden wir von den richtigen Personen gefunden.«

»Na, dann hoffen wir mal, dass wir kein Pech haben.« Merranas griff an seinen Stiefel und tastete. Das Messer saß dort, wo es sollte, und allmählich kehrte Gefühl in seine Finger zurück. Er betrachtete die nähere Umgebung genauer. Die Straßen und seitlichen Gassen der Stadt lagen ausgestorben vor ihnen. Das Klacken ihrer Sohlen und Regulus' Stock auf dem Pflaster waren die einzigen Geräusche, die sie vernahmen, abgesehen von dem Wind, der hier und da durch die Gassen fegte, an offenstehenden Fensterläden und Türen rüttelte. Erst als sie weiter in die Stadt vordrangen, hörten sie aus der Ferne Türen knallen, Geschirr brechen und einzelne dumpfe Rufe. Anscheinend hatten nicht alle Einwohner die Insel verlassen. Diejenigen, die geblieben waren, zogen es vor, sich zu verbarrikadieren. Merranas blickte die Gebäude empor. Alle Wege in der Stadt strebten bergauf und dem

Zentrum der Insel zu. Genau dahin dirigierte sie Nadala.

Ungewollt drehte Merranas sich um. Das Gefühl, jemand säße ihm im Nacken, begleitete ihn seit ihrer Ankunft bei den Landungsstegen. Nicht die ganze Zeit, nur wie ein Luftzug, der einen streift und den man einzig an den vielen kleinen Härchen am Körper spürt. Das regelmäßige ‚Klack' von Regulus' Stock auf dem Pflaster begleitete sie wie ein Taktgeber. Merranas schaute zurück – da war niemand. *Das war sicherlich der Durchzug zwischen den Gassen*, versuchte er sich selbst zu beruhigen, dabei fühlte er genau, dass dem nicht so war. Dazu war er viel zu lange in solchen Städten im Auftrag zahlender Kundschaft umhergeschlichen. Jemand beobachtete sie. Als er wieder nach vorne sah, war er allein. Keine Spur von Regulus. Auch Nadala war aus seinem Blickfeld verschwunden. Er drückte sich instinktiv in eine Seitengasse.

»Und wieder beginnt ein lustiges Spiel um Leben und Tod«, murmelte er. »Paddelt auf die Insel und sucht jemand, der so freundlich ist und das Siegel zerbricht, dann wird alles gut. Sicher! Diese vermaledeiten Echsen!«

Er spähte vorsichtig in die Richtung, in die Nadala gelaufen war. Einige Häuser weiter drückte sich jemand an die Wand wie er. Langsam wanderte seine Hand an den Stiefel. Den Griff des Messers zu spüren, beruhigte ihn. Die Person schlich sich vorsichtig näher und war nur noch wenige Häuser entfernt. Jetzt erkannte er sie. Mit einem Blick über die Schulter und in die Straße vergewisserte er sich, dass dort niemand war, und machte sich auf den Weg ihr entgegen.

»Wo ist er hin?«, zischte Nadala, als sie sich trafen und Merranas sie unter einen Türrahmen zog, damit man sie nicht gleich sah.

Er zuckte die Achseln. »Ich habe keinen blassen Schimmer. Recht schnell hatte ich mich umgedreht, um sicherzugehen, dass uns niemand von hinten überrascht. Kaum hatte ich wieder hingeschaut, wart ihr weg.«

»Verfluchter Drachendreck, dieser verdammte Mistkerl!«

»Wen meinst du?«

Sie musterte ihn von oben bis unten. »Du erinnerst mich an meinen jüngeren Sohn.«

Merranas gaffte sie verdutzt an. Sie war kaum 16 Jahre, vielleicht sogar jünger. »Deinen jüngeren Sohn?«, fragte er belustigt.

Nadala tätschelte ihm die Wange und drehte sich um. »Komm, Merranas! Wir gehen weiter.«

Sie schauten sich nach beiden Seiten um. Vorsichtig trat Nadala aus der Tür hervor. Ein abgerissener Schrei, als habe der Wind ihre Stimme hinfort genommen, erreichte Merranas' linkes Ohr. Er war allein und presste sich mehr aus Reflex denn aus freiem Willen zurück gegen die Tür. Sein Atem ging schnell, der Griff seines Messers drückte in die Handfläche, während er die Faust fester schloss. Was in aller Teufels Namen war das? Stumm starrte er auf das Haus gegenüber und traute sich nicht, einen Finger zu rühren.

Irgendwer hatte erst Regulus und jetzt Nadala geholt. Man beobachtete sie schon länger. Sein Gefühl war keine Einbildung gewesen. Mit Nadala waren sowohl seine Weggefährten als auch das Siegel verschwunden, und er stand wie gewohnt allein in einer Stadt und musste zuschauen, dass er überlebte. Er blickte nach oben. Es wäre einfacher, die Insel zu überschauen, wenn er einen höheren Ausguck hätte. Merranas hielt die Luft an und lauschte. Nichts.

Beim Ausatmen lief er los, kam aber nur einen Schritt weit. Beim zweiten musste er einem Schlag gegen seine Brust ausweichen. Diesen bevorstehenden Angriff hatte er am Luftzug gespürt. Sein Angreifer setzte zum nächsten Schlag an. Merranas wich zurück, drehte sich um und sprintete zu der Gasse, in die er sich nach Regulus' Verschwinden gedrückt hatte. Hinter sich hörte er die Schritte des Verfolgers. Er spannte die Muskeln an, forderte von sich selbst mehr Tempo und bog um die Ecke. Im Halbdunkeln der Häuserschlucht bemerkte er einen hohen Holzzaun am Ende der Gasse. Schnell war er dort angelangt und sprang ins Ungewisse. Matsch spritzte hoch, als er landete. In den Häuserschatten rannte er weiter bis zu einer schäbigen Tür. Pissegestank schlug ihm entgegen. Latrinen. Hinter ihm erklangen Schläge gegen Holz. Sein Verfolger hatte den Sprung über das Gatter noch nicht geschafft. Merranas ging ein paar Schritte zurück, nahm Anlauf und sprang auf das Latrinendach. Eilends musterte er die Umgebung. Gerade kletterte ein glatzköpfiger Mann über das Gatter und schaute hoch. Ihre Blicke trafen sich flüchtig und Merranas setzte seine Klettertour fort. Aus der Hocke sprang er an das erste offene Fenster über dem Bretterverschlag. Von innen erklangen keine Geräusche. Er stieg ein und sah erneut zurück. Sein Verfolger war verschwunden.

»Das ist nicht gut«, murmelte Merranas und lief durch das Zimmer zur Tür. Er musste einen Weg nach draußen oder besser nach oben finden. Der Flur auf der anderen Seite der Tür führte zu einer Treppe. Er stieg hinauf, blieb prompt stehen und lauschte, fand eine Luke mit Leiter und zog beherzt an dem herunterhängenden Seil. Die Klappe öffnete sich, und er sprang die Leiter rauf zum Dachboden. Oben angekommen, fand er ein Fenster. Vorsichtig und möglichst ohne Geräusch öffnete er es, lauschte erneut. Weder von draußen noch aus dem Haus hörte er Laute. Lediglich der Wind ließ ein leises Pfeifen an der Dachöffnung ertönen. Bedächtig stieg er ins Freie und atmete durch. Er streckte sich, lockerte alle Muskeln und wandte den Kopf zur Fensteröffnung. Direkt daneben und somit hinter ihm standen zwei Stiefel. In denen steckte sein glatzköpfiger Verfolger und lächelte höflich.

Ohne ein Zögern lief Merranas zum Rand des Daches. Ziegel knirschten unter seinen Stiefeln, rutschten unter seinem Tritt weg. Er nahm Anlauf, sprang und landete auf dem Nachbarhaus. Von dort aus balancierte er so schnell es ihm möglich war auf den Zinnen zum anderen Ende des Gebäudes. Hinter sich meinte er ein Lachen zu hören, doch er wollte sich nicht umschauen. Ein weiterer Sprung brachte ihn auf das Vordach des dritten Hauses, das höher war als die vorherigen. Merranas schaute zurück. Sein Verfolger stand ein Dach weiter unten.

Ein Blick nach oben ließ Merranas anhalten. Von hier aus konnte er die Säule entdecken. In ihr meinte er, die Konturen eines Menschen zu sehen, mehr Zeit blieb nicht. Weiter ging es durch ein offenes Fenster, Tür, Flur, Treppen hinauf, Dach, Dachfenster, raus. Diesmal kam er nur bis zur matten kleinen Scheibe. Draußen auf dem Dach kniete bereits sein Verfolger und winkte ihm fröhlich zu. Merranas bemerkte auf die Entfernung, dass sein Gegenüber kurze blonde Haare hatte. »Das ist doch nicht möglich. Woher…?«

Weiter kam er nicht. Eine kalte Klinge legte sich an seinen Hals, und er spürte ihre Schärfe auf der Haut.

»Ziemlich flink für jemanden, der gerade über den See gerudert ist.« Der Ton der Frauenstimme hinter ihm war voller Spott. Dennoch durchfuhr Merranas bei jedem Wort das unheimliche Gefühl, sie irgendwo anders schon vernommen zu haben. Zögerlich hob er beide Hände, wobei er es vermied, sein Messer fallen zu lassen. Geschickt schob er es in den Ärmel seines Hemdes, es rutschte nach unten, als er den Arm ergebend in die Höhe hielt. Der Blonde öffnete von außen das Fenster und sprang geübt ins Zimmer.

»Jetzt haben wir alle. Ganz schön schnell, der Bursche.«

»Wer seid ihr?« Merranas sprach ihn direkt an, wobei sich die Klinge immer weiter in seine Haut drückte. Er hielt die Luft an und die Hände beschwichtigend nach oben. »Wo sind meine Begleiter?«

»Keine Sorge, denen geht es gut. Komm mit! Aber keine Katz-und-Maus-Spielchen. Dafür ist keine Zeit.«

Merranas schlug besänftigend die Augen nieder.

Der Blonde gab seiner Komplizin ein Zeichen. Der Druck an Merranas' Kehle lockerte sich. Genau das war der Zeitpunkt, an dem er die Hand der Frau packte, sich ruckartig drehte und ihren Arm in den Rücken gleich mit. Alles, was sie rausbrachte, war ein schnelles Luftschnappen. Die Männer standen sich gegenüber. Den anderen Arm hatte er um den Hals der Frau gelegt und hielt sie im Würgegriff.

Der Blonde sah von ihm zur Frau und wieder zurück.

Mit der freien Hand versuchte sie, Merranas' Arm abzuwehren. Die andere hielt noch den Dolch, der nutzlos gegen ihren Rücken drückte.

»Ich kriege keine Luft«, stammelte sie.

»Du kriegst genug«, murmelte Merranas und taxierte den anderen Mann. »Wo sind meine Begleiter?«

Der Blonde verschränkte die Arme vor der Brust und zuckte mit den Schultern. »Sie sind in Sicherheit, und wir haben das Siegel.«

Merranas hielt die Frau zwischen ihnen, damit der andere keinen Angriff probierte. Er konnte nicht einschätzen, was in dem Mann vor sich ging. Weder seine Miene noch seine Körperhaltung verrieten, ob er verärgert, nervös oder gar freundlich war. Vielleicht war es der Blick, mit dem er ihn anschaute, der Merranas so verunsicherte. »Dann bring mich zu ihnen!«

Wieder erschien ein Grinsen auf dem Gesicht seines Gegenübers. »Das hätte ich auch so getan. Und wenn du bitte so freundlich wärest, die Dame loszulassen? Ich glaube, sie bekommt fürwahr keine Luft mehr, was ausgesprochen schade ist.«

»Sie kommt schon zurecht. Geh ruhig vor, wir folgen dir.«

»Wir wollen genau dasselbe wie ihr«, keuchte die Frau. »Also lass mich los!«

»Was wollen wir denn?« Merranas spürte, wie sich ihre Fingernägel in sein Fleisch gruben. Es fiel ihm von Augenblick zu Augenblick schwerer, sie zu halten. Mit einer zähen Ausdauer leistete sie ihm Widerstand. Er hatte viel Mühe, ihre Hand im Rücken zu lassen.

»Das verdammte Siegel zerstören!«, presste sie unter Kraftanstrengung hervor. Merranas zwang sich, stillzustehen, obwohl ihm das mittlerweile schwerfiel unter dem Zug der Frau.

»Weshalb habt ihr uns abgefangen und mich verfolgt? Eine Ansprache hätte genügt.«

»Wir mussten sichergehen, dass ihr denselben Plan habt wie wir«, erklärte der Blonde im Plauderton.

Merranas schnaubte abschätzig. Noch bevor er wieder

Atem holen konnte, hatte sich die Frau aus seinem Griff befreit. Er wusste nicht einmal, wie, stand da wie ein Trottel, der mitten im Tanz von seiner Partnerin verlassen worden war. Die Dolchspitze berührte hart seine rechte Wange. Mit ausgestrecktem Arm stand die Frau vor ihm.

Vaticine betrachtete den jungen Mann. Merranas lächelte so charmant, wie es ihm in dieser Lage möglich war. Für einen Wimpernschlag dachte er, sie würde es erwidern, aber die Miene der Frau war versteinert, sie blinzelte nicht einmal. »Wir bringen ihn zu den anderen und schauen, was sie zu erzählen haben.«

Der Blonde schnappte Merranas am linken Arm, die Frau ergriff ihn am rechten, während ihre Dolchspitze an seiner Wange blieb. Er wollte sie anschauen, doch sie wandte ihr Gesicht ab. Sie führten ihn raus auf die Straße, liefen an den Häuserwänden entlang bis zu einem Turmeingang. Unzählige Wendeltreppen stiegen sie hinauf, bis sie die windige Plattform des Glockenturms erreichten.

Dort herrschte ein dichtes Gedränge. Regulus und Nadala standen in Gesellschaft zweier weiterer Männer. Ein älterer großgewachsener und ein junger Kerl, der höchstens achtzehn Jahre zählte. Regulus war ernst und stützte sich auf seinen Stock.

»Hier ist das letzte Mitglied unserer heiteren Runde zum Sturz und Niedergang Plutarchs«, plauderte der Blonde feierlich drauf los.

Merranas suchte Nadalas Blick, sie hingegen starrte Vaticine an.

»Auf die letzten Tage treffen wir uns also wieder«, meinte sie trocken, nachdem die beiden anderen Merranas losließen und er sich zu ihr stellte.

»Wer du auch sein magst«, entgegnete Vaticine.

Nadala spuckte ihr vor die Füße, dann zog sie den Rotz weit hoch und spie. Der Rotz traf einen Pfeiler hinter Vaticine. Sie war schneller ausgewichen, als Merranas es sehen konnte. Er blinzelte verblüfft.

»Du widerliches Miststück hast meine Linie töten lassen.

Hätte Kallestrus mich bloß ausgesandt, dich zu töten!«

Regulus fasste Nadala an der Schulter, da sie einen Schritt auf die andere Frau zu machte, blieb aber still.

Nadala ballte die Fäuste, die Klingen ihrer Dolche blitzen auf, als sie sie drehte. *Sie haben sie nicht entwaffnet*, dachte Merranas und ergriff das Wort.

»Was wollt ihr von uns?«, fragte er den Blonden, weil er nicht den Mut fand, in die Augen der Fremden zu blicken. Sie verunsicherte ihn auf eine Art, die er von Frauen jeglichen Alters bisher nicht kannte.

»Die Siegelringe«, entgegnete der freundlich.

In dem Gesicht des Mannes konnte Merranas auch diesmal nichts lesen. Es war, als sei der Mann ein Diener, der höflich um seine nächste Anweisung bat. Merranas wartete ab, bis einer das Wort ergriff. Alle schwiegen.

Nach einigen Augenblicken zuckte der Blonde die Schultern, seinen Mund umspielte ein Grinsen. »Ihr seid ja eine sehr bunte Gruppe«, fing er an. »Ein Greis, ein junges Mädchen und ein Feigling, der wegrennt, wenn seine Gefährten verschwinden. Was in aller Namen bringt euch ausgerechnet in diesen Zeiten nach Hyperahmah?«

Bei der Frage war er vor Nadala stehen geblieben und fasste sie am Kinn, als würde er sie küssen wollen.

Bei seiner Berührung geschahen mehrere Dinge auf einmal: Nadala führte einen ihrer Dolche gegen die Seite des Mannes, der das gekonnt parierte. Dafür kassierte er einen Hieb mit Regulus Stock, der ihn am Rücken traf und in die Knie zwang. Daraufhin griff der ältere der beiden Männer Regulus mit einem Blitz an. Noch während der Greis sich an der Brüstung festhielt, versetzte er seinem Angreifer einen Schlag gegen die Knie. Währenddessen ließ der Junge Flammen auf seinen Handflächen erscheinen, und genau zu diesem Zeitpunkt griff Merranas unter sein Hemd und damit zum eigenen Messer.

»Hört sofort auf!« Die Stimme der Frau in den grauen Gewändern hatte so viel Kraft, dass der Rest im Kampf innehielt und sich ihr zuwandte.

Gerade als Merranas sein Messer in der Hand hielt, fühlte er wieder ihre Klinge an der Wange.

»Her mit den Siegelringen!«, forderte sie forsch.

Nadala antwortete ihr, ohne von ihrem Angreifer abzulassen. »Es gibt keine mehr!«

Für einen Moment brachten ihre Worte die Gesichtszüge der Frau in Bewegung, doch sie fing sich sofort wieder. »Das kann nicht sein. Dann müsste er bereits hier sein!«

»Wer?«, wollte Merranas wissen. Für diese kurze Frage bohrte sich der Dolch weiter in seine Wange. Er spürte die Klinge so tief an der Haut, dass nur eine falsche Bewegung von ihm zu einem bösen Schnitt führen würde. Das zweite Mal an diesem Tag hob er beschwichtigend die Arme nach oben.

»Wenn Kallestrus euch nicht geschickt hat, seid ihr drei entweder unglaublich lebensmüde oder dumm«, sprach sie weiter.

Und wieder war es Nadala, die reagierte. »Wo ist Plutarch? Und wieso stehst du hier, Verräterin? Ausgerechnet du!«

Merranas versuchte, zur Seite zu schauen, um einen Blick auf die Fremde zu erhaschen. Nadala kannte sie anscheinend sehr gut. Der Druck der Klinge ließ etwas nach. Die Frau musterte Nadala und Regulus eine ganze Weile. Im Gegensatz zu Nadala stand Regulus ruhig da und lächelte sie an.

»Ihr habt Plutarchs Drachentöter, die Mitglieder der Inquisition, ermordet, nicht wahr?«, warf sie ein.

»So ist es«, entgegnete Regulus ohne Hast.

»Na, dann sind wir ein ganz erlesener Kreis, der sich hier versammelt hat.«

»Und du? Wer bist du?«, wollte die Frau von Merranas wissen.

Jetzt war er gezwungen, sie anzuschauen, und senkte wie ein kleiner Junge schüchtern den Kopf, bevor sich ihre Blicke treffen konnten. »Ich bin der Auftragsmörder für das letzte Mitglied der Inquisition, wie ihr sicher wisst.«

Vaticine runzelte die Stirn und betrachtete den jungen

Mann. Alles an ihm war auf befremdliche Art vertraut, als würde sie ihn schon seit jeher kennen. Den Gedanken, der ihr bei der ersten Begegnung mit ihm gekommen war, verdrängte sie in den hintersten Winkel ihres Bewusstseins.

»Du willst Selestria, die angebliche Tochter von Plutarch, umgebracht haben?« Die spöttisch gestellte Frage kam von dem älteren der Männer, der auch Regulus angegriffen hatte.

»Ja, sie ist tot!«, erwiderte Nadala.

Der Blonde beobachtete sie aufmerksam, und seine Blicke wanderten von ihrer Hüfte wieder hoch zum Oberkörper, als würde er ihr noch Merranas' Weste ausziehen wollen. »Sag, Kleines. Frierst du nicht?«

Sie ignorierte ihn.

Da griff er nach einer der Taschen an dem Oberteil, allerdings war Nadala diesmal schneller. Sie wich aus, ihre Dolchspitze berührte sein Kinn. Er war einen Kopf größer und schaute auf sie herab, dabei lächelte er vergnügt. Für ihn wirkte ihr Angriff einer Aufforderung zum Tanz gleich anstatt einer Drohung. »Du bist recht flink mit den Dolchen.«

»Und du mit den Fingern«, zischte sie und hob ihm die offene Handfläche hin. »Gebt mir sofort das Siegel zurück!«

Erst als sie ihm die Waffe tiefer unters Kinn drückte, lächelte der Mann und ließ das Siegel fallen.

»Wie lange wollen wir hier weiterspielen? Uns läuft die Zeit davon«, mischte sich Vaticine ein.

»Was hat es mit der Säule dort oben auf sich?«, wollte Nadala wissen. Sie hatte ihren Dolch gesenkt.

Merranas hielt es für das Beste, wenn die beiden Frauen sich unterhielten und versteckte sein Messer wieder dort, wo es schon zuvor sicher verwahrt war.

»Wir haben ihn in mehrere magische Gefängnisse gesperrt. Was ist mit den restlichen Siegelringen?«

Anscheinend hatten sich die Frauen auf ein Frage-Antwort-Spiel geeinigt.

»Wir konnten sie zerstören bis auf diesen letzten hier. Was habt ihr mit Plutarch vor?«

Erneut war Vaticine an der Reihe. Kurz fiel ihr Blick auf

Firim, der die Brauen hob und ihr mit einer Geste zeigte, sie solle fortfahren.

»Es wird Zeit, dass Plutarch seine gerechte Strafe erhält für das, was er uns allen angetan hat.«

Nadala schnaubte. »Uns? Du sprichst von uns? Wenn du nicht gewesen wärst, müssten wir jetzt nicht hier stehen!«

Wieder musste Regulus sie festhalten, damit sie nicht auf Vaticine losging. Die hingegen blieb von der Reaktion der jungen Frau unbeeindruckt.

Regulus flüsterte Nadala etwas ins Ohr, woraufhin sie sich fing und das Spiel wieder aufnahm. »Gut, wenn ihr einen Weg seht, um Plutarch zu stürzen, ist das löblich. Wozu benötigt ihr die Siegel, von denen ihr durch uns wisst, dass nur noch das eine existiert?«

Vaticine ließ auf die Antwort warten. Sie vermutete eine weitere Frage, doch die blieb aus. So begann sie zu erklären. »Anscheinend wird mit jedem zerstörten Siegel auch eine Schutzbarriere um Hyperahmah vernichtet. Wenn alle gefallen sind, kann Kallestrus die Insel betreten, und wir haben eine Chance, Plutarch zu besiegen.«

Regulus und Nadala wechselten Blicke, während Merranas wartete. Nadala winkte ihn zu sich. Vaticine nickte ebenfalls als Zeichen ihres Einverständnisses.

Kaum war er bei ihnen, zog Regulus ihn näher.

»Wer garantiert uns, dass sie uns nicht sofort umbringt, wenn wir ihr das Siegel geben?«, wollte Nadala wissen.

»Welche andere Wahl haben wir?« Regulus schmatzte laut auf.

»Glaubst du, Kallestrus weiß, dass sie hier ist?«

»Kallestrus wusste vor kurzem nicht einmal, dass es Selestria jemals gegeben hatte! Ich befürchte, er hat nicht die leiseste Ahnung, wer diese Frau ist«, raunte der Alte.

Merranas fasste beiden an die Schulter. »Der kleine dumme Windling würde gerne eine Frage stellen. Und zwar würde er gerne wissen, worüber ihr sprecht und wer diese Frau ist.«

»Neben Plutarch ist das deine größte Feindin und wahrscheinlich die Frau, die den Tod deiner Eltern befohlen oder sogar selbst herbeigeführt hat. Das ist Vaticine, die Seherin des Obersten Kirchenführers und die Verräterin an unser aller Linien. Sie ist diejenige, die uns an Plutarch verraten hat. Nur mit ihrer Hilfe konnte er sich so lange an der Macht halten und nur…«

Regulus unterbrach Nadala. »Das reicht, wir haben keine Zeit dafür, er weiß genug. Wenn mit dem letzten Siegel die letzte Barriere fällt, können die Drachen die Insel wieder betreten. Wir können bloß hoffen, dass sie schneller hier sind, als Vaticine uns umbringt.«

Nadala musterte Regulus. »Du vertraust Kallestrus so sehr?«

Ein Kichern entfuhr ihm. »Vertrauen? Nein! Er hat genauso wenige Möglichkeiten wie wir.«

Merranas blickte den Greis an. »Er hat recht.« Allein der Gedanke, dass er womöglich ausgerechnet an diesem Ort der vermeintlichen Mörderin seiner Eltern gegenüberstand, machte es ihm schwer, sich auf ihre eigentliche Aufgabe zu konzentrieren. War sie es gewesen, die ihn zu den Zieheltern gebracht hatte? War sie dort gewesen? Warum hatte man ihn leben lassen?

Nadalas Frage unterbrach seine Gedanken. »Na gut. Wir händigen das Siegel aus und schauen, was passiert?«

»Frage vorher, wie sie gedenken, es zu zerstören«, warf Regulus ein.

Nadala nickte und drehte sich zu den anderen.

»Nun, wenn wir euch das Siegel aushändigen, wie möchtet ihr es zerstören? Wir haben keinen Weg gefunden«, erklärte sie mit ruhiger Stimme.

»Welcher der Ringe ist es?«, wollte Firim wissen.

»Der letzte, der sechste«, gab Regulus knapp zurück.

Merranas hatte sich zwischen die beiden gestellt. Er wollte die Frau genauer betrachten, die wohl schuld daran war, dass er seine Kindheit in der Gosse verbracht hatte. Er spürte einen kleinen Funken Hass, der sich allmählich durch seinen Geist brennen würde.

»Ich kann es zerbrechen«, antwortete die Frau knapp.

Merranas lachte, und Nadala fluchte leise. »Dieses ganze Vorhaben ist ein übles Possenspiel. Sobald wir ihr das Siegel geben, sind wir tot, Regulus. Wahrscheinlich ist diese Säule kein Gefängnis für Plutarch, sondern ein Schutz, falls die letzte Barriere fällt!« Dabei zeigte sie nach oben.

Merranas schüttelte den Kopf. »Sie hat sich verändert.«

»Wer hat sich verändert?«, fragte Duran skeptisch.

»Diese Säule. Vorhin auf den Dächern leuchtete sie immer wieder hell auf. Jetzt sieht man bloß die Flammen«, erklärte Merranas, während er an der Brüstung stand. Die anderen stürzten zu ihm.

»Er durchbricht unsere Zauber!« Durans Gesichtszüge veränderten sich, und er begann, schnell mit den Augen zu blinzeln. »Wir hätten ihn sofort töten sollen, Seherin!«

Vaticine richtete sich an Nadala. »Gib mir das Siegel!«

Merranas stellte sich zwischen die Frauen. »Und dann? Was dann? Bringst du es zu der Säule dort oben?« Er sah der Fremden ins Gesicht. Ihr Blick war fest, nicht böse. Er versuchte, ihr Alter zu erraten, aber das war unmöglich. Etwas an ihr ließ ihn lächeln, obwohl er es gar nicht wollte.

»Wir haben Plutarch in diese Säule eingesperrt. Warum sollte ich ihn wieder daraus befreien?«

»Weil du uns alle schon einmal verraten hast«, erklang die Stimme des Blonden hinter Merranas. »Und ausgerechnet dein Siegel ist es, das übriggeblieben ist. Das Siegel ohne Linie und ohne Zeit.«

»Das ist nicht meins. Es wurde mir von Geburt und Gabe aufgezwungen«, zischte sie leise.

Schnell wandte sich Merranas dem Blonden, beinahe kahl geschorenem Mann zu und grinste. Dann drehte er sich wieder zu der Frau. Er hob die Arme, als würde er ein Gespenst spielen wollen. »Verflucht der sechste Siegelring!«, sang er los.

Vaticines Gesicht versteinerte. Ihre Blicke blieben an seine geheftet, sie schien in seine tiefsten Gedanken zu dringen.

»Was tut sie da?«, fragte Merranas verwirrt, trat zurück und dabei Nadala auf die Füße, die ihn genervt zur Seite schubste.

»Schmuck der Knabe einmal fing, verflucht der sechste Siegelring«, sprach Vaticine langsam und wandte sich wieder an Nadala. »Los, das Siegel. Nur so wird Kallestrus kommen!«

Merranas stand stumm an der Stelle, wo Nadala ihn hingeschubst hatte und starrte auf die Frau. Der erste Mensch, seitdem er denken konnte, der die Verse des einzigen Liedes, das ihm seit Kindertagen mitgegeben wurde, im gleichen Wortlaut nachgesprochen hat. Ausgerechnet hier! In seinem Kopf herrschte vollkommene Leere. Er hörte Nadala etwas sagen und sah zu, wie sie der Frau das Siegel reichte. Auch die Männer sprachen miteinander, aber er hörte lediglich die Worte dumpf im Hintergrund, als habe ihm jemand einen großen Holzeimer über den Kopf gestülpt. Die Seherin, wie sie sie nannten, nahm das Siegel aus Nadalas Hand und betrachtete es.

Ihre Aufmerksamkeit richtete sie auf Merranas, während sie das Siegel mit Leichtigkeit zerbrach. Das Stück zerfiel zwischen ihren Fingern zu feinem Staub wie ein Klumpen trockener Erde in einem Sommer, der keinen Regen kannte. Feine Körner riss der Wind mit sich, bevor eine Druckwelle ihnen die Luft aus den Lungen presste.

Im letzten Moment konnte Merranas sich an der Brüstung festhalten, um nicht vom Turm zu stürzen. Den anderen erging es ähnlich, sie hielten sich krampfhaft aneinander fest. Regulus hatte sich auf den Boden sinken lassen. Die Frau sah sich nach der Säule um, die Plutarch gefangen hielt. Nach und nach folgten die anderen. Sie blieben stumm, als sie begriffen, was geschehen war.

***

KALLESTRUS spähte zur Inselstadt. In seinen Armen ruhte Selestrias Körper. Er hielt sie wie ein schlafendes Kind.

Der Anblick der Mönchskutte und der dreckigen Kleider

der Inquisition machten sie in Kiromins Augen lächerlich. Das also waren seine Eltern.

Kallestrus trat ans Ufer, seine Stiefelspitzen berührten gerade so das Wasser. Und als habe die Kälte in seinen Sohlen nur darauf gewartet, dass er endlich an den See kam, fror er um ihn herum zu. Unter Knacken und Knarren gab sich das Gewässer der Kälte hin. Kiromin schaute zu, wie die Wellen eine nach der anderen erstarben und zu einer glatten weißen Fläche wuchsen, die sich immer schneller ausbreitete. Sehr bald würde der riesige See zu kompaktem Eis erstarren.

»Was geschieht hier?«, fragte er leise.

»Deine Mutter wirkt ihre Kraft«, flüsterte Kallestrus. »Ich kann sie spüren.«

Kiromin schnaubte. »Ja, natürlich. Du kannst das alles.«

Seine Bemerkung blieb unerwidert. Stattdessen betrat der alte Drache die Eisfläche; es knackste bedenklich. Sogleich blieb er stehen und sah zu, wie der See in weiter Ferne immer mehr zufror. Vorsichtig setzte er einen Schritt auf das Eis. Es trug und blieb still. Kallestrus machte sich auf den Weg.

Kiromin folgte ihm mit Abstand, schweigend und mit gesenktem Kopf.

Kallestrus wartete, bis sein Sohn ihn einholte, dann gingen sie nebeneinander weiter. »Bald werden wir sehen, ob die anderen Erfolg hatten. Hier irgendwo beginnt die Barriere. Sollte ich sie dennoch nicht passieren können, dann ist es an dir, deine Mutter in die Stadt zu bringen und zu tun, was nötig ist. Dort gibt es jemanden, der weiß, was getan werden muss.«

»Ich will für uns alle hoffen, dass diese Barriere gefallen ist«, murmelte Kiromin.

In schnellem Lauf überquerten sie das Eis auf die Inselstadt zu. Nur einmal drehte sich Kiromin nach den Ufern um. Dort war keine Bewegung. Sie hatten Titus angewiesen, sich bis zu ihrer Rückkehr versteckt zu halten. Sollten sie binnen zweier Tage nicht zurückgekommen sein, solle er gehen und seine nächsten Verwandten suchen. Der Junge war flennend zurückgeblieben, nachdem er ihnen erklärt hatte, dass da niemand mehr war. Doch zu guter Letzt gehorchte er und verschwand Richtung Wald.

Sie passierten die Eisfläche ohne ein Vorkommnis, lediglich ein leichter Wind streifte kurz ihren Weg, und Kiromin füllte das erste Mal seit langer Zeit seine Lungen wieder voll mit Luft. Als habe ihm jemand eine viel zu enge Kleidung aufgeknüpft, streckte er im Lauf seinen Rücken durch und drückte die Schultern nach hinten. Seine Muskeln spannten sich stärker an, selbst sein Schritt wurde fester. Er fühlte, wie seine Kraft allmählich wiederkehrte. Hier wirkte Magie, und diese hatte ihn gerade erlöst.

Vor ihnen wurde die Insel größer. Er konnte die einzelnen Türme erkennen, auch die Häuser wurden zunehmend deutlich, dabei fiel ihm auf, dass die alles bisher überragende Säule nicht mehr da war.

»Schau, Vater! Die Säule ist verschwunden.«

Kallestrus blieb nicht stehen, aber er blickte hinauf. »Ja! Ich hoffe, wir kommen nicht zu spät.«

»Wofür zu spät?«

Statt seinem Sohn zu antworten, beschleunigte Kallestrus. Er lief mehr, als dass er ging. Kiromin holte ihn ein.

»Denkst du nicht, dass es keine Zeit mehr für Geheimnisse gibt?«

Kallestrus schaute ihn an. »Wenn ich noch ein Geheimnis hätte, so wäre es längst verraten. Ich hoffe sehr, dass unsere Mitstreiter leben und Plutarch ebenfalls. Der gehört nämlich mir!« Seine Augen flammten rot auf, wie immer, wenn Wut seinen Vater ergriff.

»Ich geh voraus!« Kiromin rannte über das Eis.

Kallestrus schrie ihm nach, er solle bei ihm bleiben, doch er ignorierte die Warnungen. Wegen seiner Familie sollten keine weiteren Menschen und Freunde mehr sterben. Sein Atem ging ruhig und er schneller. Es waren noch wenige hundert Meter, dann würde er die Landungsstege erreicht haben. Er konnte sie von hier aus bereits sehen.

Noch einmal versuchte Kallestrus, seinen Sohn einzuholen, er konnte sich weiterhin nicht verwandeln. Der uralte Zauber, der ihm nur in Menschengestalt erlaubte, Hyperahmah zu betreten, wirkte unverändert.

BUCH 3

HANDEL MIT DEM FEIND

Merranas spähte über den gefrorenen See. Das Knacken des Eises an den Landungsstegen gab der Situation zusätzlich etwas ausgesprochen Missliches. Ihr eigenes kleines Boot war gefangen in dem kalten Weiß und rührte sich nicht mehr.

»Sie kommen«, zischte er Nadala zu, die reglos neben ihm stand.

»Wenn du leben willst, Bürschchen, bist du jetzt lieber still!« Plutarchs Stimme erklang direkt an seinem Ohr. Der Oberste Kirchenführer stand hinter ihm. Wie er es geschafft hatte, sie alle zu überwältigen, war Merranas nicht klar. Einer nach dem anderen war von dem Turm verschwunden. Einen Atemzug später waren sie Gefangene und standen am Ufer der Stadt, mit Plutarch im Rücken, der einen ledernen Beutel hielt und sie in Schach.

Merranas wusste, dass er Nadala und Regulus hat verschwinden sehen, sie sind verblichen und unsichtbar geworden, nur erklären konnte er es sich nicht. Er selbst fühlte sich, als habe man ihm drei Tage seines Lebens geraubt. Er wollte bloß schlafen und blieb stumm. Er hatte mit ansehen müssen, wie Plutarch erst Duran quälte und daraufhin Atiro manipulierte, um an die Folianten zu kommen. Der Junge war naiv und die Wut in ihm zu groß, um sein Wissen für sich zu behalten. Merranas drehte sich zu ihm. So war er auch gewesen, aber im Alter von acht Jahren, nicht achtzehn. Der hier hatte nie ums Überleben lügen und die Klappe halten müssen. Einen kurzen Moment war Merranas für seine Vergangenheit dankbar.

Eine Gestalt rannte über das Eis und kam näher. Es kostete

Merranas viel Mühe, zu erfassen, wer es war. Die Art der Bewegungen verriet Kiromin. Nach all den Wanderungen und Läufen wusste Merranas genau, wie sich sein Freund bewegt. Er starrte dem Mann entgegen, der allmählich größer wurde und riskierte einen weiteren Seitenblick zu Firim. Der Kerl war ihm nicht ganz geheuer. Er war der Einzige, der sich Plutarch massiv zur Wehr gesetzt hatte. Dieser hatte ihn mit solcher Wucht geschlagen, dass er tot sein müsste. Stattdessen stand er an erster Stelle in der Reihe. An seinem Kopf klaffte eine riesige Platzwunde, von der das Blut in sein Gesicht gelaufen war und die eine Hälfte rot-schwarz färbte. Er konnte dessen Ausdruck nicht deuten. Die Spannung und Kraft, die von diesem Mann ausgingen, waren für Merranas unverkennbar. Zudem hatte Plutarch ihm den Arm gebrochen, doch selbst davon war nichts zu merken. Merranas fragte sich, warum er sie nicht alle umgebracht hatte.

»Da kommt er ja endlich, der große Drache. Der Wächter der Welten!« Plutarchs Stimme klang über das Eis, als er Kiromin und knapp dahinter Kallestrus herannahen sah. »Und sehet nur, was die beiden mir bringen. Meine geliebte Selestria, und er trägt sie auf den Armen wie eine Braut.«

Spucke traf Merranas an der Backe, er drehte sich angewidert um. Plutarch schrie so laut, dass ihm der Geifer aus dem Mund schoss.

Es war Kiromin. Merranas beobachtete, wie er seinen Gang verlangsamte. Mit gemäßigten Schritten kam er über das Eis, sprang leichtfüßig den Landungssteg hinauf und lief auf die Gruppe zu.

Plutarch stand weiterhin hinter ihnen. »Ah, einen Diener hat er vorausgeschickt, der Drache. Mit wem habe ich das Vergnügen?«

Kiromin blieb mit etwas Abstand vor ihnen stehen. Schnell streiften seine Blicke Merranas. Kurz lief der Jungdrache an ihnen vorbei und berührte sie beinahe alle an der Schulter. Er sah zu Plutarch auf. »Lass sie gehen. Sie nützen dir sowieso nicht.«

Plutarch musterte ihn. Einen Augenblick schwieg er, als würde er tatsächlich über den Vorschlag nachdenken. Dann lachte er laut los.

»Ja, natürlich. Wenn du das sagst«, Plutarch gestikulierte mit der freien Hand eine Verbeugung wie bei Hofe üblich, nur anstatt den Kopf zu senken, blieb er stehen. Seine Miene verfinsterte sich. »Wer bist du überhaupt? Vielleicht lohnt es sich eher, wenn du dich zu den anderen in die Reihe gesellst.«

Kallestrus fegte übers Eis. Er fühlte Selestria in ihrem toten menschlichen Gefängnis toben. »Nein, er wird schon keine Dummheiten machen. Nicht Kiromin. Er wird keine Dummheiten machen«, flüsterte er ihr zu, wobei er mehr sich selbst gut zusprach. Es war das erste Mal seit dem Tag, an dem er ihr die menschliche Hülle genommen hatte, dass sie miteinander sprachen. Er fühlte, was sie ihm mitzuteilen versuchte, auch er war voller Angst um den Sohn. Er legte sie auf den Landungssteg und zog sich hinauf, nahm sie wieder in die Arme.

Kiromin hörte die Schritte des Vaters. »Ich bin Kiromin, der letzte Sohn…«

»Nein!« Kallestrus schnitt ihm das Wort ab.

Kiromin spürte die Anwesenheit seines Vaters, seine Macht und Stärke, genauso wie die aufkeimende Angst. Er schaute erneut zu Plutarch. »Ich bin Kiromin, der letzte Sohn Kallestrus'!«, brachte er den Satz zu Ende und hörte seinen Vater hinter sich fauchen.

Kallestrus war neben ihn getreten und hielt Selestria im Arm. »Was tust du hier?«

Kiromin beachtete ihn nicht.

Plutarch hatte sich hinter Vaticine gestellt und ergriff sie an der Schulter. Seine Lippen berührten beinahe ihr Ohrläppchen. »So? Ist das derjenige, der da kommen sollte, um mich zu töten? Sein letzter Sohn also, Hexe! Das ist viel einfacher als von dir prophezeit. Eine sehr schöne Prophezeiung hast du mir ausgesprochen. Ich werde dir auf ewig dankbar sein. Wenn ich gute Laune habe, lasse ich dich am

Leben und verrate dir sogar, was aus deinem Kind geworden ist. Du musst nämlich wissen, dass ich ausgerechnet bei deiner Linie sehr gründlich war.«

Vaticines Augen blieben auf Kiromin und den Mönch gerichtet.

»Plutarch, ich bin Kallestrus' letzter Sohn! Ich biete mich zum Tausch für all die anderen an, die deine Gefangenen sind.«

Der Oberste Kirchenführer hob seinen Blick und grinste. »Oh, das ist sehr großzügig von dir. Ich bin mir nicht sicher, ob ich dem Sohn meines größten Feindes trauen kann. Schließlich ist Kallestrus dein Vater, und ich bin eher dafür bekannt, kein Freund von Wesen wie euch zu sein.«

Kiromin betrachtete den fetten Mann in den weißen Gewändern, wie er sich hinter einer älteren Frau versteckte.

»Was soll das werden, Kiromin? Du hast keine Vorstellung, was dieser Mann gemacht hat. Wegen ihm stehen wir hier und versuchen diese Welt zu retten!«, fauchte Kallestrus aufgebracht.

»Nein, wir stehen wegen dir hier! Wegen dir und allem, was du uns und ihr angetan hast!« Er sprach ruhig an den Vater gewandt. Seine Gesichtszüge zeigten jene Entschlossenheit, die Kallestrus sonst an seinem Sohn sehr schätzte. In ihrer jetzigen Lage ärgerte den alten Drachen dieser Charakterzug.

Erneut richtete Kiromin sich an Plutarch. »Lass sie gehen und nimm mich dafür. Lass sie ziehen, und du kannst über diese Welt herrschen, aber auch über viele andere.«

Plutarchs Miene verzog sich zu einem Lächeln.

»In all den Jahren hat mich mein Vater eine Menge gelehrt. Wenn du sie ziehen lässt, wirst du weder sie noch Selestria brauchen. Ich kenne alle Geheimnisse der Drachen.«

Kallestrus drehte sich zu seinem Sohn. »Das tust du nicht!« Dann wandte er sich an Plutarch. »Nichts von dem, was er sagt, ist wahr. Alles Wissen liegt in mir, und dort wird es verbleiben!« Er machte einige Schritte auf die Gruppe zu, doch im nächsten Augenblick waren alle verschwunden.

Ruckartig drehte er sich um. Nur noch Kiromin und Selestria waren bei ihm. Sein Sohn war genauso verblüfft wie er selbst.

»Dich im Austausch für ein paar Sterbliche? Und dafür willst du dich und unser Wissen opfern?«, schrie er Kiromin an.

»Wohin sind sie verschwunden?«, wollte der Jungdrache wissen.

»Er kann fortwährend die Zeit für sich selbst manipulieren. Ich vermute, er kann sie zurücklaufen lassen. Sie werden gleich wieder auftauchen. Wir bleiben so stehen wie vorhin und diesmal rede ich!«

Einen Moment später waren sie da und Kiromin lief an Nadala, Regulus und Merranas vorbei nach vorn. »Ich weiß um die Zeitmanipulation, um das Ende der Welten und wie wir uns retten können. Ich weiß um die Macht und das Wissen der Drachen. Ich will dir dienen, wenn du diese Menschen gehen lässt!«, rief er Plutarch entgegen.

Der Oberste Kirchenführer runzelte die Stirn und wich zurück, als er sah, wie der Mönch den jungen Mann ausbremste und zu sich zog.

»Bist du all deines Verstandes beraubt, Kiromin?«, zischte Kallestrus ihm zu. »Ich rede!«

Doch Kiromin riss sich los. »Hier, ich biete mich zum Austausch an!«

Plutarch schnaubte auf. »Für wie dumm haltet ihr uns Menschen eigentlich? Mittlerweile müsstet ihr wissen, dass wir auf solche plumpen Spielchen nicht reinfallen.«

Kiromin trat noch näher. »Kein Schwindel oder Betrug! Diese Welt wird untergehen, wenn nicht bald ein Gleichgewicht wiederhergestellt wird. Das weißt du genauso gut wie wir. Und um dieses herbeizuführen, musst du Selestria opfern. Ich verspreche dir, dass es einen Weg gibt, der es sogar erlaubt, deinen größten Feind unter Kontrolle zu bringen. Du wirst nie mehr etwas von ihm zu befürchten haben, denn ich, sein Sohn, werde dich vor seiner Rache schützen.« Er senkte den Kopf. »Als Andenken an meine Geschwister und Genugtuung für all die Lügen.«

Die Augen des Altdrachen glommen auf, und Kiromin sank mit einem Ächzen in sich zusammen.

Vaticine und Firim verzogen ihre Gesichter, als habe ihnen jemand Daumenschrauben angelegt und würde sie beharrlich zuziehen. Merranas hielt sich die Hände an die Schläfen, ein spitzer Schmerz war hineingefahren.

Einem Fisch gleich, der an Land geworfen wurde, bog und zappelte der Körper des Jungdrachen unter den Schmerzen. Mit roher Gewalt war Kallestrus in Kiromins Geist gedrungen, dass sein Sohn keuchend am Boden lag und sich den Kopf hielt.

»Gar nichts von dem wird passieren!« Teilnahmslos stieg Kallestrus über ihn hinweg. »Nichts! Du, Plutarch, wirst dafür bezahlen, was du mir und meiner Familie angetan hast. Erst recht diejenigen, die dir dazu verholfen haben, Selestria aus ihrem Gefängnis zu befreien!«

Plutarch war zurückgewichen, nachdem er sah, was mit Kiromin passierte. Von Zeit zu Zeit entfuhr dem gekrümmten Körper ein Schmerzensschrei.

Atiro wandte sich angewidert ab. *Was für Bestien! Der Vater foltert den eigenen Sohn. Vielleicht tat Plutarch gut daran, die Drachen zu töten.*

»Ich? Ich soll sie befreit haben? Nein, ich habe sie gerettet! Aus einem Gefängnis, das ihre eigene Familie und Verbündete für sie gebaut hatten!« Bei den Worten zeigte er auf Vaticine.

Ihre Stirn lag in vielen winzigen Falten. Als Kallestrus auf sie zukam, senkte sie den Kopf, als wolle sie sich vor ihm klein machen. Er packte sie am Hals, und sie wand sich unter seinem Griff ohne eine Chance auf Flucht.

Kallestrus raunte ihr etwas zu. Sie sah ihn an wie ein Reh, das der Jäger durch ein plötzliches Geräusch zum kurzen Stehenbleiben zwingt.

»Ja, schau sie dir genau an, Kallestrus. Du mächtiger Drache! Da steht sie, deine Familie! Oder sollte ich lieber sagen, die Verräterin deines eigenen Blutes? Sie hat mir so viel gezeigt, und was sie nicht wusste, habe ich aus den anderen Linien, wie soll ich es höflich ausdrücken? Extrahiert trifft es ganz passabel.« Plutarch sang die letzten Sätze. Das breite Grinsen formte sein rotes Gesicht zu einer Schweineschnauze, in der die Augen zwischen Stirn und Wangen verschwanden.

»Meine Enkelin? Ich habe eine Enkelin, die uns verraten hat«, flüsterte Kallestrus nur für Vaticine hörbar.

Die Seherin stöhnte laut auf. Wie eine geschossene Ente fiel sie zu Boden, als er sie und ihre Gedanken losließ.

Rechtzeitig fasste Firim zu, damit sie nicht hart aufschlug. Doch da hatte Kallestrus nach seinem Hals gegriffen und zog ihn zu sich heran. Firim wehrte sich nicht.

»Von meinem Blut, von meinem Leid!«, raunte der Drache leise.

»Von meinem Geist für alle Ewigkeit!«, brachte Firim unter flachen Atemstößen heraus, denn Kallestrus' Griff erlaubte kaum Spielraum für Luft und Stimme. Erst als der losließ, atmete er durch. Der Drache musterte den Mann aufmerksam, dann wandte er sich wieder an Plutarch. »Was geschehen…« Ein bekannter brennender Schmerz zwischen den Rippen hinderte ihn daran, weiterzusprechen. Das Entsetzen in den Augen der Menschen verriet ihm, was hinter ihm passierte. Er spürte, wie Blut die Kutte tränkte.

Kiromin stieß mit dem Dolch nach.

Kallestrus' Aufheulen ließ alle zusammenzucken.

Unter der Attacke seines Sohnes wand sich der Drache in menschlicher Gestalt. Die Kapuze rutschte nach hinten und gab die Tonsur eines Geistlichen frei. Hätten die weit aufgerissenen Augen nicht rot geleuchtet, hätte Merranas vergessen, wer gerade vor ihm niedergestreckt wurde.

Kallestrus versuchte, sich umzudrehen, aber Kiromin hielt ihn an der Schulter fest und rammte die Klinge immer tiefer in den Brustkorb seines Vaters, der mit jedem Wimpernschlag weiter in die Knie sank, bis er vorne überkippte und auf dem Bauch liegen blieb. Schwer atmend und mit roter Hand stand Kiromin über ihm und tippte den Körper mit der Stiefelspitze an.

»Solltest du Zweifel an mir haben, so sind sie hoffentlich beseitigt.« Er schaute zu Plutarch auf, der die Szene mit offenem Mund verfolgt hatte. »Oder brauchst du noch einen Beweis, dass ich mein Angebot ehrlich meine?« Kiromin stieg über den Körper seines Vaters hinweg wie dieser zuvor über seinen.

Merranas starrte auf das Heft und den Knauf des Dolches. Es war eine von Nadalas Waffen. Sie und Kiromin hatten das alles geplant? Eine gemeinsame Rache an dem mächtigen Drachen? Er widerstand dem Impuls, sich zu ihr zu drehen. Stattdessen merkte er, wie sich sein Mund zu dem seit Jahren einstudierten, unverfänglichen Lächeln verzog, das niemandem verriet, was er wirklich dachte: *Es war, wie es immer ist. Hier gab es keinen Freund, nur Verbündete und Feinde.*

Plutarch blickte auf den leblosen Körper seines vermeintlich schlimmsten Feindes, den er so viele Jahre gefürchtet hatte. Vom eigenen Sohn ist der mächtigste Drache erdolcht worden.

»Das ist keine gewöhnliche Waffe gewesen, es ist ein Dolch aus den Schmieden der Feuerlinie!«, kommentierte Kiromin. »Es ist eine der wenigen Waffen, die uns etwas anhaben können. Es gibt kaum mehr eine, und die letzte befindet sich jetzt im Rücken Kallestrus'.«

Plutarchs Blicke wanderten zu Kiromin. »Du willst mir dienen? Nur, damit ich diese Menschen hier freilasse? Das erscheint mir ein sehr hoher Preis.«

Kiromin nickte. »Meine Familie hat viel Leid über die hier Versammelten gebracht: Dies gilt es wiedergutzumachen. Zudem möchte ich dich bitten, Selestria an die Zeit zu binden, damit diese Welt weiter existieren kann.«

Plutarchs Augen verengten sich zu kleinen Schlitzen. »So schön dein Angebot auch klingen mag, in diesem Punkt finden wir nicht zusammen.«

»Warum nicht?« Kiromin kam auf Plutarch zu.

Da versperrte ihm die Frau den Weg, die zuvor von Kallestrus gewürgt worden war. »Er kann es nicht! Und der letzte, der es gekonnt hätte, den hast du soeben erstochen, dummer Junge!« Sie verpasste ihm eine Ohrfeige, die Kiromins Kopf zur Seite drehte. Die Wucht des Schlages ließ seine Ohren klingeln. Noch bevor er sie greifen konnte, war sie verschwunden.

»Verdammte Hexe!«, brüllte Plutarch los und stürzte zu dem Platz, an dem Vaticine gestanden hatte. Dort war niemand mehr.

»Was soll das heißen?«, wollte Kiromin wissen. »Was bedeutet, du kannst es nicht?«

»Du hast richtig gehört«, warf der Mann ein, dessen kurz geschorenes Haupt dennoch blondes Haar verriet.

Kiromin grinste den Obersten Kirchenführer an. »Du meinst, dir fehlt das Wissen? Das habe ich!«

Plutarch neigte den Kopf zur Seite und brachte Abstand zwischen sich und Kiromin. »So? Wozu brauchst du dann mich?«

Nach dieser Frage verschwanden alle anderen, und Kiromin blieb allein zurück. Er drehte sich nach seinem Vater um. Eine rote Blutlache bedeckte den Boden. Kallestrus war verschwunden wie die anderen auch. Panisch starrte der Jungdrache auf die sich schwarzfärbende Flüssigkeit.

***

VOR Merranas' Augen verschwand Kiromin. Für einige Momente hatte er in der Tat daran geglaubt, dieser Mann sei sein Freund. Plutarch bediente sich allem Anschein nach der gleichen Magie oder Kunst wie zuvor auf dem Turm, wo einer nach dem anderen von ihnen verschwunden war. Dieser Mann manipulierte den Verlauf der Geschehnisse. Wie sonst könnten diese Wiederholungen passieren? *Wahrscheinlich würde er diese Vaticine festhalten, damit sie nicht entkommen konnte.* Er war unglaublich müde und fragte sich, wie oft sie dieses Gespräch schon miterlebt hatten und noch mit anhören müssten, bis Plutarch entweder auf den Handel mit Kiromin einging oder sie einen Weg fanden, ihn zu stoppen. Aber wer waren sie? Nadala hatte sich mit Kiromin verbündet, Regulus vermutlich ebenso. Sie hatten genügend Zeit gehabt, einen Plan zu schmieden, während er mit dem Fläschchen unterwegs gewesen war, um den Siegelring zu zerstören. Diese Vaticine, die angebliche Familie Kallestrus', steckte mit dem Mann namens Firim unter einer Decke. Der wiederum kannte Kallestrus sehr gut. Dass Plutarch sie als Geiseln hielt, machte Sinn. Was war mit den zwei anderen Männern und mit ihm? Und warum wollte Kiromin sie unbedingt retten? Weiter kam er mit seinen Überlegungen nicht, denn vor ihnen erschien Kiromin. Er stand mit versteinerter Miene da und wartete.

Als der Jungdrache Vaticine in der Reihe erblickte, hob er kurz die Augenbrauen, dann nickte er. Mit einem schnellen Blick versicherte er sich, dass Kallestrus dort lag, wo er liegen sollte. Dem war nicht so. Der Drache blieb verschwunden. Kiromin spähte einen Moment länger zu der Stelle, als dass es nicht aufgefallen wäre.

»Ich habe den Körper deines Vaters vorsorglich an einen Ort gebracht, an dem er keinem schaden kann. Am wenigsten mir«, erklärte Plutarch mit höflicher Stimme. »Dir kann es egal sein, was mit ihm geschieht.«

Kiromin lächelte. »Gewiss! Da du über die Macht verfügst, die Zeit zu verändern. Ich hingegen kann es nicht. So wird es ein Schweres sein, dich zu töten. Für mich bedeutet es, für immer auf der Flucht zu sein. Selestria ist tot, Kallestrus ebenfalls. Wenn du einen starken Drachen an deiner Seite haben willst, so bin ich der Einzige, der bleibt, und ich komme aus freien Stücken.«

Plutarch schwieg eine Weile, bevor er reagierte. »Warum sollte ich eine tote Frau an die Zeit binden?«

Kiromin zeigte auf den Körper. »Weil sie der Schlüssel zum Gleichgewicht zweier Welten ist. Kallestrus hat sie damals hier einsperren lassen, damit diese und die andere Welt existieren können. Nun brechen sie auseinander. Selestria dürfte nicht hier sein. Das ist die Schuld meines Vaters. Du musst sie gehen lassen und diese Leute auch, damit wir alle weiterleben können. Ich werde bleiben und dienen, wenn alles wieder seinen Lauf nimmt, wie es sollte. Das bin ich diesen Welten im Namen meiner Familie schuldig.«

Plutarch schaute zu ihm runter und lachte kurz auf. »Wie überaus selbstlos.«

Er würde nicht ewig die Zeit zurückdrehen können. Die Intervalle wurden immer kürzer, bis er die Kontrolle über die Verläufe verlor. Es hatte ihn viel Mühe gekostet, den leblosen Kallestrus in seine Zeitschiene zu ziehen. Diese verdammte Hexe hatte ihn ein letztes Mal ins Fleisch geschnitten, als sie dem jungen Drachen verriet, dass er keine Möglichkeit hatte, Selestria wieder an die Zeit zu binden. Es gab niemanden mehr, der die Formeln aus den Folianten des Wassers und der Erde würde lesen können. Und falls er Kallestrus wirklich getötet hatte, dann war dieser junge Mann der letzte Drache und seine letzte Sicherheit, die Herrschaft über diese Welt zu behalten. Er musste die Kontrolle über die Zeitschienen halten, sonst war er verloren. Wenn der Mann tatsächlich das Wissen darüber hatte, was wusste er noch? Und würde er sein Versprechen halten, nachdem Selestria wieder an die Zeit gebunden war? Plutarch grunzte ungewollt, dafür laut. Er brauchte einen Beweis und eine Sicherheit. »Gut, da uns allen, wie es scheint, die Zeit davonläuft – welch köstliches Wortspiel –, reicht mir als Zeichen deiner ehrlichen Absicht, wenn du einen aus der Reihe umbringst. Es soll der Beweis deiner Treue zu mir sein und der erste Befehl.«

Kiromin schüttelte den Kopf. »Ich bin gekommen, um diese Leben zu retten, nicht zu nehmen, Plutarch.«

»Und ich bin großzügig und verlange lediglich ein Zeichen deiner ehrlichen Absichten, ansonsten werden wir alle untergehen. Es ist ein geringes Opfer: einer für die gesamte Welt, oder nicht?«

Plutarch beobachtete, wie der Mann die Hände zu Fäusten ballte. Selbst aus dieser Entfernung konnte er sehen, wie sich die Adern am Hals unter der Haut abzeichneten.

Kiromin drückte die Kiefer zusammen, bis es wehtat. Er

spürte die Zähne aufeinander reiben und ein ekeliges Geräusch erzeugen. »Ich habe meinen Vater vor deinen Augen erstochen!«

Plutarch zuckte die Achseln. »Ich weiß nicht, ob das Kallestrus ist. Möglicherweise hast du irgendeinen alten Mann umgebracht, dem du zuvor deinen Willen aufgezwungen hast. Einen dieser Vogelfreien, die ihr für eure Dienste gefügig haltet. Jeder weiß um eure Mächte. Wahrscheinlich ist Kallestrus irgendwo dort draußen und wartet darauf, dass du ihm ein Zeichen zum Angriff gibst. Es könnte natürlich auch sein, dass er gar nicht tot ist. So einfach seid ihr Echsen nicht zu ermorden. Ich habe da Erfahrung. Schließlich war ich derjenige, der dafür gesorgt hat, dass du ohne Geschwister leben musst. Zum Vollwaisen hast du dich freilich selbst gemacht«, beendete Plutarch seine Ansprache im Plauderton. Er beobachtete Kiromin, wie er auf die Worte reagieren würde.

Dieser schritt langsam die Reihe ab, vorbei an Firim und Vaticine, weiter zu Nadala, Merranas, Regulus, Atiro und Duran. Am Ende blieb er stehen und stemmte die Hände in die Hüften. Dann drehte er sich um und ging die Reihe zurück. Als er an Vaticine vorbeikam, hörte Merranas unerwartet Kiromins Stimme im eigenen Geist. *Wenn ihr wirklich von unserem Blut seid, so hört ihr mich. Geht und sucht meinen Vater!* Diesmal musste Merranas seine gesamte Selbstbeherrschung aufbringen, um nicht zu Kiromin und den anderen zu schauen. Hatte er wahrhaftig Kiromins Stimme in seinem Geist vernommen, oder war es eine Wunschvorstellung, dass das hier ein Ablenkungsmanöver war? Beim nächsten Augenschlag verwarf er diese Idee. Sie hätten ihn sicherlich eingeweiht. Vielleicht war genau das die Wunschvorstellung, die nie Realität werden würde. Er gehörte nicht dazu. Weder zu dieser Gruppe noch zu einer anderen zuvor. Was spielten diese Leute für ein Spiel? Er beobachtete Kiromin, wie er erneut kehrtmachte und an ihnen vorbeilief wie ein wildes Tier an einem Zaun. Schon war er bei dem letzten angekommen. Unvermittelt hatte er Durans Kopf gefasst und mit einem gekonnten Dreh sein Genick gebrochen. Das Knacken der Wirbel war deutlich zu hören. Schnell und ohne Laut war der Mann gestorben und ging wie ein Sack zu Boden, als der Jungdrache in losließ.

»Er war der Schwächste«, meinte Kiromin monoton.

Aus dem Gesicht des jungen Mannes, der neben Duran gestanden hatte, war alle Farbe gewichen. »Jetzt weiß ich, warum Plutarch euch gejagt hat. Ihr seid wahrlich Bestien!«, fauchte Atiro los.

Plutarch sah auf ihn hinab und grinste. »Dein Vater war ein kluger Mann, Atiro, aber manchmal ist es sehr schwer, alle Zusammenhänge zu begreifen, wenn man nur die eigenen Ziele verfolgt.«

Der junge Mann schwieg und blickte starr nach vorne.

Plutarch prustete laut los. »Nun, mein treuer Diener. Mein Vertrauen hast du dir vorerst verdient. Damit du ganz sicher dein Wort hältst, wenn wir diese Welt gemeinsam vor dem Untergang bewahrt haben, erlaube ich mir, aus dieser Reihe ein Pfand zu nehmen.« Er packte Merranas und war mit ihm verschwunden.

Kiromin und die anderen blieben reglos zurück.

Nadala war wieder die erste, die sich zu rühren wagte. Mit schnellen Schritten war sie bei Kiromin. Mit der Faust traf sie ihn zuerst in den Magen, dann so hart an der Schläfe, dass er taumelnd zu Boden ging und sich den Kopf hielt. »Wie konntest du mich so schamlos ausnutzen! Du kleiner Dieb! Meine Waffe steckt in Kallestrus' Rücken. Die Schmerzen, die er erlitt, waren unerträglich.«

»Das hat er auch verdient für alles, was er meinen Geschwistern, mir und euch angetan hat. Ich hoffe sehr, dass er richtig leiden musste, bevor er starb!«

Firim und Vaticine liefen zur gleichen Zeit los. Erst als Regulus ihnen hinterherschrie, sie sollten warten, ließ Nadala von Kiromin ab und wandte sich an den Greis, ohne den Jungdrachen weiter zu beachten.

»Ihr wisst, dass Plutarch und ich euch brauchen, um Selestria wieder an die Zeit zu binden.« Kiromin war wieder auf die Beine gekommen.

»Oh, natürlich! Plutarch und sein treuer Diener Kiromin«, spottete Nadala. »Ihr Drachen seid gnadenlos. Erst tönst du groß, du seist gekommen, um uns zu retten, aber brichst gleich bei Plutarchs ersten Einwand jemandem das Genick!«

»Wir sind nicht hierhergekommen, um Plutarch erneut an die Macht zu verhelfen«, ergriff Regulus das Wort.

»Dann werdet ihr eben mir an die Macht helfen. Das ist mein Vater mir schuldig!« Mit diesen Worten ergriff er sie jeweils am Arm.

»Du da!«, schrie er Atiro an. »Nimm die Frau und komm mit!«

Der junge Mann rührte sich nicht.

Kiromin musterte ihn von der Seite. »Falls du nicht wie der Mann neben dir enden willst, setzt du dich augenblicklich in Bewegung, nimmst die Frau dort, wirfst sie über die Schulter und folgst uns!«

Seine Worte hallten in Atiros Geist nach. Langsam setzte er einen Fuß vor den anderen. Widerwillig folgte er dem Befehl des Mannes. Sein Vater hatte oft gesagt, dass nach Plutarch ein besserer Herrscher kommen würde. Ob er je daran gedacht haben mochte, dass es ein Drache sein könnte?

Weder Nadala noch Regulus leisteten Widerstand, als Kiromin sie in die Stadt zurückführte.

»Wohin gehen wir?«, fragte Regulus.

»Runter in die Katakomben. Es gibt eine versteckte Kammer, dorthin bringen wir Selestria. Wenn Plutarch seinen Teil der Abmachung erfüllen will, wird er auch kommen.« Kiromin sprach ohne jedes Gefühl.

»Du vertraust ihm nicht?«, bohrte Regulus nach.

Sie gingen erneut auf die Mitte der Stadt zu. Die sonst belebten Straßen blieben menschenleer. Dafür lag eine Menge Hausrat rum, der bei der Flucht vergessen oder verloren worden war. Tonscherben, kaputtes Glas, Käse und Leinen zierten die Pflastersteine. Kiromin antwortete nicht. Stattdessen schaute er sich nach Atiro um. Der junge Mann mühte sich mit dem Frauenkörper, also hieß Kiromin die anderen warten.

»Du läufst voraus!«, herrschte er den gerade zum Mann gewordenen Jungen an, der ihm im Vorbeigehen einen finsteren Blick zuwarf.

»Du weißt nicht, wo wir hinmüssen, nicht wahr?«, setzte Regulus nach.

Auch diese Frage ließ Kiromin unbeantwortet, aber der Druck auf Regulus' Arm wurde umso stärker. Der Alte verstand, dass die nächste Frage ihm wohl noch mehr Schmerzen einbringen würde.

»Die anderen zwei sind verschwunden. Befürchtest du nicht, dass sie dir in den Rücken fallen?« Nadala sprach ruhig.

Kiromin starrte geradeaus.

Nadala riss an ihrem Arm, den er festhielt, bis seine Nägel sich schmerzhaft in ihr Fleisch bohrten. Sie hatte diese Reise angetreten, um ihren Söhnen ein Leben ohne Furcht vor Verfolgung zu ermöglichen. Mit einem Atemzug war dieser Plan von Kiromin zunichte gemacht worden, und das mit ihrer eigenen Waffe. Am liebsten würde sie sich ohrfeigen für diese Leichtgläubigkeit, und das nach all den Jahren. Drachen Vertrauen zu schenken, war wie Goldverleih an einen Glücksspieler.

»Und Merranas? Plutarch hält ihn als Geisel«, wandte sie weiter ein.

»Er ist nicht mein Freund. Mein Vater hat ihn mir als Begleiter aufgezwungen. Außerdem ist er für sein Schicksal selbst verantwortlich. Hätte er genügend Mut, wäre er gestern gegangen, wie er es immer groß verkündet hat.« Kiromin versetzte ihr einen Stoß, damit sie weiter vorwärts ging.

Atiro kämpfte mit den Tränen, während er auf den Eingang zu den Katakomben zuhielt. Er hätte wissen müssen, dass Vaticine und Firim bei der ersten Gelegenheit die Flucht ergriffen. Endlich verstand er, warum sein Vater der Seherin nie alles anvertraut hatte, was er wusste. In den letzten beiden Tagen lernte er mehr über seinen Vater und sich selbst als in den Jahren zuvor. Schmerzlich und brutal, aber er begriff Stück für Stück, was der Vater ihm in unzähligen Stunden und langen Erklärungen in den Schädel geprügelt hatte. Er musste das hier überstehen, einfach überleben und später nachdenken, wie der Tod seines Vaters zu vergelten war. *Nur überleben, nur überleben, nur überleben!* Er schluckte seine Wut mit Mühe herunter. Wie ein Morgenstern hing sie im Hals und wollte ihn ersticken. Hitze überkam ihn, zugleich die Angst, seine neu entdeckten Kräfte nicht unter Kontrolle zu haben. Beinahe musste er würgen bei dem Gedanken daran, was passieren würde, wenn er sich nicht beherrschen konnte. Er hustete trocken. Ohne weitere Fluchtpläne nahm er den kürzesten Weg zu der Kammer, die er ausschließlich von außen kannte. Dorthin würde er selbst im Schlaf finden, sooft war er mit seinem Vater dort gewesen, um die Schlösser und Verzierungen am Eingang zu studieren.

***

»ER hat dich erkannt!«, zischte Firim.

Sie rannten in die Stadt.

»Wer?«, fragte Vaticine entsetzt. Sie fürchtete sich vor Firims Antwort.

»Kallestrus, wer sonst? Wo wollen wir ihn überhaupt finden?«

Sie warf ihm einen flüchtigen Blick zu, dann lief sie schneller. »Wir schauen zuerst an den offensichtlichen Orten nach: der großen Halle, den Kerkern, in der Garnison. Wobei, letzteres eher nicht. Dort wird er die Leiche sicher nicht hingebracht haben, man könnte sie finden.«

»Zuerst in die große Halle. Dort sollte keiner mehr sein«, meinte Firim.

Vaticine zeigte in Richtung eines Aufgangs, und er folgte ihr. Sie ergriff seinen Arm und mit einem kräftigen Stoß hoben sie vom Kopfsteinpflaster der Straße ab.

Firim holte kurz Luft, als sie auf einem Sims der hohen Hallenfenster landeten. Er wich aus der Öffnung und presste sich an die Mauer.

Sie schaute ihn fragend an.

Er zuckte die Achseln. »Die Gewohnheit. Und Vorsicht erhält uns am Leben.«

Vaticine nickte und stieg hinunter in den Raum.

Firim blieb auf dem Sims. Die Halle war tatsächlich verlassen, selbst die großen Flügeltüren des Eingangs standen offen. Er beobachtete, wie die Seherin durch den riesigen Saal lief. Sie schien zu schweben, denn ihre Schritte waren lautlos. Sie war wie er. Halb Mensch, halb Drache. Nur hatte das Drachenblut aus dieser Frau etwas ganz anderes geformt, als ihre Linie es vermochte. Sie war wie der Wind und dabei viel mehr. Dennoch, wegen ihr waren seine Leute gestorben. Sie hatte sie alle ausrotten lassen. Heute stand er hier auf einem Sims mitten in Hyperahmah und half ihr. Er fasste sich an die Wunde. Auch die würde wieder heilen, zwar nicht so schnell wie die vorherige, die zusätzlich versorgt worden war, aber zügiger als bei menschlichen Wesen. Ob Plutarch etwas gemerkt hat? Kallestrus hatte sofort den Schwur der Halbdrachen auf den Lippen. *Von meinem Blut, von meinem Leid. Von meinem Geist für alle Ewigkeit!* Er hatte ihn gerochen, ihn erkannt, er war seinesgleichen. *Wir gehören alle zueinander, egal ob Verräter oder Retter, ob es uns passt oder nicht. Wir sind alle eins.* Er folgte Vaticine in die Halle.

Hinter dem Thron war eine kleine kaum sichtbare Tür. Der Baumeister hatte sie geschickt in die Hallenwand eingelassen. Dorthin hastete sie, lauschte kurz. Aus ihren Gewändern zog sie einen feinen silbernen Schlüssel. Vorsichtig schob sie ihn in das Schloss und drehte um, öffnete die Türe einen Spalt breit, dann ganz. Dahinter befand sich ein winziger Raum, der eher eine Verbreiterung des Ganges darstellte, der dahinter im Dunklen lag. Geschirr, Kelche, Schreibmaterial und Weinkrüge beherbergte dieser Ort sowie einige verschlossene Goldschatullen. Hier lag Kallestrus auf dem Boden. Eine Lache Blut hatte sich unter ihm gebildet, weswegen Vaticine etwas Abstand hielt. Sie starrte auf den Mönch herab und schwieg.

Firim folgte ihr. »Ein Geheimgang. Woher hast du den Schlüssel? Und was nun?«

Seine Fragen klangen wie ein Vorwurf.

»Jetzt ist es vorbei.« Sie kämpfte mit den Tränen und schaffte es nicht, ein Schluchzen zu unterdrücken. »Die Prophezeiung wird sich nicht erfüllen, der Untergang steht bevor.«

Firim überraschte die Verzweiflung der Seherin, die bisher mehr Härte bewiesen hatte als viele Männer. Er studierte ihre Gesichtszüge. »Ist das irgendein Ablenkungsmanöver, um mich von Kallestrus wegzulocken?«

Sie wischte sich die Tränen weg, räusperte sich und atmete hörbar ein. »Nein, das ist letztendlich die bittere Erkenntnis, die mich nach vielen Jahren beharrlicher Arbeit und Schmerz gerade ereilt hat.« Sie hatte sich wieder gefasst.

»Du glaubst wahrlich an die Prophezeiung.«

»Ich bin eine Seherin.« Sie wollte sich von ihm wegdrehen, aber er hielt sie fest.

»Eben drum. Als Seherin weißt du genau, dass eine Prophezeiung nur ein Weg ist, der ideale, so wie es sein sollte, damit alles gut wird, damit alle glücklich und zufrieden sein können. Jedoch ist sie nicht der einzige Weg zum Ziel.«

»Das ist richtig.«

»Wieso plötzlich diese Trauer?«

Vaticine hob den Kopf und schwieg.

»SPRICH!«, schrie er, da sie stumm blieb.

»Und mit ihm wird kommen der Wind, wird bringen verlorenes Kind«, rezitierte sie die Prophezeiung. »Wird binden die Kräfte du entzweit. Wirst dieses Lebens gar befreit.«

»Ja, das ist die Prophezeiung«, gab er genervt von sich.

»Was sollen wir machen? Kallestrus ist tot!«

Firim ließ sie los und starrte auf den leblosen Körper zu ihren Füßen. »Die ersten beiden Zeilen. Sie gelten gar nicht Plutarch, nicht wahr?« Er schaute sich in dem Raum um. Ohne ihre Antwort abzuwarten, ging er zu einem der Tische, auf dem frische Tücher und Wasserkaraffen standen. Wütend nahm er eines der Tücher und tauchte es ins

Wasser. Er rieb sein Gesicht ab und versuchte, es vom bereits getrockneten Blut zu reinigen. Mehrere Leinen waren rot gefärbt und zwei Karaffen leer. Bei seinem Anblick erschrak sie.

»So schlimm?«, fragte er skeptisch.

»Im Gegenteil!«, flüsterte sie ruhig.

Firim betastete die Stelle, wo er die offene Wunde vermutete. Dort war nichts. Sein Arm fühlte sich an, als sei er nie malträtiert worden. Er deutete auf Kallestrus. »Die alten Kräfte«, begann er, brachte den Satz allerdings nicht zu Ende. Stattdessen bildeten sich Falten auf seiner Stirn.

»So wird es sein.« Vaticine zwang sich, die Welt zu betrachten, die vor ihr lag. Alle Kraft hatte sie verlassen, nachdem Kallestrus an den Landungsstegen zu Boden gegangen war. Sein Schmerzensschrei hätte auch ihrer gewesen sein können. Innerlich schrie sie immerzu. Mit einem einzigen Messerstich war alles vorbei. An so viele Möglichkeiten hatte sie gedacht. An Verrat durch den eigenen Sohn? Niemals!

Langsam umrundete Firim Kallestrus. Immer wieder spähte er zu Vaticine und zeigte schließlich mit dem Finger auf sie. »Diese Zeilen, sie gelten jemandem ganz bestimmten.«

Ihr Schweigen gab ihm Recht. Er blieb vor Kallestrus' Rücken stehen, dort, wo der Dolchknauf samt Heft herausragte. Gelassen ging er in die Knie, ohne seine Stiefel oder Hosen in dem Blut zu beschmutzen. »Und zwar dir!« Bei diesen Worten griff er nach dem Dolch und zog es mit einem kraftvollen Ruck aus Kallestrus' Rücken.

Mit weit aufgerissenen Augen betrachtete Vaticine sein Tun.

»Was schockiert dich mehr? Das blutige Messer oder die Tatsache, dass ich dein Geheimnis erraten habe?« Firim griff nach einem weiteren Tuch. Seelenruhig wischte er das Blut von der Klinge. Er wartete, was sie ihm entgegnen würde, doch sie schwieg.

»Gut, wenn du mir nicht sagen willst, wie es tatsächlich

ist, dann erzähle ich dir meinen wunderbaren Teil der Geschichte. Ich fasse mich kurz. Also, es muss einen Grund gehabt haben, warum du Plutarch geholfen hast, Selestria zu befreien. Es musste auch einen Grund gegeben haben, warum du ihm über all die Jahre treue Dienste geleistet hast. Und es muss einen Grund geben, warum du selbst über Leichen gegangen bist und die eigenen Linien und Sippen ausgerottet hast. Wer macht sowas außer einer Verrückten? Verrückt bist du nicht! Die Frage ist leicht zu beantworten: Nur eine Mutter. Eine liebende Mutter tut sowas, um ihr Kind zu schützen.«

Er kam zu ihr und hielt ihr den Dolch an die Brust. »Du glaubtest wirklich, dass der Mann, der hier mit Kallestrus auf die Insel gekommen ist, dein Kind wäre. Die Prophezeiung ist dahin! Kallestrus ist tot. Der Mann, der mit ihm gekommen ist, war sein Sohn, nicht deiner. Weder der eine noch der andere Teil wurden erfüllt.«

Firim grinste. »Bittere, ach so bittere Wahrheit.« Das Grinsen verschwand langsam. Falten erschienen auf seiner Stirn, die Augen verengten sich. »Du hast meine Leute wegen einer dämlichen Prophezeiung umgebracht! Wegen einiger mystisch klingender Zeilen hast du Morden, Foltern und Verschwindenlassen. Du hast alte Geheimnisse einem Wahnsinnigen preisgegeben und uns alle ins Unglück gestürzt wegen eines Spruches, der lediglich eine von vielen Welten beschreibt.«

Vaticine schluckte. »Den Verrat am Blut habe ich begangen, weil Plutarch nicht irgendein Kind, sondern mein Kind in seine Gewalt gebracht hat. Er hielt den kleinen an den Beinen, kopfüber. Mein Sohn schrie aus Leibeskräften. Das Blut und die Angst färbten sein Köpfchen rot. Seine braunen Haare standen nach allen Richtungen ab, er zappelte hilflos mit den Armen. Den Dolch hatte Plutarch an seinen Bauch gesetzt, die Spitze verletzte die zarte Haut meines Jungen mit jeder seiner eigenen Bewegungen. Und er schrie unentwegt. Ich flehte ihn an, aufzuhören und mein Kind zu verschonen, wenn ich ihm alles verraten würde, was ich wüsste.

Er versprach mir, das Kind am Leben zu lassen, wenn ich die Geheimnisse um einen mächtigen, aber gut versteckten und gefangenen Eisdrachen lüfte. Ich tat es und geriet in seine Knechtschaft. Ab dem Zeitpunkt hielt er mein Kind als Geisel, damit ich ihn nicht hintergehe, als Pfand für meine Treue. Zu dem Zeitpunkt war ich überzeugt, ihn überlisten zu können. Wie sich schnell herausstellte, war er weder ein guter Magier noch ein geschickter Diplomat. Zudem hat er immer gern getrunken. Nach einiger Zeit brachte er meinen Knaben weg. Genau da manifestierte sich die Prophezeiung über seine Zukunft, die mit meiner verbunden sein sollte. Es blieb mir nichts anderes übrig, ihm so weit wie nötig zu dienen, um zu erfahren, was mit meinem Sohn geschehen war.«

Firim schnaubte und drückte den Dolch tiefer in ihre Gewänder, doch Vaticine blieb ruhig stehen. Ihr Blick war der einer sehr alten Frau, müde vom Leben und getrübt von Tränen, die sich über Jahre angesammelt hatten und endlich geweint werden wollten.

»So ist es wohl. Dann sind deine Familie und deine Sippe umsonst gestorben. Keinen von uns habe ich je gerettet«, flüsterte sie, und ihre Wangen wurden nass.

Kallestrus hätte am liebsten laut losgeschrien, als Firim den Dolch aus seinem Rücken zog. Der Schmerz brannte tief im Brustkorb nach, selbst jetzt, da das Metall nicht mehr zwischen den Rippen steckte. Sein menschlicher Körper war schwach, er hatte zu viel Blut verloren. Schon eine Weile versuchte er, in Firims Geist zu dringen, aber die Kräfte reichten nicht aus oder dieser Abkömmling war ein Meister der Verschleierung und Tarnung seiner Gedanken. Er hoffte sehr, dass der Halbdrache genug Geduld aufbringen würde, um ihm zu helfen. Zumindest war er clever genug gewesen, die Waffe zu entfernen. Das machte Kallestrus Hoffnung, dass er auch warten könnte. Die Freude über das Wissen und die Hilfsbereitschaft seines menschlichen Abkömmlings hielt sich jedoch in Grenzen.

Er dachte, Firim sei alleine gekommen. Stattdessen war diese Frau bei ihm, die ihm keine Erinnerung schenkte. Plutarchs Worte ließen seinen Verstand die Vergangenheit nach einer Begegnung, einem Erlebnis durchsuchen, bisher ohne Erfolg. An sie müsste er sich erinnern. Weibliche Nachkommen in ihrem Alter waren eine Rarität wie die Linien selbst. Meistens waren diese Frauen mit besonderen Gaben belegt, die sie nicht selten recht früh ins Grab betteten, weil sie ihren Mitmenschen Angst einjagten.

Seine vermutlich einzige Enkelin hatte Selestria befreit. Das machte wenig Sinn. Allerdings verwarf er alle Fragen nach dem Sinn, seitdem der Dolch in seinen Körper gedrungen war. Sein jüngster und letzter Sohn hatte ihn verraten. Wie groß musste Kiromins Hass sein, dass er ihn ohne Zögern niederstreckte, dazu in einer gut geplanten Tat? Er hatte einen von Nadalas Dolchen genommen und gewusst, dass sie die einzigen tödlichen Waffen waren, die er auf die Schnelle erhalten konnte. Doch der Hass und die Eile hatten den Jungdrachen unvorsichtig werden lassen. Der menschliche Körper ist schwach, das Wesen des Drachen nicht. Noch einmal zog er an den geistigen Verbindungen und versuchte seine an die Firims zu knüpfen, einfach und schnell: Lebe! Warte!

Firim kniete sich vor den menschlichen Körper des Drachen. Er überlegte, ob die zwei Worte, die durch seinen Kopf hallten, Einbildung oder eine sehr schwache Botschaft waren. Reglos lag der Leib in der Blutlache, kein Atem, keine Bewegung.

Er hörte Vaticines leises Schluchzen. Wahrscheinlich hätte er gerne eine Botschaft von dem Drachen vernommen. Dies würde ihre Situation um einiges verbessern, auch wenn er sich nicht sicher war, wessen Rache er mehr fürchten sollte, wenn er Kallestrus half.

Er fragte sich unentwegt, ob es ratsam sei, dem alten Drachen zu erzählen – wenn er denn noch lebte –, dass Kiromin sie geschickt hat, um ihn zu suchen. Ihm wollte kein Grund einfallen, warum der Sohn so handelte. Er selbst wollte zu jenem Zeitpunkt die Gegenwart von Plutarch um jeden Preis verlassen, denn das verhieß eine Option aufs Überleben. Gut, Blutlinie hin oder her. Seit ihrem Verschwinden von den Landungsstegen überdachte er Kiromins Motive. Oder befürchtete der Sohn de facto, Plutarch hätte die Macht, Kallestrus zu unterwerfen? Vielleicht war dies hier bloß ein Spiel auf Zeit. Im schlimmsten Fall würde es ihre Situation sogar verschlimmern.

Mit Kallestrus hätten sie wahrlich eine Chance gegen Plutarch und Kiromin. So, wie die Dinge mittlerweile lagen, lief es eher darauf hinaus, dass sie entweder in wenigen Stunden sterben oder sehr lange unter Plutarchs tyrannischer Herrschaft weiterleben würden.

Firim zweifelte daran, dass er diese Insel wieder als freier oder lebender Mann verlassen würde. Es stellte sich lediglich die Frage, welche Rolle fürs Überleben zuträglicher war: Die des Verräters oder Handlangers? Wenn überhaupt! Die Linie musste überleben, das war eine seiner höchsten Aufgaben nach all den Jahren der Ausrottung. Er entschied sich vorerst zu schweigen.

Ich lebe! – Firim horchte in sich hinein. Das war nicht sein Gedanke gewesen. Er hielt den Kopf gesenkt und schaute zu dem leblosen Körper am Boden.

Der Drache kämpfte um das Leben seiner Menschengestalt.

Vorsichtig berührte er Kallestrus' Schulter, wobei seine Stiefel im Blut des Drachen standen. Bedächtig drehte er den Körper auf die andere Seite, um die Einstichwunde am Rücken betrachten zu können. Mit Fingerspitzen griff er nach einem Stück des durchtränkten Stoffes und zog das zerrissene Gewand auseinander. Ein dünner gerader Einstich, aus dem das Blut langsam heraussickerte. Sie mussten das stoppen und darauf vertrauen, dass Kallestrus stark genug war, die menschliche Gestalt wieder gesunden zu lassen. Er wandte sich an Vaticine. »Er lebt noch. Der Drache in ihm lebt noch. Wir müssen ihm helfen! Sei es nur, damit er uns sagen kann, was wir tun sollen.«

Sie brauchte einen Augenblick, um zu verstehen, was er meinte. Doch dann sah sie sich im Raum um, verschwand durch die Tür, durch die sie zuvor hereingekommen waren, und tauchte nach einer Weile wieder auf. In ihren Händen trug sie dicke Verbandstücher, eine braune Flasche mit dunkler Flüssigkeit und einen langen Ledergurt.

Firim hielt den Körper so, dass er auf der Seite lag. Vaticine kniete sich hin und riss die Kutte weiter auf. Schnell tränkte sie zwei der Tücher mit der leicht ätzend riechenden Flüssigkeit aus der Flasche, presste sie auf die Einstichstelle und begann, den Ledergurt um Kallestrus' Brust zu legen. Gemeinsam drehten sie den Körper vorsichtig hin und her, bis das Leder einmal um den Leib ging. Firim zog beide Enden zusammen. Ihre Hände, die Gewänder und Stiefel waren blutverschmiert, als sie sich wieder erhoben.

»Zu guter Letzt klebt selbst sein Blut an deinen Händen.« Firim packte den leblosen Kallestrus an den Fußgelenken und zog ihn aus seinem Blut. Ein leises Stöhnen entfuhr dem schlaffen Körper und ließ Firim kurz innehalten.

Als nichts weiter geschah, zerrte er den Drachen an die nächste Bank und legte dessen Beine darauf, sodass nur noch der Oberkörper flach auf dem Boden lag.

»Warten und hoffen wir«, meinte er trocken.

Vaticine nickte und rührte sich nicht von der Stelle. Sie starrte auf ihre Hände, auf denen allmählich das Blut klebrig wurde und antrocknete. Diese Prophezeiung würde für sie alle in Erfüllung gehen.

***

IN der Kammer stank es fürchterlich nach verkohltem menschlichen Fleisch und anderen Überresten. Merranas hielt sich den Handrücken unter die Nase, aber das half überhaupt nichts.

Plutarch stand am Fenster und fächelte sich Luft zu. Er hielt es nicht für nötig, auf seinen Gefangenen zu achten.

Angewidert sah sich Merranas um. Die Leichen auf dem

Boden erklärten den Gestank, jedoch nicht, was in diesem Raum geschehen war. Wie konnte in dem Gang, durch den sie in diesen unteren Teil der Stadt gelangt waren, alles so unbeschadet und ohne Ruß sein, während hier im Raum eine Feuersbrunst getobt haben musste, in der gleich mehrere Menschen verbrennen konnten? Lediglich einer lag in einem unverbrannten Kreis leblos am Boden.

Plutarch beobachtete Merranas von der Seite. Der junge Mann amüsierte ihn.

»Du hast nie gesehen, was ein echter Flammenhetzer so anrichten kann, nicht wahr? Nun, wahrscheinlich erklärt es dir, warum diese Männer und Frauen vor langer Zeit gejagt wurden. Sie waren unberechenbar, kalt und rachsüchtig. Ihre Gabe eine Gefahr für jeden, der sie schief anzuschauen wagte. Wer hätte ahnen können, dass mit der Rückkehr des Feuers uns ebenfalls die Mächte dieser wenigen Überlebenden heimsuchen?«

»Ihr anscheinend schon«, gab Merranas freundlich lächelnd zurück. Es war klüger, diesen Mann mit Respekt zu behandeln. Und wieder ertappte er sich dabei, für alle Lehren bei den Gaunern, Dieben, Dirnen und Auftragsmördern sehr dankbar zu sein. Genau dieser Schatz an Erfahrungen sicherte sein Überleben. Seit Plutarch ihn gepackt hatte und die anderen vor seinen Augen verschwunden waren, suchte er nach einem Weg, diesen Irren wenigstens für einen Atemzug auszuschalten, um fliehen zu können. Lieber würde er auf dem offenen See sterben, anstatt das Pfand für Kiromins Treue zu Plutarch zu spielen. Er schalt sich selbst einen naiven Idioten, der für einige Stunden tatsächlich daran geglaubt hatte, dass es echte Freundschaft und Zusammenhalt gab. Wäre er nur davongelaufen. Was war schon das Wissen um die eigene Herkunft wert, wenn es keine Zukunft gab? Gut, er hätte vielleicht erfahren, als wessen Sohn er sterben würde. Bedauerlicherweise war dieser Verlauf der Geschichte mit Kiromins Verrat an Kallestrus ebenso gestorben wie der alte Drache selbst. Vom eigenen und letzten Sohn hinterhältig erdolcht. So etwas hätte er Kiromin niemals zugetraut.

Merranas schüttelte den Kopf, strich mit einer Hand die Haare zurück und lachte gequält bei diesen Überlegungen.

»Was findest du daran so komisch?« Plutarch klang misstrauisch.

»Oh, das Lachen galt nicht diesem Ereignis hier. Ich überlege bloß, wie lächerlich unser Vorhaben war, hierher zu kommen und zu denken, dass wir im Nu diese Welt retten einem lustigen Kinderspiel gleich.«

Plutarch schnaubte und hob das Kinn. »Durchaus. Doch Kallestrus treibt die Arroganz seines Wesens. Die Drachen glaubten schon immer, dass sie alle Macht der Welt innehaben. Und schau an, was passiert ist!« Er straffte die Schultern und zeigte mit den Händen an sich hinab. »Ein einfacher Mensch ist dafür verantwortlich, dass die letzten drei Drachen auf dieser Insel versammelt sind. Zwei tot und nur ein einziger lebendig.« Ein breites Schweinegrinsen zierte das feiste Gesicht des Obersten Kirchenführers.

Einen Moment hielt Merranas Plutarchs Blick stand und lächelte erneut, dann senkte er Kopf und Oberkörper zu einer tiefen Verbeugung. Sollte Plutarch glauben, dass zwei Drachen tot waren. Wenn Kallestrus nicht gelogen hatte, waren zumindest zwei am Leben. Mit dem einen war nur gerade sehr wenig anzufangen. Wenn er dies nicht wusste, was wusste Plutarch außerdem nicht?

»Woher wollt Ihr wissen, dass ich als Geisel tauge? Schließlich hat Kiromin seinen eigenen Vater erstochen«, setzte Merranas in einem belanglosen Ton an, während er sich weiter in dem Raum umsah. Mit dem Finger berührte er die verkohlten Reste eines Regals und wischte sie angewidert an der Hose ab. Um die Leiche des Flammenhetzers waren mehrere Fußspuren und Abdrücke von Kleidung zu erkennen. Es war jemand hier gewesen, nachdem das Inferno ausgebrochen war.

»Nun, du gehörtest zu seinen Leuten, und dich hat Kallestrus nicht wie seinesgleichen angesprochen. Was soviel bedeutet, dass du kein Drachenblut in den Adern hast. Dies wiederum lässt darauf schließen, dass du eine andere Gabe besitzt, genau wie die beiden, die Kiromin gerade in die Katakomben führt.«

»Eine Gabe?« Merranas berührte ein Stück verkohltes Holz mit der Stiefelspitze und tat so, als würde ihn interessieren, was darunter war.

Plutarch verfolgte sein Tun und legte den Kopf schief. »Was hoffst du hier zu finden?«

Genau das frage ich mich derzeit auch. Anstatt es auszusprechen, lächelte Merranas Plutarch unverbindlich an. »Ach, ich frag mich, wer dieser arme Kerl hier war, der so sein Ende fand. Trotz seiner Fähigkeiten.«

Plutarch zuckte die Schultern. »Er war einer meiner Würdenträger. Einer von denen, die gedacht haben, sie würden mich eines Tages stürzen. Auch dieser war der Meinung, ich hätte nichts von seinen Machenschaften und Intrigen gewusst, nur weil ich ihn gewähren ließ, was er hier, gemeinsam mit seinem Sohn, tat. Er schmierte meine Wachen und andere meiner Männer. Zum Schluss half ihm das aber wenig, wie du siehst.« Der Oberste Kirchenführer hatte sich von Merranas weggedreht und schaute nach draußen.

Vorsichtig bewegte sich der Kopfgeldjäger in Richtung Tür. Vielleicht würde es vorerst reichen, sich in den Gängen zu verstecken. Solange Plutarch erzählte, könnte er rennen.

»Ach, und wie ist er endgültig in Ungnade gefallen?« Merranas legte all seine Neugier und einen unschuldigen Ton in die Frage.

»Das ist wirklich der tragische Teil der Geschichte. Denn unbestreitbar fiel Preaktan einem Verrat zum Opfer. Und kannst du dir möglicherweise denken, wer an dem Verrat beteiligt war?«

Merranas hob die Augenbrauen und schüttelte den Kopf wie ein kleiner Junge, dem man eine zu schwere Rechenaufgabe gestellt hatte und jetzt das Ergebnis wissen wollte.

Plutarch grunzte. »Ausgerechnet Kallestrus. Als er meine Männer an den Ufern zu Asche verbrannte, waren genügend Brüder, Väter, Söhne und Schwager dabei, um das Schweigen der Wachen zu brechen.« Plutarch genoss seinen

Triumph bei der Erzählung, wie dumm und einfältig die meisten Menschen waren. Man brauchte ihnen lediglich ein Feindbild vorsetzen, und schon verrieten sie ihre Werte, einige sogar ihr eigenes Fleisch und Blut.

Merranas war an der Tür und setzte den ersten Schritt in den Gang. Prompt stieß er mit jemanden zusammen. Es war der junge Mann vom Landungssteg, seine Miene verriet puren Hass. Im nächsten Augenblick verschwammen die Konturen der Person und aller, die hinter ihr gingen. Kurz dachte er, Nadala sei weiter hinten gestanden, aber es waren nur noch Schemen. Er blieb irritiert stehen und blinzelte, als müsse er genauer hinschauen, um sie zu erkennen, doch sie waren nicht mehr da. Stattdessen hörte er Plutarchs Stimme. »Du möchtest schon gehen?«

Merranas fluchte lautlos, atmete einmal durch, setzte wieder eine freundliche Miene auf und betrat den Raum. Der Oberste Kirchenführer schnaufte und hielt sich an der Mauer fest. Auch wenn er es gut zu verstecken wusste, konnte Merranas sehen, wie er schwankte und mit großer Mühe auf den Beinen blieb. Der Kopfgeldjäger musste kurz überlegen. Etwas länger dauerte es, den Widerwillen zu überwinden, den er empfand, wenn er diesen Mann ansah. Dann sprang er zu Plutarch und bot ihm den Arm. »Nicht doch, ich wollte bloß in den Gang schauen, warum dort keine Brandspuren zu finden sind. Ist das nicht merkwürdig?«

Misstrauisch beäugte Plutarch den Mann, ergriff trotzdem den angebotenen Arm.

Merranas spürte das Zittern des anderen. Es war ein Kraftakt für seinen Geiselnehmer gewesen, die anderen verschwinden zu lassen. Was Plutarch da tat, kostete ihn sichtlich sehr viel körperliche und mentale Kraft.

»Nein, ist es nicht. Ein Feuerzauber wirkt meist sehr lokal«, schnaufte Plutarch.

»Und wer war dieser Preaktan?« Merranas schaute erneut zur Türöffnung und versuchte, eine Bewegung im Gang auszumachen. Die Gruppe müsste bald wieder vorbeikommen, wenn die Zeit nicht allzu lang zurückgedreht wurde.

Er spekulierte darauf, dass sich hier genau das gleiche abspielte wie an den Landungsstegen.

»Er war Atiros Vater. Das ist der Junge, der meinen neuen Drachen so beschimpft hatte. Dafür wird er noch büßen. Und natürlich für die Taten seines Vaters.« Plutarch zog seinen Arm weg, blieb aber unangenehm nahe bei Merranas stehen. »Du kommst mir irgendwie bekannt vor. Diese Augen habe ich schon einmal gesehen.«

Verblüfft gaffte Merranas ihn an, den Arm noch immer zur Hilfe angeboten. Rasch schaffte er wieder ein charmantes Lächeln. »Ein Gesicht wie meins gibt es zuhauf auf der Welt. Es wäre nicht das erste Mal, dass man mich für jemanden hielt, der ich nicht bin. Selbst ich halte mich manchmal für jemand anders.«

Plutarch hob seinen Blick und musterte Merranas. »Ja, schon, aber die Farbe deiner Augen. Dieses Blau, das gibt es nur selten.«

Ein schneller und harter Herzschlag erfüllte Merranas Brust. Ungewollt strich er sich ein weiteres Mal die Haare nach hinten und lachte laut, da er meinte, das Herz übertönen zu müssen. Er spürte den Schlag bis zu den Schläfen. »Ach! Dieses Blau, das liegt seit vielen Jahren in der Familie. Das ist nichts Besonderes.« Er trat etwas von Plutarch weg und drehte den Kopf zum Fenster hin, damit Plutarch lediglich seine Silhouette sehen konnte. Er brauchte Zeit, um seine Gedanken zu ordnen. War er die Geisel ausgerechnet des Mannes, der seine Herkunft kannte?

»Wer genau ist denn deine Familie?« Plutarch kam an ihn heran.

Merranas ließ sich Zeit mit der Antwort und musste schlucken. Seine Hand ging von selbst zu den Haaren, doch diesmal hatte er sich besser unter Kontrolle. »Das waren ganz gewöhnliche Leute. Wir sind nichts Außergewöhnliches wie die Augenfarbe auch.« Mit einem Schulterzucken lächelte er Plutarch kurz an und drehte sich um, als würde er sich wieder im Raum umsehen wollen.

»Woher stammst du denn? Ich kann mich entsinnen,

dass ich schon mal jemanden mit solchen Augen gesehen habe«, bohrte Plutarch weiter.

Ein Kloß hatte sich in Merranas' Hals gebildet. Er zwang sich ruhig zu atmen und straffte den Oberkörper. »Aus einer kleinen Stadt im Süden. Kaum mehr als einige Händler und Handwerker, die sich an der Handelsstraße niedergelassen hatten.«

»Ja?«, gab Plutarch zurück.

Merranas machte eine abfällige Geste. »Was hat denn meine Herkunft für eine Bedeutung? Sie nützt Euch nichts.«

Plutarch lachte und griff nach Merranas' Arm.

Der Kopfgeldjäger war schneller und wich zurück. Eine weitere Berührung dieses Mannes konnte und wollte er nicht ertragen.

Plutarch überlegte, unternahm aber keinen weiteren Versuch, den Mann zu packen. Stattdessen lachte er laut los, hielt sich den Bauch und zeigte mit dem Finger auf Merranas. »Oh nein!«, brachte er zwischen einem Schnaufen heraus. »Mach dir keine Gedanken. Du bist nicht mein Sohn.«

Dieser Satz veranlasste Merranas noch weiter in Richtung Ausgang zurückzuweichen.

Plutarch wischte sich Tränen von den dicken Wangen und hielt sich an der Wand fest, während der Lachanfall seinen fetten Leib schüttelte. »Nein, es ist viel besser, als ich dachte. Das Schicksal ist doch so gnädig und gehässig zugleich.«

Merranas schluckte trocken und spürte sein rasendes Herz in der Brust. Was auch immer dieser Wahnsinnige wusste, es verhieß nichts Gutes für ihn.

Plutarchs Lachen klang schrill und lang wie ein wieherndes Pferd.

Der Kopfgeldjäger drehte sich um, rannte in den Gang, und da geschah es noch einmal: Mit aller Wucht stieß er mit dem jungen Mann zusammen, der mit ihnen am Landungssteg gestanden hatte. Der verzog keine Miene, obwohl Merranas ihn so heftig umgerannt hatte, dass er in Nadalas Armen lag, die den Aufprall geschickt abzufangen wusste, während

Selestrias Körper zu Boden fiel.

Regulus stand neben ihr und wirkte beinahe traurig.

Hinter ihnen war Kiromin und hielt den Kopf schief, sein Gesichtsausdruck gleichmütig. »Los, weiter zur Kammer!«, meinte er hart, nachdem Atiro wieder aufgestanden war.

Der junge Mann hob die leblose Frau vom Boden, schob Merranas zur Seite, als sei er ein Bediensteter, der im Weg stand, und ging vorbei. Nadala und Regulus schwiegen und starrten geradeaus. Hinter Merranas war Plutarchs irres Lachen zu hören.

»Wie konntest du nur?«, zischte Merranas Kiromin an und ergriff ihn an der Schulter, als dieser an ihm vorbeikam.

Anstatt einer Antwort schlug Kiromin seinen Arm weg und wandte sich wieder zum Gehen.

»Kiromin, du Verräter!«, schnauzte Merranas ihn an.

Darauf reagierte Kiromin auch nicht, sondern setzte seinen Weg fort und ließ den Gefährten stehen.

Merranas sah den dreien nach. Lediglich Nadala drehte sich schnell um, hob die Hand und zeigte ihm vier Finger. Dafür erntete sie einen Stoß von Kiromin, den sie wegschlug, was ihr einen noch härteren einbrachte. Er blickte er hinterher. Zum vierten Mal versuchte er, diesen Gang entlangzugehen? Sie hatte mitgezählt. Er musste sich etwas einfallen lassen.

»Wie oft wollen wir das hier spielen?« Die Stimme aus der Kammer klang nicht mehr amüsiert. Plutarch hatte längst aufgehört zu lachen.

Merranas spähte in den leeren Gang und lief los. Er kam um die erste Biegung, hörte erneut das wiehernde Lachen des Obersten Kirchenführers und stand mit dem nächsten Schritt in der stinkenden Kammer. Irritiert blieb er stehen. Dann begriff er. Plutarch hatte erneut die Zeit manipuliert. Obwohl er sich zuvor für seinen Gutglauben verflucht hatte, war dennoch ein Funken Hoffnung in ihm gewesen, dass Kiromin einen Plan verfolgte. In diesem Augenblick erlosch er. Sie würden nicht entkommen.

Plutarch grinste breit, als habe er seinen letzten Gedanken

gelesen.

***

KALLESTRUS stöhnte leise. Dieser menschliche Körper schmerzte an Stellen, die einem Drachen gänzlich unbekannt waren. Vor allem tat ihm sein linker Fuß weh. Er entsann sich des Rubins, der dort hartnäckig feststeckte, und überlegte, was gerade sein größtes Übel war: der bevorstehende Weltuntergang, den er zu verantworten hatte, der Verrat seines Sohnes an ihm, die Wunde zwischen den Rippen oder ein Edelstein in der Fußsohle, der sich wahrscheinlich nie wieder lösen würde. Nach einer Weile entschied er sich für letzteres, denn nur das ergab in der Realität Sinn. Er öffnete die Augen und starrte an eine weiße Decke. Sogleich tauchte das Gesicht eines beinahe kahlrasierten Mannes über ihm auf, die Stirn in Falten. »Er ist zu sich gekommen.«

Gleich daneben erschien eine Frau, die in graue Gewänder gekleidet war. Lange gläserne Ohrringe machten leise Geräusche.

Kallestrus versuchte, seine Gedanken auf den Mann zu lenken. Er öffnete den Mund, um etwas zu sagen, aber seine Zunge klebte am Gaumen fest.

»Von meinem Blut, von meinem Leid«, raunte Firim.

Kallestrus schmatzte laut und versuchte, die Zunge zum Sprechen zu bewegen. »Waffa!«

Firim hob die Augenbrauen. »Was?«

»Wafsfa!«

Vaticine drehte sich um. »Er meint Wasser.«

Firims Miene hellte sich auf. »Das leuchtet ein.«

Kallestrus verdrehte die Augen.

Die Frau kam wieder und beugte sich zu ihm hinunter, hob seinen Kopf an und hielt ihm einen Becher an die Lippen. Sie erschrak nicht, als Kallestrus' Augen sie mit einem tiefen Rot anfunkelten.

Er trank, dabei betrachtete er sie genau und fühlte in

ihren Geist.

»Lass das bleiben!«, flüsterte sie ihm zu.

Doch er ließ nicht nach. Er tastete sich durch ihre Gedanken und schmunzelte. »Du weißt dich zu schützen«, raunte er, nachdem sie den Becher abgesetzt hatte.

Sie stand auf und trat von ihm weg.

»Ich vermutete, ihr seid alle tot«, flüsterte er an Firim gewandt.

Der Mann hatte die Arme vor der Brust verschränkt und sah auf ihn herab. Erst beim Sprechen beugte er sich hinunter. »Nein, ein paar wenige haben sich retten können. Wir haben andere Namen und Berufe angenommen. Uns getrennt und seit Generationen nicht mehr gesehen. Plutarch und die Seherin haben uns stets gejagt.« Er nickte zu Vaticine rüber.

»Eine Seherin, ja?« Kallestrus drehte den Kopf in die Richtung, in der er die Frau vermutete. Sie stand mit dem Rücken zu ihm an einem kleinen Tischchen.

»Ja, eine Seherin, und wenn man die gesamte Geschichte unserer aller Familien betrachtet, dann ist dieser Weltuntergang in der Tat hausgemacht. Das Schicksal hat einen begnadeten Humor. Ich meine, wie kann das sein? Du kommst hierher und wirst vom eigenen Sohn fast erstochen, wobei deine Enkelin, die du anscheinend nicht einmal kennst, dieses ganze Schlamassel verursacht hat, da sie alle alten Geheimnisse an Plutarch verraten hat. Wusstest du das?«

Vaticine fuhr herum. »Mein Kind habe ich geschützt!«

Firim richtete sich auf und schnaubte. »Ja, das Kind. Ein Kind, das entweder tot ist oder ein Bastard.«

»Halt dein Maul, sonst stirbst du durch mein Dazutun!« Ohne Warnung ging sie mit einem Dolch auf ihn los, er jedoch wich geschickt aus.

Mit aller Mühe kämpfte sich Kallestrus auf die Beine.

Mit schnellen und gekonnten Stichen traktierte die Frau den Kahlköpfigen, der ebenso geschickt auswich. Plötzlich verschwand sie gänzlich, nur um hinter dem Mann wieder aufzutauchen.

Als hätte er gewusst, was sie tat, war Firim rechtzeitig in

die Knie gegangen, und sie stach ins Leere. Wut verwandelte das Gesicht der Frau in das einer Greisin.

Kallestrus versuchte, seinen menschlichen Körper im Gleichgewicht zu halten, während er erneut in den Geist der Frau drang. Er musste herausfinden, wer sie war. Nochmals tastete er in die rasenden Gefühle hinein, die die Frau erneut zu einem Angriff auf Firim antrieben. Der fasste geschickt ihre Handgelenke und hielt sie so auf Abstand.

»Was? Ich habe ausgesprochen, was jeder bereits über dich wusste. Du selbst bist nicht von reinem Blut. Allein unsere Linie ist es. Wir sind die einzigen echten Halbdrachen. Solche wie dich gibt es selten, und das ist besser so. Ihr seid weder die Hälfte eines Elementars noch ein halber Drache, eher Auswüchse der Natur. Ihr spaltet das Blut und zerstört die Linien. Euch sollte es gar nicht erst geben!«, fauchte er Vaticine an.

Kallestrus öffnete die Augen. »Du bist die Tochter der Windmaid«, sprach er im Geiste. »Und dein Kind ist tatsächlich kein Bastard, der Bastard bist du.«

Sie hörten ihn, und Vaticine ließ von Firim ab. Sie war wie versteinert, lediglich die Hand mit dem Dolch sank nach unten. Noch nie hatte es jemand so ausgesprochen. Sie versuchte etwas zu sagen, aber ihr Geist und Mund verweigerten ihr die Dienste. Stattdessen flossen stumme Tränen über ihre Wangen.

Kallestrus erfasste ein Schwindel. Er schwankte bedenklich, blieb dennoch stehen. Langsam setzte er einen Fuß vor den anderen.

Vaticine erkannte durch die Tränen nur einen Schemen, der sich ihr näherte.

»Du bist die Tochter meines ältesten Sohnes, nicht wahr? Deine Mutter war eine Windmaid, ein flüchtiges Abenteuer für ihn.«

Seine Stimme war tief und warm.

Vaticine nickte.

»Und so gab man dich im Kindesalter in den Tempel der Winde, ohne genau zu wissen, wessen Tochter du wirklich warst.«

Ihre Schultern fingen an zu zittern. Sie weinte leise mit erhobenem Kopf, in der einen Hand den Dolch festhaltend, die andere zur Faust geballt.

Firim blickte Kallestrus fragend an, der griff nach der Faust und legte seine Hand um Vaticines. »Du bist wahrlich meine Enkeltochter.«

Als er sie wieder losließ, stand sie reglos da, doch ihr Atem ging ruhig und beherrscht, während sie sprach. »An meinem zehnten Geburtstag kam ein Mann in den Tempel. Er war sehr jung und gutaussehend. Er bat die Tempelaufseherin, mit mir sprechen zu dürfen. Ich wusste nicht, wer er war. Wir unterhielten uns über dies und das. Aus kindlicher Neugier glitt ich in seine Zukunft und erschrak. Einige Tage später erschien meine Mutter und fragte mich, ob ein Mann bei mir gewesen sei. Ich bejahte die Frage, worauf sie bitter und trocken antwortete: ‚Das ist dein wahrer Vater gewesen.‘ Mit Entsetzen hörte ich ihre Worte und berichtete, was ich gesehen hatte: ‚Er wird sterben!‘ Voller Angst lief sie weg. Ich sah meine Eltern nie wieder. Als ich vierzehn Jahre war, erkannte die Hohepriesterin meine Gabe. Zwei Jahre später überreichte sie mir ein Kästchen mit dem verbliebenen Hab und Gut meiner Familie. Zu dem Zeitpunkt wusste ich bereits, dass ich die Hüterin der Geheimnisse und eines Siegelrings sein würde. Der andere kam unerwartet in meinen Besitz. Der sechste Siegelring lag in dem Kästchen neben dem der Winde.«

»Das sind alles sehr rührende Geschichten«, warf Firim ein. Er hatte die Arme wieder vor der Brust verschränkt und musterte Vaticine von der Seite. »Trotzdem bist du für die Vernichtung eben meiner und auch deiner Familie verantwortlich. Davon wirst du dich nicht freisprechen.«

»Es scheint unser Schicksal zu sein, dass wir uns gegenseitig auslöschen«, raunte Kallestrus.

Firim sprang zu ihm und fasste ihn an der Schulter. »Sie ist für viele Tode deiner direkten Abkömmlinge verantwortlich. Sie hat uns dezimiert, wo immer es ging, und behauptete, uns so schützen und retten zu wollen!« Seine Stimme wurde schneidend und immer leiser, dafür traten die Adern an seinem Hals hervor.

Das rote Glimmen in Kallestrus' Augen brachte Firim zum Schweigen, aber er beugte nicht das Haupt. Durch seine Adern floss das gleiche Blut wie durch die des Drachen.

»Sie handelte nach einer Prophezeiung für Plutarch und sich selbst, die sich nicht mehr erfüllen kann!« Firims Stimme hatte ihre ursprüngliche Tonlage wiedergefunden.

»Wie lautet ihre Prophezeiung?«, wollte Kallestrus wissen.

Firim warf einen Blick zu Vaticine, die ihren Dolch einsteckte.

Sie begann ruhig die Zeilen aufzusagen.

»Denn er wird kommen als Fremder in Not.
Verborgen wird bleiben sein Gesicht.
Wird nehmen, was einst er gebot.
Erkennen wird man ihn nicht.«

Kallestrus hob die Hand und fuhr fort: »Und mit ihm wird kommen der Wind, wird bringen verlorenes Kind. Wird binden die Kräfte du entzweit. Wirst dieses Lebens gar befreit.« Kallestrus runzelte die Stirn. »Das ist die Prophezeiung?«

Vaticine und Firim nickten gleichzeitig.

Der Drache starrte auf den Boden. »Du hast uns wahrlich verraten, Vaticine.«

Mit offenem Mund schaute sie diesen alten Mann an, dessen Augen glutrot funkelten. Es war das erste Mal, dass ein Fremder diese Zeilen sprach. Nur sie und Plutarch kannten diese Prophezeiung. Davon war sie zumindest die ganzen Zeiten ausgegangen.

Kallestrus atmete schwer. Mit schmerzverzerrter Miene streckte er die Arme zur Seite und straffte den Gurt um seinen Brustkorb, der die Tücher an der Wunde hielt.

»Wie habt ihr mich überhaupt gefunden?«

»Dein Sohn hat es uns aufgetragen, dich...« Vaticine brachte den Satz nicht zu Ende, denn Kallestrus verließ humpelnd den Raum und winkte ihnen, ihm zu folgen.

Firim kam der Aufforderung des Drachen wortlos nach.

»Wo will er hin?«, fragte Vaticine hinter ihm.

»In die Katakomben!«, raunzte Kallestrus über die Schulter.

Vaticine holte zu Firim auf, Kallestrus hatte bereits die Hälfte der großen Halle durchquert. Auf der Stirn des Drachen stand Schweiß. Der menschliche Körper wollte nicht so wie er. Der Blutverlust machte sich bei jedem Atemzug bemerkbar, doch der Wille des Drachen zwang das Fleisch voran. An den riesigen Flügeltüren blieb er schnaufend stehen. »Dieser Körper!«

Sie holten ihn ein, und Firim packte ihn unterm Arm. Vaticine tat es ihm auf der anderen Seite nach.

»Wie rührend von euch. Seht ihr, wir sind schließlich eine große Familie.« Das Schnaufen unterbrach seine Ansprache.

Der Tonfall ließ Firim dennoch grinsen. »Ja, Großvater.«

»Zumindest habe ich meinen Humor vererbt.« Er bohrte seine Finger in Firims Unterarm, dass dieser vor Schmerz fast in die Knie ging. »Außerdem bin ich nur geschwächt und nicht lebensmüde.«

»Du bist zauberhaft«, presste Firim zwischen den Zähnen hervor.

»Und du weißt genau, dass es mein Blut ist, das dich hier stehen und nicht vor Schmerz zusammenbrechen lässt. Jedem anderen hätte ich bereits den Arm zerquetscht.«

»Ich werde auf ewig dankbar sein!«

Kallestrus drehte sich zu Firim und grinste. Auf dessen Stirn stand genauso viel Schweiß wie auf seiner.

»Wir müssen Plutarch finden und Kiromin aufhalten! Der Junge begeht einen großen Fehler«, schnaufte Kallestrus.

»Hier entlang!« Vaticine zog sie eine Treppe runter. »Wir müssen schnellstens in die Katakomben. Sie werden versuchen, die Kammer von Selestria zu öffnen, aber wer weiß, was Plutarch im Schilde führt.«

BUCH 3

ÜBERLÄUFER

Atiro setzte einen Fuß vor den anderen. Nachdem sie einige Male diesem Mann am Studierzimmer seines Vaters begegnet waren, liefen sie stumm durch die tiefen Gänge. Plutarch hatte jeden von Merranas' Fluchtversuchen erfolgreich vereitelt. Atiro fragte sich, ob der Mann noch lebte oder wie sein Vater tot auf dem Boden lag. Die Last des Frauenkörpers ließ ihn langsamer laufen. Seine Arme zitterten unter ihrem Gewicht, allerdings war Stehenbleiben keine Alternative. Er wusste, dass der Drache hinter ihm dies nicht dulden würde. Von oben hatten sie Fackeln mitgenommen. Es war das erste Mal, dass er diese Flure mit all ihren Nischen und Einbuchtungen sah. Nicht im Schein einer kleinen Öllampe, die gerade genug Licht spendete, um den Weg mehr schlecht als recht zu finden. Viele Male waren er und sein Vater hinabgestiegen, um Spuren und Hinweise an Selestrias Kammer zu sammeln. Trotzdem fühlte es sich an, als liefe er die Gänge zum allerersten Mal. Tatsächlich aber lief er sie das erste Mal in dem Bewusstsein, sie nie wieder mit seinem Vater zu durchschreiten. Seine Gesichtsmuskeln zuckten ohne jedes Zutun, und er war froh, dass er vorauslaufen musste. Er bemühte sich, sich nicht nach seinen Begleitern umzuschauen. Sie waren mittlerweile so tief in die Gewölbe vorgedrungen, dass hier und da Wasser von der Decke tropfte. Damit wusste er, dass sie die Mauern der Insel hinter sich gelassen hatten. Ab hier befand sich der See über ihnen. Die Luft roch modrig und abgestanden, außerdem wurde es zunehmend kälter. Vorsichtig ging er auf dem nassen und glitschigen Boden weiter. Zu seinem Erstaunen machte es ausgerechnet dem Greis nichts aus. In regelmäßigen Abständen hörte er das Klacken des Stocks auf dem Boden. Stark, laut und fast wie ein Rhythmus, den der Alte ihm vorgab. Seine Gedanken verloren sich in dem Klopfen, und Kindheitserinnerungen schwebten durch seinen Geist, wie er als Junge zusammen mit dem Vater auf einer Wiese spielte, eine Feier im Sommer mit anderen Leuten, die dunklen Winter in viele Decken gehüllt und die Nasen in Büchern vertieft bei dem wenigen Licht der kurzen Tage.

»Das ist nicht der richtige Gang!« Das Krächzen holte ihn ins Jetzt zurück. Er wusste wirklich nicht, wo sie sich befanden. Zu sehr war er den Bildern der Vergangenheit nachgehangen. Wieder spürte er den Hass auf diese Leute, all diese Betrüger, Lügner und Intriganten aufsteigen, für die sein Vater das Leben gelassen hatte. Für nichts und wieder nichts. Er drehte sich langsam um.

»Du hast recht. Ich bin falsch abgebogen«, gab er kleinlaut zu und senkte den Blick.

»Versuch keine Tricks mit mir. Ich glaube nicht, dass Plutarch oder jemand anderes dich vermissen würde, wenn du nicht mehr an die Oberfläche kommst!« Kiromin war gereizt.

Unwillkürlich zog Atiro die Schultern ein. Gleich darauf ärgerte er sich über sich selbst. Bei den Worten des Drachen waren seine Handflächen heiß geworden, aber er hatte sich soweit beherrschen können, dass nichts weiter geschah. Auf keinen Fall wollte er vor diesen Leuten die Kontrolle über sich und diese neue Magie verlieren, über die er überhaupt nichts wusste. Schwäche zeigen erst recht nicht.

»Ich kenne den Weg«, murmelte der Alte beiläufig.

»Dann führt uns Regulus, und der Junge geht hinter Nadala!«, wies Kiromin sie an.

Atiro tat, was ihm befohlen wurde.

Regulus bog in einen anderen Gang ein und nach einer Weile wieder. Sie liefen einen Kreis, um bei einer Kreuzung anders abzubiegen, wie es Atiro zuvor getan hatte.

Als sie die Stelle passierten, erkannte Atiro seinen Fehler.

Von hier aus war es nicht mehr weit zu dem Eingang der Kammer. Er fürchtete sich vor dem, was passieren würde, wenn sie dort ankamen. Seine Sorge jedoch war unberechtigt. Der Greis blieb vor dem Eingang stehen, der eher ein Portal darstellte. Schlösser und als einfache Verzierungen getarnte Schließmechanismen aus Stein und Metall waren in die Wand eingelassen. All dies umrahmt von zwei in Stein geschlagenen Säulen. Ihre Kapitelle trugen Drachenköpfe, die ihre Mäuler weit aufrissen. Im leicht flackernden Licht der Fackeln sahen sie nahezu lebendig aus und schienen sich zu bewegen. Die Basen der Säulen waren als riesige Drachenpranken gearbeitet worden.

»Wie passend«, flüsterte Nadala, wobei sie sich die Felswand genauer ansah.

Atiro hatte Selestria an eine Säule gelegt.

»Ab hier weiß ich nicht mehr weiter. Mein Vater und ich haben nie herausgefunden, wie man die Kammer öffnet«, erklärte er Kiromin und zeigte auf die zwei Türen.

Regulus trat mit einer Fackel an das Portal heran und hielt sie nahe an eins der Schlösser. Es verband zwei massive Steinplatten miteinander, von denen man nicht feststellen konnte, ob sie nach innen oder außen schwingen würden, wenn man sie öffnet. Er berührte den Stein, während er das schlichte Schloss betrachtete, zu dem ihnen der passende Schlüssel fehlte. Es hatte eine schlichte Form und war nur an den Rändern mit einigen Prägungen verziert. Der Stein hingegen barg eine komplexe Struktur, war glatt und unnatürlich warm, als er seine Hand wieder wegzog.

»Was ist das?«, krächzte er.

»Der Stein?«, fragte Atiro. »Auch das haben wir nicht herausfinden können. Allerdings lässt er sich mit keinerlei Metall oder anderem Stein bearbeiten. Selbst Diamanten werden zu Staub, wenn man sie wie Werkzeug benutzt.«

Regulus senkte den Kopf, bis das Kinn seinen Hals berührte, und legte beide Hände auf das Gestein. Eine ganze Weile stand er so da, bevor er den Kopf hob und die Augen wieder öffnete. An mehreren Stellen des Portals war ein leises

Klicken und Klacken zu hören.

»Ja, das müsste gehen. Man muss ihm gut zureden«, meinte Regulus und ließ sich auf die Knie sinken, drehte sich um und lehnte gegen das Portal.

Nadala kam heran, um es ebenfalls genauer zu betrachten. Dann drehte sie sich zu Kiromin. Seine Fackel hatte er in eine Halterung gesteckt und hielt die Arme vor der Brust verschränkt. Er schaute sie teilnahmslos an und gab ihr mit einer Handbewegung zu verstehen, dass sie tun und lassen könne, was sie wolle.

Nadala sah den Jungdrachen an. So schnell wechselten diese Wesen die Fronten. Sicherlich, er würde sie am Leben lassen, bis sie Selestria wieder dorthin verfrachtet hatten, wo Plutarch sie herausgerissen hatte. Danach würden die Karten neu gemischt.

»Du willst also Plutarch dienen, ja?«, begann sie in einem belanglosen Ton und drehte sich zum Portal. Hinter ihr blieb es stumm. »Wenn man es richtig bedenkt, ist er derjenige, der all das hier zu verantworten hat. Den Tod unserer Familien und Liebsten und natürlich diesen nahenden Weltuntergang.« Sie wartete eine Antwort ab, während sie die Hände in die Hüften gestemmt hielt und einige der eingelassenen Schließmechanismen begutachtete. Aber auch diesmal blieb es hinter ihr still, und so drehte sie sich wieder zu Kiromin. »Was ist bloß in dich gefahren, diesem Mann dienen zu wollen? Überleg doch! Ihm ein für alle Mal das Handwerk zu legen, ist für uns alle eine bessere Lösung. Und sei es drum, bei diesem Versuch zu sterben!«

Kiromin schwieg weiterhin.

»Willst du denn für immer unter seiner Knechtschaft leben? Willst du zusehen, wie er uns alle tötet, einen nach dem anderen? Solche Männer halten ihr Wort nicht! Er wird uns alle ins Jenseits schicken, wenn Selestria wieder dort ist, wo sie hingehört!«, schnauzte sie mehr vor sich hin als ihn direkt an. Ärger schäumte in ihr, und die Hand war an den verbliebenen Dolch gewandert, der in ihrem Gürtel steckte.

Sie ließ die Hände sinken und drehte sich um. Nadala blinzelte, er sollte ihre Tränen nicht sehen. Es machte ihr zu schaffen, dass sie überhaupt nicht bemerkt hatte, wie er ihre Waffe genommen hatte. Es musste an den Landungsstegen gewesen sein. Er hatte ihre Schulter einen Augenblick länger berührt wie die der anderen. Sie konnte sich nicht erinnern, wann sie das letzte Mal bestohlen worden war, ohne denjenigen dabei erwischt zu haben. Sie wollte über diesen Zeitpunkt und seine Berührung nicht mehr nachdenken. Gerade liefen vor ihrem inneren Auge alle möglichen Szenarien ab, was passieren würde, sollte Plutarch Selestria wieder an die Zeit binden. Sie benötigte einen Plan, der sie und vielleicht sogar Regulus wieder von dieser Insel brachte, und zwar lebend. Obwohl er selbst gesagt hatte, dass er zum Sterben hergekommen war, in Gefangenschaft sollte er es nicht tun. Ihr würde schon etwas einfallen, solange sie noch einen ihrer Dolche trug. Nur um sich dessen zu vergewissern, griff sie nach der Waffe.

Sie beäugte erneut die Schließmechanismen und warf einen Blick hinunter zu Regulus. Der Alte war vor Erschöpfung eingeschlafen und schnarchte. Es wunderte sie nicht, dass er sterben wollte. Wie lange kann man ein einsames Leben führen, ohne dessen müde zu werden? Sie zog den Dolch aus dem Gürtel und betastete das feine Kreuz, das in eine der Portaltüren eingelassen war. Auf gleicher Höhe auf der anderen Tür war das gleiche Symbol zu finden. Vorsichtig strich sie mit dem Zeigefinger drüber. Das Kreuz war nicht aus Metall, sondern bestand aus zwei in den Stein geschliffenen Schlitzen. Vorsichtig fuhr sie mit dem Zeigefinger die Konturen ab und betrachtete die Öffnungen genauer. Treffsicher rammte sie den Dolch in den senkrecht verlaufenden Schlitz. Die Klinge verschwand vollständig im Stein. Vorsichtig drehte Nadala den Dolch, bis der Knauf in der Waagerechten stand. Ein Klicken war zu hören. Dann zog sie die Waffe wieder raus und betrachtete die Klinge. Astrein und perfekt gearbeitet, nicht einen Kratzer hatte die Waffe davongetragen. Ihre Söhne waren mit dem Talent ihrer

Linie mehr als gesegnet, beide Meister ihrer Zunft. Sie warf den Dolch in die Luft und fing den Knauf so auf, dass die Waffe wie ein Pflock in ihrer Hand lag, die Spitze der leicht gebogenen Klinge zum Boden weisend. Mit einer gekonnten Drehung war sie bei Kiromin, und das Metall leuchtete an seinem Hals. »Sterben sollst du!«, spuckte sie ihm entgegen. Ihr Atem ging flach und schnell, doch die Waffe lag ruhig an seiner Haut. Nadala funkelte ihn wütend an.

Selbst bei dieser Bedrohung zeigte Kiromin keine Regung. Weder sein Gesicht noch seine Körperhaltung verrieten, was er im Schilde führte. Er hatte nicht einmal gezuckt, als sie ihn angriff.

Mit gleichgültigem Blick schaute er auf sie herab. »Und jetzt?« Waren die einzigen Worte, die er mit monotoner Stimme hervorbrachte.

Nadala presste die Lippen zusammen. Ja, und jetzt? Eine verdammt gute und schreckliche Frage. Sie hatten sich für diesen einen Weg entschieden und nicht damit gerechnet, dass einer von ihnen die Pläne der anderen durchkreuzen würde.

»Verdammte Echsenscheiße!«, schrie sie ihn an, drehte sich um und rammte die Klinge nacheinander in weitere Schlitze in den Steinen, die zu einem Kreuz und den Worten Ignis, Terra, Aqua, Aria, Tempus und Imperium gehörten. Nachdem es einige Male geklickt hatte, hörten sie ein leises regelmäßiges Klackern im Inneren des Portals, als würden schwere Zahnräder langsam ineinander fassen und sich drehen. Danach wurde es wieder still.

Nadala blieb vor dem Portal stehen. »Ich bin fertig«, gab sie schnippisch zu verstehen und setzte sich neben Regulus, der immer noch schlief.

Atiro hatte schweigend beobachtet, was die beiden taten. Niemals wären er und sein Vater auf die Idee gekommen, ein Messer oder einen Dolch in einen der Schließmechanismen oder gar in die Schriftzeichen zu schieben. Entweder aus Angst oder einer unerklärbaren Ehrfurcht vor diesem Monument. Umso mehr verärgerte ihn die Einfachheit der so kompliziert wirkenden Schlösser. Sie besaßen eine imposante Erscheinung, waren aber lediglich eine große Illusion. Er stellte sich vor das Portal und drückte gegen eine der Türen, doch sie war weiterhin fest verschlossen.

»Woher wusstet ihr, was zu tun ist?«, platzte es aus ihm heraus. »Wir haben in all den Jahren nicht ein Schloss geöffnet bekommen.«

Nadala sah zu dem jungen Mann hinauf, der mit dem verblüfften Gesichtsausdruck viel jünger schien als ihre eigenen Söhne.

»Das sind alte Geheimnisse unserer Linien«, erklärte sie und musterte ihn genauer. »Wer bist du eigentlich, und warum hat Plutarch dich ebenfalls als Geisel genommen?«

Atiro starrte sie an und schwieg.

Sie schnaubte und schaute zu Kiromin. »Schön, ich bin im Zirkel der schweigsamen Männer. Der Alte schläft, der Junge schmollt und der Unbekannte will unbekannt bleiben.« Sie zuckte die Achseln, zog den Dolch und begann, mit dessen Klinge zu spielen.

Atiro ballte die Fäuste und starrte zu Kiromin, dann auf Nadala herab. Er ging zum Portal und begutachtete die anderen Verzierungen und Schlösser, die die beiden nicht angegangen waren.

»Mein Vater war Würdenträger unter Plutarch, sein Name war Preaktan. Sein Leben hat er dafür gelassen, dass dieser Mann gestürzt und bestraft wird für alles, was er den Menschen und uns angetan hat«, flüsterte Atiro stockend.

Nadala merkte, dass er mit den Tränen und sich selbst kämpfte. Erst als er weitersprach, fiel ihr auf, dass Atiro krampfhaft die Hände zu Fäusten geballt hielt.

»Am Ende wurde er von jemandem verraten und umgebracht, aber er konnte noch die Schriften retten, die wir seitdem vor Plutarch versteckt hielten. Diese Magie, die die anderen und ich gewirkt haben, um die Säule zu erschaffen, reichte nicht aus. Plutarch hat sich aus unserem Gefängnis befreit und uns mit seiner Zeitmanipulation ausgetrickst, die Folianten an sich und uns gefangen genommen«, erzählte er mit zitternder Stimme weiter.

Nadala war aufgestanden und neben ihn getreten. Vorsichtig berührte sie seinen Arm.

»Lass mich los, sonst«, er schlug ihre Hand weg.

Nadala hob beschwichtigend die Hände und trat ebenfalls zurück zum Zeichen, dass sie keinen weiteren Versuch unternehmen würde, ihm nahezukommen.

»Welche Art von Magie?«, fragte sie und legte eine Sanftheit in ihre Stimme, wie es nur Mütter können, wenn sie Kinder nach etwas fragen, das sie ängstigt.

Atiro musste unwillkürlich auf seine Hände schauen. Noch immer spürte er die Hitze in seinem Körper, als Firim und Vaticine ihm seine Kräfte und Magie aus dem Körper gezogen hatten, bis er fast verbrannt wäre. Er schauderte.

»Welche Art Magie?« Diesmal war die Stimme tief und drohend.

Atiro hatte nicht bemerkt, wie der Drache an ihn herangetreten war.

Kiromin stand hinter ihm. »Ihr wart es, die die Säule auf dem Turm erschaffen habt«, murmelte er. »Du warst genauso daran beteiligt wie die anderen. Erzähl mir, was du kannst!«

Atiro starrte weiterhin auf das Portal.

Kiromin ergriff ihn an der Schulter und drehte ihn zu sich, da erhob Atiro den Arm und öffnete die Faust. Ein Feuerball entsprang der offenen Handfläche und verfehlte Kiromin um ein Haarbreit. Ein zweiter Feuerball traf ihn am Arm. Er strauchelte leicht zurück, fing sich gleich wieder und ohrfeigte Atiro dermaßen, dass dieser zu Boden ging und laut aufstöhnte.

»Feuer gegen Drachen? Was hat dein Vater dir eigentlich beigebracht?«, fauchte Kiromin auf ihn herab. »Wie man Fische im Wasser ersäuft?«

Atiro versuchte, auf die Beine zu kommen. Schwankend richtete er sich auf und hielt die schmerzende Wange. Blut lief aus einem Mundwinkel, das er mit dem Ärmel abwischte. Er schnaubte vor Wut, aber wagte es nicht, etwas zu erwidern.

Nadala wollte ihn von Kiromin wegziehen. Auch diesmal schlug er ihre Hand aus.

»Lasst mich in Ruhe! Mit Leuten wie euch will ich nichts zu tun haben. Ihr seid Verräter und Mörder. Das schlimmste Pack, das es in unserer Welt gibt! Ihr und eure Kräfte, Magie und Geheimnisse!«, keifte er los.

Ein Gackern kam von Regulus, der sich schwerfällig erhob und auf seinen Stock stützte. »Das sind ausgesprochen große Worte für einen Flammenhetzer, oder sollte ich so höflich sein und Feuerfänger sagen? Wahrscheinlich kennt dieser Welpe nicht mal den Unterschied.«

»Doch, den kenne ich sehr wohl!« Alle Vorsätze waren vergessen. Die Demütigungen der letzten Tage und Stunden ließen Atiro nicht mehr an dem festhalten, was er sich vorgenommen hatte. »Wegen Leuten wie euch ist meine Mutter gestorben, und mein Vater hat sein ganzes Leben auf dieser Insel verbracht, um Plutarch zu stürzen. Wegen Wesen wie euch konnten wir kein normales Leben führen, sondern mussten jeden Augenblick damit rechnen, verraten zu werden. Folter, Mord und Todesurteil, damit haben wir Jahre gelebt. Mein Vater ist für nichts und wieder nichts gestorben, denn ihr helft Plutarch gerade wieder an die Macht!« Dabei zeigte er auf Kiromin.

Regulus grunzte. »Von dieser Welt hast du noch nicht viel gesehen, habe ich recht? Du redest über Dinge, von denen du ausgesprochen wenig Ahnung hast.«

Atiro wollte etwas entgegnen, aber sein Mund klappte lediglich auf und wieder zu.

Regulus beobachtete, wie der junge Mann mit seinen Gefühlen rang. Im Gegensatz zu Kiromin würde ihm ein Feuerschlag dieses Magiers gewiss etwas anhaben.

»Wir alle haben in unseren Leben Opfer gebracht«, erklärte der Alte. »Vielleicht sogar mehr als du und dein Vater.«

Atiro spuckte ihm vor die Füße, aber seine Hände entspannten sich, wie Regulus sehen konnte. Auf ein Neues musste der junge Mann feststellen, wie wenig sein Vater über all diese Dinge gewusst hatte, egal wie viele Bücher er studiert haben mochte. Die echten Geheimnisse um die Folianten und sogar diese Welt schien er nie gekannt zu haben. In Atiro verdrängten jäh andere Gefühle die Wut und den Hass. Er war enttäuscht von seinem Vater als Lehrer, dass er ihm nicht alles erzählt hatte, was er wusste, und dass ihm sogar das Wissen um die wahren Geheimnisse der Linien fehlte. Er schämte sich für sie beide und schwieg. Überleben, um zu lernen und sich rächen.

»Setz dich da rüber und verhalte dich ruhig«, ging Kiromin ihn an und verwies ihn auf einen Platz neben Regulus.

»Auf was warten wir?«, wollte Nadala wissen. Wieder erhielt sie nur Schweigen zur Antwort.

***

SIE hatten ihn die letzten zwei Gänge mehr hinter sich her geschleift, als dass Kallestrus gelaufen war. Jetzt lehnte er an einer feuchten Wand, und sein Atem ging flach.

»Das schafft er nicht«, flüsterte Vaticine Firim zu.

Der wischte sich den Schweiß von der Stirn. Von der Anstrengung schmerzten ihm mittlerweile die Oberschenkel, die Wunde am Kopf pochte genau wie der Arm, den Plutarch ihm zugerichtet hatte. Beide Verletzungen heilten noch weiter aus, auch wenn man sie von außen nicht mehr sehen konnte.

»Ich schaffe das«, keuchte Kallestrus vor sich hin, dabei sank sein Kopf vorneüber auf die Brust, sodass Vaticine ihn wieder gegen die Wand drücken musste, damit er nicht hinfiel.

Firim stützte sich auf seine Knie und schnaufte. »Viel Zeit für eine Pause haben wir nicht. Entweder sind alle bereits bei der Kammer, oder Plutarch ist hinter uns. Es wäre überhaupt nicht gut, wenn wir ihm ausgerechnet hier begegneten.«

»Lasst mich hier. Ich ruhe mich etwas aus.« Kallestrus hatte den Kopf wieder gehoben.

Firim sah ihn mit leichtem Unbehagen an, denn die Augen

des Drachen schauten zeitgleich in unterschiedliche Richtungen, der Mund stand seltsam schief offen.

»Bist du sicher, dass dein menschlicher Körper das alles übersteht?«

»Keine Sorge!« Kallestrus hob die Hand und winkte, dabei kippte er ganz gemächlich zur Seite.

Im letzten Moment schaffte es Firim, ihn aufzufangen, bevor er mit dem Kopf auf den Boden aufschlug. »Ja, du steckst das weg, Großvater. Wie ein junger Gott siehst du aus!«

Kallestrus grunzte. Einen Atemzug später hörten sie ein leises Schnarchen.

»Ist er etwa?« Vaticine beugte sich zu den beiden herab.

»So sieht es aus, ja. Er ist eingeschlafen.« Firim legte ihn auf den nassen Boden und stand kopfschüttelnd auf. »Er hat in menschlicher Gestalt einfach zu viel Blut verloren. Dass er wohl genug Macht und Kraft hat, diesen Körper zu kontrollieren, bezweifle ich mittlerweile.«

»Wir sollten ihn in einen anderen Gang schaffen. Wir wissen nicht, wo die anderen sind«, flüsterte Vaticine. Aus den umliegenden Abzweigungen kam ihr nichts als Finsternis entgegen. Die eine Fackel, die sie bei sich trugen, spendete nur so viel Licht, dass sie gerade genug sahen, um den Weg zu finden.

Firim packte Kallestrus unter den Armen und zerrte ihn in den nächsten Tunnel, der von ihrem eigentlichen Weg abzweigte.

Ein lautes Schnarchen entfuhr dem Drachen, und sie blieben sogleich stehen. Tatsächlich schlief er weiter.

Vaticine leuchtete mit der Fackel voraus und blieb kurz darauf stehen. »Hier! Hier drüben ist eine kleine Nische. Wenn wir ihn da reinquetschen, sieht man ihn nicht sofort.«

Mit Gewalt zog Firim den schlaffen Körper hinter sich her und hievte ihn mit letzter Kraft in die kleine Einbuchtung. Gemeinsam winkelten sie seine Beine an und lehnten den Kopf gegen den kalten Stein. Sitzend schlief er in der kleinen Felsspalte.

»Und jetzt?«, fragte Firim.

»Wir schauen nach, ob die anderen in der Kammer sind, wenn nicht, müssen wir überlegen, was wir tun wollen.«

Firim griff nach ihrer Hand, und sie liefen zurück. Er wollte keine Zeit mehr verlieren. Wenn der alte Drache stark genug war, würde er den Weg auch ohne sie schaffen. Und lebendig würden sie ihm mehr nützen als tot.

Vaticine folgte wortlos, ihre Hand blieb in seiner. An der nächsten Kreuzung ließ er sie vorausgehen. Bald darauf konnten sie bereits einen schwachen Lichtschein erahnen. Sie verlangsamte ihre Schritte, Firim drückte sich an die Wand des Ganges. Vorsichtig nährten sie sich dem hellen Flackern vor ihnen. Wenig später bemerkten sie zwei stehende Gestalten. Nach einigen Schritten sahen sie zwei weitere Personen am Boden sitzen. Keine Gestalt passte zu Plutarchs Körperfülle. Es mussten Kiromin und die anderen sein, die vor dem Drachen auf die Insel gekommen waren. Sie sollten bereits in Hörweite sein, aber keiner aus der Gruppe sprach. Firim konnte Atiro sehen, er saß auf dem Boden neben dem Greis. Das Mädchen stand mit verschränkten Armen neben ihnen, Kiromin ein Stück abseits.

Auch Vaticine hatte die Leute beobachtet. Vor allem sah sie, dass das Portal der Kammer weiterhin verschlossen war. Sie hatten es nicht geschafft, die Schlösser zu öffnen, zumindest nicht alle. Kiromin wartete demnach auf Hilfe. Sie blieb stehen und dachte nach. Wenn sie es hinkriegen würden, ihn zu überwältigen, hätten sie ein Druckmittel gegen Plutarch. Das würde ihnen Zeit verschaffen. Es stellte sich nur die Frage, wofür? Wenn Selestria wieder an die Zeit gebunden werden musste, dann konnte ihnen nur Kiromin oder Kallestrus helfen. Sowohl ihr als auch Firim fehlten Bruchstücke des Wissens. Nicht umsonst waren die Geheimnisse direkt zu Beginn auf die Linien aufgeteilt worden, um zu verhindern, dass eine sich Selestrias bemächtigte. Außerdem hatte die Vergangenheit gezeigt, dass es schwieriger ist, ein gut verteiltes Mosaik zusammenzusetzen, denn ein Rätsel zu entschlüsseln. Jeder war für sein Element verantwortlich. Wenn Kiromin sich weigerte, ihnen zu helfen, waren sie Plutarch ausgeliefert. Eine Befürchtung schlich in ihre Überlegungen, und es grauste ihr davor, diese Möglichkeit weiter zu verfolgen. Sie presste sich so nahe wie es eben ging an Firim. »Was, wenn Kiromin gar nicht weiß, was zu tun ist, und er uns deshalb hat nach Kallestrus suchen lassen?«

Firim rührte sich nicht. Erst nach einer Weile wandte er sich ihr zu. Seine Stirn stand in Falten, aber die Augen leuchteten. Sehr langsam zeigte sich ein Lächeln auf seinem Gesicht. Er berührte fast ihr Ohrläppchen mit den Lippen. »Dann sollten wir von nun an unseren Geist gut verschließen.« Er trat in die Mitte des Ganges und marschierte auf die Gruppe zu.

Vaticine folgte ihm.

Kiromin drehte sich zu ihnen um.

»Wir können ihn nicht finden.« Firim verbeugte sich höflich wie Tage zuvor vor Vaticine und Preaktan, dabei vermied er den direkten Augenkontakt mit Kiromin. Dafür lenkte er seine Gedanken zu dem Portal und den Schließmechanismen.

»Wie ich erkennen kann, haben eure Begleiter bereits einen Teil der Schlösser geöffnet«, fuhr er sachlich fort. Kurz zögerte er, jedoch ging er an dem Drachen vorbei zu einer der Türen.

Der andere ließ ihn gewähren und wandte sich stattdessen an Vaticine mit der Frage, wo sie denn nach der Leiche gesucht hätten.

Ungeachtet dessen, dass er den beiden hinter seinem Rücken genau zuhörte, suchte Firim konzentriert die Tür ab. Schon bald hatte er gefunden, was er suchte. Mit gespreizten Fingern beider Hände berührte er die linke Tür und drückte kräftig zu. Es ertönte das Geräusch einer alten Getreidemühle, wenn Stein auf Stein reibt. Aus der Mitte der Tür erschien ein Zylinder, der sich als Zahlenschloss entpuppte.

Atiro hatte jede Bewegung von Firim verfolgt. Ihm blieb

ein weiteres Mal der Mund offen stehen. Er und sein Vater hatten Stunden damit verbracht, nach Verstecken oder Illusionen zu suchen, die weitere Schließmechanismen bargen. Dies war ebenfalls erfolglos geblieben. Seine Wangen glühten rot, während er mit ansah, dass die Vermutungen alle stimmten, sie selbst nie erfolgreich gewesen waren.

Firim hingegen suchte die rechte Tür ab, auch sie gab nach einigen Augenblicken einen Zylinder frei. Mit den Händen ergriff er jeweils den drehbaren Teil der Schlösser, der aus fein poliertem Stein war. Ohne Eile und zeitgleich drehte er beide Zahlenblöcke. Den der linken Tür jeweils nach rechts, den der rechten nach links, dann wieder umgekehrt.

Atiro zählte mit. Nach sechs Umdrehungen hörte man das bereits bekannte Klicken.

Firim drückte die Zylinder zurück in die Türen und drehte sich zu Vaticine, wobei er eine Verbeugung andeutete, die sie aufforderte, an das Portal zu treten, um ebenfalls weitere Schlösser zu öffnen.

»Wenn ihr hier fertig seid, geht ihr nochmals los und sucht ihn!«, bellte Kiromin die beiden an.

Firim warf Vaticine einen schnellen Blick zu, sie nickte.

»Wen sollen sie suchen?«, wollte Nadala ohne Hoffnung auf eine Antwort wissen.

Kiromin tat, als sei sie Luft.

Die Seherin senkte den Blick und platzierte sich vor der Tür. Sie formte ihre Hände zu einem Trichter und legte sie an den Spalt zwischen den beiden Türen, holte tief Luft und blies für eine ganze Weile in ihre Hände hinein.

Nur sehr zögerlich schoben sich dünne Gebilde aus dem Portalspalt. Zuerst konnten sie in dem unsteten Licht der Fackeln nicht erkennen, was sie waren. Erst allmählich wurde es deutlich: Sechs feine Fasanenfedern, die sich nicht bewegten, dafür umso mehr schimmerten. Drei im oberen Teil und drei im unteren. Vaticine zog sie eine nach der anderen heraus. Das Klingen verriet, dass es sich entweder um Glas oder Kristall handeln musste, ähnlich des

Schmucks der Seherin. Als die letzte Feder in ihrer Hand lag, hörten sie ein erneutes Klicken, danach zerfielen die Stücke zu Staub.

»Es bleiben noch die Schlösser des Wassers und der Zeit«, meinte Nadala trocken.

»Ja, und genau diese bin ich bereit für euch und mich zu öffnen, da wir gemeinsam diese Welt retten werden.« Plutarchs durchaus erheiterte Stimme klang aus der Dunkelheit.

Reflexartig griff Nadala zu ihrer Waffe, auch Firim und Vaticine hatten sich der Stimme zugewandt. Regulus brauchte einen Augenblick länger, war aber wieder aufgestanden. Lediglich Kiromin blieb gelassen.

Es dauerte etwas, bis sie jemanden im Gang erkannten. Zuerst erschien Merranas, hinter ihm wurde der füllige Leib Plutarchs sichtbar.

Als Merranas die anderen sah, blieb er stehen. Vor einigen Stunden hätte er sich zu Kiromin gestellt oder zu Nadala. Jetzt wählte er einen Platz bei der Seherin.

Plutarch lachte auf und holte mit dem Becher Wein aus, den er bei sich trug. Die rote Flüssigkeit traf das Portal an beiden Seiten der Tür und lief langsam den Stein hinab.

»Wisst ihr, einige Linien haben sich sehr viel Mühe gegeben, dieses Portal zu versiegeln. Die Wasserleute schätzten, man käme nie drauf, einfach etwas Wein auf das Gemäuer zu gießen. Ich muss zugeben, dass es mehr ein Zufall als eine Eingebung war, dass ich dieses Geheimnis lüften konnte.« Er füllte seinen Becher aus einem Krug Wein, den er in der anderen Hand hielt, und prostete ihnen zu.

»Wäre er kein Säufer, wären wir nicht hier«, gackerte Regulus los und lachte.

»Das Schicksal geht die seltsamsten Wege. Wohl bekomms!«, wisperte Plutarch. Er reichte Regulus den Becher und forderte ihn mit einer Geste auf, zu trinken.

Der Greis nahm trotz Nadalas Warnung einen tiefen Schluck.

»Hervorragendes Tröpfchen«, schmatzte er.

»Trinkt, nur zu!«, plauderte Plutarch in guter Stimmung

und wandte sich an die Seherin. »Und wenn wir gerade beim Schicksal sind, meine Seherin.« Er funkelte sie aus seinen kleinen Schweineaugen an und kam ihrem Gesicht so unangenehm nahe, dass sie seine ekelige Alkoholfahne riechen musste. »Das Schicksal ist zu einigen von uns unglaublich grausam, dass ich beinahe gewillt bin zu glauben, es hat einen sehr dunklen Humor.« Dabei wandte er sich zu Merranas und klopfte ihm beinahe väterlich auf die Schulter.

Kurz veränderte sich Merranas' Miene. Er lächelte Plutarch höflich an, bis dieser von ihm wegschaute.

»Sag, Vaticine. Was hält dich noch hier an diesem Ort? Die Treue zu meiner Person kann es nicht sein.« Plutarch sah sie von der Seite an, während er grinsend einen weiteren Schluck Wein direkt aus dem Krug nahm. »Du hoffst wirklich, dass ich dir schlussendlich verrate, was aus deinem Kind geworden ist, nicht wahr?«

Vaticine zeigte keine Regung, allein der Glasschmuck gab leise klingende Geräusche von sich, da ihr Atem schneller ging.

»Oh, Seherin. Oh, Seherin. Das Schicksal hat uns aneinandergebunden, ob wir nun wollen oder nicht.« Bei diesen Worten breitete er die Arme aus, als würde er eine Geliebte an sich drücken wollen.

Regungslos stand sie da.

Er lachte laut und voller Häme, als habe sie tatsächlich erwartet, dass er sie umarmen würde. »Siehst du, ich weiß, wo dein Sohn ist. Und tatsächlich werde ich es dir schon bald verraten. Dann wirst du eine sehr große Schuld zu begleichen haben. Und mein neuer Diener«, dabei zeigte er auf Kiromin, »der wird dafür sorgen, dass du sie Stück für Stück abträgst. Dessen sei gewiss!« Er machte eine übertrieben geheimnisvolle Miene, wie sie die Gaukler und fahrenden Spielmannsleute aufsetzen, wenn sie ihr Publikum für sich gewinnen wollen.

Vaticine schnaubte.

Er schwenkte seinen Weinkrug und beachtete sie nicht weiter.

»Zuerst widmen wir uns weitaus wichtigeren Aufgaben, nämlich der Rettung dieser Welt. Schließlich sind die hier Versammelten nicht gerade die besten Freunde. Also lasst uns die Sache schnellstens beenden. Ich fühle mich nicht wohl bei dem Gedanken, dass drei der hier Anwesenden mich in ein magisches Gefängnis gesperrt haben.« Plutarch zeigte auf Vaticine, Firim und Atiro und nickte Kiromin zu.

Dieser deutete eine Verbeugung an, woraufhin Nadala ihm vor die Füße spuckte. Auch bei dieser Geste verzog er keine Miene.

Der Oberste Kirchenführer grunzte unter einem kurzen Lachen, als er das sah. Er selbst schritt zum Portal. An beiden Türen waren Verzierungen angebracht, auch dort, wo sie zusammentrafen, doch sie stellten nichts dar. Sie sahen eher aus wie kleine gebogene Stäbchen, die nach allen Richtungen wegstanden.

Atiro und sein Vater hatten darauf spekuliert, dass hier einmal eine reiche Verzierung aus Gold oder Platin gesessen haben musste, die im Laufe der Zeit von zwielichtigen Personen abmontiert worden war. Jetzt aber drehte Plutarch an den einzelnen Metallteilen. Nach und nach wurde aus den unterschiedlich langen Stücken ein Kreis, der sich über beide Türen verteilte. Nachdem er das letzte Stück einfügte, rastete ein Schloss ein. Der metallene Kreis setzte sich in Bewegung und drehte von auf dem Stein. Sie hörten ein Geräusch, als würde ein Kämpfer sein Schwert mit der Spitze über den Boden hinter sich herziehen.

»Die Zeit, ein ewig währender Kreislauf«, kommentierte Plutarch das Geschehnis mit weicher Stimme, als wolle er seinen Gästen ein Kunstwerk präsentieren.

Ein wohlbekanntes Klicken erklang, die Steintüren glitten ein spaltbreit auseinander.

»Los, zieht sie auf!«, befahl Plutarch und schubste Merranas nach vorne, während er Kiromin ein Zeichen gab, ihm zu helfen.

Unbeirrt griff Kiromin nach einer der Türen, Merranas

verlor ebenfalls keine Zeit. Kurz standen sie sich an den Flügeln des Portals gegenüber.

Merranas glaubte, etwas in seinen Gedanken zu fühlen, aber es war ein so winziger Moment, ein Hauch. *Hoffnung ist etwas für Narren*, dachte er bei sich und zog. Zu seinem Erstaunen ließ sich der massive Stein leicht bewegen. Schon bald sahen sie dahinter einen großen Raum mit hoher Decke, in den eine Treppe mit wenigen Stufen hinabführte.

»Tretet näher, tretet ein. Es wird euch gefallen. Die Ältesten haben sich wirklich viel Mühe mit diesem Gefängnis gegeben«, hörte er die Stimme Plutarchs hinter sich.

Vorsichtig betrat er die Stufen, gefolgt von Kiromin, der eine Fackel trug. An den Wänden waren mehrere bestückte Fackelhalter angebracht. Erst als Kiromin einige an seiner Seite entzündete, erkannte er, dass der Raum rund und so gut wie leer war. Lediglich in der Mitte war ein großer steinerner Sockel aufgebaut.

Kiromin reichte ihm seine Fackel. Nur zögerlich nahm er sie aus der Hand seines ehemaligen Freundes und entzündete den Rest der Fackeln auf seiner Seite. Ein warmes Licht umgab sie, denn die Wände waren strahlend weiß getüncht. Nässe sowie Zeit schienen ihnen nichts angehabt zu haben. Selbst der Boden wirkte wie frisch poliert und spiegelte die Feuer wider, die hier ohne Luftzug ruhig brannten.

Alle waren ihnen in den Raum gefolgt.

Plutarch trat als letzter ein und winkte Merranas zu sich.

Der Kopfgeldjäger tat wie ihm befohlen wurde. Er wollte den Mann nicht unnötig reizen. Dieser Raum hatte genau einen Weg zur Flucht, den Plutarch mit seinem massigen Leib gut versperrte.

Atiro bekam von Plutarch den Befehl, Selestrias Körper auf den Sockel zu legen.

Jeder sah die Abscheu in dessen Gesicht, nachdem er dem Obersten Kirchenführer den Rücken zuwandte, und die Erleichterung, da er die Frau endlich los war.

»Und natürlich wollte ich euch allen danken, für die

große Mühe, die ihr euch gemacht habt«, begann Plutarch in feierlichem Ton.

Nadala und Regulus wechselten Blicke. Alle anderen verharrten.

»Ich habe euer kleines Schauspiel mit Vatermord und zerfallendem Bündnis sehr genossen. Ihr habt an alles gedacht, was eine gute Tragödie kurzweilig macht. Freundschaft, Verrat, Tod und Verzweiflung und der dumme Gegner, der sich auf einen Pakt mit dem Feind einlässt.« Plutarchs Stimme wurde hart und laut. »Obwohl ich mich prächtig amüsiere, so bin ich doch zutiefst verletzt, dass ihr mich für einen so verblendeten Menschen haltet, dass ich euch diese Posse abkaufen würde!«

Seine Blicke trafen Vaticine. »Aber für deinen Hochmut, für deine Arroganz und für deine unzähligen Demütigungen, die du mir über die Jahre zugefügt hast, Seherin. Für all das wirst du bezahlen! Denn ich weiß genau, wo dein geliebtes Kind ist. Hier nämlich, als mein ewiges Pfand!«

Merranas begriff nicht sofort, was geschah, da hatte Plutarch ihn am Arm ergriffen. Er spürte eine Spitze an seinen Rippen, die sich schmerzhaft in die Haut bohrte. Er wich aus, der Fette ließ nicht nach und drückte stärker zu, sodass er es für sinnvoller hielt, stehen zu bleiben. »Was habe ich denn damit zu tun?«, fragte er leise und spürte, wie sein Herz schneller ging. Er suchte nach einer vertrauten Person. Erfolglos.

Firim war an die Seherin getreten und wollte etwas sagen, doch sie hielt ihn zurück.

Kiromin trat vor sie beide. »Ihr solltet keine Dummheiten machen. Was auch immer ihr in der Vergangenheit dem Obersten Kirchenführer ins Ohr geflüstert habt!« Die Muskeln in Kiromins Gesicht arbeiteten.

Firim bemerkte, wie er mit den Zähnen knirschte, die menschlichen Züge verschwammen und nahmen wieder Form an. Er selbst musste tief Luft holen, bis er begriff, was da geschah. War sein Gegenüber nicht in der Lage, seine menschliche Gestalt zu verlassen? Er hielt das Grinsen zurück, das sich an seinen Mundwinkel formte.

»Nichts ist hier gespielt. Der Dolch im Rücken meines Vaters ist aus der Schmiede eines Feuerelementars. Nur sie sind befähigt, Waffen zu schmieden, die uns etwas anhaben können. Solange die Waffe in seinem Körper steckt, ist er keine Gefahr für dich!«, erklärte Kiromin mit dem Rücken zu Vaticine und Firim.

»Ich weiß nicht, wovon du sprichst, Plutarch«, übernahm Vaticine das Wort, ohne auf Kiromin zu achten.

Der Oberste Kirchenführer hatte sich ein Stück weit von der Tür in den Raum bewegt, wobei er Merranas zwang, vor ihm zu gehen wie ein menschlicher Schutzschild gegen einen Angriff von vorne. Er blieb so stehen, dass er aus dem Augenwinkel das offene Portal sehen konnte.

»Du bist eine perfekte Schauspielerin, Vaticine. Dafür habe ich dich immer geschätzt. Doch bei allem Respekt. Wie willst du ihn als deinen Sohn leugnen? Schau ihn dir ruhig etwas genauer an.«

Er zwang Merranas weiter auf die Frau zu.

Sie hingegen fixierte Plutarch und beachtete ihn nicht.

»Was soll das?«, fragte sie stattdessen. »Du nimmst einen der Leute als Geisel und versuchst ihn mir als mein Kind zu verkaufen? Ist das dein letzter perfider Plan, um an der Herrschaft zu bleiben? Das ist erbärmlich, genau wie du!«

Vaticine bewegte sich um Plutarch herum und betrachtete ihn, wie er Merranas mit dem Dolch traktierte, damit er zwischen ihnen blieb. Sie waren so weit gelaufen, dass Plutarch den anderen den Rücken zukehren musste.

Er blieb bewusst stehen. »Schau nur, seine Augen. Schau in diese wunderschönen blauen Augen, meine liebste Seherin«, zischte er ihr zu.

Die Seherin wendete sich nicht von ihm ab und setzte ihren Rundgang fort.

Merranas hatte sich ohne Widerstand mitbewegt, je weiter die Frau um ihren Feind herum gegangen war. Fieberhaft überlegte er, was diese Behauptungen bedeuteten. Hatte sie nicht eine der Zeilen aus dem Lied gekannt, das ihn sein

Leben lang begleitete? Doch, so war's gewesen! Ihre Stimme war ihm ab dem ersten Satz so vertraut, als habe er sie schon früher einmal gehört. Er versuchte einen Blick von ihr zu erhaschen, aber sie wandte ihm nie das Gesicht richtig zu. Er konnte lediglich ihre Silhouette sehen. Wer war diese Frau? Was hatte Plutarch gesagt? Kind? Ihr Kind? Zwischen all den Gedanken hörte er ein Murmeln an seinem Ohr. Der fette Sack rezitierte wieder irgendwelche Formeln. Er würde keine Geisel bleiben, schon gar nicht von diesem Mann! Merranas schüttelte seinen Hemdsärmel. Das Messer, das er am Ende der Verfolgungsjagd gekonnt in seine Achselhöhle hatte gleiten lassen, lief den Arm hinunter, mit seit Kindertagen geübter Hand fing er den Griff der Waffe im genau richtigen Zeitpunkt, ehe sie zu Boden fallen konnte. Mit aller Wucht drehte er seinen Oberkörper von Plutarch weg, wobei er gleichzeitig mit dem Messer ausholte, um den Mann in Bauchhöhe zu stechen. Er musste fest zustoßen bei all dem Fett.

Er hatte die Drehung beinahe geschafft und hielt das Messer waagerecht gegen den Leib des Tyrannen, da sah er aus dem Augenwinkel einen Mann in Kutte in der Tür stehen. Im nächsten Augenblick verlangsamten sich seine Bewegungen, die Luft wurde aus seinen Lungen gepresst. Alles fühlte sich an, als würde es zum Stillstand kommen. *Nein, nicht schon wieder. Er kehrt die Zeit um.*

Allerdings war es diesmal anders, er konnte beobachten, wie alle anderen außer ihm sich normal bewegten. Nur konnte er sich selbst weder rühren noch verstehen, was sie sagten. Die Seherin schrie jemanden an, während Kallestrus durch das Portal kam, wenngleich er dabei etwas schwankte. Es kostete ihn viel Kraft.

Schließlich konnte Merranas seinen Kopf und Blick auf Plutarch richten, der Kiromin einen Befehl zubellte. Die Zeit schien ausschließlich für ihn in die Länge gezogen zu werden. Er konzentrierte sich darauf, sein Messer dorthin zu bringen, wo es hinsollte: Zwischen die Rippen dieses fetten Mannes, der sie alle manipulierte. Mit Gewalt zwang er all seine Kraft in den Arm und die Hand, die das Messer führten.

Plutarch kannte das Spiel der Seherin zu gut. Gleich versuchte sie, ihn in eine Position zu bringen, die es den anderen einfach machen würde, ihm in den Rücken zu fallen. Viel Kraft besaß er nicht mehr, eine winzige Zeitschiene sollte er noch erzeugen können. Die ersten Worte gingen ihm leicht über die Lippen, selbst im Schlaf konnte er diese Formeln deklamieren.

»Es ist vorbei!« Kallestrus' Stimme klang tief durch den Raum, als er im Portal erschien.

Firim sah, dass der Drache leicht schwankte, aber immerhin hatte er es geschafft, aus eigenen Kräften herzukommen. Vielleicht hatte ihm das Nickerchen bei der Regeneration geholfen.

Regulus entfuhr ein grunzender Laut, dann fing er laut an zu kichern.

Plutarch drehte sich um und erkannte die Person im Portal. Zorn färbte seine fetten Backen dunkelrot. »Ich wusste es! Es war ein Trick! Wenn du das Gegenteil beweisen willst, bringst du deinen Vater jetzt endgültig zur Strecke!«, schrie er Kiromin entgegen.

»Los, töte ihn endlich! Und diesmal schau zu, dass du es ordentlich machst!«, fauchte Vaticine Kiromin entgegen.

Firim zuckte kaum merklich. Er wollte zur Waffe greifen, aber unterdrückte den Impuls, denn er wusste nicht, ob er zuerst Plutarch oder Vaticine abstechen würde. *Dieses Luder! Selbst Kallestrus hatte sie etwas vorgespielt. In Wirklichkeit war sie treu an Plutarchs Seite gestanden.* Selbst er hatte dieser doppelzüngigen Verräterin einen Augenblick lang geglaubt. Aufs Neue zeigte sie ihr wahres Gesicht. Hier würden die letzten Verbliebenen der Linien fallen. Weltuntergang hin oder her, er und sein Blut würden es diesmal nicht sein. Seine Hand ging zum Schwert im Gürtel, und das zum richtigen Zeitpunkt, denn Kiromin packte Nadala am Arm und riss den Dolch von ihrer Seite, so schnell, dass die junge Frau keine Chance auf Verteidigung erhielt.

Schon drehte sich Kiromin um, hastete in Richtung Portal, als Firim ihm nachsetzte. Er würde nicht zulassen, dass der Sohn ein zweites Mal auf Kallestrus losging.

Kiromin kniff die Augen zusammen und wandte sich von Nadala ab. Er hatte die Schritte zum Portal gezählt. Wie viel Kraft würde der Alte noch haben? Schließlich war er geschwächt. Mit erhobenem Dolch stürzte er los. Die ersten zwei Schritte waren getan. Er konnte das dunkelrote Gesicht Plutarchs erfassen, aus dem die kleinen Augen verschwunden waren. Stirn, dicke Backen und ein weit aufgerissener Mund bildeten einen menschlichen Schweinskopf. Drei – er drehte den Dolch in seiner rechten Hand, damit die Klinge waagerecht von ihm weg zeigte und holte aus. Vier – ein stechender Schmerz traf seine rechte Seite im gleichen Moment, als er zustach, dann knickte er ein.

Ein Schrei ertönte durch den Raum, ein zweiter gesellte sich dazu, als Merranas sein Messer mit aller Wucht in Plutarchs Bauch rammte, nachdem Nadalas Dolch dessen Hals getroffen hatte. Kurz taumelte der Oberste Kirchenführer, bevor er mit beiden Stichwaffen im Leib langsam nach hinten umfiel und liegenblieb.

Neben ihm lag Kiromin und stöhnte.

Schon war Firim an seiner Seite und holte ein zweites Mal mit dem Schwert aus.

»Nein, Firim!« Es war Kallestrus, der ihm zurief, einzuhalten, und in seiner Stimme klang mehr Besorgnis denn Rache.

Nadala näherte sich zögerlich Plutarchs Körper. Mit Vorsicht und gesundem Misstrauen begutachtete sie die Einstiche an Bauch und Hals, aus denen das Blut zäh heraussickerte und die Kleidung durchtränkte. Die feisten Wangen waren eingefallen, und der Fettsack starrte zur Decke. »Der ist hinüber«, meinte sie schließlich trocken.

Merranas stand keuchend über ihm. »Das will ich wirklich hoffen. Es hat mich die letzten Kräfte gekostet, dieses Messer in das fette Schwein zu rammen. Schlachter werde ich im nächsten Leben sicherlich nicht.« Schnaufend schaute er sich nach der Seherin um.

Ihre Blicke fingen seine, und sie lächelte ihn das erste Mal an.

Merranas merkte die Gänsehaut an seinen Armen, als sie ihn so ansah. Eine Stimme in ihm schrie danach, wegzulaufen, aber sein Herz blieb beim Lächeln dieser Frau. Er wollte nie wieder wegschauen. Sie hielt ihn nicht gefangen, es war wie eine Berührung, beinahe eine Umarmung, die er körperlich spüren konnte, obwohl sie voneinander entfernt standen.

Bedächtig kam sie auf ihn zu und blieb vor ihm stehen. »Du hast Plutarch getötet«, sagte sie leise.

Doch die Worte schallten in Merranas' Kopf wieder, als sei sein Schädel ein riesiges Kirchenschiff, in das sie hineingeschrien hatte. Wie ein kleiner Junge stand er vor ihr und nickte brav. Zu mehr war er nicht im Stande.

»Was ist mit ihm?«, hörte er Kallestrus in weiter Ferne.

»Der andere hat ihn schwer erwischt. Dennoch, er lebt.« Diese Stimme gehörte Nadala.

»Das ist gut, das ist gut.«

»Es ist gut, dass DU lebst!« Sie klang erbost und glücklich zugleich.

Merranas wollte sich zu gern umdrehen, um zu sehen, was hinter ihm geschah. Er hatte Kiromin auf Plutarch und ihn zulaufen sehen. Unversehens war die Zeit wieder normal verlaufen, der Widerstand gegen seinen bewaffneten Arm war mit einem Mal verschwunden. Im nächsten Moment steckte sein Messer zwischen Plutarchs Rippen. Er musste genau zwischen die Knochen getroffen haben, denn es versank ohne Widerstand. Seine Schultern wandten sich den anderen zu. Nur sein Kopf weigerte sich, so als wolle sein Körper zwei Dinge gleichzeitig tun, und jetzt lachte die Frau ihn an. Sie lachte ihn an, nicht aus, und er musste lächeln.

Irgendwie schaffte er es doch, seine Augen auf etwas anders zu richten. Der Anblick ließ das Lächeln so schnell verschwinden, als sei es gar nie da gewesen.

Kiromin lag im eigenen Blut, das aus seiner rechten Seite

lief. Sein Atem ging flach und schnell.

Innerlich zuckte Merranas zusammen.

Kallestrus hatte sich zu seinem Sohn hinuntergekniet und hielt dessen Kopf in seinen Händen. »Sohn, was hattest du mit uns vor?«, raunte er.

»Ist er tot?« Kiromins Stimme war schwach.

Kallestrus nickte. »Ja, er ist tot.«

Kiromin schluckte schwer und atmete ruckartig. »Das hier war anders geplant.«

»Du meinst, ich sollte nicht hier sein? Dann hättest du genauer zustechen müssen.« Kallestrus klang belustigt, woraufhin Kiromin hustete. Blut troff aus seinem Mundwinkel. Kallestrus wischte ihm vorsichtig über die Lippen.

»Es war nie meine Absicht, dich zu töten«, brachte der Jungdrache zwischen zusammengebissenen Zähnen hervor.

»Das würde ich an deiner Stelle auch behaupten.« Kallestrus beugte sich zu seinem Sohn hinunter, lange berührten sich seine und Kiromins Stirn. Danach winkte er Nadala zu ihnen und bat sie, seinen Platz einzunehmen. Schwerfällig richtete er sich auf und tätschelte ihre Hand, als sie nach seiner Schulter fasste. Er wusste genau, was sie sagen wollte, und lächelte in ihren Geist hinein.

»Bei dir hingegen bin ich mir da nicht so sicher. Wen genau hattest du eben gemeint?« Er trat zu Vaticine und neigte den Kopf zur Seite.

Sie war ruhig, wenn auch ernst. »Für wen ist dies noch von Bedeutung?«

Er betrachtete sie mit rotglühenden Augen. »Das ist wahrlich mein Blut, das aus dir spricht.« Lachend wandte er sich ab.

Allerdings konnte Vaticine überhaupt nicht einschätzen, ob ihre Antwort ihn so amüsiert hatte oder er sie bloß auslachte. In seiner Nähe fühlte sie ihre Unterlegenheit.

»Ihm geht es immer schlechter«, unterbrach Nadala sein Lachen.

Kallestrus zog lediglich die Augenbrauen hoch. »Er ist ein Drache. Lass ihm etwas Zeit.«

Merranas schlenderte zu Nadala und Kiromin, die Hände in den Hosentaschen. Er wollte gelassen anstatt beleidigt wirken. »Wieso habt ihr mich nicht in den Plan eingeweiht?«

Nadala stutzte merklich und schaute flüchtig zu ihm auf. »Plan? Ich glaube, der Einzige, der einen hatte, war Kiromin. Und dieser ist für ihn nicht besonders gut ausgegangen.« Stirnrunzelnd betrachtete sie den jungen Drachen, auf dessen Gesicht sich Schweiß bildete. Seine Züge verwandelten sich. Nüstern wurden sichtbar, die Haut färbte sich silbern.

Merranas betrachtete fasziniert das Schauspiel. »Was geschieht mit ihm?«

Kallestrus stellte sich zu ihnen. »Das ist gut. Das ist sehr gut. Der Drache in ihm bekommt die Oberhand zurück. Der Tod Plutarchs scheint einige unserer Probleme zu lösen.«

»Bist du sicher, dass er tot ist?« Regulus stupste den Leib mit seinem Stock an, der sich unter dem Stoß kaum rührte. »Es war wenig spektakulär. Ich dachte, er würde sich etwas mehr anstrengen, wenn er angegriffen würde«, plauderte er weiter, als sei soeben ein Ringkampf nicht so ausgegangen, wie er gewettet hatte. »Wahrscheinlich hat er nicht damit gerechnet, dass trotz Kiromins Verrat der Rest von uns am eigentlichen Plan festhält. Solche Menschen wie Plutarch bereiten sich besser auf schwierige Situationen vor.«

»Er neigte zu Hochmut und Selbstüberschätzung«, raunte Kallestrus.

»Ach? Der auch?«, gackerte Regulus los und erntete dafür einen glühenden Blick.

»Für mich war es spektakulär genug«, presste Kiromin zwischen den Zähnen hervor und stöhnte. Sein Gesicht zog sich in die Länge. Aus der Nase formten sich große Nüstern, gleichzeitig wurde sein Hals lang. Schon bald kehrte alles wieder an seinen ursprünglichen Platz am Körper zurück, und er sah aus wie bisher.

»Ja, selbst die Zeit braucht noch ein bisschen Zeit, um sich zu sortieren«, kommentierte Kallestrus das Geschehen. Er war die Ruhe selbst. Seine Hände hielt er am Rücken, wanderte im Raum hin und her und betrachtete die Fackeln, die aussahen wie kleine Gemälde.

Firim marschierte zu ihm. »Ihr zwei habt euch doch abgesprochen und keinem von uns etwas erzählt, nicht wahr?«

Kallestrus grinste. »Es wäre schön gewesen, wenn es sich so abgespielt hätte.«

Firim runzelte die Stirn und folgte ihm. »Du meinst, Kiromin hat dich wirklich abgestochen, ohne dich in seine Pläne einzuweihen, mit dem Risiko, dass er womöglich trifft, wo er verfehlen sollte?«

Kallestrus blieb stehen und beäugte den Mann. Alle seine Abkömmlinge hatten einen hellen Geist und ein Gespür für Strategie. Tatsächlich war er selbst über die Risikobereitschaft seines Sohnes erstaunt gewesen. Der Hass, den sein Sohn für ihn empfand, war ihm allgegenwärtig. Einige Momente war er versucht gewesen, daran zu glauben, dass Kiromin ihn in der Tat töten wollte, und es gab genügend Gründe, warum er es hätte tun können.

Das Stöhnen einer Frau riss beide aus ihren Gedanken.

Als Firim sich umdrehte, sah er, wie sich Selestrias lebloser Körper wandelte. Das Stöhnen aus der menschlichen Kehle verwandelte sich in einen schrillen Schrei, der Stoff der Gewänder riss, und zwei riesige weiße Flügel kamen zum Vorschein. Nach wenigen Augenblicken stand ein mächtiger Drache vor ihnen und starrte in Richtung Kallestrus. Ein rotes Glühen erschien in den Augen des Mönchs, und Kallestrus schluckte. »Geliebte Selestria!«, brachte er stockend hervor. »Es tut mir alles so leid!«

Der weiße Drachenkörper wand sich bei seinen Worten und verwandelte sich wieder in einen Frauenkörper, der in ein einfaches weißes Kleid gehüllt war.

»Was war das denn?«, platzte Firim heraus.

Kallestrus hatte die Arme vor der Brust verschränkt. »Auch in ihr erwacht der Drache zu neuem Leben. Ihr menschlicher Körper war sehr lange im leblosen Zustand. Wir müssen abwarten, was passiert, jetzt da Plutarchs Magie nach und nach aus dieser Welt verschwindet.«

»Wie soll es weitergehen, nachdem Plutarch tot ist? Er sollte Selestria wieder an die Zeit binden. Wer soll die Bannzauber von den Folianten nehmen?«, fragte Vaticine hinter ihnen.

Ein weiteres Mal bäumte sich Selestrias Körper auf und fiel wieder schlaff in sich zusammen.

Kallestrus schenkte dem kuriosen Schauspiel keine weitere Beachtung.

»Es gibt keine Bannzauber. Dies war eine Lüge der Ältesten, um die Geheimnisse um einiges geheimnisvoller erscheinen zu lassen.« Es war Regulus, der sich neben Vaticine zu ihnen gesellte. »Entweder bist du ärmer an Jahren als ich, Mädchen. Das halte ich eher für unwahrscheinlich. Oder du kennst nicht alle Geheimnisse deiner Linie.« Er betrachtete ihre Gesichtszüge. »Vielleicht sprichst du nicht immer die Wahrheit«, setzte er nach, dabei stupste er sie sanft von der Seite an und zwinkerte.

Ein eisiger Blick traf ihn. »Du wirst sehr bald sterben, alter Mann!« Sein amouröses Verhalten verärgerte sie.

Regulus grinste und zeigte dabei all seine Zahnlücken. »Deswegen bin ich hier. Jeder Foliant enthält Formeln, mit denen wir Selestria gemeinsam wieder an die Zeit binden können. Sie sind nur für diejenigen ersichtlich, die aus den jeweiligen Lienen stammen, selbst wenn ihr Blut nur zu einem Bruchteil seinen Ursprung in ihnen hat. Es müsste ein Leichtes sein, die Schriftzeichen zu finden.« Er zog eines der Bücher unter seinem Umhang hervor. »Ich habe schon einmal nachgeschaut. Schließlich bleibt mir nicht mehr viel Zeit. Also, ich habe gesucht, und siehe da, an den Rändern der einzelnen Seiten werden sie sichtbar. Für mich im Folianten der Erde. Nadala sollte im Feuerbuch lesen können, was dort steht.«

Vaticine ließ die Männer stehen und lief zum Beutel, der die restlichen Schriften enthielt.

Atiro hatte Regulus' Ausführungen genau zugehört. Selbst in diesem Punkt war sein Vater im Unrecht gewesen. Als seine eigene Magie zurückgekehrt war, hatte er geglaubt, ein Bannzauber sei gebrochen worden. Dabei hing alles mit den Drachen zusammen, die Bannzauber galten der Inselstadt und nicht den Büchern.

Vaticine packte ihn an der Schulter. »Dein Vater hat gelogen oder lediglich spekuliert, was die Schriften und irgendwelche Bannzauber betrifft! Die Formeln jedoch muss auch er gesehen haben. Vielleicht hat er auch das verheimlicht, weil er nicht wusste, was diese Zeichen an den Rändern bedeuten. Ich habe es geahnt. Preaktan hatte kein Wissen über die Geheimnisse der Ältesten, aber den Siegelring und Überlieferungen aus deiner Familie, und trotzdem habe ich ihm vertraut!«

Ihre Worte trafen Atiro wie Pfeile in die Brust. Einem geschlagenen Hund gleich wich er zurück, als wolle er eine Verbeugung machen. Eine Demütigung folgte der nächsten, und derjenige, den die Schuld traf, war bereits tot. Sicherlich hatte sein Vater nicht alles gewusst, trotzdem hatte er alles versucht, um im Gegensatz zur Seherin Plutarch aufzuhalten. Sie griff zum Folianten der Luft und blätterte um. Genau in der Mitte des Buches blieben ihre Finger stehen. Verschnörkelte Schrift erschien auf den Rändern der beiden Seiten und formte nach und nach Buchstaben, aus denen sich Worte bildeten, die sich zu Sätzen reihten. Sie las, verstand aber keine einzige Silbe, ihre Zunge formte die Wörter wie von selbst.

Auf ein Neues bewegte sich Selestrias Körper, allerdings fand diesmal keine Verwandlung statt. Zuerst glitten ihre Beine von dem Sockel und baumelten wie die einer Marionette kurz hin und her, dann hob sich der Oberkörper der Frau in die Höhe. Die Tatsache, dass dies seitlich geschah und dabei die Arme ähnlich der Beine völlig nutzlos an dem Torso hinabhingen, verlieh der Szene eine Mischung aus Grusel und Heiligkeit. Der Kopf hing weit nach hinten, sodass das lange rote Haar wie loser Stoff aussah.

Atiro wusste nicht mehr, wo er hinschauen sollte. Seit das Portal geöffnet war, hatte er sich direkt an eine der Türen verdrückt, so weit, wie es Plutarch zugelassen hatte.

Mit Entsetzen war er dem Geschehen zwischen Plutarch und den anderen gefolgt, doch so etwas wie Genugtuung empfand er nicht, jetzt, da er über dem leblosen Fettberg stand. Er fühlte sich genauso klein, dumm und nutzlos wie zuvor. Dafür war der Hass umso größer geworden. Viel zu schnell und zu gnädig war dieser Tod für den Mann gewesen, der den größten Teil Schuld daran trug, dass sein Vater hatte sterben müssen. Den anderen Teil trugen diese Menschen und Abscheulichkeiten, mit denen er derzeit den Raum teilte, und eins davon schien soeben von den Toten aufzuerstehen. Er schaute angeekelt und fasziniert zu, wie die Arme der Frau nach dem viel zu schräg herabhängenden Kopf griffen und ihn gerade auf den Hals setzten. Zum Abschluss dieses morbiden Spektakels öffnete sie die Augen und starrte ihn an. Leuchtendes Grün schoss aus den zwei Öffnungen und traf direkt seine Gedanken. Kälte und Eis waren die einzigen Gefühle, die er fassen konnte, bevor er zu zittern anfing.

»Selestria!« Kallestrus war zu dem Sockel getreten, und die Frau ließ von Atiro ab, der nach Luft schnappte und mit den Zähnen klapperte.

Stattdessen fand ihr Blick Kallestrus. Sie zog die Augenbrauen zusammen. »Wieso?«

Ihre Stimme hallte durch den Raum, und wie bereits in Balfahlahr bildeten sich Eiskristalle am Sockel und dem Boden in ihrer Nähe.

»Nicht schon wieder!« Merranas rieb sich die Arme, als könne er die Kälte abstreifen, und trat vom Sockel weg. »Dieses Schauspiel brauche ich nicht ein zweites Mal mitzuerleben.«

»Was geschieht denn?«, wollte Nadala wissen.

»Wenn er sie nicht aufhält, werden wir erfrieren.«

Kiromin stöhnte erneut und öffnete die Augen. Sie glühten im gleichen Rot wie Kallestrus'. Mühsam versuchte er sich aufzurichten.

»Nicht!« Nadala wollte ihn aufhalten, aber er schob ihre Hände zur Seite.

»Ich will sie sehen!« Mit der einen Hand hielt er sich die Seite, wo Firims Schwert ihn getroffen hatte, mit der anderen stützte er sich auf und kam schweratmend auf die Beine.

Selestria wandte sich ihm zu. Für einen Moment schien sie irritiert und blickte erneut zu Kallestrus. Dann wieder zu Kiromin, und das Glühen verschwand. Mit ihm die Kälte. »Einer lebt!«

Kallestrus senkte den Kopf. »Ja, er lebt.«

Sie stand vom Sockel auf, wobei sich der Kopf unnatürlich zur Seite bog, woraufhin sie ihn mit einer Hand wieder zurechtrückte.

»Wie kann das…?« Weiter kam Kiromin nicht, denn Selestria schritt direkt auf ihn zu und berührte seine Wange. Kälte durchströmte seinen Körper, doch sie war nicht eisig, nicht wie spitze Nadeln in einer tiefen Winternacht. Sie war ein feines Prickeln auf seiner Haut, und er schaute in die grünen Augen seiner Mutter. Sie sah ihn genau an.

Er spürte, dass es nicht sein menschlicher Körper war, den sie betrachtete, fühlte die sanfte, aber kühle Berührung und umfasste ihr Handgelenk. »Du hast all meine Geschwister getötet!«, brachte er stockend hervor. Die Worte schaffte er über die Lippen zu bringen, ihrem Blick hielt er nicht stand. Ihre Hand blieb auf seiner Wange, er merkte, wie sie mit der anderen über sein Haar strich.

»Er ist ja noch beinahe ein Kind«, hörte er sie sagen, danach ein zustimmendes Brummen von Kallestrus.

Tränen schossen Kiromin in die Augen, verfingen sich in den Wimpern und rollten über die Wangen. »Nein, ein Kind bin ich nicht mehr!«

Sie lächelte.

Er machte sich von ihr los, wischte die Tränen weg. »Ist das alles, was ihr beiden zu sagen habt? Dass ich ein Kind sei? Du hast uns all das Leid hier eingebrockt!« Dabei zeigte er auf Kallestrus. »Und du, du hast dich von ihm zu all dem hier verführen lassen! Die eigenen Kinder, die hast du des Lebens beraubt, welches du ihnen zuvor geschenkt hattest! Ihr seid…« Er brach ab und atmete schwer, setzte neu an, nur um von neuem Luft zu holen. Die Schultern des Jungdrachen strafften sich, um kurz darauf wieder zu sinken. »Wegen euch wird diese Welt untergehen, wenn wir dich nicht wieder an die Zeit binden!« Er klang wie ein kleiner Junge, der einen Streich beichtete, den er zuvor den Eltern gespielt hatte. Verwirrung war das Einzige, was er aus ihrem Gesichtsausdruck herauslesen konnte.

Sie drehte sich zu Kallestrus, dieser schluckte nur schwer und presste ein leises »Weltuntergang!« heraus und nickte eifrig.

»Du willst damit sagen, dass du mich hast hier einsperren lassen, wegen…« Sie wandte sich ihm ganz zu.

»Weltuntergang!« Kallestrus japste mehr, als er sprach, während sie langsamen Schrittes auf ihn zukam.

»All die Jahre war ich hier eine Gefangene, weil…«

»Weltuntergang!«, unterbrach er sie wieder und hob beschwichtigend die Arme in die Höhe.

»Und dann wurde ich von jemanden befreit und dazu angestiftet…«

»Weltuntergang!« Verzweiflung machte sich in Kallestrus' Stimme breit.

»Meine Kinder habe ich, ohne es zu wissen, umgebracht, weil…«

»WELTUNTERGANG!«, brüllte Kallestrus heraus.

Selestria blieb kurz vor seiner Nase stehen. Es klatschte so laut, dass alle im Raum zusammenzuckten.

Der Drache war unter ihrer Ohrfeige zu Boden gegangen und grummelte leise vor sich hin.

»Für den Verrat an mir!«, kommentierte sie den Schlag.

Umständlich rappelte er sich hoch. Als er wieder vor ihr stand, schlug sie erneut zu, so heftig, dass er nach hinten strauchelte und auf den Rücken fiel. So blieb er einige Zeit reglos liegen. »Die für all die Zeit, die ich in meinem Gefängnis saß, ohne dich ein einziges Mal zu sehen!«

Kallestrus begann zu husten und spuckte Blut. Er rappelte sich auf und hielt sich die Verletzung am Rücken. »Warte, bevor du wieder auf mich losgehst. Dieser menschliche

Körper hält das bald nicht mehr aus. Kiromin hat mir den Dolch einer Feuerelementar-Schmiede zwischen die Rippen gerammt.« Er konnte den Satz gerade noch beenden, als ihn ein Tritt in die Seite traf und er bäuchlings zu Boden ging.

Selestria stand keuchend über ihm. Anscheinend kosteten diese Angriffe auch sie jede Menge Kraft.

»Was der Sohn nicht geschafft hat, beendet die Mutter«, kommentierte Regulus die letzte Attacke belustigt. »Lass ihn am Leben. Ansonsten brauchen wir nur ein bisschen abwarten, bis diese Welt untergeht.«

Mit einem Ruck drehte sie sich zu dem Greis, ihre Augen grün leuchtend.

Regulus lächelte sein schönstes Zahnlückenlächeln und verbeugte sich prompt. »Du darfst mich gerne töten, aber vielleicht erst, nachdem ich die Formeln gesprochen habe, die dich erneut an die Zeit binden. Außer natürlich, dir ist in all den Jahren eine bessere Idee gekommen, wie wir diesen Zeiten-Welten-Schlamassel eleganter lösen können.« Ihre Kälte ließ seine Stimme noch älter und wackeliger klingen, als sie es bereits war. Unter ihrem Blick zitterte sein schmächtiger Körper wie Espenlaub, sodass der Stock, auf den er sich stützte, wie ein Grashalm im Wind hin und her ging. Das Glühen ihrer Augen erlosch so unvermittelt, wie es zuvor entflammt war, und Regulus atmete tief durch.

»Ich kenne dich!«, sagte sie schroff.

Merranas überlegte, ob Regulus nickte oder weiterhin zitterte.

»Du hast einen meiner Vorgänger, einen Drachentöter, umgebracht«, meinte sie trocken.

Er nickte.

»Was? Ist dir jäh die Sprache weggeblieben?«

Er schüttelte den Kopf. »Nicht direkt, meine Zunge ist für einen Augenblick festgefroren!«, schnauzte er sie an und stupste sie mit seinem Stock.

»Wie kannst du es wagen?« Ein kurzes Glühen erschien, erlosch wieder. »Du bist der letzte, nicht wahr?«

Er wandte sich von ihr ab und sah zu Plutarchs Leiche.

»Ja. Ich bin wahrscheinlich der letzte aus dieser Linie. Und du musst Kallestrus am Leben lassen. Er ist der Einzige, der aus dem Folianten der Zeit wird lesen können. Zudem möchte ich eine Fürbitte zu seinen Gunsten vorbringen.«

Sie machte eine schnelle Geste, damit er weitersprach.

»Nun, nachdem du damals eingesperrt wurdest, da hat man ihm und dir alle Erinnerungen aneinander genommen. Dir sogar die an deine Kinder, an diese Welt und dein wahres Wesen«, erklärte er gemächlich. Er trug die Worte vor, als würde er ihr ein Märchen aus ferner Zeit erzählen. »Die Ältesten hielten es für das Beste, wenn Kallestrus dich vergisst, damit dich nie jemand finden möge und die Welten für alle Zeit sicher wären.«

Sie atmete tief ein. »Eine wunderbare Eingebung, die euch Sterblichen da gekommen ist.«

»Es liegt in der Natur der Geheimnisse, dass sie entdeckt oder verraten werden. Jeder Träger von Wissen ist Täter und Opfer zugleich.« Regulus zeigte ein breites Grinsen.

Sie ließ von ihm ab und betrachtete Kiromin. »Du bist also aus dem silbernen Ei geschlüpft?«

Kiromin schwieg. In all der Zeit auf dem Weg hierher hatte er sich vorgestellt, wie sie wohl sein würde. Aus einem ihm vollkommen unerklärlichen Grund hatte er fest damit gerechnet, dass sie in Tränen ausbrechen und sich, seine Geschwister und sogar ihn betrauern würde. Stattdessen schlug sie seinen Vater nieder, was durchaus verdient war, aber ihre Entschlossenheit und Brutalität ließ all seine Träume wie kleine Rauchwölkchen verschwinden. Sie war stark und schlagfertig. Er suchte in ihren Blicken nach etwas Vertrautem. Doch da war nichts. Sie war ein Drache wie er, nicht mehr.

»Wie lange war ich eingesperrt? Wer hat mich befreit?«, fragte Selestria schließlich. »Und wer seid ihr, wer ist der Tote da?«

Es dauerte eine Weile, bis sie nach und nach ihre Geschichten erzählt hatten. Selbst Atiro berichtete in knappen Sätzen und mit Abscheu in der Stimme, wie er an diesen Ort kam.

Als sie geendet hatten, saß Selestria auf dem Sockel und starrte vor sich hin. Stille breitete sich über sie aus. Lediglich die Fackeln zischten und knackten von Zeit zu Zeit.

Irgendwann grunzte Regulus und zog den Rotz hoch, gleich danach hörten sie ein Grollen, und die Erde unter ihnen erzitterte. Der Alte zuckte die Schultern.

»Damit habe ich nichts zu tun, aber ich denke, dass wir dem Ende nähergekommen sind«, durchbrach er endgültig das Schweigen.

»Für eine kurze Zeit der Zweisamkeit und des Glücks muss ich für alle Ewigkeiten in einen magischen Käfig?« Selestrias Stimme erhob sich über ihre Köpfe.

»Ja, es ist ein hoher Preis.« Kallestrus kam langsam auf sie zu.

»Und wie hoch ist deiner?«, wollte sie von ihm wissen.

Statt ihr direkt zu antworten, kniete er vor ihr nieder und ergriff ihre Hand. Sie ließ ihn gewähren, und schließlich legte sie die andere Hand auf seine.

Kallestrus schaute zu ihr hoch. »Ich werde mit dir gehen.« Er stand auf, zog sie mit sich hoch und küsste sie sanft auf den Mund.

»WAS?«

Die Frage kam aus zwei Kehlen gleichzeitig. Merranas und Kiromin wechselten einen kurzen Blick, dann sah Merranas von einem erstaunten Gesicht ins nächste. Er war sich nicht sicher, ob er verstanden hatte, was die beiden Drachen da miteinander besprochen hatten, doch waren alle genauso verwirrt wie er.

»Ist das wieder so ein Drachending? Erst prügelt ihr euch halb tot und dann versprecht ihr einander die Ewigkeit?«, platzte es aus Merranas heraus.

»Deswegen hast du uns hierhergebracht? Damit du und Mutter euch gemeinsam an die Zeit binden könnt?«, gellte Kiromins Stimme durch die Kammer. Die Augen wollten ihm übergehen, als er wild mit den Armen rudernd auf Kallestrus zulief. »Nach allem, was hier passiert ist, gehst du mit ihr ins ewige Gefängnis? Das ist die Lösung und deine persönliche Strafe für alles, was du uns angetan hast? Eine Flucht in die sichere Zeit?« Er zeigte die Züge eines Drachen abwechselnd mit denen eines Menschen.

Kallestrus betrachtete ihn aufmerksam. »Du kannst wieder deine echte Gestalt annehmen, nicht wahr?«

Kiromin funkelte ihn böse an. »Und wenn schon!«

»Es hat seine Bewandtnis, mein Sohn«, mischte sich Selestria ein.

Kiromin ließ von Kallestrus ab. Sie hatte ihn das erste Mal so angesprochen. Es versetzte ihm einen viel schmerzhafteren Stich ins Herz, als es ihm recht war. Sohn, ja. Er war ihr Sohn und sie eine Fremde. Dennoch tat es weh.

»Dein Vater und ich, wir haben beide unsere Macht egoistisch genutzt. Jetzt ist es an uns, wieder ein Gleichgewicht zu schaffen.«

Kiromin drehte sich von ihnen weg. »Ja, sicher!«

»Warte, Kiromin!« Kallestrus fasste ihn am Arm. »Deine Wut und den Hass verstehe ich. Sie ändern nichts daran, dass die Welten sind, was sie sind: Kleine fragile Geschöpfe, die nach ihren eigenen Gesetzen und Regeln funktionieren. Wir Drachen sind mächtig, aber schau mich an. Schau uns an. Wir sind nicht allmächtig. Wir sind nicht Schöpfer, lediglich Bewahrer und Wächter, und genau in dieser Rolle haben wir versagt.«

Selestria nickte zustimmend.

Kiromin blickte zu seiner Mutter. »Tut es dir denn gar nicht leid? Um uns? Um dich? All meine Geschwister sind weg. Trotz allem, ich werde allein zurückbleiben, wenn ihr geht.«

Sie kam zu ihm und breitete die Arme aus. Bei ihrer ersten Berührung wagte er nicht, sich zu bewegen oder die Umarmung zu erwidern. Eine sanfte Kühle umgab sie und ihn. Erst danach merkte er, dass er selbst die Luft angehalten hatte, während sie ihn berührte. Hörbar atmete er ein. Sie ließ von ihm ab, wobei ihre Hände auf seinen Schultern ruhten. »Ich werde genügend Zeit haben, um euch und uns alle zu beweinen und zu trauern.«

Das, was sie sagte, ergab Sinn, so ungern er es zugeben wollte. Er sah zu seinem Vater, der den Arm nach ihm ausstreckte.

Wieder erzitterte die Erde.

»Es wird Zeit, dass wir anfangen«, krächzte Regulus und begutachtete das Gewölbe über ihnen. Feiner Staub rieselte hinab, erste Risse waren erkennbar, wurden unter lautem Knacken größer.

Kiromin nickte und marschierte vom Sockel weg.

Kallestrus unternahm keinen weiteren Versuch, seinen Sohn zu umarmen. Stattdessen wandte er sich an Vaticine, die neben Merranas getreten war und ihn immer wieder von der Seite musterte. Der junge Kopfgeldjäger stand unbeholfen neben ihr und wagte es nicht, zur Seite zu sehen.

»Auf ein Wort, Seherin«, raunte Kallestrus und zog sie außer Hörweite der anderen.

»Deine Prophezeiung«, setzte er an.

Sie schaute ihn skeptisch an und warf einen Blick auf Merranas.

»Was soll mit der sein?«, fragte sie schroff.

Kallestrus grinste. Ihre Art gefiel ihm. »Nun, deine Prophezeiung ist nicht allein für Plutarch gewesen, auch wenn sie dir über die Zeit gute Dienste geleistet hat.«

Vaticine neigte den Kopf zur Seite. Ihr Glasschmuck ließ ein leises, beinahe melodisches Klingen ertönen. »Ach?«

Kallestrus lachte laut los. »Dann weißt du es bereits.«

Diesmal spürte sie, dass er sich über ihre Art amüsierte.

»Du meinst, dass sie ebenso gut dir gelten könnte?«, entgegnete sie und zog die Augenbrauen hoch. »Ich habe es kurz in Erwägung gezogen.«

Er konnte nicht mehr an sich halten. Tränen liefen über seine Wangen, und er musste sich vor Lachen den Bauch halten. Es dauerte eine Weile, bis Kallestrus sich wieder beruhigt hatte und sich mit dem Handrücken übers Gesicht fuhr. »Tränen. Immer Tränen, wenn man sie nicht braucht.« Er nahm Vaticine in die Arme und drückte sie fest an sich.

»Das ist meine Brut. Du bist wahrlich meine Brut. Du weißt auch, was es für dich bedeutet, wenn Selestria und ich wieder an die Zeit gebunden werden?«

Sie lächelte bitter und nickte ihm zu. Dies war sicherlich die gerechte Strafe für alles, was sie in den vergangenen Jahren und Jahrzehnten, wenn nicht sogar Jahrhunderten getan hatte. Zudem kannte sie ihr Schicksal seit dem Moment, als Firim und sie Kallestrus lebend gefunden hatten.

»Eine Frage noch.« Jetzt war sie es, die ihn festhielt. »Warum hast du Plutarch nicht einfach umgebracht, als die Gelegenheit gekommen war? Es wäre für dich ein Leichtes gewesen. Schließlich war er es, der all dein Wissen gegen dich und deinesgleichen ausgespielt hatte.«

»Irgendjemand musste doch das Portal der Kammer öffnen, oder nicht? Und danach dachte ich, die Jungen schaffen es allein. Bei all den Rachegedanken, die Kiromin gegen mich hegt, war die Wut groß genug, um zu töten.«

Sie schüttelte den Kopf und grinste bedrückt. Ja, wahrscheinlich war es so gewesen.

BUCH 3

AUF IMMER UND EWIG

Unter einem Grollen erzitterten die Wände der Kammer und brachten alle Gespräche zwischen den Anwesenden schlagartig zum Schweigen. Kiromin blinzelte zur Decke. Wieder rieselte feiner Steinstaub auf sie herab. »Und du hast nicht einen von uns erkannt? All die Jahre?«

Selestria blickte ihren Sohn an. Ihre fein gezeichneten Augenbrauen senkten sich. »Der erste klare Gedanke, an den ich mich erinnern kann, ist, als ich deinem Vater in Balfahlahr begegnete. Alles andere spukt durch meinen Geist wie ein Traum, eine Geschichte, die jemand anderem widerfahren ist.« Sie wandte sich zu Kallestrus, wollte ihn etwas fragen, schwieg jedoch und betrachtete Kiromin. »Du denkst, ich sei grausam, nicht wahr? Vielleicht sogar, dass dein Vater grausam ist.«

Seine Kiefermuskeln arbeiteten. Er schaffte es nicht, sie anzuschauen. »Oh, ich weiß, dass er grausam ist.« Über sie verlor er kein Wort. Auf der Reise hierher hatte er sich diesen Augenblick so oft ausgemalt. Was er ihr sagen und was er tun würde. Keine dieser Überlegungen wollte gerade passen, da der Zeitpunkt gekommen war. Also schwieg er und schaute an ihr vorbei zu seinem Vater, der mit Regulus und Nadala zusammenstand und in den Folianten blätterte. »Ich habe gedacht, er sei allmächtig«, unterbrach Kiromin das Schweigen zwischen ihnen. »Unter Umständen wollte ich sogar, dass er es ist und dass du es bist. Aber ihr seid es nicht. Ihr habt Fehler gemacht. Sehr große sogar.« Endlich konnte er den Blick heben.

Ein Lächeln zeigte sich auf ihrem strengen und makellosen

Gesicht. Sie war schön. Seine Mutter hatte eine wunderschöne menschliche Gestalt. Beinahe schämte er sich für diesen Gedanken, aber beim nächsten Atemzug empfand er einen gewissen Stolz.

»Es gibt kein Wesen in all den Welten, das allmächtig ist. Mögen auch einige wenige sehr nahe an dieses Ideal herankommen, so gibt es in jedem von uns einen Fehler, eine Schwäche oder einen wunden Punkt, der uns verleitet, Dinge zu tun, die jeglicher Vernunft entbehren.«

»Das ist keine Entschuldigung für das, was Vater getan hat oder du.«

»Nein, ist es nicht, dennoch eine Erklärung, wie es dazu kommen konnte.«

»Das ist nicht viel.«

Sie lachte ihn an. »Was hast du zu bieten?«

Verärgert starrte er sie an, aber eine Antwort wollte ihm nicht einfallen. Er hatte eine Menge Hass, Wut und Vorwürfe.

Ein weiteres Beben schüttelte die Erde und holte sie fast allesamt von den Beinen. Nadala hatte sich am Sockel positioniert und las angestrengt in dem Buch. Regulus und Firim hatten sich rechts und links von ihr aufgestellt. Beide blätterten in ihren Folianten. Vaticine selbst hielt ein anderes Buch aufgeschlagen und stand Regulus schräg gegenüber, neben ihr Merranas, der ihr über die Schulter spähte. Sie war einen Kopf kleiner als er. Kiromin fiel sofort auf, wie nahe er ihr dabei kam. Sie streichelte ihm über die Wange. Er hingegen ergriff ihre Hand und hielt sie fest.

Verwirrt sah Kiromin zu seinem Vater, der ins Buch vertieft um die Anwesenden lief und vor sich hinmurmelte. Bei Atiro blieb er kurz stehen und raunte dem jungen Mann etwas zu. Dieser verzog das Gesicht, folgte jedoch der Anweisung, die Kallestrus ihm gegeben hatte, und stellte sich zu Nadala.

Kallestrus beobachtete jeden Schritt des Mannes, als warte er auf einen Angriff. Nichts dergleichen geschah. Der letzte Foliant lag auf dem Sockel. Jetzt guckte er zu ihnen hinüber und kam gemächlich auf sie zu.

Kiromin schluckte trocken. Er schaute in die glutroten Augen, die er seit seinen jüngsten Tagen kannte.

Kallestrus musterte lange seinen Sohn. Er beobachtete das Glühen in ihm. Das gleiche Glühen wie sein eigenes. Sein Fleisch und sein Blut, dennoch ein anderes Sein. »Es gibt genügend Gründe, für die es sich lohnt zu sterben. Dazu musst du erst einmal gelebt haben, mein Sohn.«

Kiromin nickte. »Es ist besser, einmal gelebt zu haben, anstatt gar nicht zu existieren, außerhalb aller Welten und außerhalb jeder Zeit.«

Kallestrus neigte sich nach vorne und legte seine Stirn auf die seines Sohnes.

Kiromin ließ ihn gewähren. Als er sich von seinem Vater löste, standen Tränen in seinen Augen. »Ihr lasst mich hier allein?«, flüsterte er.

Kallestrus nahm den Kopf seines Sohnes in die Hände und küsste seine Stirn. »So muss es wohl sein.«

Selestria ergriff Kallestrus' Hand, mit der anderen fasste sie Kiromins. »Wir haben keine andere Wahl. Es ist nicht meine oder seine Schuld. Es ist unsere.«

Der Jungdrache wollte etwas sagen. Eine Menge Fragen schossen durch seinen Kopf, doch keine ließ sich dazu bewegen, seinen Mund zu verlassen. Seine Zunge wollte ihren Dienst nicht verrichten. In der einen Hand spürte er die Glut seines Vaters, in der anderen das Eis der Mutter. Beide Mächte durchströmten seinen Körper und verbanden sich zu einer wohligen Wärme in seiner Brust.

»Es liegen eine Menge Aufgaben vor dir«, flüsterte Kallestrus.

Kiromin nickte und drückte ihre Hände. Zu dritt standen sie so nahe zusammen, dass die anderen nicht sehen konnten, was zwischen den Drachen geschah.

Für einen Moment existierten sie ganz für sich, losgelöst von dieser Welt.

Merranas fühlte sich federleicht. Diese fremde Frau war so vertraut, ihre Berührungen eine Selbstverständlichkeit. Er wünschte, sie sofort in den Arm nehmen und nie wieder loslassen zu können, wollte ihr all die Fragen stellen, die seit Kindertagen in ihm brannten und deren Antworten er beinahe für verloren geglaubt hatte. Plötzlich war er dem Ziel so unglaublich nahe, dass er darauf brannte, dieses Abenteuer zu Ende zu bringen. Hier stand sie vor ihm. Und er spürte es, ohne dass sie ein Wort sagen musste. Schon bei der ersten Berührung wusste er, wer sie war. Er verstand sie, obwohl sie nicht sprachen, und sie verstand ihn, als seien sie auf wundersame Art verbunden. Wie abgesprochen standen sie nebeneinander und hielten den Folianten, jeder an einer Seite. Die Zeichen an den Rändern der Buchseiten erschienen vor seinen Augen. Im Geiste las er den Text, ohne die Sprache oder dessen Bedeutung zu kennen, dennoch verstand er, was er tat. Nie zuvor hatte sich etwas in seinem Leben so echt und richtig angefühlt.

Nadala schmunzelte.

Atiro gesellte sich mit verbissener Miene zu ihr. »Kallestrus befiehlt mich zu dir. Er sagt, du sollst mich mitlesen lassen.« Ihre Gesichtszüge verrieten, dass sie ihm wohlgesonnen war. Allein das reichte schon aus, um seinen Hass erneut aufkochen zu lassen. *Sie hat Mitleid mit mir. Mit dem kleinen dummen Zauberer, der nichts kann und nichts weiß, muss man Mitleid haben und ihn an die Hand nehmen. Verfluchtes Volk!,* dachte er.

Nadala hingegen nahm seine Hand und legte sie auf den Folianten des Feuers, so schnell und bestimmt, dass Atiro keine Zeit blieb, sich zu wehren.

Als er das Buch hielt, erschienen die ersten Striche und Serifen auf der Seite, die er berührte. Fasziniert starrte er auf das Geschehen.

»Für dich beginnt die Zeit des Lernens, wenn wir das hier überstehen«, erklärte Nadala. »Möglicherweise kann ich dir bei einigen Dingen helfen.«

Er konnte sich nicht vom Buch abwenden. Nie war so etwas passiert, wenn sein Vater und er in den Werken studiert hatten. Er konnte sich nicht erklären, was sich veränderte, er jedenfalls tat es, er konnte es jeden Augenblick mehr spüren. Trotz des Hasses wusste er, dass er Hilfe benötigte, um zu verstehen, was mit ihm geschah. Zögerlich hob er seinen Blick. Ihre Gesichtszüge zeigten Strenge, sie nickte ihm zu. »Wir werden die Formeln gemeinsam lesen, wenn wir an der Reihe sind!«

Er runzelte die Stirn und vertiefte sich erneut ins Buch. »Ich verstehe nicht, was dort geschrieben steht.«

»Alles zu seiner Zeit.«

Regulus hielt sich auf seinen Stock gestützt und hatte den Folianten auf dem Sockel abgelegt. Die Formeln auf den Seiten kamen und gingen, je nachdem, wo er gerade seine Finger hinbewegte. Sein Lächeln schenkte ihm mehr Falten, als er eh besaß. Es bereitete ihm großes Vergnügen, die Worte erscheinen und verschwinden zu lassen. »So endet meine Reise«, sagte er leise und mehr zu sich selbst.

Selestria trat an seine Seite. »Du bist müde, alter Mann.«

Er gackerte los. »Lebensmüde, Drachenfrau. Ich bin dieses Lebens überdrüssig. Es reicht!«

»Nicht mehr lange«, gab sie mit einem Grinsen zur Antwort, und er nickte zustimmend. »Ja, irgendwann ist es genug.«

Das Buch lag schwer in seinen Armen. Er hielt es wie ein Kind. Wenn sie es tatsächlich schaffen würden, die Drachen wieder an die Zeit zu binden, würde er das Erbe seiner Linie dorthin zurückbringen, wo es einst stand, das Wissen an die wenigen, die noch da waren, weitergeben. Sie würden den Handel wieder aufnehmen und sich alle Macht zurückholen, die ihnen genommen worden war. Firim warf einen flüchtigen Blick zu Vaticine und Merranas. Er betrachtete die Silhouette der Frau. Seine Finger krallten sich in die Seiten des Buches, als er daran dachte, wer sie war. Vielmehr beunruhigte ihn der junge Mann neben ihr, dem sie sehr zugetan schien. Vielleicht war das doch ein gut durchgeplantes Schauspiel und er eine Figur, die ihren Zweck erfüllte. Er wandte sich von den beiden ab und Kallestrus zu. Es war sicherer, seiner Linie treu zu bleiben, möge kommen, was wolle. Er konzentrierte sich auf die aufgeschlagenen Seiten des Buches. Seine Fingernägel hinterließen feine Kerben im Pergament, nachdem er seinen Griff endlich lockerte. Die Linien, die sich zu Buchstaben verbanden, wurden an den Rändern sichtbar. Von selbst formten sich Worte in seinem Geist. Er würde nicht ein weiteres Mal hinschauen müssen, um den Text zu rezitieren. Das hier war seinem Blut entsprungen und ging endlich wieder in sein Blut über.

»Es ist an der Zeit«, krächzte Regulus und legte seine Hand auf den Sockel.

Die Erde unter ihren Füßen geriet in Bewegung, diesmal stärker als zuvor. Nur mit Mühe konnten sich alle aufrecht halten.

Die Drachen ließen voneinander ab.

Kiromin hielt die Hände seiner Eltern so lange fest, wie es möglich war, bis sie sich beide von ihm lösten.

Selestria lächelte. Sie hauchte ihm einen kühlen Kuss auf seine glühende Wange. »Alles, was du brauchst, ist bereits in dir, mein Sohn!« Danach drehte sie sich um und ging auf den Sockel zu. Die langen Haare fielen wie Wasser um ihren Oberkörper und die Hüften. Vorsichtig hob sie den Folianten auf, der für sie bestimmt war, und wartete auf Kallestrus, bis er zu ihr auf den Sockel stieg.

Kiromin stellte sich zu Merranas. Mit vor der Brust verschränkten Armen blieb er stehen und starrte nach vorne.

Der Kopfgeldjäger betrachtete den Jungdrachen von der Seite. Am Adamsapfel sah er, wie der andere schwer schluckte. Kurz war er versucht, seine Hand auf Kiromins Schulter zu legen, aber es schien ihm nicht der rechte Zeitpunkt.

Kallestrus räusperte sich. »Wenn wir Glück haben und es uns gelingt, das Gleichgewicht zwischen den Welten wiederherzustellen, dann werden wir alle weiterleben. Jeder auf seine Weise.« Dabei wandte er sich Selestria zu, die ihm zunickte. »Doch jedem von euch fällt eine neue Aufgabe zu. Die einen werden sie wie eine Strafe, die anderen einer Belohnung gleich empfinden.« Diesmal fielen seine Blicke auf Vaticine und Nadala. Beide Frauen nickten einmal.

Merranas lächelte Vaticine an, doch sie blieb ernst.

Verunsichert sah er zu Kallestrus. »Dir kommen mehrere Aufgaben zu, Merranas.«

Erstaunt zog der Kopfgeldjäger die Augenbrauen hoch. »Meinen Auftrag habe ich erfüllt!«

»Das stimmt. Allerdings hast du dich aus freien Stücken entschlossen, hierherzukommen. Nichts im Leben ist umsonst. Nicht einmal die Antworten auf Fragen, die uns am meisten auf der Seele und im Herzen brennen.«

Verwirrt gaffte er von Kallestrus zu Vaticine und erschrak, als er Tränen in den Augen der Frau entdeckte. Er spürte ein weiteres Mal den Kloß im Hals. Den Satz, den er dachte, war er noch nicht bereit auszusprechen. Der hatte sich in den letzten Stunden immer mehr in seinem Bewusstsein geformt, auch dann, als Merranas ihn mit durchaus plausiblen Argumenten versucht hatte, für sich selbst zu widerlegen. Es gelang ihm nicht, und es dauerte einige Momente, bis er endlich den Mut fand. »Ich bin einer von euch, hab‘ ich recht?«, presste er mit viel zu dünner Stimme hervor. Er musste sich ein verzweifeltes Lachen verkneifen, so abwegig und zeitgleich wahr klang der Satz in seinen Ohren.

Auf Kallestrus Gesicht erschien ein breites Grinsen. »Ja, wenn man dir etwas Zeit lässt und dir hier und da einen Wink mit dem mentalen Zaunpfahl verpasst, begreifst du Stück für Stück diese Welt.«

Merranas Mundwinkel begannen zu zucken. Er befürchtete, etwas Dummes zu sagen. Eine Mischung aus Belustigung und plötzlich sich formender Erkenntnis ließen ihn die Kontrolle über seine Gesichtsmuskeln verlieren. »Du wusstest es von Anfang an, nicht wahr?«

Kallestrus betrachtete amüsiert das Mienenspiel des jungen Mannes und nickte schließlich.

»Du hattest nie die Absicht, mich einen Vogelfreien zu

nennen oder gar zu töten.«

Ein kurzes Lachen beantwortete seine Feststellung.

»Was bedeutet das für mich?«, wollte er letztendlich wissen.

Rotes Glühen in Kallestrus' Augen war die Antwort. Sie genügte. Er würde mehr lernen müssen, als ihm wohl an Lebenszeit zustand.

»Du wirst die richtigen Lehrer finden, aber zuerst wirst du mit Firim gehen«, erklärte Kallestrus.

»Nein!« Vaticines Stimme schnitt durch den Raum. Sie ergriff Merranas' Hand.

Kallestrus sprang vom Sockel und ging zu ihr. »Was denkst du, soll er tun?«

»Sie werden ihn…«

Eine Geste von Kallestrus schnitt ihr das Wort ab. »Oh nein, das werden sie nicht. Das ist ein Teil des Preises, den du zu zahlen hast für alles, was du deinem Blut angetan hast. Das ist mehr Gnade, als dir zusteht.«

Sie schluchzte leise auf.

Beunruhigt guckte Firim zu Merranas, der mit verzweifelter Miene neben der Seherin stand und nicht begriff, wovon die beiden sprachen.

Vaticine senkte den Kopf und nickte schließlich einwilligend.

Merranas machte den Mund auf, um etwas zu sagen, doch Vaticine kam ihm zuvor. »Nachher. Wir sprechen nachher!«

Zu guter Letzt wandte sich Kallestrus an Regulus. »Du weißt, was passiert, wenn die Zeit uns hat?«

Der Greis sah zu Kallestrus auf, der wieder auf den Sockel gestiegen war. »Mit euch Drachen ist's schlecht Geschäfte zu machen. Nie bekommt man das, was man sich erhofft. Verdammt sei's! Ich habe es beim Öffnen des Portals so oder so gespürt. Ich hoffe sehr, dass meine Kräfte reichen, um diese Aufgaben zu erledigen.«

Ein leises Brummen ertönte und wurde schnell zu einem Donnern. Regulus kniete sich hin und breitete seine Arme über dem Boden aus. »Wir müssen uns beeilen. Die Erde wird bald noch unruhiger werden. Wir wissen nicht, was gerade über unser aller Köpfe passiert. Diese Kammer ist durch das Gewölbe sehr stabil, aber der Grund, das Gestein, die Erde und die Kräfte, die auf uns wirken, sind stärker.« Er stand wieder auf und warf Kallestrus einen bittenden Blick zu.

Selestria schaute in die Runde. »Viel Zeit ist mir nicht geblieben, um zu sehen, was wirklich in dieser Welt passiert ist, seitdem ich im Körper oder Geist gefangen war. Kein Tag, um zu lachen oder zu weinen.«

»Dafür haben wir die Ewigkeit«, meinte Kallestrus. Er stellte sich ihr gegenüber auf. »Willst du beginnen?«, fragte er leise.

Sie nahm das Buch in die Hände und blätterte. Er betrachtete sie, die faltenfreie Stirn, das Grün ihrer Augen, die feinen Züge ihrer Lippen und die roten Haare, die über ihre Schultern fielen. Selbst ihr menschlicher Körper war nach der ganzen Reise, allen Vorkommnissen und den Kämpfen am See wunderschön. Lange Zeit hatte er vergessen, wer und wie sie war. Warum er ihr damals verfallen ist, genau wie jetzt, da sie wieder vor ihm stand. Er konnte die Augen nicht von ihr lassen.

Endlich fand Selestria die Seiten im Buch. »Es funktioniert. Ich sehe die Worte, und sie ergeben Sinn.«

Kallestrus neigte den Kopf. »Lies, wenn du bereit dazu bist. Wir werden sehen, was passiert.« Er hielt den Folianten der Zeit umschlungen. Die Kassette war schnell aufgebrochen. Das Metall hatte unter seinen Händen widerstandslos nachgegeben. Er sah ihr zu, als sie anfing, die Formeln zu rezitieren. Ihre Stimme klang hart und schneidend.

Merranas meinte, sie würde sie der Reihe nach verfluchen. Doch nichts dergleichen geschah.

Als Selestria den Kopf hob, senkte sich ein leichter Nieselregen über alle, der bald verflog und nur einen Zylinder um den Sockel bildete, auf dem die beiden Drachen in Menschengestalt standen. Einige Augenblicke später verdichtete sich das Wasser und wurde zu einem plätschernden Fall, der aus der Gewölbedecke brach, ohne den Raum zu fluten, und in der Basis des Sockels verschwand.

Fasziniert betrachtete Atiro das Phänomen.

Merranas streckte die Hand aus, um den Wasserfall zu berühren, der die Drachen umgab. Er wurde nass, und bespritzte sich. Wasser, das nicht den Gesetzen dieser Welt folgte. Er zog lachend die Hand zurück. *Wunder oder Magie?*

Regulus räusperte sich.

Seine Sprache verstand Merranas nicht, aber die krächzende Stimme fesselte ihn. Es hörte sich wie eine alte Erzählung an, die von schweren Kämpfen und großen Eroberungen berichtet. Der Alte hob und senkte sein Krächzen andächtig, und mit jedem seiner Worte wirbelte feiner Sand um den Sockel. Das Wasser versiegte nach und nach und machte der Erde Platz, die ebenfalls in einem Zylinder um die Drachen kreiste.

Kiromin spürte das Prickeln der Körner auf seinem Gesicht und war froh, dass er dem feinen Sand die Schuld für seine Tränen geben konnte. Es fühlte sich an, als würden sie davonfliegen und ihn, den kleinen Drachen, im Nest zurücklassen. Das versetzte ihn in Furcht, die er hinunterschluckte. Er blieb ruhig stehen, seinen Blick auf die beiden Wesen geheftet, die seine Gefühle und Weltanschauung völlig überforderten. *Hass und Liebe sind eine Gratwanderung. Es kommt eher darauf an, welcher Seite man sich zuwendet. Doch ihre Macht ist ebenbürtig. Gleichgewicht, Gleichgewicht, Gleichgewicht. Dieser Grat ist nichts anderes als das Zünglein an der Waage.* Seine Gedanken wurden durch die Stimmen von Nadala und Atiro unterbrochen. Selbst hier, ein Stück abseits von ihr, konnte er die Hitze spüren, die von der jungen Frau ausging, als sie die Worte aus dem Buch des Feuers flüsterte. Von Wort zu Wort wurde ihre Stimme lauter, auch Atiro erhob seine. Sie klangen erschreckend harmonisch zusammen, als hätten sie das Rezitieren dieser Formeln lange geübt. Flammen züngelten um Kallestrus und Selestria, nachdem sie geendet hatten.

Völlig atemlos starrte Atiro auf das Schauspiel, das sich ihm bot. Im Gegensatz zu der Säule, die sie für Plutarchs Gefängnis erzeugt hatten, erlebte er diese Beschwörung mit eigenem Geist und im vollen Bewusstsein. Die Kraft, die dabei von Nadala ausging, die trotz seiner Wehr seine Hand ergriffen hatte, war eine ganz andere als von Vaticine und Firim. Es fühlte sich unglaublich gut und mächtig an, was da geschah. Nachdem sie ihn losließ, hätte er am liebsten »Nochmal!« geschrien. Es kostete ihn viel Selbstbeherrschung, um nicht einfach nach ihrer Hand zu fassen. Er wollte alles an Kraft und Macht von ihr haben, was sie besaß. Sollte das alles hier definitiv die Wirklichkeit sein und sie würden überleben, musste er diese Frau fragen, was sie mit ihm getan hat. Er wollte es unbedingt wieder spüren. Diese Hitze, dieses Feuer und sie.

Firim betrachtete die Flammen, die den Sand zu Asche verwandelten. Er hob den Kopf und begann, die Formeln aus seinem Folianten der Herrschaft vorzutragen. Er sang die Worte in einer tiefen, aber klaren Stimme. Die Flammen wurden zu weißem Rauch, verhüllten Kallestrus und Selestria vollkommen, als er endete.

Merranas spürte Vaticines Hand in seiner. Ein sanfter Druck gab ihm zu verstehen, dass sie an der Reihe waren. Ihre Stimmen wurden zu einer, ein Wispern. Sie mussten weder die Lippen richtig bewegen noch tief Luft holen. Die Formeln strömten aus ihren Mündern wie Wind durch ein offenes Fenster. Dieser Wind vertrieb den Rauch um die Drachen und gab sie den Umstehenden wieder frei. Ein leises Heulen und Pfeifen blieben, und sie schwiegen. Kallestrus wandte sich Kiromin zu, als er den Folianten der Zeit aufschlug. Das rote Glühen seiner Augen brannte hell. »Du hast alle Prüfungen bestanden und hast genügend Freunde, die dir helfen werden, mein Sohn. Deine letzte Aufgabe kennst du bereits.«

Kiromin schluckte trocken. »Ja!« Mehr brachte er nicht heraus.

Kallestrus trat zu Selestria »Du hast mir alles geschenkt

und mir alles genommen. Dafür will ich für immer bei dir sein.«

»Du hast mich geliebt und verraten, getötet und zum Leben erweckt. Dafür bist du immer mein.« Sie küsste ihn sanft auf den Mund.

Kallestrus sprach nicht, dennoch vernahmen alle Anwesenden seine donnernde Stimme in ihren Köpfen. Sie hallte wider in ihrem Geist, erfüllte sie bis aufs Blut. Jedes Wort war scharf wie eine Klinge, heiß wie Glut und schwer wie Eisen. Beinahe tat es weh, sie im eigenen Kopf zu hören, doch gleichzeitig war sie wie Balsam auf allem, was sie bewegte und quälte. Er schien ihre größten Ängste zu benennen, nur um sie ihnen sogleich zu nehmen. Schien sie zu demütigen und zu lobpreisen. War Richter und Henker. War Stifter und Heiler.

Merranas hielt sich die Hände an die Ohren, Atiro hingegen war zu Boden gegangen, seinen Kopf presste er an die Brust, und Weinkrämpfe schüttelten ihn.

Firim stand erhobenen Hauptes da und lächelte, genau wie Regulus und Nadala. Vaticine rannen Tränen über die Wangen, gleichzeitig lächelte sie.

Gerade als Merranas sie an der Schulter fassen wollte, um sie zu trösten, passierte es: Schreie, wie sie sie von keinem Lebewesen kannten oder je gehört hatten, hallten durch das Gewölbe.

Selestria und Kallestrus wurden auseinandergerissen und gegen die magischen Barrieren an den Rändern des Sockels geschleudert. Die Gesichter beider verformten sich. Aus den Nasen wurden Nüstern, ihre Rücken bogen sich. Flügel zerrissen den Stoff an ihren Körpern, aus Händen und Füßen wurden Pranken, die Haut verfärbte sich dunkelblau und weiß. Aus den menschlichen Körpern formten sich die Leiber der Drachen, die in der Luft schwebten und sich wie in einem wilden Tanz umkreisten.

Firim fand als erster die Sprache zurück und schrie gegen das Gekreische der beiden Drachen an. »Wird es funktionieren?«

Die Frage galt Regulus, der sich nur mit Mühe auf

seinem Stock hielt. Der Alte zuckte die Schultern.

Kallestrus riss das Maul auf und brüllte. Mit seinen Pranken versuchte er, Selestria zu fassen, die sich windend im Strudel der Zeit drehte. Sie hatte die Augen weit aufgerissen und probierte mit ausgestreckten Pranken, ihn zu berühren. Er sah ihre Angst. Er musste sie zu fassen bekommen. So wollte er die Ewigkeit nicht verbringen. Nicht im Strudel der Zeit, so nah und unerreichbar weit weg von einander. Er streckte sich ihr entgegen und bäumte sich gegen den Strom der Welten, in dem sie sich befanden und wie auf einem wilden Karussell umeinanderwirbelten. Es fehlte nicht viel, und er würde sie erreicht haben. Sie streckte ihm ihren Oberkörper entgegen, und ihr Hals berührte seinen. Mit Mühe kämpfte sie sich ihm entgegen, da bekam er endlich ihre Pranke zu fassen, zog sie mit aller Kraft an sich. Er spürte ihren Leib an seinem, da begann sie schon, ihre Schwingen um ihn zu schlingen. Er tat es ihr nach.

Schweigend betrachteten sie das Schauspiel.

Selestria legte gegen alle Widerstände zuerst ihre Schwingen um Kallestrus' Leib, er tat es ihr gleich. Außerhalb der Säule sah es aus, als würden die Drachen zu einer Kugel verschmelzen. Ihre Hälse und Köpfe lagen ruhig ineinandergeschlungen. In der Mitte der leicht glitzernden Säule schwebte eine dunkelblau-weiß schimmernde Kugel aus Drachenhaut und Schuppen. Nach den fürchterlichen Schreien fühlte sich die unverhoffte Stille beinahe greifbar an.

Vaticine ging ohne Eile um die Säule herum. Selestrias und Kallestrus' Augen waren geschlossen. Beide lächelten, falls man das von dem Gesichtsausdruck eines Drachen behaupten kann. Die Seherin schaute auf den Sockel und betrachtete die beiden von unten. Ihre Schwänze schlossen sich unten so um die Pranken, dass sie die runde Form perfekt vollendeten.

»Ich glaube, es ist uns gelungen«, gab Regulus schließlich von sich.

Firim ging an den Sockel heran und streckte die Hand aus, aber er kam nicht weit. Sehr bald spürte er einen unsichtbaren

Widerstand. Ein leichtes Prickeln durchlief erst seine Handfläche, dann seinen Arm. Aufmerksam betrachtete er die Drachenkugel, die träge um zwei Achsen rotierte. »Es ist noch nicht zu Ende«, brachte er leise heraus.

Diejenigen, die ihn gehört hatten, traten an die Säule heran. Die Leiberkugel nahm an Geschwindigkeit zu. Schon bald war nicht mehr festzustellen, wo sich der dunkelblaue Leib Kallestrus' und der weiße Selestrias befand. Die Kugel wurde erst hellblau, nach und nach fing sie an, immer heller zu leuchten.

Kiromin klebte mit Händen und Gesicht an der Barriere, die seine Eltern umgab. Von ihren wahrhaftigen Wesen war nichts mehr übrig. »Was geschieht mit ihnen?«

Die Frage verhallte im Raum, während sie zusahen, wie die Kugel sich dehnte, um sogleich zu schrumpfen und wieder größer zu werden. Immer schneller und schneller, bis man die Bewegung gar nicht mehr mit dem bloßen Auge wahrnehmen konnte, drehte sich das Gebilde, und von einem Wimpernschlag zum nächsten gab es einen Knall.

Die Druckwelle schleuderte sie allesamt von der Säule hinfort. Danach war ein leises Klimpern zu hören. Etwas war zu Boden gefallen.

Kiromin rappelte sich auf. Vor seinen Füßen lag ein großer Rubin. Mit hochgezogenen Augenbrauen hob er den Edelstein auf und schaute zur Säule.

»Ah, der Rubin. Der gehört mir! Kallestrus ist aus Versehen draufgetreten. Eine zusätzliche Belohnung für die Rettung der Welt.« Merranas nahm den Stein aus Kiromins Hand und steckte ihn ein.

Die Drachen waren verschwunden. An ihrer Stelle leuchtete ein blendendes Licht, als hätten sie einen Stern eingefangen.

Vaticine versuchte, ihre Augen mit der Hand zu schützen, um etwas zu erkennen. Das Funkeln unzähliger Strahlen machte es unmöglich, einen Punkt, geschweige denn etwas Bestimmtes zu fixieren. Nach einer Weile gab sie auf. »Etwas ist mit ihnen passiert. Wir können davon ausgehen, dass Kallestrus recht behalten hat und wir mit ihrer Bindung an die Zeit unsere Welt vor dem Untergang bewahrt haben. Falls nicht, ist es sowieso vorbei. Wir können nichts mehr machen.«

Das leuchtende Gebilde schwebte ruhig in der Säule und ließ die Kammer wie im Tageslicht erscheinen.

Nadala sah sie missbilligend an. »Ach ja? Woher weißt du das?«

Ohne auf den Ton in ihrer Stimme zu reagieren, fuhr Vaticine fort: »Der Foliant des Wassers liegt eingeschlossen in der Säule. Den der Zeit hat Kallestrus mit sich genommen.«

Regulus zeigte auf den Sockel. Dort innerhalb der Barriere lag das Buch. Selestria musste es nach dem Verlesen fallengelassen haben. Vom Buch der Zeit war nichts zu sehen. Kallestrus musste es bis zum Schluss bei sich behalten haben, bevor er und Selestria zu einem leuchtenden Ball verschmolzen waren.

Der Alte grinste. »Gut! Dann ist das fürs Erste erledigt.«

»Fürs Erste?«, wiederholte Merranas belustigt.

»Sicher, Grünschnabel! Nichts in den Welten ist für die Ewigkeit!« Er versetzte Merranas einen leichten Schlag mit seinem Stock und ließ sein gackerndes Lachen hören.

Merranas schlug die Arme über dem Kopf zusammen. »Alter Spinner!«

Atiro nutzte die Gelegenheit, als sich alle um Vaticine scharten, und stapfte zu Plutarchs Leiche. Das Gesicht des Obersten Kirchenführers war in sich zusammengefallen. Die dicken Wangen strebten zum Boden und gaben Nase und Augen frei. Der junge Mann schnaubte und tippte mit der Schuhspitze vorsichtig gegen den Arm des Toten. Er beäugte den gefallenen Feind und dessen Kleidung genauer, den fetten Bauch, der selbst jetzt noch in die Höhe ragte, und die Gewänder, die mit Blut getränkt waren. In dem hellen Licht sah er das Glitzern am Hals des Mannes. Nur an einer Stelle war das goldene Metall zu sehen, der Rest war vom Doppelkinn und der Fettwulst am Hals verdeckt. Er warf einen schnellen Blick zu der Gruppe. Keiner interessierte sich für ihn. Etwas unbeholfen griff er nach der Kette und zog, doch sie gab nicht nach. Kurz vergewisserte er sich, ob ihn niemand beobachtete, dann stemmte er seinen Fuß gegen die Schulter des Toten und zog mit Gewalt. Endlich riss ein Glied der Kette, und er hielt den Schmuck zwischen den Fingern. Es war ein Amulett. Beim zweiten Hinsehen erkannte er, was es tatsächlich war, und ließ die goldene Sonnenuhr in seine Hosentasche verschwinden. Mit gesenktem Kopf blieb er bei Plutarch stehen und wartete, was als Nächstes geschehen würde.

Nach einer Weile wandten sich alle dem Portal zu. Nadala kam an ihm vorbei, berührte ihn sanft am Arm. Er streifte ihre Berührung ab, allerdings nicht so vehement wie die letzten Male.

Sie hingegen lächelte ihm erneut zu. »Komm mit uns nach oben. Wir wollen sehen, was dort geschehen ist.«

Stumm folgte er ihrer Aufforderung.

»Wir nehmen die Leiche mit«, hörte er Firim sagen und Merranas protestieren, da er mit anpacken sollte.

Innerlich war es Atiro eine große Genugtuung, dass die anderen die Drecksarbeit tun sollten.

Schweigend schleppten sie den fetten Körper hinter sich her. Merranas musste nach einer Weile lachen. Es war wohl nicht genug, einen toten Drachen auf die Insel zu tragen, jetzt brachten sie gerade eine Leiche aus den Tiefen der Insel an die Oberfläche. Zumindest konnten sie bei diesem Körper sicher sein, dass er tot blieb. Das war seine Hoffnung. Seit sie die Kammer verlassen hatten, versuchte er, etwas zu Kiromin zu sagen, aber alles, was ihm in den Sinn kam, hörte sich bereits in seinem Kopf lächerlich an. Also schwieg er und dachte ein ‚*Es tut mir leid!*‘ in seine Richtung. Nach einiger Zeit hörte er ein ‚*Das braucht es nicht!*‘ in seinen Gedanken.

»Verdammt, ich muss mich an diese seltsamen Sachen gewöhnen und vor allem daran, in deiner Gegenwart nicht an alles zu denken.«

Kiromin schnaubte belustigt. »Du denkst auch sonst nicht so viel, da wird es dir nicht allzu schwerfallen.«

Merranas blieb kurz stehen, sodass Firim und Kiromin ebenfalls stoppten. Ehe er etwas entgegnen konnte, hörte er Firims Stimme in seinem Geist, die ihn anwies, gefälligst weiterzugehen. »Das erste, was ich zu lernen beabsichtige, ist, meinen Geist vor euch zu verschließen«, motzte er los und ging weiter. Firims Lachen hallte durch die Gänge, aber Merranas wollte diesen Mann nicht fragen, wieso ihn das so belustigte. Er würde Kiromin um eine Erklärung bitten.

Als sie oben ankamen, hörten sie die Stimmen der anderen. Von einem leicht bewölkten Himmel schien die Sonne und warf ein diffuses Licht auf den See und die Insel. Es war still in den Gassen der Stadt. Vaticine bat sie, zu den Landungsstegen zu gehen. Einzelne Eisschollen trieben dort auf dem Wasser. Hier und da erahnte man größere Boote an den gegenüberliegenden Ufern ablegen. Die mutigsten und die geschäftstüchtigsten Einwohner der Inselstadt kehrten zurück.

»Da kommen einige zum Plündern«, kommentierte Firim trocken das Geschehen auf dem Wasser.

Regulus nickte zustimmend. »Was wollt ihr mit Plutarchs Überresten machen?«

»Kiromin, Merranas und Firim werden ihn mitnehmen und an geeigneter Stelle verbrennen. Es soll keiner wissen, wo der Oberste Kirchenführer abgeblieben ist. Es soll keine Stelle geben, an der man sich seiner erinnert«, erklärte Vaticine.

»Aber«, begann Merranas. Er streckte die Arme aus und wollte aufs Neue protestieren, doch sie gebot ihm Einhalt. Er ließ die Schultern sinken und schaute sie fragend an.

Vaticine ergriff seine Hand und gab Firim ein Zeichen, ihr zu folgen.

Nadala wartete, bis die anderen weitergegangen waren und Kiromin alleine ließen. Eine Weile blieb sie stumm, schließlich seufzte sie laut. »Ich dachte bis zuletzt, du hättest uns verraten«. Sie bekam auch jetzt keine Antwort. Stattdessen starrte Kiromin zu Boden. »Ich habe dir zugetraut, dass du ihn getötet hast und uns ebenfalls über die Klinge würdest springen lassen.« Sie machte eine Pause und betrachtete genau sein Gesicht. Er hob den Kopf. »Und ich hätte dich sogar verstanden, wenn du es wirklich getan hättest«, endete sie.

»Ach ja?«, fragte er emotionslos und ging an ihr vorbei.

Sie hingegen hielt ihn fest. »Weißt du eigentlich, mit welcher Klinge deine Mutter all deine Geschwister getötet haben soll?«, fragte sie forsch.

Kiromins Gesichtsausdruck veränderte sich augenblicklich.

Nadala grinste. »Hab ich's mir gedacht! Vielleicht solltest du an den Ort zurückkehren, wo diese Waffe ist, und sie dir ganz genau anschauen. Außerdem tätest du gut daran, sie in deinen Besitz zu bringen. Frage dich mal selbst, Kiromin. Welch eine Waffe könnte deine Geschwister getötet haben? Woher stammt sie überhaupt? Und was passiert, wenn sie in falsche Hände gerät?«, zischte sie ihm zu und ließ ihn stehen, drehte sich nach dem ersten Schritt nochmals um. »Falls du Hilfe brauchst, komme zu mir.«

Sie ging zu dem jungen Feuermagier.

Kurz darauf lief Atiro los und verschwand in der Stadt.

Verwirrt blieb Kiromin zurück. Dieser Gedanke war ihm all die Zeit gar nicht gekommen. Er starrte Nadala hinterher. Er musste schnellstmöglich nach Balfahlahr. Einen Augenblick stand er da und überlegte. Sie war allein. Schon wollte er auf sie zugehen, aber etwas an ihr gebot ihm Einhalt. Er musterte ihre Gestalt, die feinen Schultern und die Taille, die Art wie sie sich bewegte, ihre Lippen und die weich gezeichneten Linien ihres Kinns. Er beäugte sie länger denn nötig, verunsichert durch die Gedanken in seinem Kopf, wenn diese alte Frau im Körper eines heranwachsenden Mädchens in seiner Nähe war.

»Nun, Seherin. Was ist deine wahre Bestimmung?« Firim ergriff das Wort, als sie außer Hörweite der anderen waren.

Sie wandte sich dem Halbdrachen zu und grinste. »Von vorlauten Männern umgeben zu sein, und zwar ein Leben lang.«

Wieder lachte Firim.

Merranas fasste sie beschützend an der Schulter. Gewohnheitsgemäß wollte sie die fremde Berührung abschütteln, bis sie sich besann, wer sie da berührte. Unter der Umarmung merkte er, wie sich ihre Schultern entspannten und seine eigenen strafften. Hier war alles, was er sich so lange erträumt hatte. Er wollte endlich erfahren, was damals passiert war. Warum sie ihn allein gelassen, nie nach ihm gesucht hatte, kein Hinweis, kein Trost, keine Liebe. Der Verstand wollte diese Frau so viel fragen und sein Herz ihr so viel vorwerfen. Wut und Zuneigung ließen ihn keine brauchbaren Gedanken fassen.

»Firim, das ist mein Sohn, Merranas, Geliebter des Nordwinds, aus der Linie der Sturmjäger, der wahre Träger des dritten Siegelrings«, stellte sie den jungen Kopfgeldjäger vor.

Firim zog die Augenbraue hoch. »Bist du dir ganz sicher, Seherin?« Seine Miene war zu Stein erstarrt, lediglich die Augen bewegten sich lebendig und suchten nach einem Zeichen der Lüge oder List im Benehmen der Frau und des jungen Mannes.

»Hier ist es nun mein Kind, dein Vater ist der Wind«.

Merranas Nackenhaare stellten sich auf, als Vaticine zu singen begann. Er spürte, wie sein Herz schneller schlug. Erinnerungen an seine Kindheit kamen und gingen. Sein Blick ging durch Firim hindurch, und plötzlich hörte er seine eigene Stimme, die mitsang. *»Für immer sind verbunden, Herzen im Sturm gefunden.«*

Vaticine verstummte und hörte ihrem Sohn zu, bis auch er den letzten Satz fertig gesungen hatte. Leise und mit klarer Stimme.

»Das war alles, was ich von dir hatte«, erklärte er.

Sie merkte, dass er schwer schluckte.

»Es war das Einzige, was ich dir mitgeben und was Plutarch dir nicht nehmen konnte.«

Merranas nickte, aber seine Miene zeigte keine Zustimmung.

Firim musterte den jungen Mann eindringlich. Eine gewisse Ähnlichkeit in den Gesichtszügen gab es. Nachdem er die Gespräche mit Kiromin angehört und in die Gedanken des Kopfgeldjägers gelauscht hatte, konnte er nicht umhin, den beiden vorerst Glauben zu schenken, auch wenn sich alles in ihm gegen dieses Gefühl sträubte. Keiner von ihnen wusste, was der Tod Plutarchs und das Binden der beiden Drachen an die Zeit in dieser Welt bewegt hatten. Nach allem, was hier passierte, spürte er alte Mächte zu neuem Leben erwachen. Er holte tief Luft und stemmte die Hände in die Hüften. »Nun denn, dann werde ich ihn mitnehmen. Wir werden ihn lehren, was von unserem Wissen geblieben ist. Es wird Jahre dauern.«

»Jetzt, da Plutarch tot ist und die anderen Zeitlinien gelöscht sind, haben wir genug Zeit«, erwiderte Vaticine.

»Ich werde nicht mit ihm gehen!« Merranas ließ sie los und verschränkte die Arme vor der Brust. »Mein Platz ist hier. An deiner Seite. Von dir will ich lernen und erfahren, was wirklich geschehen ist, wer ich bin und wie alles passieren konnte. Ich will dir erzählen, was ich erlebt habe. Wie es war, nicht zu wissen, wer ich bin.« All die Dinge, die er über Jahre in seinem tiefsten Inneren versteckt gehalten hatte, sprudelten wie eine frische Quelle aus ihm heraus, kaum in der Lage zwischen den Sätzen Luft zu holen.

Vaticine legte ihre Hand sanft auf seine Brust, um seinen Redeschwall zu stoppen. Erst als Firim ihn an der Schulter fasste und schüttelte, hielt er prompt an, um dessen Hand wegzuschlagen, allerdings fasste Firim sofort nach. »Du kannst nicht hierbleiben. Dieser Ort wird ein Versteck werden, und zwar schon bald!«

»Was redest du da?« Merranas riss sich los.

Vaticine hielt ihn auf Abstand, während sie antwortete. »Es wird vielmehr ein Gefängnis sein. Ich werde die Drachen behüten und bewachen. Hier wird der Ort meines Wirkens sein. Die Stadt werde ich zur Festung formen. Wenn die alten Kräfte und Mächte in diese Welt zurückgekehrt sind, werden viele nach Rache und Herrschaft streben. Ich zweifle daran, dass eine Ära des Friedens uns erwartet.«

Firim holte hörbar Luft. »Es war Kallestrus, der diese Strafe verhängte, nicht wir.«

Ihr Schweigen gab ihm recht.

»Ich verstehe nicht, worum es geht. Ihr redet genauso verschlüsselt und verschwörerisch wie die Elementare, Kallestrus und Kiromin. Sagt einfach, was das zu bedeuten hat!«

Firim schaute zu Kiromin hinüber, dann zu Vaticine. »Grüß mir die Winde, hübsche Seherin.« Er deutete eine Verbeugung an. »Verabschiede dich von deiner Mutter, Merranas. Wir werden lange unterwegs sein, bis ihr euch wiederseht.«

»Grüß mir das Blut!«, gab sie Firim mit. Ihre Stimme klang wehmütig.

Der Halbdrache drehte sich nicht mehr um, sondern ging schnurstracks auf Kiromin zu, fasste ihn an der Schulter und sprach leise mit ihm.

Merranas sah ihm verwirrt nach.

»Er wird dir alles erklären. Er wird sicherlich die erste Zeit nicht besonders freundlich sein. Wahrscheinlich auch längere Zeit nicht. Womöglich wird er es nie werden, dennoch kann er dir alles beibringen, was du wissen musst über dich und deine Abstammung. Über dein Blut und deine Verantwortung«, erklärte sie ruhig.

»Warum?«, wollte Merranas wissen.

»Weil wir sind, wer wir sind.«

Wieder wollte er etwas sagen, aber diesmal hatte sie ihre Arme um seinen Hals geschlungen und hielt ihn fest. »Habe Geduld, mein Kind. Ich weiß, für ein Kind des Windes ist das eine schwere Übung, aber lerne erst vom Drachenblut. Das garantiert dein Überleben. Doch wenn es soweit ist, kommst du wieder hierher zurück zu mir, und ich lehre dich, was du über dein Element wissen musst.«

Er nahm sie langsam in die Arme und hielt sie fest, sog den Duft ihrer Kleidung und Haare ein, spürte ihre Wärme und die Flüchtigkeit ihres Wesens, fühlte, wie all die Liebe, die er von Kind auf vermisst hatte, ihn mit einem Mal umgab wie eine weiche warme Decke in einer kalten Winternacht. Er wollte nichts sehnlicher, als an diesem seltsamen Ort stehenzubleiben und sie im Arm zu halten. Nach einiger Zeit löste sie sich von ihm.

»Kallestrus hat jedem eine Aufgabe zugewiesen. Es ist an uns, diese zu erfüllen. Außerdem wird Kiromin deine Hilfe brauchen, obwohl er denkt, dass dem nicht so ist«, sagte sie leise.

Merranas brauchte einen Augenblick, um in die Wirklichkeit zurückzukehren. Zu stark waren die Empfindungen bei dieser Umarmung gewesen. Hier stand sie vor ihm. Seine Mutter. Er kannte endlich sie und ihren Namen und seinen eigenen. Er war ein Geliebter des Nordwindes aus der Linie der Sturmjäger und nicht mehr allein. »Selbst, wenn ich bleiben wollte, du wirst mich wegschicken.«

Sie lächelte als Antwort. Er wusste, dass es nur ein Traum war, hierbleiben zu können. Sie gingen gemeinsam zu den anderen.

Atiro hatte das Nötigste, das er in der Eile finden konnte, in einen Beutel gepackt. All die Bücher und Schriften, all das Wissen, das er sich hier angeeignet hatte, schienen sowieso nutzlos. Also packte er Kleidung und Essen ein sowie die wenigen Habseligkeiten, die sein Vater besessen hatte, darunter ein kleines Amulett mit dem Bild seiner Mutter. Zusammen mit Nadala und Regulus stand er an den Landungsstegen und wartete. Die anderen unterhielten sich rege. Kiromin und Merranas hatten Plutarchs Leiche in mehrere Leinensäcke gewickelt und geschickt zwischen Fässern und Kisten an einem der Stege platziert.

»Wir nehmen das kleine Boot zurück. Die anderen haben sicherlich schon einen Plan. Kommt, wir gehen uns verabschieden. Es ist besser, dass wir getrennt aufbrechen«, erklärte Nadala.

Regulus nickte und machte sich auf den Weg.

»Komm!«, forderte sie Atiro auf, doch der junge Mann

blieb stehen. Sie musterte ihn eindringlich, versuchte aber nicht, ihn umzustimmen, sondern ging.

Dort war niemand, dem Atiro etwas zum Abschied mitgeben wollte, ausgenommen vielleicht Firim. Der Mann war gut zu ihm gewesen. Alle anderen waren es nicht wert, dass er sich mit ihnen länger abgab als nötig. Seine Handinnenflächen wurden heiß, wenn er an die letzten Stunden zurückdachte. Erst recht, als er den fetten Leinenhaufen ansah, in dem Plutarchs Leiche lag. *Dieser Tod war zu gnädig gewesen! Sie hätten alle mehr leiden müssen, für das, was mir und Vater widerfahren ist!*

»Du wirst ein großer Feuermagier«, hörte er Firim neben sich. »Mach dich auf die Suche nach einem Lehrer. Die ursprünglichen Kräfte erwachen. Es haben unter Umständen einige der alten Meister überlebt oder ihr Wissen in der Welt versteckt.«

Obwohl ihm gar nicht danach zumute war, musste Atiro grinsen.

Firim überlegte, ob die Magie für diesen Menschen nicht eher ein Fluch anstatt eines Segens sein würde. Im Gesicht des jungen Mannes zeigten sich Angst und viel Wut. Er fasste Atiro an der Schulter und umarmte ihn kurz.

Diese Geste erwiderte Atiro gerne.

»Lebenswege kreuzen sich mehrere Male, wenn man es will. Grüß mir das Feuer!« Mit diesem Spruch verabschiedete sich Firim.

»Wir werden uns nicht mehr wiedersehen«, hörte Nadala noch Vaticine sagen, als sie bei der Gruppe ankam.

Regulus grunzte leise und nickte. »Ich bin hergekommen, um zu sterben. Ein letztes Mal gehe ich auf die Suche nach den letzten aus meiner Linie. Die Spur war sehr schwach, aber die Erde hat mir am Portal eine Richtung gezeigt. Dieser Ader werde ich folgen und den Folianten dorthin bringen, wo er hingehört. Danach kehre ich zu dem zurück, aus dem ich hervorgegangen bin.«

Vaticine sah den Greis an und zugleich durch ihn hindurch. »So wird es sein.« Sie nahm ihn schnell in den Arm und wandte sich Nadala zu.

Die Frauen schenkten sich keine Freundlichkeiten, sondern musterten einander mit gebührendem Abstand und schwiegen.

Schließlich ergriff Nadala das Wort. »Ich will es nicht wissen. Nichts von dem, was du siehst oder glaubst zu sehen. Ich will es nicht wissen.«

Vaticine deutete lediglich eine Verbeugung an. Dafür erntete sie ein Kopfschütteln, das sie nicht weiter kommentierte. Diese Frau in ihrem Mädchenkörper hatte sicherlich ihre Gründe, sie zu hassen, doch das war Vaticine gleich. Für sie selbst war ihre Prophezeiung in Erfüllung gegangen. Was sie für Nadala sah, war sowohl beängstigend als auch wunderschön und der Ausgang offen. Vielleicht war es besser, sie schwieg.

Nachdem sich die beiden von den anderen verabschiedet hatten, gingen sie zu dem kleinen Boot, bei dem Atiro wartete. Einer nach dem anderen stiegen sie ein und legten ab. Nadala hatte die Ruder ergriffen. Mit kräftigen Zügen setzte sich das Holzschiffchen zwischen den kleiner werdenden Eisschollen in Bewegung.

Kiromin durchzuckte ein kleiner Schmerz, als Nadala sich in seine Richtung umdrehte und ihm einen letzten Blick zuwarf. Ihre Erscheinung hatte sich in seinen Geist gebrannt, ein Feuermal, das dort schmerzlich süß loderte.

Am Ufer verließen Nadala und Regulus zügig das Boot.

Atiro blieb sitzen und guckte auf die Inselstadt zurück. Er würde eines Tages zurückkehren und alle, die Plutarch gedient hatten, töten. Die Hitze in seinen Handflächen ließ ihn hochfahren, wobei das Boot Schlagseite bekam und es ihn viel Anstrengung kostete, das Gleichgewicht zu halten. Doch es war genau diese Ablenkung, die verhinderte, dass das Feuer unkontrolliert aus seinen Händen brach. Er brauchte diese Frau und den Greis. Er brauchte diese

Wesen und ihr Wissen.

Nadala rief einen Namen. Nachdem sie ihn noch einige Male gerufen hatte, erschien ein kleiner Junge am Waldesrand. Als er die anderen beiden erkannte, rannte er auf sie zu und umarmte den Greis herzlich. Nadala drehte sich zu Atiro um und winkte ihm zu, er möge zu ihnen kommen. Diesmal folgte er ihrer Aufforderung.

»Er ist wie du«, erklärte sie. »Sein Name ist Titus.«

Der Junge grinste ihn an und öffnete die Hand. Sogleich tanzte eine kleine Flamme lebendig auf der Fläche herum und formte einen Ball, der bald darauf zu schweben anfing. Freudig präsentierte der Junge Regulus sein Tun, und gleich darauf zeigte er, wie er mit einem Fingerschnippen Funken regnen lassen konnte. Der Alte lachte und fuhr dem Kind durch die Haare.

»Schau, es gibt noch einige wenige von euch«, meinte Nadala und lächelte, da sie sah, wie Atiro den Jungen beobachtete.

»Gut, dann werde ich sie alle finden!«, erklärte er entschlossen.

Sein finsterer Gesichtsausdruck entging ihr nicht. Besorgt schaute sie zu dem kleinen Jungen, der die Magie mit einer Leichtigkeit und Freude zu nehmen wusste. Wie würde es bei Atiro sein?

Als sie am Ende des Tages ein Lager gefunden hatten und der Junge und Atiro schliefen, versicherte sich Regulus, ob dem tatsächlich so war. Danach setzte er sich zu Nadala ans Feuer. »Der Kleine fragte mich, ob ich auch die Drachen hören kann, obwohl sie nicht sprechen«, raunte er und sah sie von der Seite an.

Nadala spähte zum Himmel. Wie hätte es anders sein können?

»Je länger wir mit dem Echsenvolk zu tun haben, umso weniger glaube ich an Zufälle, Regulus.«

Er hatte seinen Stock auf den Schoß gelegt und betrachtete die Flammen.

»Ich bin froh, dass wir endlich wieder Feuer haben. So

kann ich auf die letzten Tage meine Knochen wärmen. Wenigstens haben sie uns das Feuer zurückgebracht. Echtes Drachenfeuer«, krächzte er fröhlich.

Nadala lächelte und wandte ihren Blick erneut zum Himmel. Sie dachte an ihre Söhne und dass wenigstens für einige Zeit ihre Zukunft sicher war. Und sie dachte an Kiromin und fragte sich, ob sie ihn je wiedersehen würde.

Sie mussten einige Stunden warten, bis sich eine Gelegenheit ergab, unbemerkt eins der Boote zu nehmen, welche die Rückkehrer an den Landungsstegen befestigten. Es waren nicht genügend, das Treiben zu übersichtlich, als dass sie unauffällig hätten ablegen können.

In der Dämmerung machten sie sich auf über den See. Merranas und Kiromin hatten jeweils ein Ruder ergriffen. Mit starken Zügen durchpflügten die Holzpaddel das Wasser. Der Abschied von Vaticine war Merranas schwergefallen, nur mit Mühe hatte er sich losreißen können. Gleich nachdem sie ins Boot gestiegen waren, war sie in den Straßen der Stadt verschwunden. Gerne hätte er gewusst, was sie dort alleine tat unter all den Dieben und Plünderern, die gekommen waren, um in den leerstehenden Häusern fette Beute zu machen.

»Deine Mutter weiß sich sehr wohl zu helfen, Kleiner«, nahm Firim das Gespräch auf.

»Raus aus meinem Kopf!« Merranas Miene verfinsterte sich, als der andere ihn leise auslachte. Er warf Kiromin einen Seitenblick zu. »Wir sind demnach Verwandtschaft, Halbcousins, nicht wahr?«

Kiromin verdrehte die Augen. »Verschone mich mit sowas!«

»Ich will es doch verstehen!«

»Ja, sind wir. Auf gar keinen Fall ein halb, eher ein Achtel, aber selbst das ist schon zu viel.«

Merranas verzog den Mund zu einem Grinsen. »Dann muss ich ab heute Cousinchen zu dir sagen.«

»Wenn du nicht gleich in ein Paddel beißen möchtest,

lässt du es lieber bleiben!«, zischte Kiromin zurück.

Endlich lächelte der Jungdrache. Zufrieden schaute Merranas ihn von der Seite an und ruderte weiter. Regelmäßig tauchten die Ruder ins Wasser ein, das leise Platschen des Holzes begleitete bis zum Ufer. Sie trugen Plutarchs Leiche zwischen die Berge. In einem kleinen Tal sah Merranas Kiromin zum ersten Mal in seiner wahren Gestalt. Ein grauer Riese mit silberschimmernden Schuppen und rotglühenden Augen stand neben ihnen. Mit einem Feuerstoß seines Odems verwandelte er den toten Leib zu Asche, die der Wind sofort davontrug. Als er in Menschengestalt vor ihnen stand, wollte Merranas wissen, seit wann er sich wieder verwandeln könne.

»Nachdem die letzte Barriere der Inselstadt gefallen war, habe ich es gemerkt«, erklärte Kiromin bereitwillig.

»Und du hast es keinem von uns gesagt?«

»Ich wollte nicht, dass Vater es weiß.«

Merranas rang mit sich. Die Worte wollten seinen Mund verlassen, er schluckte sie hinunter. So stand er da und schwieg Kiromin erneut an.

»Es ist schon in Ordnung, so wie es ist. Ich wusste, was passieren würde«, unterbrach Kiromin die Stille. »Was ich nicht wusste, ist, dass es sich furchtbar anfühlt, die Gewissheit zu haben, ganz allein zu sein.«

Firim stand hinter ihnen und betrachtete die jungen Männer. Jetzt wäre eine gute Gelegenheit, den kleinen Sturmjäger zu töten. Rache zu nehmen für seine Sippe. Zurückbringen würde es keinen von ihnen, dafür wären sie selbst einer weniger. Falls Kiromin recht behielt, war es um ihre Drachenblutlinien nicht besonders gut bestellt. Und in diesem Abkömmling der Verräterin floss das gleiche Blut wie in seinen Adern. Wie Nadala zuvor hatte auch er erbeten, die Seherin möge über seine Zukunft schweigen. Seit er wusste, wer Merranas wirklich war, beunruhigte ihn die Gewissheit, dass Vaticines Prophezeiungen eintrafen. Zumindest war sie von Kallestrus mehr oder weniger auf der Insel festgesetzt worden. Sollte er je den Wunsch verspüren, einen Blick auf seine Zukunft zu werfen, wusste er, wo sie zu finden war. Doch glaubte er nicht daran, dass mit dem Tode Plutarchs alle Probleme dieser Welt gelöst waren. Er würde den jungen Kopfgeldjäger das lehren, was er konnte. Den Rest sollte er selbst herausfinden.

Nach einigen Tagen kamen sie in Balfahlahr an. Einige Häuser waren zerstört, andere verlassen, die Stimmung gedrückt und verängstigt. Nach längerem Suchen fanden sie einen Bürger, den Kiromin kannte und der bereit war, ihnen zu erzählen, was geschehen war. Bei seiner Rückkehr hatte Wynfreth Anspruch auf den Posten des Statthalters erhoben, aber die anderen Stadträte verweigerten ihm den Sitz. Zwei Nächte später kam er mit einer kleinen Söldnerarmee angeritten und griff die Stadt an. Kurz und brutal waren seine Mannen vorgegangen. Auf Beute aus, töteten sie jeden, der ihnen begegnete, raubten und schändeten alles, was sie zwischen die Finger bekamen. Nach drei Tagen zogen sie wieder ab und waren nicht mehr gesehen. Wer konnte, versteckte sich oder floh in die Wälder mit dem, was er am Leib hatte.

Nach diesem Bericht ließ Kiromin Merranas und Firim auf der Straße stehen und kehrte viele Stunden nicht zurück. Die beiden machten sich auf die Suche nach Selestrias Klinge, mit wenig Hoffnung, fündig zu werden. Eine so einzigartige und wertvolle Waffe hatten die Schergen bestimmt nicht übersehen, geschweige denn zurückgelassen. Erst am nächsten Morgen fanden sie Kiromin mit leerem Gesicht in einer engen Gasse vor einem kleinen Haus an der gegenüberliegenden Hauswand kauernd.

»Sie haben Filisj getötet«, erklärte er, nachdem sie mehrmals auf ihn einreden mussten, um überhaupt etwas aus ihm herauszubekommen. »Und mein ungeborenes Kind«, setzte er nach.

Schweigend standen sie über ihm, bis er selbst das Wort ergriff. »Habt ihr die Waffe?« Seine Stimme klang genau wie in den Katakomben der Inselstadt, frei von Gefühl.

»Keine Spur, und keiner will etwas gesehen haben. Sie laufen panisch davon, wenn man sie bloß ansieht. Was immer dieser Wynfreth hier getrieben hat, es muss sehr grausam gewesen sein«, erzählte Firim ruhig. Er spürte Kiromins Trauer, auch wenn der Drache versuchte, alle Gefühle gegen sie abzuschirmen. *Und wieder ein Mitglied weniger für die Drachenblutlinie.*

Langsam erhob sich Kiromin. »Wir müssen die Waffe meiner Mutter finden, koste es, was es wolle. Plutarch war lediglich einer von vielen unserer Feinde.« Das rote Glühen in den Drachenaugen erschien.

Für einen Moment dachte Merranas, Kallestrus stünde vor ihm.

»Wie schnell könnt ihr mir all diese Drachenkunststücke beibringen?«, fragte Merranas und versuchte ein Grinsen, was mächtig misslang.

»Albere nicht rum! Los jetzt, wir beginnen im Haus des ehemaligen Statthalters!« Kiromin ließ die beiden stehen und stapfte davon.

Bereitwillig folgten sie ihm, wohlwissend, dass dort nichts mehr zu finden war.

GLOSSAR

Lasstari ist eine Welt mit drei Kontinenten: **Pjeke-Uh**, **Wodhaa** und **Grunt**. Zwei aktive Vulkane verändern stetig das Bild Pjeke-Uhs. Flüsse durchziehen die Landschaft von Wodhaa und speisen große Seen, bevor sie in die Ozeane münden. Riesige uralte Wälder bedecken weite Ebenen von Grunt, massive Gebirgsketten teilen viele Gebiete.

Inselstadt Hyperahmah liegt in einem großen Schmelzsee, der von einem massiven Gebirge eingefasst ist. Sie ist Hauptsitz des Obersten Kirchenführers sowie mit ihrer zentralen Lage einer der wichtigsten Dreh- und Angelpunkte für Handel und Politik des Kontinents Grunt.

Balfahlahr gehört zu den größeren und reicheren Städten. Sie liegt südlich und nur wenige Tagesreisen von Hyperahmah entfernt.

Dufoss ist eine kleine Stadt im Westen des Kontinents und für ihre Schmiedekunst bekannt.

Linien und Wesen

Drachen sind die mächtigsten Wesen dieser Welt. Sie können eine oder mehrere menschliche Gestalten annehmen. Zudem verfügen sie über die Fähigkeit, in den Gedanken anderer zu lesen. Sie werden im Gegensatz zu allen anderen Wesen ausgesprochen alt, sind nahezu unverwundbar, allerdings nicht unsterblich.
Elementare sind eine Manifestation der Elemente Feuer, Wasser, Erde und Luft in sterblicher Gestalt. Sie können weder vernichtet noch getötet werden, sind allerdings räumlich gebunden.

Furiae ist ein Wesen der schwarzen Magie, das zu einem hohen Preis für eine Aufgabe herbeigerufen werden kann. Die Erscheinungsform ist unterschiedlich, aber sie ähnelt stets einer weiblichen Sterblichen.

Halblinge sind Personen und Wesen, die zwei unterschiedlichen Arten oder Linien angehören. Oft haben sie eine Gabe oder spezielle Fertigkeiten, die auf ihre meist schicksalshafte Entstehung zurückgeht. Sie werden auch Mischwesen genannt.

Linie/Linien ist die Bezeichnung von sechs Sippen, denen Halblinge und Mischwesen angehören. Selbst Elementare gehen Verbindungen mit Sterblichen ein. Die Abkömmlinge verfügen über besondere Fähigkeiten, die sich unterschiedlich ausprägen. Bekannt sind die Linie des Feuers, des Wassers, der Erde und der Luft, darüber hinaus die Linie der Herrschaft. Die jüngste und unbekannteste ist die Linie der Zeit.

Magier sind Personen und Wesen, die einer gegebenenfalls mehreren Linien angehören und deren Geheimnisse weitergeben. Sie beherrschen meist eins der Elemente.

Seher sind Personen und Wesen, die mit Prophezeiungen die Zukunft und/oder einzelne Geschehnisse vorhersagen können.

Sterbliche bezeichnet alle Wesen, die zwar ein hohes Alter erreichen können, aber verhältnismäßig leicht zu töten sind. Hierzu zählen vor allem Menschen, aber auch Elfen, Zwerge und bestimmte Mischwesen.

Dramatis Personae

Atiro – einziger Sohn von Preaktan

Bartholomäus – Statthalter von Balfahlahr

Duran – Würdenträger des Obersten Kirchenführers

Firim – Bote aus Balfahlahr, der Macht verpflichtet

Kallestrus – mächtigster und wahrscheinlich ältester Drache dieser Welt

Kiromin – jüngster Sohn des mächtigen Kallestrus

Merranas – junger Mann, der sich als Kopfgeldjäger durchs Leben schlägt

Nadala – junge Frau und Kämpferin, dem Feuer verpflichtet

Plutarch – Oberster Kirchenführer und Herrscher der Menschen

Preaktan – Würdenträger des Obersten Kirchenführers

Regulus – alter Greis mit viel Wissen, der Erde verpflichtet

Selestria – Inquisitorin des Obersten Kirchenführers mit geheimer Vergangenheit

Titus – kleiner Junge, dem Feuer verpflichtet

Vaticine – Seherin des Obersten Kirchenführers

DANKSAGUNG

Dieser Roman wäre ohne die Unterstützung von einigen Menschen nie erschienen. Sie haben mir mit ihrer ehrlichen Kritik und umfangreichen Anmerkungen unwahrscheinlich geholfen, diese Geschichte besser und lesenswerter zu machen. Sie haben ihre private Zeit in mein Projekt investiert und mir in den richtigen Momenten ordentlich in den Arsch getreten. Sie sind wie der Rückenwind, den man benötigt, um voranzukommen.

Mein großer Dank gilt daher Anna Leyk und Susanne Löffler für Eure unzähligen Korrekturen. Sascha Raffalzik, Jörg Schließer und Yonca Yazici-Fischer für die ausführlichen Kommentare und zuweilen auch anstrengenden Diskussionen, die immer einen neuen Blick auf den Text eröffneten. Maren Kohlhammer und Astrid Löffler für das Finden dieser verstecken Logik- und Detailfehler, die sich so gerne unbemerkt einschleichen.

ÜBER DIE AUTORIN

Johanna Schließer, geboren 1977 in Kattowitz (Polen), lebt seit ihrer Kindheit in Deutschland, ist verheiratet, Hundebesitzerin, wohnt und arbeitet heute in Stuttgart. Den Glauben an Hexen und Drachen sowie die Faszination für alte Mythen und die Magie hat sie nie verloren. Dies findet sich in ihren Geschichten für Jung und Alt wieder.

Seit 2003 schreibt sie Gedichte, mal augenzwinkernd, mal besinnlich. 2012 erschien ihre erste Fantasy-Erzählung Drachenfeuerjagd als E-Book. Zu ihren Vorbildern zählen unter anderem Astrid Lindgren und Terry Pratchett.

„Jede Geschichte, die wir uns ausdenken, ist im Grunde Fantasy."

Printed in Poland
by Amazon Fulfillment
Poland Sp. z o.o., Wrocław

72010765R00268